Ruth Nestvold

Flamme und Harfe

Buch

Yseult die Schöne ist eine Prinzessin der Tuatha Dé Danaan, und die Magie des Alten Volkes durchströmt ihre Adern. Doch die Macht der alten Gottheiten schwindet, da Missionare einen neuen Glauben von jenseits des Meeres bringen – an den Sohn, der am Kreuz starb, und an die natürliche Überlegenheit des Mannes über die Frau.

Drystan, der Sohn eines christlichen Königs, zieht die Dichtkunst dem Kampf vor. Doch in einem Duell ist er gezwungen, Yseults Onkel zu erschlagen – wobei er selbst lebensbedrohlich verwundet wird. Nun ist die Frau, die ihn am meisten hasst, Drystans einzige Hoffnung: Yseult mit ihren legendären Heilkünsten …

Yseult erkennt in dem verwundeten Fremden den Mörder ihres Onkels und einen Mann, der für alles steht, was das Alte Volk bedroht. Doch zu spät. Denn längst wirkt eine Kraft in ihrer beider Herzen, gegen die sie sich nicht wehren können – eine schicksalhafte Liebe, die den Lauf der Geschichte verändern wird …

Flamme und Harfe erzählt von einer leidenschaftlichen und gewaltsamen Welt und den Menschen, die tapfer versuchen, das sich anbahnende dunkle Zeitalter aufzuhalten – vor allem aber von einer Liebe, die die Welt seit Jahrhunderten in ihren Bann schlägt.

Autorin

Ruth Nestvold wurde im amerikanischen Colville geboren. Nach ihrer Promotion im Fach Anglistik an der Universität Stuttgart war sie einige Jahre an verschiedenen deutschen Universitäten tätig. Heute lebt die Mutter zweier Kinder in Stuttgart.

Seit Ruth Nestvold 1998 am Clarion Writers Workshop in Seattle teilgenommen hat, der unter anderem von dem Fantasy-Bestsellerautor George R. R. Martin geleitet wurde, sind ihre Kurzgeschichten und Novellen in zahlreichen Zeitschriften und Anthologien erschienen.

Ruth Nestvold

Flamme und Harfe

Roman

Ins Deutsche übertragen von
Marie-Luise Bezzenberger

blanvalet

Die Originalausgabe trägt den Titel »Flame and Harp«.

MIX
Papier aus verantwortungsvollen Quellen
FSC® C014496

Verlagsgruppe Random House FSC-DEU-0100
Das FSC-zertifizierte Papier *Holmen Book Cream* für dieses Buch
liefert Holmen Paper, Hallstavik, Schweden.

1. Auflage
Taschenbuchausgabe Dezember 2010 bei Blanvalet,
einem Unternehmen der Verlagsgruppe
Random House GmbH, München.

Umschlagmotiv: © Artwork HildenDesign
unter Verwendung eines Motivs von clu / iStockphoto
NB · Herstellung: sam
Satz: Uhl + Massopust, Aalen
Druck und Bindung: GGP Media GmbH, Pößneck
Printed in Germany
ISBN: 978-3-442-37626-1

www.blanvalet.de

ERSTES BUCH

Zwei Frauen

Prolog

Swem nie von liebe leit geschach,
dem geschach auch liep von liebe nie.
(Wer nie der Liebe Leid empfunden, der empfand auch nie der Liebe Freuden.)

Gottfried von Straßburg, *Tristan*

Einst, zu einer Zeit jenseits der Geschichte, in einem Zeitalter fast außerhalb aller Vorstellung, saß ein Mädchen, so schön wie der Mond, auf einem Pferd und betrachtete ein Feuer. Das Feuer ist Teil der Geschichtsschreibung, die Prinzessin jedoch ist Teil der Legenden.

Tristan und Isolde, Tristram und Isot, Essylt und Drust, Yseult und Drystan: Die Namen haben sich geändert, Liebende aber waren sie immer – das berühmteste Liebespaar, das die Welt jemals gekannt hat. Die meisten Erzählungen über sie beginnen mit dem Mann.

Diese hier beginnt mit der Frau.

Yseult zügelte ihr Pferd und drehte sich im Sattel, um zu dem Felsen von Cashel zurückzublicken, ihrem Zuhause während der ersten sieben Jahre ihres Lebens. Das Feuer, das Palladius für die Taufe ihres Vaters König Aengus entzündet hatte, erhellte den Hügel der Könige mit einem Schein, der mit dem der aufgehenden Sonne wetteiferte.

Hinter sich hörte sie, wie ihre Mutter und der alte Druide Boinda ebenfalls ihre Pferde anhielten, doch sie drehte sich nicht um. Auf keinen Fall durfte sie ihre Mutter die Tränen an ihren Wimpern sehen lassen – diese Tränen waren der Tochter Yseults der Weisen nicht würdig, der Tochter der Königin der Tuatha Dé Danann, der Königsmacherin der Insel Eriu. Yseult wusste das, doch die Tränen waren trotzdem da.

Ihre Mutter vergoss keine Tränen.

Sie blinzelte hastig und straffte die Schultern. Feine Strähnen ihres langen, hellen Haares lösten sich in der frühmorgendlichen Brise aus ihrem Zopf. Sie hob die Hand, um sie hinters Ohr zu schieben und sich die Wangen abzuwischen, ehe jemand etwas bemerkte. Gewiss würde sie ihre Halbbrüder und ihren Vater wiedersehen.

»Komm, Yseult«, sagte ihre Mutter sanft. »Bis Sidhe ol Femuin sind es mehrere Stunden. Und danach liegt eine lange Reise nach Norden vor uns.«

Yseult schaute weiter zu dem Feuer hinüber. »Warum hat Vater zugelassen, dass Palladius den Stab durch seinen Fuß rammt, wenn das bedeutet, dass wir fortmüssen?«

Es war nicht ihre Mutter, die Königin, die antwortete, sondern der alte Druide Boinda. Yseult wandte sich zu ihm um. Sein Bart war noch weißer als sein Haar, doch seine Hände, die die Zügel hielten, waren stark, und seine Stimme war rein und klar. »Palladius hat ihm versprochen, dass keiner seiner Söhne eines gewaltsamen Todes sterben würde und dass niemand außer seinen eigenen Nachfahren König von Cashel werden wird.«

Es war nicht gerecht. So sollte es nicht geschehen. »Aber es sind doch die Königinnen der Tuatha Dé Danann, die bestimmen, wer König wird«, beharrte Yseult.

»Dein Vater versucht, das zu ändern«, meinte Boinda.

Ihre Mutter schüttelte den Kopf. »Es ist schon jetzt nicht mehr so. Die Vermählung mit dem Land ist nur noch ein Symbol, mehr nicht. Die Ratsversammlung wählt den Nachfolger des Königs.«

»Und die Macht der Ratsversammlung will Aengus auch an sich reißen«, brummte der Druide.

Yseult wunderte sich, wie ihre Mutter so gelassen bleiben konnte. Vielleicht nannten die Menschen sie deshalb Yseult die Weise, während sie selbst nur Yseult die Schöne war. Eines Tages wollte sie auch Yseult die Weise sein. Wäre es doch nur möglich, weise zu sein, ohne gelassen zu sein. Sie schluckte und blickte abermals zu dem Feuer zurück. »Das heißt also, Vater mag das Königsein lieber als uns.«

»Ich glaube, ihm war nicht klar, dass er eine Wahl trifft«, sagte Yseult leise.

»Es hätte ihm klar sein müssen.« In Boindas Stimme lag mehr Bitterkeit als in der ihrer Mutter. »Die Königin der Tuatha Dé Danann hätte ja wohl schwerlich beim Christenkönig von Eriu bleiben können.«

»Und deswegen müssen wir auch weiter. Komm jetzt, Yseult.«

Soeben war die Sonne über dem Rand der Welt hinter ihnen erschienen, und der Felsen von Cashel hing über dem Horizont, von den ersten Strahlen beleuchtet, während die Erde darunter noch in Nacht gehüllt war.

»Er sieht aus wie eine verzauberte Insel«, stellte Yseult fest.

Boinda nickte. »Tír na nÓg. Das Land der Jugend.«

»Meiner Jugend.« Yseult warf ihr Pferd herum, dem Osten und der aufgehenden Sonne zu, und ließ Palladius' Feuer hinter sich zurück.

1

Von jenseits des Meeres wird er kommen,
den Kopf geschoren,
den Kopf voller Wahn,
sein Kopf in einem Loch in seinem Mantel,
der Kopf seines Stabes gebogen.

Gottloses wird er singen,
von einem Tische vor seinem Hause aus;
all die Seinen werden antworten: »Amen, Amen.«
Muirchu, *Leben des Heiligen Patrick*

Yseult, die Königin der Tuatha Dé Danann, Gemahlin des Hochkönigs Lóegaire, führte den Reitertrupp den Hügel von Slane hinan, fort von der Straße, die sie nach Tara bringen würde. Es war eine prachtvolle Prozession aus farbenfrohen Umhängen und buntem Schmuck; Bronze und Gold glänzte an Handgelenk, Taille und Hals sowie am Zaumzeug der Pferde, doch die Mienen der Reiter waren düster, und Schweigen herrschte unter ihnen. Selbst die Jüngste, die vierzehnjährige Yseult, war ungewöhnlich ernst.

Die Königin hielt den Blick auf die Hügelkuppe gerichtet und auf den Rauch, der von dort aufstieg. Wieder ein Feuer. Sieben Jahre später, und weit im Norden brannte abermals ein Feuer, wichtiger als jenes, vor dem sie all die Jahre zuvor geflohen war. Und nichts, was sie seither getan hatte, hatte es verhindern können, nicht ihre Vermählung mit Lóegaire und ihre Unterstützung für ihn als Hochkönig, nicht ihr Wirken inmitten der größten Filid des Landes und nicht ihr Bemühen, ihr Volk, die Feadh Ree, davon abzuhalten, dem öffentlichen Leben der Gaelen den Rücken zu kehren, als Antwort auf den zunehmenden Mangel an Achtung den Alten Bräuchen gegenüber.

Unwillkürlich fasste sie die Zügel ihres Pferdes fester, und die Stute warf schnaubend den Kopf zurück. Die Königin seufzte und lockerte die Zügel wieder.

Die Reiter der Feadh Ree erreichten die Kuppe und hielten auf den Kreis der Christusgläubigen zu, angezogen von dem Band aus Rauch, das sich in den Himmel emporschlängelte, dunkelgrau vor reinem Blau. Am Rand der Versammlung machten sie halt, die Königin und ihr Bruder Murchad an der Spitze. Ein paar der weiß gekleideten Gestalten sahen sich um, die meisten jedoch blickten wie gebannt auf das Feuer und ihren Meister Patraic.

»Das ist ein Frevel«, brummte Murchad zornig, doch es widerstrebte ihm genauso wie ihr, die friedliche Schar Andächtiger auf der Hügelkuppe anzugreifen.

Nein, sie durfte ihre Angst nicht zeigen, durfte sie jene, die die Gabe des Wissens besaßen, nicht spüren lassen. Sie war Yseult die Weise, und sie musste diese Rolle ausfüllen.

»Aber äußerst wirkungsvoll«, bemerkte sie. Der Rauch musste in Tara deutlich zu sehen sein, und wenn es Nacht wurde, würden die Bewohner des Königssitzes den Schein der Flammen selbst sehen können.

Die berittenen Krieger um sie herum rückten unruhig in ihren Sätteln hin und her; sie wussten, dass ein Feuer, das in der Woche vor Beltane entzündet wurde, nur Unglück bringen konnte.

»Können wir ihn nicht aufhalten?«, wollte Murchads Frau Nemain wissen.

Ja, das war die Frage. Zu oft hatte sie in ihren Träumen Feuer erblickt, in den Träumen vom Ende der Alten Bräuche. »Ich weiß es nicht«, sagte die Königin und beantwortete mehr, als Nemain gefragt hatte.

Patraic hatte ihrem Nahen keine Beachtung geschenkt, jetzt jedoch drehte er sich um und sah sie unverwandt an. »Auf dass es niemand vergesse: Die Lektion, die hier gelernt wurde, ist die Lektion von der Herrschaft Christi.«

Der Wind drehte sich, als gehorche er dem Willen von Patraics Gott, und der Rauch wallte auf die Reiter zu und brannte ihnen in den Augen. Die Pferde begannen zu stampfen und zu schnauben; der Geruch des Feuers machte sie unruhig, doch es waren gut geschulte Kriegspferde, und sie scheuten nicht.

Der Mann hinter dem Feuer war viel gefährlicher als Palladius, der letzte Christenweise, den Rom geschickt hatte. Jener, ein strenggläubiger Sittenverfechter, engstirnig und unduldsam, hatte nicht viel mehr als die kleinen, weit verstreuten Gemeinden der Bretain und Römer für sich einnehmen können und den Ehrgeiz von Anführern wie Aengus angesprochen, dessen Bekehrung mehr von Berechnung als von Überzeugung kündete. Patraic jedoch war anders: Sein ehemaliger Meister war ein Druide gewesen, und er kannte die Bräuche Erius, war vertraut mit der Macht von Symbolen und Illusionen. Es war eine absichtliche Herausforderung, dieses Feuer, gezielt und schlau. Und was für ein Gespür für den richtigen Auftritt. In der Woche vor Beltane ein riesiges Feuer zu entzünden war eine unverschämt brillante Idee.

Königin Yseult ritt vorwärts. »Was hat das zu bedeuten?«, rief sie vom Rande der Versammlung her. Die Frage war im Befehlston gestellt worden, doch Patraic wich nicht zurück; in seiner langen weißen Robe wirkte er beinahe selbst königlich.

»Das Osterfeuer wird entzündet, hohe Dame.«

Vor sieben Jahren war sie vor Palladius' Feuer geflohen; diesmal würde sie nicht davonlaufen. Rauch füllte ihre Nasenlöcher und brannte in ihren Augen, doch sie drängte ihr widerwilliges Pferd durch den Kreis der Andächtigen, und diese wichen auseinander, um sie durchzulassen. Patraic mochte ihr Prophet sein, sie jedoch war die Königin der Tuatha Dé Danann, die Königsmacherin höchstselbst.

Vor Patraic hielt sie an, ohne aus dem Sattel zu steigen. Wenn er ein Spiel mit Symbolen und Geschichten spielen wollte, so würde sie ihm mit Freuden zu Willen sein. Sie besaß die hochgewachsene Gestalt und die Ausstrahlung jener vom reinen Blut der Alten Rasse, und auf ihrer Stute überragte sie ihn bei Weitem. So war sie ein beeindruckender Anblick, das wusste sie. Ihr langer Zopf war von derselben Farbe wie der goldene Torques um ihren Hals und die Reifen um ihre Oberarme; ihre Stute war ebenso weiß wie ihr Gewand, und ihr Umhang war von tiefem, königlichem Purpur. Im Vergleich dazu war der Christenweise in der weißen Robe eines Druiden klein und unansehnlich.

Wieder drehte sich der Wind, und die Luft zwischen ihnen klärte sich. »Gewiss ist Euch bekannt, dass es nach unseren Bräuchen ein Frevel ist, in der Woche vor Beltane ein Feuer anzuzünden«, sagte sie.

Patraic schüttelte den Kopf. »Es ist Beltane, das einen Frevel am wahren Glauben Jesu Christi darstellt, der am heutigen Tage für unsere Sünden gestorben ist.«

Die Königin blickte auf ihn hinab und bediente sich ihrer Gabe des Wissens, um seine Gedanken zu erkunden. Sie fand dort Respekt – Respekt und Hartnäckigkeit. »Wir gestatten Euch, Eure Religion im Volke von Eriu auszuüben, und Ihr nennt eines unserer größten Feste einen Frevel?«

»Eure Feste sind in den Augen unseres Herrn voller Sünde«, erwiderte der Christenweise ruhig. »Ich will dem Volk von Eriu die eine wahre Religion bringen.«

Plötzlich wusste Königin Yseult: *Wenn sie dieses Feuer nicht erstickten, würde es noch jahrhundertelang im Gedächtnis der Menschheit fortbrennen.*

»Murchad, Aidenn, Gamal!« Sie rief die Namen von Kriegern der Fianna und der Feadh Ree auf. »Sorgt dafür, dass dieses Feuer gelöscht wird!«

Ihr Bruder und die anderen stiegen ab und zogen Decken aus ihren Satteltaschen. Sie trieb ihre Stute durch die Menge und gesellte sich wieder zu ihrer Tochter, ihrer Nichte und ihrer Schwägerin, während die Soldaten auf das Feuer zuschritten. Ehe sie es erreichen konnten, trat Patraic vor sie hin. Er starrte sie unverwandt an und hob die Hände hoch über den Kopf, so dass die Ärmel seiner Robe bis zu den Schultern zurückfielen. Seine Stimme trug ebenso weit wie die der Königin, sie übertönte das Knistern der Flammen und das Schnauben der nervösen Pferde.

»Christus neben mir,
Christus vor mir,
Christus hinter mir.
Heute nehme ich eine furchtbare Macht an.
Ich beschwöre die Dreifaltigkeit,
ich erkenne an die Macht der Drei
im Glauben an den Einen,
im Angesicht des Schöpfers.«

Eine Windbö trieb die Mauer aus Rauch in die Schar derer, die sich auf der Hügelkuppe versammelt hatten, und verdunkelte vorübergehend den Himmel. Die drei Kämpfer blieben wie angewurzelt stehen, als sie den Zauberspruch hörten, ausgesprochen von einem Mann mit der Redegewalt eines Druiden. Selbst der riesenhafte Murchad zauderte.

Das flackernde Licht der Flammen spiegelte sich in ihrem Schmuck aus Gold und Silber und warf tanzende Schatten auf die weiß gewandeten Glaubensjünger. Murchad war der Recke des Hochkönigs von Eriu, doch gegen einen Druidenfluch konnte ein Krieger sich nicht zur Wehr setzen.

Patraic war im Begriff, die Schlacht der Geschichten und Symbole zu gewinnen. Das Feuer würde nicht gelöscht werden.

Königin Yseult wusste nicht, was sie tun sollte. In den Erzählungen, die an langen Winterabenden am Feuer gesponnen wurden, war sie Yseult die Weise, die helle Flamme der Tuatha Dé, deren Danann, Kunst des Heilens und deren Wissen um die Bräuche sowohl der Gaelen als auch der Feadh Ree in allen fünf Fünfteln Erius bekannt waren – für dies hier jedoch hatte sie keine Weisheit zu bieten. Sie konnte ihre Männer nicht zwingen, gegen Patraic vorzugehen und zu riskieren, dass sie verflucht wurden, und allein konnte sie das Feuer nicht löschen.

Bitterkeit wand sich in ihrem Magen wie ein Trank, den man jemandem verabreicht, der verdorbenes Fleisch gegessen hat.

Patraic ließ die Arme sinken und sah sie an; das Blau seiner Augen war ebenso leuchtend wie der Himmel hinter dem

Rauchschleier. Er wusste ebenso gut wie sie, dass die Krieger von Eriu die Macht des Wortes mehr fürchteten als die schärfste Klinge. Und er verstand es, sich dieses Wissen zu Nutze zu machen.

Sie trieb ihr Pferd vorwärts durch die kleine Schar. Neben dem Christenweisen hielt sie an und beugte sich zu ihm herab. »Wenn der Ard Ri hiervon erfährt, werdet Ihr in Tara nicht länger willkommen sein.«

»Was ist der Sitz irdischer Könige, verglichen mit dem Sitz des himmlischen Königs?« Seine Stimme war wieder sanft, doch es schwang auch Triumph darin mit.

»Es ist nicht vorbei, Römer«, beschied sie ihn knapp.

Plötzlich grinste er. »Nein, dafür sind wir beide viel zu starrsinnig.«

Dieser Humor entwaffnete Yseult vollkommen – ein Mann, der gewillt war, mit seinem Feind zu scherzen. Sie konnte nicht umhin, sich zu wünschen, sie stünden auf derselben Seite.

Brüsk richtete sie sich im Sattel auf und blickte unwillkürlich in das Feuer von Patraic, der mehr schlau als starrsinnig war, der unter den Menschen dieses Landes aufgewachsen war und ihre Art kannte, dem die Bedeutung von Ritualen vertraut war und der wusste, wie man mit Zeichen umgehen konnte. Dies hier war Macht und Magie. Und das machte Yseult der Weisen große Angst.

Die Gaelen bewunderten Mut mehr als alle anderen Eigenschaften, und hier stand ein weiß gewandeter Weiser, der Lóegaires Recken und der Königin der Tuatha Dé Danann die Stirn bot. Gleich nach dem Mut schätzten sie Großzügigkeit, und Patraic war fürwahr großzügig. Und schließlich hatten sie großen Respekt vor der Macht der Worte.

»Christus wird auch Euch annehmen«, sagte der Christenweise leise. »Er ist für unser aller Sünden gestorben, um uns das ewige Leben zu schenken.«

Yseult die Weise legte keinen Wert darauf, vom Gott der Römer errettet zu werden, einem Gott, neben dem kein Platz für Danu oder Brigid oder Lug war, einem Gott ohne Nachsicht, der alle Magie im Leben für sich beanspruchte. Sie wendete ihre Stute. »Kommt«, rief sie ihrem Trupp zu. »Wir müssen nach Tara zurück und dem König hiervon berichten.« Sie bedeutete den Kriegern, wieder aufzusitzen, und führte sie davon, nach Süden, zu Lóegaire und zum Rath na Riogh, fort vom Hügel von Slane und dem Feuer, das hinter ihr brannte.

Vor der Feuergrube in der großen Halle von Tara schritt die Königin auf und ab. Die hohen Holzsäulen, die das dicke Strohdach trugen, waren mit kunstvollen Mustern aus verschlungenen Blättern verziert, in die Menschen- und Tiergestalten hineingewunden waren, das Beste an Schnitzkunst, was Midhe oder Brega zu bieten hatten. Verschiedene Haushaltsgeräte, gewebte Wandteppiche und Waffen – Erinnerungen an weniger friedliche Zeiten – hingen an den Wänden, lange und runde Schilde aus Bronze und Holz neben Schwertern und Äxten. Vor der Zeit von Lóegaires Vater, Niall der Neun Geiseln, waren jene Waffen gegen die anderen Stämme Erius erhoben worden, besonders gegen die ärgsten Widersacher der Ulaid, die Laigin. Jetzt waren die Feinde, gegen die diese Waffen schützten, die Bretain jenseits des Wassers, Raubüberfälle waren unter den Tuatha von Eriu selten geworden.

»Setz dich, Yseult«, sagte Lóegaire. »Du machst uns alle nervös.«

Sie hielt in ihrem Auf- und Abschreiten inne und wandte sich dem König zu. Nachdem Lóegaires erste Gemahlin gestorben war, hatte sie seinen Anspruch auf die Königswürde bereitwillig unterstützt, war seine Frau geworden und hatte sein Bett geteilt. Jetzt jedoch alterte er rasch, und die Kraft seines Armes war nicht mehr die, über die ein Hochkönig verfügen sollte. Vor drei Sommern hatte sie sein Bett verlassen, hielt jedoch sein Königtum weiter aufrecht, weil sie wusste, dass er die Alten Bräuche niemals vollständig aufgeben würde.

Jetzt aber – jetzt zeigte er keinerlei Neigung, sich Patraic entgegenzustellen.

»Kannst du denn nicht sehen, wie gefährlich er ist, Lóegaire?«, fragte sie.

Der König gab ein ungläubiges, bellendes Auflachen von sich.

»Gefährlich? Mir gefällt dieses frevelhafte Feuer ebenso wenig wie dir, aber ich kann nicht erkennen, was für eine Bedrohung ein Christenweiser darstellen sollte.«

»Man kann sein Feuer in jeder Himmelsrichtung aus einem Tagesritt Entfernung sehen«, sagte Boinda leise. »Wenn er es weiterbrennen lässt, wird es dem Beltanefeuer den Rang streitig machen.«

Sie konnte Lóegaires Ungeduld spüren, wie ein Aufbrüllen in ihrem Kopf. Königin Yseult besaß alle drei Gaben der Alten Rasse, die des Wandels, die des Rufes und die des Wissens; die des Wissens jedoch war am stärksten in ihr ausgeprägt – manchmal war sie fast wie ein Fluch, wenn sie abgelenkt wurde und die Gedanken anderer die ihren zu verdrängen drohten.

Lóegaire wandte sich an Boinda. »Dann müssen wir diesen Patraic eben zu Beltane herschaffen und ihn nicht verbannen. Das Land Eriu hat schon früher neue Götter willkommen geheißen.«

»So aufgeschlossen ist seine Religion nicht«, wandte der Druide Lochru ein.

»Was soll ich denn tun?« Der König zuckte die Achseln. »Wenn ich ihn verbanne, kündigen die Könige, die an Patraics Gott glauben, dem Hochkönigsamt der Ulaid möglicherweise die Treue auf.«

Lóegaires älterer Bruder Coirpre beugte sich vor. »Und wenn du es nicht tust, weigern sich vielleicht jene Könige, dir zu folgen, die es mit den Alten Bräuchen halten.«

Königin Yseult sah Coirpre an. Er war Herrscher des Königssitzes, der heiligen Stätte von Tailtu, doch er würde niemals vergessen, dass die Ratsversammlung ihn übergangen und seinen jüngeren Bruder zum Ard Ri erwählt hatte. Sie mochte Coirpre nicht, aber er war ein treuer Anhänger der alten Sitten und damit ihr Verbündeter.

Sie hatte einen Gemahl, den sie nicht lieben, einen Verbündeten, den sie nicht schätzen, und einen Feind, den zu achten sie nicht umhin konnte. Mit einem Mal fühlte die Königin sich sehr müde.

Zu Beltane entzündeten der Hochkönig und seine Druiden das wahre Feuer, so, wie es sein sollte. Das Vieh wurde zwischen den Feuern hindurchgetrieben, und die Sommerweiden wurden geöffnet, ebenfalls so, wie es sein sollte. In diesem Jahr jedoch brannte das Feuer der Christen im Norden, und nichts würde so sein, wie es sein sollte.

Die Druiden zogen sich in den heiligen Hain zurück, zusammen mit der Ban File Brigid. Die junge Priesterin war nur wenig älter als Yseults Nichte Brangwyn, und schon jetzt war sie die größte Druidin im ganzen Lande, die Statthalterin der Göttin in Eriu. Obgleich sie nicht von reinem Blute war, überstiegen ihre Fähigkeiten sogar die der Königin.

Es war die Gabe des Wissens, die man für den Tarbfeis, das Ritual des Stiertraums, benötigte. Die Druiden hatten den Bullen ausgewählt, der anstelle des Königs geopfert werden sollte, hatten ihn gesegnet und ihm die Identität des Königs verliehen, während Lóegaire die heiligen Kräuter empfing und fortgebracht wurde. Der Druide Lochru tötete den Stier, und Brigid aß von dem Fleisch, um den Traum heraufzubeschwören. Der oberste Barde Erc stand daneben, um die Zeremonie in seinem Gedächtnis zu bewahren und ein Gedicht zu verfassen, das während der Winterabende am Feuer die Runde machen würde. Alles war, wie es sein sollte, mit Ausnahme des Feuers im Norden, das noch immer auf dem Hügel von Slane loderte.

Brigid verfiel in Trance, und die Beschwörungsformeln wurden über ihr gesprochen. Doch als sie aus dem Hain hervortrat, gebadet im Blut des Bullen, verkündete sie nicht, welche Rituale nötig waren, damit Lóegaire für ein weiteres Jahr rechtmäßig Anspruch auf den Thron des Ard Ri erheben konnte. Was sie verkündete, waren die Umstände, unter denen der Hochkönig den Tod finden würde.

Königin Yseult sah Brigid sprechen, nicht länger das strahlend schöne Geschöpf, das sie kannte. Stattdessen war sie Morrigu, das Werkzeug des Todes, mit Blut auf Händen und Lippen, Danu selbst, der das Wissen um alle Dinge aus den Augen leuchtete.

Brigids Stimme kam aus weiter Ferne, doch sie tönte klar und deutlich über die Menge hinweg. »Ich spreche vom Tode Lóegaires. Es ist der Tod eines Königs, der kein König mehr ist. Der Tod wird ihn zwischen Alba und Eriu ereilen, nachdem er sein Wort und sein Königtum verwirkt hat.«

Ein Stöhnen entfuhr den Zuschauern bei den Worten der Ban File, während die blasse Gestalt, auf die sich die geballte Aufmerksamkeit richtete, zwischen den Druiden, die sie flankierten, zusammenbrach.

Am nächsten Tag rief Hochkönig Lóegaire die Druiden und Edelleute im größten Rundhaus des Rath na Riogh zusammen, das die Königin einst mit ihm geteilt hatte. Jetzt teilte er es mit der Sklavin von jenseits des Meeres, die in der Feuergrube in der Mitte des Raumes eine Sau briet. Das Torffeuer brannte gemächlich und gleichmäßig; gelegentlich knackte und zischte es, wenn Fett auf die Glut tropfte. Der Geruch des Fleisches und des Feuers umgab sie, doch das Haus war meisterlich gebaut und gut belüftet, und der größte Teil des Rauches zog durch die Schlitze am oberen Rand der Außenmauern ab.

»Das war nicht der Tarbfeis«, beharrte Lóegaire. »Das Königsamt des kommenden Jahres wurde nicht erwähnt. Die Zeremonie muss wiederholt werden.«

Yseult warf einen raschen Blick zu Brigid hinüber, doch die Hüterin der Flamme blieb stumm. Anscheinend fand sie, dass es des Königs Entscheidung war, wenn er die Wahrheit einer Prophezeiung abstreiten wollte.

Der Druide Lucet schüttelte den Kopf. »Es war die rechte Zeit, und der Stier war geweiht. Wenn das Königsamt nicht erwähnt wurde, dann sei es so. Wir können nur hoffen, dass die Götter uns nächstes Jahr eine eindeutigere Botschaft schicken.«

»Wenn niemand anders zum König ernannt wurde, steht es nur Euch zu, ein weiteres Jahr lang Ard Ri zu sein«, fügte der Druide Lochru hinzu.

Lóegaires Miene hellte sich auf. »Fürwahr.« Sein Blick huschte zu Königin Yseult hinüber und glitt wieder fort, und sie konnte fühlen, wie sein Verlangen kurz aufflammte, ehe er es unterdrückte. Er begehrte sie noch immer und wollte sie nicht nur als ein Symbol seiner Vermählung mit dem Land. Seine bretainische Sklavin war durchaus liebreizend, liebreizend und fügsam, doch es war nicht Fügsamkeit, nach der es ihn verlangte, es war die Königin der Tuatha Dé Danann.

Er schob seinen Stuhl zurück und stand auf.

»Ich habe vor, mich um Frieden mit den Bretain zu bemühen«, verkündete der Hochkönig und begann, auf und ab zu schreiten. »Wir müssen Gesandte zu den Königen von Rheged, Venedotia und Dumnonia schicken.«

Aufruhr brach unter den anderen anwesenden Königen aus. Lóegaires Beweggründe waren für alle klar erkennbar: Er wollte sicherstellen, dass er nicht in eine Schlacht zwischen Alba und Eriu geriet, wollte mächtiger sein als die Prophezeiung. Doch die Raubzüge an der bretainischen Küste waren für die Könige im Osten höchst einträglich.

Dunlaing, ein König der Laigin im Süden, verschaffte sich schließlich über den Lärm hinweg Gehör. »Und was ist mit dem Oenach, Lóegaire? Habt Ihr nicht vor, zuerst mit den anderen Königen zu sprechen?«

»Noch ist nichts entschieden«, beschwichtigte der König und antwortete nicht auf Dunlaings Frage. »Der erste Schritt ist, Boten auszusenden.«

»Und was ist, wenn wir kein Interesse an einem Frieden mit Bretain haben?«, wollte der Laiginkönig hartnäckig wissen.

Dunlaing und Lóegaire mochten vielleicht zurzeit keine Überfälle aufeinander anführen, doch die beiden Männer waren einander beileibe nicht zugetan. Der Hochkönig drehte sich um und starrte seinen Erbfeind an. »Wenn ich mit Stämmen der Bretain Frieden schließe, würden jene, die dem Hochkönig von Tara untertan sind, gut daran tun, diesen Frieden einzuhalten.«

»So werden bei den Königen von Eriu keine Entscheidungen getroffen«, meldete sich Coirpre zu Wort, und seine gewaltige

Stimme hallte von den Holzbalken der großen Halle wider. Seine Bemerkung sollte die anderen Herrscher daran erinnern, dass ihre Würde verletzt wurde, und genau das tat sie auch.

»Ja, der Oenach sollte zu Rate gezogen werden!«

»Ohne Zustimmung des Rates könnt Ihr keinen Frieden mit den Bretain schließen!«

»Warum sollten wir auf Raubzüge übers Meer verzichten?«

»Ruhe!«, brüllte Lóegaire, und das Geschrei legte sich endlich. »Wie Ihr alle wisst, werden die Bretain von Jahr zu Jahr stärker und unsere Verluste mit jedem Raubzug größer. Es ist nicht leicht, die Könige aller Tuatha außerhalb eines förmlichen Oenach zusammenzurufen. Ich gedachte, ein wenig Zeit zu sparen, indem ich zuerst in Erfahrung bringe, wie die Bedingungen für einen Frieden aussehen könnten, und ich werde mich zu Lugnasad mit den Anführern der fünf Provinzen von Eriu beraten.«

Königin Yseult sah etliche Köpfe zustimmend nicken, viele Könige und Königinnen jedoch saßen noch immer mit versteinerten Mienen da. Die versprengten Gedanken und Gefühle, die sie auffing, waren nicht minder gemischter Natur, doch unter ihnen herrschte die Überzeugung vor, dass Lóegaire dies nicht zum Wohle Erius tat.

Er tat es zum Wohle Lóegaires.

Am letzten Tage der Beltanefeiern versammelten sich Hunderte auf den Hängen eines Hügels unterhalb der Hauptfestung von Tara. Das sanfte Gefälle stellte eine ausgezeichnete Bühne für den Dichterwettstreit der Filid dar. Sogar eine Gruppe fremdländischer Kaufleute war gekommen, um zuzusehen, jene, die die Sprachen Aremoricas oder Albas sprachen, Mundarten, die denen von Eriu nahe genug verwandt waren, dass sie die Dichtung der Barden der Erainn zu schätzen wussten. Außerdem wussten die Händler, dass nur wenige Besucher geneigt sein würden, ihre Waren zu begutachten, während die Filid sangen, und nichts behagte ihnen mehr als ein schönes Lied, wenn ihre Bäuche voll und ihre Rücken warm waren. Ein ganzer *Tag* voller Lieder sagte ihnen noch mehr zu.

Die große Hügelfeste von Tara, der Königssitz, erhob sich auf einem Kamm, von dem aus man das Tal des Boyne überblickte und dahinter alle fünf Provinzen von Eriu: Laigin im Süden, Mumu im Südwesten, Connachta im Westen und Ulaid im Norden, während Tara selbst in der Provinz Midhe lag. Unterhalb des Hügelkammes drängten sich die strohgedeckten Holzhäuser der Handwerker und Bauern, die die Festung mit allem Nötigen versorgten oder zu Kriegszeiten nahe bei Taras Verteidigungsanlagen sein wollten. Nur ein kleiner Teil der Beltanebesucher lebte in Tara selbst oder in dessen unmittelbarer Nähe – die Menschen kamen für die Feierlichkeiten aus einer Entfernung von mehreren Tagesritten zusammen.

Auf den Erdwällen auf dem Abhang des Rath waren die Dichter für alle gut zu sehen, wenn sie ihre aus dem Stegreif komponierten Lieder vortrugen. Neben den Teilnehmern des Wettstreits standen die Richter, darunter etliche Druiden, Königin Yseult und die Ban File Brigid aus Druim Dara.

Der Tau lag noch auf dem Gras, als die ersten Teilnehmer herausgefordert wurden. Sie sangen gut, aber mit wenig echter Eingebung, bescheidene Lieder, die zur Jahreszeit passten, von Frühlingsgras und Feldern, auf denen die Saat ausgebracht worden war, von Flüssen und heißem Blut. Doch die Worte waren wahrhaftig und die Musik lieblich, und das Publikum war zufrieden.

Niemand rechnete mit etwas anderem, als der alte Druide Boinda vor Lochru hintrat, um seine Herausforderung anzunehmen, den Rücken gestreckt und das Kinn hoch erhoben. Obgleich er ein Ollamh war, der höchste Rang, den ein Druide zu erreichen vermochte, erinnerten sich einige noch daran, dass er in seiner Jugend ein berühmter Barde gewesen war. Unter den Tuatha Dé Danann hieß es, Aengus Og höchstselbst, der König der Anderswelt, habe Boindas Stimme und seinem raschen Verstand Beifall gezollt. Jetzt überließ Boinda das Singen häufig den jüngeren Filid und begnügte sich mit seiner Rolle als Ratgeber Königin Yseults der Weisen und als Lehrer ihrer Tochter, Yseult der Schönen.

Lochru lächelte, als er dem alten Barden seine Aufgabe stellte: »Wahrheit, Haus, Waffe.«

Boinda stand ein paar Augenblicke lang reglos da, hob schließlich die Harfe und begann, eine Reihe düsterer Töne zu spielen. Dann stieg seine Stimme klar und hoch über die Köpfe der Versammelten empor.

»Der König wohnt in Wahrheit und in Wahrheit die Ehre.

Er wohnt in einem Haus der Pflicht, einem Haus, das bestehen wird.

Die Wahrheit seines Wortes errichtet starke Mauern.

Die Ehre seines Wortes ist ein Dach, das nicht einstürzen wird.

Sein Wort zu seinem Volke ist eine Waffe in seiner Hand;

Wendet er sich gegen sein Volk, so wendet er sich gegen sich selbst.

Herrscht er ohne das Wort, so herrscht er ohne Ehre.

Ein König ohne Ehre ist ein Stier-König,

Er schlägt und wird geschlagen,

Er verletzt und wird verletzt,

Er schleudert fort und wird fortgeschleudert.

Wider ihn werden Hörner geschüttelt und Schlachten geschlagen.

Seine Krieger werden ihn verlassen, und seine Würde wird dahin sein.«

Boinda ließ seine Harfe sinken. Erschüttertes Schweigen hatte die Menge erfasst, eine vollständige Stille, die in der Luft hing wie ein von den Alten gewirkter Zauber.

Das Wiehern eines Pferdes von der Rennbahn her brach den Bann, und der Beifall, der die Morgenluft zerriss, ließ das Schweigen zersplittern, ließ es um die Umstehenden herum niederprasseln wie die magischen Scherben eines Regenbogens. Boinda hatte gewagt und gewonnen, hatte sie in seine Worte gehüllt, sie mit der Macht des vollendeten Barden in Bande geschlagen und festgehalten. Allen, die auf dem Hang standen, war klar, dass die gewaltigsten Worte, die sie an diesem Tage vernehmen würden, soeben gesprochen worden waren.

Am liebsten hätte Königin Yseult ihm zusammen mit den anderen zugejubelt, doch sie durfte ihren Gemahl nicht noch mehr erzürnen. Sie warf Lóegaire einen verstohlenen Blick zu und fragte sich, wie er diese Anspielung auf die Audacht Moraind wohl aufnahm, auf das klassische Werk der Erainn über die Ehre von Königen. Offenkundig bediente sich Boinda der dort geäußerten Denkweise über das Königtum, um einen Herrscher zu tadeln, der seine Rechtschaffenheit aufgeben würde, um einer Prophezeiung zu entgehen, einen Herrscher, der hinter dem Rücken der Könige seines Reiches Friedensverhandlungen mit seinem Feind führte.

Lóegaire stand stocksteif da, starr und zornig.

Boindas Lied war nur der Anfang. Damit hatte er den Ton vorgegeben; Fili auf Fili trug einen politischen Gesang vor, der auf den einen oder andern Widersacher abzielte, Gesänge, beinahe so gefährlich in ihrer Absicht wie Spottverse. Und viele davon waren verdeckt gegen den Hochkönig selbst gerichtet. Einen ungewöhnlicheren Dichterwettstreit hatte man in Tara seit Generationen nicht erlebt. Königin Yseult konnte spüren, wie Lóegaires Erregung wuchs, zu stark, als dass er sie vor ihr hätte verbergen können.

Als die Wärme des Tages allmählich verging und die Sonne sich dem Horizont näherte, trat Lucet vor, die Harfe in der Hand. Sein Talent für Dichtungen aus dem Stegreif war in allen fünf Provinzen Erius berühmt.

Lochru stellte ihm seine Aufgabe: »Gerste, Blut, Mann.«

Fast augenblicklich begann Lucet zu spielen.

»Ich bin keine Gerstengarbe,

Die dahingeweht wird vom Wind oder geschnitten von der Sichel.

Ich bin kein weißer Stier,

Der zum Haine geführt wird, wo mein Blut verströmt.

Ich bin kein Sohn Adams

Mit Sünden auf meinem Haupt, die ich nicht begangen habe.

Ich stehe nicht ein für den Sündenfall eines Einzigen,

Kein Mann allein steht ein für meinen eigenen Sündenfall.
Wenn ich dem Gesetz treu bleibe,
Erwarten mich die Freuden der Anderswelt.
Mein Ruhm in dieser Welt ist mein eigenes Werk.
Mein Schicksal in der anderen ist ebenfalls das meine.«

Es war ein Tag der Herausforderungen. Doch während der Mehrheit der Zuhörer die Herausforderung in Boindas Lied klar gewesen sein dürfte, würden nur wenige begreifen, dass Lucet mit seinem Gedicht die Religion des Christus angriff. Der Mann in der weißen Robe eines Druiden, der sich just jetzt durch die Menge drängte, war allerdings ganz gewiss einer dieser wenigen.

Patraic trat vor die Richter; sein Gesicht war hochrot. »Auch ich möchte an diesem Wettstreit teilnehmen.«

»Nur Filid, die als solche geschult worden sind, haben das Recht, hier zu singen«, entgegnete Brigid.

»Ich bin von meinem Meister geschult worden, von Miliuc.«

Obwohl er ihr Feind war, konnte Königin Yseult die Wahrheit in seinen Worten nicht bestreiten. Sie berührte den Ellenbogen der Weisen. »Er sagt die Wahrheit, Brigid. Nach den Regeln ist es ihm erlaubt teilzunehmen.«

»Dann tretet für Eure Aufgabe vor.« Brigid musterte Patraic wachsam.

Der Christenweise wandte sich zu Lochru um.

»Da Ihr Lucet direkt antworten wollt, gebe ich Euch dieselbe Aufgabe«, verkündete der Druide. »Gerste, Blut, Mann.«

Patraic hatte keine Harfe, also stand er einen Moment mit gesenktem Haupt und vor dem Körper gefalteten Händen da. Dann hob er den Kopf, sah zuerst Brigid an, blickte daraufhin Königin Yseult geradewegs in die Augen und begann.

»Ich bin keine Gerstengarbe,
Die gemäht und für einen Scheffel Eier eingetauscht wird,
Ich bin kein weißer Stier,
Der auf dem Markt verkauft wird für einen Ring aus Gold.
Ich bin ein Sohn Adams,
Ein Mann wie jeder Mann,

Mit Blut in den Adern und eigenen Wünschen.
Ich stehe niemandem Rede und Antwort außer Gott.
Kein Mann besitzt mich; ich gehe meinen eigenen Weg.
Wenn ich Gottes Willen treu bleibe,
Erwarten mich die Freuden des Himmelreiches.
Wahrheit und Ehre werden stehen
Zwischen mir und den Mächten der Finsternis.«

Lucet trat mehrere Schritte vor. »Das war keine Antwort. Sklaverei hat nichts mit der Doktrin der Erbsünde zu tun, die Eure Religion verkündet.«

Patraic wandte sich von den Richtern ab und drehte sich zu dem wütenden Druiden um. »Eure Erörterung fußt auf der Vorstellung eines freien Willens, oder nicht? Ein Sklave ist seines freien Willens beraubt.«

»Verbietet Eure Religion die Sklaverei? Ich habe nichts dergleichen in Euren heiligen Büchern gelesen.«

Ehe Patraic antworten konnte, trat Lóegaire zwischen den Druiden und den Christenweisen. »Genug, alle beide!«

Lucet und Patraic starrten den König an, als habe dieser ein philosophisches Streitgespräch im Hause der Druiden gestört. Die Königin unterdrückte das Bedürfnis, hell herauszulachen.

»Ich bin wahrscheinlich nicht der Einzige, der genug von dem Streit darüber hat, wessen Wahrheit wahr ist«, begann der Hochkönig. »Ich will, dass jeder von Euch ein Buch herbeischafft, das Eure jeweilige Wahrheit enthält. Wir werden diesem Streit hier und jetzt ein Ende machen.«

Lucet sah gelinde verwirrt aus angesichts der Wendung, die die Dinge genommen hatten, doch er winkte den jungen Barden Aneirin zu sich, der ganz vorn in der Menge stand. Patraic rief den ersten Glaubensjünger herbei, den er finden konnte, Ciaran. Nach kurzem Beratschlagen eilten die beiden davon, um die gewünschten Bücher zu holen. Königin Yseult fragte sich, was Lóegaire jetzt vorhatte; seine Gedanken waren ihr verschlossen.

Aneirin kam mit einem Satz Oghamstäben aus Haselholz zurück; die Buchstaben waren in die Seiten der Stäbe geschnitten und das Ganze oben mit einer Lederschnur zusammengebunden. Das Buch, das Ciaran brachte, war in Latein mit Tinte auf Pergament geschrieben. Die jungen Männer boten dem Hochkönig die Bücher dar.

»Jetzt werden wir sehen, welches Buch sich seine Wahrheit bewahrt«, verkündete Lóegaire, und seine Stimme übertönte die neugierige Menschenmenge. »Kommt mit.«

Er ging den Hügel hinunter voran, das Publikum des Wettstreits folgte ihm, mit dem Druiden und dem Christenweisen an der Spitze. Als sie das Ufer eines Baches erreichten, drehte er sich zu den erwartungsvollen Zuschauern um.

»Wir werden diese Bücher der Wasserprobe unterziehen.« Mit diesen Worten warf er die Stäbe und das Pergament in den Bach. Endlich begriff die Königin, was er da tat, und sie wandte sich zu Brigid um und lächelte.

Die Strömung floss dort, wo Lóegaire die Bücher hineingeworfen hatte, träge, und die Oghamstäbe tanzen auf der Oberfläche, während sie langsam bachabwärts trieben. Die Bibel folgte ihnen ein kurzes Stück, bis die Seiten zu viel Wasser aufsogen und sie zu versinken begann.

»Holt die Bücher zurück«, befahl der König Aneirin und Ciaran. Rasch warfen die beiden jungen Männer ihre Kleider ab und wateten in den Bach. Die Haselholzstäbe waren noch immer deutlich zu sehen, und Aneirin bekam das Druidenbuch bald zu fassen, Ciaran jedoch musste tauchen. Als er die Bibel endlich fand und zum Ufer zurückkehrte, war sein blondes Haar dunkel vom Wasser, und das Buch, das er in den Händen hielt, war mit Schlamm bedeckt; die Tinte verlief auf den Seiten.

»Welches Buch enthält jetzt die Wahrheit?«, wollte Lóegaire von den beiden Weisen wissen.

Lucet lächelte; er wusste, dass er gewonnen hatte. Patraic jedoch stand mit unbewegter Miene aufrecht da. »Dieses nicht«, antwortete er mit seiner klangvollen Stimme und deutete auf die Oghamstäbe. Die darauf eingekerbten Zeichen waren noch immer deutlich zu lesen.

»Mehr als das da«, gab Lucet zurück und zeigte seinerseits auf die triefende Bibel.

»Wir können alle sehen, dass die Wahrheit, die Bestand hat, im Buch der Druiden enthalten ist«, erklärte Lóegaire, und die gaelischen Zuschauer jubelten; die wenigen Christen unter ihnen waren kaum zu bemerken. Mit einem Schlag hatte er sie Boindas Gesang vergessen lassen und seine eigene Beliebtheit wiederhergestellt. Yseult war froh, dass sein Triumph auf Patraics Kosten gegangen war, gleichzeitig jedoch war ihr klar, dass Lóegaire wenig andere Beweggründe hatte als Selbstschutz und Ehrgeiz, während Patraic mit dem Mut der Überzeugung handelte.

Patraic trat vor und nahm dem Hochkönig sein Buch aus der Hand. Dann richtete er sich zu voller Größe auf; er überragte Lóegaire um eine halbe Haupteslänge.

»Ich erkenne Euer Urteil nicht an«, sagte er und hob das unbrauchbar gewordene Buch hoch über den Kopf. »Die Worte dieses Werkes werden überdauern, lange nachdem jeder Oghamstab verschwunden ist. Bald wird Eure Schrift aussterben, Eure Bücher werden dem Vergessen anheimfallen, und selbst Eure Worte werden fast zur Gänze ausgelöscht sein.«

Schweigen senkte sich über die Menge, ein tieferes Schweigen als jenes, das vorhin nach Boindas Gedicht geherrscht hatte.

Lóegaires Stimme bebte vor Zorn, als er antwortete: »Ich habe Eure Frevel zu lange geduldet. Ihr seid nicht länger gelitten im Hause der Druiden, und die Tore von Tara werden Euch verschlossen sein.«

»Ich habe Euch nicht verspottet, Ard Ri«, entgegnete Patraic in versöhnlicherem Ton. »Ich spreche lediglich eine Prophezeiung aus.«

»Eine Prophezeiung aus Rache.«

»Das macht sie nicht weniger wahr.«

»Packt Euch, augenblicklich!«

Patraic nickte und wandte sich ab, doch Yseult die Weise sah ihn nicht fortgehen. Stattdessen erblickte sie eine Vision von jenem Feuer, das sie schon seit Jahren verfolgte, sah zum ersten Mal, woraus dieser Scheiterhaufen errichtet war.

Es war ein Scheiterhaufen aus Oghamstäben – das Wissen ihres Volkes, das in Flammen aufging.

2

Heute erhebe ich mich
Durch die Stärke des Himmels:
Licht der Sonne,
Schein des Mondes,
Pracht des Feuers,
Schnelligkeit des Blitzes,
Flinkheit des Windes,
Tiefe des Meeres,
Festigkeit der Erde,
Härte des Felsens.

St. Patricks Brustharnisch

Yseult sehnte sich danach abzusitzen. Sie hatte darum gebettelt, die Reise nach Connachta mitmachen zu dürfen, aber trotzdem, die langen Stunden im Sattel waren anstrengend, besonders in Anbetracht der für diese Jahreszeit ungewöhnlichen Wärme der letzten Tage. Erst ein Monat war seit Beltane vergangen, doch es war so heiß wie zu Lugnasad, dem Fest des Hochsommers. Während der Reise hatten viele der Flüsse, die sie durchquert hatten, wegen der Schneeschmelze Hochwasser geführt. Das Hemd klebte ihr am Körper und war zwischen den Brüsten feucht vor Schweiß, und der Ledersattel scheuerte an den Innenseiten ihrer Schenkel, selbst durch den Stoff der Hose hindurch, die sie zum Reiten trug. Der junge Krieger Gamal hatte sie während eines großen Teils des langen Ritts unterhalten, heute jedoch war es selbst für Getändel zu heiß.

Unterwegs hatten sie in zahlreichen Festungen haltgemacht, die den Königen kleinerer Territorien gehörten, waren jedoch nie länger als einen Tag geblieben, und jeder in der Schar war erschöpft von der Reise, die sich fast über die gesamte Breite von

Eriu hinzog. Die Verhandlungen des Hochkönigs mit den Königreichen Dumnonia und Venedotia verliefen gut, und man vereinbarte gerade eine Ehe zwischen seiner Tochter Eithne und dem dumnonischen König Marcus Cunomorus, um den Frieden zu besiegeln. Lóegaire hatte beschlossen, dass es an der Zeit war, Eithne aus Cruachu zu holen, wo sie und ihre jüngere Schwester als Ziehtöchter von Ailill Molt aufwuchsen, dem König von Connachta. Er schien der Ansicht zu sein, dass die Könige von Eriu eher einen bereits ausgehandelten Frieden hinnehmen würden, als selbst Frieden mit ihren bretainischen Widersachern zu schließen.

Ursprünglich hatten ihre Mutter und Lóegaire nicht vorgehabt, Yseult mitzunehmen, doch sie war vierzehn, starrköpfig und von gemischtem Blut. Jene, die sowohl von den Gaelen als auch von den Feadh Ree abstammten, waren für ihre wilden Augen und ihr leidenschaftliches Temperament bekannt.

Yseult begleitete sie nach Cruachu.

Schon immer hatte sie den Sitz der berühmten Königin Mebd sehen wollen, der größten Königin, die jemals auf Eriu geherrscht hatte, und das weitläufige Gelände mit seinen Hügelfesten und Häusern enttäuschte sie nicht. Cruachu war nicht nur ein einziger Rath, sondern deren viele, die sich über ein größeres Gebiet erstreckten als jeder andere Königssitz auf Eriu. Erdwälle erhoben sich zu allen Seiten, als sie dem gewundenen Weg zur Hauptfeste der Könige von Connachta folgten. Das geschäftige Treiben der Siedlung erinnerte Yseult an Tara während eines Jahrmarktes.

Als sie durch die hohen Holztore zwischen den Erdmauern ritten, standen Eithne, ihre Schwester Fedalma, Ailill Molt und seine Gemahlin Ronait bereit, sie zu begrüßen, flankiert von Druiden und Kriegern. Eithne war vierzehn und damit für die Gaelen im heiratsfähigen Alter. Ehemündig oder nicht, Lóegaires Tochter sah jung und verängstigt aus. Yseults Gabe des Wissens war nicht so ausgeprägt wie die ihrer Mutter – ihre stärkste Gabe war die des Rufes –, doch sie brauchte Eithnes Gedanken nicht zu lesen, um zu wissen, dass ihre Stiefschwester nicht mit einem bretainischen König jenseits des Meeres vermählt werden wollte.

Und Yseult hätte auch nicht mit ihr tauschen mögen.

»Eure Ankunft ist willkommen, größter Herrscher der schönen Insel Eriu«, sagte Ailill Molt förmlich zu Lóegaire, nachdem sie abgesessen waren. Der Hochkönig unterdrückte ein Stirnrunzeln. Die Worte waren korrekt, doch selbst Yseult fiel auf, dass der andere König keinerlei Lobpreisungen für Lóegaires Taten und Tugenden hinzugefügt hatte, wie es Sitte war, wenn man einen geehrten Besucher begrüßte. Vielleicht war Eithnes Ziehvater nicht damit einverstanden, dass man sie zum Heiraten übers Meer schickte.

Yseult wischte sich mit dem Handrücken den Schweiß von der Stirn und warf einen schnellen Blick auf Lóegaires ältere Tochter. Sie war eine liebreizende junge Frau, mit Haar von der Farbe reifen Weizens, zu drei förmlichen Zöpfen geflochten, die ihr bis auf die Oberschenkel reichten. Jeder Zopf wurde von einer hübschen Silberkugel gehalten. Fedalma war dunkler; ihr Haar hatte die Farbe des Sonnenuntergangs, und Sommersprossen sprenkelten Nase und Wangenknochen.

Wie es wohl wäre, wenn man sie zwingen würde, einen Mann zu heiraten, dem sie noch nie begegnet war, fern von allen Menschen, die sie kannte? Bei den Tuatha Dé Danann waren arrangierte Ehen verpönt. Gleichzeitig war Yseult durchaus bewusst, dass die beiden Ehen ihrer Mutter das Ergebnis politischer Überlegungen gewesen waren. Niemand hatte diese Entscheidungen für sie getroffen, nichtsdestotrotz hatte sie die Männer zum Wohle ihrer Tuath erwählt, ihres Stammes, und zum Wohle Erius, und sich den Geboten ihrer Rolle als Königsmacherin gefügt.

»Es werden bereits Bäder für Euch bereitet«, sagte Eithne leise zu den Reisenden, und Yseult hätte bei ihren Worten fast vor Erleichterung aufgeseufzt. »Aber wenn Ihr wünscht, könnt Ihr vorher noch eine Erfrischung zu Euch nehmen.«

Yseult war hungrig und durstig, nach einem Bad jedoch sehnte sie sich noch mehr. Es hatte die ganze Woche nicht geregnet, und die Straßen nach Connachta waren staubig. Ihre Mutter ging mit Lóegaire und Murchad zur Methalle, während Yseult, Brangwyn, Aidenn und Gamal Eithne und Fedalma zum Badehaus folgten.

»Kämpft ihr zusammen mit dem Recken meines Vaters, mit Murchad?«, fragte Eithne die beiden jungen Krieger.

Aidenn und Gamal nickten.

»Habt ihr ihn jemals ins Land der Römer begleitet?«, wollte sie wissen.

»Wir waren mit dem gewaltigen Murchad schon überall auf der Welt«, behauptete Gamal mit seiner dröhnenden Stimme. Nichts liebte er mehr als die Gelegenheit, Geschichten zum Besten zu geben. Doch Eithne hatte offensichtlich kein Interesse an einer guten Heldenmär, sie wollte etwas über ihre zukünftige Heimat und ihren künftigen Gemahl wissen.

Aidenn bedachte Eithne mit einem langen Blick, und sie errötete. »Meinst du die Insel Bretain oder die Länder im Süden?«

»Die Insel Bretain.«

»Ja, wir waren dort«, meinte Aidenn und achtete nicht im Mindesten auf die übertriebenen Behauptungen seines Freundes Gamal.

Eithne errötet noch tiefer. »Erzählst du uns vielleicht davon, wo du gewesen bist, wenn du gebadet und etwas gegessen hast?«

»Natürlich.«

Gamal lachte laut auf. »Wir werden dir Geschichten von Römern und Afrikanern erzählen, von Menschen, die sich Ringe durch die Nase bohren und ihre Götter in Häusern einsperren; Geschichten von Tieren, so hoch wie das Tor einer Ringfeste, und von Vögeln, so groß wie Menschen, die von den Toten zehren. Du willst etwas über die Römer hören? Wir können dir von magischen Badehäusern berichten, wo heißes Wasser niemals kalt wird, von gewaltigen Häusern mit Mauern aus schimmerndem Stein, von Spielen, die mehr als einen Mond währen und bei denen Männer gegen wilde Tiere aus aller Welt antreten, von denen manche selbst fast wie Menschen aussehen.«

Eithnes Miene wurde immer furchtsamer, und Brangwyn und Yseult wechselten einen langen Blick. Mit dem gegenseitigen Einverständnis der Feadh Ree nickten die beiden Basen sich zu. Brangwyn würde mit Aidenn reden und dafür sorgen, dass er nichts erzählte, was Eithne noch mehr verschreckte, als es ohnehin schon der Fall war. Unglücklicherweise würde Yseult wahrscheinlich nicht viel Glück dabei beschieden sein, Gamal dazu zu bringen, *seine* unbeherrschte Zunge im Zaum zu halten.

Nach dem Abendmahl aus in den nahen Flüssen gefangenem Lachs und im nahen Wald erlegtem Wildschwein verließen die jungen Leute die Festung, um unter den Sternen dahinzuschlendern. Zum Glück hatte Gamal doch auf Yseult gehört und übertrieb nicht so sehr wie sonst, als er Eithne von ihrer künftigen Heimat erzählte. Zu hören, dass die Bretain keine Riesen oder dreiköpfige Ungeheuer waren, schien sie zu beruhigen.

Die sechs machten auf einer Anhöhe halt und schauten über die Ringfestungen und Rundhäuser hinweg, die unter ihnen lagen, Kreise aus Blau- und Grautönen im Mondlicht.

Yseult spürte, wie Gamal sich an sie drängte und lächelte. »Was wünschst du dir am meisten auf der Welt, Fedalma?«, erkundigte sich Brangwyn, um das Gespräch von Eithnes Zukunft fortzulenken.

»Immer bei meiner Schwester zu sein«, antwortet die Jüngste und hakte ihren Arm in den Eithnes.

»Und du, Yseult?«, griff Aidenn das Thema auf, und Yseult war dankbar. Fedalmas Antwort konnte Eithne nur daran erinnern, was sie verlieren würde, wenn sie sich am anderen Ufer des Meeres vermählte.

Sie verdrängte die Erinnerung an ältere Halbbrüder und Halbschwestern und antwortete mit dem Zweiten, das ihr in den Sinn kam. »Ich möchte gern genauso weise werden wie meine Mutter und über Könige herrschen, Herzen und Gedanken regieren.«

»Über das Herz und die Gedanken eines Mannes herrschst du jetzt schon«, hörte sie Gamal in ihr Ohr flüstern.

»Ganz gewiss kein unmöglicher Traum für die Tochter einer Königsmacherin«, bemerkte Brangwyn und lachte leise.

Yseult schüttelte den Kopf. »Aber nicht so einfach, wie es den Anschein haben mag. Die Menschen werden uns immer miteinander vergleichen. Sie ist ›Yseult die Weise‹, und ich werde immer ›Yseult die Schöne‹ sein.«

»Das weißt du doch noch gar nicht«, wandte Eithne ein.

»Mebd war erst sechzehn, als sie Königin von Connachta wurde«, gab Yseult zu bedenken.

»Und sie hat ganz bestimmt über die Herzen und Gedanken der Männer geherrscht«, bemerkte Aidenn trocken.

Yseult lachte laut auf. Von Mebd erzählte man sich, dass jeder Mann im Schatten des nächsten gestanden hätte. Die Legende zählte neun Ehemänner – und ebenso viele Bettgefährten wie Männer, die ihr beim Kampf gegen Cú Chulainn beigestanden hatten.

»Vielleicht komme ich ja mit ein paar weniger aus als sie«, meinte Yseult in einem Tonfall gespielter Bescheidenheit, und selbst die ernste Eithne lachte.

Yseult war froh.

Am Tag nachdem sie in Cruachu angekommen waren, schlug das Wetter um. Obwohl alle sich nach ein wenig Regen gesehnt hatten, als sie die staubigen Straßen entlanggeritten waren, hatte niemand Verlangen nach heftigen Stürmen aus Nordwesten verspürt, die den Sommer in einen falschen Winter verwandelten und ihre Rückkehr nach Tara verzögerten. Nach der ungewöhnlichen Hitze der letzten Tage war der Boden für derartigen Regen zu trocken, und anstatt das Wasser aufzusaugen, wehrte er es ab und verwandelte die Straßen in Flüsse, mit Ausnahme der Knüppeldämme, die über die Sümpfe führten. Kein Anrecht auf sicheres Geleit durch die fünf Provinzen Erius konnte das Reisen unter diesen Umständen ungefährlich machen. Das Ergebnis war, dass sie sich auf die Rundhäuser und auf die Gesellschaft der anderen beschränken mussten, auf alte und neue Geschichten; sie lauschten der Ballade von Diarmuid und Grainne, hörten, wie Patraic einen nahe gelegenen Berg erstiegen und diejenigen, die ihm gefolgt waren, zu Christen gemacht hatte, spielten Fidchell und Brandubh und Würfelspiele.

Als nach vier Nächten die Sonne zurückkehrte, waren alle begierig darauf, wieder ins Freie zu kommen. Die Äcker mussten in Augenschein genommen und das Vieh versorgt werden, allerdings erfreute sich die Pflicht, Pferd und Schwertarm Bewegung zu verschaffen, sehr viel größerer Beliebtheit. Es war ein vollkommener Tag, die Sonne schien warm, und die Brise war kühl auf bloßer Haut.

Nach einem Mittagsmahl aus Pökelfleisch, Hafergrütze und Met war Yseult unterwegs zu dem, was nach dem vernichtenden Platzregen vom Kräutergarten der Feste noch übrig war. Sie achtete gerade sorgsam darauf, dem Schlamm und den Pfützen auszuweichen, als eine leise Stimme sie innehalten ließ.

»Yseult.«

Sie blickte auf, überrascht, dass sie die Gegenwart ihrer Stiefschwestern nicht bemerkt hatte.

»Magst du schwimmen gehen?«, fragte Eithne. »Fedalma und ich gehen zum Bach, um den Rauchgeruch abzuwaschen, weil wir so lange drinnengehockt haben.«

Yseult schüttelte den Kopf. »Das klingt verlockend, aber ich habe meiner Mutter und Ronnait versprochen, dass ich ihnen helfe nachzusehen, was nach diesem Regen von den Kräutern noch zu retten ist. Und danach habe ich Waffenübungen mit Brangwyn und Murchad.«

Eithne schnitt eine Grimasse. »Das Wetter ist viel zu schön für Waffenübungen.«

»Man könnte auch sagen, es ist endlich schön genug für Waffenübungen«, entgegnete Yseult lachend und ließ die beiden winkend ziehen.

Patraics Schüler Ciaran wanderte mit seinem Meister und etlichen anderen im Schatten der Bäume dicht an einem Bach dahin. Er genoss den Wind, der vom Wasser her wehte, und die klugen Erörterungen zwischen Männern mit verwandter Geisteshaltung, als er einen erstickten Schrei und ein Platschen vernahm. Das Gespräch brach jäh ab, und die Männer rannten zwischen den Bäumen hindurch zum Ufer. Sie sahen einen Kopf aus dem Wasser auftauchen, gefolgt von einem zweiten, nur um sogleich wieder zu verschwinden.

»Schnell«, befahl Patraic, zerrte sich seine weiße Robe über den Kopf und watete in den Strom. Ciaran, Mochta und Benen folgten ihm dichtauf und schnappten nach Luft, als kaltes Wasser auf nackte Haut traf.

»Hier«, rief Ciaran, der ein kleines Stück stromabwärts von der Stelle schwamm, wo sie die jungen Frauen zum letzten Mal gesehen hatten. Ein blonder Kopf tauchte auf, nur wenige Handspannen von ihm entfernt, und es gelang ihm, einen Arm um ihre Schultern zu schlingen.

»Mochta!« Der junge Mann, der von den anderen Schülern am wenigsten weit von ihm entfernt war, schwamm herbei, um mit anzupacken, und zusammen zogen sie das Mädchen ans Ufer und in die Sonne. Jetzt sah Ciaran, wen sie da aus dem Bach gefischt hatten – wahrscheinlich zu spät. Die Tochter des Königs atmete, jedoch sehr flach. Oberhalb der einen Schläfe war eine dunkle Prellung zu sehen, und ihre Hände und Füße waren kalt, so kalt. Sie zitterte heftig. Er und Mochta drehten Eithne um und hoben sie an den Beinen hoch, bemüht, das Wasser aus ihrer Lunge zu entfernen, doch sie gab nur ein schwaches Husten von sich, gefolgt von viel zu wenig Flüssigkeit. Dann drehten sie sie wieder auf den Rücken, legten sie ins Gras und rieben sie mit aller Kraft ihre Hände.

Inzwischen hatten Patraic und Benen das andere Mädchen gefunden und zogen sie aus dem Wasser, um sie neben ihre Schwester zu legen. Ciaran sah auf die beiden jungen Frauen hinab, bleich und schön vor dem Hintergrund des grünen Grases. Fedalma wurde in regelmäßigen Abständen von heftigem Schaudern geschüttelt, obgleich Patraic und Benen ihr Bestes gaben, sie zu wärmen.

»Hier, Meister, lasst mich«, erbot sich Ciaran, nahm den Platz des Älteren neben dem rothaarigen Mädchen ein und rieb ihre Hände. Beklommen sah er zu, wie Patraic sich langsam erhob und bachaufwärts ging, um seine lange weiße Robe aufzuheben. Doch der Meister war nicht so alt, wie er seinen jugendlichen Anhängern manchmal vorkam – seine Glieder waren muskulös, und er war ein ebenso gewandter Schwimmer wie jeder andere von ihnen.

Patraic kam zurück, wieder in seine Robe gekleidet; seine Miene war betrübt.

»Danke, mein Sohn.« Ciaran machte ihm Platz, und der Meister kniete zwischen den beiden Mädchen nieder.

Ciaran wandte sich wieder Eithne zu, strich ihr eine nasse Haarsträhne aus der Stirn. Sie zitterte noch immer von Kopf bis Fuß. »Sie sind so kalt. Wir müssen sie wärmen.«

»Versuch es mit der Wärme deines Körpers«, schlug Patraic vor.

»Bringt unsere Gewänder, schnell«, rief Ciaran schroff. Er konnte die Tränen fühlen, die in seinen Augenwinkeln lauerten, als er sich neben der Prinzessin ausstreckte und sie in die Arme nahm. Mochta tat dasselbe mit Fedalma, während Benen ihre Kleider aufsammelte und sie zu ihnen brachte.

»Fili?«, ließ sich eine dünne Stimme vernehmen. Eithnes Augen waren einen Spaltbreit geöffnet. Gewiss hatte sie den Meister in seinem langen weißen Gewand für einen Druiden gehalten. Mit benommener Miene blickte sie von Ciaran zu Patraic. Wenigstens hatte sie aufgehört zu zittern.

»Fili?«, wiederholte Eithne schwach. Patraic nahm ihre Hand, während Ciaran eines der Hemden so fest um sie wickelte, wie er nur konnte. Wieder nahm er sie in die Arme, und Eithne richtete ihre verschleierten blauen Augen auf ihn. »Ich bin so müde«, murmelte sie. »So müde, und mir ist so kalt.«

»Schlaf, mein Kind«, sagte Patraic leise.

»Nein!« Ciaran rieb ihren Oberkörper. »Wenn sie einschläft, wacht sie nicht mehr auf.«

»Seid Ihr Druiden?«, fragte Eithne benommen.

»Nein, Tochter«, antwortete Patraic. »Wir sind Jünger Christi.«

»Die Druiden haben große Zauberkraft.«

»Es gibt keine größere Zauberkraft als die Macht Christi, die ewiges Leben gewährt«, sagte der Meister sanft.

»So kalt. Werden wir sterben, Fili?«

»Das liegt in der Hand Gottes.«

»In der Hand welchen Gottes?«

Trotz der Tränen, die gegen seine Augenlider drängten, musste Ciaran lächeln. Sie war mit der Logik der Druiden aufgewachsen, genau wie er, und verlangte sogar jetzt nach Klarheit, da sie kaum die Wirklichkeit festzuhalten vermochte.

»In der Hand von Christus, dem einen, wahren Gott«, erklärte Patraic. »Wenn Ihr mir gestattet, Euch zu taufen, werdet Ihr als seine Bräute zu ihm gehen.«

Eithne sah Ciaran an. »Ist dieser Christus jung?« Ciaran drückte sie an sich, doch sie schien es nicht zu spüren.

»Im Lande des ewigen Lebens gibt es kein Alter«, sagte Patraic.

»Tut, was Ihr für weise haltet, Fili«, flüsterte sie, während ihre Augen sich abermals schlossen.

Anscheinend entschied Patraic, dass ihr Bad für eine Taufe hinlänglich kurze Zeit zurücklag, denn Ciaran hörte, wie die lyrischen lateinischen Sätze über ihm gesprochen wurden, gefolgt vom letzten Sakrament. Eithnes Lippen wölbten sich bei dem melodiösen Rhythmen der Stimme des Meisters zu einem Lächeln.

Ciaran zog ihren Kopf gegen seine Schulter. Er spürte, wie ihr Atem verebbte und aussetzte, doch das Lächeln wich nicht aus ihrem Gesicht.

Rasch wiederholte Patraic das Ritual für Fedalma, und Ciaran ließ die Worte über sich hinwegfluten, während er weinte.

»Hast du sie gut gekannt?«, erkundigte sich Patraic sanft.

Ciaran schüttelte den Kopf. »Der Sohn eines gemeinen Freien, der seinen Ehrenpreis verkauft hat? Einer von Euren Anhängern? Nein.« Ein spöttisches Lächeln lenkte die Tränen auf seinem Antlitz auf einen anderen Pfad. Er erhob sich und wischte sie mit dem Handrücken fort.

Patraic nahm Ciarans Gesicht zwischen seine Hände und

blickte ihm in die Augen. »Du bist eine gütige Seele, Ciaran. Aber sie hat das Sakrament empfangen und kann sich jetzt des ewigen Lebens erfreuen.«

Ciaran zuckte die Schultern. »Was nützt das denen unter uns, die sich gern an ihrem Anblick erfreut hätten?«

Der Meister schaute auf die reglose junge Frau zu ihren Füßen hinab. »Fürwahr. Ein wenig Schönheit ist heute aus der Welt gewichen.«

Er wandte sich an Benen und Mochta. »Was ist mit der anderen Prinzessin?« Sie schüttelten die Köpfe. »Dann kommt. Wir müssen sie zu ihrer Familie zurückbringen.«

Ciaran nahm Eithne behutsam auf die Arme, während Benen Fedalma aufhob, und sie machten sich langsam auf den Weg nach Cruachu.

Yseult und Brangwyn trugen beide Beinkleider und kurze Kittel; Schmuck, der einem Krieger angemessen war, glänzte an ihren Handgelenken und Oberarmen und goldene Torques an ihren Hälsen. Jede hielt ein Schwert in der einen und einen mit Leder bezogenen runden Holzschild in der anderen Hand. Die fein ausbalancierten Klingen, Waffen der Tuatha Dé Danann, geschmiedet von dem berühmten Waffenschmied in Bruig na Boyne, glitzerten in der Sonne, hölzerne Schutzkappen saßen auf den Spitzen. Das Haar der Mädchen war geflochten, damit es ihnen nicht im Wege war; je ein langer, dicker Zopf hing jeder über den Rücken, Schwarz und blassestes Gold. Yseult war eine weiße Flamme und Brangwyn ihr huschender Schatten. Sie befanden sich außerhalb der Mauern der Hauptfeste, auf dem Paradeplatz, wo die Waffenübungen stattfanden. Überall um sie herum waren ähnlich ausgerüstete Krieger zugange, manche mit Holzschwertern, andere mit echten Klingen, des Gewichts des schweren Metalls wegen.

»Fertig?«, rief Murchad den beiden jungen Frauen zu.

Sie nickten.

»Fangt an!«, brüllte der Riese.

Die zwei umkreisten einander mit erhobenen Schwertern.

»Du schwarze Krähe von einem Weib«, schleuderte Yseult ihrer Base entgegen. »Du könntest mich nicht mal schlagen, wenn ich mich in den Dreck lege.«

Brangwyn winkte Yseult in verkapptem Spott mit der Klinge zu. »Du bist immer schneller, als gut für dich ist, Base. Versuch anzugreifen, und du rennst geradewegs an mir vorbei.« Das Lächeln auf ihren Lippen hatte nur sehr wenig Ähnlichkeit mit der freundlichen Miene, die sie sonst zur Schau trug.

Aidenn, Gamal und Lithben, eine der wenigen Kriegerinnen in Lóegaires Diensten, standen am Rande des Kampfplatzes und sahen dem Vorgeplänkel aus Schmähungen zu, die beiden jungen Männer hingerissen, die grauhaarige Veteranin kritisch.

»Ihr werdet sehen«, behauptet Aidenn, »Brangwyn hat recht. Yseult hat die Tatkraft eines Mannes, aber keine Geduld.«

Gamal lachte leise. »Ich würde es nicht wagen, gegen dich zu wetten, mein Freund.«

»So früh im Kampf wettet man nicht«, tat Lithben vernichtend kund.

Ein konzentrierter Ausdruck hatte das Lächeln auf Brangwyns Gesicht verdrängt, und das Silber von Yseults Augen schimmerte im Sonnenlicht. Die Kreise, die sie umeinander zogen, wurden enger, während jede ihre Gegnerin wachsam beobachtete und sie Beleidigungen und Finten austauschten, sich gegenseitig mit Worten erschöpften. Schließlich ging Yseult auf Brangwyn los, doch ihre Base wehrte den Angriff mit ihrem hölzernen Schild ab. Dann schlug Brangwyn zu, ehe die Jüngere wieder in Abwehrstellung gehen konnte, und Yseult konnte nur mit knapper Not ausweichen. Brangwyn nutzte ihren Vorteil und schlug abermals zu, doch diesmal hob Yseult ihr Schwert, parierte und ließ ihrerseits eine Attacke folgen. Die Ältere wich aus und drehte sich zu ihr um. Schon jetzt glänzten die Arm- und Wadenmuskeln der beiden vor Schweiß.

Yseult schlich um ihre Base herum, suchte nach einer Schwachstelle. Brangwyn schätzte den Schwertkampf nicht, doch wie bei allem, was sie tat, war sie gut darin, mit Disziplin und einem scharfen Blick für Einzelheiten. Yseult konnte nur ihre Schnelligkeit und das Überraschungsmoment zu ihrem Vorteil nutzen. Sie vollführte eine Finte und änderte rasch die Richtung des Angriffs, zwang ihre Base, zurückzuweichen und sich zu drehen. Dabei bekam sie einen besseren Blick auf die Krieger um sie herum. Zu ihrer Verblüffung stellte sie fest, dass viele die Waffen gesenkt hatten und ungewöhnlich gebannt den Hang hinunterstarrten.

Brangwyn sah ihren Vorteil und machte einen Ausfall, doch Yseult riss ihren Schild hoch und warf ihr Kurzschwert zu Boden. »Halt! Irgendetwas ist passiert.«

Sie deutete mit dem Schild auf die schweigenden Krieger. Eine kleine Schar kam die Straße herauf, angeführt von dem Christenweisen Patraic; ihm folgten zwei der weiß gekleideten Gestalten, beladen mit den schlaffen Gestalten junger Frauen.

Murchad war der Erste, der die Bedeutung dessen erfasste, was sie da trugen.

»Holt den König und die Königin!«, stieß er hervor. Aidenn und Gamal gehorchten eilig.

Yseult starrte die fernen Gestalten an und wischte sich den Schweiß aus den Augen, um besser sehen zu können. Ein blonder und ein roter Kopf, das lang herabhängende Haar ein greller Kontrast zu den weißen Gewändern von Patraics Schülern.

»Nein!«, schrie sie auf. Sie ließ den Schild fallen und rannte los, Brangwyn folgte ihr dicht auf den Fersen.

Eithne und Fedalma, nass und leblos.

Sie hielt erst an, als sie die kleine Gruppe erreicht hatte. Auch Patraic und seine Schüler blieben stehen, und Yseult krümmte sich vornüber und stützte die Hände auf die Knie, um wieder zu Atem zu kommen.

»Was ist passiert?«, fragte sie, als sie sich wieder aufrichtete. »Sind sie schwer verletzt?«

Patraic schüttelte den Kopf. »Verletzt nicht.«

»Sie sind tot«, sagte der junge Mann, der Fedalma trug.

»Nein«, flüsterte Yseult. Das wäre nicht geschehen, wenn sie mitgegangen wäre, es hätte nicht geschehen können.

»Tot?«, keuchte Brangwyn. »Wie das?«

Die beiden Männer, die die Schwestern auf den Armen hielten, legten ihre Last am Straßenrand ab und rieben sich Nacken und Schultern, um verkrampfte Muskeln zu lockern.

»Sie waren schwimmen«, sagte Patraic.

»Wir sind zu spät gekommen«, fügte der, der Eithne getragen hatte, hinzu. Eine Träne stahl sich aus seinem Augenwinkel, doch er schien es nicht zu bemerken. Yseult erkannte ihn wieder. Er war es gewesen, der an Beltane das heilige Buch der Christen aus dem Wasser geborgen hatte. Ihre Blicke begegneten sich, und der junge Mann schaute weg, blickte wieder auf Eithne hinunter, die still im Gras lag.

Schon kamen Menschen aus der Festungsanlage von Cruachu gestürzt und eilten den Hügel hinunter, der König an der Spitze. Als sie die beiden Mädchen erreichten, fiel der König neben Eithne auf die Knie. Ihm gegenüber hielt Ciaran abermals ihre Hand. Ailill Molt stand neben Ronnait und Königin Yseult und sah mit finsterer Miene zu.

»Ach, mein Lichtstrahl«, sagte der König und strich ihr das feuchte Haar aus der Stirn, während ihm die Tränen über die Wangen und in den Bart strömten. Die Menge verharrte angesichts der Trauer des Königs stumm, nur ein gelegentliches geräuschvolles Einatmen eines der Umstehenden war zu hören.

Endlich blickte Lóegaire auf, direkt in Ciarans Gesicht. »Wer bist du?«

»Ciaran, Ard Ri. Ich bin ein Schüler von Patraic.«

»Was tust du hier?«

»Wir waren gerade in der Nähe des Baches unterwegs« – mit einer weit ausholenden Geste deutete er auf die anderen Mitglieder von Patraics Schar –, »als wir einen Schrei gehört haben. Wir haben versucht, sie zu retten.«

Der Blick des Königs wanderte langsam von einem Schüler zum nächsten, bis er bei Patraic anhielt. »Ich dachte, ich würde Euch nie wiedersehen.«

»Wir sind nicht in Tara«, gab Patraic zu bedenken. »Aber vielleicht war es gut, dass wir hier gelehrt haben. Wir konnten die

Prinzessinnen nicht retten, aber wir konnten ihnen ein wenig Trost spenden.«

Der König nickte. »Dafür danke ich Euch, Fili.«

»Wir hätten mehr getan, wenn es uns möglich gewesen wäre.«

Lóegaire erhob sich schwerfällig und trat auf den Christenweisen zu. »Ihr habt mir an diesem traurigen Tag einen Dienst erwiesen. Ihr seid nicht länger aus Tara verbannt.«

Patraic neigte respektvoll den Kopf. »Ich bin geehrt, Ard Ri.«

Der König wandte sich ab, jede Bewegung schien ihn Mühe zu kosten. Er schaute auf die Menge, die sie umgab, als könne er nicht begreifen, weshalb all diese Menschen hier waren. Dann blieb sein Blick an Aidenn und Gamal hängen, und langsam kehrten Entschlossenheit und Gefasstheit zurück.

»Hebt sie auf und bringt sie in die Festung«, befahl er.

Das königliche Gefolge wandte sich wieder den Toren von Cruachu zu, und Yseult und Brangwyn folgten ihnen.

»Sie haben mich gefragt, ob ich mitkommen will, Brangwyn«, sagte Yseult. »Ich hätte sie retten können.«

Brangwyn schwieg einen Augenblick. »Möglicherweise. Aber sie hätten dich auch mit in den Tod reißen können.«

Vielleicht. Jetzt würde sie es niemals erfahren.

Yseult ging neben ihrer Base her, mit schmerzenden Muskeln und schwerem Herzen.

3

Durch des Herrschers Wahrhaftigkeit kommt in jeder passenden Jahreszeit gutes Wetter, der Winter schön und frostig, der Frühling trocken und windig, der Sommer warm, mit Regenschauern, der Herbst voller Früchte und schwerem Tau. Denn es ist des Herrschers Lüge, die launische Witterung über verderbte Völker bringt und die Früchte der Erde verdorren lässt.

Audacht Moraind

Gamal strich mit einem Finger an Yseults Arm entlang, und sie fühlte, wie sie lächelte. Sie waren der Hitze der Spätnachmittagssonne entkommen und lagen im Schatten eines Weißdornhains. Der Mond hatte alle seine Phasen durchlaufen, seit Eithne und Fedalma umgekommen waren, und langsam wurde es möglich, sich wieder an einer Brise zu ergötzen, die den Kleeduft herbeitrug, an der Berührung einer Hand oder eines schönen Lippenpaares. Noch immer waren die Tage von Traurigkeit erfüllt, doch sie war nicht mehr so allgegenwärtig wie zuvor.

Irgendetwas nagte an Gamals Freude über diesen Tag, sie konnte es spüren, doch sie hoffte, dass er sie nicht damit behelligen würde.

Träge öffnete sie die Augen und sah ihn an.

»Stimmt es, dass du dich bald jenseits des Meeres vermählen wirst?«, fragte er.

Mit einem Ruck setzte Yseult sich auf. »Wo hast du das denn gehört?«

Gamal stützte sich auf einen Ellenbogen und betrachtete sie verblüfft. »Du weißt nichts davon?«

»Nein. Ich will wissen, wo du das gehört hast.«

»Unter den Kriegern der Fianna gibt es Gerede, dass Lóegaire vorhat, bei seinen Verhandlungen mit den westlichen Königreichen von Bretain Eithne durch dich zu ersetzen.«

Sie sprang auf. »Ich soll Marcus von Dumnonia heiraten?«

Er nickte.

Einen Augenblick starrte Yseult ihn an, dann drehte sie sich um und rannte zum Rath zurück.

Sie fand ihre Mutter und ihre Tante bei der Arbeit im Kräutergarten; die Frauen taten ihr Bestes, um die wertvollsten Pflanzen davor zu bewahren, dahinzuwelken und abzusterben. In diesem Sommer hatte es wenig geregnet, die Felder färbten sich braun, und die Früchte an den Bäumen waren klein und hart. Zwischen den Schulterblättern waren die Kittel der Frauen feucht vom Schweiß, und die langen Zöpfe hatten sie hoch oben auf dem Kopf festgesteckt, damit ihnen das Haar nicht in den Nacken hing. Ihre Mutter drehte sich um, als sie ihre ungeduldigen Schritte vernahm, doch beim Anblick von Yseults Gesichtsausdruck erstarb ihr Begrüßungslächeln.

Sie stellte den Topf hin, den sie zum Gießen benutzte. »Was ist los?«

»Gamal hat mir gerade von einem Gerücht der Fianna erzählt, dass Lóegaire vorhat, mich mit Marcus Cunomorus zu verheiraten.«

»Das kann nicht wahr sein. Das hätte ich gehört.«

Nemain legte ein Bündel Minze zur Seite, das sie gepflückt hatte, richtete sich auf und wischte sich die Hände an der Schürze ab. »Er kann seine Gedanken vor dir abschirmen, wenn er will. Und es passt. Er will unbedingt Frieden mit den Bretain, und jetzt, wo Eithne und Fedalma tot sind, hat er keine Tochter mehr, die er vermählen kann. Wer könnte sie besser ersetzen als seine Stieftochter?«

»Wieso kann er nicht einen von seinen Söhnen mit einer bretainischen Prinzessin verheiraten?«, verlangte Yseult zu wissen.

Ihre Mutter schüttelte den Kopf. »Marcus Cunomorus hat

keine Töchter. Und er ist auf der Suche nach einer neuen Ehefrau.«

Yseult ballte die Fäuste. »Lóegaire kann mich doch nicht zwingen, einen bretainischen König zu heiraten.« Sie wollte keine Königin in einem fremden Land, in einem Land mit einer Christenreligion und römischen Sitten sein. Laut Murchad hatten sie dort keinerlei Achtung vor den Alten Bräuchen.

»Yseult, du musst lernen, deine Gabe des Rufes zu beherrschen«, sagte Nemain. »Deine Gedanken sind wie Gebrüll in meinem Kopf.«

Wie um Nemains Worte zu bestätigen, kam Brangwyn herbeigeeilt, hochrot im Gesicht. »Was ist denn los?«

»Allem Anschein nach könnte Lóegaire vorhaben, deine Base an Eithnes Statt zu verheiraten.«

Brangwyn schüttelte den Kopf. »Und keine von uns hat davon gehört?«

»Vielleicht sind die Gerüchte ja nicht wahr«, meinte Yseult, doch sie hatte wenig Hoffnung. Wie Nemain gesagt hatte, es passte alles zu gut zusammen.

Ihre Mutter begann, neben den Kräuterbeeten auf und ab zu schreiten. »Wir müssen es herausfinden. Der Chronist Erc sollte Bescheid wissen – er ist einer der wenigen, die Latein schreiben können. Aber wenn es so ist, warum hat er es uns dann nicht gesagt?«

»Was wirst du tun, wenn es wahr ist?«, wollte Nemain wissen.

»Ich weiß es nicht. Aber ich lasse nicht zu, dass Yseult benutzt wird, um Frieden zwischen Eriu und Alba zu schließen, weil Lóegaire Angst vor einer Prophezeiung hat.«

»Was ist mit der Ratsversammlung?«, fragte Yseult verzweifelt. »Die Könige haben ihren Stolz; es wird ihnen nicht gefallen, dass der Hochkönig so weit gegangen ist, ohne den Oenach zu Rate zu ziehen.«

Ihre Mutter musterte sie mit einem anerkennenden Blick. »Die Ratsversammlung. Ja.«

Die Versammlung wurde in der großen Halle von Tara abgehalten. Langsam traten die Edelleute über die Schwelle aus breiten Holzbalken, unter dem mit verfremdeten Schnitzereien von Menschen und Tieren verzierten Türsturz hindurch, und sammelten sich um den gewaltigen Tisch aus hölzernen Planken, eine der zahlreichen Annehmlichkeiten von Tara. Erc sang ein Willkommenslied. Die meisten der Gebäude, die um die Festungen auf dem Hügel der Könige herum verstreut standen, waren rund, die große Halle jedoch war rechteckig, ein gewaltiges Zeremoniengebäude aus Holz, mit breiten Türen und hoher Decke; der Boden aus Erde war sorgsam gestampft, und die Wandbehänge waren sauber. Keiner von den anderen Königen oder Königinnen konnte sich einer so stolzen Halle rühmen.

Rath na Riogh hatte selten so viele Menschen beherbergen müssen, Schweißgeruch hing dick in der warmen Abendluft.

Als alle die ihrem Rang gebührenden Plätze eingenommen hatten, erhob sich der Druide Lucet.

Das Hauptanliegen der Versammlung waren die Vorbereitungen für die Lugnasadfeiern. Viele Könige und Königinnen aus Midhe und Brega waren anwesend, außerdem eine erkleckliche Anzahl Druiden sowie etliche Anführer der Ulaid und Laigin. Yseult die Weise saß neben ihrem Gemahl, verteilte Aufgaben, machte Vorschläge und wartete auf den richtigen Augenblick. Die Könige, die heute hier versammelt waren, würden nicht erfreut sein zu erfahren, wie wenig der Ard Ri sich um ihre Meinung oder um die Zustimmung des Oenach scherte. Hin und wieder versuchte Yseult, die Gedanken des Königs zu ergründen, doch alles, was sie außer Ungeduld angesichts der Sitzung wahrnahm – angesichts dessen, was er als die langweilige Seite des Königsamtes ansah, das Regieren –, waren gelegentliche Aufwallungen des Verlangens nach ihr.

Endlich waren die günstigsten Tage für Veranstaltungen, Zeremonien und den ungemein wichtigen Oenach von den Druiden festgelegt und die Zeltplätze, die Menge an Lebensmitteln sowie die Summen, die den Kaufleuten dafür abverlangt werden sollten, ihre Waren auf dem Jahrmarkt zu verkaufen, zur allgemeinen Zufriedenheit ausgehandelt worden.

Die Zeit war gekommen.

»Ich habe noch ein weiteres Anliegen vorzubringen, ehe wir auseinandergehen«, verkündete die Königin. »Ich möchte vorschlagen, dass der Oenach zu Lugnasad den Frieden erörtert, den der Ard Ri mit den Bretain ausgehandelt hat, und verlangt, dass er sein Angebot zurückzieht, dem dumnonischen König meine Tochter Yseult als Gemahlin anzubieten.«

Einen Moment lang war es in der Halle merkwürdig still, dann meldete sich der Laiginkönig Dunlaing zu Wort. »Ist das wahr, Lóegaire? Habt Ihr Friedensverhandlungen abgeschlossen, ohne den Oenach hinzuzuziehen?«

Der Hochkönig sah Dunlaing nicht an, als er antwortete, stattdessen starrte er Königin Yseult an. »Ich beklage den Verlust einer pflichtbewussten Tochter. Und ich habe Marcus von Dumnonia an ihrer Statt die Prinzessin Yseult angeboten.«

Dunlaings Faust krachte mit solcher Wucht auf den Tisch, dass die Bierhumpen am anderen Ende der Tafel in die Höhe hüpften. »Nicht, solange dieser Emporkömmling Coroticus unsere Küste heimsucht!«

Die Küstenherrscher erhoben daraufhin zustimmenden Lärm, hämmerten mit ihren hölzernen Humpen auf den Tisch und bekundeten lautstark ihr Einverständnis.

»Gerade jetzt müssen wir über einen Frieden nachdenken«, brüllte Lóegaire seine Widersacher nieder. »Es ist nicht mehr so wie damals, als Niall die Länder jenseits des Meeres erobert hat. Als die römischen Truppen vor einer Generation abgezogen sind, waren ihre neuen Könige schwach und unerfahren. Jetzt sind sie härter geworden und stark. Die Länder Bretains sind keine leichte Beute mehr für uns.«

»Die Ui Liathain von den Laigin halten Demetia noch immer«, gab Dunlaing zu bedenken.

Lóegaires älterer Bruder Eogan, der König von Airgialla, wischte den Einwand mit einer Handbewegung fort. Niall der Neun Geiseln hatte nicht nur halb Eriu erobert, er hatte auch genug Söhne gezeugt, um es zu behalten. »Ihr König Brychan ist inzwischen mehr Bretain als Gaele«, sagte Eogan. »Und mein Bruder und ich haben nicht vor zu vergessen, dass es ein Laiginkönig von jenseits der Erainnsee war, der Niall erschlagen hat!«

Der Streit wurde zu einer Auseinandersetzung zwischen Norden und Süden, alte Fehden und alte Wunden kamen schneller wieder an die Oberfläche als ein Kienspan in einem Teich. Königin Yseult musste das Gespräch wieder auf die Friedensverhandlungen zurücklenken. »Auch wenn die Bretain jetzt stärker sind, ist das kein Grund für die Königreiche von Eriu, um Frieden zu bitten wie ein erobertes Land.«

»Sie hat Recht!«

»Wir haben von den Bretain nichts zu fürchten!«

»Ihr unterschätzt ihre Stärke«, verteidigte Eogan seinen Bruder. Yseult fragte sich, ob sie die Einzige war, der auffiel, dass Coirpre nichts dergleichen tat.

Enna Cennsalach, der mächtigste König der Laigin in Dun Ailinne, gab ein abfälliges Schnauben von sich. »Sie haben ihre Ostküste den Sachsen preisgegeben und ihre Westküste uns – wo ist die Stärke, von der Ihr sprecht?«

Eogan schüttelte den Kopf. »Ihr Hochkönig schlägt die Sachsen Stück für Stück zurück, und die Könige im Westen errichten ihre eigenen Reiche aus den Siedlungen der Erainn.«

Einige der Könige und Königinnen am Tisch nickten zustimmend – hauptsächlich die der Tuatha des Nordens, welche den Ui Neill die Treue hielten.

»Das ist noch immer kein Grund, um Frieden zu bitten!«, behauptete Enna Cennsalach.

»Diese Frage muss den versammelten Königen Erius im Oenach vorgelegt werden!«, verlangte Dunlaing.

Jubel erfüllte die Halle.

»Ich bitte nicht um Frieden!«, brüllte Lóegaire so laut, dass es still wurde. »Ich handele einen Vertrag aus, ein Abkommen zwischen Gleichgestellten, um Frieden zwischen den Inseln Alba und Eriu zu schaffen. Der Oenach wird nicht zu Rate gezogen werden.«

Lóegaires Blick begegnete dem ihren. Er war der gewählte Hochkönig, und es gab nicht viel, was die anderen Könige hätten tun können.

Vielleicht gab es ja etwas, was *sie* tun konnte. Zu Lugnasad wurden Ehen geschlossen, doch Scheidungen fanden zu diesem Anlass ebenfalls statt. Sie konnte ihre Verbindung lösen, und Lóegaire hätte eine Königsmacherin verloren.

Doch das würde nicht vor dem Viertelmond und dem Beginn der Sommerfeiern zu Ehren Lughs möglich sein. In der Zwischenzeit konnte sie nur mit seinen Widersachern zusammen Ränke schmieden und die Göttin befragen.

Drei Tage später, als der Mond voll war, suchten die Königin, ihre Tochter und Nemain den heiligen Eschenhain auf. Königin Yseult trug eine große hölzerne Schale voll Wasser und das Fell eines Opferstiers, Yseult die Schöne die Fackel und die Zweige für das Feuer und Nemain die heiligen Kräuter. Die Königin stellte die Schale in der Mitte des Hains ab, zog den Dolch aus dem Gürtel und ritzte einen großen Kreis in die Erde. In der Mitte dieses Kreises errichtete sie einen kleinen Scheiterhaufen aus Eibenästen und streute getrocknete Beifuß-, Augentrost- und Ringelblumenblätter über das Feuer. Der Geruch brennender Kräuter erfüllte den Hain, und die drei Frauen nahmen rings um den Kessel herum ihre Plätze ein. Yseult die Weise hatte sich das Stierfell um die Schultern gelegt.

»Danu«, hob die Königin an, »wir rufen die Elemente Erde, Luft und Wasser und die sich wandelnde Magie des Feuers an, auf dass sie uns helfen, in einer Zeit der Bedrängnis zu erfahren, was die Zukunft uns bringen wird. Der Kreis ist geschlossen, wir haben die Drei errichtet, und wir knien zwischen zwei Welten, dir ausgeliefert auf Gnade und Ungnade.« Nemain streute noch mehr Kräuter auf das Feuer, und sie atmeten den Geruch tief ein, lauschten stumm den Lauten des Waldes, der Vögel und Tiere und dem Wind, der über ihnen in den Blättern raschelte.

Königin Yseult hätte nicht sagen können, wie lange sie dort knieten, tief atmeten und sich auf das Feuer und das Spiegelbild des Mondes im Wasser konzentrierten. Plötzlich loderte die Flamme empor, höher, als es von einem so kleinen Häufchen Zweige möglich erschienen wäre – mannshoch, baumhoch, eine riesige, weiße Flamme. Sie starrte sie an, und ein Stöhnen entrang sich ihren Lippen.

Es war viel mehr, als sie zu wissen begehrte, viel mehr, als sie sich jemals vorgestellt hatte. Das gewaltige Ausmaß der Bestimmung ihrer Tochter leuchtete in dem Feuer, ein Schicksal, das die jüngere Yseult weder wollen noch hinnehmen würde.

Langsam nahmen die Flammen wieder normale Größe an, flackerten und verloschen. Die Königin sprach mechanisch die Worte des Dankes, gestattete den Mächten der Anderswelt, in Frieden von dannen zu ziehen, und öffnete den magischen Kreis wieder. Ihre Tochter und Nemain blickten sie wartend an, eine Frage in ihren Augen.

»Ich habe gesehen …« Sie fühlte, wie ein Schluchzen in ihrer Kehle emporstieg, und hielt inne, um tief Atem zu holen. »Ich habe dich gesehen, Yseult, fern von Eriu, als Weib des Marcus Cunomorus.«

Yseult schüttelte den Kopf. »Nein. Nein, das kann nicht sein. Ich gehe nicht ins Land der Römer.«

»Das ist nicht alles«, fuhr die Königin leise fort. »Ich habe deinen Namen länger überdauern sehen als alle Könige Erius, wie einen Menhir.«

Einen Augenblick starrte Yseult sie schweigend an. »Vielleicht war es dein Name, den du gesehen hast«, gab sie schließlich mit schwacher Stimme zu bedenken.

»Nein, es war der deine. Yseult die Schöne, nicht Yseult die Weise.«

Ehre und Ruhm waren die vornehmsten Ziele des Volkes von Eriu, von größerer Bedeutung als Reichtum an Vieh oder Gold. Sie spürte, was ihre Tochter empfand, was sie selbst empfunden hatte, das Ringen zwischen Staunen und Verlust.

Yseult hob das Kinn. »Dieser Preis ist zu hoch.«

»Vielleicht hast du keine Wahl.« Die Königin starrte auf die Stelle, wo das Feuer gewesen war. »Es ist eine Bestimmung jenseits aller, die ich jemals geschaut habe. Größer als Fionn, größer sogar als Medb. Du wirst die Magie unserer Bräuche ins nächste Zeitalter tragen. Und solange das Gedächtnis der Menschen währt, wird dein Name nicht sterben.«

Nemain sog scharf den Atem ein. »Bist du dir sicher?«

»Du hast die Flamme doch gesehen.«

Yseult ließ sich auf die Fersen zurücksinken und schüttelte abermals den Kopf. »Das kann nicht sein. Du hast gesagt, ich werde kein Pfand für den Frieden mit Bretain sein.«

»Vielleicht habe ich mich geirrt«, flüsterte ihre Mutter.

»Nein. Wir müssen Lóegaire dazu bringen, die Verhandlungen abzubrechen.«

Ihre Tochter wollte, dass sie genau das tat, worum Lóegaire sich gerade bemühte – dass sie versuchte, die Erfüllung einer Prophezeiung zu verhindern. Das Handeln des Königs war Königin Yseult so töricht erschienen; jetzt, da sie sich in einer ähnlichen Lage befand, sah es ganz anders aus. Die Königin wollte Yseult nicht übers Meer schicken; sie wollte sie nicht mit einem Mann der Christenreligion vermählt sehen, der römische Bräuche pflegte, einem Mann, der, wie Murchad sagte, die Ehre lediglich als Werkzeug betrachtete, um seinem eigenen Streben förderlich zu sein, etwas, das man anlegen konnte, wenn es die Situation erforderte, und dessen man sich wieder entledigte, wenn es einen behinderte.

Was sollte sie tun?

Die Königin ergriff die Hand ihrer Tochter. »Eine Prophezeiung enthüllt nicht alles, Yseult. Und zu versuchen, sich ihr zu entziehen, führt oft erst recht dazu, dass sie sich erfüllt. Denk doch an Cumhail. Denk an Balor und Ethlinn.«

»Von denen musste keine einen alten Mann auf der anderen Seite des Meeres heiraten!« Yseult entriss ihre Hand dem Griff ihrer Mutter, sprang hastig auf und rannte aus dem Hain.

Die Königin und Nemain erhoben sich etwas bedächtiger und klopften sich die Gewänder ab.

»Ich glaube, es war noch nie so schwer, meinem Namen gerecht zu werden«, sagte Yseult die Weise und starrte dorthin, wo ihre Tochter zwischen den Bäumen verschwunden war.

Yseult hatte einen ihrer Lieblingsplätze aufgesucht, das Wäldchen, wo sie und Gamal sich gern trafen. Der Erdboden unter ihrem Rücken war kühl und die Luft über ihr warm; diesmal jedoch konnte sie in dem Geruch von Erde und Bäumen keinen Trost finden. Eine leichte Brise raschelte über ihr im Laub, und Vögel schwatzten munter drauflos, fröhliche Laute eines Frühsommertages. Sie hatte in der Nacht zuvor nicht gut geschlafen, und in ihren Träumen war keine Hilfe zu finden gewesen.

Ihre Mutter hatte sie an diesem Morgen nicht geweckt, hatte sie nicht mitgenommen, als sie zum Haus des Heilens gegangen war. Brangwyn und Nemain konnten ihr zur Hand gehen, wenn es bei den Waffenübungen einen Unfall gab oder ein kleines Kind krank wurde. Yseult brauchte Zeit, um ihre Gedanken zu ordnen.

Ihre Mutter hatte gesagt, es sei ihr Schicksal, einen Mann zu heiraten, den sie noch nie gesehen hatte, in einem Land, in dem sie noch nie gewesen war. Es sei ihr Schicksal, dass ihr Name überdauern würde wie ein Menhir.

Yseult schaute zu den Apfel- und Weißdornblättern hinauf, zu dem Spiel von Licht und Schatten, zu den Früchten, die an den Ästen reiften, zu klein für diese Jahreszeit. Solange sie denken konnte, hatte sie von Ruhm geträumt, größer als der ihrer Mutter, größer sogar als der Medbs.

Hab Acht, was du dir wünschst, sagten die Druiden.

Sie hatte sich gewünscht, dass ihr Name überdauern möge, aber nicht um den Preis, alles zurückzulassen, was sie kannte, jeden, den sie liebte. Nicht um den Preis, in ein Land zu ziehen, wo man die Alten Bräuche nicht mehr ehrte, wo man einer Frau keine Wahl ließ, mit wem sie sich vermählte, wo Danu selbst gestorben und die einzige Religion die von Patraic war.

Yseult rollte sich herum und stützte das Kinn in die Hände. Es war nicht klug, seine Feinde zu unterschätzen, pflegte ihre bodenständige Base Brangwyn zu sagen. Sehr viel klüger war es, sich mit ihnen vertraut zu machen, ihr Denken und ihre Beweggründe zu verstehen. Sie dachte an den Christenschüler, der Eithne vom Fluss heraufgetragen hatte, den jungen Mann, der geweint hatte, ohne seine Tränen zu bemerken. Unwillkürlich fragte sie sich, was ihn dazu gebracht hatte, Christ zu werden. Er schien ein gesunder, verständiger Bursche zu sein, der Krieger oder Handwerker hätte werden können. Stattdessen hatte er sich dafür entschieden, die neue Religion zu lehren, die Bräuche der Bretain und der Römer nach Eriu zu bringen.

Yseult setzte sich auf, sammelte sich und konzentrierte sich auf ein Bild des jungen Schülers, rief ihn zu sich. Sie würde ihn nach der Christenreligion fragen. Sie ließ es zu, dass der Hain um sie herum aus ihrer Wahrnehmung verschwand, schloss die Augen, füllte ihr Denken mit dem wenigen, was sie über Ciaran wusste, und richtete es darauf, so wie die Druiden, ihre Mutter und Nemain es sie gelehrt hatten.

Bald hörte sie jemanden den Pfad entlangkommen, der in das Wäldchen führte. Ciaran erschien; sein blondes, ungeschorenes Haar glänzte im Sonnenlicht, das durch die Bäume sickerte.

Als er sie in der Mitte des Hains sitzen sah, blieb er stehen.

»Oh«, entfuhr es ihm. »Ich hoffe, ich habe Euch nicht gestört.«

Yseult erhob sich und schüttelte den Kopf. »Natürlich nicht. Ich habe dich zu mir gerufen.«

Ciaran zuckte zusammen. »Patraic hat gesagt, wir sollen uns vor den Zauberkräften der Feadh Ree in Acht nehmen, besonders vor den Ban Drui. Ich sollte nicht hier bei Euch sein.«

»Ich bin keine Druidin«, sagte sie und unterdrückte ihren Zorn. »Und ich habe dich zu mir gerufen, um von dir etwas über deine Religion zu erfahren.«

Er schwieg einen Moment und sann über ihren Wunsch nach. »Was wollt Ihr denn wissen?«

»Was hat dich dazu gebracht, Patraic und den Bräuchen von Christus zu folgen?«

Ein Ausdruck der Bitterkeit huschte über seine Züge. »Ich bin ein *Bothach,* ein gemeiner Katenbauer, ein Mann ohne Ehrenpreis. Meine Familie lebt seit drei Generationen auf demselben Land. Wäre ich nicht fortgegangen, wären meine Kinder Leibeigene geworden.«

»Aber du hättest doch etwas anderes tun können, hättest ein Handwerker oder ein Krieger werden können. Der Stand, in den man hineingeboren wird, muss doch nicht der sein, in dem man lebt.«

Ciaran schüttelte den Kopf. »Das sagt sich leicht, wenn man niemals um etwas bitten muss. Mein Vater hatte nichts mehr übrig, nachdem er unsere Mäuler gestopft und seinem Herrn die Pacht gezahlt hatte. Es war nichts da, was man für eine Harfe hätte eintauschen können, um darauf spielen zu lernen, oder für Werkzeug, um das Handwerk des Festungsbauers zu erlernen, oder für die Waffen, die man braucht, um sich der Fianna anzuschließen. Patraic hat nur verlangt, dass ich Latein lerne, das heilige Buch lese und andere darin unterweise.«

Es war Yseult niemals in den Sinn gekommen, dass manche von denen, die Patraic folgten, vielleicht recht handfeste Gründe dafür haben mochten. Wenn sie früher überhaupt darüber nachgedacht hatte, dann war sie überzeugt gewesen, dass diese Menschen irregeleitet sein mussten. Sie schüttelte den Kopf über ihre eigene Dummheit. Etwas, das so rasch wuchs wie diese neue Religion, konnte nicht einfach nur irregeleitet sein.

»Gibt es irgendetwas an der Lehre selbst, das dich anspricht?«, wollte sie wissen.

»In den Augen Jesu Christi sind wir alle gleich«, meinte Ciaran, und ein Lächeln ließ seine schönen Augen von Neuem aufleuchten.

Yseult schüttelte den Kopf. »Nach dem, was ich gehört habe, gilt das nicht für Frauen.«

Einen Augenblick sah Ciaran verwirrt aus. »Wenn Frauen in unserer Religion den Männern nicht gleichgestellt sind, wieso haben wir dann mehr weibliche als männliche Bekehrte?«

»Ist das wahr? Und wo sind sie? Ich habe noch nie eine Frau bei euch gesehen.«

Yseult konnte in seinen Gedanken hören, was er nicht aussprach – dass Frauen eine Versuchung darstellten und man ihnen nicht trauen durfte. Nein, sie wollte nicht in ein Christenland reisen.

Ciaran machte eine abfällige Geste. »Es liegt in der Natur der Frauen, sich nicht vorzudrängen, und die Religion Christi respektiert das. Nach unseren Sitten sind weibliche Tugenden wie Sanftheit und Demut wichtiger als Tapferkeit und Stolz.«

In seiner Begeisterung hatte er ihren Oberarm gepackt. Yseult betrachtete ihn nachdenklich; ihre Augen waren auf einer Höhe mit den seinen. Sie überlegte, was ihre Mutter wohl von den weiblichen Tugenden Sanftheit und Demut halten würde.

»Wenn Frauen in der Religion von Christus so wichtig sind, wieso sind sie dann nicht unter jenen, die mit Patraic ziehen?«, fragte sie leise.

Sie bekam keine Antwort von Ciaran; vielleicht wusste er keine, doch er bekam gar keine Gelegenheit, über ihre Frage nachzudenken. Patraics Jünger wurde von ihr fortgerissen und zu Boden geschleudert, und Gamal stand mit geballten Fäusten über ihm. »Wie kannst du es wagen, die Tochter der Königin anzurühren!«, brüllte der Krieger.

Yseult packte Gamals Ellenbogen, ehe er dem anderen etwas antun konnte. »Lass ihn! Wir haben nur über Religion geredet.«

Sie konnte die Härte in seinem muskulösen Arm fühlen. Er war angespannt wie ein Pferd vor dem Rennen. »Rühr. Ihn. Nicht. An«, befahl sie und presste die vier Worte heraus. Ihr war klar, dass sie gegen einen Krieger von Gamals Statur auf verlorenem Posten stand, doch sie hatte nicht vor zuzulassen, dass er ihretwegen auf einen unbewaffneten Mann losging. Weil es ihretwegen geschah, auf eine Art und Weise, die ihr überhaupt nicht gefiel. Er war eifersüchtig.

»Steh auf«, wies sie Ciaran an. Zitternd kam der junge Mann auf die Beine. »Jetzt lass uns allein.« Ohne zurückzublicken, stürzte der Christenschüler aus dem Wäldchen.

Gamal holte tief Atem und drehte sich langsam zu ihr um.

»Er hat deinen Arm festgehalten. Ich dachte, er wollte dir etwas zuleide tun.«

»Hältst du einen Jüngling wie Ciaran wirklich für eine Gefahr für mich?«

»Ich wusste es nicht genau.«

Doch er wusste es ganz genau. Er hatte sich bedroht gefühlt, weil ein anderer Mann sie berührt hatte. Yseult war nicht bereit, ihm das zuzugestehen. Sie dachte an Medbs Anforderungen an einen Mann: »Ohne Furcht, ohne Eifersucht und ohne Geiz.« Sie dachte an Gamals dröhnendes Lachen, an seinen reichen Vorrat an guten Geschichten, beinahe so viele wie ein Barde, an die Berührung seiner Hand auf ihrer bloßen Haut. Dann dachte sie an die Mordlust in seinen Augen, als er auf den unschuldigen, hilflosen Ciaran hinabgeblickt hatte.

Sie ließ seinen Arm los. »Du kannst jetzt auch gehen.«

»Aber ...«

»Ich möchte allein sein.«

Gamal starrte sie einen Augenblick an, dann nickte er. Mit hochgerecktem Kinn sah Yseult ihm nach, als er davonging.

In den Tagen, die folgten, wurde es für Yseult die Weise nicht leichter, ihrem Namen gerecht zu werden. Der Widerstand gegen Lóegaires Frieden mit Bretain war stark; die Versuchung, dies für ihre eigenen Zwecke zu nutzen, war sogar noch stärker. Und jetzt war sie unterwegs zu einem Treffen mit einem Mann, den sie noch nie gemocht hatte.

Das Haus der Druiden war leer, als sie daran vorbeiging. Normalerweise wäre sie um diese Zeit mit Lucet und Lochru und den anderen Filid von Tara in den Hainen gewesen, hätte die Jüngsten Logik und die Weisheit der Bäume gelehrt. In letzter Zeit jedoch war sie zu sehr mit den Vorbereitungen für das Lugnasadfest beschäftigt gewesen.

Königin Yseult hatte ihre Entscheidung getroffen, so unklug sie auch war: Sie würde nicht am Unglück ihrer Tochter schuld sein. In Lóegaires Bruder Coirpre hatte sie einen widerwilligen Verbündeten gefunden. Coirpre kümmerte es nicht im Geringsten, was aus der jüngeren Yseult wurde; ebenso wenig jedoch sagte ihm der Friede zu, den sein Bruder mit den Königreichen Bretains zu schließen versuchte, oder der wachsende Einfluss, den der Christenweise Patraic auf Lóegaire hatte. Auch Yseult die Weise schätzte er nicht sonderlich, doch gemeinsame Feinde schaffen starke Bündnisse.

Als die Königin an dem Lia Fail vorübereilte, fragte sie sich, was der Stein der Bestimmung wohl jetzt zu Lóegaires Königtum sagen würde, da die Könige der einzelnen Territorien verstimmt waren und sich seine Gemahlin und sein Bruder gegen ihn verschworen hatten. Sie lächelte schief. Es war töricht von ihm, sein ganzes Mühen und Trachten darauf zu richten, eine Prophezeiung rückgängig zu machen – und ebenso töricht von ihr.

Nachdem sie die Mauern des Rath na Riogh verlassen hatte, strebte sie auf die heiligen Sidhehügel in der Nähe des Zugangsweges zu, der nach Tara hineinführte. Coirpre wartete in einem Birkenwäldchen hinter dem Übungsfeld auf sie. Er sah Lóegaire sehr ähnlich, hatte jedoch weniger Grau in Haar und Bart, und ein missvergnügter Zug lag um seine harten Augen, denen das Lächeln fremd war. Wenn er doch einmal lächelte, dann war es weniger aufrichtig als bei seinem jüngeren Bruder.

»Ihr hattet recht«, verkündete er voller Genugtuung, als sie bei ihm anlangte; sein Blick glitt zu ihr hinüber, doch er sah ihr nicht direkt in die Augen. »Es herrscht erheblicher Groll unter den Königen und ihren Kriegern wegen dieses Friedens.«

Sie nickte und gab sich alle Mühe, ihren Widerwillen gegen seinen hämischen Tonfall zu unterdrücken. Coirpre war so leicht zu durchschauen, dass man keinerlei Magie brauchte, um seine Gedanken zu lesen. »Die Überfälle entlang der bretainischen Küste haben viele Krieger reich gemacht. Ich habe gehört, es ist nicht ungewöhnlich, dass sie einen höheren Ehrenpreis erreichen als Anführer der Fortuatha Laigin.« Die Fortuatha Laigin waren die unfreien Stämme, die in den wilden, unfruchtbaren Hügeln des Südens lebten.

»Das sollte nicht allzu schwer sein«, meinte Coirpre lachend, ein Geräusch, in dem Belustigung, aber kein Humor lag. Die Hitze seines Hasses gegen die Laigin, von alters her die Feinde der Söhne Nialls, jetzt jedoch ihre Verbündeten, war so offenkundig, dass vor ihren Augen alles verschwamm. Dies hier war mehr als überlieferter Groll; als Lóegaire versprochen hatte, niemals wieder den Boruma zu erheben, den traditionellen Tribut, den die Stämme der Laigin an Midhe und Brega entrichteten, hatten sie seinen Anspruch auf das Königsamt anerkannt und Coirpre übergangen.

»Wenn Friede mit den Bretain geschlossen wird, wird man nicht länger durch Überfälle reich werden können«, bemerkte sie.

Sein Hass pulsierte stärker und stärker. Er war so voll davon: Hass auf die Laigin, Hass auf die Bretain, Hass auf die Christen. Sie wünschte, er besäße wenigstens ein bisschen von jener Fähigkeit, seine Gedanken abzuschirmen, die sein Bruder sich zu eigen gemacht hatte. So war es schwierig, ein Gespräch in Gang zu halten, überrannt von der Heftigkeit seiner Gefühle.

»Das wird niemals geschehen«, fluchte Coirpre.

Königin Yseult begann, langsam am Rand der Lichtung auf und ab zu schreiten, sowohl um der Wucht von Coirpres Empfindungen zu entgehen, als auch um ihren eigenen Luft zu machen. »Euer Bruder hält sich für stark genug, zu tun, wie ihm beliebt, ganz gleich, was der Oenach auch verlangen mag.«

»Ich habe mit Dunlaing gesprochen. Auch wenn sie den Frieden nicht mittragen, wollen sich die Stämme der Laigin gleichwohl nicht gegen den Gemahl der Königin der Tuatha Dé Danann wenden.«

Eine widersprüchliche Mischung aus Ehrerbietung und Verachtung flutete über sie hinweg, und ihr wurde klar, dass dies seine Haltung ihr gegenüber war. Sie blieb stehen und drehte sich verblüfft zu ihm um. Einerseits hielt Coirpre sie für weich, weil sie eine Weise und keine Kriegerin war, andererseits empfand er gleichzeitig einen tief verwurzelten Respekt für die Feadh Ree und ihre eigene Magie. Coirpre war bis ins Mark Krieger, seine größte Achtung würde stets Kämpfern und Kampfkraft vorbehalten sein. Druiden, Frauen und Christen waren in seiner Vorstellung minderwertig.

Es war interessant, sich auf diese Art und Weise ihrem Feind gleichgestellt zu sehen.

»Ich habe nicht die Absicht, bei Lóegaire zu bleiben, wenn er darauf besteht, meine Tochter mit Marcus Cunomorus zu verheiraten«, sagte sie.

»Wärt Ihr gewillt, Eure Ehe an Lugnasad für nichtig zu erklären?«

»Ich habe bereits darüber nachgedacht.«

»Gut.«

»Wir werden herausfinden müssen, wie die Könige der anderen Provinzen denken.«

Coirpre nickte. »Ailill Molt war zwar nicht einverstanden, als seine Ziehtochter Marcus Cunomorus heiraten sollte, aber ich fürchte, dass er Lóegaire trotzdem stützen könnte. Connachta hat weniger zu verlieren, wenn Friede mit Bretain geschlossen wird. Für Ulaid und Mumu werde ich Spione brauchen. Dort habe ich nicht viele Freunde.«

Yseult bezweifelte, dass Coirpre überhaupt irgendwo viele Freunde hatte. Doch wenn er ihr half, Lóegaires Pläne zu durchkreuzen, ihre Tochter zu einem König in die Fremde zu schicken, würde sie seine »Freundin« sein, solange es nötig war.

4

> In dem Jahr, nachdem er König geworden war, befahl Eochu dem Volke von Eriu, das Feis von Tara abzuhalten, auf dass Steuern und Abgaben ermittelt werden könnten. Das Volk antwortete, dass es das Feis nicht für einen König ohne Königin abhalten wolle.
>
> *Das Liebeswerben um Etain*

Der Morgen vor dem Fest von Tara dämmerte hell und warm, und bald waren die fünf Straßen zum Hügel der Könige voller Pferde und Karren und Menschen, die zu Fuß gingen; sie alle hofften, vor der Hitze des Tages anzukommen. Dies war eines der größten Ereignisse auf Eriu und fand nur alle drei Jahre statt; ein sechs Tage währendes Fest, das zu Lugnasad endete, dem Sommerfest, das dem Gott Lugh geweiht war, dem mächtigsten Gott der Gaelen. Das abschließende Ereignis war der Oenach, eine Versammlung aller Könige von Eriu. Jeder, der ein wenig Muße hatte und bei guter Gesundheit war, kam, von den *Bo Aireg,* den einfachen Bauern und Freien, bis zu Goldschmieden, Grobschmieden und Kaufleuten, die auf dem Fest rege Geschäfte mit Kriegern, Edelleuten und Filid machten. Der Druide, dem es oblag, das Geschehen für die Nachwelt festzuhalten, verfolgte die Ankunft der bedeutendsten Gäste, um ein Gedicht über die Feier zu verfassen, wenn alle wieder abgereist waren.

Yseult und ihre Base Brangwyn suchten am frühen Nachmittag mit einer bescheidenen Summe Ringgeld sowie römischen und bretainischen Münzen in den Börsen an ihren Gürteln die Stände der Kaufleute auf. Wollten sie etwas von größerem Wert erwerben, so konnten sie eine Kuh oder einen Sklaven anbieten. Das Fest würde erst beginnen, wenn der Sonnenuntergang die dunkle Hälfte des neuen Tages verkündete, doch die Händler waren gern bereit, schon früher mit den Geschäften anzufangen.

Die Verkaufsstände und -zelte waren unterhalb des Hügels von Tara errichtet worden, östlich von dem zeremoniellen Eingang und gegenüber den Übungsplätzen, wo die Pferderennen stattfinden sollten. Die Mädchen schlenderten zwischen den Ständen umher und begutachteten eifrig die vor ihnen ausgebreiteten Waren. Tara hatte Handwerker für alles, was es brauchte, von kundigen Goldschmieden über Steinmetze bis hin zu Emaillierkünstlern, die in allen fünf Provinzen berühmt waren, doch nur bei Feiern wie dieser gab es eine derartige Vielfalt von Gütern aus anderen Gegenden zu sehen – Musikinstrumente von dem Meister in Emain Macha, kunstvolle Bronzearbeiten aus Rath Bile, verziertes Zaumzeug aus Uisnech. Ganz zu schweigen von fremdartigen Waren von jenseits des Meeres, Töpfen mit Schönheitsmitteln und Glaskelchen aus den Ländern am Mittelmeer, Krügen mit erlesenem Wein aus Galizien und bretainisch-römischen Fibeln. Die Machart des römischen Schmucks gefiel Yseult nicht, trotzdem zogen diese Stände sie an. Der Schmuck war ein Symbol von etwas so Fremdem und Fernem, dass es sie gleichzeitig faszinierte und abstieß.

Vor einem Stand, der bretainische Kleinode, kunstvoll gearbeitete Glasbecher und Töpferwaren aus den Ländern im Süden feilbot, wo es niemals Winter wurde, blieb sie stehen und starrte einen silbernen Teller an, der nach römischer Art verziert war. Wie war die Welt beschaffen, die solche Dinge hervorbrachte, so anders als die Kunst ihres eigenen Landes? Sie wusste von der Welt jenseits des Meeres, wusste von den verschiedenen Ländern, die einst Teil des riesigen römischen Imperiums gewesen waren, und beherrschte sogar ein paar Bruchstücke Latein, die Lebensweise dort jedoch existierte nur in ihrer Phantasie.

»Irgendwie wird schon alles gut werden«, sagte Brangwyn leise.

Yseult fasste die Hand ihrer Base und drückte sie rasch. Brangwyns Gabe war die der Illusion, nicht die des Wissens;

ihre Worte waren Trost, nicht Prophezeiung. Beide besaßen dieses Talent in geringerer Ausprägung, doch keine konnte vorhersehen, wozu die Ereignisse führen würden, die jetzt ihren Lauf nahmen. »Ich mache mir Sorgen, was Lóegaire tun wird.«

Brangwyn nickte. Sie konnten in der Öffentlichkeit nicht über die Pläne der Königin sprechen, ihre Ehe mit Lóegaire am Tage vor dem Oenach, dem Tage der Hochzeiten, für gelöst zu erklären. Viele Paare würden ihre Hände durch den Stein strecken und ihre Gelübde sprechen, unter ihnen auch Brangwyn und Aidenn – andere Ehen jedoch würden beendet werden.

Yseult nahm den Teller zur Hand, den sie betrachtet hatte, und untersuchte die erhabene Verzierung, die ein tänzelndes Pferd mit Reiter darstellte, so lebensecht, dass man sich leicht vorstellen konnte, wie Ross und Reiter vom Teller sprangen und zur nahe gelegenen Rennbahn hinübergaloppierten. »Da bleibt kein Raum für die Phantasie, nicht wahr?«

»Nein, wirklich nicht.« Viele Menschen in Tara zogen römische Waren vor, sie betrachteten dergleichen als Zeichen eines gehobenen Standes, doch Yseult gehörte nicht dazu.

»Gefällt Euch?«, fragte der Händler in schlechtem Gaelisch. Gewiss kam er von weiter her als Alba oder Armorica, vielleicht aus Gallien oder Galizien.

»Nein.« Yseult legte den Teller wieder auf den Tisch und nahm Brangwyns Ellenbogen. »Komm. Solltest du dich nicht nach einem Hochzeitsgeschenk für Aidenn umsehen?«

Schwache Röte stieg Brangwyn in die blassen Wangen. »Ich dachte, ich schenke ihm eine Schwertscheide«, bemerkte sie mit einem verruchten Lächeln, und die beiden jungen Frauen brachen in schallendes Gelächter aus.

Die Pferderennen fanden am dritten Tag des Festes statt, zuerst mit Reitern und dann mit Wagen. Normalerweise waren sie einer der Höhepunkte der Lugnasadfeier, dieses Jahr jedoch schwelte Zwietracht zwischen Laigin und Ulaid, zwischen Connachta und Ui Neill, und die Menge war angespannt und reizbar. So nützlich es auch sein mochte, die Stimmung jener zu erkennen, denen sie begegnete, Königin Yseult musste sich gegen die Gedanken anderer abschirmen. Die Sonne schien genauso hell wie sonst, das Bier war genauso gehaltvoll, aber mehr Menschen als sonst spürten eher die sengende Hitze als die wärmenden Strahlen, mehr tranken das Bier um des Vergessens als um der Erfrischung willen. Die Gemüter waren rastlos und reizbar. Mehrmals waren beinahe Schlägereien zwischen Angehörigen der Midhe und der Laigin ausgebrochen, oder zwischen Mumu und Connachta, obwohl es während der Feiern zu Ehren von Lugh verboten war, die Waffen zu erheben.

Die Menge, die sich auf dem Übungsplatz versammelte, wo die Rennen stattfinden sollten, war so groß, dass Königin Yseult kaum über das Meer von Köpfen hinwegsehen konnte. Blond, rot, braun, geflochten, gebleicht, geschoren, offen, vom Wind erfasst, ein Schachbrett aus Haarfarben und -trachten. Die Besucher hatten ihre besten Gewänder angelegt, und kostbares Metall schimmerte im Sonnenlicht: Armbänder, Torques, Armreife, erlesene Perlen, die in Zöpfe eingeflochten waren, Spangen, Fibeln, Broschen. Sie waren festlich, wunderschön, eine Augenweide, und trotz der Furcht, was wohl in den nächsten Tagen geschehen würde, ertappte sich die Königin dabei, wie sich beim Anblick von so viel Schönheit und Pracht ein Lächeln auf ihre Lippen stahl.

Ihre Tochter sah besonders eindrucksvoll aus, in weißen Beinkleidern und weißem Wams, mit einem silbernen Gürtel und einem goldenen Halsreif. Ihr weißgoldenes Haar war zu einem dicken Zopf zurückgebunden, dessen Ende Silberperlen zierten. Yseults Schimmelstute Duchann Bhan war fast ebenso schön wie sie; stolz warf sie den Kopf, und das neue, bronzebeschlagene Zaumzeug glänzte in der Sonne. Zusammen waren sie ein leuchtendes Gemenge aus Weiß, Gold und Silber.

Die Königin lächelte stolz, als sie zusah, wie sich ihre Tochter auf den Rücken der Stute schwang. Nein, er war nicht weise, der Weg, den sie Yseults wegen einschlug, doch sie konnte nicht freiwillig zulassen, dass sich ihre eigene Prophezeiung erfüllte, und ihre Tochter in ein Leben schicken, das dem Mädchen verhasst sein würde.

Ohne Überraschung stellte Yseult die Weise fest, dass alle Augen eher auf die junge Frau gerichtet waren, die ihren Namen trug, als auf irgendeinen ihrer Gegner. Die Königin ließ den Blick über die Menge schweifen, und er traf auf den eines jungen Mannes, der sie ansah und nicht ihre Tochter. Seine Augen spiegelten das leuchtende Blau des Sommerhimmels wider, und sein Haar hatte die Farbe von Duchann Bhans neuem Zaumzeug. Er nickte in ihre Richtung, und die Königin nickte zurück und versuchte, sich zu entsinnen, wer er war. Er stand bei Dunlaing und Enna Cennsalach, zwei der mächtigsten Könige der Laigin, und ein Mädchen von ungefähr sieben Jahren hielt seine Hand.

Königin Yseult erblickte Boinda in der Menge und bahnte sich einen Weg zu ihm hinüber. »Wer sind der junge Mann und das kleine Mädchen im Gefolge der Laiginkönige?«

Boinda schaute in die Richtung, in die sie deutete. »Das ist Crimthann, der Sohn von Enna Cennsalach, und seine Tochter Edain.«

»Ein junger Vater.«

Boinda nickte. »Er wurde mit sechzehn mit Mell vermählt, der Tochter von Erebran von Mumu.« Die meisten Männer, die es sich leisten konnten, waren im Alter von zwanzig Jahren verheiratet, sechzehn jedoch war jung, selbst für einen Prinzen.

»Jetzt erinnere ich mich. Mell ist im Kindbett gestorben.« Die Königin warf einen raschen Blick in die Richtung des verwitweten Prinzen, nur um festzustellen, dass er sie noch immer unbeirrt ansah. Inmitten des Aufruhrs so vieler Gedanken wagte sie es nicht, die ihren zu öffnen, um ihn zu suchen, doch sie nahm an, dass er von einem der Laiginkönige von ihren Plänen gehört haben könnte, sich an Lugnasad von Lóegaire zu scheiden, und dass er erwog, sein Glück bei der Königsmacherin zu versuchen. Er war ein ehrgeiziger junger Mann und hatte etliche Überfälle gegen die Bretain angeführt, besonders nach Coroticus' brutalem Angriff auf Bend Atair.

Er zumindest würde Lóegaires Frieden mit den Stämmen Bretains wahrscheinlich nicht gewogen sein.

Duchann Bhan tänzelte vor Eifer unter ihr, als Yseult sich mit den anderen Reitern für das Rennen aufreihte. Die Morgensonne schien ihr heiß auf den Rücken, und das Fell ihrer Stute kratzte durch die Reithose hindurch an der Innenseite ihrer Schenkel. Yseult war fast ebenso ungeduldig wie ihr Pferd, sie sehnte sich nach dem Strecken prachtvoller Muskeln, dem Rausch des Wettkampfes.

Sie lenkte Duchann Bhan zwischen Aidenns Rappen und Gamals Grauschimmel. Neben Aidenn saß Lugaid auf seinem prächtigen Rotschimmel mit einer Zuversicht, die an Hochmut grenzte.

»Noch ein letzter wilder Ritt, ehe du selbst gezäumt wirst, wie, Aidenn?«, scherzte der Königssohn. Lugaid hatte schon vor zwei Jahren geheiratet.

Aidenn lachte leise und schaute dorthin, wo Brangwyn neben ihrem Vater und ihrer Mutter in der Menge stand. Lugaids Blick folgte dem seinen mit einer Begierde, die Yseult verblüffte. Bis zu diesem Moment hatte sie nichts davon gewusst, dass er ihre Base begehrte.

Endlich standen alle Pferde hinter der Startlinie, die in den Sand der Rennbahn gezogen worden war. Das Signal wurde gegeben, und es ging los.

Yseult und Lugaid lösten sich schnell vom Rest des Feldes; die weiße Stute und der Rotschimmel waren ebenbürtige Gegner. Sie beugte sich tief über Duchann Bhans Hals, den Wind im Haar und die Sonne auf dem Rücken, als sie auf die erste Biegung zuhielten. Die Menschenmenge am Rande des Feldes brüllte die Namen rivalisierender Stämme und machte ihr Kopf-an-Kopf-Rennen zu etwas anderem als nur einem unter zahlreichen Wettkämpfen des Lugnasadfestes: Die Tochter der Königin gegen den Sohn des Königs, Süden gegen Norden. Statt dass sie sich damit zufriedengegeben hätten, dem in Führung liegenden Reiter selbst zuzujubeln, hörte sie »Tuatha Dé!« und »Laigin!« und »Mumu!«, Gebrüll, das mit Anfeuerungsrufen für »Midhe!« und »Ulaid!« und »Ui Neill!« wetteiferte.

Als sie um die erste Biegung kamen, lagen sie und Lugaid

noch immer vorn, obgleich Aidenns Rappstute aufholte. Die Sonne schien ihnen ins Gesicht, das Getöse der Menge war ohrenbetäubend, und das Trommeln von Duchann Bhans Hufen wurde von einem wütenden Chor aus Stammesnamen begleitet.

Als sie sich der letzten Biegung näherten, brach neben der Rennbahn ein Handgemenge aus, und Lugains Rotschimmelwallach scheute, wodurch Yseults Pferd ins Stocken kam. Aidenn sah die Gelegenheit, und sein Rappe schoss an ihnen vorbei. Lugaid bekam sein Pferd zuerst wieder unter Kontrolle und drängte den Rotschimmel vorwärts, um den neuen Anführer des Feldes einzuholen.

Yseult trieb ihre Stute an, eine Länge hinter Aidenn und Lugaid, während die beiden Krieger um die Führung kämpften. Doch es gelang Aidenns Rappstute, vorn zu bleiben, Lugaids Wallach dicht hinter ihr. Plötzlich schien der Staub um sie herum seltsam zu schimmern, und Lugaid saß nicht mehr auf dem Rücken des Rotschimmels, sondern hielt die Zügel seines Streitwagens.

Und an der Seite des Wagens pendelte Aidenns Kopf, festgebunden mit seinem dunklem, zu Zöpfen geflochtenem Haar.

Ihre Konzentration auf das Rennen zerstob, Gamal zog an ihr vorbei und warf dabei einen schadenfrohen Blick nach hinten. Doch alles, worauf es ihr jetzt ankam, war, die Ziellinie zu erreichen, ohne sich ihre Verwirrung anmerken zu lassen. Die Krieger der Fianna gehörten zum größten Teil den Laigin an, und wenn es zum Zwist kam, wären Aidenn und Lugaid Feinde. Sie konnte nur hoffen, dass ihre Vision nicht mehr war als ein böser Wachtraum.

Das Siegesgeschrei um sie herum zeigte eindeutig an, dass Aidenn es geschafft hatte, seinen Vorsprung zu halten und Erster zu werden. Yseult ließ Duchann Bhan in Schritt fallen und versuchte, sich zu fassen, ehe sie zurückritt, um ihm zu gratulieren. Zwei von Lóegaires Männern führten die Störenfriede davon, die die Prügelei angefangen hatten, ein Mann von den Ui Neill aus dem Norden, die Lóegaire treu ergeben waren, und ein

Krieger der Laigin. Dieses Jahr würde es schwer werden, während der Feiern zu Ehren Lughs für Frieden zwischen den Stämmen zu sorgen.

Außerdem würde es schwer werden, den Rest der Woche ihre Gedanken abzuschirmen. Ihre Vision war kein gutes Bild, um es zu einer Hochzeit mitzunehmen.

»Ihr wollt nicht zum Oenach bleiben?«, fragte Brigid die Königin, als sie durch die Wiesen draußen vor der Festung schlenderten, auf die Lichtung zu, wo der runde Hochzeitsstein stand. Der Tag der Eheschließungen war gekommen – die Zeit für Königin Yseult, ihre eigenen ehelichen Bande mit dem Ard Ri zu lösen. Der Tag war heiß, doch die Sonne neigte sich dem Horizont entgegen; die Gelübde würden gesprochen werden, während die Sonne noch hoch stand, und am Anfang des neuen Tages gefeiert werden, während sie hinter dem Rand der Welt verschwand.

Die Königin schüttelte den Kopf. »Als geistliche Anführerin könnt Ihr ebenso gut für die Tuatha Dé Danann sprechen wie ich. Ich mache mir Sorgen um meine Tochter. Ich will fort.«

Brigid nickte. »Ihr habt recht, es ist das Beste, wenn Ihr schnell abreist. Möchtet Ihr mir nach Druim Dara vorausreiten? Ihr könntet dort den Winter verbringen, und Yseult könnte sich weiter in der Heilkunst üben. Wie ich höre, zeigt sie bereits großes Talent.«

Einen Augenblick fiel es der Königin schwer zu antworten. Brigid war seit noch nicht einmal einem Jahr Ban File und Vertreterin der Göttin, und sie kannten sich nicht viel länger. Die Notwendigkeit machte sie zu Verbündeten, doch sie wusste, dass dieses Angebot mehr bedeutete, und sie war dankbar.

»Ich hatte vor, mit Nemain nach Norden zu ziehen, nach Bruig na Boyne, aber vielleicht wäre das zu nahe an Tara.«

»Ja. Es ist klüger, wenn Ihr Euch nach Süden wendet.«

»Ich danke Euch. Das werden wir tun.«

Die Hundstage herrschten, und die Hitze hing in der Luft, begleitet vom Duft nach trockenem Gras und den Geräuschen der Insekten. Die Königin seufzte. »Ist es meine Schuld, Brigid?«

»Nein. Nein, es ist nicht Eure Schuld. Lóegaire wird unvernünftig, er greift nach allem, womit er seine Macht erhalten kann. Die Könige sind unzufrieden – nicht nur die Könige im Süden.«

»Das sage ich mir auch, aber ich bin mir nicht sicher.«

Der Lärm fröhlichen Treibens jenseits des Wäldchens wurde lauter, als sie näher kamen, und die beiden Frauen verstummten. Sie folgten einem gut ausgetretenen Pfad und traten auf eine große Wiese hinaus. In deren Mitte erhob sich der Hochzeitsstein, ein mächtiger, runder Felsblock, der schulterhoch auf einem Steinhaufen thronte. In der Mitte des Felsens war ein großes Loch, durch das die Paare, die versuchen wollten, länger als einen Sommer zusammenzubleiben, sich die Hände reichen würden. Ein halbes Dutzend Paare reihte sich bereits auf, um einander durch den Stein die Hand zu geben, während Lochru die Worte des Segens, des Versprechens und des guten Willens sprach. Schon jetzt hatten alle sich reichlich an dem Bier in den Kübeln gelabt, die überall um die Lichtung herumstanden; die Lieder der Barden waren nicht immer tonrein, und ihre Finger auf der Harfe nicht immer treffsicher.

Trotz allem musste die Königin lächeln. Ihr Blick fand ihre Nichte Brangwyn, Arm in Arm mit Aidenn; beide lachten, und ihre Gesichter waren gerötet. Ganz in der Nähe hielt Yseult einen Bierhumpen, während sich drei ähnlich ausgerüstete junge Männer eifrig zu ihr vorbeugten. Das Gespür der Feadh Ree ließ ihre Tochter aufblicken; ihr Blick begegnete dem der Königin, und sie winkte.

Königin Yseult lächelte und winkte zurück, und ihre Augen suchten weiter in der Runde der Feierlichkeiten.

Ja, der Hochkönig war anwesend.

So wie fast jeder bedeutendere König von Eriu, stellte sie fest. Ailill Molt stand mit seiner Gemahlin Ronnait am Rand der Menge, in ein ernstes Gespräch mit dem Christenweisen Patraic vertieft. Die Laiginkönige, Crimthann darunter, berieten sich in einer dicht gedrängten Schar mit einigen der berühmtesten Krieger der Fianna, die Blicke fest auf sie geheftet. Nicht weit davon schlug ihr früherer Gemahl Aengus, der König von Cashel, die Saiten einer Harfe, die er irgendeinem unglücklichen Barden gestohlen hatte. Coirpre hielt sich abseits von seinen Brüdern, den Ui-Neill-Königen des Nordens, und beobachtete sie erwartungsvoll.

Yseult die Weise wandte ihre Aufmerksamkeit wieder dem Hochzeitsstein zu, der Hoffnung statt dem Hass. Nicht dass ihr besonders hoffnungsvoll zu Mute war, doch Brangwyn zuliebe würde sie Hoffnung empfinden, wenigstens für die Dauer eines Tanzes.

Nacheinander traten die Paare an beide Seiten des Steins, streckten die Hände zu ihrem Gegenüber hindurch, umfassten sie und ließen wieder los. Nach dem Handschlag warteten ihre Freunde auf der anderen Seite des Steinhaufens mit Kränzen aus Sommerblumen auf sie. Ihre Tochter umarmte Brangwyn und Aidenn und reichte ihnen jeweils einen frischen Becher Bier; die beiden tranken einander zu. Die Königin hielt sich mit Brigid im Hintergrund. Sie würde sie später beglückwünschen, nachdem sie getan hatte, was zu tun sie gekommen war.

Nachdem die Paare alle an dem Stein vorbeigezogen waren, zerrte man sie in einen wilden Tanz hinein. Der Druide Erc griff sich sogar Patraic von Ailill Molts Seite und tanzte mit ihm in die Menge hinein, umringt von einem Dutzend lachender junger Frauen.

Doch allzu bald war das Lied zu Ende und der Tanz vorüber, und Schweigen senkte sich über die Umstehenden.

Es war an der Zeit. Königin Yseult schritt in die Mitte der Lichtung hinaus und trat neben den Hochzeitsstein. Die Menge wich vor Lóegaire auseinander, und sie stand dem Mann, der fast sieben Jahre lang ihr Gemahl gewesen war, von Angesicht zu Angesicht gegenüber.

Er starrte sie an, und sie sprach. »Du bist nicht mehr mein Gemahl, Lóegaire. Hiermit sage ich mich aus unserer Ehe los.« Mit diesen Worten wandte sie ihm den Rücken zu und ging langsam zur gegenüberliegenden Ecke der Wiese, fort von dem Steinring.

Die Königin hörte, wie die Menge den Atem anhielt, doch sie drehte sich nicht um. Sie würde bald genug erfahren, wie Lóegaire sich entschieden hatte. Um eine Scheidung zu vollziehen, musste auch er ihr den Rücken zuwenden. Doch was Lóegaire auch tat, welche Entscheidung er auch traf, sie würde mit Yseult nicht länger in Tara bleiben.

Lange war die Lichtung so still wie ein Sidhehügel. Mittlerweile war schon fast der Abend hereingebrochen, und die Vögel erfüllten die Luft allmählich mit ihrem nächtlichen Gesang, stritten sich um den besten Ast und riefen Freunde und Familie zusammen. Hier am Rande der Lichtung waren die Schatten lang, und keine Sommersonne berührte ihr Gesicht.

Sie konnte die Erleichterung der versammelten Gäste spüren, noch ehe sie ihren gemeinsamen Seufzer oder das Stampfen von Lóegaires Stiefeln auf dem festgetretenen Boden vernahm. Die Spannung wich aus ihren Schultern. Sie war nicht länger die Gemahlin des Hochkönigs, doch sie war noch immer die Königin der Tuatha Dé Danann – und sie war die Königsmacherin.

Yseult der Schönen würden die Monate, die auf diese Ereignisse folgten, stets als der Winter der Unbeständigkeit in Erinnerung bleiben. Es sollte kein Verweilen an einem Ort geben, sie würden sich nicht warm halten und auf die Beltanefeuer warten, die die Sommerhälfte des Jahres ankündigten. Sie blieben nicht einmal bis zum Ende des Lugnasadfestes in Tara, sondern machten sich am Tag, nachdem ihre Mutter vor dem Hochkönig die Worte der Scheidung ausgesprochen hatte, auf den Weg, hielten sich kaum lange genug auf, um all ihre Habe zusammenzusuchen und sie in den Packtaschen zu verstauen, die auf einer kleinen Herde Lasttiere festgeschnallt wurden.

Die Luft war erfüllt vom Lärm des Aufbruchs, dem Stampfen der Ochsen und dem Wiehern der Pferde, dem aufgeregten Gebell der Hunde, dem Quietschen hölzerner Karren, dem Zuschlagen von Truhen und von Stimmen, die Anweisungen und Abschiedsworte riefen. Yseult hatte dies alles schon viele Male gehört, diesmal jedoch schienen die Geräusche anders zu sein, kündigten ein Ende ohne Anfang an. Umherzuziehen war Teil ihres Lebens; in den letzten Jahren hatte sie oft ihren Oheim Murchad auf seinen Reisen zwischen Bruig na Boyne und Tara begleitet, war ihm in einem Jahr sogar auf seiner Rundreise zu den unfreien Stämmen von Midhe und Brega gefolgt, um den Tribut für den Hochkönig einzufordern. Dieses Jahr jedoch ging es nicht nach Bruig na Boyne, sie zog mit ihrer Mutter fort, Monate vor Samhain, bevor der erste Reif das Gras bedeckte oder das erste Blatt gefallen war. Und Brangwyn kam nicht mit.

Sie zäumte gerade Duchann Bhan auf, als Brangwyn zu ihr kam. Die Stute spürte die ruhelose, zornige Stimmung ihrer Herrin und zeigte sich unwillig, beim geringsten Geräusch oder einer falschen Berührung tänzelte sie nervös.

»Yseult?«

Das Mädchen fuhr herum, und Duchann Bhan warf den Kopf auf und riss ihr die Zügel aus der Hand. Yseult bedachte die Stute über die Schulter hinweg mit einem wütenden Blick, und das Pferd senkte den Kopf und begann, friedlich am Straßenrand zu grasen.

»Entschuldige«, sagte Brangwyn und ergriff ihre Hände. »Aber ich bin gekommen, um mich zu verabschieden. Duchann Bhan kann warten.«

Yseult blickte auf ihre ineinander verschlungenen Finger hinab. Die Sonne schien angenehm warm auf ihren Hinterkopf, doch ihr Herz fühlte sich kalt und ausgepresst an.

Sie schaute wieder auf, sah in die freundlichen blauen Augen ihrer Base. »Du lässt doch von dir hören?«

»Selbstverständlich.«

Yseult nickte und entzog Brangwyn ihre Hände, um sich die brennenden Augen zu reiben; sie kämpfte gegen die Enge in der Kehle an. Sie würde nicht weinen – ihre Mutter weinte niemals. Die Druiden lehrten, dass jedes Ende ein Anfang war, hier jedoch fiel es ihr schwer, den Anfang zu sehen.

»Wir werden wieder zusammen sein, Yseult.«

»Besitzt du auch die Gabe des Wissens?«

»Nicht mehr als du.«

Rasch schirmte Yseult ihre Gedanken ab, als die Erinnerung an ihre Vision während des Rennens sie überkam. »Du brauchst nicht zu bleiben, bis wir aufbrechen«, sagte sie, während sie sich bückte und Duchann Bhans Zügel aufhob.

»Du kannst jederzeit nach mir rufen, wenn du mich brauchst.«

»Wenn man meiner Mutter und Nemain glauben kann, rufe ich dich vielleicht sogar, wenn ich dich nicht brauche«, meinte Yseult und versuchte zu lächeln.

Anscheinend hatte sie ihre Gedanken gut genug verborgen, denn Brangwyn lachte, umarmte und küsste sie und ging.

Yseult sah ihrer Base nach, als diese sich zwischen Menschen und Tieren hindurchwand, um Truhen und Satteltaschen herum, und endlich zwischen den Mauern des Rath verschwand.

5

> Die Schlacht von Ath Dara wurde von Laeghaire, Nialls Sohn, gegen die Männer aus Leinster geschlagen. Laeghaire wurde in jener Schlacht gefangen genommen, und Laeghaire schwor den Männern aus Leinster Eide, bei Sonne und Wind und allen Elementen, dass er niemals wieder gegen sie antreten würde, nachdem sie ihn freigelassen hatten.
>
> *Die Annalen der vier Meister*

Bald nachdem Yseult die Weise und ihr Gefolge in Druim Dara eingetroffen waren, erreichte sie die Nachricht, dass die Laiginkönige Lóegaire beim Oenach die Gefolgschaft aufgekündigt hatten und keinen Hochkönig über Eriu mehr anerkannten. Doch Aengus von Mumu und Ailill Molt von Connachta hatten sich ihnen nicht angeschlossen. Obgleich sie gegen einen Frieden mit den Bretain waren, würden sie nicht Partei ergreifen, wenn Krieg zwischen den Laigin und den Ui Neill ausbrach.

Die Erntezeit war noch nicht vorüber, als schlimmere Neuigkeiten eintrafen: Die Tuatha des Nordens überfielen unter Lóegaires Führung die Siedlungen der Laigin und griffen auch Dörfer der Tuatha Dé Danann an.

Murchad und Nemain überbrachten Königin Yseult diese Nachricht aus Bruig na Boyne, und in Druim Dara wurde eine eilige Zusammenkunft abgehalten, an der auch Bodb Derg teilnahm, ein König der Tuatha Dé Danann, der die heilige Stätte von Oe Cualann hielt. Nemain schritt in der Halle auf und ab, die Hände hinter dem Rücken verschränkt, und ihre heftigen Bewegungen ließen ihr offenes, feuerrotes Haar fliegen. »Wie Diebe in der Nacht sind sie nach Fer Feicc gekommen, aber es hat ihnen nicht genügt, das Vieh zu stehlen. Ehe sie abgezogen sind, haben sie den Rath in Brand gesteckt.«

»Was ist mit den Bewohnern?«, wollte Brigid wissen.

»Die meisten konnten sich retten und in die nahe gelegenen Sidhehügel flüchten, aber einigen von den Alten und Gebrechlichen konnte man nicht mehr rechtzeitig ins Freie helfen. Sechs Menschen sind umgekommen, darunter eine junge Mutter, die sich gerade von einer schweren Niederkunft erholt hat.«

Bodb Derg meldete sich zu Wort. »Viele von unseren Stämmen haben bereits in den heiligen Hügeln Zuflucht gesucht. Die Gaelen wagen es nicht, dort über sie herzufallen, weil sie sich vor den Toren zur Anderswelt fürchten.«

»Schlagt Ihr vor, dass wir dasselbe tun?«, fragte Yseult die Weise mit leiser Stimme.

Nemain hielt vor ihrer Schwägerin in ihrem Auf- und Abschreiten inne. »Was sollen wir deiner Meinung nach sonst tun, Yseult? Gewiss, wir haben Recken wie Murchad, aber wir haben keine Kriegstruppen, wie Lóegaire und sein Bruder sie aufstellen können. Wir haben uns stets auf die Achtung verlassen, mit der uns die Gaelen begegnet sind.«

»Wenn wir in den Hügeln Zuflucht suchen, berauben wir uns jeglicher Macht, die uns in Eriu noch bleibt.«

Nemain machte eine wegwerfende Geste. Die Königin schaute dorthin, wo Murchad saß, stumm, die Arme vor der Brust verschränkt. An der Form seines Schweigens erkannte sie, dass er gegen seine eigene Frau für sie Partei ergreifen würde.

»Du hast zu lange unter den Gaelen gelebt«, sagte Nemain.

Yseult schüttelte den Kopf. »Sind sie denn so fremd? Nur wenige von uns können von sich behaupten, vom reinen Blut der Feadh Ree zu sein. Deine Tochter lebt just in diesem Augenblick unter den Gaelen.« Nach dem Oenach von Tara hatte Aidenn sich den Kriegern von Prinz Crimthann angeschlossen, und Brangwyn war mit ihm nach Süden gezogen.

Endlich ergriff Murchad das Wort. »Ich dachte, ich könnte vielleicht die Hilfe der Fianna in Anspruch nehmen. Bevor wir Tara verlassen haben, hat Enna Cennsalach mich gefragt, ob ich es in Betracht ziehen würde, sein Recke zu werden. Ich könnte für meine Dienste eine Kriegertruppe verlangen, die Bruig na Boyne schützt.«

Nemain drehte sich zu ihrem Mann um. »Ist das wirklich das, was du willst? In einem Kampf zwischen den gaelischen Stämmen Partei ergreifen?«

Murchad seufzte. »Welche Partei wir ergreifen, haben die Ui Neill für uns bestimmt, die unsere Festungen niederbrennen und unser Volk töten.«

»Und ich sage, wir brauchen uns nicht an dem Krieg zu beteiligen, der da heraufzieht.« Nemain starrte ihren Ehemann und ihre Schwägerin trotzig an.

»Ich stimme Nemain zu«, sagte Bodb Derg. »Wenn wir uns zu den Sidhehügeln zurückziehen, sind wir in Sicherheit und müssen uns nicht in diesen Gaelenkrieg hineinziehen lassen.«

Yseult blickte vom einen zum anderen und wusste, dass es ihr nicht gelingen würde, sie umzustimmen.

Nachdem Bodb Derg aufgebrochen war, gingen sie und Brigid zusammen zum heiligen Feuer.

Nemain und Murchad hatten einiges unter vier Augen zu besprechen.

»Ich bin ganz Eurer Meinung«, sagte Brigid, als sie sich der Rotdornhecke näherten. »Wenn wir uns in die Hügel zurückziehen, verlieren wir jegliche Möglichkeit, unsere Bräuche an jene weiterzugeben, die uns nachfolgen werden.«

Königin Yseult nickte. Sie kamen an einem Priestergehilfen vorüber, der anstelle der langen weißen Gewänder eines Druiden kurze Beinkleider trug. Obgleich Samhain fast gekommen war, war es ungewöhnlich warm für diese Jahreszeit, beinahe wie in den Hundstagen nach Lugnasad. Die kleinen Beeren des Rotdorns waren leuchtend rot, und die Blätter nahmen allmählich die Farbe des Feuers an.

»Ich sehe überall Feuer«, murmelte sie. »Aber nicht das Feuer Danus.«

»Dann müssen wir dafür Sorge tragen, dass das heilige Feuer nicht ausgeht«, erwiderte Brigid schlicht.

»Was habt Ihr im Sinn?«

»Ich habe Danu viele Male gefragt, aber ich verstehe die Antworten noch nicht.«

Die beiden Frauen blieben vor der ewigen Flamme stehen, welche von einer Priesterin betreut wurde, die kaum älter aussah als Brigid. »Ich bin nicht unter den Tuatha Dé Danann aufgewachsen«, sagte die Ban File. »Ich bin ein Mischblut, genau wie Eure Tochter. Von meiner Mutter Broiseach habe ich das Blut der Feadh Ree. Darin sind wir uns ähnlich. Aber ich bin zum größten Teil unter gaelischen Königen und ihren Druiden aufgewachsen. Auch darin sind wir uns ähnlich. Unsere Geschicke sind irgendwie miteinander verknüpft, und es ist nicht an uns, die Welt der Gaelen hinter uns zu lassen und uns in die Sidhehügel zurückzuziehen. Wir müssen das, was von den Alten Bräuchen übrig ist, in die neuen Zeiten hinübertragen.«

»Das habe ich für Yseult vorausgesehen.«

Brigid wandte sich zu ihr um und ergriff ihre Hände. »Wieso bleibt Ihr mit Eurer Tochter nicht hier auf dem Hügelkamm der heiligen Eiche, bis wir die Zeichen besser verstehen?«

»Yseult gefällt es hier nicht. Sie findet unser Verhalten feige.«

»Und was würde sie tun? Mit der Fianna reiten?«

Die Königin verzog das Gesicht. »Vielleicht tut sie das noch. Vielleicht wäre sie zufriedener, wenn sie sich zusammen mit den Torwächtern an den Waffen üben könnte.«

Brigid lachte. »In Zeiten wie diesen sollten wir wohl für einen Krieger mehr dankbar sein.«

Und so blieben sie über Samhain in Druim Dara, bewachten und hegten die heilige Flamme von Anu, Danu und Brigid, während um sie herum Kämpfe ausbrachen, besuchten den heiligen Brunnen, während Krieger der Laigin und der Ulaid im Norden und im Süden Vieh stahlen und sich gegenseitig erschlugen, standen im Schatten der heiligen Eiche, während der Friede von Niall der Neun Geiseln und seinem Sohn Lóegaire zunichte wurde. Nemain zog nach Norden, und Murchad ritt nach Süden, nach Dun Ailinne, um Enna Cennsalach, dem mächtigsten der Laiginkönige seine Dienste anzubieten. Yseult die Weise und Yseult die Schöne jedoch blieben bei den Priestern von Danu, während Yseults fünfzehnter Geburtstag kam und ging, blieben, während Imbolc und das Fest kamen, mit dem die Gestalt der Göttin als Brigid geehrt wurde, während die Frühlingslämmer geboren wurden, verweilten in Frieden, bis Dunlaing den Rath auf dem Claoin Fheartha in Tara in Brand steckte und in einer einzigen Nacht dreißig Prinzessinnen des Nordens und ihre Dienerschaft tötete.

Mit diesem Akt der Rache für die Angriffe auf Gebiete der Laigin war jeglicher vorgeschützter Friede zwischen den Clans des Nordens und des Südens dahin, gehörte die Einheit Erius endgültig der Vergangenheit an. Lóegaire forderte aufs Neue die Boruma von den Königen der Laigin: dreimal fünftausend Kühe, dreimal fünftausend Schweine, dreimal fünftausend Umhänge, dreimal fünftausend Silberketten, dreimal fünftausend Kupferkessel, einen gewaltigen Kessel aus Kupfer, der zwölf Schweine und zwölf Ochsen für das Haus Tara zu fassen vermochte, dreißig weiße Kühe mit roten Ohren, mit Kälbern von derselben Farbe, mit Ketten und Führzeug aus Bronze, und obendrein noch mit bronzenen Milcheimern.

Dunlaing und Enna Cennsalach weigerten sich, und Lóegaire schickte sich an, seinen Tribut mit Feuer und Schwert einzutreiben.

Eines schönen Frühlingstages traf eine fast dreißig Mann starke Kriegerschar in Druim Dara ein. Die Männer stiegen von ihren Pferden und legte ihre Waffen vor die Tore des Rath, wo die Diener Danus lebten. Ein junger Mann mit Augen von der Farbe des Mittsommerhimmels und Haar von derselben Farbe wie die Bronzewaffen an seiner Hüfte trat vor und bat um eine Unterredung mit der Königin der Tuatha Dé Danann.

Als der Torwächter sie fand, richtete Königin Yseult gerade den gebrochenen Knochen eines jungen Priesters, der beim Jagen verunglückt war. »Sagt ihm, ich komme, sobald ich hier fertig bin. Und holt Brigid. Vielleicht bringen sie wichtige Neuigkeiten.«

Mit der Hilfe ihrer Tochter und einer weiteren jungen Schülerin der Heiler von Druim Dara schob sie den Unterarmknochen mit einem Knacken wieder an seinen Platz. Trotz des in Bilsenkraut- und Nachtschattensaft getränkten Tuches, das über seinem Gesicht lag, schrie der junge Mann auf, und der Schweiß brach ihm aus.

»Verbinde den Arm mit Leinen und gib ihm einen Tee aus Melisse und Birke mit Schlüsselblumentinktur«, wies sie Yseult an, ehe sie ihre Schürze abnahm. »Am wichtigsten ist jetzt, dass er schläft und den Arm nicht bewegt.«

Ihre Tochter nickte, und die Königin eilte zu den Festungsmauern hinaus. Ein starker Wind blies, zerrte an ihren Röcken und zupfte Haarsträhnen aus ihrem dicken Zopf. Brigid wartete im Schutz der Wälle am Tor und sprach mit dem jungen Prinzen. Die Königin hatte ihn seit einem halben Jahr nicht mehr gesehen, und auch damals hatte sie ihn nur wenige Male zu Gesicht bekommen, doch sie erinnerte sich an die blauen Augen, erinnerte sich daran, wie diese Augen sie angesehen hatten.

»Prinz Crimthann«, sagte die Königin und gab ihm den Friedenskuss.

»Königin Yseult.«

»Welchem Umstand verdanken wir die Ehre Eures Besuchs?«

»Ich bin mit anderen Prinzen der Laigin und Kämpfern der Fianna gekommen und möchte Euch unsere Dienste anbieten.«

»Wieso sollte ich eines Kriegertrupps bedürfen?«

Der Prinz zögerte kurz, doch sein Blick war fest und unbeirrt. »Wir haben Grund zu glauben, dass der Hochkönig Euch und Eure Tochter gefangen nehmen will.«

Die Krieger der Fianna und die Laiginprinzen drängten sich in dem Rundhaus, das die Königin mit ihrer Tochter teilte. Sie saßen auf den Betten zu beiden Seiten der Feuergrube, ließen sich mit gekreuzten Beinen auf dem Boden nieder oder lehnten sich an die Wand, die kräftigen Arme vor der breiten Brust verschränkt. Ihre Gegenwart ließ den kleinen Raum noch beengter erscheinen.

Brigid wies einen Sklaven an, ihnen allen Bier und Met zu bringen, und nachdem ihre Besucher den Durst der Straße gelöscht hatten, ergriff die Königin das Wort. »Bitte erzählt uns, was Ihr wisst.«

Crimthann bedeutete einem der Krieger vorzutreten, und die Königin erkannte Gamal, der eine Zeit lang solches Interesse an ihrer Tochter gezeigt hatte. Sie warf Yseult einen raschen Blick zu, doch diese zeigte keinerlei Regung.

»Gamal ist in Tara geblieben, als die meisten Krieger der Fianna aus Lóegaires Diensten ausgetreten sind«, erklärte Crimthann. »Er hat den Rath erst kurz vor Dunlaings Angriff verlassen und weiß am besten über die Lage in Tara Bescheid.«

Die Königin nickte.

»Nach Lugnasad war der Ard Ri nur noch ein Schatten seiner selbst«, berichtete Gamal. »Seine Brüder Coirpre und Fiachu haben die Regierungsgeschäfte des Reiches übernommen.«

»Darüber haben wir Gerüchte gehört«, bemerkte Brigid.

»In der Ratsversammlung spricht er nur, wenn er angesprochen wird, und auch dann nur so wenig wie möglich. Wenn sich die Könige von Midhe und die Ulaid versammeln, ist Lóegaire körperlich anwesend, nicht aber mit den Gedanken. Die sind mit Euch nach Süden gezogen, meine Königin.«

»Es wird gemunkelt, Ihr hättet ihn mit einem Zauberbann belegt«, warf einer der jungen Krieger ein.

Das gehörte mit Sicherheit zum Törichtesten, was ihr seit langer Zeit zu Ohren gekommen war. Die Königin bedachte den jungen Kämpfer mit einem spöttischen Lächeln. »Hätte ich das getan, so hätte ich den Bann gewiss aufgehoben, als ich unsere Ehe geschieden habe.«

Gedämpftes Gelächter machte die Runde.

»Die Königin bedarf wohl kaum der Zauberei, um Männer an sich zu binden«, bemerkte Crimthann.

»Ich… So habe ich es nicht gemeint«, stammelte der junge

Mann. »Die Schönheit ihrer Familie ist in allen fünf Fünfteln Erius berühmt!«

Die Königin schüttelte den Kopf und blickte Crimthann an. Doch was als Ermahnung gemeint war, wurde zu etwas ganz anderem. Der Prinz hob den Blick und begegnete dem ihren mit eindringlichen blauen Augen, und sie sog scharf den Atem ein.

Gamal fuhr mit seiner Geschichte fort. »Erst seit Kurzem zeigt er sich allmählich ein wenig lebendiger. Der Christenweise Patraic, der jetzt im Hause der Druiden von Tara den gleichen Rang wie Erc und Lucet und Lochru innehat, stellt die Rechtmäßigkeit Eurer Scheidung in Frage.«

Brigid, die neben der Königin dicht bei der Feuergrube saß, meldete sich zu Wort. »Mit welcher Begründung?«

Gamal wandte sich der Ban File zu. »Er sagt, nach der Lehre Christi ist die Ehe heilig und kann nicht aufgelöst werden, indem man einfach über eine Wiese schreitet. Er sagt, nach dem Gesetz der Christen ist Impotenz der einzige Grund für eine Scheidung.«

»Wenn Lóegaire das wirklich glauben würde, müsste er auch glauben, dass ich immer noch mit Aengus verheiratet bin«, entgegnete Königin Yseult.

Der alte Druide Boinda kicherte leise. »Er glaubt das genauso, wie er an den Christengott glaubt.«

Gamal trank einen großen Schluck von seinem Met und wischte sich den Mund mit dem Ärmel ab, ehe er antwortete. »Lóegaire meint, wenn in Eriu genug Platz für die Götter der Tuatha Dé Danann und der Gaelen ist, wieso sollte dann nicht auch Raum für eine einzige Christengottheit sein?«

Brigid schüttelte den Kopf. »Diese Götter teilen nicht. Hat Patraic das Lóegaire schon gesagt?«

»Ich bezweifle, dass den Ard Ri das kümmert«, erwiderte Gamal. »In Tara heißt es, das Gesetz, das er befolgt, ist das Gesetz, das ihm am meisten frommt. Es gibt sogar Gerüchte, dass das Brehonengesetz, das Gesetz der Druiden, neu gestaltet werden soll, um das Christengesetz einzufügen, und dass Patraic dafür zuständig sein soll.«

»Aber was ist mit den Druiden von Tara?«, wollte Dubtach wissen, der Brehon von Druim Dara.

»Erc ist auf dem besten Wege, selbst Christ zu werden, und um Lochrus Gesundheit ist es nicht zum Besten bestellt. Allein kann Lucet nicht viel ausrichten.«

Wieder sah die Königin ihre Vision der brennenden Oghamstäbe vor sich. Diesmal wandten sich in den Schatten des Feuers die hochgewachsenen Gestalten der Feadh Ree ab und machten sich zu den Sidhehügeln auf.

»Aber wie kann Lóegaire daran denken, die Brehonengesetze zu ändern?«, beharrte Dubtach. »Gesetze werden von Filid gemacht, nicht von Königen.«

Gamal zuckte die Achseln. »Er ist der Hochkönig, und er ist tief betrübt.«

»Wir fürchten, Patraic hat Lóegaire davon überzeugt, dass er die Auflösung Eurer Ehe nicht anerkennen muss«, fügte Crimthann an die Königin gewandt hinzu. »Und er wird eine Kriegertruppe nach Druim Dara schicken, um die Rückgabe seiner Frau zu verlangen.«

»Hierher?«, fuhr Brigid auf. »Dies ist ein heiliger Ort.«

»Und Ihr habt Erdwälle, die die Wohnstätten schützen«, gab Crimthann zu bedenken.

Brigid seufzte. »Aber das genügt nicht, um dem Angriff einer Kriegertruppe des Ard Ri zu widerstehen.«

Crimthann schüttelte den Kopf und wandte sich wieder an Königin Yseult. »Nein. Wenn Ihr mir gestatten wollt, es auszusprechen, Herrin, es ist zu gefährlich für Euch hierzubleiben. Wir wollen unsere Dienste anbieten, um Euch nach Dun Ailinne zu geleiten, wo Ihr zu Eurem Bruder stoßen könnt. Es ist die größte befestigte Siedlung der Laigin, und mein Vater Enna Cennsalach würde Euch mit Freuden empfangen.«

Yseult die Weise zweifelte nicht daran, dass Enna Cennsalach sie mit Freuden in Dun Ailinne zu Gast hätte. Die Tuatha Dé Danann zogen sich in die Hügel zurück, doch noch war sie die Königsmacherin. »Um es offenkundig zu machen, dass ich die Königswürde jetzt den Laigin zubillige?«, fragte sie lächelnd.

Der Prinz bedachte sie mit diesem unverwandten Blick; das leuchtende Blau seiner Augen war sehr vertraulich. »Das natürlich auch. Ihr werdet immer mehr sein als jede andere Königin Erius.«

Die Königin schaute zur Seite. Sie konnte den Ehrgeiz in ihm erkennen, die Art und Weise, wie dieser Ehrgeiz mit seiner Reise hierher in Verbindung stand, nach Druim Dara und zu ihr, doch das Leuchten in seinen blauen Augen war mehr als nur Ehrgeiz.

Nein, sie hatte nicht die Absicht, Enna Cennsalach zum König zu machen. Sie dachte an Medbs legendäre Anforderungen an einen Gemahl und Gefährten: »Ohne Eifersucht, ohne Furcht und ohne Geiz.« Diesmal würde sie an diesen Rat denken, und nicht an Eriu, wenn sie ihre Wahl traf.

Für sich selbst.

»Wir werden Euch nach Dun Ailinne begleiten«, verkündete Königin Yseult.

Ihre Tochter erhob sich, und die Königin sah sie überrascht an.

»Wenn wir weiter vor Lóegaire davonlaufen, verhalten wir uns nicht anders als Nemain oder die anderen, die sich in die Sidhehügel zurückziehen – nicht anders als diejenigen unter den Feadh Ree, die du getadelt hast.«

Schweigen herrschte in dem Rundhaus, alle Blicke waren auf die Prinzessin gerichtet. Yseult die Weise starrte zusammen mit allen anderen ihre Tochter an. »Was schlägst du vor?«, fragte sie vorsichtig.

»Dass ein paar von uns nach Tara reiten, um zu sehen, ob das alles wahr ist, und um zu versuchen, etwas dagegen zu unternehmen.«

»So wie du es sagst, klingt das sehr einfach«, meinte Brigid.

»Und vielleicht ist es auch nicht so schwer, wie es auf den ersten Blick erscheint.« Yseult begann, an der Wand des Rundbaus entlangzuschreiten, die Hände auf dem Rücken ineinander verschlungen. »Ihr habt starke Kräfte des Wandelns, nicht wahr, Brigid?«

Die Weise nickte.

»Und ich habe große Macht des Rufes. Wenn wir mit einer Schar von Crimthanns Männern nach Tara reiten, wenigen, um nicht aufzufallen, könnte ich einen von Lóegaires Beratern zu mir rufen, und Ihr könntet Eure Gabe des Täuschens nutzen, um herauszufinden, was wir wissen müssen.«

Die Königin faltete die Hände fest im Schoß. »Es wäre sehr gefährlich für dich, jetzt nach Tara zu reiten.«

»Ich will nicht länger weglaufen«, gab Yseult schlicht zurück.

»Was ist, wenn Lóegaire auf dem Weg hierher ist?«

Die Prinzessin grinste. »Wir werden nicht hier sein, wenn er eintrifft. Außerdem, wenn Lóegaire eine Ratsversammlung einberuft, dann ist er noch nicht mit seinem Kriegertrupp aufgebrochen. Und Brigid kann ihre Gabe der Illusion einsetzen, um uns zu tarnen, wenn Gefahr droht.«

Brigid nickte bedächtig, offensichtlich angetan von dem Gedanken. »Und dann könnt Ihr Patraic und Lóegaire Träume senden.«

»Ich habe nicht viel geübt, aber ich kann es versuchen.«

»Ja, das könnte gehen«, meinte Dubtach nachdenklich. »Auch ich besitze etwas von der Gabe der Illusion, und ich bin ein Brehon. Ich könnte mitkommen, für den Fall, dass meine Hilfe gebraucht wird.«

Der Königin gefiel die Vorstellung ganz und gar nicht, dass Yseult ins Gebiet der Ui Neill zurückkehren sollte, gleichzeitig jedoch musste sie den Mut und den Unternehmungsgeist ihrer Tochter bewundern. Sie sah Crimthann an, ein Blick, den dieser sofort verstand.

»Ich werde den Stoßtrupp nach Tara selbst begleiten«, verkündete er. »Gamal, ich möchte, dass du die Königin nach Dun Ailinne bringst. Wir brauchen ja nicht mehr zu riskieren, als wir ohnehin schon vorhaben.«

Diesmal waren der Lärm des Aufbruchs, das Klirren des Zaumzeugs und das Hundegebell eher ein Versprechen als eine Drohung. Yseult die Schöne hatte von den Priestern Danus viel gelernt, nicht zuletzt, wie sie ihre Gabe des Rufes besser beherrschen und ihre Gedanken besser vor jenen schützen konnte, die die Macht des Wissens besaßen. Sie wusste mehr über Kräuterarzneien und kannte neue Lieder für die Harfe – obwohl es selbst hier, inmitten von so viel Wissen und Talent, niemandem gelungen war, sie singen zu lehren. Doch die Zeit in Druim Dara war für sie eine Zeit des Wartens gewesen, ein Teil des Davonlaufens, ein Dazwischen, wie die Schwelle zur Anderswelt. Jetzt nach Norden zu ziehen bedeutete, ihr Leben in die eigenen Hände zu nehmen, bedeutete, Verantwortung für das Leben ihres Volkes zu tragen. Wenn sie nach Süden zurückkehrte, würde sie wieder einmal ein neues »Zuhause« vorfinden, immer noch dazwischen, aber nicht länger auf der Flucht. Sie würde ihren Onkel Murchad fragen, ob sie sich einer seiner Kriegertruppen anschließen dürfe, die die Grenzen der Ui Neill unsicher machten. Heiler, die auch kämpfen konnten, wurden immer gebraucht, und dank Murchad und ihrer Mutter war sie in beidem gut.

Sie warf ihre Satteltasche über Duchann Bhans Kruppe und drehte sich um, um ihrer Mutter einen Kuss zu geben.

»Keine Angst, wir kommen zurück. Ich sehe keine Schwierigkeiten für uns.«

»Man kann nicht alles sehen«, antwortete die Königin schlicht. Tränen glänzten in ihren Augen.

»Grüß Murchad von mir.«

»Das werde ich tun.«

»Und ich passe für dich auf Crimthann auf.«

Ihre Mutter lachte leise; sie sah beinahe so verschämt aus wie ein Mädchen von Yseults Jahren und schüttelte den Kopf. Erleichtert schwang sich Yseult auf ihre Stute und wendete das Pferd, um sich den anderen Reitern anzuschließen. Es war besser, mit einem Lachen Abschied zu nehmen als mit finsterer Miene.

Den ganzen Tag lang ritten sie durch Laigingebiet. Kurz bevor sie die Grenze von Midhe erreichten, wo das Territorium der Ui Neill begann, schlugen sie ein gutes Stück von der Straße entfernt ihr Lager auf. Nach ein paar Stunden Schlaf setzten sie ihren Weg nach Tara fort und beendeten ihre Reise unmittelbar vor Tagesanbruch in dem südlich vom Hügel der Könige gelegenen Wald.

Yseult war sich nicht sicher, wie groß die Entfernung sein konnte, wenn ihr Ruf jemanden erreichen sollte. Wenn ihr erster Versuch fehlschlug, würde sie näher an Tara heranreiten müssen, was das Risiko für alle vergrößern würde. Sie ließ sich ihre Beklommenheit nicht anmerken, stieg ab und band Duchann Bhans Zügel an einen niedrigen Ast. Dann sammelte sie sich und konzentrierte sich auf das Bild des Weisen Patraic, suchte zwischen den langsam dahinwandelnden Bewohnern Taras seine Gedanken und rief ihn zu ihrer Lichtung.

Nachdem sie ihren Ruf ausgesandt hatte, tauschten sie, Brigid, Crimthann und Dubtach ihre Reitkleidung gegen lange weiße Gewänder, wie die Druiden und die Christen sie trugen, legten sich wieder ihre Umhänge um und gingen allein zu einem der Haine, die näher an dem Rath gelegen waren. Er lag nicht weit entfernt von den anderen Kriegern, und alle vier waren bewaffnet, verbargen kurze Schwerter unter den Falten ihrer Roben. Doch wenn man sie ergriff, würde das für Crimthann Gefangenschaft oder vielleicht sogar den Tod bedeuten und für Yseult ein Schicksal jenseits des Meeres, das wenig besser war als die Sklaverei.

Yseult atmete die scharfe, kalte Luft ein und bemerkte den Tau auf den knospenden Blättern um sie herum und die Art und Weise, wie das Licht von Crimthanns bronzefarbenem Haar zurückgeworfen wurde. Gefährlich oder nicht, sie war froh, hier zu sein. Fliehen und sich verstecken, das war nichts für sie.

Als sie den Hain erreichten, setzte Brigid ihre Macht der Täuschung ein, um sie in eine Illusion zu hüllen. Jeder, dem sie begegneten, würde eine Gruppe Christenpilger sehen, unterwegs nach Norden, zum Hügel von Slane, um den Ort zu besuchen, wo der große Patraic das heilige Osterfeuer entzündet hatte. Das Reden würde Brigid übernehmen; bei ihr würde die Illusion am stärksten wirken, da sie diejenige war, die den Blendzauber spann. Yseult und Crimthann würden die Täuschung unterstützen, indem sie die Kapuzen aufbehielten.

Sie hatten soeben ihre Decken auf dem Boden ausgebreitet und mit einem Frühstück aus Brot und hartem Käse begonnen, als Patraic in den Hain trat. Er sah verwirrt aus.

Er nickte ihnen zu. »Guten Morgen, Pilger.«

Brigid erhob sich. »Meister, wir haben gehört, dass es in der Nähe von Tara eine Christenschule gibt, die der Weise Patraic gegründet hat. Könnt Ihr uns sagen, ob das wahr ist und wo wir diese Schule finden können?«

Die Verwirrung wich aus Patraics Zügen und machte Genugtuung Platz. »Einen solchen Ort gibt es in der Tat. Mein Schüler Ciaran unterweist jene, die etwas über die Bräuche der Christen erfahren wollen, auf einem Gehöft ein kleines Stück nördlich vom Rath na Riogh.«

Yseult erinnerte sich an Ciaran, an seine Tränen bei Eithnes Tod und an seine sanfte, aber bestimmte Art. Bestimmt war er ein guter Lehrer.

»Seid Ihr etwa der große Patraic selbst?«, fragte Brigid mit gedämpfter Stimme und großen Augen.

Patraic betrachtete ihr hübsches Gesicht, das bewundernd zu dem seinen aufschaute, und reckte sich ein wenig in die Höhe. Der Blendzauber wirkte: Offensichtlich erkannte er sie nicht. »Wir, die wir dem christlichen Glauben anhängen, streben nicht nach Dingen wie Größe«, wies er sie sanft zurecht, gleichwohl erfreut über ihre Worte. Yseult verbarg ihr Lächeln unter der Kapuze ihres Umhangs. Allem Anschein nach ließen sich römisch-bretainische Christen ebenso leicht mit Schmeicheleien umgarnen wie Gaelen.

»Werdet Ihr auch an der Schule unterrichten?«, wollte Brigid wissen.

»Vielleicht hin und wieder, aber den größten Teil meiner Zeit muss ich dem Hochkönig widmen.«

»Beabsichtigt er etwa, zum Christenglauben überzutreten?«, fragte sie und legte genau das richtige Maß an Verblüffung und Ehrfurcht in ihre Stimme.

Lächelnd schüttelte Patraic den Kopf. »Er sagt, nein, aber ich habe noch Hoffnung, dass er seinen Entschluss ändert. Ich berate mit ihm über eine Kodifizierung der Brehonengesetze. Da die Anzahl der Christen in Eriu zunimmt, will er christliche Rechtsprechung und Brehonenrecht miteinander in Einklang bringen.«

Es stimmte also. Die von den Druiden geschaffenen Gesetze sollten dem Christentum angepasst werden.

»Wie werdet Ihr das anfangen?«, fragte die Ban File.

»Das wissen wir noch nicht«, antwortete Patraic. »Die Druiden von Tara bestehen darauf, dass nur die Brehonen das Recht haben, Gesetze zu machen.«

Brigid nickte. »Das ist wahr.«

Patraic musterte sie scharf. »Seid Ihr auch dieser Meinung?«

Sie zuckte die Achseln. »Ich bin bei einem Druiden aufgewachsen. Ihr nicht auch, Meister?«

»Ja.«

»Dann müsst Ihr doch anerkennen, dass die Druiden von Tara die Wahrheit sagen, so, wie sie sie kennen.«

Der Christenweise nickte nachdenklich.

»Das Gesetz kann nicht von außen verfügt werden«, fuhr Brigid fort. »Es muss von innen verändert werden.«

»Weise Worte, Tochter«, sagte Patraic und starrte sie mit leuchtenden Augen an. Fest erwiderte sie seinen Blick, und er fuhr zusammen und schaute weg. »Eure Reise ist fast zu Ende, meine Pilger. Ciarans Schule ist weniger als zwei Stunden Fußmarsch von hier entfernt. Geht mit Gott.« Beinahe schroff nickte er ihnen zu und eilte davon.

Crimthann war der Erste, der etwas sagte. »Wir hätten ihn töten sollen, hier an Ort und Stelle.«

Brigid schüttelte den Kopf. »Die Kirche von Rom würde nur einen anderen schicken. Und Ihr hättet ihn zu einem Märtyrer für seine Religion gemacht.«

Yseult erhob sich von der Decke, wo sie so getan hatten, als würden sie ihr Morgenmahl einnehmen, und klopfte die Brotkrumen von ihrer Robe. »Was machen wir jetzt?«

»Wir halten uns an den Plan, den wir in Druim Dara besprochen haben«, antwortete Brigid schlicht.

Ein Teil von ihr wünschte sich, dass die Dinge so einfach wären, wie Crimthann zu glauben schien, doch sie wusste, dass Brigid recht hatte: Ein Krieg der Ansichten konnte nicht mit Mord gewonnen werden. »Heute Nacht muss ich ihm einen Traum von einem Druidenberater senden, der ihn etwas über das Gesetz der Brehonen lehrt.«

»Ja. Der Weise Patraic begreift, wie wichtig es ist, die Menschen auf eine Art und Weise anzusprechen, die sie verstehen.«

Yseult dachte an das Feuer, das er vor fast einem Jahr vor Beltane entzündet hatte. »Die Magie der Worte, die Macht des Feuers.«

Dubtach meldete sich zu Wort. »Morgen gehe ich nach Tara, als Erfüllung seines Traumes. Könnt Ihr eine Weile ohne meine Dienste auskommen, Ban File?«

Brigid lächelte. »Aber Ihr *werdet* doch in meinen Diensten stehen, Dubtach.«

»Und was ist mit Lóegaire?«, fragt Crimthann. Sein normalerweise großzügiger Mund war nicht viel mehr als ein schmaler Strich. Es war ihm deutlich anzusehen, dass er es bevorzugt hätte, Tara bis auf die Grundmauern niederzubrennen. Sein Ziehvater Dunlaing hatte es versucht, war jedoch nicht weiter gekommen als bis zu den steilen Gräben und den dreißig Prinzessinnen nebst ihren Dienern.

Und dann war Yseult plötzlich dort. *Schreie und Flammen, die die Reinheit des dunklen Himmels versehrten. Das Holz und das Flechtwerk der Rundhäuser knackte und zischte, und die jungen Frauen und Mädchen rannten in die Nacht hinaus; ihre Kleider und ihre Haare brannten lichterloh, ihre gellenden Schmerzensschreie rissen die Stille der Nacht in Fetzen. Sie warfen sich zu Boden und versuchten, die Flammen zu löschen, indem sie auf der kalten Erde herumrollten, schmale Bündel aus loderndem Feuer.* Yseult schloss die Augen und ballte die Fäuste neben dem Körper.

»Yseult?« Brigid berührte ihren Arm. »Was ist denn?«

Langsam kehrte sie zum gedämpften Licht eines frühen Frühlingsmorgens in einem Birkenhain zurück, hörte das leise Schwatzen der Vögel anstelle des Gebrülls der Flammen. Sie sah kurz Crimthann an und schaute dann weg. »Gar nichts.«

»Was für Träume werdet Ihr Lóegaire senden?«, erinnerte Brigid sie sanft.

Yseult holte tief Luft. Eine Erinnerung an schwielige Hände und ein freundliches Lachen überkamen sie, eine Erinnerung, die sie viele, viele Jahre lang verdrängt hatte. Und eine Erinnerung, weniger lange zurückliegend, an eine Harfe, die an Brangwyns Hochzeitstag gespielt worden war.

Ihr Vater.

»Ich werde ihm einen Traum davon senden, wie die anderen Machthaber von Eriu zu besänftigen sind, die des Südens ebenso wie die des Nordens; einen Traum davon, wie weise es ist, einen Christenkönig im Rat zu haben. Ich werde ihm einen Traum von Aengus senden.«

»Sehr klug. Obwohl Aengus zur Religion der Christen übergetreten ist, achtet er noch immer die Alten Bräuche. Er wird Nachsicht in die Ratsversammlung einbringen.«

»Glaubt Ihr, das wird helfen?«

Brigid zuckte die Achseln. »Ich weiß es nicht, ich kann nur hoffen. Aber ich weiß, dass es mehr als eine weise Yseult im Lande Eriu gibt.«

Das war ein großes Lob von der Ban File. Und Yseult wusste, dass zumindest einer der Träume ihrer Kindheit in Erfüllung ging.

Am nächsten Tag ritten sie auf dem kürzesten Weg nach Dun Ailinne und kamen spätabends an, müde, verschwitzt und durchgefroren. Der Frühling war noch nicht so warm, wie der Sonnenschein die Menschen glauben machte.

Dun Ailinne, der mächtigste Königssitz der Laigin, war groß und gut geschützt; es lag auf einem hohen Hügel und war von imposanten Erdwällen umgeben. Sie ritten um die Siedlung herum bis zum Tor an der Ostseite und dachten dankbar an ein warmes Feuer. Yseult war so müde, dass es ihr schwer fiel, auf ihre Umgebung zu achten. Nachdem sie zwischen den Wällen hindurchgeritten waren, fanden sie sich auf einer Brücke über einem breiten Graben wieder, die wiederum zu einer Straße im Innern der Festungsanlage wurde, welche den Hügel hinaufführte. Innerhalb der Wälle gab es nur wenig Gebäude; in Dun Ailinne lebten fast alle – die Handwerker, die die Gunst des Königs genossen, die Bauern, die Kaufleute und das Gesinde – außerhalb der Festung. Der Rath diente lediglich als Zuflucht, wenn Gefahr im Verzug war, nicht einmal die Krieger selbst wohnten innerhalb der Wälle. Rundhäuser drängten sich an bevorzugten Orten in der Nähe von Wasser oder Bäumen oder Straßen draußen vor den Wehranlagen, hier und da selbst durch Mauern aus lehmverputztem Flechtwerk geschützt.

Yseults Mutter war in einem der wenigen Häuser innerhalb der Festung untergebracht worden und stand jetzt in der breiten Doppeltür unter dem steil abfallenden Strohdach. Ein Lächeln breitete sich auf ihren Zügen aus, von dem Yseult argwöhnte, dass es nicht allein ihr galt. Sie warf einen raschen Blick zu Crimthann hinüber und sah ein antwortendes Lächeln auf seinem Gesicht, ein Lächeln, bei dem Yseult die Kehle trocken wurde, obgleich es ihrer Mutter zugedacht war. Nun, Imbolc war gekommen und gegangen, und jetzt war Frühling. Die Mutter hatte keinen Blick für die Tochter übrig, und der Sohn keinen Blick für den Vater. Yseult sah zu Enna Cennsalach hinüber und stellte fest, dass dieser sie mit einem wissenden Lächeln anblickte. Sie zuckte die Achseln und lächelte zurück.

Und dann fand ihr Blick Brangwyn neben Aidenn und Murchad. Strahlend stürzte Brangwyn vor, ihr Vater ihr dicht auf den Fersen. Murchad umfasste Yseults Taille mit seinen riesigen Händen und hob sie schwungvoll von ihrer Stute, als sei sie eine Strohpuppe, obgleich sie inzwischen ebenso hoch aufgeschossen war wie jede andere Feadh Ree. Brangwyn umarmte sie fest und schob sie dann auf Armeslänge von sich.

»Ist dir klar, dass wir noch nie so lange getrennt waren, seit du damals mit deiner Mutter nach Norden gekommen bist, als du sieben warst und ich neun?«

Yseult nickte lachend. Über die Schulter ihrer Base hinweg sah sie, wie Crimthann geradewegs auf ihre Mutter zuschritt, ihre Hand ergriff und ehrerbietig das Knie beugte.

Die Mutter hatte keinen Blick für die Tochter übrig und der Sohn keinen Blick für den Vater. Es war Frühling. Yseult lächelte und begann, Brangwyn und Murchad über das Leben in Dun Ailinne auszufragen.

Am nächsten Tag suchte die Königin Crimthann auf, um ihm unter vier Augen dafür zu danken, dass er ihre Tochter wohlbehalten zurückgebracht hatte. Sie hatte sich mehr gefreut, ihn wiederzusehen, als klug war, darüber, sein breites Lächeln und seine leuchtend blauen Augen zu sehen. Doch es war schön, wieder diesen Rausch der Erregung zu verspüren, diese belebende Mischung aus Furcht und freudiger Erwartung. Bei Aengus hatte sie dergleichen empfunden, nicht aber bei Lóegaire. Ihr Zusammensein war anfangs durchaus erfreulich gewesen, doch für sie hatte Verliebtheit dabei niemals eine Rolle gespielt.

Sie fand den Prinzen im Haus der Druiden, im Gespräch mit Laidcenn.

»Herrin«, sagte Crimthann. »Ein glückliches Zusammentreffen. Ich hätte Euch ohnehin später aufgesucht; ich habe Euch etwas zu sagen.«

Die Königin unterdrückte den Impuls, »Wirklich?« zu rufen, und neigte zustimmend den Kopf.

»Die Einzelheiten besprechen wir später«, sagte Crimthann zu Laidcenn, dann wandte er sich ihr zu, fasste sie am Ellenbogen und führte sie aus dem Rundhaus.

Als sie sich außer Hörweite des Druidenhauses befanden, ergriff der Prinz das Wort. »Ich hätte ja gewartet, all meiner Ungeduld zum Trotz, hätte Euch umworben, so wie Ihr es verdient, aber mein Vater zwingt mich zur Eile.«

Selbst Yseult der Weisen fiel keine kluge Antwort auf Crimthanns plötzliche Offenheit ein. »Wie meint Ihr das?«

»Einer der Könige, die meinem Vater untertan sind, ist gestorben und hat keinen Verwandten hinterlassen, der alt genug wäre, in Ard Ladrann zu regieren. Er hat mich gebeten, den Rath zu übernehmen, bis die jungen Leute, die in Frage kommen, sich in der Schlacht bewiesen haben und eine Wahl abgehalten werden kann.«

Die Königin warf ihm einen raschen Blick zu, während sich ihr Herz schmerzhaft zusammenzog. »Dann werdet Ihr Dun Ailinne also verlassen.«

»Ich könnte sowieso nicht ewig hierbleiben.« Er blieb stehen und ließ ihren Ellenbogen los; dann trat er vor sie hin, und seine blauen Augen trafen die ihren, ließen sie nicht mehr los. »Werdet Ihr mit mir kommen?«

Er fragte sie, wie ein Mann eine Frau fragt, nicht wie ein junger Krieger die Königsmacherin fragt, nicht so, wie sie sonst gefragt worden war.

»Erhebt Ihr Anspruch auf die Herrschaft über Eriu?«, wollte sie mit blassem Lächeln wissen.

Sie fing ein Gefühl hilflosen Zorns und der Machtlosigkeit von ihm auf, und daraufhin regte sich in ihr wiederum unsinnige Hoffnung.

»Ihr werdet immer mehr sein als eine begehrenswerte Frau, das wisst Ihr«, sagte er und verschlang die Hände fest auf dem Rücken. »Und ich bin ein ehrgeiziger Mann. Das kann ich nicht leugnen.«

Unwillkürlich gab sie ein freudloses Lachen von sich. »›Immer‹ ist zu lange. Wenn man den Christenweisen glaubt, bin ich nicht mehr als eine Frau, die keine Wahl hat.«

»Für uns werdet Ihr *immer* mehr sein als das. Für mich.«

»Immer? Gebt keine Versprechen ab, Crimthann. Auch Ihr findet es eines Tages vielleicht geschickter, die Religion des Christus anzunehmen.«

»Nicht, wenn einer ihrer Weisen in Rath Bile eingekerkert ist, dem Königssitz meines Vaters«, erwiderte er mit einem Auflachen. Er ergriff ihre Hand, und das Blau seiner Augen wurde noch strahlender. »Jetzt würde ich lieber um das Land buhlen.«

Seine Stimme war leise und eindringlich. Königin Yseult holte rasch Atem; sie sah eindeutig mehr als die Königswürde in seinen Gedanken.

»Denkt Ihr etwa daran, mich zu überreden, die vorgeschriebenen drei Nächte mit Euch zu verbringen?«, erkundigte sie sich und legte ein keckes, tändelndes Wesen an den Tag, von dem sie gar nicht wusste, dass sie es besaß – oder das sie vor langer Zeit vergessen hatte.

Bedächtig hob er ihre Hand an die Lippen, drehte sie um und drückte einen Kuss in ihre Handfläche. Ganz kurz berührte seine Zunge ihre Haut, hier, wo alle Bewohner von Dun Ailinne sie sehen konnten. »Wenn Ihr drei Nächte mit mir verbringt, Herrin«, sagte er, und seine Stimme war leise und vertraut, »dann schwöre ich bei allen Göttern meines Stammes, dass Ihr mit Freuden noch weitere folgen lassen werdet.«

Königin Yseult versuchte, ihren Herzschlag mit reiner Willenskraft dazu zu bringen, sich zu verlangsamen, allerdings ohne großen Erfolg. Nein, hier war kein Geiz, dachte sie, mehr als zufriedengestellt.

»Ich werde Euch begleiten.«

Yseult würde nicht wieder davonlaufen. Sie sah zu, wie das Gefolge ihrer Mutter nach Süden aufbrach, nach Ard Ladrann. Der Arm ihres Onkels Murchad war fest um ihre Schultern geschlungen, und sie wischte sich eine vorwitzige Träne aus dem Augenwinkel. Eine morgendliche Brise zauste das weißblonde Haar an ihren Schläfen, doch die Sonne schien warm auf ihre Wangen. Sie sah der Schar nach, bis sie hinter einer Baumgruppe neben der Straße verschwand, und machte sich dann mit Murchad auf den Rückweg zu den Wällen von Dun Ailinne und den Schlachten, die es gegen die Ui Neill im Norden und die Könige von Venedotia und Dumnonia jenseits des Meeres zu schlagen galt.

Als aus den darauffolgenden Monaten ein Jahr wurde und dann mehr als ein Jahr, folgte sie ihrem Oheim anstatt ihrer Mutter. Zusammen verteidigten sie die Siedlungen der Tuatha

Dé Danann und dienten der Sache der Laigin, die ihrem Volk Zuflucht vor den Stämmen des Nordens boten. Doch all ihren Mühen zum Trotz zogen sich mehr und mehr Feadh Ree in die Sidhehügel zurück, verschwanden wie Geister in der Anderswelt.

Einschließlich Nemain. Murchad erwähnte sie nie, doch Yseult wusste, dass er an sie dachte, wenn sein Blick über die Wälle des Rath hinauswanderte und das Lächeln aus seinen Augen verschwand. Dann schwieg sie stets. Sie tat nicht mehr, als ihm die Hand auf die Schulter zu legen oder ihm einen Becher frischen Met oder einen Kelch Apfelwein zu bringen.

Dieses Jahr war nicht leicht, zumindest für Yseult, doch es war besser als das vorangegangene, besser, als vor Lóegaire zu fliehen und an der heiligen Stätte von Druim Dara Schutz zu suchen. Jetzt zog sie mit Enna Cennsalachs Kriegertruppen zu Überfällen oder kleinen Scharmützeln aus, ritt neben Murchad, versorgte die Verwundeten und kämpfte manchmal sogar selbst. Wenn ihr Onkel auf Raubzug übers Meer fuhr, begleitete sie Dunlaings Söhne Illann und Ailbe oder Crimthanns Brüder Eochu und Faelan oder sogar Enna Cennsalach selbst.

Ihr Ruf verbreitete sich, bis Yseult sich selbst nicht mehr in den Geschichten wiedererkannte, die über sie erzählt wurden. Noch immer war sie mehr Heilerin als Kriegerin, doch sie war eine der wenigen Frauen, die sich in gehärtetes Leder kleideten und vom Pferderücken aus den Speer handhabten. In den Geschichten allerdings führte sie Kriegertruppen in die Schlacht, hoch aufgerichtet im Sattel ihrer weißen Stute; das weißblonde Haar wallte ihr ums Gesicht, und ihr weißer Schild wehrte alle Streiche ab, Yseult die Schöne, unbezwingbar und gefürchtet, die Schönheit und der Stolz Erius. Yseult lachte und schüttelte den Kopf, wenn die Lieder gesungen wurden, doch sie wäre keine Tochter ihres Heimatlandes gewesen, wenn es sie nicht gefreut hätte.

Und die meisten Königssöhne der Laigin hatten angefangen, ihr den Hof zu machen. Yseult lächelte, wenn sie behaupteten, sie begehrten sie ihrer Furchtlosigkeit in der Schlacht wegen und wegen ihrer Weisheit, mit der sie geholfen hatte, das Brehonengesetz zu retten, lachte, wenn sie von ihrem Zopf von der Farbe des Mondes sangen und von ihren Augen von der Farbe eines Sees im Winter. Jetzt verstand sie, was es bedeutete, die Tochter der Königsmacherin zu sein. Sie war schon sechzehn, und sie mochte Illann und Ailbe, Eochu und Faelan, mochte sie alle durchaus gern, doch es gab niemanden, mit dem sie ein Haus hätte teilen mögen, niemanden, für den sie ihren Onkel hätte verlassen wollen.

Allerdings sorgten die Aufgaben, die damit einhergingen, der Recke von Dun Ailinne zu sein, oft dafür, dass Murchad *sie* allein ließ. Niemals nahm er sie zu Überfällen auf ihre bretainischen Feinde mit; er hielt es für zu gefährlich, und irgendwann lernte sie, nicht mehr darum zu bitten.

Diesmal jedoch würde es kein Raubzug sein, stattdessen fuhr er nach Dumnonia, um bretainische Geiseln zurückzubringen, die die Laigin Lóegaire abgenommen hatten, und um als Gegenleistung seinerseits die Herausgabe von Laigingeiseln zu verlangen. Enna Cennsalach wollte die Könige auf der anderen Seite des Meeres mit eigenen Augen sehen lassen, dass Lóegaire nicht mehr der unumstrittene Hochkönig Erius war.

Auch wenn es kein Raubzug war, bat Yseult doch nicht darum, mitkommen zu dürfen.

»Gute Reise, Onkel«, sagte sie und hob sich auf die Zehenspitzen, um ihn auf die Wange zu küssen – während er sich herabbeugte. Er war der einzige Mann, den sie kannte, der so groß war, dass sie dies tun musste, und sie lächelte.

Murchad legte beide Arme um ihre Schultern und drückte sie fest an sich. »Und du gib gut Acht auf die Krieger von Dun Ailinne.«

Yseult lachte an seiner Brust. »Bestimmt.«

Ihr Oheim drückte sie noch einmal, ehe er sie losließ. »Und danke, Yseult.«

»Wofür?«

Er rieb ihre Wange mit den Fingerknöcheln. »Dafür, dass du bei deinem alten Onkel ausharrst.«

Sie ergriff seine riesige Hand und küsste den Handrücken. »Danke, dass ich bei dir bleiben darf.«

Er zauste ihr das Haar und wandte sich mit einem Winken ab, um einen mächtigen braunen Wallach zu besteigen.

Yseult würde dieser Augenblick für den Rest ihres Lebens im Gedächtnis bleiben.

Es war ein Spätsommertag, gut ein Jahr nachdem ihre Mutter mit Crimthann nach Ard Ladrann gezogen war, nach Lugnasad und kurz vor dem Beginn der Ernte. Yseult kehrte mit Illanns Kriegertruppe und einer Herde aus fast vier Dutzend Rindern, die sie in der Nähe von Uisneach im Nordosten erbeutet hatten, von einem erfolgreichen Überfall zurück. Neben ihr ritt Prinz Illann, groß und blond. Er besaß den hochgewachsenen Körperbau, das helle Haar und die blasse Haut der Feadh Ree, nur war in seinem Fall der Mondschein doch mit einem Hauch Erde vermischt. Sie tändelten und scherzten beim Reiten. Yseult war heiß; sie war staubbedeckt und müde von etlichen Tagen auf der Straße, und sie sehnte sich verzweifelt nach einem Bad, doch ihre Stimmung war ausgezeichnet.

Als sie an den ersten befestigten Gehöften außerhalb von Dun Ailinne vorbeikamen, kamen die kleinen Kinder herausgelaufen und rannten vor ihnen her wie gewöhnlich, die Erwachsenen jedoch waren seltsam still und musterten ihre Schar stumm, anstatt ihren Erfolg zu bejubeln und das fette Vieh zu preisen, das sie zwischen den Rundhäusern aus Flechtwerk und Lehm hindurchtrieben. Yseult erstarb ihrerseits das Lachen in der Kehle, als sie in die ernsten Gesichter der Gefolgsleute und der Handwerker des Königs blickte.

»Jemand ist gestorben«, sagte sie zu Illann und trieb Duchann Bhan voran.

Der König selbst wartete mit seinen obersten Druiden am Tor von Dun Ailinne auf sie, eine sehr viel förmlichere Begrüßung, als es einem Trupp zustand, der erfolgreich von einem Raubzug heimkehrte.

Yseult saß ab, und ein Sklave stürzte vor, um Duchann Bhans

Zügel zu übernehmen. Ein Gefühl von Unwirklichkeit überkam sie, als sie langsam auf Enna Cennsalach zuging und vor ihm stehen blieb.

Was er in den Händen hielt, war für sie bestimmt.

Der König neigte respektvoll den Kopf und hielt ihr mit ausgestreckten Armen das Schwert hin. Yseult starrte das Muster aus Glas und Bernstein an, das in die Scheide eingearbeitet war, die einander abwechselnden Farben Gold und Bronze und Grün. Natürlich kannte sie dieses Schwert. Ihr Onkel hatte es auf seine Reise nach Dumnonia mitgenommen.

Der König wich zurück, und der Druide Torna trat vor, einen geflochtenen Korb in den Händen. Der Geruch von Zedernöl traf sie mit voller Wucht, doch sie weigerte sich, seine Bedeutung zu begreifen, bis Torna in den Korb griff und den Kopf an seinem langen dunklen Haar herauszog. Die blicklosen Augen ihres Oheims starrte in den Himmel hinauf, und sein Mund stand in einem Ausdrucks der heillosen Überraschung oder des ungläubigen Staunens offen.

Yseult war dem Tod im Laufe des letzten Jahres mehr als einmal begegnet, manchmal dem von Freunden, öfter dem von Feinden. Doch beim Anblick des Hauptes des Bruders ihrer Mutter, des Recken von Eriu, des Mannes, der ihr am ehesten so etwas wie ein Vater gewesen war, musste sie tief Luft holen und die Kiefer fest zusammenpressen, um sich nicht vor dem König und den Druiden zu übergeben. Tränen, die nicht fließen wollten, schnürten ihr die Kehle zu, doch sie hielt den Kopf hoch erhoben und straffte ihre Schultern.

Sie sah Enna Cennsalach an. »Wer ist verantwortlich für den Tod meines Onkels?«, stieß sie hervor.

»Der Sohn des Mannes, mit dem Lóegaire Euch verloben wollte«, antwortete der König. »Drustanus von Dumnonia.«

ZWEITES BUCH

Ein Mann und eine Frau

6

Vindaere wilder maere.
Der maere wildenaere,
die mit den ketenen liegent
und stumpfe sinne triegent,
die golt von swachen sachen
den kinden kunnen machen
und ûz der büsen giezen
stoubîne mergriezen

(Erfinder wüster Mären, Wilderer der Geschichten, die mit Ketten betrügen, um stumpfe Köpfe hinters Licht zu führen, für Kinder wertloses Zeug in Gold verwandeln und Staub aus Zauberkästen gießen.)

Gottfried von Straßburg, *Tristan*

Drystan wandte den Blick nicht von der Heimat seiner Kindheit ab, als ihr Schiff auf Nordkurs um die felsige Landzunge bog und auf den Hafen von Dyn Tagell zuhielt, jene Feste, die die Römer Durocornovium genannt hatten. Es war ein eindrucksvoller Anblick. Der Felsen, wie er die Burg gern nannte, ragte fast senkrecht aus dem Meer auf, eine natürliche Festung, genau das Richtige für unruhige Zeiten wie diese.

Unruhige Zeiten waren es auch, die Drystan aus Aremorica ins Land seiner Geburt heimgerufen hatten, Unruhe in Gestalt von Räubern aus Eriu im Norden und Westen und von sächsischen Eroberern im Osten und Süden. Er hätte schon vor Jahren von seiner Pflegefamilie heimkehren sollen, doch sein Vater hatte ihn nicht gerufen, und er war nicht gegangen. Seit seinem zehnten Lebensjahr war er nicht mehr auf dieser Seite des Meeres gewesen, das lag jetzt mehr als neun Jahre zurück. Aremorica erschien ihm wie seine Heimat, und sein Oheim Riwallon und seine Tante Blodewedd waren ihm mehr Vater und Mutter als seine eigenen Eltern.

Und jetzt war seine leibliche Mutter tot, eine Mutter, an die er sich kaum noch erinnern konnte.

»Imposant«, meinte Kurvenal, als er zu ihm an die Reling trat. »Es sieht uneinnehmbar aus.«

Drystan nickte. »Ich wollte, alle Siedlungen an dieser Küste wären so leicht zu verteidigen.« Eine Woge kam angerauscht, und er packte die Reling und stemmte in der breitbeinigen Pose eines Seemannes die Füße gegen das Deck.

»Und dann gäbe es keine Probleme mehr mit den erainnischen Seeräubern, und wir hätten nichts mehr zu tun.«

»Dann hätten wir Zeit, Harfe zu spielen und Lieder von Schlachten zu singen, anstatt selbst in den Kampf zu ziehen«, gab Drystan lachend zurück.

Kurvenal verzog das Gesicht. »Du vielleicht. Ich habe eine Stimme wie eine Gans, die mit dem Bein in einen Schraubstock geraten ist.«

Drystan lachte schallend und schlug seinem Freund mit der flachen Hand auf den Rücken, dankbar für seine Gegenwart und seinen Humor. Die Möwen kreischten und tanzten um ihr Schiff herum, eines von Marcus' eigenen Schiffen, ausgeschickt, um seinen Sohn zurückzuholen, damit er half, auf dem Meer nach Räubern Ausschau zu halten. Die Sonne schien ihm warm auf den Rücken, doch hier, an der nördlichen Küste Dumnonias, hätte es ebenso gut kalt und neblig sein können, sogar im Juli.

Sein Blick glitt zu der Gruppe am Strand hinüber, die darauf wartete, ihn willkommen zu heißen. Der Mann in der römischen Tunika, den purpurnen Umhang um die Schultern drapiert, war zweifellos sein Vater. An ihn erinnerte Drystan sich sogar noch weniger als an seine Mutter. Ein kriegerischer Mann, der die Villa vor Isca Dumnoniorum der Sommerfestung an der wilden Nordküste stets vorgezogen hatte. Dem herrischen Mann aus seinen Erinnerungen war es zutiefst zuwider gewesen, dass sie wegen der vordringenden Sachsen gezwungen gewesen waren, aus Isca zu fliehen, er hatte es verabscheut, die zivilisierte römische Küstenstadt zu verlassen, um die besser geschützten Hügelfesten des Landesinneren und die natürlichen Wehranlagen der felsigen Küste aufzusuchen. Damals war Marcus kurz zuvor zum Protector des südwestlichen Britanniens auserwählt worden, und seitdem hatte er seine Zeit abwechselnd im Sommer in der Hügelfestung von Lansyen und im Winter in Dyn Tagell zugebracht.

»Sogar auf diese Entfernung scheint er mir ganz so, wie du es mir erzählt hast«, bemerkte Kurvenal und schaute übers Wasser.

Drystan nickte.

Das Schiff, eine Corbita mit massigem Rumpf – eines der Handelsschiffe, derer Marcus sich bediente, um das wertvolle dumnonische Zinn überall in die bekannte Welt zu verschiffen –, war zu groß für den Landestrand des Hafens und warf daher Anker. Ein kleines Boot, das sie ans Ufer bringen sollte, war bereits zu ihnen unterwegs. Dicht am Bug kam es längsseits, die Strickleiter wurde herabgelassen, und Drystan und Kurvenal schulterten ihre Seesäcke und kletterten hinab, gefolgt von dem kleinen Trupp, der mit ihnen aus Aremorica geschickt worden war.

Während ihr Landungsboot sich dem Strand näherte, betrachtete Drystan seinen Vater. Marcus Cunomorus eiferte seinem entfernten Vetter Ambrosius Aurelianus nach, dem Hochkönig der Britannier, der die römischen Bräuche hochhielt und sich in einer Welt, die in die Barbarei zurückfiel, als Retter der Zivilisation betrachtete. Abgesehen von der weißen Tunika und dem Purpurmantel seines Amtes trug sein Vater auch das Haar kurz geschnitten, und sein Gesicht war nach römischer Sitte glatt rasiert.

»Ich frage mich, was er wohl von mir halten wird«, murmelte Drystan halblaut. Er selbst trug sein Haar zu einem glänzenden Zopf geflochten, der ihm halb den Rücken hinunterreichte.

Sein Freund schmunzelte. »Nun, er wird Euch für einen Barbaren halten, mein Prinz.«

»Wenigstens hat er genug Barbaren in seinem Gefolge.« Ungefähr die Hälfte der Männer, die mit dem König am Strand warteten, trugen römische Kleidung, während die andere Hälfte eher wie Einheimische aussahen, mit langem Haar und langen Schnurrbärten und langen, bunt karierten Umhängen über Hosen, die am Knöchel zusammengebunden waren.

Einige der wartenden Soldaten kamen ins Wasser gewatet und halfen ihnen, das Boot an Land zu ziehen. Drystan trat auf den nassen Sand, und sein Vater kam auf ihn zu und umarmte ihn.

»Drustanus!«

»Vater.«

Der Ältere schob ihn auf Armeslänge von sich weg und musterte ihn eingehend. Drystan hielt seinem Blick stand, wobei ihm auffiel, dass die Augen seine Vaters von demselben leuchtenden Grün waren wie seine eigenen. Das hatte er vergessen. Sein Vater war kein junger Mann mehr, doch in seinem kurzen braunen Haar war nur wenig Grau zu sehen, die Muskeln seiner Arme waren hart, und seine Statur war noch immer die eines Kämpfers.

»Es ist schön, dich wiederzusehen«, sagte sein Vater auf Latein, der Sprache des britannischen Adels. In Aremorica bevorzugte man Britannisch, selbst unter Königen. Latein war die Sprache der Gallier, und die Menschen in Aremorica waren stolz darauf, anders zu sein.

Marcus Cunomorus war ein König Aremoricas gewesen, bevor er Herrscher über Dumnonia geworden war, doch in den letzten fünfundzwanzig Jahren hatte er dem Königssitz Caer Haes, den er von seinem Vater geerbt hatte, nur selten einen Besuch abgestattet.

»Es ist schön, wieder daheim zu sein«, antwortete Drystan. Und so eigenartig es war, sobald er sie ausgesprochen hatte, wurden die Worte wahr. Aremorica und die Menschen dort kannte er besser als das Land, in dem er geboren worden war, doch die felsigen Klippen von Dyn Tagell, die vor ihm aufragten, waren ihm auf eine tiefere Art vertraut; hier war er aufgewachsen.

Daheim.

Sein Vater ließ ihn los und wandte sich an Kurvenal und die

anderen Soldaten, die ihn begleitet hatten. »Willkommen in Durocornovium. Ich bin Euch dankbar, dass Ihr den Hof Riwallons verlassen konntet, um uns hier beizustehen. Wir brauchen dringend Soldaten, um die Räuber aus dem Norden abzuwehren, weil so viele Männer abberufen wurden, um mit Ambrosius gegen die Sachsen zu kämpfen.«

»Soldaten gehen dorthin, wo Krieg ist, Herr«, bemerkte Kurvenal.

Marcus nickte. »Das stimmt. Und wir können nur froh sein, dass in Aremorica jetzt Friede herrscht.« Er drehte sich um und ging ihnen voraus auf den steilen Pfad zu, der am Hang der Halbinsel hinaufführte. Dabei nahm er Drystan am Arm. »Du warst sehr lange fort, mein Sohn.«

»Es hat mir dort gut gefallen. Ich fürchte, Friede sagt mir mehr zu als Krieg. Hoffentlich enttäusche ich dich nicht.«

Sein Vater zog eine Braue empor. »Kannst du kämpfen?«

»Ja. Aber ich ziehe die Harfe dem Schwert vor.«

»Nun, du kannst die Harfe dazu benutzen, nach einem harten Tag mit dem Schwert die Seelen deiner Männer zu erquicken.« Der König schwieg einen Augenblick, und Drystan fragte sich, welche ungute Auswirkung seiner langen Abwesenheit er wohl als Nächstes zur Sprache bringen würde.

»Du hast dir die Redeweise der Aremoricer angewöhnt«, stellte sein Vater endlich fest.

Drystan nickte. »Das stimmt wohl.«

»Wenigstens rasierst du dich.«

»Mein Bart wächst nicht besonders gut. Kurvenal sagt, damit sehe ich aus wie eine Ziege.«

Der König gab ein unverbindliches Knurren von sich, just ehe der Pfad schmaler wurde und sie hintereinander weitergingen, was dem Gespräch ein Ende bereitete. Drystan warf Kurvenal über die Schulter hinweg einen Blick zu, und sein Freund zuckte die Achseln und lächelte.

Der Königssitz zu Dyn Tagell lag auf der Ostseite des Felsvorsprungs, weitgehend vor dem Wind geschützt, der bei schlechtem Wetter darüberfegte. Hier hielt sich der König im Sommer auf, wenn die Bedrohung aus Eriu am größten war und er gebraucht wurde, um Patrouillen an der Küste anzuführen; im Winter hatte er seinen Wohnsitz in Lansyen im Südosten, näher bei seinem geliebten Isca Dumnoniorum und der römischen Villa, die vor langer Zeit von den Sachsen zerstört worden war.

Die Gebäude, die auf den östlichen Klippen thronten, waren vielleicht keine Villa, eindrucksvoll waren sie trotzdem, wozu die karge Schönheit der Umgebung noch das Ihre tat. Terrassen waren in den Fels gehauen worden, um die geschützte Lage zu nutzen, und auf diesen ebenen Flächen waren Schiefergebäude errichtet worden, die einer Festung ähnelten.

Die Männer betraten das größte dieser Gebäude, wo man ihnen in der Haupthalle gewässerten Wein und Dünnbier reichte. Nachdem sie ihren Durst gelöscht hatten, kamen zwei Soldaten aus Marcus' Gefolge, um die Kämpfer aus Aremorica in die Soldatenquartiere zu bringen, aus Torf errichtete Hütten auf der Südseite der Insel. Als Kurvenal sich ihnen anschließen wollte, hielt Drystan ihn zurück.

»Bleib hier, mein Freund. Du brauchst nicht bei den gemeinen Soldaten zu hausen.« Er sah seinen Vater an. »Kurvenal deckt mir nicht nur den Rücken, er ist für mich das, was einem Bruder am nächsten kommt.«

Marcus nickte. »Gewiss können wir für ihn eine Bleibe in der Oberen Halle finden.«

Drystan war enttäuscht, dass Kurvenal nicht bei ihm in der Unteren Halle wohnen würde, doch wenn das der Wunsch seines Vaters war, würde er sich danach richten müssen.

Der König winkte einen Sklaven herbei. »Mehr Wein?«, fragte er die jungen Männer, und sie nickten. Während der Sklave davoneilte, um eine neue Amphore zu holen, führte Marcus sie zu gepolsterten Liegebänken römischer Machart hinüber, die an einer Wand standen. Betrachtete man die kahlen, grauen Schieferbauten von außen, konnte man sich nur schwer vorstellen, dass sie solche Annehmlichkeiten bargen.

»Wo ist Labiane?«, erkundigte sich Drystan, während er sich

setzte und die Kissen hinter seinem Rücken zurechtrückte. Solchen Luxus hatte Riwallon in der Großen Halle von Leonis in Bro Leon nicht zu bieten, das musste er zugeben. Dort waren Kissen eine Seltenheit, und der Wein war oft sauer. Er war ebenfalls römischer Herkunft, doch der Reichtum, zu dem man es mit Austern und Knoblauch bringen konnte, konnte sich nicht mit dem messen, was Zinn einbrachte.

Sein Vater räusperte sich, und Drystan warf ihm einen scharfen Blick zu. »Sie hat sich nicht wohlgefühlt. Ich hoffe, du bist nicht gekränkt, weil sie nicht erschienen ist, um dich zu begrüßen.«

»Wieso sollte ich gekränkt sein? Aber ich habe Neuigkeiten für sie von ihren Eltern. Ich hoffe doch, es ist nichts Ernstes?«

»Nein, nein. Bestimmt fühlt sie sich in einem oder zwei Tagen besser.«

Drystans Base Labiane hatte fast ebenso lange als Pflegekind bei seinem Vater und seiner Mutter gelebt, wie er bei ihren Eltern in Aremorica geweilt hatte. Mehr als zwei Jahre lang waren sie wie Bruder und Schwester gewesen, eben noch beste Freunde und gleich darauf wie Hund und Katze, bis sie nach Norden gereist war, um ihrerseits bei Pflegeeltern zu leben. Es würde schön sein, sie wiederzusehen.

Der Sklave kam mit mehr Wein. »Und was gibt es Neues in Aremorica?«, wollte Marcus wissen.

»Zum Glück nicht viel. Riwallon und Blodewedd sind wohlauf, und es herrscht noch immer Friede.«

»Und was ist mit Ygerna und Hoel?«

»Es ist über ein Jahr her, dass ich das letzte Mal in Caer Brioc war. Die Pest vor drei Jahren hat diesen Teil Aremoricas viel schwerer heimgesucht als Bro Leon. Sein ältester Sohn ist nach Verulamium gefahren, um Ambrosius um Hilfe zu bitten.«

Sein Vater schüttelte den Kopf. »Ambrosius hat im Moment wenig zu geben.«

Drystan betrachtete das erlesene Weinglas in seiner Hand, aus Gallien oder von noch weiter her. »Hast du etwas Neues aus

Eriu erfahren?«, fragte er und war sich nicht sicher, ob er die Antwort hören wollte.

Marcus Cunomorus gab ein angewidertes Schnauben von sich. »Ihr wisst doch, dass die Königin König Lóegaire verlassen hat?« Drystan und Kurvenal nickten. Neuigkeiten verbreiteten sich zwischen den gaelischsprachigen Ländern nur langsam, doch eine Scheidung, die den Hochkönig von Tara betraf, war wichtig, und das Ereignis lag über anderthalb Jahre zurück.

»Als die ältere Yseult fortgegangen ist«, fuhr sein Vater fort, »hat sie ihre Tochter natürlich mitgenommen. Die Königin der Tuatha Dé Danann hat sich mit den Stämmen im Süden Erius verbündet, und genau die sind es, die jetzt unsere Küsten unsicher machen.«

»Ich habe sagen hören, dass Yseult die Weise Lóegaire zum Teil wegen der Verhandlungen verlassen hat, die du mit dem Hochkönig geführt hast«, meinte Drystan und beobachtete seinen Vater aufmerksam.

»Unfug.« Marcus winkte dem Sklaven, ihre Gläser von Neuem zu füllen.

Drystan trank einen großen Schluck von dem schweren Wein, nicht zu sauer, aber auch nicht zu süß. In Aremorica hieß es, sein Vater wäre einer der reichsten Herrscher Britanniens und häufe dank der Zinnminen Dumnonias ein gewaltiges Vermögen an; allmählich begann Drystan, das zu glauben. »Friede ist sicherlich etwas Erstrebenswertes, aber kannst du mir verraten, was du mit einer so jungen Ehefrau willst?«

Marcus zog die Brauen empor und drehte den Kopf ein wenig, um Kurvenal in das Gespräch einzubeziehen. »Kannst du mir verraten, was ich mit einer alten Ehefrau soll?«

Drystan lachte unbehaglich. Die Erainnprinzessin, die sein Vater hatte heiraten wollen, ehe ihre Mutter seine Pläne durchkreuzt hatte, war jünger als Drystan selbst, und Marcus war kein junger Mann gewesen, als sein einziger Sohn geboren worden war.

»Meine Christenpriester drängen mich, mich wieder zu vermählen, um die Sünde zu meiden«, fuhr Marcus fort, »und meine heidnischen Untertanen behaupten, ohne Königin könnte ich nicht König sein. Ich muss wieder heiraten, und wir müssen Frieden mit den Barbaren jenseits des Meeres schließen. Außerdem ist sie sehr schön, habe ich gehört.«

»Alle Prinzessinnen sind sehr schön«, bemerkte Kurvenal.

»Ihrem Ruf nach«, ergänzte Drystan, und ausnahmsweise lachten sie alle drei gemeinsam.

Am nächsten Morgen verließ Drystan die Untere Halle und ging zu den Gemächern hinauf, in denen Kurvenal untergebracht worden war. Dabei begutachtete er den Ort seiner Geburt mit den Augen eines Fremden. Das Anwesen war kleiner, als er es in Erinnerung hatte, gleichzeitig jedoch beeindruckender, karger und wilder. Der Wind weigerte sich, Achtung vor dem Zopf zu zeigen, mit dem er sein Haar gezähmt hatte; er zerrte dunkelblonde Strähnen heraus und peitschte sie ihm ums Gesicht. Er blieb stehen, strich mit einer Hand das Haar zurück und blickte über die Felsen, die den Rand der Landzunge kennzeichneten, aufs Meer hinaus. Möwen schrien, und die Wellen krachten gegen die Klippen: die Klänge der See, mit denen er während der Sommermonate aufgewachsen war, die sie hier auf dem Felsen verbracht hatten.

Auf der anderen Seite des Wassers lag Eriu, das am wenigsten zivilisierte der gaelischsprachigen Länder. Die Römer hatten die Insel am Rande der bekannten Welt niemals erobert, und bis jetzt hatten nicht einmal die Christenpriester dort viel Einfluss gewinnen können. Riwallon war als junger Mann einmal nach Eriu gereist, und wenngleich er meinte, die Menschen dort würden leben wie die Bauern, abgesehen von Putz und Schmuck, so beschrieb er die Insel doch als einen Ort der Zauberei und der Lieder, fremdartig und sonderbar. Seit er Riwallons Erzählungen gelauscht hatte, hatte Drystan Eriu besuchen wollen, hatte sehen wollen, wie ein Land aussah, das niemals ein Teil von Rom gewesen war, niemals den langen Arm der Imperatoren gekannt hatte.

Nun, es war nicht sehr wahrscheinlich, dass Drystan in absehbarer Zeit nach Eriu reisen würde, während Ceredig jenseits des Wassers Dörfer niederbrannte und die erainnischen Könige des Südens mit Britannien verfuhren wie mit einem erntereifen Obstgarten. Stattdessen würde er lernen, wie man ein Schiff befehligte, und das Meer nach Erainnpiraten absuchen.

Drystan setzte seinen Weg die Anhöhe hinauf fort zu dem beinahe flachen Gipfel von Dyn Tagell. Ein garstiger Wind begrüßte ihn, der die Böen, die ihm vorhin das Haar aus dem Zopf gezerrt hatten, harmlos erschienen ließ – ein Wind, der einen Groll gegen alles hegte, was weniger biegsam war als Gras. Die Obere Halle, in der Kurvenal wohnte, bekam im Gegensatz zur Unteren Halle mehr Sonne ab, war dafür aber nicht vor den schlimmsten Küstenwinden geschützt.

Drystan stemmte sich gegen den Wind und ging auf das Gebäude zu, das auf dem höchsten Punkt der fast völlig vom Wasser umschlossenen Halbinsel stand. Die Obere Halle hatte große Ähnlichkeit mit vielen kleineren Königssitzen Aremoricas. Groß und rechteckig, jedoch aus Steinen errichtet anstatt aus Holz. Holz war auf dieser Insel der Felsen schwer zu bekommen, Steine dagegen gab es überall.

Drystan stieß einen Flügel der großen Doppeltür auf und trat in den Schutz des Hauses. »Kurvenal!«, rief er. »Bist du fertig damit, deine dürftige Habe in allen verfügbaren Ecken zu verstauen?«

Kurvenal kam kopfschüttelnd aus einem der abgeteilten Räume im hinteren Teil der Haupthalle. »Manchmal weiß ich wirklich nicht, warum ich mich mit dir abgebe.«

»Du verdienst dir dein Brot bei mir, du Köter von niederer Geburt«, gab Drystan grinsend zurück. »Ich bezahle dich.«

»Vielleicht wäre auch jemand anders bereit, mich zu bezahlen«, meinte Kurvenal.

»Ah, aber nicht so gut wie ich!«

»Vielleicht wär's das ja wert, um deiner Giftzunge zu entgehen.«

Drystan lachte und nahm seinen Freund am Arm. »Komm, ich zeige dir die Insel.«

Zusammen verließen die beiden die Obere Halle, und Drystan ging voraus über das Plateau, bis zum Rand der Klippen, die senkrecht aus dem Meer aufragten.

»Der Traum eines jeden Feldherrn«, bemerkte Kurvenal und blickte auf das von weißen Schaumkronen bedeckte Wasser hinaus. Hier war der Wind stark, doch die Sonne stand hoch und nahm der kühlen Luft etwas von ihrer Schärfe.

Drystan nickte. »Vom Land her ist Dyn Tagell fast uneinnehmbar. Drei Soldaten können allein den Zugang über die Landbrücke verteidigen. Und von See her ist es fast genauso schwer anzugreifen, weil die Klippen so hoch sind.«

»Wenigstens werden wir die Schiffe der Erainn kommen sehen, wenn sie eintreffen.«

Sie schauten nach Norden und dachten an die schier unersättlichen Seeräuber jenseits des Meeres. Das Problem hatte sich verschlimmert, seit die Einheit Erius zerbrochen war – seit Marcus Cunomorus versucht hatte, eine erainnische Prinzessin zur Frau zu nehmen.

Drystan sog tief die salzige Luft ein und sah seinen Freund an. »Sehen wir zu, dass wir aus dem Wind herauskommen.«

Er ging entlang des Klippenrandes nach Westen voraus. Der Pfad senkte sich ein wenig, und dann standen sie vor dem Eingang einer Höhle, der von der Insel aus so gut wie nicht zu sehen war.

»Das hier war mein Lieblingsplatz, als ich noch ein kleiner Junge war«, sagte Drystan und trat geduckt durch die Öffnung.

Kurvenal folgte ihm. »Wenigstens ist es hier drinnen nicht so windig.«

Wehmütig betrachtete Drystan die feuchten Felswände. »In dieser Höhle habe ich immer das Gefühl gehabt, ich wäre unsichtbar. Obwohl sie nicht gerade ein Geheimnis ist, wie du siehst.« Er berührte die glatte Oberfläche einer der großen Amphoren, die Wein und Olivenöl aus sonnigeren Gefilden weit im Süden enthielten.

»Wieso wolltest du denn unsichtbar sein?«

»Wahrscheinlich bin ich vor der Enttäuschung meines Vaters geflüchtet.«

Kurvenal nickte. »Ehrgeiz ist nicht gerade deine Stärke, nicht wahr?«

Drystan lachte. »Nein, ich glaube nicht.« Er kniete nieder und hob einen kleinen Stein vom Boden der Höhle auf. Rund und nass lag er zwischen seinen Fingern; dann stand er auf und schleuderte ihn durch eine Öffnung hinaus, wo durch einen Felsspalt ein Stückchen blauer Himmel zu sehen war. »Ich glaube, ich habe schon immer mehr Gefallen daran gefunden, Lieder zu singen, anstatt den Liedern zu lauschen, die man über mich singt.«

»Vielleicht sollte ich dich daran erinnern, dass du aus einer Königsfamilie stammst?«, meinte Kurvenal boshaft, die Arme über der Brust verschränkt.

»Nicht nötig, ich kenne meine Pflichten. Aber ich bin mir sicher, dass ich immer eine Enttäuschung für meinen Vater, den König, bleiben werde. Ich werde niemals ein großer Feldherr sein – und ich werde niemals nach ihm zum König gewählt werden.«

»Du bist noch jung, Drystan, und dein Talent im Umgang mit der Klinge ist nicht zu verachten.«

»Aber ich werde niemals Geschmack am Krieg finden.«

»Hat überhaupt jemand Geschmack daran? Ein guter Feldherr ist ein Mann, der weiß, was getan werden muss, und es tut.«

»Vielleicht hast du Recht.« Es war viele Jahre her, dass er Ambrosius begegnet war, doch er hätte schwören mögen, dass auch der Hochkönig der Britannier wenig Geschmack am Krieg fand. Was seinen Vetter Arthur betraf, so wusste er es nicht. Als er damals nach Aremorica gegangen war, hatte Arthur seine militärische Laufbahn gerade erst begonnen. »Aber ich kann nicht umhin zu glauben, dass es zum Teil an der Enttäuschung meines Vaters liegt, dass er Ausschau nach einer jungen Ehefrau hält, nach einer, die ihm noch mehr Söhne gebären kann.«

Kurvenal antwortete nicht, und Drystan sah ihn unverwandt an. Unglücklicherweise konnte er in dem von Schatten durchwobenen Licht der Höhle das Gesicht des anderen nicht deutlich erkennen.

»Vielleicht«, sagte sein Freund schließlich.

Drystan verschränkte die Arme und lehnte den Hinterkopf an den kühlen Fels. »Oh, ich weiß, es ist ein sehr unerquicklicher Gedanke, dass mein Vater sich mit einem jungen Mädchen vermählt, das kaum ihren Pflegeeltern entwachsen ist. Sämtliche Instinkte lehnen sich dagegen auf.«

»Vielleicht ist das gar nicht so eine schlechte Idee, wie es zuerst scheint, Drystan.« Kurvenals Stimme war leise und bedeutungsschwer.

»Warum? Damit du oder ich ihr das Bett wärmen können, wenn sie es leid wird, mit einem alten Mann zu schlafen?« Drystan stieß sich von der Wand ab und packte seinen Freund am Arm, zwang ihn dazu, ihn anzusehen. »Komm schon, was verbirgst du vor mir?«

Kurvenal sah ihm in die Augen und zögerte. »Weißt du noch, was dein Vater gestern Abend gesagt hat? Dass die Christenpriester ihn drängen, wieder zu heiraten?« Drystan nickte. »Unter den Soldaten geht ein Gerücht um, das das erklären könnte.«

»Was für ein Gerücht?«

»Es heißt, deine kleine Base Labiane sei schwanger von deinem Vater.«

Unwillkürlich wurde Drystans Griff fester, doch er merkte es nicht, bis Kurvenal das Gesicht verzog. Daraufhin ließ er den Arm seines Freundes los, machte einen raschen Schritt von ihm weg und hieb mit der Faust gegen die Höhlenwand. »Bei allen Göttern!« Es war schlimm genug, dass sein Vater eine Frau ehelichen wollte, die mehr als drei Jahrzehnte jünger war als er; sich seine eigene Nichte ins Bett zu holen jedoch wäre unverzeihlich.

Labiane war als Pflegekind zu seinen Eltern gekommen, als sie noch nicht einmal acht gewesen war; jetzt konnte sie nicht mehr als fünfzehn Jahre zählen. Ehemündig, gewiss, doch sie konnte ihren Onkel nicht heiraten. Zu den Aufgaben eines Pflegevaters gehörte nicht, seinem Pflegekind das Bett zu wärmen. Nach altem Brauch war eine Verbindung mit dem Pflegevater ebenso tabu wie ein Techtelmechtel mit einem angeheirateten Onkel. Wieder rammte Drystan die Faust gegen die Wand und hätte ihr seinen Kopf folgen lassen, doch Kurvenals starke Hände auf seinen Schultern hielten ihn zurück.

»Immer mit der Ruhe, Drystan«, sagte sein Freund beschwichtigend. »Vielleicht ist an den Gerüchten ja nichts dran. Aber ich dachte, du solltest es wissen.«

Drystan ballte die Fäuste neben dem Körper und atmete tief durch. »Ja.«

Kurvenal drehte ihn um, so dass sie sich Auge in Auge gegenüberstanden. »Du musst mit deiner Base reden.«

Drystan nickte. Kurvenal hatte recht – vielleicht war die Geschichte ja nicht wahr.

Doch ob es nun wahr war oder nicht, Labiane würde abreisen müssen. »Hat es den Anschein, dass viele den Gerüchten Glauben schenken?«, wollte er wissen.

Einen Augenblick sah Kurvenal ihn an, dann nickte er langsam.

»Verdammt! Verdammt, verdammt, verdammt!« Wieder hätte er am liebsten auf irgendetwas eingedroschen, doch er beherrschte sich.

»Such deine Base«, drängte Kurvenal. »Frag sie.«

»Das werde ich tun.« Drystan rieb sich mit Daumen und Zeigefinger die Augen. »Was für eine Heimkehr.«

Nein, es war wahrhaftig keine angenehme Heimkehr. Drystan schritt in Labianes Gemach in der Unteren Halle auf und ab und hätte am liebsten getobt, weil das Ganze so unehrenhaft und so *falsch* war – nein, am liebsten hätte er Marcus Cunomorus' Kehle zwischen seinen Fingern gespürt. Er wäre durchaus bereit gewesen, den Vater zu lieben, den er kaum kannte, aber jetzt nicht mehr, nicht, nachdem er gehört hatte, was seine junge Verwandte zu sagen hatte. Hätte er still gestanden, so hätte er vor Zorn am ganzen Leib gezittert. Also marschierte er mit großen Schritten auf und ab, nutzte die

Bewegung dazu, das Beben seiner Glieder im Zaum zu halten.

»Marcus ist nicht von meinem Blut«, beharrte Labiane und schob ihre reizende volle Unterlippe auf eine Art und Weise vor, die ganz und gar nicht reizend war. »Es ist nichts Unnatürliches daran.«

»Das werden die Priester ganz bestimmt nicht sagen. Und was ist mit deinen Eltern?«

»Er ist ein König. Wie könnten sie etwas dagegen haben?«

»Er ist dein Oheim, und du bist auf Treu und Glauben zu ihm geschickt worden.«

»Er hat mir nichts zuleide getan. Wir lieben uns.« Ihr teures, fremdartiges Parfüm, Weihrauch und Myrrhe, erfüllte das Gemach, und die römische Palla fiel ihr verführerisch von einer Schulter. Die Frau, die vor ihm stand, hatte wenig Ähnlichkeit mit dem Mädchen, das er in Aremorica gekannt hatte, mit der Gefährtin seiner Streifzüge in den Wäldern und der Umgegend der Hügelfestung. Drystan glaubte gern, dass diese heimliche Liebschaft nicht allein das Werk seines Vaters war, aber Marcus Cunomorus hätte genug Verstand besitzen sollen, um zu begreifen, was für Komplikationen sich daraus ergeben würden. Ehre wäre anscheinend zu viel verlangt gewesen.

»Er kann dich nicht heiraten, das weißt du doch«, hielt Drystan ihr umumwunden vor. »Nicht nach den alten Sitten, und auch nicht nach den neuen.«

»Das werden wir ja sehen.«

»Du hast es selbst gesagt, mein Vater ist ein König. Zu viele Menschen schauen darauf, was er tut. Wenn er dich heiraten würde, würde Ambrosius dafür sorgen, dass ihm das Amt des Protectors von Dumnonia entzogen wird. Dieses Risiko würde Marcus Cunomorus nicht eingehen.«

»Vielleicht bedeute ich ihm ja mehr als seine Stellung als Protector.«

»Vielleicht. Aber ich bezweifele es. Du hast doch gehört, dass er versucht hat, eine Heirat mit Yseult von Eriu zuwege zu bringen?« Er wusste, dass es grausam war, seine Wut auf seinen

Vater an seiner Base auszulassen, aber ihre Dummheit machte ihn rasend. Natürlich war sie erst fünfzehn, aber in diesem Alter waren manche Frauen bereits Mütter. Und andere nahmen sich Liebhaber und trafen Vorkehrungen. Labiane dagegen war anscheinend felsenfest davon überzeugt, dass ihre Liebelei mit Marcus Cunomorus der Auftakt zu einer Ehe war. Sah sie denn nicht, dass die Absichten seines Vaters unmöglich ehrenhaft sein konnten?

»Das war vorher«, entgegnete Labiane jetzt mit störrischer Miene.

Ja, vorher. Bevor sein Vater ein Mädchen verführt hatte, das noch kaum eine Frau war, bevor Labiane vielleicht mit einem Kind schwanger geworden war, dessen Vater es niemals als das seine anerkennen würde, bevor Drystan heimgerufen worden war, um einem Mann zu dienen, den er lieber zum Feind gehabt hätte als zum Freund, geschweige denn als nächsten Verwandten. Er konnte sich noch erinnern, wie er zu demselben Mann aufgeblickt hatte, in Ehrfurcht vor dem Anblick des Herrschers des Südwestens, wie er sich nach einem freundlichen Wort gesehnt hatte oder nach einem Zeichen des Wohlwollens. Irgendwie war dieses Gefühl der Bewunderung jetzt mit Abscheu vermengt in einem Gewirr, das er nicht zu lösen vermochte.

Drystan hielt mitten im Zimmer inne und drehte sich zu Labiane um, die Hände fest hinter dem Rücken verkrallt. »Bist du schwanger?«, fragte er.

Labiane sah ihn stumm an; ihre volle Unterlippe begann zu zittern, und ihre blaugrauen Augen wurden feucht.

»Barmherzige Götter«, murmelte Drystan leise vor sich hin. Er hätte mit dem allergrößten Vergnügen irgendetwas geschlagen. Wieder einmal. Stattdessen ging er auf seine Base los. »Hat dich denn das Beispiel deiner Tante Ygerna überhaupt nichts gelehrt?«, herrschte er sie an.

Aufsässig starrte sie ihm ins Gesicht. »Marcus ist nicht so wie Uther. Er würde mein Kind niemals verleugnen.«

Drystan wandte sich ab. Die Vaterschaft ihres Kindes anzuerkennen wäre für Marcus ebenso verderblich wie sie zu heiraten, und Marcus würde das eine ebenso wenig tun wie das andere. Indem er sie in sein Bett geholt hatte, hatte er bereits seine Stellung in den Fürstentümern Dumnonias jenseits des Meeres gefährdet, sofern diese Geschichte bekannt wurde. Riwallon würde einem Herrscher wohl kaum die Treue halten, der seine Tochter geschwängert hatte, während sie sein Pflegekind gewesen war. Die Friedenszeiten in Armorica würden ein jähes Ende nehmen.

Es sei denn, sein Vater fand einen Gemahl für Labiane. Und zwar schnell.

»Ich rede mit meinem Vater«, sagte Drystan leise und zwang sich, seinen Zorn nicht in seiner Stimme durchklingen zu lassen.

Labianes Gesichtchen hellte sich schlagartig auf, und er brachte es nicht über sich, ihr zu sagen, *worüber* er mit seinem Vater zu sprechen beabsichtigte.

Das Klirren der Klingen, die aufeinandertrafen und aneinander abglitten, hallte wieder und wieder über das flache Gelände östlich der aus Grassoden errichteten Hütten. So klein sie auch waren, boten die Unterkünfte der gemeinen Soldaten doch Schutz vor dem Wind, der vom Meer her blies, und hier waren schon viele Übungskämpfe ausgefochten worden. Auf dem Festland gab es in der Nähe der Ställe größere Exerzierplätze, und dort wurden an den meisten Tagen Gruppengefechte geübt, so wie auch jetzt. Doch jeder, der nicht verpflichtet war, dort zu sein und mit dem König Manöver zu üben, hatte sich in der Nähe der Hütten auf der Halbinsel versammelt, um zuzusehen, wie des Königs Sohn mit seinem Knappen die Klingen kreuzte.

Unter dem regelmäßigen Klirren der Schwerter waren Seufzer der Anerkennung und sogar des Schreckens zu vernehmen. Drystan focht mit der Raserei einer echten Schlacht, und ein älterer Krieger verfolgte das Gefecht angelegentlich mit den Blicken, die Stirn in sorgenvolle Falten gelegt.

»Zeig es ihm, Drystan!«, rief ein junger Mann vom Rand des

Kampfplatzes her, und sein Lehrer legte ihm die Hand auf die Schulter.

»Psst, Cador, du willst sie doch nicht ablenken«, mahnte Antonius.

Drystan hörte seinen jungen Vetter, und allmählich fand er wieder zum klaren Denken zurück. Plötzlich bemerkte er den Schweiß, der seine Stirn bedeckte und ihm das Hemd an den Rücken klebte, merkte, dass Kurvenal keuchte und ihm gegenüber seine eigene schwere Klinge schwang.

Drystan sprang zurück und ließ sein Schwert sinken, während er sich mit dem Unterarm die verschwitzte Stirn abwischte. »Genug. Ich danke dir, mein Freund.«

Auch Kurvenal ließ seine Waffe sinken; seine Erleichterung war unübersehbar, und Drystan musste grinsen.

»Du magst ja behaupten, mehr Barde als Krieger zu sein«, stieß Kurvenal keuchend hervor, »aber diese Vorführung eben straft dich Lügen.«

Cador war an Drystans Seite getreten. »Das ist ein schönes Schwert, Vetter.«

»Das beste, das in Aremorica zu haben war.« Drystan wischte die Klinge am Hosenbein ab und reichte sie Cador mit dem Heft voran. Sein jüngerer Vetter war ein Kind von nicht mehr als fünf Jahren gewesen, als Drystan zu Blodewedd und Riwallon gezogen war, und Cador selbst war erst mit sieben zu Marcus und Argante in Pflege gegeben worden – Drystan kannte den jungen Mann kaum, der jetzt vor ihm stand.

Obwohl er erst dreizehn Jahre zählte, begutachtete Cador das Schwert mit Kennerblick, prüfte es auf seine Balance hin und spähte an der Klinge entlang. »Bald werde ich mich meinem Vater anschließen und Ambrosius und Arthur helfen, gegen die Sachsen zu kämpfen«, verkündete Cador und gab Drystan das Schwert zurück. »Wirst du auch zu ihnen stoßen?«

»Wahrscheinlich werde ich hier gebraucht, um die Küste vor den Räubern aus Eriu zu schützen«, erwiderte Drystan.

Cadors Miene drückte deutlich aus, was er davon hielt, in Schiffen auf dem Meer Wache zu halten, verglichen damit, zu

Lande an einer offenen Feldschlacht teilzunehmen. Über den Kopf des Jungen hinweg grinsten Drystan und Kurvenal einander an.

»Seeschlachten können genauso wichtig sein wie Landgefechte«, meinte Drystan und zauste seinem Vetter das hellbraune Haar.

»Vielleicht.« Cador sah nicht gerade überzeugt aus. »Aber dann kannst du doch kein Feldherr werden wie Arthur.«

Drystan lachte. Beim Fechten mit Kurvenal hatte er viel von seinem Zorn austoben können, und seine von Natur aus gute Laune kehrte allmählich zurück. Er freute sich immer noch nicht darauf, mit seinem Vater zu sprechen, doch er hoffte, dass er jetzt in der Lage sein würde, ihm gefasst gegenüberzutreten.

Als Marcus eine Stunde später von den Waffenübungen mit den Soldaten zurückkam, wartete Drystan im Hauptraum der Unteren Halle auf ihn. Labiane hatte kurz hereingeschaut; offenbar hatte sie dieselbe Absicht gehabt, doch als sie ihren Vetter erblickte, war sie wieder davongehuscht.

Drystan trat auf seinen Vater zu, als dieser auf die Badegemächer zustrebte. »Ich muss mit dir reden.«

»Dann rede.«

»Unter vier Augen.«

»Komm mit ins Bad.« Mit einer Geste entließ Marcus seinen jungen Knappen Girec, und Drystan folgte ihm allein in den hinteren Teil des Gebäudes, wo sich die Baderäume befanden. Er hatte nach dem Duell am Nachmittag bereits gebadet, doch die Badegemächer eigneten sich gut für ein vertrauliches Gespräch.

Die beiden Männer entledigten sich in dem kleinen Apodyterium ihrer Kleider und begaben sich ins Caldarium, das heiße Bad. Das öffentliche Bad auf dem Festland war größer und hatte auch ein Tepidarium und ein Frigidarium zu bieten, doch Marcus zog die Abgeschiedenheit des Bades in der Unteren Halle vor. Gab es dort auch nicht drei Räume für unterschiedlich warmes Wasser, so waren doch drei Becken vorhanden. Marcus mochte seine Villa eingebüßt haben, an dem jedoch, was ihm an römischer Lebensart geblieben war, hielt er gewissenhaft fest. In Riwallons Feste in Leonis, wo die einzigen Bäder für die Öffentlichkeit zugänglich waren und von Hand gefüllt wurden, gab es nichts dergleichen.

»Also, worüber wolltest du mit mir sprechen?«, fragte Marcus, während er in das heiße Wasser stieg.

Drystan streifte Holzsandalen über, als Schutz vor den heißen Fliesen, und folgte seinem Vater in das Becken.

»Über Labiane.«

»Aha.«

Das war keine angemessene Antwort, also wartete Drystan, sah zu, wie sein Zopf neben ihm im Wasser trieb und der Dampf von der Wasseroberfläche aufstieg, und konzentrierte sich auf die entspannende Wirkung der Wärme. An der Wand ihm gegenüber stellte eine Wandmalerei eine junge Frau dar, die Parfüm in ein Glasfläschchen goss.

»Was hat sie dir erzählt?«, wollte sein Vater schließlich wissen.

»Alles, nehme ich an.«

Es war ihm wohl nicht gelungen, keinerlei Anklage in seiner Stimme mitschwingen zu lassen, denn sein Vater ging augenblicklich zur Verteidigung über. »Ich versichere dir, es war ganz und gar nicht so wie bei Uther und Ygerna. Sie war mehr als willig.«

»Dann wirst du ihr Kind also anerkennen?«

»Natürlich nicht!«

Drystan nickte. Der Vater, den er allmählich kennenlernte, würde sich nicht von etwas so Dürftigem wie moralischen Überlegungen umstimmen lassen. »Das dachte ich mir.«

»Das könnte ich nicht, verstehst du? Ambrosius würde alles tun, was in seiner Macht steht, um mich abzusetzen.«

»Daran hättest du denken können, bevor du sie dir ins Bett geholt hast.«

»Es gibt so manche Situationen, in denen es schwer ist, vernünftig zu sein.«

»Und so manche Situationen, die ernst genug sind, dass sie vernünftiges Verhalten erfordern. Jeder in Britannien weiß doch, was Ambrosius davon hält, wie Uther Ygerna behandelt hat.«

»Ich sage dir doch, ich habe das Mädchen nicht geschändet!«

»Aber heiraten kannst du sie auch nicht.«

»Niemand hätte es erfahren müssen. Wenn sie nicht schwanger geworden wäre …«

Ein Sklave trat mit duftenden Ölen und Schabern ein, und Drystan bedeutete seinem Vater mit einer Geste zu schweigen. Als der junge Mann hinausgegangen war, beklagte sich Marcus: »Es war doch nur ein Sklave, Drustanus. Das schadet doch nicht.«

»Sklaven haben auch Augen und Ohren und Zungen.«

»Aber wer würde denn einem Sklaven zuhören?«

»Jeder, den es interessiert, was er zu sagen hat, denke ich.«

Marcus tat diese Vorstellung mit einem simplen, unflätigen Geräusch ab. »Klatschbasen.«

»Mag sein. Aber es wird immer Leute geben, die mit Freuden das Schlimmste annehmen. Du wirst einen Ehemann für sie auftreiben müssen, und zwar schnell.«

»Da hast du wohl recht.« Marcus Cunomorus lehnte den Kopf gegen den Beckenrand und sah zur Decke hinauf. »Das wird nicht leicht.«

»Nein, bestimmt nicht. Er wird bereit sein müssen, deinen Bankert anzunehmen, und außerdem muss er von hinreichend hohem Stande sein, um Riwallon zufriedenzustellen.«

»Irgendwelche Vorschläge?«

»Du weißt bestimmt besser Bescheid über die Könige hier in der Gegend als ich.« Drystan ließ ebenfalls den Kopf zurücksinken und betrachtete die leichte Wölbung des Rückens der jungen Frau auf dem Wandbild, den Ausdruck der Konzentration in ihren Augen, während sie sich über das Glasgefäß beugte, um es zu füllen. Irgendwie verdrängte eine ebensolche Konzentration auf die vor ihnen liegende Aufgabe seinen Zorn, zumindest oberflächlich. Und er konnte es sich nicht gestatten, unter der Oberfläche zu wühlen. »Ein König, der dir untersteht, wäre gut, aber hier in Dumnonia, nicht in Aremorica. Ein Witwer mit mehreren eigenen Söhnen, der sich durch deinen Bastard nicht bedroht fühlen würde.«

Marcus ließ sich Drystans Worte durch den Kopf gehen; allem Anschein nach kränkte ihn die Ausdrucksweise seines Sohnes nicht im Mindesten. »Hm. Caw ist vor Kurzem wieder verwitwet, und er hat einen solchen Haufen Söhne, dass ihn jeder König in ganz Britannien beneidet. Er hat schon zwei Ehefrauen überlebt, eine dritte sollte ihm nichts anhaben können.« Er lachte in sich hinein, und Drystan ekelte es, sowohl vor seinem Vater als auch vor der Rolle, die er selbst spielte. Labiane würde es ihm nicht danken, das war ihm klar. Vielleicht wäre es für sie sogar besser, mit einem unehelichen Kind im Bauch zu Riwallon und Blodewedd zurückzukehren. Doch das konnte durchaus Krieg zwischen Marcus und den Königen von Aremorica bedeuten.

»Dann solltest du ihm diesen Vorschlag so bald wie möglich unterbreiten.«

»Ja. Ein ausgezeichneter Rat, mein Sohn.« Marcus bedachte ihn mit einem verschwörerischen Grinsen, das Drystan nicht zur Kenntnis nahm.

Wie eigenartig, dass sein Vater plötzlich Zuneigung zu ihm zu fassen schien, gerade als er ihm gleichgültig geworden war.

7

Under zwein übele kiese ein man,
daz dann minner übel ist.

(Wenn man die Wahl zwischen zwei Übeln hat,
so wähle man stets das geringere.)

Gottfried von Straßburg, *Tristan*

Labiane hatte während der ganzen Reise die Küste hinauf nach Caer Custoeint in der Nähe des alten römischen Hafens Abona kein Wort mit Drystan gesprochen. Sie fühlte sich von ihm betrogen, und Drystan war ganz ihrer Meinung, wenngleich aus einem anderen Grund. Caw war so alt wie sein Vater, und seine Söhne waren älter als Drystan. Hueil, Caws Ältester, hatte eine Frau, die älter war als Labiane.

Doch es hatte wenig andere Möglichkeiten gegeben, wollten sie einen Skandal und einen Krieg vermeiden. Die meisten Männer würden keine Frau heiraten, von der man munkelte, sie trage einen Bastard. Caw jedoch, genau wie Marcus es vorhergesagt hatte, fürchtete sich nicht vor einem Bastard – er hatte es wohl nötiger, den König von Dumnonia in seiner Schuld zu wissen, argwöhnte Drystan. Caw war neu im Süden; er hielt die Festung von Caer Custoeint für Ambrosius und Marcus gegen die Erainnräuber. Erst vor ein paar Jahren hatte er noch selbst gegen Ambrosius' Truppen gekämpft, doch eine Serie von Siegen im Norden, errungen von Arthur, hatte das Ihre getan, um den Herrscher des Nordens zu »überzeugen«, dass sie alle stärker wären, wenn sie ihre Kräfte gegen die Sachsen und die Erainn vereinigten. In den darauffolgenden Verhandlungen hatte Caw sich bereit erklärt, nach Süden zu ziehen und seinen Königssitz in Camboglana in den Händen seines Sohnes Hueil zurückzulassen. Der Rest seiner erwachsenen Söhne war in die

Armee von Arthur und Ambrosius eingetreten, gleichermaßen als Unterpfand für das Wohlverhalten ihres Vaters und Bruders wie als Rekruten.

Am zweiten Tag der Reise erreichten sie den Hafen von Abona, wo Caw sie mit einem kleinen Gefolge erwartete. Caer Custoeint, eine nach Drystans Großvater Constantinus benannte Hügelfestung, war einen halben Tagesritt entfernt, und die Vermählung würde in der Kirche von Abona stattfinden. Sie übergaben Caw Labiane und blieben gerade lange genug für eine hastige Hochzeit und eine Nacht der Ruhe.

Drystan konnte von sich nicht behaupten, gut geschlafen zu haben.

Zu seiner Überraschung suchte Labiane ihn am nächsten Morgen in aller Frühe bei den Kais auf, einen dunklen Umhang fest um die Schultern gezogen. Ihre üppigen Lippen waren fest zusammengepresst, und sie sah aus, als hindere einzig und allein Zorn sie daran, in Tränen auszubrechen. »Ich werde das nicht vergessen, Vetter.«

»Ich auch nicht, Labiane. Aber wenn wir dich mit einem Bankert im Bauch zu deinem Vater heimgeschickt hätten, hätte das Krieg bedeutet.«

»Du hast deinen Vater dazu überredet, mich nicht zu heiraten.«

Drystan schüttelte den Kopf, sagte jedoch nichts mehr. Die Wahrheit interessiert Labiane nicht, nur das Märchen, das sie sich zusammengesponnen hatte. Die ganze Angelegenheit hinterließ einen schlechten Geschmack in Drystans Mund.

»Ich hoffe, du wirst mir eines Tages verzeihen können«, sagte er.

Sie machte auf dem Absatz kehrt und rannte durch die Straßen von Abona davon.

Die Rückreise dauerte einen Tag länger als die Fahrt die Küste hinauf; ohne den Wind von achtern mussten sie kreuzen und das Beste aus dem Seitenwind machen. Zum Glück waren die Küstengewässer zum größten Teil ruhig, und selbst nach einem Brecher, der über die gesamte Länge des Decks rollte, liefen sie nicht Gefahr, dass ihnen die trockenen Kleider ausgehen könnten.

Drystan knotete gerade sein nasses Hemd an einem der Vorsegelfalle fest, als der Warnschrei ertönte. Er eilte an die Reling, wo Kurvenal und die Schiffsmannschaft sich zu ihm gesellten.

Drei erainnische Schiffe mit tief im Wasser liegenden Rümpfen waren am Horizont zu sehen.

Drystan konnte sich des Gedankens nicht erwehren, dass er es verdient hatte, mit auf den Rücken gefesselten Händen nach Dyn Tagell zurückgeschafft zu werden. Er hatte seine Base in die Hände eines Mannes gegeben, den sie nicht kannte, und obgleich ihre Eltern sie gewiss zurücknehmen würden, wenn Caw sie nicht gut behandelte, würde sie zumindest so lange bei ihm bleiben müssen, bis die Geburt ihres Kindes etliche Monate zurücklag, um die Behauptung glaubhaft erscheinen zu lassen, es wäre von ihm. Es war also in gewisser Hinsicht nur gerecht, dass er jetzt derjenige war, der gefesselt und hilflos war. Er bezweifelte, dass er in Gefahr schwebte – Murchad, der Kapitän, hatte zu verstehen gegeben, dass er an Verhandlungen mit Marcus interessiert war. Weder Drystan noch seine Mannschaft hatten verraten, wer er war, doch der erlesene goldene Torques um seinen Hals und die Armreife an seinen Handgelenken waren ein hinlänglicher Beweis dafür, dass dieser Gefangene den erainnischen Räubern sicheres Geleit verschaffen würde.

Deren Anführer war ein Riese von einem Mann, sein Haar war dunkel, seine Stimme sanft, und seine Augen waren blau. Drystan bewunderte die Art und Weise, wie er mit seinen Männern umging, und wäre er nicht ein Feind gewesen, so hätte er ihn wahrscheinlich gern gemocht. Die Ērainnkrieger schafften Drystan, Kurvenal und die Mannschaft von ihrem eigenen Schiff und sperrten sie in den Laderaum des Schiffes, das Murchad befehligte, wo sie ein Dutzend andere vorfanden, britannische Geiseln, die Jahre in Eriu verbracht hatten.

Nach etlichen Stunden im Laderaum fühlte Drystan, wie das Schiff langsamer wurde und anhielt, und dann wurden er und

Kurvenal wieder an Deck gebracht. Der Felsen erhob sich vor ihnen; die See, die ihn umgab, spiegelte die helle Sommersonne wider. Das grelle Licht ließ Drystan blinzeln. Eine weiße Flagge war am Mast gehisst worden, und ein kleines Ruderboot war bereits unterwegs zu den erainnischen Schiffen. Es kam längsseits, und Justic und Iaen kletterten über die Reling. Mit einem knappen Kopfschütteln bedeutete Drystan ihnen, nicht zu zeigen, dass sie ihn erkannten. Iaen nickte.

Murchad trat vor. »Wir haben vierzig dumnonische Geiseln mitgebracht, die Lóegaire gefangen genommen hat, außerdem sechs Männer, die wir vor eurer Küste aufgegriffen haben. Diese sechs tauschen wir gegen sicheres Geleit, um mit Marcus von Dumnonia über das Schicksal der anderen vierzig zu sprechen.«

»Gewährt«, sagte Justic. Iaen trat vor, um Drystan und Kurvenal loszubinden, doch der Riese hielt ihn mit einem mächtigen ausgestreckten Arm zurück. »Ihr werdet uns zwei Landungsboote schicken, und wir gehen mit den Geiseln an Land.«

Murchad und ein halbes Dutzend Erainnkrieger, einer für jeden Gefangenen, landeten am Strand von Dyn Tagell an und wurden zur Unteren Halle hinaufgeführt, wo Marcus sie erwartete.

»Hast du deine Base unbeschadet übergeben?«, wollte Marcus von Drystan wissen, als Justic die Stricke von seinen Handgelenken löste.

Drystan nickte und rieb die wundgescheuerte Haut unterhalb seiner Armreife. »Zum Glück sind wir erst hinterher auf die Erainnschiffe gestoßen.«

Marcus wandte sich an Murchad. »Iaen sagt, Ihr habt noch andere Geiseln auf Euren Schiffen.«

Murchad starrte von seiner Baumlänge aus auf den König hinab. »Wir sind durstig von der langen Reise.«

Marcus winkte Justic herbei. »Sorg dafür, dass man *unseren Gästen* Bier bringt.« Damit führte er sie in die Halle. Cador saß mit seinem Lehrer Antonius an einem Tisch in der Mitte des

Raumes, doch sie fuhren erschrocken hoch und eilten zu einer der Ruhebänke in den Ecken. Marcus trat ans Kopfende des großen Tisches. »Bitte nehmt Platz.«

Sklaven kamen mit Bierhumpen herbei, und Murchad und seine Männer tranken reichlich. Nachdem sein Durst gestillt war, ergriff der Riese endlich das Wort.

»Ich komme von Enna Cennsalach, dem König der Laigin«, verkündete Murchad. »Ich bringe vierzig Geiseln, die ich Euch im Austausch für vierzig andere übergeben werde.«

»Und was ist mit Hochkönig Lóegaire?«, fragte Marcus. »Er war es doch, der die Geiseln festgehalten hat, und er war es auch, mit dem wir Friedensverhandlungen geführt haben.«

»Lóegaire hat seine Macht als Hochkönig missbraucht. Die Könige und die Königinnen des Südens erkennen ihn nicht mehr an.«

»Und die anderen Anführer der fünf Fünftel Erius?«

Murchad zögerte kurz, bevor er antwortete. »Sie warten ab.«

»Und Ihr wollt Tribut von uns fordern, wenn die Lage so unklar ist?«, fragte Marcus gleichmütig. »Was soll mein Volk denn tun, wenn Lóegaire kommt und Tribut haben will?«

»Dazu hat er nicht mehr das Recht. Das Amt des Hochkönigs wird von der Königin der Tuatha Dé Danann gewährt, und sie hat Lóegaire ihre Unterstützung entzogen.«

»Wir sprechen von Eurer Schwester, nicht wahr?«

Murchad nickte. Marcus warf Drystan mit hochgezogenen Brauen einen vielsagenden Blick zu und wandte sich dann wieder dem Recken von Eriu zu. »Ihr kommt von Eurer Schwester, nicht vom Hochkönig in Tara.«

»Ich komme von den Königen der Laigin.«

»Hat einer von ihnen das Recht, für die fünf Provinzen Erius zu sprechen?«

Murchad beugte sich über den Tisch zu Marcus hinüber, und der Leibwächter seines Vaters trat einen Schritt vor. »*Mein* Recht zu sprechen«, sagte der Riese leise, »rührt von den vierzig Geiseln auf den Schiffen in Eurem Hafen her. Nicht mehr und nicht weniger.«

Marcus erwiderte seinen Blick, ohne mit der Wimper zu zucken, doch die Muskeln seiner Unterarme, die auf dem Tisch ruhten, waren angespannt. »Dann muss ich mich weigern, weitere Sklaven als Tribut zu geben, bis ein neuer Hochkönig gewählt ist.«

»Wir reden hier von Geiseln, nicht von Sklaven.« Der Riese legte eine seltsame Sanftheit an den Tag, die Selbstsicherheit eines Mannes, der es nicht nötig hatte, mit seiner Kraft zu prahlen. Während er ihm und seinem Vater zusah, musste Drystan unwillkürlich an zwei Hunde denken, einen großen und einen kleinen. Doch Marcus Cunomorus – allgemein der Große Hund genannt – war in dieser Auseinandersetzung nicht der Größere von beiden. Sein Nackenfell war gesträubt, und seine Drohungen klangen wie Gekläff ins Angesicht eines größeren Tieres.

»Es spielt keine Rolle, als was Ihr sie bezeichnet. Ich sehe keine Notwendigkeit, irgendeinem Erainnkönig Geiseln zu übergeben, wenn ich Friedensverhandlungen mit dem Hochkönig von Eriu führe«, beharrte Marcus. »Das werde ich nur unter einer Bedingung in Erwägung ziehen.«

»Und die wäre?«

»Dass Ihr die Prinzessin Yseult als meine Frau herbeischafft, um den Handel zu besiegeln.«

»Nein!«, donnerte Murchad. Drystan betrachtete ihn verwundert. Es war das erste Mal, dass der Riese die Fassung verloren hatte. »Yseult die Schöne verspürt nicht den Wunsch, Eriu zu verlassen«, fügte er etwas ruhiger hinzu, doch seine Stimme bebte noch immer. Er musste seiner Nichte sehr zugetan sein.

»Dann sehe ich keinen Grund, die Ansprüche der Laigin durch etwas zu untermauern, das im Großen und Ganzen auf Tributzahlungen hinausläuft.«

»Und ich werde mit den Geiseln, die sich bereits in meiner Gewalt befinden, nach Eriu zurückkehren.«

»Die Geiseln bleiben hier.«

»Nicht ohne neue Geiseln, die sie ersetzen.«

Marcus gab ein Zeichen, und die Soldaten an den Türen umstellten Murchad und seine Männer. »Wir werden euch festhalten, bis die Geiseln freigelassen werden.«

Murchad lächelte grimmig. »In Eurem Hafen liegen drei erainnische Kriegsschiffe mit vierzig Männern und Frauen Eures Volkes an Bord – Söhne und Töchter der Herrscher, die Euch unterstellt sind – in der Gewalt meiner Krieger, und Ihr droht mir?«

Ungläubig sah Drystan dies alles mit an. Ihm war klar, dass Murchad der Feind war, einer der Krieger, die seit Jahrzehnten immer wieder ihre Küste heimgesucht hatten, doch er wusste auch, dass ihm freies Geleit nach Dyn Tagell zugesichert worden war. Erst Labiane und nun das – ein unsauberes väterliches Erbe.

Murchads Augen begegneten den seinen; der Ausdruck darin war eine Anklage. Er senkte den Blick auf den Goldreif um Drystans Hals und schaute dann langsam wieder auf.

Drystan stieß seinen Stuhl zurück und erhob sich. Auf das Scharren der Stuhlbeine auf dem Steinboden der Halle hin konnte er sich der Aufmerksamkeit aller Anwesenden sicher sein. »Es gibt noch eine andere Möglichkeit«, verkündete er. »Nach den alten Bräuchen sind wir keinen Tribut mehr schuldig, wenn wir euren Recken im Zweikampf besiegen können.«

Die Zustimmung in der Miene des Hünen war die Missbilligung im Gesicht seines Vaters durchaus wert. »Ich selbst bin der Recke der Könige von Laigin. Wer ist der eure?«

»Ich werde gegen euch antreten«, erwiderte Drystan.

»Das ist nicht nötig«, protestierte Marcus.

»Aber es ist eine Lösung.«

»Du brauchst das nicht zu tun, Drustanus.«

Er hörte verblüfftes Gemurmel unter den Erainnkriegern, und einer der Männer flüsterte seinem Nachbarn zu: »Wir hatten den Welpen des Großen Hundes höchstselbst in unserer Gewalt!«

Drystan hielt dem Blick seines Vaters unverwandt stand. »Wir können nicht zulassen, dass die Geiseln in die Knechtschaft zurückgeschickt werden.«

»Wir nehmen eure Herausforderung an«, verkündete Murchad, als wären die Soldaten, die mit den Händen an den Schwertgriffen rechts und links von ihm Position bezogen hatten, gar nichts. Ein Lächeln spielte um seine breiten Lippen, und Drystan glaubte, ein Schimmern der Anerkennung in seinen Augen zu erkennen.

»Drystan ist der Recke von Dumnonia!«, ließ sich Cador von der Bank her vernehmen, wo er mit Antonius saß, und die Männer in der Halle brachen in lauten Jubel aus, begleitet von Beifallklatschen und dem Getöse von hölzernen Bierhumpen, mit denen auf den Tisch gedroschen wurde. Die Entscheidung lag nicht länger bei Marcus.

Der Kampf wurde für den nächsten Morgen vereinbart. Drystan schlief in dieser Nacht nicht gut. Er war in allen Kampfkünsten gut geschult worden, bis jetzt jedoch hatte er sich noch nie in einem ernsthaften Zweikampf beweisen müssen. Auf Leben und Tod. Drystan hatte noch nie einen Menschen getötet, und es galt, entweder genau das zu tun oder selbst getötet zu werden. Aber vielleicht war Letzteres ja gar keine so düstere Aussicht.

Als er sich kaum erfrischt im Morgengrauen erhob, ging er zunächst ins Bad. Dort fand Kurvenal ihn im heißen Wasser dösend.

»Drystan, du bist ein idealistischer Narr«, stellte sein Freund fest und reichte ihm ein dickes Handtuch.

»Und mein Vater ist ein ehrloser Bastard«, gab Drystan zurück. Nach der beruhigenden Wärme des Bades fühlte er sich viel besser. Irgendwie war es seltsam befreiend zu begreifen, wie wenig er verlieren würde, wenn er starb. »Irgendjemand muss doch die Ehre der Familie hochhalten.«

»Wieso du?« Kurvenals Stimme bebte, und endlich bemerkte Drystan, dass der andere den Tränen nahe war.

Er schaute weg und wusste nicht, was er sagen sollte. Vielleicht kümmerte es ihn nicht, ob er ums Leben kam oder nicht, aber Kurvenal – Kurvenal war für ihn wie ein Bruder. Er wusste, wie er sich fühlen würde, sollte Kurvenal den Tod finden. Und sein Freund empfand ihm gegenüber dasselbe.

Er legte sich das Handtuch um die Schultern und ging voraus in den Umkleideraum, wo er seine Sachen zurückgelassen hatte. »Weißt du, vielleicht verliere ich ja gar nicht«, meinte er, während er seine Hose anzog und sie um die Taille festschnürte.

»Das glaubst du doch selbst nicht.«

Drystan seufzte. »Eigentlich nicht, nein.« Murchad überragte ihn um mehr als Haupteslänge und war wahrscheinlich doppelt so schwer wie er. Er war der Recke von Königen. Drystan war nicht mehr als der Sohn eines Königs.

Zusammen gingen sie in Drystans Gemach, und Kurvenal half ihm schweigend, seine Rüstung anzulegen, hob das Kettenhemd über seinen Kopf. Drystan zog dieses Panzerhemd aus Leder und Metall einem römischen Brustpanzer vor; es war nicht so schwer und behinderte die Bewegungen des Kämpfers weniger.

Kurvenal reichte ihm seinen Schwertgurt, und ihre Blicke trafen sich. »Wenn du schon nicht an dich selbst denkst, Drystan, denk wenigstens an die Geiseln.«

Drystan nickte und umarmte seinen Freund kurz und heftig.

»Drustanus?«

Die beiden jungen Männer ließen einander los und drehten sich zu dem König um, der in der Tür stand, einen schön gearbeiteten römischen Helm in der Hand. Der Helm war mit einem rot gefärbten Pferdeschweif verziert und wies zu beiden Seiten lange Wangenklappen auf, die unter dem Kinn mit einem Lederriemen geschlossen wurden und das Gesicht schützten.

»Ich hätte es gern, dass du das hier trägst«, sagte Marcus.

»Ich …«

»Bitte.«

Drystan nahm den Helm. Er war auffällig, aber solide gefertigt; gewiss war er ein besserer Schutz als die mit Metallplatten besetzte Lederkappe, die er normalerweise trug. Und schwerer.

»Danke«, sagte er. Zuneigung war doch etwas Merkwürdiges. Trotz allem, was er über seinen Vater erfahren hatte und nicht gutheißen konnte, empfand er jetzt doch Dankbarkeit – und Zuneigung. Er hielt das kalte Metall in der Hand und starrte den Helm an. »Ich werde aussehen wie ein Söldner nach einem Beutezug.«

Marcus begann, auf und ab zu schreiten. »Das Ganze ist barbarisch.«

»Solange die Schiffe im Hafen liegen, können wir nicht viel tun.«

»Gewiss könnten wir einem Angriff monatelang widerstehen.«

»Oder die Erainnkrieger nehmen die Geiseln einfach wieder mit nach Eriu.«

»Das tun sie vielleicht ohnehin.«

Drystan grinste. »Kopf hoch, Vater. Noch bin ich nicht tot.« Er ergriff seinen aremorischen Schild mit der kunstvollen Verzierung, die Marcus Cunomorus ohne Zweifel ebenfalls als barbarisch bezeichnen würde, und verließ mit Kurvenal die Halle.

Sie trafen sich auf dem Übungsplatz östlich von den Hütten, dort, wo Drystan seinen Zorn auf seinen Vater an Kurvenal ausgelassen hatte. Der Wind vom Meer her peitschte ihm seinen Zopf ins Gesicht, und er setzte den römischen Helm auf und schob das Haar darunter.

Murchad wartete bereits auf ihn; groß und breit ließ er sich nicht dazu herab, eine Rüstung anzulegen. Sein dunkles Haar flatterte im Wind. Wenigstens bot er ein großes Ziel. Und Drystan kannte diese Insel, kannte hier jeden Felsen, wusste um das Verhalten des Windes und die Neigung der Sonne. All diese Einzelheiten könnten das Kräfteverhältnis möglicherweise ein wenig ausgleichen.

Die fünf Erainnkrieger, die mit Murchad an Land gekommen waren, warteten ebenfalls, zusammen mit einem Dutzend ihrer Landsleute, die muskulösen Arme über der breiten Brust verschränkt. Hinter ihnen hatten sich die meisten Bewohner Dyn Tagells am Rand des Übungsplatzes versammelt: die Krieger von der Halbinsel und vom Festland, die Kaufleute aus der Stadt auf dem Festland und ihre Gemahlinnen, die Huren, die dort – wie in allen Garnisonsstädten – ihrem Gewerbe nachgingen. Cador stand mit Antonius in der vordersten Reihe, und als Drystan auf Murchad zuschritt, rief sein junger Vetter seinen Namen und löste einen Sprechchor aus.

»Drys-tan, Drys-tan, Drys-tan, Drys-tan!«

Der erainnische Hüne grinste, und wieder konnte Drystan nicht umhin, ihn gern zu mögen. »Ich sehe schon, ich muss darauf verzichten, Euch Beleidigungen entgegenzuschleudern, sonst trampelt Euer Pöbel mich nieder, ehe wir noch den ersten Hieb geführt haben.«

Drystan nickte. »Mein Pöbel ist gut abgerichtet.«

Murchad lachte, tief, dröhnend, aufrichtig. »Ach, junger Römer, es ist eine Schande, dass wir uns auf diese Weise begegnen müssen.«

»Römer nennt Ihr mich? Ich dachte, Ihr wolltet auf Beleidigungen verzichten?«

Murchad lächelte. »Die Götter halten in der Anderswelt gewiss einen Ehrenplatz für Euch frei«, sagte er leise.

»Oder für Euch«, erwiderte Drystan.

Mit gezogenen Schwertern nahmen sie einander gegenüber Aufstellung.

Gormant, der Hauptmann der Wache, rief ihnen zu, mit dem Zweikampf zu beginnen, und die beiden Männer umkreisten einander, schätzten den besten Augenblick ab, um anzugreifen. Noch ehe Drystan den Hünen dorthin manövrieren konnte, wo er ihn haben wollte, mit dem Wind von Westen und der Sonne von Osten, ging Murchad auf ihn los und deckte ihn derart mit Hieben ein, dass ihm keine Zeit mehr blieb, sich Taktiken auszudenken. Ohne Zweifel besaß der andere die Ausdauer und die Stärke von vier Männern. Drystan wich einem Ausfall nach dem anderen aus und konnte nicht viel mehr gegen den Riesen unternehmen, als seinen Schild hochzuhalten – und der wurde von Minute zu Minute schwerer. So schwer es ihm auch fiel, die Angriffe abzuwehren, hatte er doch das Gefühl, dass sein Gegner mit ihm spielte, dass er kämpfte, als fechte er ein freundschaftliches Duell aus und nicht einen Kampf auf Leben und Tod.

Drystan schätzte den Winkel eines Hiebes falsch ein und musste sich ducken. Murchads Klinge traf ihn beinahe seitlich am Kopf, glitt von dem metallenen Schläfenschutz des römischen Helms ab. Wäre der Helm nicht gewesen, so hätte ihm dieser Hieb vielleicht die Schädeldecke weggerissen.

Er wäre jetzt tot.

Schlagartig begriff Drystan, dass er *nicht* sterben wollte: Er wollte auch weiterhin die Sonne auf dem Rücken und den Wind im Gesicht fühlen, wollte Kurvenals schiefes Lächeln sehen und wieder die geschwungene Hüfte einer Frau unter seiner Hand spüren.

Sein Kopf dröhnte von dem Schlag, der ihn gestreift hatte, doch er hielt das Gleichgewicht und verdoppelte seine Anstrengungen. Er glaubte, Verblüffung in den Augen des Hünen zu entdecken, als er immer mehr die Initiative ergriff und anfing, seine kleinere Statur zu seinem Vorteil zu nutzen, indem er rasche, tief gezielte Hiebe anbrachte. Das leise Lächeln verschwand aus Murchads Zügen und machte einem konzentrierten Ausdruck Platz.

Drystan fühlte den Schweiß unter seinem Lederhemd und auf seiner Stirn. Allmählich begannen seine Muskeln von der Arbeit mit Schild und Schwert zu schmerzen. Wieder verschätzte sich Drystan bei einem Angriff, hob seinen Schild zu hoch, und Murchad sprang unter seiner Deckung hindurch, traf ihn in die Weichteile des Oberschenkels. Die Schwertspitze drang durch Stoff, Haut und Muskel, und er fühlte, wie ihn ein greller Schmerzensblitz durchzuckte. Dann zog der Riese sein Schwert zurück, und ein Schwall dunklen Blutes folgte der Waffe, tränkte Drystans Hosenbein und färbte den Boden zu seinen Füßen. Drystan biss die Zähne zusammen, parierte einen weiteren Hieb und wechselte die Position, so dass Murchad gegen die emporsteigende Sonne blinzeln musste. Der Wind blies sein dunkles Haar nach vorn und nahm ihm so noch mehr die Sicht.

Drystan wich ein paar Schritte zurück, und der Hüne folgte,

wobei er über eine Felsplatte zu seinen Füßen stolperte. Da sah Drystan eine Lücke hoch oben in der Deckung seines Gegners; er riss sein Schwert hoch und hieb abwärts, zielte auf Murchads ungeschützten Kopf. Beim Auftreffen der Klinge war ein dumpfer Laut zu hören, und Blut rötete Drystans Schwert und floss seinem Widersacher an Schulter und Arm herab. Die Augen des Riesen wurden riesengroß, und sein Griff um die Waffe löste sich. Das Schwert glitt ihm aus der Hand und landete klirrend auf der Felsplatte, auf der sie gefochten hatten. Entsetzt zog Drystan seine Klinge zurück, riss sie unbeholfen aus dem Gewirr aus Haar und Knochen und Blut.

»Du hast mich getötet, Knabe«, krächzte der Riese, dann verdrehte er die Augen und kippte vornüber.

Drystan taumelte aus dem Weg, fiel auf die Knie, riss sich den Helm vom Kopf und würgte beißende Galle in Gras und Schlamm.

Die Erainnkrieger in der Menge stürzten zu ihrem gefallenen Anführer und waren augenblicklich von Marcus' Soldaten umstellt. Drystan hob die Hand und wischte sich den Mund mit dem Ärmel ab. »Ruf sie zurück, Vater.«

Marcus bedeutete den Soldaten zurückzutreten, und einer der Erainn wandte sich an Drystan, der gerade mit Kurvenals Hilfe unsicher wieder auf die Beine kam. Die Wunde in seinem Schenkel schmerzte scheußlich.

»Wir erheben Anspruch auf den Kopf unseres Recken«, verkündete der Krieger förmlich. »Er muss zu seinen Verwandten zurückgebracht werden, um den Ehrenplatz einzunehmen, den er verdient.«

Ohne auf eine Bestätigung seines Vaters zu warten, nickte Drystan, und einer der Krieger zog eine schwere Kriegsaxt und schwang sie hoch in die Luft. Drystan schaute weg, doch trotzdem konnte er das Knirschen und Quatschen hören, mit dem das Metall durch Blut und Knochen schnitt. Hätte Kurvenal ihn nicht aufrecht gehalten, so wäre er wieder in die Knie gesunken.

»Barbaren«, knurrte Marcus leise.

Murchads Männer nahmen seinen Kopf mit und ließen ihre Geiseln frei; das Schiff, das sie gekapert hatten, behielten sie jedoch. Noch ehe die Sonne unterging, segelten sie aus dem Hafen von Dyn Tagell, um der Familie des Hünen ihr blutiges Andenken zu überbringen.

Noch in derselben Woche ließ Marcus seinem Sohn zu Ehren ein großes Fest ausrichten. Diejenigen der sieben Könige von Dumnonia, deren Sitze am nächsten waren, kamen, außerdem viele, deren Verwandte unter Murchads Geiseln gewesen waren. Cadors verwitweter Onkel Gwythyr traf mit seiner einzigen Tochter Ginevra aus Celliwig ein, Cynan von Caer Tamar kam mit seiner zweiten Gemahlin und seinen vier Söhnen und drei Töchtern und außerdem Marcus' Vetter Gurles und Idres, die gemeinsam eine ähnliche Klippenfeste wie Dyn Tagell im Süden hielten. Cadors Vater Geraint war mit Ambrosius und Arthur im Felde und konnte nicht kommen, obgleich seine Nichte Elen, die Tochter Dywels, eine der Geiseln gewesen war, die Drystan befreit hatte. Die farbenfrohen Zelte der Gäste sprenkelten die Umgebung der Siedlung auf dem Festland, und die fröhlichen Rufe und das Gelächter von Verwandten, die nach Jahren der Furcht und der Ungewissheit wieder vereint waren, erfüllten die Luft. Das Fest dauerte drei Tage.

Als der letzte Edelmann aus der Umgegend abgereist war, lag Drystan zu Bett und konnte nicht mehr aufstehen.

Die besten Ärzte aus allen Winkeln Dumnonias wurden gerufen, doch keiner konnte helfen. Die Wunde in Drystans Oberschenkel war tief und hatte zu schwären begonnen.

»Möglicherweise ist sie vergiftet«, meinte einer der Wundärzte.

»Vielleicht sollten wir das Bein abnehmen«, schlug ein anderer vor.

Marcus schickte sie fort.

Eine weise Frau aus dem Norden wurde gerufen. Sie betrachtete das klaffende Loch in Drystans Schenkel und schüttelte den Kopf. Die Wunde hatte angefangen zu stinken.

»Wenn sie von Anfang an richtig behandelt worden wäre,

hätte man die Entzündung vermeiden können. Gewiss, wenn man bedenkt, wie schnell Euer Sohn erkrankt ist, war die Waffe vielleicht vergiftet. Doch was auch der Grund ist, für diese Wunde reicht meine Heilkunst nicht aus. Wahrscheinlich gibt es nur einen einzigen Menschen, der Euren Sohn jetzt noch retten kann.«

»Wer ist das?«, wollte Marcus wissen.

»Yseult die Weise. Man sagt, sie sei die größte Heilerin der bekannten Welt.«

Der König lehnte sich schweigend zurück. Drystan schlug die Augen auf, sah seinen Vater an und bedachte ihn mit einem schmerzlichen Grinsen.

»Dann muss ich mich wohl zu ihr begeben, nicht wahr?« Seine Stimme war schwach, doch das Lächeln hielt sich auf seinen Lippen.

»Du hast ihren Bruder getötet«, wandte Kurvenal ein.

»Sie wird dich mit Sicherheit umbringen«, fügte sein Vater hinzu.

Drystan zuckte die Achseln. »Und wenn ich nicht hinfahre, bringt meine Wunde mich mit noch größerer Sicherheit um als sie.«

Es war eine Wahl zwischen dem sicheren Tod und dem nicht ganz so sicheren Tod. Drystan entschied sich für Letzteres.

8

A winde thider him gan drive;
Schipmen him seighe neigehand.
In botes thai gun him stive
And drough him to the land.
A wounded man alive
In the schip thai fand…
No man might bi him stand
For the stinking of his wounde.

(Ein Wind trieb ihn dahin; Seemänner erblickten ihn in der Nähe. Mit Booten fuhren sie zu ihm und brachte ihn an Land. Im Schiff fanden sie einen lebenden Verwundeten. Niemand konnte in seiner Nähe sein, wegen des Gestanks seiner Wunde.)

Anonymus, *Sir Tristrem*

Marcus schritt in dem kleinen Gemach in der Unteren Halle auf und ab; in seiner langgliedrigen, eingekerkerten Ungeduld erinnerte er an seinen britannischen Namen: Der Große Hund. Von seinem Krankenbett aus sah Drystan ihm zu, Kurvenal an seiner Seite.

»Wir müssen das Gerücht verbreiten, dass du nach Alexandria fährst, um die heilkundigen Gelehrten dort zu Rate zu ziehen«, sagte der König. Die sorgenvolle Miene grub eine ungleichmäßige Furche mitten in seine Stirn.

»Wieso ist das nötig?«, wollte Drystan wissen.

Marcus blieb stehen und heftete den Blick seiner grünen Augen fest auf seinen Sohn. »Neuigkeiten reisen schnell zwischen Britannien und Eriu. Und man sagt, Königin Yseult sei ehrgeizig und nachtragend. Falls sie jemanden ausschickt, um nach dir zu suchen, wird sie das von der Fährte ablenken.«

Drystan grinste schwach. »Aber ich werde nach ihr suchen.«

Keiner der beiden anderen Männer lachte.

»Dein Vater hat recht, Drystan«, sagte Kurvenal. »Es ist am besten, wenn sich niemand fragt, wieso du nicht hier bist.«

»Murchad ist in einem ehrenhaften Zweikampf getötet worden.«

»Was kümmert das die erainnischen Barbaren?«, gab der König zurück.

Anscheinend mehr als dich, dachte Drystan bei sich, schwieg jedoch. Er zuckte die Schultern. »Tut, was immer Ihr wollt, wenn ich fort bin. Für mich wird es wohl kaum eine Rolle spielen.«

Behutsam schob Kurvenal den Arm unter Drystans Schultern und half ihm in die Sänfte. Dann schlüpfte die kleine Schar mitten in der Nacht hinaus, um den Weg zum Hafen von Dyn Tagell einzuschlagen, wo das Schiff, das für ihre Reise bereit gemacht worden war, vor Anker wartete.

»Viel Glück, mein Sohn«, sagte Marcus. Er drückte Drystan die Hand und trat zurück. Drystan versuchte ein schwaches Lächeln. Kurvenal und Iaen packten je ein Ende seiner Sänfte und hoben sie in das Landungsboot, Gormant trug seine Harfe und sein Schwert. Das Schaukeln des Bootes war vom Schaukeln der Sänfte kaum zu unterscheiden, und das Fieber in Drystans Hirn machte es ihm noch schwerer, solche Feinheiten wahrzunehmen. Im Laufe der letzten Tage war die Welt zu wenig mehr als einem verschwommenen Wirrwarr weißglühender Schmerzen geschrumpft, und hätte es nicht jenen Moment während des Zweikampfes gegeben, als ihm klar geworden war, wie sehr er leben wollte, so wäre es Drystan schwer gefallen, sich darum zu scheren, ob er am Leben blieb oder starb. Jetzt war sein größter Wunsch, dass der Schmerz endlich ein Ende nehmen möge.

Der Morgen graute noch nicht, als sie in einem kleinen Schiff mit nur sechs Mann an Bord nordwärts in See stachen. Von dem Lager aus, das sie ihm an Deck bereitet hatten, sah Drystan die Küste seiner Heimat, die keine Heimat war, in der Ferne verschwinden. Er hoffte, dass die Königin des Südens ihn finden würde; in seinem Zustand konnte er sie wohl kaum selbst ausfindig machen.

Während des größten Teils der Reise schlief Drystan, und Kurvenal pflegte ihn, so gut er konnte, wusch ihm Wunde und Gesicht, zwang ihn, etwas zu essen. Von den Erainnkriegern, die mit Murchad gekommen waren, wussten sie, dass Yseult die Weise sich mit ihrem neuen Gemahl Crimthann in der Küstenstadt Ard Ladrann aufhielt. Das war einer der südlichen Häfen der Insel, kein Inselrath. An diese Tatsachen klammerte Kurvenal sich und hoffte, dass sie vielleicht Drystans Überleben bedeuteten. Eine Welt ohne das Lachen seines Freundes, ohne seine Stimme, die sich im Gesang über die Melodie seiner Harfe erhob, vermochte er sich nicht vorzustellen. Er glaubte daran, dass sein Freund gesund und munter nach Dumnonia zurückkehren würde, weil er es glauben musste.

So lange wie möglich segelten sie dicht an der Küste von Dyfed entlang, ehe sie sich nach Westen wandten, um die Erainnsee zu überqueren. Britannien und Eriu lagen miteinander im Krieg, selbst wenn die Stämme des Nordens sich nicht daran beteiligten, und dies waren gefährliche Gewässer für ein dumnonisches Schiff. Falls sie einem anderen Schiff begegneten, so würden sie vorgeben, Aremoricer zu sein, eine Behauptung, die Kurvenals Dialekt stützen konnte; wurden jedoch die anderen Männer befragt, so würde man ihnen vielleicht nicht glauben.

Nach zwei Tagen und einer Nacht auf See kam einige Zeit vor Sonnenuntergang die Küste Erius in Sicht. Kurvenal stand am Bug und betrachtete den schmalen Streifen Feindesland am Horizont.

Iaen trat von hinten zu ihm. »Was jetzt?«, fragte er leise.

»Refft die Segel, wir warten, bis es Nacht wird«, wies Kurvenal ihn an. »Wenn es dunkel wird, segeln wir so nahe an die Küste heran, wie wir es wagen. Wir müssen Drystan aussetzen, bevor es hell wird.«

»Sind wir da?«, rief eine Stimme hinter ihnen.

Kurvenal eilte zu Drystan hinüber, der versuchte, sich auf seinem behelfsmäßigen Lager aufzusetzen, und drückte ihn sanft wieder nieder. »Spar dir deine Kräfte, Drystan. Du wirst sie noch brauchen.«

»Aber ich muss doch die Lumpen anziehen, die wir mitgenommen haben.«

»Dafür ist noch Zeit genug.«

»Ist das Boot bereit?«

»Wir müssen noch Verpflegung für ein paar Tage darin unterbringen, aber deine Harfe und dein Schwert sind schon verstaut.«

»Gut.« Drystan hörte auf, sich gegen Kurvenals Hand zu sträuben und schloss von Neuem die Augen. Kurvenal blickte in das fein geschnittene Gesicht seines Freundes hinunter; dunkle Ringe unter den Augen verunstalteten die edlen Züge, und dunkles, schweißfeuchtes Haar klebte ihm an den Schläfen. Kurvenal strich ein paar Strähnen zurück. »Schlaf, mein Freund.« Die Andeutung eines Lächelns streifte Drystans aufgesprungene Lippen.

Im Schutze der Nacht, als alles bereit war, weckten sie den Prinzen und halfen ihm in sein zerlumptes Bettlergewand. Ehe sie ihn in das kleine Boot aus Flechtwerk und Leder hoben, fasste Drystan Kurvenals Hand mit verblüffend festem Griff.

Kurvenal erwiderte den Händedruck und war froh, dass die Dunkelheit die Tränen verbarg, die er in den Augenwinkeln prickeln fühlte. »Du wirst es schaffen, Drystan. Du bist mit der Schlauheit einer Katze gesegnet.«

»Sonderbar für den Sohn eines Hundes, findest du nicht?« Drystan lachte müde.

Kurvenal würgte ein Schluchzen hinunter. »Nimm mich mit.«

Sein Freund schüttelte den Kopf. »Du weißt doch, dass das nicht geht. Wenn ich nicht innerhalb eines Jahres zurückkomme, kannst du davon ausgehen, dass ich tot bin, und nach Aremorica zurückkehren.«

»Rede nicht so. Du kommst zurück.«

»Ich hoffe es.«

Sie ließen das Boot ins Wasser hinab und winkten, als es gemächlich vom Schiff forttrieb. Schon allzu bald mussten sie sich wieder nach Osten wenden; ihr eigenes Schiff musste außer Sicht sein, ehe jemand Drystan fand. Kurvenal beobachtete die Stelle auf dem Meer, wo das kleine Boot auf dem Wasser tanzte, ein dunkler Punkt auf den schimmernden dunklen Wogen. Er starrte noch lange auf diese Stelle, als er schon nichts mehr erkennen konnte.

Als die ersten Sonnenstrahlen über den Himmel fluteten, suchte Drystan mit dem Blick den Horizont ab, um sich zu vergewissern, dass das dumnonische Schiff außer Sicht war. Dann sammelte er alle Kraft, die er noch hatte, nahm seine Harfe zur Hand und begann eine traurige Weise zu spielen, ein Lied von Sehnsucht und Verlust. Bei jedem Schaukeln des kleinen Bootes bekam sein Bein einen Stoß, und der Schmerz jagte durch seinen Körper, doch er fuhr fort, zu spielen und zu singen, legte alles, was er noch an Lebenskraft besaß, in die Melodie. Es war leichter, als er gedacht hatte. Die Musik tröstete ihn, der Klang der Harfensaiten, die Freude daran, seine Stimme in den Sonnenaufgang zu erheben.

Er war jung, und er spielte um sein Leben.

Drystan wusste nicht, wie lange er sang – bald waren die Saiten unter seinen Fingern und die Musik in seinen Ohren alles, was er noch wahrnahm.

»Heda, Barde!«

Er hielt inne und stemmte sich auf die Ellenbogen hoch, so gut er es vermochte. Ein kleines Fischerboot, von zwei wettergegerbten Männern gesteuert, näherte sich seinem Nachen. Zu seiner Verblüffung spürte er, wie ihm Tränen der Erleichterung über die Wangen rollten.

Das Boot kam längsseits. »Wieso in Dagdas Namen spielt Ihr hier draußen die Harfe, so weit vom Ufer entfernt?«, fragte einer der Fischer.

Er unterdrückte ein freudiges Aufschluchzen. »Die Götter

seien gepriesen! Ich hatte schon alle Hoffnung aufgegeben, dass mich irgendjemand findet.«

Der zweite Fischer rümpfte die Nase. Die beiden waren jetzt nahe genug, um den Gestank der Wunde zu bemerken. »Ich glaube, er ist verletzt.«

Drystan nickte. »Bitte bringt mich ans Ufer und zu einem Heiler, dann erzähle ich euch meine Geschichte.« Als sie ihn an Bord ihres Bootes hievten, verlor er vor Schmerz das Bewusstsein. Oder vielleicht auch vor Erleichterung.

Yseult die Schöne überbrachte ihrer Mutter selbst die Kunde von Murchads Tod und beschloss, wenigstens den Herbst und den Winter über in Ard Ladrann zu bleiben. Enna Cennsalach versicherte ihr, dass sie sich in Dun Ailinne einen festen Platz erworben hatte, und Illann hatte sie inständig gebeten, zu bleiben und seine Kriegertruppe auch weiterhin auf ihre Streifzüge nach Norden zu begleiten, doch beim Anblick der leblosen Augen ihres Onkels und der tiefen Wunde an seiner Schläfe war Yseult die Lust am Kämpfen schlagartig vergangen, zumindest für eine Weile. Der einzige Kampf, an dem ihr jetzt noch etwas lag, war der Kampf gegen den Mann, der ihren Oheim ermordet hatte, doch dieser war weit weg, jenseits des Meeres.

An ihr als nächsten Verwandten in Dun Ailinne war es gewesen, den Kopf zu säubern und herzurichten, ehe er einen Ehrenplatz im Heiligtum der Kriegsgöttin Morrigu auf den Wällen des Rath erhielt. Jetzt trug sie einen kleinen Leinenbeutel am Gürtel, einen Beutel, der einen Metallsplitter beherbergte, den sie in dem Brei aus Fleisch und Knochensplittern an Murchads Schläfe gefunden hatte. Sie trug diesen Beutel stets bei sich, damit er sie an den Mann erinnerte, der ihren Onkel getötet hatte. Eines Tages würde sie wieder kämpfen, würde Drustanus von Dumnonia finden und gegen ihn antreten.

Aber nicht jetzt.

Jetzt würde sie den Metallsplitter an der Hüfte tragen – und genesen. Das Leben in Ard Ladrann war ruhig und friedlich. Es war kein großer Rath; nur sechs Häuser lagen innerhalb der Wälle, und noch einmal so viele davor. Dichter am Meer lagen die befestigten Behausungen eines Kaufmanns, eines Schiffsbauers und etlicher Fischer. Am wichtigsten war, dass Yseult nicht nur wieder mit ihrer Mutter vereint war, sondern auch mit Brangwyn.

Die drei hatten den größten Teil des fetten Monats damit zugebracht, ihre Vorräte an spätsommerlichen Heilpflanzen aufzufüllen, mit den Eicheln und Blättern der Eichen, den Mehlbeeren des Weißdorns, den Blüten und Stängeln des Wasserdosts, den Wurzeln der Schwarzwurz und den Blütenblättern des Osterluzeis. Jetzt jedoch waren sie mit den Vorbereitungen für das Erntefest zu Alban Elued beschäftigt, denn die Gäste erwarteten, an den Spielen und Pferderennen teilzunehmen. Das Erntefest war kürzer als Lugnasad; es gab so viel zu tun, dass für Danksagungen nur wenig Zeit blieb. In diesem Jahr würde es besonders geschäftig zugehen. Bis heute hatte warmes Wetter geherrscht, und vielleicht bestand noch Hoffnung, dass sie eine frühe Wintersaat würden ausbringen können.

Yseult zog ihren Umhang fester um die Schultern, als sie das Lagerhaus betrat, wo ein Sklave bereits die Vorräte überprüfte. Vielleicht wurde doch nichts mehr aus der Wintersaat. Heute war das Wetter scheußlich, trieb auf einem ungewöhnlich kalten Wind von Norden herbei. Unwillkürlich dachte Yseult daran, dass es die zweite Hälfte des Monats war, eine Zeit düsterer Vorahnungen, wenn nichts, was begonnen wurde, ein gutes Ende nehmen konnte, eine Zeit des Beendens anstatt des Anfangens. Mit einer Aussaat würden sie bis nach Alban Elued warten müssen.

Sie kniete gerade vor einem Haufen Pelze und suchte einige davon für die Lager der erwarteten Gäste heraus, als Brangwyn sie fand. Lächelnd blickte Yseult auf.

»Deine Mutter möchte, dass du so schnell wie möglich ins Haus des Heilens kommst«, sagte Brangwyn. »Sie braucht unsere Hilfe.«

Yseult reichte dem Sklaven die Pelze, die sie ausgesucht hatte, erhob sich und klopfte sich das grün karierte Gewand ab. »Was ist denn los?«

»Ein paar Fischer haben einen Barden gefunden, in einem Boot vor der Küste von Rath Inber, und haben ihn hergebracht. Er ist schwer verletzt.«

»Wieso haben sie ihn denn hierhergeschafft?«, wollte Yseult wissen, während sie ihrer Base eilig folgte. »Gibt es in Rath Inber keinen Heiler?«

»Sie sagen, sie wollten den Dagda nicht erzürnen, indem sie einen so hervorragenden Sänger sterben lassen – sein Talent muss außergewöhnlich sein. Und er ist so krank, dass sie dachten, nur Yseult die Weise könnte ihn heilen.«

Als Yseult dicht hinter Brangwyn das Haus des Heilens betrat, untersuchte ihre Mutter gerade die Wunde des Barden. Zwei Fischer standen dicht daneben. Der Verletzte lag auf einer Matte nahe der gegenüberliegenden Tür, doch der Gestank seiner Wunde erfüllte das ganze Rundhaus. Yseult hielt in der Türöffnung kurz inne und versuchte, sich an den schrecklichen Geruch zu gewöhnen. Normalerweise hatten Häuser des Heilens mindestens zwei Türen, manchmal sogar vier, um eine ausreichende Belüftung sicherzustellen, in diesem Fall jedoch reichte eine zusätzliche Tür nicht aus.

»Sonst wisst ihr nichts über ihn?«, fragte ihre Mutter gerade einen der Fischer.

»Ihm sind die Sinne geschwunden, sobald wir ihn in unser Boot gezogen hatten. Seitdem ist er nicht wieder aufgewacht.«

»Er hat mit großem Geschick gespielt«, versicherte der andere Fischer. »Und seine Stimme war so rein und so süß wie die des Gottes Dagda. Wenn es jemals ein Barde verdient hat, gerettet zu werden, dann er.«

»Ich glaube, sein Dialekt war vielleicht aremorisch«, fügte der erste Fischer nachdenklich hinzu.

»Diese Lumpen verraten uns gar nichts«, murmelte die Königin.

»Aber Ihr werdet ihn retten?«

»Ich werde tun, was ich kann.« Mit einem Kopfnicken entließ sie die beiden Männer und wandte sich an Yseult, die vorgetreten war und neben Brangwyn an dem Krankenlager stand.

»Der Barde ist in großer Gefahr«, sagte sie leise zu den beiden Mädchen, als die Fischer das Rundhaus verlassen hatten. »Die Wunde eitert schlimm. Zum Glück kann ich kein schwarzes Fleisch entdecken, und ich glaube auch nicht, dass das Blut vergiftet ist. Brangwyn, mach Wasser heiß. Ich brauche einen Sud aus Kamille, Buche, Wermut und Ulme, um die Wunde zu reinigen. Yseult, mach mir einen Breiumschlag aus Birke, Malven und Brotschimmel. Vergiss nicht, sowohl Birkenblätter als auch Birkenrinde zu nehmen.«

»Ja, Mutter. Soll ich Moos holen?«, erbot sich Yseult.

»Ja, aber bereite mir zuerst den Umschlag zu. Außerdem brauchen wir Schafgarbe, Gurkenkraut und Alraunwurzel, und zwar schnell. Wir werden unser ganzes Können aufbieten müssen, um diesen Mann zu retten.«

Es musste schlimm um den Barden stehen, wenn ihre Mutter etwas von ihrer kostbaren Alraunwurzel von jenseits des Meeres verlangte. Yseult die Weise hatte mehrfach versucht, Alraune in ihren eigenen Gärten anzupflanzen, doch sie war nicht gut gediehen, und die Königin musste sie von Kaufleuten aus wärmeren, trockeneren Gegenden kaufen, aus Hispanien oder Gallien.

Als Yseult mit dem verlangten Breiumschlag zum Krankenlager zurückkehrte, zog ihre Mutter gerade einen kleinen Dolch durch die Flamme. Es war nicht der, den sie am Gürtel trug – fürs Heilen hatte sie ein besonderes Messer. »Ich werde euch beide brauchen, damit ihr ihn festhaltet, während ich die Wunde öffne«, sagte sie und blickte auf. »Das wird nicht erfreulich.«

Yseult verspürte angesichts des belehrenden Tonfalls ihrer Mutter einen Stich des Unwillens. »Ich weiß. Ich habe inzwischen ein Jahr lang die Wunden von Illanns Kriegern behandelt.«

Die Königin nickte knapp, offensichtlich war sie mit ihren Gedanken anderswo. »Das stimmt. Aber ich nehme doch an, du hast nicht zugelassen, dass einer deiner Schutzbefohlenen in einen solchen Zustand gerät wie der, in dem sich dieser Mann befindet. Nimm seine Schultern.«

Yseult die Schöne kniete sich gegenüber von Brangwyn neben

die Matte; sie schämte sich dafür, dass ihr Temperament mit ihr durchgegangen war. Zum Glück war ihre Mutter zu beschäftigt, als dass es ihr aufgefallen wäre. Sie und ihre Base umklammerten die Schultern und Oberschenkel des Barden mit ihren starken Händen, während sich die Königin über sein Bein beugte, den erhitzten Dolch auf die entzündete Haut setzte und dort, wo das Fleisch tiefrot und krankhaft-gelbgrün verfärbt war und nicht heilen wollte, einen Schnitt machte. Zu dem widerlichen Gestank der Wunde gesellte sich der Geruch nach versengten Haaren und verbranntem Fleisch. Ihre Mutter hatte Recht gehabt, erfreulich war es wahrhaftig nicht. Durch den Schnitt, den sie gemacht hatte, quoll ekelhafter grüner Eiter hervor, so dass die Wunde noch mehr stank als vorher.

Mit einem heftigen Ruck und einem Aufschrei erwachte der Barde, doch Yseult und ihre Base hielten ihn fest. Er riss die Augen auf, und plötzlich blickte Yseult in zwei Augen von dem tiefsten Grün hinunter, das sie jemals gesehen hatte, ein Grün der See und der fernen Länder, dunkel und von Schmerz erfüllt. Krampfhaft fassten ihre Hände seine Schulter und seinen Schenkel fester.

»Hier, beißt darauf«, befahl ihre Mutter, die sich aufrichtete und dem jungen Mann ein Stück von ihrer kostbaren Alraunwurzel reichte. »Das wird den Schmerz dämpfen.« Er biss zu wie ihm geheißen und schloss von Neuem die Augen.

»Wenn ich fertig bin, brauchen wir einen Verband für die Wunde«, wandte sich ihre Mutter an Yseult. »Bereite einen aus Moos und den Kräutern vor.«

Yseult nickte und stand auf. Brangwyn rückte an ihren Platz, um den Kopf des Barden in ihren Schoß zu betten, und hielt seine Schultern mit beiden Händen fest.

Yseult setzte einen Topf aufs Feuer, um noch mehr Wasser heißzumachen, und eilte aus dem Rath, um Moos zu sammeln. Die Farbe des Mooses erinnerte sie an die Augen des Barden. Unwillkürlich ballte sie die Faust um eine Handvoll und schloss kurz die Lider, kämpfte gegen unerklärliche Tränen an. Sie wusste nichts über ihn, kannte nur die Farbe seiner Augen, die

Flächen seines Gesichts und den dicken Zopf, doch sie hoffte, dass er nicht sterben werde. Die Wunde sah aus, als sei sie tief und zerfetzt gewesen, mit der richtigen Pflege jedoch hätte sie sich nicht so entzündet. Und mit dem Wissen Yseults der Weisen konnte sie gewiss geheilt werden.

Als sie zurückkam, presste ihre Mutter noch immer die Wunde aus, drückte so stark, wie sie es wagte. Der Barde keuchte, die Augen vor Schmerz fest zugekniffen. Eine Mischung aus Blut und Eiter sickerte aus dem Schnitt, und die Königin säuberte sie mit dem Sud, den Brangwyn bereitet hatte. Dabei ging sie eher gründlich als sanft zu Werke, und die Muskeln an Hals und Unterkiefer des jungen Mannes traten vor Anstrengung, den Schmerz niederzukämpfen, deutlich hervor. Nachdem sie die Wunde gereinigt hatte, strich sie den Breiumschlag in und auf den Schnitt in seinem Schenkel und legte den Beutel mit heißem Moos darüber, den Yseult vorbereitet hatte. Dann verbanden die drei Frauen den Schenkel mit einer Leinenbinde.

Die Königin verabreichte dem jungen Mann ein Glas ihres Heilweins mit Nachtschattenessenz. »Schlaft jetzt, Barde«, sagte sie. »Wir werden die Wunde regelmäßig entleeren müssen, bis wir alles Gift herausgezogen haben, und Ihr werdet Eure Kraft brauchen. Wir tun für Euch, was wir können.«

Wieder öffnete er die Augen, und sein Blick heftete sich auf Yseult anstatt auf ihre Mutter. »Danke, Herrin. Ich stehe in Eurer Schuld.« Die Fischer hatten Recht gehabt: Er sprach den Dialekt Aremoricas. Genau wie die Mundart der Bretain war auch dieser ein wenig schwer zu verstehen, hatte jedoch hinlänglich große Ähnlichkeit mit der Sprache Erius, dass sich die Menschen der einzelnen Völker miteinander verständigen konnten.

Ob sie ihn nun verstehen konnte oder nicht, sie hätte mit Freuden seiner Stimme gelauscht. Selbst so krank, wie er war, besaß diese Stimme die Süße strömenden Wassers, flutete über sie hinweg wie ein klarer Bach über glatte Steine. Sie konnte sich gut vorstellen, dass er sang wie der größte aller Filid.

»Die Wunde«, keuchte er. »War sie vergiftet?«

Yseult sah, dass ihre Mutter trotz des Ernstes der Lage beinahe versucht war zu lächeln. »Wäre sie vergiftet gewesen, wärt Ihr längst tot«, sagte sie sanft. »Wie ist Euer Name, Barde?«

»Tandrys«, antwortete er, ehe sich seine Lider über diesen grünen, grünen Augen schlossen.

Yseult starrte die hingestreckte Gestalt des jungen Aremoricers an, die Wimpern, die auf den Wangen ruhten, und den goldbraunen Zopf, der über seinen Schultern lag, und hoffte inständig, dass er genesen würde. Sie wollte wieder in diese grünen Augen blicken, wollte wieder diese Stimme wie strömendes Wasser hören.

Der Herbst war eine der arbeitsreichsten Zeiten des Jahres. Die Ernte musste eingebracht und das Korn in den Vorratsgruben mit Lehm abgedeckt werden. Früchte und Gemüse mussten gepflückt und eingelagert oder getrocknet werden, und es galt, die Erde in den Gärten und auf den Feldern umzubrechen und die Frühwintersaat auszubringen. Es gab so viel, worum man sich kümmern musste, dass es für Yseult ein Leichtes war, ihre Mutter zu überreden, ihr die Pflege des Fremden zu überlassen.

Yseult legte dem fremden Barden gegenüber mehr Geduld und Ausdauer an den Tag, als irgendjemand ihr zugetraut hätte. Sie saß neben ihm und bestrich seine Wunde mit einem Brei aus Hafer, Brunellen und Malven und beachtete Crimthann und seine Kriegerschar kaum, als diese mit einem Dutzend erbeuteter Rinder im Schlepptau von einem erfolgreichen Überfall zurückkehrten. Sie reinigte die Wunde und störte sich nicht an dem fauligen Gestank, reichte ihm Haferschleim und dicke Brühe, wenn er erwachte und in Sprachen mit ihr redete, die ihr unbekannt waren. Dann schaute sie in seine fernen grünen Augen und ließ diese Stimme von einem fernen Ort über sich hinwegrauschen, und wenn er zu starke Schmerzen hatte, gab sie ihm Baldrian oder Nachtschatten, damit er wieder einschlief. Mit Eisenkraut linderte sie sein Fieber, und für seine Wunde füllte sie Beutel mit Gurkenkraut, Ringelblumen und Moos und rührte Breiumschläge aus Wegerich, Brotschimmel und Birkenblättern an. Sie wusch seinen überhitzten Körper mit kühlem Wasser und bewunderte die reinen Linien von Brust, Bauch und Schenkeln, wie sein Geschlecht in einem Nest aus goldbraunen Locken ruhte. Inständig betete sie zu Danu und Dian Cecht, dass er am Leben bleiben möge. Als die Erntefeiern begannen und die ersten Rennen abgehalten wurden, sagte sie ihrer Mutter und Brangwyn, sie werde nicht daran teilnehmen, weil sie ihren Schützling nicht allein lassen könne. Doch natürlich verließ sie ihren Schützling, wenn die Königin kam, um selbst nach ihm zu sehen, oder wenn sie zu müde war, um nach Anzeichen dafür Ausschau zu halten, dass sich sein Zustand verschlimmern könnte.

Endlich, am letzten Tag des fetten Monats, unmittelbar bevor Tag sich in Nacht verwandelte, gerade als die Tür zwischen den Welten dünn war, brach das Fieber, das in seinem Körper wütete. Yseult hatte während des Festes auch weiterhin über den Barden gewacht, damit ihre Mutter mit Crimthann feiern konnte und Brangwyn mit Aidenn, und sie würde auch während der Zwischen-Zeit bei ihm bleiben. Sie würde ihn vor den Geistern beschützen, die heraufbeschworen wurden, wann immer Dank gesagt wurde, würde dafür Sorge tragen, dass es nicht seine Seele war, die sie als Gegenleistung für eine reichliche Ernte mitnahmen.

Doch die Geister kamen nicht, um den Barden zu holen. Am nächsten Tag war die Wärme seiner Haut beinahe normal, seine Wunde war weniger gerötet, und Yseult hatte keine Ausrede mehr dafür, an seiner Seite auszuharren.

Drystan erwachte sehr langsam, als schwimme er vom Grunde eines tiefen Sees zur Oberfläche hinauf und zöge ein schweres Gewicht hinter sich her. Er lag auf einer Strohmatte in einem runden, dunklen Raum, der von einzelnen Sonnenstrahlen erhellt wurde. Das Dach über ihm war mit Stroh gedeckt, und die Wände, die ihn umgaben, waren unverputzt. Ein durchdringender Kräutergeruch stieg ihm in die Nase, und am Rande seines Bewusstseins vernahm er das Flüstern leiser Stimmen.

Langsam wandte er den Kopf in Richtung der Stimmen. Beim Anblick der Vision neben seinem Lager fragte er sich, ob er am Ende vielleicht immer noch schlief.

Sie war hochgewachsen und stolz und sehr blond, und ihre Gestalt war in einen weichen grünen Mantel aus feinster Wolle gehüllt, den sie über einem weißen Leinengewand trug, in Frühling gehüllter Winter. Eine fein gearbeitete, verschlungene Fibel aus Gold hielt den Umhang an ihrer Schulter zusammen. Silberne Broschen, die Zwillingshirsche darstellten und einander genau glichen, zierten über ihren Brüsten das Gewand. Das Silber fing das Licht des Feuers ein und warf es zurück, und die Hirsche schienen zu flirren und zu tanzen. Ein Torques aus Gold umschloss ihren Hals und zeigte, dass sie von hohem Stande war. Ihr Haar war zu zwei Flechten geschlungen, deren Enden Glasperlen zierten; weißblondes Haar, golden in einem Licht, silbern in einem anderen. Weiches Licht, wie Mondschein, strahlte von ihrer Stirn, und in der Wange hatte sie ein Grübchen, das kam und ging. Ihre Augen jedoch überstrahlten alles, von einem so blassen Blau, dass sie zu leuchten schienen. Sie war eine hohe, weiße Flamme, und Drystan hatte noch nie in seinem Leben etwas so Schönes gesehen.

Er kam zu dem Schluss, dass er immer noch träumte.

»Sein Fieber hat kurz vor dem neuen Mond nachgelassen. Jetzt müsste er doch am Leben bleiben, nicht wahr?«, fragte die Vision. Er glaubte, Angst in ihrer Stimme zu hören.

»Ich denke schon. Die Entzündung geht zurück«, meinte eine andere Frau, fast ebenso schön wie die erste. Doch obgleich sie sich sehr ähnelten, hatte ihre Schönheit nicht das Erhabene der Jüngeren.

»Aber die Wunde riecht immer noch faulig«, gab die Vision zu bedenken.

Möglicherweise träumte er ja doch nicht. Trotz seiner Schmerzen lachte Drystan leise in sich hinein.

Die beiden Frauen drehten sich mit erfreutem Lächeln zu ihm um.

»Ich hoffe, meine Tochter hat Euch nicht gekränkt, Fili«,

sagte die Ältere. »Wir haben uns bloß über Eure Genesung unterhalten.«

Fili? Sie redeten ihn mit dem Titel eines Druiden an? Vielleicht träumte er *doch* noch. »Ich bin kein Druide.«

»Hier in Eriu achten wir unsere Barden noch, Tandrys. Für uns seid Ihr Fili und ein sehr großer Künstler, wie ich höre. Erinnert Ihr Euch an irgendetwas aus der Zeit Eurer Krankheit?«

Drystan schüttelte den Kopf. »Nicht nachdem die Fischer mich in ihr Boot gezogen haben.«

»Dann müssen wir uns Euch vorstellen. Wir sind die Yseults von Eriu. Mich nennt man ›die Weise‹ und meine Tochter ›die Schöne‹. Wir haben Eure Wunde versorgt.«

Natürlich. Es ging ihm allmählich besser, also musste Yseult die Weise ihn gefunden haben. »Wie bin ich hierhergekommen?«

»Ein paar Fischer haben Euch gebracht.«

»Anscheinend waren sie der Ansicht, dass Ihr es verdient habt, von einer Königin betreut zu werden«, warf die jüngere Yseult mit einem koketten Lächeln ein.

Er gab sich alle Mühe, sie nicht anzustarren. »Dann habe ich großes Glück gehabt.«

»Wie kommt es, dass Ihr mit einer schwärenden Wunde im Bein vor der Küste von Rath Inber in einem Boot dahingetrieben seid?«, wollte die Königin wissen, und Drystan riss seine Aufmerksamkeit von ihrer Tochter los. Yseult die Schöne. Für Marcus von Dumnonia bestimmt. Seinen Vater.

»Ich war auf einem Handelsschiff nach Hispanien unterwegs, als wir auf Piraten gestoßen sind.«

»Und die Piraten haben Euch ausgesetzt.«

Er nickte.

»Warum haben sie Euch nicht einfach getötet?«

»Sie haben gesagt, es bringt Unglück, einen Barden zu töten.«

Die jüngere Yseult lachte leise, und er schaute rasch wieder zu ihr hinüber, in jene Augen, die direkt aus der Anderswelt zu stammen schienen. Die Ränder der Pupillen waren blaugrau, zur Mitte hin jedoch erschienen sie beinahe weiß.

»Geht es Euch gut genug, dass Ihr uns Eure Geschichte erzählen könnt?«, erkundigte sich die Königin behutsam.

»Ich glaube schon.« Er war sehr müde, in seinem Kopf drehte sich alles, und in seinem Bein pochte ein dumpfer Schmerz, doch er schuldete ihnen zumindest eine Geschichte, schuldete ihnen auf jeden Fall ein unterhaltsam ausgeschmücktes Lügenmärchen. Murchads Schwester und seine Nichte hätten wahrscheinlich all ihren Ruhm dafür gegeben, den Mann tot zu sehen, den zu retten sie gerade ihr Bestes getan hatten. Ohne die Lüge jedoch wäre sein Leben verwirkt – und ihm wäre niemals der Anblick Yseults der Schönen zuteil geworden. Er klammerte sich an beide Erkenntnisse.

»Vielleicht lieber noch nicht, Mutter«, wandte die jüngere Yseult ein und berührte die Königin am Arm.

Drystan schüttelte den Kopf. »Nein, nein. Für ein paar Worte habe ich genug Kraft. Ich habe in Aremorica die Kunst der Barden erlernt«, begann er langsam. »Talent hatte ich genug, aber die Lehrzeit ist lang und der Lohn karg. Einer meiner Onkel ist ein Kaufmann, und er hat mir einen Posten auf seinem Schiff angeboten, und einen Anteil am Gewinn. Die Habgier hat gesiegt, und ich bin mit ihm nach Hispanien in See gestochen.«

»Hispanien ist weit von dieser Küste entfernt.«

»Wir haben zuerst Kurs auf Eriu genommen, um Jagdhunde zu erwerben, die wir in Brigantium verkaufen wollten.« Eine Lüge zeugt die nächste, wie Blodewedd zu sagen pflegte. Schon jetzt wurde sein eigenes Lügengeflecht immer unübersichtlicher, und er war wahrlich nicht in der richtigen Verfassung, um scharf zu denken. Er schloss die Augen.

»Wir sollten den Verband wechseln und ihn jetzt in Ruhe lassen«, hörte er die jüngere Yseult leise sagen. Am liebsten hätte er die Augen geöffnet und sich abermals von ihrer Schönheit überwältigen lassen, doch der Schlaf übermannte ihn rasch. Er würde die Erinnerung an diese Schönheit in seine Träume mitnehmen.

Als Drystan das nächste Mal erwachte, schien er allein zu sein. Wach genug, um neugierig zu sein, betrachtete er seine Umgebung genauer, etwas, wozu er beim letzten Mal zu benommen gewesen war. Das Rundhaus, in dem er sich befand, war ganz anders als die mächtige Steinfestung von Dyn Tagell mit ihren niedrigen, mit Kissen bedeckten Ruhebänken und ihrem römischen Bad. Im Vergleich dazu war dies ein kleines Bauwerk, nur wenig mehr als doppelt so groß wie Unterkünfte der einfachen Soldaten in Dyn Tagell mit ihren Wänden aus Grassoden. Es hatte Türen an beiden Seiten, Wände aus Weidengeflecht, freiliegendes Dachgebälk und ein strohgedecktes Dach. Ein Torffeuer brannte gemächlich in einer Feuergrube in der Mitte des Raumes. Das Dach war kegelförmig und hoch, und im oberen Teil hingen Kräuterbündel entlang der Wände.

Er drehte den Kopf; selbst von einer so kleinen Bewegung wurde ihm schwindlig. Eine Frau, die er vorher gar nicht bemerkt hatte, kam aus dem Schatten herbeigeeilt. Ihr Haar war so dunkel, wie das Yseults hell war, ihre Schönheit so verhalten wie die Yseults dramatisch.

»Wie fühlt Ihr Euch?«, fragte sie und legte ihm eine kühle Hand auf die Stirn.

»Schwach, aber besser«, antwortete Drystan.

Die dunkelhaarige Frau nickte und zog ihre Hand fort. »Euer Fieber ist immer noch nicht zurückgekehrt. Aber es wird noch ein paar Tage dauern, ehe Ihr stark genug seid, um aufzustehen.«

Drystan grinste. »Das habe ich gemerkt.«

Ein Lächeln huschte über das ernste Gesicht der jungen Frau. »Was wir für Euch an Speise und Trank zubereitet haben, wird Euch helfen, wieder zu Kräften zu kommen.«

»Ich danke Euch für Eure Hilfe. Ihr seid …?«

»Ich bin Brangwyn ingen Murchada, die Nichte der Königin und Yseults Base.«

Es war gut, dass er noch immer so krank war, dass man ihm seine Verblüffung nicht anmerkte. Er schloss die Augen.

»Ehe Ihr wieder einschlaft, müsst Ihr etwas essen und trinken«, beharrte sie, und Drystan nickte schwach, ehe sie zum Feuer hinüberging, um ihm etwas zu essen zu holen.

Brangwyn, die Tochter Murchads – des Mannes, den er erschlagen hatte. Er hatte nicht gewusst, dass der Hüne eine Tochter hatte, und jetzt pflegte sie ihn gesund.

Er schluckte die Suppe hinunter, die Brangwyn ihm brachte, doch dabei sah er im Geiste wieder, wie der Riese zu Boden ging, sah, wie sich seine Augen verdrehten und er selbst sich zu Füßen des Toten auf den Boden übergab. Drystan verschluckte sich und stellte die Schale weg, dann hob er die Hand an den Mund, um nicht zu würgen.

»Könnt Ihr nicht essen, Fili?«, fragte Brangwyn. Er schüttelte den Kopf. Mit besorgtem Gesicht eilte sie davon, und Drystan suchte abermals das gesegnete Vergessen des Schlafes.

Als die Tage vergingen, verbrachte er allmählich mehr Zeit in wachem Zustand als mit Schlafen, und jedes Mal, wenn er erwachte, fiel es ihm weniger schwer, ins Bewusstsein zurückzukehren. Er erfuhr, dass er sich seit fast einem Monat in Ard Ladrann befand und den größten Teil dieser Zeit geschlafen oder im Fieberwahn gelegen hatte. Noch immer war er benommen, sein Gehirn war so benebelt, als hätte er den ganzen Tag lang Wein getrunken, doch er konnte sich mehr und mehr darauf konzentrieren, was um ihn herum vorging, und der Zwischenfall mit dem Würgen wiederholte sich nicht.

Als die Wunde ihren üblen Gestank verloren hatte und sie ihn für stark genug hielten, um ihn zu verlegen, wurde er auf eine Trage gelegt und aus dem Haus des Heilens in ein größeres Rundhaus getragen, wo die Heiler ein Auge auf ihn haben konnten, ohne dafür ihre Arbeit zu unterbrechen. Wenn er jetzt erwachte, vernahm er als Erstes die Singsangstimme eines Barden oder leises Gelächter. Und oft war Yseult die Schöne anwesend, wenn nicht an seiner Seite, so doch nicht weit entfernt.

So wie jetzt. Als er den Kopf drehte, um sich umzuschauen, löste sich eine helle Gestalt aus dem Kreis ums Feuer und kam auf ihn zu.

»Wie geht es Euch, Fili?« Im Licht des Feuers sah sie mehr aus wie ihre Mutter, eher Tag als Nacht; der orangerote Schein dämpfte ihre Mondlichtfarben.

»Jedes Mal besser, wenn ich aufwache, und das ist Euer Verdienst.«

Sie lächelte, ein Lächeln, so wurde ihm erschrocken klar, das er mit einem wahren Heißhunger jeden Tag seines Lebens zu sehen wünschte. Wie konnte er so starke Gefühle hegen, wenn er selbst so geschwächt war? Vielleicht war es nicht weiter überraschend; wäre er stärker, so hätte er sich vielleicht besser im Griff gehabt. Nur wenige Dinge wären so töricht, wie sich in Yseult die Schöne zu verlieben, die Prinzessin von Eriu, die Tochter der Königin der Tuatha Dé Danann. Eine Frau, die sein eigener Vater zu heiraten beabsichtigt hatte.

Die Königin gesellte sich im Schatten am Fußende seines Bettes zu ihnen. »Guten Abend, Tandrys.«

»Guten Abend, Herrin.«

Yseult die Weise betrachtete ihn kritisch. »Gut, Eure Wangen haben mehr Farbe.«

»Unter den Schwarzwurzumschlägen geht die Schwellung zurück«, berichtete die junge Yseult.

Er konnte ihre Worte verstehen – in Bro Leon waren mehrere Erainnkrieger gewesen –, doch oft bedurfte es dazu größerer Konzentration, als er mit seinem noch immer vom wochenlangen Fieber benebelten Gehirn aufzubringen vermochte.

»Wie fühlt Ihr Euch?«, wollte die Königin wissen.

»Die meiste Zeit bin ich müde, aber wenigstens kann ich jetzt abends den anderen Barden zusehen und ihnen zuhören. Noch vor drei Tagen hätte ich das nicht geschafft.«

Die Königin lächelte, und Drystan nahm an, dass sie seine Angewohnheit erheiternd fand, die Zeit in Tagen zu messen. Hier in Eriu waren Nächte das Zeitmaß.

»Bald könnt Ihr selbst für uns spielen«, sagte sie, und sie schmunzelten alle. Er erholte sich, doch es war für alle offenkundig, dass es noch eine Weile dauern würde, ehe er genug Kraft hatte, um etwas vorzutragen.

»Sobald es mir möglich ist, Herrin. Ich könnte niemals genug vorsingen, um es Euch zu vergelten, dass Ihr mir das Leben gerettet habt.«

»Vielleicht gibt es ja noch etwas anderes, das Ihr für uns tun könnt.«

»Gewiss.«

»Yseult hat nicht viel mit der Harfe geübt, seit sie vor über einem Jahr Druim Dara verlassen hat, und in Ard Ladrann gibt es nur wenige Barden. Wenn Ihr mit ihr arbeiten könntet, sobald Ihr Euch kräftig genug fühlt, würden wir das als hinlängliche Gegenleistung für unsere Betreuung ansehen.«

Drystan warf einen raschen Blick auf die jüngere Yseult, die neben ihm stand, auf jenes Lächeln, nach dem er sich sehnte, und fragte sich, was ein tägliches Zusammensein mit ihr wohl mit seinem Seelenfrieden anstellen würde. Irgendwie gelang es ihm nicht, sich deswegen Sorgen zu machen. »Mit Freuden, Herrin.«

»Aber bemüht Euch erst gar nicht, mich singen zu lehren«, setzte die jüngere Yseult hinzu. »Das kann ich nicht. Also tue ich es nicht, um meinen Rath nicht zu entehren.«

Drystan grinste. Dieses schöne Mädchen hatte Sinn für Humor.

»Falls Ihr natürlich gewillt seid«, fuhr die Königin fort, »hier in Ard Ladrann die Pflichten eines Barden zu übernehmen, wenn Ihr genesen seid, so könnt Ihr Euch auch damit einen Platz im Rath verdienen. Die Tuath sorgt für die Ihren. Ein gewöhnlicher Kranker müsste die Tuath und ihre Heiler mit Gold oder Vieh bezahlen, nicht aber Filid.«

Er schüttelte den Kopf; es fiel ihm schwer zu glauben, wie rasch die Menschen hier bereit waren, ihm einen Platz einzuräumen. »Ich kann wohl kaum eine Betreuung als Fili der Tuath in Anspruch nehmen. Ich habe ja noch nicht einmal ausgelernt.«

»Vielleicht wird ja einer der anderen Barden mit Euch arbeiten.«

Die Barden von Eriu waren als die größten der Welt bekannt. »Es wäre mir eine Ehre. Ihr seid viel gütiger zu mir, als ich es verdiene.«

»Wir sind es, die geehrt sind«, wehrte die Königin beinahe streng ab, und Drystan musste lächeln. »Laut den Fischern, die Euch hergebracht haben, wäre die Welt ein ärmerer Ort, hätte man Euch sterben lassen. Ein so erlesenes Talent wie dieses verdient, was immer wir tun können, um es zu bewahren und zu erhalten. Vielleicht werdet Ihr Ard Ladrann Ehre machen, ehe Ihr wieder fortgeht.«

Drystan starrte die Königin an. Ihre Gesinnung war sogar noch schwerer zu verstehen als ihre Sprache. Wegen seiner Stimme und seinem Geschick auf der Harfe, Gaben, die in Aremorica oder in Dumnonia wenig galten, wollte man ihm unter Fremden einen Ehrenplatz gewähren?

Königin Yseult lächelte ohne ersichtlichen Grund.

»Ich danke Euch«, sagte er schließlich mit leiser Stimme.

Die jüngere Yseult berührte ihre Mutter am Arm. »Der Barde wird müde.«

Die Königin nickte. »Eins noch, dann lassen wir Euch ruhen. In Eurem Fieberwahn habt Ihr Worte in jeder Sprache gemurmelt, die wir jemals an diesen Gestaden vernommen haben.«

Drystans Verstand erstarrte. Er hatte geredet. Aber er hatte Unsinn gestammelt, in Sprachen, die niemand hier verstand.

»Wenn Ihr mich und Yseult weiter in Latein unterweisen würdet«, fuhr die Königin fort, »dann könnte ich vielleicht dafür sorgen, dass Euch im Frühling ein Schiff nach Aremorica mitnimmt.«

Sein Herzschlag verlangsamte sich wieder auf ein halbwegs normales Maß. »Wie Ihr wisst, habe ich alles verloren außer meiner Harfe, meinem Schwert und meinem Leben, und das hätte ich um ein Haar ebenfalls eingebüßt. Ich habe mich schon gefragt, wie ich den Preis für die Heimreise aufbringen soll.«

»Wohlan. Hier gibt es nur wenige Menschen, die mehr als eine Handvoll lateinische Wörter kennen, hauptsächlich Kaufleute und die Christusmänner. Aber der Rest der Welt rückt näher an Eriu heran, und die Sprache Roms ist die Sprache der Welt.«

»Das ist wahr.«

Die Königin wandte sich an ihre Tochter. »Yseult, hol mir alles, was wir brauchen, um den Umschlag des Barden zu erneuern. Das tun wir jetzt, wo er wach ist, und danach lassen wir ihn ausruhen.«

Während die Königin den alten Umschlag entfernte, sah Drystan zu, wie Yseult davonging, bis sie mit den Schatten auf der anderen Seite des Feuers verschmolz. Jeden Tag würde er mit ihr zusammen sein, sie lächeln sehen.

Bis er im Frühling wieder fortging.

9

> Dann schickte Medb die Druiden und die Spottsänger und die harschen Barden wider Fer Diad, auf dass sie drei Spottverse gegen ihn machten, um ihm Einhalt zu gebieten, und drei Schmählieder, auf dass sie auf seinem Antlitz drei Blasen treiben möchten, Schmach, Makel und Schande, so dass er stürbe, bevor neun Tage zu Ende gegangen wären, sollte er nicht sogleich unterliegen.
>
> *Táin Bó Cualilnge*

Als Drystan erwachte, war sein Kopf klar, und der alte Druide Boinda saß neben seiner Lagerstatt. Die Luft war frostig; das Feuer in der Grube war heruntergebrannt, doch die anderen Bewohner des Rundhauses waren bereits auf den Beinen und gingen ihren morgendlichen Tätigkeiten nach. Die Vorhänge ihrer Schlafnischen waren zurückgezogen, und ihre Betten waren leer. Er und Boinda waren allein.

Der oberste Druide der Königin der Tuatha Dé Danann war zu betagt, als dass Drystan sein Alter hätte schätzen können; sein Gesicht war eine Landkarte aus tiefen Runzeln, doch sein Schritt war noch immer sicher, und seine Augen strahlten noch immer hell. Das Haar trug er am Hinterkopf lang und vorn über dem Schädel geschoren; mittlerweile hatte Drystan erfahren, dass dies eine der Tonsuren der Filid von Eriu war.

Boinda musterte ihn mit scharfem Blick und nachdenklicher Miene. Drystan fragte sich, wie lange er dort wohl schon saß und warum. Der Druide schien kein Heiler zu sein. Tatsächlich war Drystan noch nicht dahintergekommen, welche Rolle er in der kleinen Gemeinschaft spielte.

Der Greis lächelte. »Guten Morgen, Barde.«

»Guten Morgen.«

»Ich bin gekommen, um Euch in den Bräuchen der Filid von Eriu zu unterweisen. Das heißt, wenn Ihr hinlänglich bei Kräften seid.«

Drystan schmunzelte. »Bei Kräften? Nein. Aber ich würde mich freuen, während der langen Stunden von Euch zu lernen, in denen ich zumindest wach bin.«

»Das ist gut. Euer Verstand klärt sich, und wir haben keine Zeit zu verlieren.«

Das schien eine eigenartige Bemerkung zu sein. Vielleicht war es an der Zeit, dass er für die Pflege, die ihm zuteil geworden war, dankte, indem er den Barden spielte, für den sie ihn alle hielten. Oder vielleicht meinte der alte Mann auch nur all das, was Drystan noch zu lernen hatte. »Wie ich höre, ist die Lehrzeit eines Barden hier in Eriu härter als irgendwo sonst in der bekannten Welt.«

»Ihr habt mehr von der bekannten Welt gesehen als ich«, erwiderte Boinda und lächelte abermals. »Aber wenn Ihr die siebenmal fünfzig Geschichten lernen wollt, die man braucht, um als Dichter zu gelten, dann solltet Ihr lieber bald damit anfangen.«

Drystan blinzelte. »Siebenmal fünfzig Geschichten?«

»So steht es im Buch der Laigin.«

»Das kann ich niemals alles lernen.«

»Niemals ist eine lange Zeit. Vielleicht gibt es ja Erzählungen, die Ihr bereits kennt und die Ihr zu Eurem Geschichtenvorrat zählen könnt. Und wie ich höre, seid Ihr ein großer Künstler.«

Drystan rückte auf seiner Schlafmatte herum und stützte den Kopf in die Hand. Die Heiler hatten ihn ermahnt, oft die Stellung zu wechseln, damit er sich nicht wund lag. »Das muss ich erst noch unter Beweis stellen. Und trotzdem begegnen mir alle mit großer Achtung, als hätte ich es bereits getan.«

Boinda lachte leise. »Einen Barden sollte man nicht erzürnen, sonst schreibt er am Ende noch einen Spottvers über einen.«

Einen Spottvers. Der junge Mann schüttelte den Kopf. »Die Macht des Wortes in Eriu ist für jemanden, der mit euren Bräuchen nicht vertraut ist, schwer zu begreifen.«

»Ja, das kann ich mir vorstellen. Die römischen Sitten nehmen dem Leben viel von seiner Magie. Was ist von den Alten Bräuchen noch übrig in Eurem Land?«

»Wir haben Druiden und Barden. Die Druiden sind Berater der Könige, und die Barden singen Loblieder auf sie. Aber sie haben wenig Macht, es sei denn, der König, dem sie dienen, hält es für angebracht, sie damit auszustatten. Recht wird von den Königen gesprochen und von ihren Richtern.«

Der alte Mann nickte bedächtig. »Und wer belehrt den König eines Besseren, wenn er seine Grenzen überschreitet oder eine falsche Entscheidung trifft?«

»Ganz gewiss nicht seine Richter.« Drystan dachte an die Richter seines Vaters, deren vorrangige Aufgabe darin bestand, Steuern und Tribute einzutreiben, die ihm für die Verteidigung des Territoriums zustanden, das unter seinem Schutz stand. Es gab niemanden, der die Fehler des Marcus von Dumnonia berichtigte, mit Ausnahme des Hochkönigs von Britannien höchstselbst.

»Nehmt Euch in Acht, mein Sohn«, sagte Boinda leise.

»Was?«

»Für jemanden mit Eurer Erziehung muss es seltsam sein, sich in einem Land wiederzufinden, wo die Macht der Druiden noch immer groß ist.«

Drystan nickte und fragte sich, wie das Gespräch diese Wendung genommen hatte. Vielleicht wurde der alte Mann allmählich schwachsinnig, doch es fiel ihm schwer, das zu glauben. In früheren Unterhaltungen hatte er Boinda stets flink und unterhaltsam gefunden.

Der Greis lächelte. »Ich danke Euch.«

»Wofür dankt Ihr mir?«

»Es ist erfreulich, in meinem Alter noch für unterhaltsam gehalten zu werden, besonders von jemandem, der so jung ist.«

Drystan starrte den Älteren an. Es war, als lese der Druide seine Gedanken.

»Richtig«, sagte Boinda. Drystan war zu verblüfft, um zu antworten, und der Druide fuhr fort: »Hier besteht größere Gefahr für Euch, als Euch klar ist, junger Fili. Der Nebel in Eurem Kopf hat Euch bis jetzt geschützt, doch so wie Euer Verstand klarer wird, werden es auch Eure Gedanken. Hier in Ard Ladrann gibt es etliche, die in klare Gedanken so mühelos hineinblicken können wie in einen klaren Teich.«

Langsam setzte Drystan sich auf und lehnte sich gegen die raue Wand hinter ihm, um Boinda Auge in Auge gegenüber zu sein. Dieses Gespräch konnte er nicht im Liegen führen. Riwallon hatte gesagt, Eriu sei ein Ort der Musik und der Magie, doch er hatte ihm nicht erzählt, wie sehr. Hätte er es getan, so hätte Drystan ihm wahrscheinlich nicht geglaubt. In Aremorica waren Druiden hoch geachtet, und das gemeine Volk hielt sie für mächtige Zauberer. Die Menschen der *Vici* und der *Civitates* jedoch hatten diesen Aberglauben bereits zum größten Teil abgelegt, bevor man Christ werden musste, um römischer Bürger zu sein.

Rom hatte Aremorica schon lange verlassen, doch die römischen Sitten waren dort noch weiter verbreitet, als Drystan gedacht hatte. Und er stellte fest, dass es ihm, obgleich er sich aremorische Bräuche angeeignet und sie über die römischen gestellt hatte, die römische *Ratio* doch nicht gestattete zu akzeptieren, dass ein alter Mann mit einem Gesicht wie eine Landkarte seine Gedanken lesen konnte.

Er holte tief Luft. »Wie kann das sein?«

»Ich verfüge in einem gewissen Maße über die Gabe des Wissens. Ihr versteht nicht, was ich damit meine, nicht wahr?«

»Nein.«

»Die Alte Rasse dieser Insel, die Feadh Ree, zählen drei besondere Gaben, die viele der Ihren besitzen: die Gabe des Rufes, die Gabe der Illusion und die Gabe des Wissens. Jene mit dem unvermischten Blut der Feadh Ree haben oft die größten Gaben. In der heutigen Zeit ist reines Blut selten, da die Gaelen jetzt schon seit vielen Jahrhunderten hier sind, doch es kommt noch vor. Yseult die Weise ist eine dieser wenigen. Und sie besitzt eine sehr starke Gabe des Wissens.«

»Oh.« Was bedeutete, dass sie, wenn er sich nicht in Acht nahm, seine Gedanken lesen und herausfinden konnte, wer er war. »Und was ist mit Yseult der Schönen?«

»Sie hat diese Gabe auch, aber nicht so stark wie ihre Mutter. Ihre größte Gabe ist die des Rufes.«

Drystan lehnte den Kopf an die Wand. Vielleicht war es das, was ihn gerettet hatte – das und der Nebel des Fiebers.

Boinda nickte. »Der Ansicht bin ich auch.«

»Wieso warnt Ihr mich?«

»Ihr habt bei den heraufziehenden Veränderungen eine wichtige Rolle zu spielen. Außerdem kann ich weiter sehen als Gedanken, und ich sehe, dass Ihr trotz Eurer Lüge ehrenhaft seid.«

Drystan rieb sich die Stirn. »Ich komme mir ganz und gar nicht ehrenhaft vor.«

Der alte Druide bedachte den jungen Mann mit einem breiten Grinsen, das die Landkarte seines Gesichts noch schärfer hervorhob. »Genau deshalb seid Ihr es ja.«

Nun, Ehre würde ihm nicht viel helfen, wenn sie herausfanden, wer er war. Er bezweifelte aufrichtig, dass Murchads Verwandte die Ehre, die Boinda in ihm sah, über ihre eigene Rache stellen würden, und er konnte es ihnen nicht einmal verdenken.

Boinda beugte sich vor. »Es gibt Mittel und Wege, Eure Gedanken abzuschirmen. Möchtet Ihr, dass ich Euch das lehre?«

»Ja«, antwortete Drystan inbrünstig.

»Gelu rigentis colubra sustulit sinuque fovit, contra se ipse misericors«, sagte Yseult langsam und hielt den Blick fest auf das Gesicht ihres Lehrers gerichtet. Es war ein Gesicht, das man gern betrachtete, das musste sie zugeben; das bereitwillige Lächeln, die Augen wie ein Wald, das in allen Farben des Herbstes über den Schultern ausgebreitete Haar. Heute hatte er den Zopf gelöst, den er üblicherweise trug; das Haar war frisch gewaschen und glänzte im Feuer.

»Regentem columbram«, verbesserte Tandrys.

Noch immer verließ der Barde nur selten sein Lager, doch jetzt war er den größten Teil des Tages wach – wach und gelangweilt. Ihre Mutter hatte vorgeschlagen, dass sie mit dem Lateinunterricht anfangen sollten, da Tandrys sich dafür nicht einmal aufzusetzen brauchte. Jetzt jedoch saß er aufrecht da. Jeden Tag wurde er lebhafter, und sein Lachen schallte immer öfter durch das Rundhaus. Yseult hatte nicht besonders viel Spaß daran, die Römersprache zu lernen, doch sie genoss die Zeit, die sie mit dem Barden verbrachte, freute sich darauf, neben seiner Schlafmatte zu sitzen und das Mienenspiel auf seinen Zügen zu beobachten. Es machte ihr Freude, ihn zum Lachen zu bringen oder zu sehen, wie seine Augen aufleuchteten, wenn er sie erblickte. Dies war das erfreulichste Getändel, das sie seit Gamal erlebt hatte.

Aber Latein? Es fiel ihr schwer zu glauben, dass sie das, was er sie lehrte, jemals brauchen würde. Die ausländischen Kaufleute, die manchmal auf den größeren Jahrmärkten auftauchten, beherrschten die Sprache Erius normalerweise gut genug, dass man ihnen eine Gürtelschnalle abkaufen konnte.

Yseult seufzte. »Vielleicht könnt Ihr mir ja ein paar Redewendungen beibringen, die ich benutzen kann, wenn ich mit einem gallischen Händler um eine Schiffsladung Wein feilsche?«

Tandrys schwieg einen Augenblick und dachte nach. »Num ista condicio optima est?«

»Was heißt das?«

»Ist das Euer bestes Angebot?«

Yseult nickte. »Gut. Ich würde lieber etwas über Angebote lernen als über diese seltsamen Kreaturen, die man Schlangen nennt.«

Tandrys lachte, und sie sah zu, wie seine grünen Augen aufleuchteten. Sie konnte nicht anders, sie musste zurücklächeln. Sein Lachen war wie Musik, ein Lied, in das diejenigen, die es hörten, unwillkürlich einstimmen wollten.

»Yseult?«

Sie drehte sich um. Brangwyn betrat das Rundhaus, ein neckendes Lächeln lag auf ihrem Gesicht. »Hast du es etwa vergessen? Wir sollten doch heute Vormittag mit deiner Mutter Alant und Rollfarnwurzeln sammeln.«

»Ich wollte gerade zu euch kommen«, beteuerte Yseult und

fühlte, wie ihr das Blut in die Wangen schoss. Wie hatte sie das über *Lateinstunden* vergessen können?

»Ihr müsst mich entschuldigen«, sagte sie zu Tandrys, nahm ihren Umhang von einem Haken neben der Tür und wandte sich ab, um hinter Brangwyn das Rundhaus zu verlassen.

In den folgenden Tagen und Wochen blieb ihr wenig Zeit, wegen Lateinunterrichts ihre Pflichten zu vergessen – oder wegen eines grünen Augenpaares. Wenngleich die Angehörigen der Kriegerklasse, die Aes Dana oder die Tuatha Dé Danann sich dem Rechte nach nicht an der Feldarbeit beteiligen mussten, waren solche Regeln in dem Monat nach der ersten Ernte und vor Samhain bedeutungslos. Was in den Wochen zuvor geerntet worden war, musste eingelagert oder getrocknet und außerdem Spätobst und Herbstgemüse gepflückt werden. Alles, was zu Samhain noch auf dem Acker oder am Baum war, gehörte den Göttern, und jede Hand auf dem Feld oder im Obstgarten bedeutete einen behaglicheren Winter für alle. Es galt zu entscheiden, wie viele Schafe, Rinder, Ziegen und Schweine geschlachtet werden sollten, nachdem sie von den Sommerweiden herabgetrieben worden waren – man würde nicht alle über den Winter durchfüttern können, und die Tuath würde Fleisch brauchen, um die kalten Monate zu überstehen. Die schwere Arbeit würde noch etliche Wochen nach Samhain weitergehen; die Kadaver würden eingesalzen, geräuchert und ins Dachgebälk der Rundhäuser gehängt, wo das Fleisch über den Winterfeuern in den Feuergruben weiterhin im Rauch hängen würde.

Alle waren erleichtert, als die harten Wochen vorüber waren und das Neujahrsfest nahte. Die Bewohner von Ard Ladrann waren früh auf den Beinen, um mit den Vorbereitungen für Samhain und den Winteranfang zu beginnen. Den ganzen Tag lang arbeiteten sie, damit bei Sonnenuntergang alles fertig war. Das Vieh wurde von den Sommerwiesen auf die Winterweiden getrieben, die näher am Rath lagen; Schweine wurden für das Fest geschlachtet, und man sammelte Holz für die Feuer. Es wurden Unterkünfte für die zusätzlichen Krieger hergerichtet, die

Crimthann von den Königen der Umgegend eingefordert hatte, um Ard Ladrann zu schützen – hauptsächlich jedoch, um seine Königin vor dem Hochkönig zu schützen. Nach Samhain und dem Beginn der dunklen Hälfte des Jahres wurde nur wenig gekämpft, doch Lóegaire könnte versuchen, sich dies zu Nutze zu machen. Crimthann wollte keine Risiken eingehen.

Yseult hatte ihre Jagdhunde Bran und Ossar mitgenommen, damit sie halfen, das Vieh aus den Hügeln hinunterzutreiben. Dies war eine ihrer Lieblingsaufgaben: der Marsch in der kalten, klaren Luft, das Kläffen der Hunde und das Blöken des Viehs. Vielen Kindern der Tuath schien es ähnlich zu gehen; sie hüpften neben ihnen einher, übernahmen den Part der Hunde und sorgten mit Geschrei oder Klapsen auf die Hinterbacken dafür, dass das Vieh nicht aus der Reihe ausbrach.

Endlich waren die Tiere auf den Winterweiden, und die Knechte und Leibeigenen würden sich ans Sortieren und Schlachten machen. Yseult führte ihre Hunde und die Kinder zum Rath zurück. Einer der Hunde hatte beschlossen, mit drei kleinen Mädchen fangen zu spielen, und die vier trödelten hinter den anderen her. Yseult stieß einen lauten Pfiff aus. »Ossar, hierher!«

Der Wolfshund spitzte die Ohren und kam in großen Sätzen angerannt, während die Kinder ihm kreischend folgten.

Als Yseult, von Kindern und Hunden umsprungen, durch die Tore des Raths trat, sah sie Tandrys in der Tür des Rundhauses stehen, in das sie ihn verlegt hatten. Er stützte sich auf die Schulter des alten Druiden Boinda. Der Barde war blass vor Anstrengung; vor Schmerz zogen sich scharfe Furchen von den Augenbrauen auf seine Stirn hinauf, und seine Augen waren vor Anspannung zu schmalen Schlitzen zusammengekniffen.

Sie schickte die Kinder ihrer Wege und eilte zu ihm hinüber, Bran und Ossar dicht an ihrer Seite.

»Tandrys! Wieso seid Ihr nicht im Bett?«

Er grinste. »Ich wollte sehen, wie ein Tag beschaffen ist, der weder zum einen Jahr noch zum nächsten gehört. Und ich brauche frische Luft.«

Yseult schüttelte den Kopf; halb war sie versucht, das Ganze erheiternd zu finden, doch sie machte sich auch Sorgen. »Es ist noch zu früh, um mit Eurem Bein viel herumzulaufen.«

Sein Grinsen wurde breiter. »Das habe ich gemerkt.«

»Yseult, manchmal ist es weiser, Weisheit nicht zu beachten«, meinte Boinda. »Er wollte unsere Samhainfeier sehen. Ich denke, wir können ihn ruhig ein wenig zuschauen lassen.«

Yseult musterte ihren Schützling von oben bis unten. Noch immer zogen sich die Furchen über seine Stirn, doch in seinen Augen war ein Licht, als er Bran mit der freien Hand hinter den Ohren kraulte, und von der kalten Luft bekamen seine Wangen allmählich Farbe.

»Gut. Aber dann müsst Ihr mir erlauben, ihn herumzuführen«, sagte sie zu Boinda. »Ich kann ihn besser stützen.« Sie war fast genauso groß wie der Barde, während Boinda vielleicht einen halben Kopf kleiner war. Rasch trat sie hinter den alten Mann und schlüpfte unter Tandrys' Achsel, während sie ihren Arm fest um seine Taille schlang und die Hand, die sich um ihre Schulter legte, mit festem Griff packte. »Geht es so?«, fragte sie.

»Ausgezeichnet.« Seine Stimme klang, als sei er kurz davor, laut herauszulachen, und sie beschloss, dass sie Boinda zustimmen musste: Manchmal war es weiser, Weisheit nicht zu beachten.

Nicht nur das, sie musste sich außerdem eingestehen, dass ihr Atem ein wenig schneller ging und sich ihre Wangen ein wenig wärmer anfühlten, als sie seinen Arm um ihre Schultern spürte. Leib an Leib mit dem verletzten Barden war sie seltsam fahrig, empfand ein seltsames Hochgefühl, wie damals auf den Raubzügen mit Illanns Kriegertrupp.

»Wenn du es übernimmst, den Barden zu unterhalten, dann werde ich wohl ein Schläfchen halten, bis das Feuer angezündet wird«, bemerkte Boinda, und seine Augen glitzerten dabei.

Yseult nickte. War denn für jeden in Ard Ladrann deutlich zu erkennen, wie Tandrys' Nähe auf sie wirkte?

»Wird Samhain in Aremorica nicht gefeiert?«, wollte sie wissen, während sie den Genesenden auf die Tore des Raths zuführte. Auf den Spielfeldern dahinter maßen die jungen Männer bei den Samhainspielen ihre Kräfte, soeben fand an einem Ende des Feldes ein Wurfspiel statt und ein Wettkampf mit der Lanze am anderen.

Sie blieben stehen, um beim Werfen zuzusehen. »Offiziell nicht, zumindest nicht in den Städten«, antwortete der Barde. »Aber Aremorica hat die römische Herrschaft vor fast hundert Jahren abgeschüttelt. In den Hügeln und an der Nordküste, Gebieten, die nie ganz romanisiert worden sind, dort erinnern sie sich noch an die Alten Bräuche, und Samhaim wird als die Nacht der Geister gefeiert. Aber das neue Jahr wird nach römischer Sitte berechnet, es beginnt erst in zwei Monaten.«

Ein Spieler schlug den Ball über die Linie an einem Ende des Spielfeldes, und seine Mannschaftskameraden jubelten, umarmten ihn stürmisch und klopften ihm auf den Rücken.

»Wie ist es in diesen Ländern, die Ihr bereist habt?«, erkundigte sich Yseult. Der Barde stützte sich auf sie, eine Last, die ihr gefiel. Sie versuchte, seine Gedanken zu berühren, doch zu ihrer Überraschung stellte sie fest, dass er sie vor ihr abschirmte.

»Sehr anders«, sagte er nach einer langen Pause. »Manche Orte sehen zwar ein bisschen so aus wie Ard Ladrann, aber es gibt viele Orte, wo Hunderte oder sogar Tausende von Menschen das ganze Jahr über leben. Und die Gesetze und was die Menschen glauben ...« Er verstummte.

Yseult atmete tief durch. »Aber es muss noch ein bisschen Magie in Eurer Welt geben, da Ihr gelernt habt, Eure Gedanken vor mir zu verbergen.«

Sie fühlte, wie der Barde zusammenzuckte; dann lachte er. »Das verdanke ich Boinda.«

»Vielleicht fließt ja ein wenig vom Blut der Alten Rasse in Euren Adern.«

»Ich habe keine Ahnung. Wo ich herkomme, gibt es keine Legenden von einer Rasse wie die Tuatha Dé Danann.«

Schweigend sahen sie eine Weile dem Spiel zu, und Yseult fühlte die Erschöpfung des Barden, obgleich seine Gedanken für sie unerreichbar blieben. Seine Schwäche ließ ihn sich mehr auf sie stützen, und allmählich wurde er schwerer.

Sie wollte ihn keinem Risiko aussetzen, schon gar nicht heute. Zu Samhain war der Schleier zwischen den Welten am dünnsten, dünner als während aller anderen Zwischen-Zeiten. Yseult stammte vom Blut der Feadh Ree ab und brauchte sich nicht so sehr in Acht zu nehmen wie jene von gaelischem Blut; das Öffnen der Tore der Anderswelt barg keinen Schrecken für sie. Der Barde jedoch, mochte sein Talent auch noch so groß sein, war trotzdem Gaele, und sein Körper war noch geschwächt.

»Vielleicht sollten wir in den Rath zurückkehren«, sagte sie sanft.

Tandrys nickte. »Ich bin kein besonders unterhaltsamer Begleiter, nicht wahr?«

Yseult lächelte. »Jetzt, wo Ihr es fertig gebracht habt, vom Rundhaus zu den Spielfeldern zu gehen, könnt Ihr gewiss bald für uns singen, und was könnte uns besser unterhalten?«

Trotz seiner Erschöpfung lachte der Barde laut heraus, und ein heimliches Glücksgefühl überkam Yseult, mischte sich mit der Erregung und dem Bewusstsein körperlicher Nähe. Wahrscheinlich würde sie einen großen Teil der Samhainfeiern versäumen, wenn sie sich um ihn kümmerte, doch sein Lachen klang schön und stark, und dafür würde sie jeden der stattlichen jungen Männer eintauschen, denen sie beim Spielen zugesehen hatten.

Während der folgenden Wochen fühlte sich Drystan mit jedem Tag kräftiger. Er verbrachte immer mehr Zeit auf den Beinen, stützte sich jedes Mal weniger auf Boinda, Yseult oder Brangwyn. Bei Tag erkundete er den Rath, ließ sich von Boinda unterweisen und lehrte Yseult Latein, während er die Abende im großen Gemeinschaftsrundhaus zubrachte und von Laidcenn und jedem wandernden Barden lernte, der zufällig in Ard Ladrann zu Gast war. Jeden Abend versammelten sich zwanzig oder dreißig Menschen um das Feuer, um den Filid zuzuhören, die Geschichten erzählten oder Lieder sangen. Manchmal spannen oder webten die Frauen dabei, während die Männer Waffen polierten oder hölzerne Spielzeuge für die Kinder schnitzten.

Drystan saß aufrecht auf seiner Matte, den Rücken an die Wand gelehnt. Er lauschte den Geschichten und der Musik, betrachtete Yseult, wenn sie gerade nicht herübersah, und gestattete einem stillen Glück, sich in seiner Seele einzunisten. Es war unsinnig, das war ihm klar; die Art und Weise, wie er seine Gedanken abschirmen musste, so wie Boinda es ihn gelehrt hatte, machte ihm immer wieder klar, *wie* unsinnig. Er wusste nicht, was mit ihm geschehen würde, sollte seine wahre Identität entdeckt werden, doch aus irgendeinem Grund wollte die Furcht nicht in seiner Seele Fuß fassen. Er war am Leben, und die schönste Frau der Welt war nicht weit.

Laidcenn legte seine Harfe weg, und Beifallklatschen und Dankesrufe folgten.

»Vielleicht singt Tandrys ja als Nächster für uns?«, fragte Yseult jetzt und sah ihn von der anderen Seite des Raums her mit diesen unnatürlich hellen Augen an. »Wir sind alle begierig, die Stimme zu hören, die zu verlieren den Dagda erzürnt hätte.«

»Den Dagda erzürnt?«

»So haben die Fischer, die Euch hergebracht haben, Eure Stimme beschrieben«, meinte Brangwyn lächelnd.

»Fühlt Ihr Euch wohl genug?«, erkundigte sich die Königin.

Drystan nickte und erhob sich. »Ich glaube schon.« Damit holte er seine Harfe aus der Korbkiste, in der seine Habseligkeiten neben seinem Bett verstaut waren, und strich mit den Fingern über die Saiten.

Er glaubte nicht, dass er sich blamieren würde, obgleich seine Finger nicht so geschmeidig waren, wie in seinen besten Zeiten. Wenigstens hatte er in den letzten Wochen Gelegenheit zum Üben gehabt. Boinda hatte angefangen, ihn die siebenmal fünfzig Geschichten zu lehren, die er kennen musste, um in Eriu Barde zu werden.

Langsam ging er in die Mitte des Rundhauses zu dem Ehrensitz am Feuer, der dem Barden vorbehalten war. Neben Yseult.

Drystan nahm den Platz ein, den Laidcenn geräumt hatte. »Soll ich eine Weise aus Aremorica singen?«, fragte er und zupfte eine Melodie auf der Harfe. Dann schaute er von den Saiten auf und in jene hellen, strahlenden Augen, die ihn in seinen Tag- und Nachtträumen verfolgten.

»O ja, tut das«, bat sie.

Drystan sog scharf die Luft ein und blickte wieder auf die Saiten hinunter. »Dies hier ist eins von meinen Lieblingsstücken: die Geschichte einer Frau, die sowohl im Meer als auch auf dem Lande zu Hause ist, und von dem König, der sie findet, sie liebt und sie verrät. Es ist die Sage von der schönen Melusine.« Als er abermals aufblickte, hatte er sich wieder in der Gewalt.

Drystan begann sein Lied und blickte dabei in die Runde, von einem Zuhörer zum nächsten. Wenigstens übertönte seine Stimme die üblichen leisen Geräusche einer großen Menschengruppe, das Scharren und Flüstern, das Klingen von Gläsern und das dumpfe Aufsetzen hölzerner Humpen auf hölzernen Tischen. Seine Stimme war nicht mehr geübt, doch er sang gut und rein. Er liebte diese Geschichte, und es war sehr leicht, sich in der Musik und in den Worten zu verlieren. Als Melusines Gemahl seinen Eid brach und ihrer am siebten Tag ansichtig wurde, konnte er an den Mienen seiner Zuhörer erkennen, dass sie völlig hingerissen waren. Trotzdem war er nicht auf das vorbereitet, was geschah, als er geendet hatte. Als der letzte Ton verklang, herrschte Stille im Rundhaus, nur das Knistern der Flammen in der Feuergrube war zu hören. Drystan blickte von den Saiten seiner Harfe auf und sah, dass viele Augen nicht länger trocken waren. Dann brachen Jubel und Beifallklatschen los, und Boinda trat vor, um Drystan einen Becher Wein zu reichen.

»Es ist gut, dass du die Stimme dieses Barden gerettet hast, Geliebte«, bemerkte Crimthann und küsste Yseult die Weise mitten auf den Mund. Die Königin lächelte und schüttelte den Kopf.

»Von wo in Aremorica kommt Ihr?«, fragte der Krieger Gamal.

»Aus Bro Leon.«

»Dann ist Euch der Hof Riwallons bekannt?«

Drystan nickte und hielt Gedanken und Gesichtszüge fest in seiner Gewalt.

»Dann kennt Ihr vielleicht auch Drustanus von Dumnonia. Es heißt, er habe mehrere Jahre dort am Hofe verbracht.«

»Ich kenne ihn, ja.« Kurz blickte er von Gamal zu Boinda. Der Blick des Druiden war gelassen und fest, und Drystan schöpfte Kraft daraus.

»Ihr kennt ihn?«, fragte Yseult, und ihre unnatürlich hellen Augen leuchteten.

Drystan betrachtete sie ruhig und nickte abermals.

»Er hat meinen Oheim ermordet.«

»Ermordet?«

Die Königin stand auf, ging zu Yseult hinüber und legte ihr die Hand auf die Schulter. »Yseult, Tandrys ist noch immer nicht völlig gesund. Wir sollten ihn nicht betrüben.«

»Werdet Ihr für mich einen Spottgesang auf den Sohn von Marcus Cunomorus verfassen?«, wollte Yseult wissen und achtete nicht auf ihre Mutter.

Drystan schüttelte den Kopf. »Selbst wenn er Euer Feind ist, ich schulde ihm zu viel. Das kann ich nicht tun.«

»Uns schuldet Ihr Euer Leben.«

»Ja.«

»Schuldet Ihr ihm mehr?«

»Nein.«

»Es ist gut, dass er seine Macht als Barde nicht missbraucht«, ließ sich Boinda von seinem Platz auf der anderen Seite des Feuers her vernehmen. »Würdet Ihr einem Barden trauen, der einen Spottvers wider jemanden verfasst, der ihm mit Güte begegnet ist?«

Yseult schwieg, und ihre Mutter wandte sich an Laidcenn. »Laidcenn schuldet dem dumnonischen Prinzen keine derartige Treue«, sagte die Königin. »Vielleicht kann er einen Spottgesang gegen Drustanus komponieren.«

»Es wäre mir ein Vergnügen«, antwortete der Laiginbarde.

Drystan kehrte zu seiner Schlafmatte zurück und verstaute seine Harfe. Erleichterung stieg in ihm auf, dass er keine Spottverse gegen sich selbst würde verfassen müssen. Aber warum? Er glaubte doch gar nicht an die wortwörtliche Macht des Spottes, oder etwa doch?

Dieses Land der Magie nahm allmählich seinen Verstand in Besitz.

Nachdem er sich geweigert hatte, einen Spottgesang für sie zu verfassen, begann Yseult ihn zu meiden. Er sah sie von Weitem, doch nur Brangwyn und die Königin kamen, um nach seiner Wunde zu sehen. Fast hatte er sich schon erfolgreich eingeredet, dass es besser so sei, dass es leichter sein würde, im Frühling abzureisen, wenn er sie im Laufe des Winters wenig zu Gesicht bekam, als sie mit ihrer Harfe zu ihm kam und ihn bat, ihr das aremorische Lied beizubringen, das er ein paar Nächte zuvor im Rundhaus gesungen hatte.

Und für ihn sang sie auch. Sie hatte eine leise, kehlige Stimme ohne große Reichweite, doch diese Stimme hatte ihren eigenen Reiz, irgendwie wild, vieldeutig. Yseult allerdings gab sich nur mit absoluter Vollkommenheit zufrieden und zog es vor, überhaupt nicht zu singen. Außer für ihn.

Also unterrichtete er sie im Harfenspiel und in Latein, sah den weißgoldenen Kopf über eine Schieferplatte gebeugt, während sie sich abmühte, die römischen Buchstaben nachzuzeichnen, die er mit Kalk oder Sandstein für sie gekritzelt hatte. Wenn der kalte Wind nachließ, gingen sie am Rande des Rath spazieren, und er kratzte mit einem Stock noch mehr Worte in die Erde. Als sein Bein kräftiger wurde, streiften sie weiter umher, außerhalb des Rath und bis zur Küste. Yseult lernte alles so rasch, wie er es ihr nur beibringen konnte, und bald kritzelten sie füreinander lateinische Scherze in den Sand, Worte, die der Wind fast ebenso schnell davontrug, wie sie sie niederschreiben konnten.

Abends sangen er und Laidcenn und manchmal sogar der greise Druide Boinda Lieder und trugen Sagen vor, unterhielten Ard Ladrann mit Worten und Musik. Prinz Crimthann und

Yseult die Weise lebten nach der Devise »Von Samhain bis Beltane jeden Abend eine Geschichte«.

Und Drystan war einer ihrer Barden. Es war die reine Freude.

Seine Tage waren ausgefüllt von einer klugen jungen Frau mit mondlichtfarbenem Haar und Augen wie der Schein des Mondes zur Erntezeit, eine Frau mit einem Lachen, so klar wie ein strömender Bach und einer Stimme wie die warmen, scharfkantigen Steine an dessen Ufer. Auch das war reine Freude.

Jeden Tag saß der alte Boinda mit ihm am Feuer des Rundhauses und lehrte ihn die Sagen Erius, die Weisheit der Bäume und die Gesetze der Brehonen. Allmählich trat Drystan in den Hintergrund, und er wurde zu Tandrys, einem aremorischen Barden, der Prinz der Lieder statt des Prinzen von Dumnonia. An den Tagen, an denen der Himmel wolkenlos war und der Winterwind vergessen hatte, schneidend zu blasen, kamen die Menschen aus den nahe gelegenen Siedlungen herbei, um den Barden mit der Stimme zu hören, die Krieger zu Tränen rührte, den Barden, der von zwei Fischern und einem Wunder der Feadh Ree auf hoher See gerettet worden war.

Sie wollten, dass er für sie sang. Er blickte in ihre erwartungsvollen Gesichter, die Hände auf den Saiten und das Feuer im Rücken, während Yseult ihn genau beobachtete. Dies war seine Berufung, mit der Harfe auf dem Schoß die Aufmerksamkeit des Abends mit Fingern und Stimme auf sich zu ziehen – und nicht, für die Königswürde oder einen Posten in Ambrosius' Armee geschult zu werden oder gegen Riesen oder Sachsen zu kämpfen … oder die Erainn.

Auch dies war Freude, große Freude. Drystan wünschte sich, er könnte die Gefahr der Rolle, die er spielte, ebenso leicht vergessen, wie er sich selbst vergaß. Er wünschte sich, er könnte die Tränen vergessen, die Kurvenal vergossen hatte, ehe er Drystan in seinem kleinen Nachen aus Holz und Leder ausgesetzt hatte. Er wünschte sich, er könnte vergessen, dass er diese Insel unbedingt verlassen musste, wünschte sich, er könnte bleiben und der Barde Yseults der Schönen werden.

Manchmal vergaß er beinahe wirklich.

Als sein Bein geheilt war und sie zusammen jagen gingen, wenn die Prinzessin der Tuatha Dé Danann vor ihm her preschte und sich ihr Lachen mit dem Gebell der Hunde und dem Krachen vermischte, mit dem der Hirsch durchs Unterholz brach, dann vergaß er beinahe. Vergaß vollkommen.

Die Luft war kalt und klar, und Raureif bestäubte die Erde und die kahlen Äste wie feiner Silberzierat. Die Hunde sprangen voraus, sicher auf der Fährte ihrer Beute – jene berühmten erainnischen Jagdhunde, die überall in der bekannten Welt einen so hohen Preis einbrachten, von Konstantinopel bis Karthago und Cordoba. Zwischen seinen Schenkeln bewegten sich die Muskeln des Pferdes im Einklang mit dem Hämmern der Hufe auf dem trockenen Winterboden und dem Rascheln durchs trockene Laub.

Er vergaß alles außer der Jagd und der Frau vor ihm, ihrem blassblonden Zopf, der hinter ihr her wehte wie ein Tau, das spöttisch vor einem Ertrinkenden tanzte. In der Verfolgung vergaß er sich selbst.

Manchmal jedoch war es ihm nicht gestattet zu vergessen.

»Das Feuer ist noch nicht heruntergebrannt; vielleicht können wir noch ein Gedicht hören, ehe wir zu Bett gehen? Laidcenn?«

Drystan erhob sich und überließ Laidcenn den Platz am Feuer in der Mitte der Methalle, den Platz, welcher der Tradition nach dem Barden zustand. Der Ältere setzte sich und nahm seine Harfe auf den Schoß.

»Ich habe meinen Spottgesang auf Drustanus fertiggestellt, den Sohn des Marcus Cunomorus. Soll ich ihn vortragen?«

»O ja«, bat Yseult inbrünstig. Die Königin nickte zustimmend.

Drystan erstarrte, und seine Bauchmuskeln verkrampften sich. Dann verging der Augenblick der Überraschung und wurde zu einem leisen Zögern in seinen Bewegungen, zu einem Teil des Hinkens, das seine Verwundung noch immer mit sich brachte. Er hatte Glück, dass die Aufmerksamkeit der Anwesenden auf

Laidcenn gerichtet war – ganz bestimmt hatte er seine Gedanken einen Augenblick lang nicht abgeschirmt. Langsam ging er weiter vom Feuer fort, trat in die Schatten und überlegte, ob er wohl das Rundhaus verlassen konnte, ohne dass es auffiel. Man sagte, ein Spottvers sei am wirkungsvollsten, wenn das Opfer des Gespötts anwesend sei und ihn höre. Natürlich glaubte Drystan nicht wirklich daran, dass man mit einem Gedicht jemandem schaden konnte, doch bevor er nach Eriu gekommen war, hatte er auch nicht geglaubt, dass ein Mensch die Gedanken eines anderen lesen konnte.

Hinter ihm, dicht bei der Wärme des Feuers, schlug Laidcenn ein paar düstere Akkorde auf seiner Harfe an, während Drystan in die dunklen Gefilde der Halle floh.

»Drustanus, Sohn des Marcus Cunomorus«, hob der Barde an.

»Der uns den Vater gestohlen,
der uns den Bruder gestohlen,
der uns den Onkel gestohlen,
einen wahren Pflegevater.
Lass den Verrat dich heimsuchen,
der uns heimgesucht hat.
Möge deine Freude Schmerz sein,
möge dein Ehebett kalt sein;
keine Kinder deiner Lenden
werden an deinem Herde spielen.
Kalt wird er sein, unfruchtbar.
Die Königswürde von Dumnonia
Wird dir entgehen …«

Drystan schlüpfte hinaus in die kalte Nachtluft und fühlte, wie die Kälte von Laidcenns Worten in seine Seele eindrang. Er konnte nicht mehr zuhören. Was er glaubte oder nicht glaubte, spielte keine Rolle mehr; er hatte die Macht der Worte gefühlt, hart und klar und scharf, die Furcht, die sie mit sich brachten, die Zukunft, die sie vorhersagten. Ob dies Magie war, wusste er nicht, doch ihm war ohne jeden Zweifel klar, dass ein Spottvers, den man selbst vernahm, mehr Schaden anrichtete als einer, der viele Meilen entfernt ausgesprochen wurde.

Als er zwischen den Rundhäusern hindurchging, fror er im Innern heftiger als äußerlich und suchte den Alkoven auf, den man ihm im Hause der Filid überlassen hatte. Im Bett zog er die wollenen Decken fest um sich, doch ihm wollte nicht warm werden. Es war nicht die schöne Yseult, von der er in dieser Nacht träumte.

10

Liebe ist ein also saelic dinc,
Ein also saeleclich gerinc,
daz nieman ane ir lere
noch tugende hat noch ere.

(Liebe ist ein so selig Ding, ein so gesegnetes Unterfangen, dass ohne Kenntnis davon Tugend und Ehre unmöglich sind.)

Gottfried von Straßburg, *Tristan*

Was machst du da?«, wollte Brangwyn wissen und betrachtete das Muster aus Lammwolle auf Yseults Webstuhl.

»Einen Umhang für den aremorischen Barden«, antwortete Yseult. »Er hat immer noch so wenig eigene Sachen.« Sie ließ das Schiffchen mit der helleren Wolle durch die Kettenfäden in verschiedenen Blautönen gleiten. Die Filid trugen oft unterschiedliche Farben, um anzuzeigen, in welchem Bereich ihr größtes Wissen angesiedelt war: Grün für die Weisen, die Gesetze verfassten, Weiß für jene, die Magie wirkten, und Blau für die, die Musik schufen.

»Genau der Richtige, um einen Umhang für ihn zu weben«, neckte Brangwyn ihre Base.

Yseult ließ sich nicht aus der Ruhe bringen. »Ja, das stimmt.« Und in den letzten Tagen war irgendetwas zwischen sie getreten, sie wusste nicht, was. Sie hatte gesehen, wie er sie ansah, hatte das Leuchten in seinen grünen Augen gesehen, wenn sie näher kam. Diesen Blick kannte sie, den Blick des Begehrens, ein strahlender Hunger, fast schon Gier. Jetzt jedoch schaute er weg, wenn sie auf ihn zukam. Wenn das Leuchten noch da war, so ließ er es sie nicht sehen.

»Danu ist meine Zeugin, alle Frauen im ganzen Rath sind in seine Stimme verliebt«, meinte Brangwyn. »Und in den Rest von ihm sind die meisten auch vernarrt.«

Yseult zog eine helle Augenbraue hoch. »Sogar du?«

Brangwyn lachte leise. »Aidenn hält mich viel zu sehr in Atem, als dass ich nach irgendwelchen ansehnlichen Barden schmachten könnte. Aber wenn er das nicht täte, würde ich vielleicht auch an einem Umhang für den schönen Tandrys weben.«

»Du bist ungewöhnlich vergnügt, Base. Gibt es einen Grund dafür?«

»Crimthann hat Aidenn den Befehl über einen Kriegertrupp gegeben und ihm für den Frühling ein Stück Land versprochen.«

Yseult sprang auf und umarmte ihre Base stürmisch. Mit einem Stück Land würde sich Aidenns Ehrenpreis verzehnfachen. »Das sind ja wundervolle Neuigkeiten! Ich muss ihn unbedingt selbst beglückwünschen!«

Sie folgte Brangwyn zwischen den Häusern hindurch und durch die Tore des Rath hinaus. Bei Vollmond war das Wetter milder geworden, und ein paar Krieger nutzten dies für Waffenübungen. Yseult verspürte ein jähes Verlangen, sich ihnen anzuschließen. Vielleicht würde die Erinnerung an lateinische Buchstaben im Sand, an einen warmen Arm um ihre Schultern und an Lachen in ihren Ohren sie nicht so oft quälen, wenn sie wieder damit anfing.

Sie fanden Aidenn bei den neuen Rekruten, Knaben von fünfzehn und sechzehn Jahren, die noch mit Holzschwertern übten. Er marschierte zwischen den Paaren auf und ab, rief ihnen Zurechtweisungen und aufmunternde Worte zu. Die milde Brise zauste sein lockiges braunes Haar. Lithben exerzierte mit einigen der neuen Krieger, die zur Verteidigung von Ard Ladrann geschickt worden waren, ebenfalls kaum mehr als Knaben. Wenn sie diese »Rekruten« betrachtete, konnte Yseult nur froh sein, dass sie so weit vom Territorium der Ui Neill entfernt waren.

Aidenn erblickte Brangwyn, kam herbeigeeilt und nahm sie in die Arme, um sie gründlich zu küssen. Erst nach dieser verliebten Begrüßung der Frau, mit der er seit zwei Jahren verheiratet war, wandte er sich an Yseult. »Guten Tag, Base.«

»Brangwyn hat es mir gerade erzählt. Tanzen wir heute Abend am Feuer?«

Aidenn lachte; seine blauen Augen strahlten. »Wirst du mich auffordern?«

Etwas berührte Yseults Arm, und sie drehte sich um. Gamal. Seit sie an Crimthanns Hof gekommen war, fürchtete sie diese Momente. Gamal hatte sich noch immer nicht damit abgefunden, dass ihre Liebelei zu Ende war, und er erinnerte sie oft daran.

Sie zog ihren Umhang enger um die Schultern. »Guten Tag, Gamal.«

»Yseult«, sagte er, und seine einst so fröhliche Stimme klang eindringlich. »Kann ich dich sprechen?« Noch immer lag seine Hand auf ihrem Arm, und er war dicht an sie herangetreten, wie ein Liebhaber.

»Das ist nicht notwendig«, wehrte sie ruhig ab.

»Vielleicht nicht für dich.«

Sie legte ihm die flache Hand auf die Brust und schob ihn ganz sachte zurück. »Lass uns allein, Gamal. Bitte.«

Er schaute auf ihre Hand hinunter und packte sie schnell mit der seinen, so dass sie sich ihm nicht entziehen konnte. »Wie du willst«, sagte er, hob ihre geballte Hand an seinen Lippen und küsste ihren Handrücken. Dann ließ er sie los und schritt davon.

Vor den Toren des Rath stand Drystan und sah dem Geplänkel zu. Als der rothaarige Krieger Yseults Hand an die Lippen zog, trat er in den Schatten zurück, um nicht entdeckt zu werden, und lehnte sich gegen den Erdwall. Ganz gleich, was er sich einredete, dass sein Platz nicht hier war, dass er eine Lüge lebte, dass er in ein paar Monaten, wenn das Meer wieder friedlich war und der Wind nicht mehr so laut heulte, diesen Ort verlassen und zu Freunden und Verwandten heimkehren würde und zu der Welt, die er kannte; dass sie nicht für ihn bestimmt war; doch wenn er sie mit einem anderen Mann sah, wenn er sah, wie sie ihn berührte, wie er ihre Hand an seine Lippen hob, sagte ihm das Winden in seinem Leib, dass die Wahrheit genauso eine Lüge war wie die Lüge, die er lebte. Sie war nicht für ihn bestimmt, doch sein Körper sagte ihm etwas anderes.

Er stieß sich von den Wällen ab und hinkte zurück zu seiner Schlafmatte in dem Haus, das er mit Boinda und Laidcenn und den anderen Filid teilte.

Er arbeitete gerade an einem Lied, saß mit der Harfe auf dem Schoß und einem flachen Stein, den er als Schiefertafel benutzte, dicht am Feuer im Haus der Druiden, als er eine Hand auf seiner Schulter fühlte. Er erstarrte und versuchte, auch seine Gedanken ganz still werden zu lassen. Sie war es, er wusste es, er erkannte ihre Hand, ihren Geruch.

»Was ist das?«, fragte sie und beugte sich über ihn. Ihre weichen Brüste streiften unter dem Stoff ihres Gewandes seinen Oberarm, und er fühlte, wie er sich aufmerksam aufrichtete.

Er holte tief Luft. »Ein neues Lied.«

»Ihr schreibt unsere Sprache in lateinischer Schrift?«

Er nickte. Sie war noch immer da, neben und hinter ihm, und ihre eine Brust berührte unbefangen seinen Oberarm. Es brachte ihn schier um den Verstand.

»Ich kenne das heilige Alphabet der Druiden nicht besonders gut«, erwiderte er schließlich. »Wie Ihr wisst, bin ich in vielen Dingen nach römischer Sitte erzogen worden.«

»Aber auch nach den Alten Bräuchen.«

»Was davon in Aremorica noch übrig ist, ja.«

Sie ließ Hand und Brust an seinem Arm hinabgleiten, vielleicht eine Liebkosung, vielleicht auch nicht. Beinahe konnte er glauben, dass sie mit ihm herumtändelte, ihn umwarb, trotz jener vertrauten Berührung, die er mit angesehen hatte, die er jetzt schon seit Tagen vor seinem geistigen Auge sah.

Lächelnd ließ Yseult sich neben ihm nieder. »Ihr seid eine Brücke zwischen zwei Welten.«

»Ihr erweist mir zu viel Ehre, Herrin.«

»Ich heiße Yseult. Meine Mutter ist diejenige, die Königin

ist.« Sie legte ihm ein Bündel aufs Knie. »Ich habe Euch ein Geschenk mitgebracht. Ich hätte ja bis zum Mittwinterfest gewartet, aber Ihr braucht so etwas jetzt gleich.«

Er starrte auf den ordentlich zusammengefalteten blauen Stoff hinab und wusste beim besten Willen nicht, was er sagen sollte. Behutsam legte er seine Harfe zur Seite, nahm das Bündel, erhob sich und schüttelte es aus. Es war ein Umhang aus Lammwolle, in einem gewürfelten Muster in verschiedenen Blautönen gewebt; die Farben leuchteten, und die Wolle fühlte sich sehr weich an. Drystan warf ihn sich um die Schultern und blickte auf sie hinab. »Ich danke Euch. Ich habe keine Ahnung, womit ich das verdient habe.«

»Ihr macht uns fast täglich Freude mit Eurer Harfe und Eurer Stimme. Und Ihr habt mich in der wenigen Zeit, die Ihr bei uns verbracht habt, viel gelehrt.«

»In der wenigen Zeit, in der ich Herr meiner Sinne war, meint Ihr wohl.«

Yseult lachte und stand auf, und ihre Hand hob sich abermals zu seiner Schulter, strich die Wolle glatt. Plötzlich verstummte ihr Lachen, und sie blickte mit diesen hellblauen Augen zu ihm auf, so hell, dass es fast schmerzte hineinzuschauen, blasses Silber in der Mitte, umgeben von einem dunkelblauen Ring.

»Ihr habt Euch zurückgezogen. Warum?«

Niemals hätte er mit einem so direkten Angriff gerechnet, und er antwortete mit der Wahrheit, oder zumindest mit einem Teil davon. »Im Frühling gehe ich wieder fort.«

»Müsst Ihr fortgehen?«

Müsst Ihr fortgehen? Sie bat ihn zu bleiben. Doch was war mit dem Krieger, mit dem sie Liebkosungen gewechselt hatte? Und was war mit dem Leben, das er zurückgelassen hatte? Er dachte an Kurvenals tränennasses Gesicht und nickte stumm.

Sie zog ihre Hand zurück. »Gamal ist Vergangenheit«, sagte sie, drehte sich um und verließ das Haus der Druiden.

Drystan sah ihr nach; Furcht gerann in seinem Leib und machte seiner Sehnsucht den Garaus. Er konnte sich nicht einmal darüber freuen, was sie zu ihm gesagt hatte.

Er hatte in seiner Wachsamkeit nachgelassen und sie in seine Gedanken schauen lassen. Niemals würde er bei ihr sicher sein. Wenn sie nun eines Tages sah, was sie niemals verzeihen würde?

Yseult saß in dem Kreis um das Torffeuer; es schwelte süß und verbannte die Kälte des plötzlichen Wintersturms. Vorhin hatte die Sonne geschienen, ungewöhnlich warm für diese Jahreszeit, jetzt jedoch hielt der Winterregen alle in ihren Häusern fest, wo sie tranken, Fidchell spielten und den Geschichten der Barden lauschten.

Sie wollte ihn haben. Yseult war es nicht gewöhnt, nicht zu bekommen, was sie wollte. Und deshalb begehrte sie ihn umso mehr, genau wie ein Kind. Dass sie die Macht der Freundschaftsbande, die ihn heimwärts zogen, verstand und sie selbst gefühlt hatte, als er nicht Acht gegeben hatte, half nicht; das Verlangen war trotzdem da, beharrlich, unverdrossen. Sie wusste, dass es keinen Sinn hatte, dass die Zuneigung, die an ihm zerrte, aufrichtig war – und doch suchten ihre Augen nach ihm, wann immer er in der Nähe war.

Schon immer hatte sie eine Schwäche für Männer mit der Wesensart der Barden gehabt, hatte sich ebenso von der Macht ihrer Worte wie von ihren körperlichen Reizen angezogen gefühlt. Sie redete sich ein, dass das alles sei, dass es ihr besser gehen würde, wenn sie nach Dun Ailinne zurückkehrte und Illann wiedersah, seine stattliche, hochgewachsene Gestalt und sein gewinnendes Lächeln, sagte sich, dass Tandrys dann bald vergessen wäre.

Redete es sich ein und sah, wie das Haar des Barden im Feuerschein glänzte, während er seine Harfe stimmte. Sein Haar war vom dunklen Gold des Herbstlaubes, und seine Augen waren so grün wie das Gras im Frühling.

»Erzählt uns eine Liebesgeschichte«, sagte Yseult und schob den Arm in den ihrer Base. »Es ist Winter, und wir sehnen uns nach dem Sommer.«

Tandrys schüttelte den Kopf. »Ich kenne keine Liebesgeschichten. Boinda hat es versäumt, mir welche beizubringen.« Gelächter war rings ums Feuer zu vernehmen, doch Yseult sah in seinen Augen, wie er sich ihr mit einem Scherz entzog. Sah es und wollte ihn weiter reizen, bis er nicht mehr anders konnte, als sie zur Kenntnis zu nehmen.

»Lasst uns noch eine Geschichte aus Eurer Heimat hören«, meldete sich Brangwyn zu Wort und rettete den Barden damit vor ihren spöttischen Bemerkungen, das war Yseult klar. Früher hatte Brangwyn sie geneckt, jetzt jedoch neckte sie nicht mehr. Sie missbilligte. Ein weiterer Grund, verärgert zu sein. Nicht dass Yseult stolz darauf war, doch sie konnte irgendwie nichts dagegen tun.

Tandrys strich über die Saiten seiner Harfe. »Ich kann euch die Sage von der Stadt Ys zum Besten geben«, sagte er, »aber es ist eine lange Geschichte, und eine traurige, die mehr erzählt als gesungen wird.«

Einige der ums Feuer Versammelten machten enttäuschte Gesichter, weil ihnen die schöne Singstimme des Aremoricers versagt bleiben würde, doch eine Geschichte war fast ebenso gut wie ein Lied, und die meisten nickten eifrig. Niemand störte sich an der späten Stunde.

»Es war einmal, und es war einmal nicht«, begann Tandrys. »An einem Ort, an den ich Euch führen kann und wo ich niemals gewesen bin, weit jenseits des Meeres, lebte eine liebreizende Prinzessin namens Dahut in einer Stadt, die jetzt kein Kaufmann mehr aufsucht und die keine Karte verzeichnet. Dahut war die Tochter des gütigen Königs Gradlon von Aremorica. Ehe Gradlon die Stadt Kemper gründete, regierte er die berühmte Stadt Ys und lebte nach den Alten Bräuchen. Ys lag am Ende der Welt und war der Aufmerksamkeit der Römer entgangen. Doch es lag nicht außerhalb der Reichweite der neuen Religion und der neuen Sitten, die sie mit sich brachte.«

Yseult beobachtete ihn, während er erzählte, sah zu, wie seine Finger auf den Saiten spielten, lange, feingliedrige Finger an breiten, starken Händen. Das Gewand war von seinen Handgelenken zurückgeglitten, und seine Unterarme waren kräftig und muskulös. Sie lauschte, während seine schöne Stimme über sie hinwegflutete; seine Sprechstimme war fast ebenso melodiös wie seine Singstimme. Der Rhythmus seines fremdländischen Akzents verführte sie, verleitete sie dazu, ihre Verdrossenheit aufzugeben. Er erzählte keine Liebesgeschichte, und doch erzählte er eine Geschichte für sie, eine Mär von dem Zwist zwischen den alten und den neuen Bräuchen in einer Stadt, deren Name dem ihren glich. Er mochte vielleicht kein Druide sein, doch auf seine eigene Art und Weise war er ein Zauberer, und sie ließ es zu, dass er seinen Zauber in ihr wirkte, ließ für die Dauer einer Geschichte ihren Unmut fahren.

»Der Prinzessin Dahut gefielen die neuen Bräuche nicht. Die Weisen der Christenreligion versuchten ihr zu sagen, wie sie leben sollte, untersagten ihr die Freuden des Fleisches und nannten sie Sünde. Doch Dahuts Mutter hatte König Gradlon schon vor vielen Sommern verlassen und war zum Meer zurückgekehrt, und der König fand Trost in den Lehren der Christen und hieß sie in seiner Stadt willkommen. Dahut ging zu ihrem Vater, dem König, und bat ihn, ihr ein Heim an einem Ort zu errichten, wo die Christenweisen keinen Einfluss hatten und wo sie ungestört die Freuden des Lebens genießen konnte. König Gradlon liebte seine Tochter innig, und er gewährte ihr ihren Wunsch. Ein großes Haus wurde am Meer erbaut, außerhalb der Reichweite der Weisen Christi, ein prachtvolles Bauwerk aus weißem Stein, das die Strahlen der sinkenden Sonne einfing, ehe sie hinter dem Rand der Welt verschwand.

Dahuts Volk lebte vom Fischfang. In den Jahren, nachdem ihr Schloss errichtet worden war, wurden die Stürme der Bucht heftig und bedrohten Leben und Auskommen des Volkes. Wieder ging Dahut zu ihrem Vater, dem König, und bat ihn, einen Deich zu errichten, um sie und ihr Volk vor dem schlimmsten Wüten der Stürme zu schützen. Doch König Gradlon hatte seiner Tochter erst kurz zuvor das prächtige Bauwerk am Meer geschenkt, und jetzt forderten die Filid des Christenglaubens, dass in der Stadt ein Haus der Andacht gebaut werde. Die Christenweisen besaßen sehr mächtige Zauber, und sie drohten dem gütigen König mit ewigem Feuer nach dem Tode, wenn er nicht tat, was sie verlangten. Ihr Drängen war groß, und Gradlon baute das Haus für ihren Gott, das die Christen begehrten, in der Mitte der Stadt Ys.

Als Dahut von dem Bau erfuhr, wo dem Christengott unter einem Dache gehuldigt werden sollte anstatt in der freien Natur, kehrte sie ihrem Vater den Rücken. Einen Tag und eine Nacht lang ruderte sie durch die gefährlichen Gewässer vor der Stadt zur heiligen Insel Sizun, wo die heiligen Frauen lebten, welche weiterhin die Alten Bräuche ehrten und die Kunst der Zauberei betrieben. Die heiligen Frauen hießen sie willkommen, doch als sie ihnen von dem Haus der Andacht für den Christengott mitten in Ys berichtete, waren sie noch zorniger als Dahut selbst.

Die weisen Frauen schickten Dahut heim und versprachen ihr, dass sie stets den Alten Bräuchen würde folgen können. Dann riefen sie die Korrigans herbei, die Geister der See. Als sie von König Gradlons Frevel erfuhren, erhoben sich die Korrigans gegen ihn. Ein großer Sturm kam auf, und die Geister des Meeres kamen und verschlangen die Stadt Ys. Dahut war auf dem Rückweg, als der Sturm losbrach, und der König der Wasser erblickte sie und sah, wie schön sie war, und er nahm sie mit sich, auf dass sie bei ihm in der Welt unter den Wogen leben sollte, wo die Alten Bräuche noch befolgt werden.

Die Christenweisen waren von ihrem Gott vor dem gewarnt worden, was da kommen würde, und der Fili Guenol ergriff mit König Gradlon die Flucht. Der König und der Mönch flohen vor den Wogen bis dorthin, wo die Wasser sich kreuzten; einen Tag und eine Nacht lang flohen sie, bis die Fluten zurückgingen. Dort gründete Gradlon die Stadt Kemper, und seither war dies die Hauptstadt aller Könige unter Gradlons Nachkommen.«

Die Menge im Rundhaus klatschte Beifall und jubelte und beglückwünschte Tandrys zu seiner gelungenen Darbietung.

Yseult saß da und betrachtete ihn noch immer, nur langsam tauchte sie aus der Welt auf, die der Barde für sie alle erschaffen hatte. Jetzt, da sie nicht länger im Bann seiner Worte gefangen war, wurde ihr plötzlich bewusst, dass die Nacht draußen nicht so still war, wie sie sein sollte. Viele Kämpfer waren bereits auf den Beinen, als die Alarmglocke ertönte. Fast gleichzeitig flog die Tür des Rundhauses krachend auf, und ein junger Krieger kam hereingestolpert und brachte Kälte und Nässe mit.

»Überfall!«, keuchte er und fiel auf den Binsen, die den Boden bedeckten, auf die Knie.

Bei diesem einen Wort sprang jeder im Rundhaus, der eine Waffe zur Hand hatte, auf und stürmte hinaus in die regnerische Winternacht. Brangwyn dicht neben sich, rannte Yseult zu der Wand hinüber, an der die Waffen hingen, riss ein Schwert herunter und folgte den bewaffneten Kriegern zur Tür hinaus. Eisiger Regen strömte in schrägem Winkel aus einem Himmel, der die Farbe von verkohltem Holz hatte, als die aufgeschreckten Kämpfer zu den Toren des Rath eilten. Auf der anderen Seite hatten die Eindringlinge versucht, die nächstgelegenen Gebäude in Brand zu stecken, das Räucherhaus und die Schmiede, doch der peitschende Regen war auf der Seite der Bewohner von Ard Ladrann, und die Brände schwelten und rauchten lediglich.

»Ui Cheinnselaig!«, brüllten die Krieger von Ard Ladrann, als sie über ihre Feinde herfielen.

»Ui Neill!«, gellte es zurück.

Yseult stolperte beinahe über den Rocksaum ihres Gewandes; rasch trennte sie den unteren Teil mit ihrem Dolch ab und warf den Stoff zur Seite. Schon jetzt war sie fast bis auf die Haut durchnässt.

Tandrys kämpfte in der ersten Reihe der Verteidiger, zwischen Crimthann und Aidenn; er focht, als wäre er niemals lebensgefährlich verwundet gewesen.

Als Crimthann sie erblickte, winkte er ihr zurückzuweichen. »Bleib zurück!«, schrie er ihr zu. »Du bist es, die sie haben wollen!«

Während er zu ihr herüberschaute, stürmte einer der Ui Neill auf ihn ein, doch Tandrys schwang seine Schwert abwärts und trennte dem Mann mit einem grässlichen Knirschen brechender Knochen den Unterarm ab. Der Schmerzensschrei des Ui-Neill-Kriegers übertönte einen Augenblick das Klirren von Metall und das Quatschen der Füße im Schlamm. Heute Morgen war vor dem Rath noch Gras gewesen, jetzt war hier Morast.

Yseult versuchte, sich einen Weg zurück zu den Toren des Rath zu bahnen, wie Crimthann es befohlen hatte, doch zwei der Angreifer traten ihr in den Weg. Ehe die beiden Männer sie überwältigen konnten, war plötzlich Lithben an ihrer Seite und hieb auf den Feind ein wie Morrigu selbst. Graue Haarsträhnen klebten ihr an Stirn und Schläfen, und ihr Wams und ihre Beinkleider waren bereits mit Blut bespritzt.

Yseult war nicht länger gewahr, wo außer ihr und Lithben und ihren Widersachern noch andere waren; die Welt um sie herum bestand aus nassen Grauschattierungen, und der Geruch von Blut und Schweiß und Erde stieg ihr in die Nase, während sie gegen die Ui Neill focht. Crimthann hatte recht. Der Krieger, dem sie sich gegenübersah, versuchte nicht, sie zu töten, er versuchte, sie zu schwächen. Wäre Lithben nicht gewesen, so hätten er und sein Gefährte sie wahrscheinlich gepackt.

Sie hörte das feuchte Auftreffen von Metall auf Fleisch, das Geräusch von Metall, das in Fleisch eindrang, und sah aus dem Augenwinkel, wie Lithben ihr Schwert aus der Brust des anderen Mannes riss. Als er zusammenbrach, wandte sie sich Yseults Gegner zu. Sobald dieser erkannte, dass er keine Möglichkeit mehr hatte, sich der Prinzessin zu bemächtigen, suchte er das Weite.

»Ihr habt mehr Mut als Verstand«, keuchte Lithben und wischte sich Schweiß und Regen aus den Augen. »Und jetzt zurück zum Tor mit Euch. Wenn sie zu den Wällen durchbrechen, sind wir verloren und Ihr auch.«

Die Schlacht war bald vorüber. Entweder hatten die Angreifer die Stärke von Ard Ladrann unterschätzt, oder sie hatten mit einem größeren Vorteil durch ihren Überraschungsangriff gerechnet. Der Wetterumschwung hatte sich mit Sicherheit zugunsten der Verteidiger ausgewirkt – wären die Gebäude außerhalb des Rath in Brand geraten, so hätte sich das Feuer bis zum Tor und von dort bis in den Rath selbst ausbreiten können.

Von ihrem sicheren Standort im Schutz des Winkels zwischen

Wall und Tor aus beobachtete Yseult den Kampf und schlang die Arme fest um den Körper, um sich warm zu halten. Das Fieber der Schlacht verflog, und jetzt war ihr nur noch übel und kalt, und sie war völlig durchnässt und beschämt. Doch woher hätte sie wissen sollen, dass die Angreifer versuchen würden, sie zu ergreifen? Es war doch ihre Mutter, die Lóegaire haben wollte.

Als sie sah, dass sie nicht länger gebraucht wurde, um den Rath zu verteidigen, eilte sie zum Haus des Heilens, um ihrer Mutter bei der Versorgung der Verwundeten zu helfen. Heute Nacht würde sie nicht zum Schlafen kommen.

Der Mann, dem Drystan den Arm abgetrennt hatte, verblutete im Schlamm vor dem Rath. Als der letzte Angreifer tot, gefangen genommen oder geflohen war, brach Drystan zusammen. Seine Verletzungen waren unbedeutend, doch der Schmerz in seinem Bein war mit voller Wucht zurückgekehrt, und von dem Geruch nach Blut und Schlamm und Mord war ihm so übel, dass er sich fast übergeben musste.

»Aidenn! Domnall!«, rief Crimthann den Kriegern zu, die ihm am nächsten waren. »Bringt diesen Mann ins Haus des Heilens und sorgt dafür, dass die Königin oder ihre Tochter ihn sich ansieht.« Drystan gestattete den beiden Männern dankbar, ihn hochzuheben. Er wusste nicht, ob er in der Lage gewesen wäre zu gehen.

Als er das nächste Mal erwachte, fand er sich im Rundhaus des Prinzen wieder. Tageslicht strömte durch die Lichtluke im Dach herein. Er stützte sich auf den Ellenbogen und fragte sich, wieso er sich nicht im Haus des Heilens befand oder wie üblich im Rundhaus der Druiden. Sobald er sich rührte, huschte ein Sklave zur Tür hinaus. Bald darauf kam Crimthann durch die Doppeltür auf Drystans Lager zugeschritten.

»Yseult sagt, Ihr habt keine ernsthaften Wunden davongetragen«, sagte der Prinz. Drystan war wach genug, um zu begreifen, dass er wahrscheinlich die Königin meinte und nicht ihre Tochter. »Es freut mich zu sehen, dass sie recht hatte.«

»Was tue ich hier?«

»Im Haus des Heilens war kein Platz mehr. Und hier gibt es jemanden, der sich um Euch kümmert.«

Drystan schob die Beine vom Lager. »Mir geht es gut.«

»Gestern Nacht sind Euch vor Schmerz die Sinne geschwunden.«

Und vor Abscheu, dachte Drystan. »Wie hoch sind die Verluste?«, erkundigte er sich.

»Wir haben zwei Kämpfer verloren, die anderen zwölf. Sieben von unseren Männern liegen im Haus des Heilens. Drei ihrer Krieger wurden gefangen genommen.«

Er nickte; sein Verstand war von der Erschöpfung und den Nachwirkungen der Schmerzen noch immer wie benebelt.

»Ich verdanke Euch mein Leben«, sagte der Prinz leise.

Drystans Kopf zuckte empor, und sein Blick begegnete dem des Mannes, der den Rath anführte. »Und ich hätte ohne die Pflege Yseults der Weisen nicht überlebt.«

Crimthann schwieg einen Moment. »Tandrys, Ihr seid nicht nur ein begnadeter Barde, Ihr seid auch noch mehr als geschickt im Umgang mit dem Schwert. Ich weiß, dass Ihr vorhabt, im Frühling nach Aremorica zurückzukehren, aber vielleicht ist das, was ich Euch anbieten kann, mehr als das, was Euch jenseits des Meeres erwartet. Wenn Ihr in meinem Gefolge bleibt, verleihe ich Euch den Ehrentitel eines Fili des fünften Ranges, den höchsten Rang eines Barden in meinem Volke.«

Drystan starrte den Prinzen an. Es gab insgesamt sieben Fili-Ränge in Eriu, aber junge Barden, die nicht im Recht oder in Magie unterwiesen worden waren, traten normalerweise im niedrigsten Rang in den Hof eines Königs oder Prinzen ein.

»Ich habe mit Boinda darüber gesprochen«, fuhr Crimthann fort. »Und er denkt, Ihr könntet noch immer lernen, was notwendig ist, um Euren Ehrenpreis sogar noch zu erhöhen. Wenn Ihr es wünscht, würde ich Euch an einer der Schulen unterrichten lassen. Doch selbst wenn das nicht Euer Wunsch ist, wärt Ihr Aes Dana, mit dem Recht, Euch frei in Eriu zu bewegen, ungeachtet des jeweiligen Königs.«

»Ich … aber ich kenne doch die erforderliche Anzahl an Liedern noch gar nicht.«

»Ihr habt das Leben eines Prinzen gerettet.« Dann grinste Crimthann breit. »Außerdem bin ich mir ziemlich sicher, dass Ihr meinen Ruhm auch ohne die erforderlichen Lieder mehren werdet. In ein paar wenigen kurzen Monaten habt Ihr Euch mit Eurer schönen Stimme und Eurem Harfenspiel bereits einen Namen gemacht.«

Drystan hatte das Gefühl, nicht wach genug zu sein, um zu begreifen, was hier vorging. Er rieb sich die Augen. »Ich fühle mich geehrt. Aber ich habe niemals in Erwägung gezogen, hier in Eriu zu bleiben.«

Der Prinz nickte, als hätte er diesen Einwand erwartet. »Ihr braucht Euch nicht sofort zu entscheiden. Denkt darüber nach. Ihr bräuchtet auch nicht als Barde in Ard Ladrann zu bleiben. Ich gehöre zu jenen, die zum König der Laigin gewählt werden könnten, und gelte als einer der aussichtsreichsten Bewerber. Und vergesst nicht, ein Fili eines Königssohnes könnte vielleicht sogar die Tochter einer Königin freien.«

Da war sie, die wahre Versuchung, das letzte Lockmittel. Crimthann hatte es nicht ausgesprochen, gewiss jedoch hatte er bemerkt, wie Drystan Yseult ansah. Man brauchte die Gabe des Wissens nicht, um einen Blick zu deuten. Der Prinz setzte Drystan einen Gedanken in den Kopf, gegen den dieser seit Monaten angekämpft hatte, fasste eine Möglichkeit in Worte, gab ihr Gestalt und Macht.

»Ich brauche Zeit zum Nachdenken«, sagte Drystan leise.

»Gewiss. Könnt Ihr gehen?«

Der junge Mann erhob sich und hoffte, dass das Gefecht der vergangenen Nacht ihn nicht allzu weit zurückgeworfen hatte. Seine alte Wunde schmerzte dumpf, stehen jedoch konnte er recht gut.

»Kommt, ich bringe Euch ins Haus des Heilens, dort kann sich jemand noch einmal Eure Wunde ansehen.«

Drystan zog sich den blauen Umhang um die Schultern, den Yseult ihm geschenkt hatte, und Crimthann legte den Arm um ihn und stützte ihn auf dem Weg zu dem kleinen Haus in der Nähe der Tore des Rath. Drystan war dankbar für die Hilfe des Prinzen; Stehen war eine Sache, Gehen hingegen war etwas ganz anderes.

Der Regen hatte während der Nacht aufgehört, und der Himmel war von einem leuchtenden Hellgrau; der Boden unter ihren Füßen war noch nass. Das Haus des Heilens war voll belegt, genau wie Crimthann gesagt hatte; auf den Matten lagen die sieben verletzten Laiginkrieger sowie zwei Männer der Ui Neill. Nachdem er Drystan auf einen Stuhl befördert hatte, trat Crimthann zu der älteren Yseult, die soeben den Umschlag an der Schulter eines der Ui-Neill-Krieger wechselte.

»Jetzt, da Ihr wach seid, verlange ich, Euren Namen und Euren Stamm zu erfahren und wer Lösegeld für Euch bezahlen wird«, wandte Crimthann sich an den Verwundeten.

»Ich bin Setnae von den Ui Macc. Lóegaire, der Hochkönig von ganz Eriu, wird mich auslösen – wenn Ihr es wagt, zu ihm zu schicken.«

»Wie, wird er unseren Boten etwa nicht ehrenhaft behandeln?«

»Doch, das wird er. Aber jegliches Lösegeld, das Ihr von ihm bekommt, wird er sich zurückholen. Lóegaire wird die Boruma mit Gewalt eintreiben, um die Laigin für ihren Verrat zu bestrafen. Und er wird sich seine Königin holen. Das schwöre ich bei allen Göttern meines Stammes.«

Yseult die Weise richtete sich auf, und Crimthann legte ihr den Arm um die Taille. »Ist Euch klar, wer Eure Wunden versorgt hat?«, fragte er leise. Setnae schwieg. »Niemand anders als die Königin der Tuatha Dé Danann höchstselbst. Wenn Ihr ausgelöst werdet und zu Lóegaire zurückkehrt, werdet Ihr ihm vielleicht berichten, was Ihr gesehen habt.« Der Prinz drehte Yseults Gesicht zu dem seinen herum und drückte ihr einen entschlossenen Kuss auf die Lippen, während seine Hände von ihrem Gesicht zu ihren Schultern und von dort zu ihrer Taille wanderten. Die Königin erwiderte den Kuss und schob Crimthann dann sanft zurück.

»Genug«, sagte sie.

Crimthann grinste, eine Frage lag in seinen Augen, und Yseult die Weise lachte und schüttelte den Kopf. Mit grimmiger Miene sah der Krieger der Ui Neill zu.

»Vielleicht solltet Ihr Lóegaire raten, sich vor dem nächsten Feis von Tara eine neue Königin zu suchen«, sagte der Prinz. »Für einen König ohne Königin wird das Volk keinen Feis abhalten. Komm, mein Herz, ich habe den Barden mitgebracht.«

Während die Königin die Kratzer und Prellungen an seinen Armen und Beinen begutachtete und die alte Wunde noch einmal untersuchte, sah Drsytan zu, wie Yseult und Brangwyn Kräutersud brühten und Verbände wechselten, Wunden auswuschen und den Verletzten Heiltee reichten. Er erinnerte sich an ihren Anblick gestern Nacht im Regen, Yseult eine weiße Furie in der Finsternis, die mit der Kraft eines Mannes gegen die Eindringlinge kämpfte wie eine Löwin, die ihr Lager verteidigt. Er beobachtete sie und dachte an Crimthanns Worte – wäre er der Barde eines Königs, so wäre sie für ihn erreichbar. Wäre er nicht ihr Todfeind. Doch die laut ausgesprochene Möglichkeit ließ Verlangen in seinem Leib aufwallen, Feuer in seinem Fleisch und in seinen Gedanken.

Am nächsten Tag hatten sich sowohl sein Bein als auch das Wetter deutlich gebessert, und Drystan nahm seine Harfe und floh aus der Enge des Rath. Das Instrument über den Rücken gehängt, während der blaue Umhang um seine Knöchel wallte, ging er ostwärts durch den Winterwald, dessen Bäume kahl und blattlos waren, bis er das Donnern der Brandung hören und das Salz in der Luft riechen konnte und sah, wie das dunkle, graugrüne Wasser sich emporhob, dem fleckigen, eisengrauen Himmel entgegen.

Bevor das Gras Sand Platz machte und die Bäume keinen Halt mehr in dem unsteten Untergrund finden konnten, stieß er auf einen Baumstumpf, setzte sich und zog den blauen Umhang um seinen Körper zurecht. Er stellte sich gern vor, dass der Geruch ihrer Finger daran haftete, der Geruch eines Lebens außerhalb seiner Reichweite, stellte sich gern vor, wie sie die Wolle bearbeitet hatten, die ihn jetzt umgab, lange Finger, flink und stark, sowohl am Webstuhl als auch im Umgang mit dem Schwert.

Ach, wie sollte er sie jemals vergessen können?

Er zog die Harfe über die Schulter nach vorn und begann, eine beliebige Reihenfolge von Akkorden zu spielen, gestattete seinen Fingern, ziellos über die Saiten zu treiben, zupfte eine zufällige Melodie. Nach einer Weile fand er ein Muster, das ihm zusagte, und summte leise vor sich hin, fügte die Worte so, wie sie ihm in den Sinn kamen, im Dialekt Aremoricas, seiner Muttersprache, wenn es um Musik ging. Er hatte seine Liebe zur Musik schon entdeckt, bevor er zu Riwallon und Blodewedd in Pflege gegeben worden war, doch erst bei ihnen hatte er sich seiner Leidenschaft so hingeben können, wie es ihm beliebte. Als gute Pflegeeltern sorgten sie dafür, dass er alles lernte, was einem Prinzen anstand, dass er gründlich im Umgang mit Pferd und Waffen und in Latein unterwiesen wurde, der Sprache der Welt, doch solange er die geforderten Lektionen lernte, stand es ihm frei, so viel Zeit bei den Barden von Bro Leon zu verbringen, wie er wollte, und sich alles anzueignen, was sie ihn zu lehren bereit waren.

Die Musik, die er spielte, vermischte sich mit dem Rhythmus der Brandung und den Schreien der Möwen, und seine Seele kam zur Ruhe, zumindest für kurze Zeit. Er dachte daran, wie er sich immer in die Höhle in Dyn Tagell geflüchtet hatte, wo er nur die See und den Himmel hatte sehen können und wo das einzige Geräusch das Anbranden der Wogen gegen die felsigen Klippen seines Heimatlandes gewesen war. Hier in Eriu sagte man, dass im Wasser Geister hausten, und das konnte er durchaus glauben; Geister, die manchmal zornig und manchmal wohlwollend gestimmt waren. Sein Lied wurde zu einem Lobgesang für die Geister des Meeres, für die Korrigans und die Seeschlangen und die Wasserfrauen. Er sang, und seine Stimme stieg über den nackten grauen Bäumen auf, über die grauen Wogen hinaus und zum grauen Winterhimmel empor.

Sie war hier, er fühlte es. Seine Finger kamen zur Ruhe, und er drehte sich um. Sie stand zwischen kahlen Bäumen, eine weiße Flamme, flankiert von ihren beiden schlanken erainnischen Jagdhunden.

»Ich wollte Euch nicht stören«, sagte sie. »Der Torwächter hat angefangen, sich Sorgen zu machen. Ihr wart so lange fort.«

Rasch blickte er zum Himmel hinauf. Es war bereits später Nachmittag, und er hatte es nicht bemerkt. »Wenn Ihr nicht gekommen wärt, wäre ich wahrscheinlich bis zum Einbruch der Dunkelheit geblieben und hätte den Heimweg nicht mehr gefunden«, meinte er lächelnd.

»War das ein Lied aus Eurer Heimat?«

»Das war kein Lied. Ich habe für das Meer gesungen und mir die Musik beim Singen ausgedacht.«

Sie tat einen hastigen Atemzug. »Ihr seid wie der Dagda, der gute Gott – gut in allem, was Ihr tut.«

Wie konnte er solchen Worten lauschen, dem lauschen, was hinter den Worten lag, und sie trotzdem verlassen? Doch wie konnte er bleiben und sich für den Rest seines Lebens vor dem verbergen, was vielleicht eines Tages enthüllt werden mochte? »Ein kleines Lied? Alles?«

»Ihr kämpft wie ein Krieger und singt wie der Gott selbst. Ihr habt eine Begabung für Sprachen und lernt so schnell von Boinda, wie er Euch nur unterrichten kann. Ihr reitet wie ein Prinz, und wenn Ihr jagt, so trifft Euer Pfeil stets das Ziel.« Während sie sprach, schritt Yseult zwischen den Bäumen hindurch auf ihn zu, die riesigen grauen Hunde an ihrer Seite. Ihre Worte waren ein Zauberbann, und als sie ihm die Hand entgegenstreckte, legte er seine Harfe weg, ergriff sie und erhob sich, jenseits aller Sicherheit, jenseits aller Bedenken. Die Prinzessin war so überwältigend wie die Wärme des Frühlings mitten im Winter; sie glitt an seine Brust, ihre Hände strichen an seinem Rücken hinauf, und er sog scharf die Luft ein, während sich seine Hände um ihre Taille legten.

»Yseult.«

Sie lehnte sich gegen ihn, schmiegte ihren Körper an den seinen. »Tandrys.«

Tandrys. Nein, das konnte er nicht, das war er nicht. Er lehnte seine Stirn gegen die ihre, schob ihren Körper sanft von sich, während er immer noch ihre Taille umfasst hielt. »Herrin, ich kann nicht.«

»Warum nicht?«

»Ich muss zurück nach Aremorica. Ich gehöre nicht in Eure Welt.«

»Wie, seid Ihr ein Römer?«

Er zuckte die Achseln. »Rom ist nicht mehr, aber ich bin sowohl mit römischen Sitten aufgewachsen als auch mit denen Aremoricas.«

Ihre Hände, ihre langen Finger, so geschickt im Umgang mit Schwert und Schiffchen, glitten über seine Schultern aufwärts, hoben den schweren Zopf von seiner Haut. »Ist das hier römisch?«

»Nein, Herrin.« Drystan schloss die Augen. Ihre Finger rieben sanft die Haut in seinem Nacken, zogen ihn heran, und es wurde immer schwerer, sich ins Gedächtnis zu rufen, weshalb er widerstehen musste. Wieder sah er sie an; ihre Haut leuchtete wie eine Wiese im Mondlicht, die Augen wie der Wintermond selbst, die Ränder dunkel, die Mitte hell.

»Ehrt Ihr die Uralten?«, fragte sie sehr leise. Stumm und gehorsam standen die Hunde zu beiden Seiten neben ihr.

»Für mich sind die Uralten eine Märchensammlung, mehr Unterhaltung als Glaube.«

»Dann sollte ich Euch vielleicht zeigen, wie wir unsere Götter ehren.« Sie beugte sich vor und presste die Lippen auf die seinen, warm und feucht. Er konnte ihr ebenso wenig widerstehen, wie er sich einer Naturkatastrophe hätte widersetzen können, und mit den Händen, die noch immer auf ihren Hüften ruhten, zog er sie heftig an sich. Der süße Geschmack ihres Mundes brach über ihn herein wie eine Flut.

Jäh kehrte klares Denken zurück, und er stieß sie fort. Ja, sie begehrte ihn. Diese Traumfrau empfand Verlangen nach ihm, doch wenn sie erst herausfand, wer er wirklich war, dann würde sich die Wärme in ihren Augen in Hass verwandeln. Hastig hob er seine Harfe vom Boden auf und stürzte zwischen den Bäumen hindurch davon, dem Rath zu, drehte sich nur ein einziges Mal um, sah, wie sie dastand und ihm nachblickte, hoch aufgerichtet und die Hunde regungslos an der Seite.

Drystan zog den blauen Umhang, den sie ihm gewebt hatte, fester um sich. Ganz in seine Musik versunken, hatte er den kalten Wind nicht bemerkt, der sich erhoben hatte. Er schritt so schnell aus, wie sein Hinken es ihm erlaubte, um sich warm zu halten.

Mit Yseult in seinen Armen hätte ihm warm sein können.

Es wurde schwerer und schwerer, nicht zu vergessen, dass sie nicht für ihn bestimmt war, nicht für ihn bestimmt sein konnte; sie war Yseult von Eriu, die Prinzessin der Feadh Ree, eine Frau aus dem alten Volk, und er war Drustanus von Dumnonia, der Sohn des Marcus Cunomorus, ein römisch-britannischer Prinz, vielleicht ein Rebell mit einem Zopf, aber nichtsdestotrotz jener Prinz, der Murchad von den Tuatha Dé Danann getötet hatte.

Die toten Blätter wisperten beim Gehen unter seinen Füßen, begleiteten den ungleichmäßigen Rhythmus seines Ganges, ein Echo des Gewispers in seinem Kopf, von Dingen, an die zu denken er sich nicht gestatten konnte. Doch was hinderte ihn daran, Tandrys zu bleiben, ein einsamer Barde aus Aremorica? Er war allein hergekommen, und nach allem, was seine Freunde und Verwandten wussten, konnte er hier durchaus auch allein gestorben sein. Konnte Drustanus sterben? Wollte er das? Konnte er seinem Vater das antun und Blodewedd und Riwallon – und Kurvenal?

Selbst wenn er es konnte, bestand doch stets die Gefahr, jemandem aus Murchads Trupp zu begegnen und erkannt zu werden. Die Gefahr, dass er irgendwann unachtsam war und sie in seine Gedanken blicken konnte, erkennen konnte, wer er wirklich war – ein Mann, den zu töten sie geschworen hatte.

11

Tag um Tag und Jahr um Jahr
In den Gemächern friedevoll
Wuchs auf die Maid so licht und hold.
Woche um Woche und Tag um Tag
Strahlt heller ihrer Wangen Leuchten,
Bis sie schier zu sprechen deuchten.
Tag um Tag und Nacht um Nacht
Vor ihrer Mutter Angesicht
Wuchs Jung-Yseult so hold und licht.

Algernon Swinburne, *Königin Yseult*

Langsam begann der Winter seinen Klammergriff zu lösen, und Imbolc nahte, das Fest der Göttin Brigid, das erste Zeichen für die Rückkehr des Frühlings. Meilenweit kamen die Menschen von überall her, um die Festlichkeiten an den Stätten ihrer Stämme zu begehen, und wenngleich Ard Ladrann nicht Tara und nicht Dun Ailinne war, so wurden doch zahlreiche Gäste erwartet. Das erste Lamm kam just zwei Tage vor Imbolc zur Welt, ein gesundes Weibchen, und die Druiden deuteten es als gutes Zeichen, dass sich die Geburt so kurz vor dem Fest selbst ereignet hatte.

Drystan war jetzt seit über vier Monaten in Eriu, und bald würde er wieder abreisen können – würde Versuchung und Gefahr, Schönheit und Wahnsinn hinter sich lassen können. Oft schlug das Wetter auch nach Imbolc noch um und wurde wieder schlecht, und in den Bergen und auf den Nordflanken der Hügel lag stellenweise noch Schnee. Noch war die Zeit nicht gekommen, da die großen Schiffe in See stachen oder die Kaufleute fremde Länder aufsuchten, doch in einem oder zwei Monaten würde es so weit sein, und einer von ihnen würde Drystan mitnehmen.

Er saß gerade mit Aine und Domnall und Fithir vor dem Rath und half mit, die Ringe aus geflochtenem Stroh anzufertigen, die am Abend vor Imbolc an die Türen der Häuser gehängt werden würden, als der Anblick eines Kriegertrupps ihn innehalten ließ. Sicher war er sich nicht, doch er glaubte zwei von ihnen wiederzuerkennen – aus jener Schar, die mit Murchad in Dyn Tagell gewesen war.

Rasch beugte er den Kopf über das Stroh in seinem Schoß und hoffte, sie würden ihn nicht bemerken. Wenn die Männer nur wegen des Imbolc-Festes hier waren, würden sie in ein paar Tagen wieder abziehen; wenn sie jedoch gekommen waren, um Crimthanns Truppen zu verstärken, so würden sie ebenso lange hier bleiben wie Drystan.

Unter zusammengezogenen Brauen hervor beobachtete er sie, als sie sich dem Pferdepferch näherten und absaßen. Ja, er kannte diese Männer, jetzt war er sich sicher. Er hatte ein gutes Gedächtnis für Gesichter.

Was sollte er tun?

»Tandrys!«

Sein Mentor Boinda rief nach ihm. Wenn er ihn nicht beachtete, würde er nur Aufmerksamkeit erregen. Er schaute auf und erblickte die Gestalt des alten Druiden dicht bei den Toren des Rath. Der Greis winkte Drystan zu sich.

Der junge Mann atmete tief durch, stand auf und klopfte sich das Stroh von den Beinkleidern. »Ihr müsst mich entschuldigen. Meine Weisheit ruft.«

Die anderen jungen Leute lachten fröhlich, und er verließ sie und ging zu dem wartenden Boinda hinüber. Aus dem Augenwinkel sah er, dass die Kämpferschar ebenfalls auf die Tore des Rath zuhielt. Ihre Wege kreuzten sich ein halbes Dutzend Schritte vor dem Eingang.

Einer der Krieger, den er wiedererkannt hatte, musterte ihn von oben bis unten, sah den blauen Umhang und nickte. »Guten Tag, Barde.«

»Guten Tag«, erwiderte Drystan und traute seinen Ohren kaum.

»Schönes Wetter für Imbolc«, bemerkte der andere Mann, und Drystan nickte.

Nichts geschah.

Sie hatten ihn nicht erkannt. Als Barde in Ard Ladrann bedeutete er ihnen nichts. Hier war er nicht Drustanus.

Er blieb vor Boinda stehen und verstand kaum, was der Druide über die Barden und ihre Rolle bei dem morgigen Fest sagte.

Die Krieger der Fianna hatten sich so verhalten, als hätten sie ihn noch nie gesehen. Sie hatten nicht nach ihm gesucht, und sie hatten ihn nicht gesehen. Hier war er Tandrys, nicht Drustanus, ein Barde und kein Prinz.

Vielleicht konnte er *wirklich* Tandrys sein? Wer sollte denn Bescheid wissen?

Drystan verbrachte den nächsten Tag in einem Taumel freudiger Verwirrung. Plötzlich schien die Welt voller Möglichkeiten zu sein. Was, wenn er doch in Eriu bliebe, der Barde wurde, der zu sein er sich immer erträumt hatte? Er konnte Yseult den Hof machen und die Küsse, die sie ihm bot, ohne Furcht annehmen. Irgendwie würde es ihm glücken, Kurvenal eine Nachricht zu schicken, ihn wissen zu lassen, dass er nicht tot war, wie inzwischen gewiss alle glaubten.

Trotzdem behielt er die Krieger der Fianna im Auge, wachsam, die Harfe auf dem Rücken. Sie kümmerten sich nicht weiter um ihn. Jedes Mal, wenn einer von ihnen ihn nicht beachtete oder ihn mit den beiläufigen Worten »He, Barde!« begrüßte, hob sich seine Stimmung ein wenig mehr.

Yseult die Weise sollte für die Imbolc-Riten die Rolle der Göttin Brigid übernehmen und die Geräte segnen, die am Ende der kalten Monate für die Arbeit benutzt werden würden, und die Häuser, die alsbald wieder von Licht erfüllt sein würden. Seit er nach Eriu gekommen war, hatte Drystan gelernt, dass Brigid die Göttin der Schmiede, der Heil- und der Dichtkunst war und dass ihre Feier das Land fruchtbar machte und die Mutterschafe Milch geben ließ.

Drystan konnte sich einer abergläubischen Neigung nicht erwehren und sprach ihr ein Dankgebet dafür, dass ihr Festtag auf einen Tag fiel, der für ihn so voller Hoffnung war.

Alle Herdfeuer in Ard Ladrann wurden gelöscht, damit Königin Yseult von Haus zu Haus gehen und sie neu entzünden, das wachsende Licht des Frühlings in den Winter tragen konnte. Sauberes Stroh war ausgestreut worden, um sie willkommen zu heißen, und besondere Kuchen waren für diesen Anlass gebacken worden; später würde es ein Festmahl geben, man würde tanzen und den Zeremonienpflug ziehen. Drystan hatte den größten Teil der Samhainfeiern verschlafen, und als er schließlich imstande gewesen war, sich von seinem Krankenlager zu erheben, war er mehr Beobachter als Teilnehmer gewesen. Imbolc würde das erste größere Fest in Eriu sein, an dem er teilhaben konnte.

Die Zeremonie begann in der Schmiede draußen vor dem Rath. Die Harfe auf dem Rücken, stand Drystan in der Menge, bereit, Brigids Stellvertreterin durchs Dorf zu folgen, und spähte nach ihrer Tochter aus. Wo war Yseult?

Auch wenn die Erainn Imbolc als erstes Zeichen des Frühlings betrachteten, so war die Luft doch frostig. Er rieb sich gerade unter dem blauen Wollumhang die Schultern, als er fühlte, wie eine weiche Hand seinen Arm berührte. Zum Klang ihres Lachens fuhr er herum.

»Ihr habt mich gesucht, Barde?«

Rasch verbarg er seine Gedanken, so gut er es vermochte. Doch dass er nicht einmal gemerkt hatte, dass er nicht aufgepasst hatte, konnte ihm heute wahrlich die Laune verderben.

Ehe er antworten konnte, schob sie den Arm durch den seinen. »Bei Danu, Ihr müsst eine ebensolche Gabe des Rufes besitzen wie ich.«

Drystan lachte, glücklicher, als ihr Spott es gerechtfertigt hätte. Ihre Hand lag auf seinem Arm, und er fühlte sich frei, so frei.

»Das bezweifle ich«, erwiderte er und wusste, dass er dabei grinste wie ein Narr. »Nur weil Ihr in einer Menschenmenge meine unbewachten Gedanken ausfindig machen könnt, heißt das nicht, dass ich die Gabe des Rufes besitze.«

Sie verließ ihn nicht wieder. Zusammen sahen sie zu, wie Laidcenn die Göttin anrief, während Boinda die heilige Fackel bereit hielt.

»Brigid, zart und schön«, hob Laidcenn an.

»Ihre Farbe wie Frühling und Herbst,
Maid mit dem reichen Haar,
Mit Locken aus Gold,
Stein und Balken,
Lehm und Flechtwerk,
Fuß und Kopf,
Mann und Frau.
Jung und alt,
Maid und Jüngling,
Bring die Sonne, uns zu wärmen,
Bring den Regen, uns zu nähren,
Bring die Blätter, uns Obdach zu gewähren.
Segne unsere Häuser mit deinem Licht.«

Boinda reichte der Königin der Tuatha Dé Danann die Fackel, und sie entzündete das große Feuer in der Schmiede. Um sie herum erhob sich Jubel unter den Zuschauern, den Bewohnern und Gästen von Ard Ladrann.

Die Königin ging von Haus zu Haus, zuerst außerhalb und dann innerhalb des Rath, und führte eine Prozession an, mit der die Menschen freudig die ersten Anzeichen des Frühlings begrüßten. Drystan und Yseult folgten Arm in Arm, und er konnte spüren, wie eine eigenartige, unerwartete Freude ihm die Bauchmuskeln zusammenzog. Er begrüßte den Frühling mit Yseult an seiner Seite. Sein Arm kribbelte, und sein Kopf fühlte sich leicht an. Er konnte es kaum glauben, dass sie zusammen dahinschlenderten, als wäre es so richtig.

Als könnte er hierbleiben und der Barde ihres Stiefvaters werden.

Das letzte Feuer, das entzündet wurde, war das der Methalle im Hause des Königs. Als sämtliche Feuer von Ard Ladrann wieder brannten, trat Crimthann in die Mitte der Menge, um alle förmlich zum Fest einzuladen. Widerstrebend löste Drystan seinen Arm von Yseult. »Jetzt muss ich spielen.«

Mit einem fröhlichen Lachen wirbelte sie davon. »Dann spielt!«

Drystan zog die Harfe über die Schulter und stimmte ein Tanzlied an. Crimthann nahm Yseult die Weise bei der Hand und führte sie aus dem Rath und in die brachliegenden Felder, während die Bewohner von Ard Ladrann ihnen folgten. Der König und die Königin tanzten, während Drystan aufspielte und die Menge zusah und im Takt der Musik in die Hände klatschte. Fässer mit Met und Bier wurden gebracht und am Rand der Felder aufgestellt, und Krüge und Humpen wurden herumgereicht. Eines nach dem anderen schlossen sich weitere Paare dem König und der Königin an, griffen sich hurtig einen Becher Bier oder Wein, ehe sie mit einem geliebten oder begehrten Tanzpartner vortraten, und die Luft war von Gelächter und den Klängen von Harfen und Trommeln erfüllt.

Drystan spielte, bis seine Finger wund waren, und dann übernahm Laidcenn seine Aufgabe. Er holte sich einen Humpen Met und schlenderte durch die tanzende, singende Menge, lachte und scherzte mit Domnall und Aidenn und Lithben und den anderen aus dem Rath, sorgenfrei und leichten Herzens.

Brangwyn berührte seinen Arm, ihre blauen Augen blitzten munter. »Ihr tanzt ja gar nicht, Barde. Ist Euer Bein noch nicht verheilt?«

Er lachte. »Nun, es hat mich noch niemand aufgefordert.«

Noch immer schonte er sein verletztes Bein, allerdings inzwischen fast schon aus Gewohnheit; seit vielen Tagen hatte es ihn nicht mehr geschmerzt.

»Dann müssen wir das ändern. Kommt.« Sie zog ihn mitten hinein in die tanzende, lachende Menschenmenge, und die Wärme all der anderen schwitzenden Leiber hüllte ihn ein. Selbst in der Sonne war die Luft entschieden kalt, inmitten der Menge jedoch war davon fast nichts zu spüren – er warf die Beine in die Luft, wirbelte herum und stieß mit einem anderen Tänzer zusammen, der bereits zu viel Bier genossen hatte. Drystans Zopf flog im Takt der Musik, und feine Strähnen lösten sich daraus und wehten ihm in die Augen. Er strich sie sich mit einer Hand aus der Stirn oder schob die Unterlippe vor und blies sie fort, wenn Brangwyn seine beiden Hände in den ihren hielt.

Plötzlich war Yseult wieder da, dicht neben ihrer Base, und flüsterte ihr etwas ins Ohr. Brangwyn lachte und rannte davon. Yseult ergriff seine Hände und wirbelte im Takt von Harfen, Trommeln und Flöten mit ihm herum; ein Lächeln der Verheißung spielte um ihre Lippen. Sein Magen verkrampfte sich, und er konnte sich nur mit Mühe beherrschen, sie nicht gleich hier in seine Arme zu ziehen, mitten in der Menge, sie zu küssen, wie er es an jenem Tag hatte tun wollen, als sie sich ihm am Strand angeboten hatte, wie er es seitdem jeden Tag hatte tun wollen.

Der Tanz ging weiter, bis sich die Sonne dem Rand der Welt näherte, und dann, wie auf einen unausgesprochenen Befehl hin, huschten Yseult und die anderen jungen Frauen davon und ließen die Männer allein auf dem Feld zurück, wo sie getanzt hatten.

»Was kommt jetzt?«, fragte Drystan Ronan, der neben ihm stand.

Ronan bedachte ihn mit einem breiten Grinsen; freudige Erwartung lag in seinen Augen. »Jetzt kommt der Pflug.«

Bei diesen Worten tauchten die Frauen wieder auf, kamen hinter der Schmiede hervor, mit einem Ochsengespann vor einem bunt mit Blumen und Bändern geschmückten Pflug. Mehrere der Frauen hielten die Griffe der Pflugschar, während die anderen die Ochsen antrieben. Die jungen Männer standen wartend und ungeduldig auf dem Feld, während die Frauen eine Reihe kreisrunder Furchen um sie herumzogen, größere und größere Kreise, während die Sonne langsam hinter den Rand der Welt glitt. Drystan hatte keine Ahnung, was vor sich ging, die Stimmung jedoch war leicht zu deuten – sie war so eindeutig sinnlich, dass er es förmlich riechen konnte. Die Männer neben ihm hatten glasige Augen vor Wollust und standen starr vor Verlangen da, während die pflügenden Frauen erregt lachten.

Obgleich Drystan nicht wusste, was er zu erwarten hatte, stellte er fest, dass er genau wie die Männer um ihn herum auf das kokette Gelächter und die Blicke reagierte, die ihnen zugeworfen wurden, stellte fest, dass er Yseults geschmeidige Gestalt inmitten all der jungen Frauen beobachtete, wartend, voller Verlangen.

In dem Moment, da der letzte dünne Streifen Sonne hinter dem Horizont verschwand, als die Zwischen-Zeit begann, nicht mehr Tag und noch nicht Nacht, da die Sonne verschwunden war, ihr Licht jedoch noch verweilte, ließen die Frauen den Pflug stehen, ließen die Zügel der Ochsen fallen und stoben in alle Richtungen auseinander. Anscheinend war dies das Zeichen für die Männer, es ihnen gleich zu tun, und sie stürmten geschlossen hinter den fliehenden Frauen her. Obwohl er sich die Richtung gemerkt hatte, in die Yseult gelaufen war, blieb Drystan zunächst zurück und fragte sich, was wohl als Nächstes passieren würde. Bald sollte ihm Erleuchtung zuteil werden. Einige Frauen hatten nur so getan, als wollten sie fliehen, und diese wurden als Erste gehascht. Ohne weitere Umstände ließ sich der Glückliche mit seiner Beute zu Boden fallen und landete zwischen ihren Beinen, beackerte sie, so wie die Frauen vorhin die Erde beackert hatten.

Und Yseult nahm ebenfalls an diesem Wettrennen teil.

Drystan rannte los. Er sah ihre Gestalt weit vor sich, ein weißes Aufleuchten dicht am Waldrand. Sie gehörte nicht zu denen, die nur vorgaben davonzulaufen; ihre langen Beine streckten sich und trugen sie schnell zu den Bäumen. Hinter ihr erblickte er Gamal, der ihr blindlings auf den Fersen war. Drystan stellte sich den rothaarigen, bärtigen Krieger zwischen Yseults Schenkeln vor, so wie er Domnal zwischen denen Aines gesehen hatte, und er strengte sich noch mehr an; seine frühere Verwundung war vergessen. Yseult verschwand zwischen den Bäumen, dicht gefolgt von seinem Rivalen Gamal. Sein eigenes Inneres war beinahe ebenso mächtig in Wallung geraten wie seine Beine, als auch er den Wald endlich erreichte.

Er hielt inne, unsicher, wohin er sich wenden sollte, und lauschte auf menschliche Laute zwischen den Bäumen. Im Westen glaubte er Unterholz rascheln zu hören und hielt sich in diese Richtung.

»Tandrys!«

Die flüsternde Stimme war ein Ruf, dem er nicht widerstehen konnte, und er verließ den Pfad, drang ins Gebüsch zu seiner Linken ein. Doch Yseult war nicht dort. Dann ertönte das Flüstern abermals, und er folgte ihm, bis er eine Lichtung erreichte. Sie wartete auf ihn, den Rücken gegen die glatte, blanke, grauschwarze Rinde einer Eberesche gedrückt.

»Ich dachte schon, ich hätte meine Gabe des Rufes ganz und gar verloren«, bemerkte sie lächelnd.

Drystan konnte sich nicht erinnern, die Lichtung überquert zu haben, doch hier war er, presste sich an sie, drückte sie gegen die Eberesche, bemächtigte sich ihres Mundes, erstickte ihr Aufstöhnen mit seinem eigenen. Ihr Mund schmeckte süßer als der schwere Met, von dem er viel zu viel getrunken hatte, feucht und honigmild, süß und berauschend, und ihr kehliges Stöhnen trieb ihn zur Raserei. Sein Kopf wirbelte vor Leidenschaft und vom Met, vor unverhoffter Eifersucht und der Wollust der Menge, und er packte sie und zog sie hart an sich, presste seine Hüften leidenschaftlich gegen die ihren.

»Ja«, verlangte sie, und ihre Finger gruben sich in seine Schultern.

Weiterer Ermunterungen als dieses Wortes bedurfte er nicht. Mit beiden Händen zerrte er Stoff in die Höhe, schob ihre Röcke bis über ihre Hüften empor. Ihre eigenen Hände huschten zu seinem Gürtel, lösten rasch den Knoten und schoben abwärts. Er fühlte die kühle Luft der Abenddämmerung an seinem heißen, steifen Gemächt, und dann schloss sich ihre suchende Hand fest um ihn.

Er keuchte auf. »Ah, süße Danu!«

»Ein Römer bist du also, wie?«, murmelte Yseult mit einem atemlosen Auflachen.

Sie liebkoste ihn, mit fester, zärtlicher Berührung, und er lehnte schwer atmend seine Stirn gegen die ihre. »Für dich bin ich alles.«

»Eine Zunge aus Silber und ein Stab aus Elfenbein«, flüsterte sie dicht an seinem Ohr. »Ich glaube, ich werde dich behalten.«

Ihre Worte, ihre Berührung, ihr Körper, der sich so eng an den seinen schmiegte, all das war zu viel für ihn, und mit einem erstickten Aufstöhnen hob er sie hoch und drängte sich in sie hinein, hielt sie zwischen seinem Körper und dem Baum fest. Yseult gab einen Laut wie ein lang gezogenes Zischen von sich und verschränkte die Knöchel hinter seinen Hüften. Drystan warf den Kopf zurück und knirschte mit den Zähnen, so sehr von Seligkeit erfüllt, dass es schmerzte. Sie keuchte und hielt ihn fest, blieb jedoch ansonsten vollkommen still. Dann bewegte sie sich gegen ihn, und er konnte nicht länger warten. Ein halbes Dutzend Mal stieß er in sie hinein, stöhnte wie eine Frau in den Wehen und verströmte seinen Samen in ihrem Schoß, während sie sich an ihn klammerte und seinen Namen herausschrie, seinen anderen Namen.

Allmählich überkam ihn tiefe sinnliche Befriedigung, und damit auch das Bewusstsein des körperlichen Ungemachs, den ihr gedankenloses Handeln mit sich brachte. Der Tag war nicht warm gewesen, obgleich die Sonne einem dergleichen gelegentlich hatte vorgaukeln können. Jetzt jedoch, da es dunkelte, spürte er an seinem entblößten Hinterteil den Beweis dafür, dass der Winter sie noch nicht völlig aus seinen Klauen gelassen hatte. Sanft küsste er Yseults Lippen und löste sich mit einem Seufzer von ihr, den sie erwiderte. Sie hatten keine anderen Worte, empfanden eine seltsame Scheu voreinander, hielten einander immer noch in den Armen und wussten nicht recht, was sie sagen sollten. Ihr Gesicht war ihm so nahe, dass er beinahe die hellbraunen Härchen ihrer Augenbrauen hätte zählen können. Sie setzte die Füße wieder auf den Boden und löste die Arme von ihm, um ihr Gewand zurechtzuziehen, während er seine Hose hochzerrte und den Gürtel neu band.

Jetzt wusste Drystan, dass er bei ihr bleiben würde, als ihr Barde, wenn sie es wollte, dass er das Leben, das er gekannt hatte, vergessen und von ihm vergessen werden würde.

»Ja, das will ich«, flüsterte Yseult.

Drystan nahm sie in die Arme und küsste sie von Neuem und unterdrückte dabei ein Aufzucken der Furcht.

Ja, er konnte bei ihr bleiben, aber nur so lange, wie er seine Gedanken vor ihr verschließen konnte.

12

Ir herze unde ir ougen
Diu schachten vil tougen
Und lieplichen an den man.
Der man der sach si wider an
Suoze und inneclichen.
Er begunde ouch entwichen
Do's in diu minne niht erlie.

(Wie ein Dieb, verstohlen, liebevoll, folgten ihr Herz und ihre Augen dem Mann. Der Mann erwiderte ihre Blicke voll zärtlicher Vertrautheit. Auch er begann sich zu ergeben, da die Liebe ihn nicht befreien wollte.)

Gottfried von Straßburg, *Tristan*

Yseult sah, wie die Menschen sie anlächelten, ein wissendes Lächeln, ganz schwach und ein wenig schief. Es kümmerte sie nicht – sie war unterwegs zu einem Stelldichein mit ihrem Geliebten.

Seit Imbolc hatte sich der Lauf der Zeit verändert, war wie zu einer Illusion geworden, die Brangwyn heraufbeschworen hatte, stand nicht mehr mit dem Lauf der Sonne über den Himmel in Verbindung, hing urplötzlich von der Gnade der Gegenwart oder der Abwesenheit eines Mannes ab. So war sie bei Gamal nicht gewesen, so leidenschaftlich, so unersättlich.

So glücklich.

Also lächelte sie all jenen zu, die sich kaum beherrschen konnten, nicht über sie zu lachen.

Das Wetter war ihnen während dieser letzten paar Tage und Wochen wohlgesinnt gewesen, freundlich und mehr als das, mild genug für regelmäßige Treffen auf einer geschützten Lichtung außerhalb des Rath. Als Yseult dort ankam, erwartete Tandrys sie bereits ungeduldig, und ein breites Lächeln erschien auf seinem Gesicht. Er nahm sie in die Arme und küsste sie lange und innig.

»Diesmal habe ich daran gedacht, Decken mitzubringen«, sagte er, als er sie wieder losließ.

Yseult lachte. »Und ich habe den ganzen Nachmittag für mich.«

Tandrys küsste sie abermals und zog sie in das behagliche Nest hinunter, das er zwischen den Bäumen gebaut hatte. »Ich werde dich so vermissen, wenn du morgen aufbrichst.«

Yseult zerrte ihm das Hemd über den Kopf und küsste seine Halsgrube. »Wir sind doch nur ein paar Tage fort.«

»Ein paar Tage zu viel.«

Um die Wahrheit zu sagen, sie ging zum Teil fort, um sich selbst zu beweisen, dass sie es konnte – dass sie nicht vollständig von dem aremorischen Barden abhängig geworden war.

Besonders da er sich noch immer nicht über die Zukunft äußerte, da er niemals davon sprach, länger als bis zum Frühling in Eriu zu bleiben. Und seine Gedanken blieben ihr verschlossen.

Tandrys packte den Stoff ihres Gewandes mit der geballten Faust und fing an, es an ihrem Körper emporzuziehen. Yseult konnte es kaum fassen, wie sinnlich sich die feine Wolle auf ihrer Haut in Verbindung mit dieser Geste anfühlte, mit dem verzweifelten Hunger in seinen Augen und seinem hastigen Atmen.

Ein unwillkürliches Auflachen über ihrer beider Gier entfuhr ihr – wo sie doch seit Imbolc nicht voneinander abgelassen hatten, wie die Kaninchen.

Er teilte ihr Gelächter und nutzte das seine dann dazu, ihre Brustwarzen zu kitzeln, ehe er zu Zähnen und Zunge überging. Das Lachen blieb Yseult in der Kehle stecken und wurde zu einem Stöhnen. Hastig wand sie sich vollkommen aus ihrem Kleid – was sie jetzt wollte, war Haut an Haut.

Tandrys tat ihr den Gefallen und schob seinen Körper ein

Stück an dem ihrem hinauf, um an ihrem Hals zu knabbern. Während er sich mit so viel Hingabe ihren Brustwarzen gewidmet hatte, hatte er sich irgendwann seiner Hose entledigt, und sie konnte fühlen, wie sein Gemächt warm und hart an ihrem Schenkel hinaufglitt, willkommen, so willkommen. Sie liebte seinen Geruch, den sauberen, salzigen Schweiß, den Moschusduft seiner Erregung.

Sie küssten und liebkosten sich spielerisch, bis Yseult nicht länger warten konnte. »Bitte.«

»Dreh dich um«, sagte er leise, während er ihre Hüften sanft in die gewünschte Richtung schob. Sie gehorchte mit Freuden. Sein schweres Geschlecht glitt über ihre Hüfte, um sich zwischen ihren Gesäßbacken einzunisten, während er sich mit Zunge, Lippen und Zähnen über ihren Schultern und ihren Nacken hermachte.

Sie war ein Pfuhl, ein wunderbarer Pfuhl der Empfindungen.

Seine Bewegungen wurden fordernder, seine Zähne in ihrem Nacken weniger sanft, und sie presste ihr Gesäß gegen seine Lenden, wollte mehr, verlangte mehr.

»Ah, Yseult.«

»Ja.«

Daraufhin beugte er sich vor, um sie abermals auf die Lippen zu küssen, lang, süß, heiß. Mit ihm zusammenzusein war ein Gefühl, von dem sie wollte, dass es niemals endete.

Er hob ihre Hüften an, und sie folgte ihm. Sie fühlte sein Gemächt an ihrem Schoß, und dann war er in ihr, und sie schnappte nach Luft und warf den Kopf zurück.

Wunderbar, so wunderbar.

Langsam begann er sich zu bewegen, vor und zurück, die Hände fest an ihrem Hüften. Lust überflutete sie, so dass es ihr schwer fiel, sich mit den Armen abzustützen. Sie ließ sich in dem Nest aus Decken auf die Ellenbogen niedersinken, während sein Griff um ihre Hüften fordernder und seine Stöße heftiger wurden.

Zusammen erreichten sie den Gipfel, erschauerten und schrien auf, wobei sie ein Lämmchen verscheuchten, das sich von seiner Weide auf ihre Lichtung verirrt hatte. Sein erschrockenes Blöken begleitete die Musik ihres keuchenden Atems, der sich mischte, während sie sich ganz niedersinken ließ und Tandrys ihr folgte.

Sie drehte sich in seinen Armen, als er die Decken über sie beide zog.

»Bleib bei mir«, flüsterte sie.

»Hmmm«, machte er.

Und dann hörte sie das gleichmäßige Atmen des Schlafes und lächelte in sich hinein.

Anscheinend würde sie sich dieses Gespräch für später aufheben müssen.

Yseult konnte es kaum erwarten, wieder in Ard Ladrann zu sein. Als sie an der kleinen Ringfeste des Bauern Cathair vorüberkamen und in das Waldstück östlich des Rath eindrangen, fiel es ihr immer schwerer, sich auf die Scherze um sie herum zu konzentrieren. Hätte ihre Würde es ihr nicht verboten, so wäre sie vorausgaloppiert, begierig, den aremorischen Barden nach drei Tagen wiederzusehen. Drei Tage. Wie konnte es erst drei Tage her sein, dass sie den Rath verlassen, dass sie sein lachendes Antlitz gesehen oder seine Stimme gehört hatte, wie Sommerregen, oder seine langen Finger auf ihrer heißen Haut gefühlt hatte?

Sie hatte gehofft, sie könnte ein wenig von ihrem Selbst wiederfinden, wenn sie für ein paar Tage fortginge, doch das Einzige, was diese Reise bewirkt hatte, war, dass sie sich vorgekommen war wie eine läufige Hündin. Ihr Verstand war von unerfüllter Sehnsucht vernebelt, ihre Gedanken erfüllt vom Klang seines Lachens und seiner schönen, wunderschönen Stimme, in ihrer Nase war sein Geruch, Seife und Schweiß, und zwischen ihren Beinen die Erinnerung an ihn, ein dumpfer, pulsierender Schmerz in ihrem Innersten.

Crimthann schloss lächelnd im leichten Galopp zu ihr auf. Zuerst hatte er nicht gewollt, dass sie mitkam, weil er Entführer fürchtete, doch sie hatte gemeint, wenn er seine Kriegerschar schon aufteilte, dann wäre es doch besser, wenn sie und ihre Mutter sich ebenfalls trennten. Und nach dem langen Winter sehnte sie sich nach Betätigung.

Jetzt sehnte sie sich danach, wieder im Rath zu sein.

»Du hältst wohl Ausschau nach deinem Barden, wie?«

Yseult schnitt eine Grimasse. »Wenn er überhaupt irgendjemandes Barde ist, dann deiner.«

»Ich wollte, es wäre so. Seine Begabung ist gewaltig, und mit dem Schwert kann er auch gut umgehen. Aber noch hat er sich zu meinem Angebot nicht geäußert.«

»Dein Angebot?«

»Den Ehrenpreis eines Fili des fünften Ranges.«

Yseult starrte auf den Fleck zwischen Duchann Bhans Ohren. Das Mähnenhaar der Stute war an den Wurzeln dunkelgrau und wurde dann erst allmählich weiß.

»Vielleicht kannst du ja helfen, ihn zu überreden«, fügte Crimthann hinzu, ehe er seine eigene Stute vorantrieb, so dunkel, wie Duchann Bhan hell war.

Crimthann hatte Tandrys angeboten, ihn zu einem Fili des fünften Ranges zu machen? Sie hatte seinen Wunsch gespürt, bei ihr zu bleiben und ihr Barde zu sein, meistens jedoch entschlüpften seine Gedanken ihr, wenn sie danach haschte. Er suchte ihre Nähe, stahl sich mit ihr zu den nahen Hainen und in den abgeschiedenen Winkel der Rundhäuser davon, drang mit einem Hunger und einer Gier in sie ein, die sie jedes Mal aus vollen Zügen teilte, und jedes Mal war der Hunger nicht gestillt, entfachte sich aus sich selbst heraus neu, machte sie bloß noch gieriger. Und doch hatte er ihr nicht erzählt, dass Crimthann wollte, dass er in Ard Ladrann blieb. Er verschloss ihr seine Gedanken und sprach nicht von der Zukunft.

Wenn er nun nach Aremorica heimkehrte und sie allein zurückließ?

Sie starrte geradeaus und fragte sich, ob die Faszination, die der Barde auf sie ausübte, etwas mit dieser Unsicherheit zu tun hatte, eine Unsicherheit, die sie bei Gamal nicht empfunden hatte und ganz gewiss nicht bei Illann. Doch Gamal hatte auch nicht die Sonne am Himmel zum Stehen gebracht oder den Vogelgesang süßer klingen lassen, hatte sich niemals so sehr in ihrem Denken eingenistet, dass jeder Gedanke sie zu ihm zurückbrachte.

Nein, sie fühlte sich nicht so wie damals, als sie mit Gamal zusammengewesen war. Was sie empfand, war mehr so wie damals, als sie noch klein gewesen war und in Cashel gelebt hatte; ein Kaufmann hatte Aengus fremdartige Leckereien gebracht, süßer als der süßeste Honig. Ihre Mutter hatte sie ermahnt, nicht zu viel davon zu essen, sonst würde ihr übel werden, doch sie hatte nicht aufhören können, nicht einmal, als sie schon gemerkt hatte, wie es in ihrem Magen rumorte.

Ihr war übel geworden, genau, wie ihre Mutter es vorhergesagt hatte.

Tandrys war wie jene Süßigkeiten aus der Fremde. Sie wusste nicht, ob er gut für sie sein würde, doch sie konnte nicht von ihm lassen.

Als sie aus dem Wald herauskamen, war der Rath auf der Anhöhe vor ihnen zu sehen; auf dem Gelände davor übte eine Handvoll Krieger mit Waffen. Augenblicklich fanden Yseults scharfe Augen Tandrys, der Schwerthiebe mit Lithben wechselte. Als hätte er ihren Blick gespürt, hob er die Hand, um dem Duell Einhalt zu gebieten, steckte sein Schwert ein und ließ den Blick suchend über den Horizont schweifen. Als er die Reiter erblickte, kam er über das Übungsfeld auf sie zugeschritten. Yseult hielt neben ihm an und ließ sich von Duchann Bhans Rücken heben und gründlich küssen.

»Was gibt es Neues?«, fragte Tandrys.

»Nichts. Crimthann gefällt das gar nicht.«

»Was, dass es in letzter Zeit keine Überfälle gegeben hat?«

»Er findet das verdächtig – und ich auch. Das Wetter ist gerade richtig für Raubzüge, aber von den Ui Neill ist nichts zu sehen, weder im Norden noch im Süden.«

»Dann kann ich mich ja vielleicht wieder meiner Harfe widmen«, meinte Tandrys und grinste.

Yseult ging langsam neben ihm und führte Duchann Bhan

am Zügel. Sie musste mit ihm über Crimthanns Angebot reden, stellte jedoch fest, dass es ihr seltsam widerstrebte. Eigentlich passte es gar nicht zu ihr, einem Problem aus dem Weg zu gehen; es war viel wahrscheinlicher, dass sie ohne Zaudern handelte, vielleicht sogar unbedacht. Doch als sie neben ihm ging, konnte sie fühlen, wie ihre Haut sang, wie sie nach ihm rief, und es war unvorstellbar, dass dies enden, dass er sie verlassen und nach Aremorica zurückkehren könnte. Doch wenn er auf Crimthanns Angebot nicht eingegangen war, ihr noch nicht einmal davon erzählt hatte … Sie wusste nicht, was sie denken sollte.

»Es ist auch gutes Segelwetter. Bald werden die Handelsschiffe in See stechen und zu fernen Ländern segeln«, sagte sie leise.

Tandrys schwieg, doch das Lächeln erstarb auf seinem Gesicht. Er nickte.

»Was wirst du tun?«

Er blieb stehen und schaute nach Osten, zum Meer. Yseult hielt neben ihm an. Duchann Bhan senkte den Kopf und begann, büschelweise das frische Frühlingsgras abzurupfen und es langsam zu kauen: rupfen, kauen, rupfen, kauen.

»Ich möchte bleiben.«

»Dann bleib.«

»Wenn ich das tue, werden meine Freunde und meine Verwandten glauben, ich sei tot. Das kann ich ihnen nicht antun.«

»Du könntest ihnen eine Nachricht schicken.«

»Ich würde sie gern wiedersehen.«

Sie versuchte, seine Gedanken zu berühren, doch da war nichts, eine Mauer ohne Tür. Boinda hatte ihn gut unterrichtet.

Er drehte sich um und ergriff ihre freie Hand mit beiden Händen. »Ich würde zurückkommen, Yseult. Wegzubleiben wäre für mich jetzt unmöglich.«

Wenn sie seine Gedanken nicht erreichen konnte, wie konnte sie sich sicher sein?

Am Tor entstand ein Tumult, und sie eilte voraus, dankbar

für die Ablenkung. »Ein Reiter von Nordosten, in vollem Galopp!«, hörte sie, als sie sich den Erdwällen näherte.

Crimthann stand am Tor, direkt unter dem Wachturm, und spähte in die angegebene Richtung. »Einer von uns?«, rief er hinauf.

»Ja.«

Am Tor hatten sich bereits Menschen versammelt, um den Kundschaftertrupp in Empfang zu nehmen, und die Menge verstummte, sah zu, wie die ferne Gestalt im Galopp näher kam, und fragte sich, wie die dringlichen Neuigkeiten wohl lauten mochten.

Der schweißbedeckte Krieger zügelte sein Pferd vor den Toren des Rath und stieg ab; dann beugte er das Knie vor Crimthann. Ehe er sprach, atmete er dreimal rasch tief durch und blinzelte sich den Schweiß aus den Augen.

»Herr, es geht um Euren Vater. Die Ui Bairrche haben ihn verraten und sind zu den Ulaid übergelaufen. Enna Cennsalach ist tot.«

Es musste rasch ein neuer König gewählt werden, und die Könige und die höchsten Brehonen und Druiden der Laigin wurden für die Wahl nach Dun Ailinne gerufen. Alle Familienmitglieder, die für das Königsamt in Frage kamen und noch bei guter Gesundheit waren, mussten ebenfalls anwesend sein; wer auch zum König ernannt wurde, er würde sofort das Amt des Heerführers der Laigin antreten. Crimthanns Vettern Illann und Ailill führten die Verteidiger von Dun Ailinne an, doch es war Crimthann, von dem man am ehesten erwartete, dass er zum König gewählt würde – Illann und Ailill waren noch jung, und keiner der beiden hatte die Kampferfahrung, die Crimthann vorweisen konnte. Auch hatten sie keine Gemahlinnen. Und die Königin, die Crimthann mitbrachte, war die Königsmacherin höchstselbst.

Drystan wusste nicht, was er von den unerwarteten Ereignissen halten sollte. Einerseits hatten die Angehörigen der Fianna, die zu Imbolc nach Ard Ladrann gekommen waren, durch nichts gezeigt, dass sie ihn wiedererkannt hätten. In Dun Ailinne jedoch würden viel mehr Krieger sein, die damals mit Murchad nach Dyn Tagell gereist waren und vielleicht den Prinzen von Dumnonia gesehen hatten – und daher würde das Risiko viel größer sein, dass sich jemand den blauen Umhang wegdenken, über das Äußere des Barden hinausdenken und eine Ähnlichkeit erkennen würde, in einer Geste oder einer Miene, dass jemand eine flüchtige Erinnerung einfing und sie mit einem fremden Musikanten in Verbindung brachte.

Er sollte sofort aufbrechen. Er sollte aufbrechen, doch er konnte nicht. Yseult aus freien Stücken zu verlassen lag außerhalb seiner Macht.

Und als Crimthann ihn bat, sowohl Harfe als auch Schwert auf die Reise nach Dun Ailinne mitzunehmen, willigte er ein.

Mit einem Schwert an der Hüfte kam Yseult auf das Übungsfeld, wo, wie sie gehört hatte, Tandrys zu finden sei. Das Wetter war ungewöhnlich warm, und sie musste die Augen mit der Hand vor der Sonne schützen, als sie unter den Kriegern nach dem Barden Ausschau hielt. Sie hatte bereits zusammengepackt, was sie für den Ritt brauchte, und mit ihrer Mutter und Brangwyn einen Vorrat an Heilkräutern und Salben zusammengesucht, genug für die Reise. Morgen früh würden sie nach Dun Ailinne aufbrechen. Crimthann ließ Ard Ladrann in Lithbens tüchtigen Händen zurück, bis die Nachfolge entschieden war, und nahm die Hälfte der Krieger mit, sowohl zu seinem eigenen Schutz als auch um der Sicherheit der beiden Yseults willen.

Tandrys lieferte sich einen Schwertkampf mit Gamal, der mit größerer Entschlossenheit auf ihn einhieb, als für ein Übungsgefecht notwendig war; seine Miene war finster. Yseult war froh, dass Gamal zurückbleiben würde, während Tandrys sie begleitete.

»Lass es mich mit dem Barden versuchen!«, rief sie, als sie auf die beiden Männer zukam. Gamal steckte sein Schwert ein, gleichzeitig verlegen und verbissen, grüßte sie knapp und ging davon. Falls sie in Dun Ailinne blieben, würde sie Crimthann bitten, dafür zu sorgen, dass Gamal in Ard Ladrann blieb.

Tandrys rammte sein Schwert vor sich in den Boden und stützte sich darauf, um wieder zu Atem zu kommen. Feine Haarsträhnen lösten sich aus seinem Zopf, und seine glatte Brust glänzte vor Schweiß. »Dieser feurige Krieger schien durchaus bereit, sich meinen Kopf zu holen«, bemerkte er, immer noch schwer atmend.

Yseult nickte. »Macht Gamal dir oft Ärger?«

Tandrys lachte. »Wenn er das tut, kann ich mich selbst darum kümmern, liebreizende Prinzessin.«

»Barden wissen normalerweise nicht unbedingt so gut mit dem Schwert umzugehen wie mit der Harfe, und ich möchte deinen Tod nicht auf dem Gewissen haben.«

Grübchen erschienen in seinen glatten Wangen, und seine grünen Augen leuchteten. »Bist du deswegen dazwischengegangen? Ich hatte mich schon darauf gefreut, dass du es mit mir versuchen würdest.«

Yseult lachte und zog ihr Schwert. »Du unmöglicher Kerl! Hier, versuchen wir es!«

Tandrys sprang zurück, zog dabei sein Schwert aus dem Boden und parierte ihren ersten Ausfall. Yseult hatte noch nie gegen ihn gefochten, und obgleich sie in der Nacht des Überfalls der Ui Neill neben ihm gekämpft hatte, war es leichter, das Können eines Gegners einzuschätzen als das eines Verbündeten. Der Barde war gut, sehr gut, selbst jetzt, da er von seinem Duell mit Gamal noch außer Atem war; so gut wie ein Krieger der Fianna. Sie dachte daran, was sie einst zu ihm gesagt hatte, dass er wie der Dagda sei, der gute Gott, gut in allem, was er tat.

Wieder lachte er voller Lebensfreude, sein Schwert zuckte herum und auf sie zu und glänzte hell im Frühlingssonnenschein. Ihre ganze Aufmerksamkeit war auf die klirrenden Klingen gerichtet, die in der Sonne blitzten. Ehe ihre Schwerter voneinander abglitten, Eisen an Eisen, fing eine deutliche Unregelmäßigkeit in der schimmernden Glätte von Tandrys' Klinge ihren Blick ein.

Eine Scharte. Als ob ein Stück fehlte.

Wieder suchte sie nach der Stelle. Da. Sie hatte sich nicht geirrt. Irgendwie hatte Tandrys einen Metallsplitter aus seiner Schwertklinge eingebüßt, in irgendeinem Kampf, bei dem vielleicht jemand getötet worden war.

Ein Gefühl Übelkeit erregender Furcht sank in ihren Leib, und ihr Schwertarm erstarrte. Vielleicht hatte das Licht sie genarrt. Sie hoffte, dass das Licht sie genarrt hatte.

Tandrys ließ seine Waffe fallen, kam zu ihr und legte ihr einen nackten, verschwitzten Arm um die Schultern. »Yseult! Ist dir nicht gut?«

Sie starrte ihn an und wünschte sich, sie könne seine Klinge anstarren. »Ich – ich weiß nicht. Vielleicht die Sonne.«

Er streichelte ihre Wange, und sie ließ es zu, obgleich ihre erste Regung war zurückzuzucken. »*So* warm ist es doch gar nicht«, meinte er lächelnd und nahm ihr Kinn zwischen die Hände. Schöne Künstlerhände, vielleicht die Hände eines Mörders.

»Nein. Ich weiß auch nicht, was über mich gekommen ist. Ich glaube, ich sollte lieber zu meiner Mutter gehen.«

Er nickte, und seine schönen grünen Augen waren voller Sorge. »Soll ich mitkommen?«

Sie schüttelte den Kopf. Der Verdacht machte einer eigenartigen Überzeugung Platz, und plötzlich konnte sie seine Berührung kaum noch ertragen.

Er küsste sie zärtlich auf die Wange, und sie schob ihr Schwert in die Scheide und ging zum Rath zurück, ohne sich noch einmal umzublicken.

Tandrys. Drustanus, Sohn des Marcus Cunomorus. In der Sprache der Britannier wurde aus Drustanus Drystan. Drystan. Tandrys.

Yseult kam sich vor wie eine Närrin.

Nachdem sie den Übungsplatz verlassen hatte, ordnete sie an, dass seine Habseligkeiten für die Reise nach Dun Ailinne gereinigt werden sollten. Ohne auch nur das Mindeste von ihrem Verdacht zu ahnen, gab er sie bereitwillig heraus, froh, dass die Sklaven ihm die Arbeit abnahmen.

Sie wartete lange genug und betrat dann das Rundhaus unter dem Vorwand, die Arbeit der Sklaven zu beaufsichtigen. Seine Harfe sah neu aus, die Schnitzereien des Rahmens waren spiegelblank poliert. Doch es war nicht die Harfe, die sie interessierte. Sie nahm Tandrys' Schwert in der fein gearbeiteten Scheide zur Hand. Ein aremorisches Stück; der gallisch-römische Einfluss war unverkennbar. Gleichzeitig waren die Figuren der Pferde und Reiter zu stilisiert, um völlig römisch zu sein, die Linien waren zu glatt, die Figuren zu gefällig für reine Ähnlichkeit.

Sie schob den Augenblick der Wahrheit hinaus, und sie wusste es. Genug.

Yseult zog das Schwert aus der Scheide und fand die Scharte in der Klinge sofort. Ihre Hand erstarrte, und ihr Magen krampfte sich zusammen. Dann legte sie das Schwert neben die Harfe, zog den Splitter aus dem Beutel, den sie an der Taille trug, und fügte ihn in die Kerbe in der Klinge des Barden ein.

Er passte genau.

Die Luft im Badehaus roch süß nach Kräutern, und die feuchte Wärme war berauschend. Das Feuer in der Feuergrube knisterte fröhlich, als Yseult lautlos durch die Tür schlüpfte und die Waffe umklammerte, die ihren Onkel getötet hatte. Tandrys – nein, Drystan – saß mit dem Rücken zu ihr in einem hölzernen Zuber und wusch sich den Schweiß und den Schmutz der Fechtübungen von heute Nachmittag ab. Er schrubbte sich energisch unter den Armen und summte dabei ein Lied vor sich hin. Einen Augenblick hielt sie inne. Der Rücken würde vollkommen genügen, doch das war nicht ehrenhaft.

Ja, der Rücken war vollkommen, glatt und muskulös, schlank für einen Kämpfer, aber kräftig. Sein Zopf hatte sich gelöst, und er hatte das nasse Haar aus dem Nacken gezogen und es auf dem Kopf zu einem Knoten gebunden. Yseult verspürte ein Reißen in ihrem Inneren und fasste das Schwert fester. Es musste sein. Sie hatte geschworen, ihren Onkel zu rächen, hatte geschworen, dass Drustanus, der Sohn des Marcus Cunomorus, bezahlen würde. Und er, Lügner, der er war, hatte die Gastfreundschaft seiner Feinde angenommen, hatte sie alle monatelang zum Narren gehalten, hatte die Nichte des Mannes, den er getötet hatte, hinterlistig beinahe dazu gebracht, sich in ihn zu verlieben. O ja, er lachte doch so gern, wahrscheinlich lachte er gerade jetzt hinter der Mauer seiner Gedanken über sie alle.

Sie verbiss sich ein Aufschluchzen und hasste dabei ihre eigene Schwäche. Bei dem Geräusch zuckte Drystan in dem Zuber zusammen und drehte sich um. Ein erfreutes Lächeln begann auf seinen Lippen Gestalt anzunehmen, bis er das Schwert sah, das sie in der Hand hielt. Sein Blick huschte von ihrem Gesicht zu der Klinge und wieder zurück, und das Lächeln erstarb. Er schickte sich an, eine Hand zu heben, doch sie riss als Antwort die Waffe hoch, und er ließ den Arm wieder sinken.

»Yseult«, sagte er schließlich. Mehr nicht. Zumindest würde er nicht versuchen, den Unschuldigen zu spielen.

Seine Augen waren voll Trauer, und als sie versuchte zu lesen, was in seinem Kopf geschah, war die Mauer verschwunden, und seine Gedanken schrien vor Schmerz. Sie fuhr zusammen und zuckte zurück.

»Drystan.« Sie holte tief Luft. »Ich bin gekommen, um Rache für den Tod meines Onkels zu nehmen.«

Das Wasser glitzerte auf seinem Körper, fing den Schein des Feuers ein und verlieh ihm das Aussehen einer Bronzestatue. Der Anblick all dieser nass glänzenden männlichen Schönheit verschlug ihr den Atem, und sie schaute auf, konzentrierte sich auf das Gesicht, auf dieses lügende Antlitz.

»Wie hast du es herausgefunden?«, fragte er.

Yseult trat vor und setzte die Spitze des Schwerts auf seine verblüffend unbehaarte Brust. Dabei kämpfte sie gegen das Verlangen an, nach unten zu blicken und abermals seinen ganzen schlanken Körper zu betrachten. »Dies ist das Schwert, das Murchad getötet hat. Ich habe einen Splitter aus seinem Schädel gezogen, und er passt genau in deine Klinge.«

»Das Duell heute Nachmittag.«

»Ja.«

»Dein Onkel ist in einem Zweikampf auf Leben und Tod gefallen. Hätte ich ihn nicht erschlagen, so hätte er mich umgebracht. Beinahe hätte er mich auch wirklich getötet, als die Wunde zu schwären angefangen hat.«

»Aber du hast ihn erschlagen, als er Geiseln zurückgebracht hat, als man ihm freies Geleit zum Sitz deines Vaters zugesichert hatte.«

Drystan stieß einen harschen Seufzer aus. »Ich weiß.«

Yseult war so überrascht, dass sie beinahe das Schwert fallen gelassen hätte. »Dann gibst du diese Ehrlosigkeit also zu?«

»Die Ehrlosigkeit meiner Familie, ja, aber nicht die meine. Ich habe Murchad im ehrbaren Kampf getötet.«

»Wie kannst du einen Unterschied zwischen der Ehre deiner Familie und deiner eigenen machen?«

Drystan zuckte die Achseln. »Es war nicht meine Entscheidung, gegen das Recht auf freies Geleit zu verstoßen. Das war das Werk meines Vaters. Ich habe nur versucht zu retten, was an Ehre noch zu retten war.«

Es hörte sich alles so vernünftig an, so vorstellbar, dass Yseult fühlte, wie ihre Entschlossenheit ins Wanken geriet. Doch das durfte nicht sein. Um ihres Onkels willen durfte das nicht sein.

»Anstatt ihm aufzulauern, hast du ihn eben in einem Duell auf Leben und Tod niedergestreckt«, stieß sie verbittert hervor.

»Dann gibst du also zu, dass es ein ehrenhafter Kampf war?«

Sie musste ihren Zorn wiederfinden. Mit jeder Minute, die sie hier stand und das Schwert in ihren Händen schwerer wurde, fühlte sie, wie ihre Wut nachließ. »Ich gebe gar nichts zu. Du bist ein Lügner, der uns getäuscht und dazu gebracht hat, dich gesund zu pflegen. Spionierst du für deinen Vater?«

»Ich bin kein Spion.« Er seufzte tief. »Ich wäre dein Barde geworden.«

»Barde? Meuchelmörder! Ich werde dich töten, mit dem Schwert, das Murchad niedergestreckt hat!«

Drystan rührte sich nicht, er starrte sie nur an, mit diesen Augen, die die Farbe von frischem Frühlingsgras hatten. Yseult stellte fest, dass sie sich ebenfalls nicht bewegen, die Klinge nicht in sein Brustbein rammen konnte, dass sie nicht zusehen konnte, wie das rote Blut über diesen vollkommenen Körper rann oder wie diese grünen Augen starr wurden.

»Yseult, was hat das zu bedeuten?«

Beim Klang der Stimme ihrer Mutter fuhr Yseult herum. Drystan sprang mit einem Satz aus dem Bad und packte sie von hinten, zwang das Schwert aus ihrer Hand. Als es in die Binsen fiel, die den Boden bedeckten, wich alle Spannung aus ihrem Körper, alle Lebenskraft, die sie aufrecht gehalten hatte, und sie sank mit einem Aufschluchzen gegen ihren nassen Feind. Drystans Arme schlossen sich fester um sie. Sie lehnte den Kopf nach hinten an seine Schulter, während ihr die Tränen übers Gesicht liefen, und sah ihre Mutter an. Crimthann stand mit verwirrter Miene neben seiner Königin.

Ihre Mutter wiederholte die Frage, diesmal an den falschen Barden gewandt. »Tandrys, was hat das zu bedeuten?«

»Nicht Tandrys«, brachte Yseult heraus, den salzigen Tränengeschmack auf den Lippen. »Drystan.«

»Drystan?« Ihre Mutter verstand noch immer nicht.

»Drustanus«, sagte Yseult. »Der Sohn von Marcus Cunomorus.«

Das Schweigen im Badehaus zog sich in die Länge. Yseult fühlte, wie das Wasser auf Drystans Körper durch ihr Kleid bis auf die Haut drang, fühlte die Muskeln seines Unterarmes unter ihren Brüsten, fühlte die Hitze der Tränen unter ihren Lidern und auf ihren Wangen, fühlte, wie sich ihr Herz zusammenkrampfte und ihr Vertrauen starb. Und trotzdem spürte sie, dass er hinter ihr stand, nackt und nass, und es verlangte sie danach, sich umzudrehen und ihn in Grund und Boden zu küssen.

Sie hasste ihn, mehr als sie jemals in ihrem Leben irgendjemanden gehasst hatte.

»Ein Leben für ein Leben«, sagte Crimthann.

»Lasst sie los«, befahl die Königin. Ihre Stimme klang müde.

Drystan lockerte seinen Griff, doch Yseult konnte sich nicht bewegen. Allein zu stehen war unmöglich, und sie wollte nicht der Länge nach auf dem Boden des Badehauses enden. Teilnahmslos stand sie da, an ihren zum Feind gewordenen Geliebten gelehnt, während die Tränen ihr in stetem Strom über die Wangen rannen. Crimthann trat vor und zog sie von Drystan fort und in seine Arme. Sie legte den Kopf auf seine Schulter und wusste, dass sein Hemd bald durchnässt sein würde. Aus irgendeinem Grunde wollten die brennenden Tränen einfach kein Ende nehmen.

»Ich kann Murchad nicht mit Eurem Leben rächen«, sagte Crimthann, und seine Stimme grollte dicht an ihrem Ohr. »Ich schulde Euch das meine. Aber ich will, dass Ihr Ard Ladrann augenblicklich verlasst und Euch so schnell wie möglich aus dem Reich der Laigin schert.« Er schwieg einen Moment, und Yseult fühlte, wie er schluckte. »Ich frage mich, ob Euch klar ist, was Ihr uns angetan habt. Wir haben Euch vertraut und Euch geliebt, und wir haben Euch einen Platz in unserem Leben eingeräumt. Jetzt geht.«

Yseult hörte, wie Drystan seine Habseligkeiten zusammenraffte und zur Tür ging, hörte die Türangeln knarren und seine Schritte innehalten. »Vergebt mir.«

Dann war er fort.

Crimthann nahm sie auf die Arme und trug sie durch den Rath zu ihrem Bett. Sie fühlte ihre Schlafmatte unter ihrem Rücken und schmeckte die Bitterkeit von Nachtschatten.

Und sie schlief.

13

Wohin also will Coroticus sich wenden mit seinen Verbrechern, Rebellen wider Christus, wo werden sie sich sehen, jene, die Frauen als Beute taufen – für ein elendes, vergängliches Königreich, welches binnen eines Augenblicks dahin sein wird? Wie eine Rauchwolke vom Winde verweht wird, so sollen die ruchlosen Täuscher verderben in der Gegenwart des Herrn; die Rechtschaffenen jedoch sollen in großer Beständigkeit schwelgen mit Christus, sie sollen über Völker zu Gericht sitzen und über die verderbten Könige herrschen immerdar, Amen.

St. Patrick, *Brief an Coroticus*

Mit einem Ruck erwachte Yseult. Schwacher Rauchgeruch stahl sich in die Luft des Rundhauses in Dun Ailinne, frischer Rauch, nicht wie der vom Abendfeuer, das mit Asche bedeckt und gelöscht worden war, ehe alle sich zur Ruhe begeben hatten. Der Sommer war fast vorbei, doch nachts brauchten sie die Wärme des Feuers nicht.

Sie warf die Decke zurück und schlüpfte in Hose und Schuhe; dabei bemerkte sie, dass ihre Mutter ebenfalls wach war. Die Königin hatte den Vorhang der Schlafnische zurückgezogen, die sie sich normalerweise mit Crimthann teilte. Jetzt jedoch war er auf einem Vergeltungsfeldzug gegen die Ui Bairrche, die seinen Vater verraten hatten und zu den Ui Neill übergelaufen waren, einem Feldzug, den er kurz nach seiner Wahl zum König der Laigin begonnen hatte. Das Territorium der Ui Bairrche war nicht weit von ihrem neuen Heim entfernt, zu weit jedoch, als dass er ihnen jetzt hätte helfen können.

Ihre Blicke begegneten sich quer durch das dunkle Rundhaus. Da König Crimthann mit der Hälfte der Kämpfer von Dun

Ailinne fort war, war dies genau der richtige Zeitpunkt für einen Überfall, und beide Frauen wussten das.

Doch warum hatte die Warnglocke nicht geläutet?

»Ich schaue nach, ob alles in Ordnung ist«, sagte Yseult und nahm Schwert und Schild von der Wand. Ihre Mutter nickte.

Inzwischen war auch Illann erwacht, er schob mit einer Hand den Vorhang seiner Schlafkammer zurück, während er mit der anderen seinen Gürtel festzog. »Ich komme mit. Lithben«, wandte er sich an die letzte Bewohnerin des Rundhauses, die ebenfalls bereits nach ihren Waffen griff, »Ihr bleibt hier und bewacht die Königin.«

Lithben nickte knapp, und Yseult und Illann huschten zur Tür hinaus. Draußen war der Rauchgeruch stärker, und sie drehte den Kopf, versuchte festzustellen, woher er kam. Es war zu still für ein Feuer – kein Lärm, kein Tumult, keine Warnschreie, keine verängstigten Tiere, kein Herumhasten, um Häuser und Vorräte vor der Vernichtung zu bewahren.

Es konnte nur der Wachturm selbst sein.

Sie eilten zu dem nächsten Rundhaus, das den Kriegern der Fianna zugewiesen worden war. Viele von ihnen waren bereits auf den Beinen und hielten die Schwerter in den Händen.

»Wir müssen nach den Wachtposten sehen«, sagte Illann. »Aber ich will außerdem, dass mehr Krieger die Königin bewachen. Wenn es Lóegaire ist, dann ist sie diejenige, hinter der er her ist.«

»Wenn es Lóegaire ist, können wir nur hoffen, dass er unsere Stärke unterschätzt hat«, brummte Illanns Bruder Ailbe neben ihr.

Illann achtete nicht auf das Gemurmel seines Bruders. »Fiachra, Ihr geht und weckt die anderen Krieger, und schickt noch ein halbes Dutzend los, damit sie Lithben helfen, die Königin zu bewachen. Bren und Bress, nehmt die Hälfte der restlichen Männer und seht am Wachturm nach dem Rechten. Yseult und ich gehen mit der anderen Hälfte und sehen nach, ob die Wachen auf ihren Posten sind.«

»Das sind zu viele«, protestierte Yseult. »Wir müssen uns aufteilen, um sämtliche Wachtposten zu überprüfen.«

Illann schüttelte den Kopf. »Nein, Yseult. Ihr seid genauso wertvoll wie Eure Mutter.«

Yseult hätte gern widersprochen, doch sie wusste, dass Lóegaire geschworen hatte, sie ebenfalls gefangen zu nehmen. Und wenn sie sich zu sehr widersetzte, würde er sie zurückschicken, um sie im Rundhaus zusammen mit ihrer Mutter bewachen zu lassen.

Mit gezogenen Schwertern glitten sie schweigend zwischen den Häusern hindurch auf das Südtor zu, wo zwei Wachen hinter den Erdwällen des Rath auf dem Posten waren. Obgleich noch kein Kampfgeschrei zu hören war, keine Schlachtrufe ertönten, um sich zu erkennen zu geben, erinnerte irgendetwas an dieser Nacht Yseult an jene, als Tandrys an ihrer Seite gekämpft hatte. Nur stand diesmal der Mond hoch, die Sicht war gut, und Crimthann war nicht da.

»Aed?«, rief Illann leise, als sie sich dem Tor näherten. »Cellach?«

Endlich machten die Finsternis und der Rauch ihre Drohung war. Westlich von ihnen hörten sie den Kampfschrei »Ui Neill!«, der von ihren eigenen Leuten beantwortet wurde: »Ui Cheinnselaig!«

Fast zur gleichen Zeit flog das Südtor zwischen den Verteidigungswällen auf, und die Feinde begannen hereinzuströmen.

In ihrer Mitte focht der Hochkönig Lóegaire persönlich.

Obwohl sich ihnen alsbald weitere Krieger anschlossen, die von Fiachra und dem Kampfgetümmel geweckt worden waren, waren sie im Nachteil, da der Feind bereits durch die Tore gebrochen war. Illanns einzige Strategie bestand darin, die Gegner zum Tor zurückzudrängen, so gut es ging. Rücken an Rücken hieben sie und Ailbe in die Masse der Feinde und versuchten, sich gegenseitig so gut wie möglich zu schützen, während sie verhinderten, dass Männer der Ui Neill zwischen ihren Truppen hindurchschlüpften und tiefer in den Rath vordrangen.

Unter den Kämpfern der Ui Neill ganz in ihrer Nähe erkannte Yseult Lóegaires Sohn Lugaid. Unglücklicherweise erkannte er sie ebenfalls. Er und eine kleine Kriegerschar machten sich daran, sich zu ihr vorzukämpfen. Ailbe war in einen Zweikampf verstrickt und deckte ihr nicht länger den Rücken. Ein Stück weiter vorn sah sie, wie Senach mit einem Kurzschwert in der Kehle fiel, gefolgt von Guaire. Der Blutgeruch stieg ihr in die Nase, und das Klirren von Klinge auf Klinge füllte ihre Ohren. Trotz der kühlen Nachtluft rann ihr der Schweiß über die Stirn und in die Augen, brannte und machte sie fast blind. So gut sie konnte, wischte sie ihn mit einem blutigen Unterarm fort.

Und dann warfen sich noch mehr von ihren Männern in den Kampf; einige von ihnen umringten sie, schützten sie. Sie bemerkte Aidenn neben sich und nahm an, dass Brangwyn nicht weit war, doch sie konnte sich nicht umschauen. Die Krieger der Ui Neill griffen sie nicht direkt an, sondern verteidigten sich nur gegen ihre Ausfälle, und das musste sie nach Kräften ausnutzen.

Sie sah eine Lücke und stieß einem Mann, der auf Aidenn eindrang, ihr Schwert in den Hals. Gurgelnd fiel der Ulaidkrieger vor ihren Füßen zu Boden, als sie das Schwert herausriss, doch sie kämpfte die Übelkeit nieder und fuhr herum, um ein anderes Schwert abzuwehren, das Dongal auf ihrer anderen Seite hatte niederstrecken wollen.

Bald wurde den Verteidigern klar, dass sie in der Unterzahl waren. Nicht nur das, die Krieger der Ui Neill gingen mit eiserner Zielstrebigkeit vor, hielten ihre Stellung nahe dem Südtor und trieben einen Keil zwischen Yseult und die Männer, die mit ihr kämpften. Soweit sie es erkennen konnte, versuchten sie nicht einmal, tiefer in den Rath vorzudringen. Eine Gruppe Krieger hielt Illann und die Männer in seiner Nähe in Atem, während Lugaid und seine Gefolgsleute Yseult und ihre Verteidiger erbarmungslos vom Rest der Laiginkrieger wegdrängten. Lóegaire hatte sie aus den Augen verloren.

Diesmal gab es weder Schlamm noch Regen, und sie verteidigten Dun Ailinne und nicht Ard Ladrann, und doch überkam sie wieder das Gefühl der Ähnlichkeit. Yseult hatte nur selten auf

Seiten der Verteidiger gestanden – ihre Erfahrungen stammten hauptsächlich aus Raubzügen um Vieh, bei denen wenig oder gar nicht getötet worden war. Nicht so wie hier.

Yseult hatte keine Ahnung mehr, wer verwundet oder gefallen sein mochte. Ihre Welt war zu dem Schwert in ihrer rechten und dem Schild in ihrer linken Hand zusammengeschrumpft, zu Aidenn auf ihrer rechten und Dongal auf ihrer linken Seite, und zu Kriegern, die auf sie einstürmten, Männern, die einst ihre Spielgefährten gewesen waren. Mondlicht und Blut und der dumpfe Schmerz in ihrem Kampfarm. Sie konnte die einzelnen Schreie und das Ächzen der Schlacht nicht länger voneinander unterscheiden, das Geräusch von Schwertern auf Knochen, das Quatschen von Füßen auf blutgetränkter Erde.

Dongal ging neben ihr zu Boden, und sie musste ihren Verstand gegen seine Todespein abschirmen. Sie rammte seinem Mörder das Schwert in die Brust, und sein Schrei vermengte sich mit denen all der anderen. Der Geruch von Schweiß und Blut, der Geruch von Blut und Erde, alles vermischte sich in ihrem Kopf mit den Schmerzen jener, die verwundet und noch nicht jenseits aller Qualen waren, deren letzte Gedanken ihren Liebsten oder ihren Lieblingshunden oder dem Rath galten, in dem sie aufgewachsen waren. Irgendwann musste sie sich eine Verletzung zugezogen haben, denn sie konnte das alles nicht mehr aussperren, die Erinnerungen der Sterbenden; ihre Konzentration ließ nach, war dahin.

Und dann fiel Aidenn.

Yseult fühlte das Aufflammen des Schmerzes in Brangwyns Gedanken, als wären es ihre eigenen, und ihr Schwertarm geriet ins Stocken. In diesem Augenblick schlug ihr einer von Lugaids Männern die Waffe aus der Hand, packte sie um die Taille und warf sie sich über die Schulter. Während die Welt auf dem Kopf stand, konnte sie sehen, wie Lugaid Aidenns abgetrennten Kopf hochhielt und einen Siegesschrei ausstieß, bei dem ihr das Blut in den Adern gerann. Mit aller Kraft biss sie in den nackten Arm des Mannes, der sie trug, und er begann Flüche im Namen sämtlicher Götter seines Stammes zu brüllen. Plötzlich wurde sie zu

Boden geschleudert, mitten in den Blutmatsch, so dass es ihr den Atem aus der Lunge trieb.

»Lóegaire hat uns schwören lassen, dass wir dir nichts zuleide tun, aber ich sehe keine andere Möglichkeit, dich aus diesem Rath zu schaffen.« Der erste Fußtritt riss ihr den kleinen Schild aus der Hand, beim zweiten wurde die Welt um sie herum schwarz.

Als sie wieder zu sich kam, befand sie sich zusammen mit ihrer Mutter und ihrer Base in einem kahlen Rundhaus. Kein Schmuck zierte die Wände, keine Schwerter, Kräuter oder Wandbehänge, und in der Grube brannte kein Feuer. Die beiden anderen Frauen saßen rechts und links von ihr, und ihre Mutter betupfte Yseults Kopf mit einer Tinktur aus Ringelblumen, Raute und Wermut.

Mit ihrer Mutter hatte sie gerechnet, nicht aber mit Brangwyn.

Mühsam versuchte Yseult, sich aufzusetzen. »Du auch, Base?«

Brangwyn zuckte die Schulter. »Das Letzte, woran ich mich erinnere, ist, dass ich mich wie eine rachgierige Baen Sidhe an Lugaid festgekrallt habe. Sie haben wohl beschlossen, mich mitzunehmen, nachdem sie mich von ihm heruntergezerrt haben.«

Urplötzlich flutete die Erinnerung über Yseult hinweg, und sie sah wieder Aidenns Kopf, der am Haar von Lugaids Faust herabbaumelte. Sie ergriff die Hand ihrer Base und drückte sie fest. Brangwyn erwiderte den Druck, doch in ihren Augen war nichts, und auch nichts in ihren Gedanken.

»Was ist mit den anderen?«, fragte Yseult und fürchtete sich davor, die Neuigkeiten zu hören.

»Lithben ist tot«, sagte ihre Mutter leise.

»Illann und Ailbe waren noch am Leben, als sie mich ergriffen haben«, fügte Brangwyn hinzu. »Viel mehr wissen wir nicht.«

»Ich habe Dongal, Senach und Guaire fallen sehen«, setzte Yseult mit zitternder Stimme hinzu.

Die drei lehnten sich aneinander, und ihre Arme glitten um

die Schultern der jeweils anderen. Yseult war schwindlig und sie fühlte sich schwach und halbtot durch diese Verluste. Kein Wunder, dass ihre Base sich für sie ganz tot anfühlte.

Die Tür öffnete sich, und Lugaid erschien. »Wie ich höre, ist Brangwyn endlich wach«, sagte er.

Allen drei Frauen war augenblicklich klar, worauf er aus war. Yseult sog scharf die Luft ein und umklammerte die Hand ihrer Base.

»Es würde wohl keine Rolle spielen, ob ich wach bin oder nicht«, erwiderte Brangwyn. Ihre Hand lag schlaff in der Yseults.

»Anscheinend haben die Ui Neill jegliche Achtung vor den Alten Bräuchen verloren«, sagte Yseults Mutter. »Glaubt dein Vater, dass auch dies hier seine Tage in dieser Welt verlängert?«

»Zumindest werden seine Tage als König länger währen, jetzt, da er Euch wiederhat«, gab Lugaid scharf zurück. Dann wandte er sich an Brangwyn. »Komm mit.«

Sie erhob sich. »Ich schwöre bei Danu, dass dir das, was du vorhast, keine Freude bereiten wird.«

Yseult konnte sein Zögern fühlen, die Drehungen und Wendungen seiner Gedanken, die Schliche, die er anwandte, um sich selbst dazu zu überreden zu tun, was er wollte. Brangwyn sah zu reizvoll aus, mit ihrem dicken schwarzen Zopf und den blauen Flecken an Hals und Armen: der sichtbare Beweis dafür, dass man von der Alten Rasse nichts zu fürchten hatte, dass auch ihre Angehörigen überwältigt werden konnten, genau wie die Gaelen. Und der Gedanke, diese hochmütige junge Frau in seiner Gewalt zu haben, sie für den langen Schnitt bezahlen zu lassen, der seinen Unterkiefer zierte, war stärker als die Achtung vor den Feadh Ree, mit denen er aufgewachsen war.

Er packte Brangwyn am Handgelenk und zerrte sie hinter sich her durch die Tür.

Yseult versuchte aufzustehen, doch die Hand ihrer Mutter und ihr eigener Schwindel geboten ihr Einhalt. »Du hast nicht genug Kraft, um sie zu schützen, Liebes. Sie muss sich selbst schützen.«

Als Lugaid Brangwyn in sein eigenes Haus geschafft hatte, war sein Gemächt bereits hart geworden bei dem Gedanken, mit Gewalt in sie einzudringen, schnell und brutal, ihre Schmerzensschreie und ihr Flehen um Gnade zu hören.

Seine Frau Roisin saß an ihrem Webstuhl, und er befahl ihr hinauszugehen. Langsam erhob sie sich von ihrem Schemel, schaute von ihm zu Brangwyn und zurück, und ihr offenes, fröhliches Gesicht verschloss sich. Wortlos schnalzte sie mit den Fingern, um den kleinen Hund zu ihren Füßen aufzuscheuchen. Erfreut über die Aussicht auf einen Spaziergang sprang der Schoßhund auf und folgte ihr aus dem Rundhaus.

»Du wirst sie niemals wiedersehen«, sagt Brangwyn, als sich die Tür hinter Roisin geschlossen hatte.

»Was weißt du schon?«, höhnte Lugaid. »Schau dir doch deine blauen Flecken an. Du bist eine Frau wie jede andere.« Er wurde immer selbstsicherer. Hier hatte er Brangwyn, eine Frau der Alten Rasse, mit Gewalt in sein Haus geschafft, und die große Danu, bei der ihr Stamm seine Eide schwor, war noch immer nicht erschienen, um ihn niederzustrecken.

Er stieß sie auf die Binsen hinunter, die den Boden bedeckten, und sein Gemächt pochte, als er sah, wie sie vor Schmerz zusammenzuckte. Rasch löste er die Verschnürung seiner Hose, drängte ihre Beine auseinander und fiel gierig über sie her, riss ihr mit einer Hand das Kleid hoch, während er mit der anderen sein Geschlecht führte. Zuerst war es schmerzhaft, mit Gewalt in sie einzudringen, doch als er erst die körperlichen Zeichen ihres Widerwillens überwunden hatte, war sie wunderbar eng. Lugaid schloss die Augen, hämmerte auf sie ein, dachte an ihre blauen Flecken und ihren Schmerz und erreichte fast augenblicklich den Höhepunkt. Er stöhnte auf und öffnete die Augen, um sich an der Angst und dem Leid in ihrem Gesicht zu weiden.

Und schrie gellend auf.

Unter ihm lag nicht Brangwyn, schön und dunkelhaarig, sondern ein Leichnam, eine Totenmaske, die Haut fast schwarz vor Fäulnis, die Augen tief eingesunken, die Zähne so braun wie altes Elfenbein.

Wieder schrie er, sprang unbeholfen auf und stolperte über die Hose, die ihm um die Knöchel hing, als er versuchte, aus dem Haus zu stürzen.

Lugaid würde sehr lange keine Frau mehr schänden.

Danach wurde Brangwyn in Ruhe gelassen, Yseult die Weise jedoch hatte nicht so viel Glück. Während der ersten paar Tage hielt Lóegaire sich von ihr fern, solange sie ihre Tochter gesund pflegte, doch nachdem sich die Prinzessin von ihrem Lager erhoben hatte und mit ihrer Mutter und Brangwyn in den Kräutergarten hinausging, ließ Lóegaire seine einstige Gemahlin zu sich bringen.

Es hieß, jene von der Rasse der Feadh Ree behielten ihre Jugend länger als die Gaelen, und wenn irgendjemand ein Beweis dafür war, dann war es diese hochgewachsene Gestalt vor ihm, die sich weigerte, das Knie zu beugen, mit hoch emporgerecktem Kinn und goldenem Haar bis zur Hüfte. Sein Blut geriet in Wallung.

»Du wirst ab heute Abend wieder mein Haus und mein Bett mit mir teilen«, verlangte Lóegaire. »Ich erkenne die Scheidung, die du ausgesprochen hast, nicht an und will, dass du wieder meine Frau bist.«

»Nur weil es dein Wille ist, ist es noch lange nicht wahr«, sagt die Königin der Tuatha Dé Danann.

Lóegaire gab ein bitteres Lachen von sich. »Ich würde es mehr als meinen Willen nennen. Ich habe dich hier in meiner Gewalt, und das macht dich wieder zu der Meinen.«

»Wenn das für dich genug Wahrheit ist, dann tust du mir leid, Lóegaire.«

Es war nicht genug Wahrheit für ihn, doch er gab sich alle Mühe, sich selbst zu täuschen, während sie reglos und widerstandslos unter ihm lag. Sich zu täuschen, als die Farbe aus ihren Wangen und das Fleisch von ihren Knochen wich und das Licht in ihren Augen erlosch. Sie war die Königsmacherin, und er war der König, und sie war sein. Das war Wahrheit.

Die Wahrheit war zu viel für Yseult die Schöne. Ihre Wahrnehmungsfähigkeit war ihr Fluch. Sie hatte Brangwyns Schändung mitempfunden, und jetzt fühlte sie die ihrer Mutter, wieder und wieder, sah, wie ihre Mutter ihr entglitt, wie sie mit jeder Nacht, die verging, weniger wurde.

»Wieso ist Crimthann noch nicht gekommen, um uns zu holen?«, wütete Yseult, während sie in dem kleinen Rundhaus auf und ab schritt, das sie sich mit Brangwyn teilte.

»Vielleicht hat er es ja versucht, hat aber nicht angreifen können.«

»Seit ich wieder gesund bin, habe ich nach ihm gerufen. Nichts.«

»Hast du gesehen, wie viele Krieger Lóegaire hier in Tara um sich geschart hat? Merkst du überhaupt noch, was um dich herum vorgeht?«

»Nein.«

»Yseult, du musst dich vor deiner Mutter abschirmen. Sie ist zurzeit nicht sie selbst, und sie vergisst, ihre Gedanken zu verbergen.«

»Genau deswegen muss ich mich ihr gegenüber ja öffnen.«

»Aber das wird dich in den Wahnsinn treiben!«

Yseult blieb stehen, drehte sich um und starrte ihre Base an. Mittlerweile waren die Prellungen und Quetschungen von der Schlacht und von Lugaids groben Händen verblasst, doch Yseult konnte sie noch immer sehen, jede einzelne, die zwischen ihren Schenkeln und die an ihren Schultern und um ihre Handgelenke.

Lóegaire achtete sorgsam darauf, dass ihre Mutter niemals Spuren einer Misshandlung davontrug, denn das wäre ein Scheidungsgrund, den selbst er anerkennen müsste, doch von ihnen dreien war es die Königin, die am meisten Mitleid verdiente.

Und Yseult? Sie wurde bewacht, sonst nichts. Keine Schändung, keine Misshandlung, gar nichts. Nur das Gefühl der Schuld.

»Es treibt mich wirklich in den Wahnsinn. Schau doch, was sie dir und meiner Mutter angetan haben. Mich behandeln sie, als wäre ich eine wertvolle Zuchtstute.«

»Das bist du auch.«

Ja, das war sie. Sie wollten, dass sie in guter Verfassung blieb, damit sie sie für den Frieden an den dumnonischen König Marcus Cunomorus verschachern konnten. Drystans Vater. Bald, nachdem sie in Tara angelangt waren, hatte Lóegaire sie davon in Kenntnis gesetzt, dass er zu dem britannischen König geschickt habe, um die Verhandlungen wieder aufzunehmen.

Und Yseult hatte ihn davon in Kenntnis gesetzt, dass sie sich niemals fügen würde.

Nachdem sie sich von ihren Verletzungen erholt hatten, wurden Yseult und Brangwyn in das tägliche Tagewerk des Rath einbezogen, beinahe so, als wären sie keine Gefangenen. Wachen drückten sich in der Nähe herum, wenn sie beim Weben oder im Haus des Heilens halfen oder die Kinder unterrichteten; doch Lóegaire schien der Ansicht zu sein, dass es Verschwendung sei, vier gesunde, begabte Hände untätig ruhen zu lassen. Außerdem versuchte er, weiterhin so zu tun, als sei ihre Anwesenheit hier normal.

Da Lochru tot und Lucet kränklich war und Erc mehr Interesse daran hatte, die neuen Weisheiten zu lernen als daran, die alten weiterzugeben, war Dubtach zu ihr und Brangwyn gekommen und hatte gefragt, ob sie helfen würden, die Kinder zu lehren. Sie waren keine Druiden, doch von der Königin hatten sie viel von dem gelernt, was man wissen musste, um Ban File und Heiler zu werden. Yseult wurde ständig bewacht, doch man gestattete ihr, sich frei zu bewegen, und so hatten sie und ihre Base begonnen, die alten Weisheiten an jene weiterzugeben, die lernen wollten.

Und dann, kurz vor dem zweiten Neumond seit ihrer Ankunft in Tara, trat Yseult die Weise nicht mehr aus dem Haus, um unter ihnen zu weilen. Es war, als sei sie aus Tara verschwunden.

Yseult bedrängte den König und versuchte, sich ihrer Gabe des Rufes zu bedienen, um ihre Mutter zu erreichen, doch Lóegaire wollte ihr nicht sagen, weshalb die Königin die Räume des

Königs nicht mehr verlassen durfte, und sie konnte die Gedanken ihrer Mutter nicht länger erreichen.

Ein Monat ging in dieser Ungewissheit dahin, ein Monat, in dem Yseult die Weise in Lóegaires Gemächern eingekerkert war. Yseult war sich sicher, dass nichts Ernstes vorgefallen war, dass sie es gewusst hätte, wäre ihrer Mutter ein Leid widerfahren, doch dieses Nichts machte ihr Sorgen.

Es war fast Samhain, als ein Gehilfe des Heilers Imchad sie mit ihren Schülern im Hain fand.

»Kommt schnell. Die Königin ist krank.«

Yseult blickte von dem Kreis aus jungen Gesichtern auf, der sie umgab, und ihr Magen krampfe sich zusammen. Ihre Mutter krank? Wie konnte es sein, dass sie das nicht bemerkt hatte?

»Was ist mit ihr?«, fragte sie den Krieger, während sie aufsprang. Sie erkannte ihn, es war Cernach, einer der Bewacher ihrer Mutter.

»Sie ist ohnmächtig geworden und wird nicht wieder wach.«

Yseult wandte sich wieder an die Kinder. »Sucht Dubtach und schaut, ob ihr euch für den Rest des Vormittags seiner Schar anschließen könnt. Ich muss mich um die Königin kümmern.«

Die Kinder eilten davon, und Yseult folgte Cernach zur großen Halle, während ihr eigener Bewacher Trian sich dicht hinter ihr hielt.

Als sie die Halle betrat, fand sie den Heiler Imchad auf Knien neben ihrer Mutter vor; er rieb ihr die Hände. Lóegaire kniete ihm gegenüber. »Ist sie schwanger?«, wollte der Hochkönig wissen.

»Schwanger?«, wiederholte Yseult, ohne Imchad auch nur die Gelegenheit zu geben zu antworten. Sie bückte sich und legte den Daumen ans Handgelenk Yseults der Weisen, während sie sich alle Mühe gab, ihr Erschrecken zu verbergen. Seit Beginn des letzten Neumondes hatte sie ihre Mutter nicht mehr gesehen, und in dieser kurzen Zeit hatte sie das Aussehen eines Menschen angenommen, dessen Vorräte lange vor der ersten Ernte zur Neige gegangen waren. Die Ebenen ihres Gesichts waren scharf und kantig, und die Knochen ihres Handgelenks waren unter der Haut deutlich zu erkennen. Mit einem stummen Aufschluchzen tief in ihrer Seele begriff Yseult, dass ihre Mutter nicht nur litt, sondern vielleicht sogar sterben würde.

Und Lóegaire hoffte, sie zu schwängern.

Sie drehte sich zu dem Ard Ri um und kämpfte gegen den Drang an, ihre langen, starken Finger um seinen stämmigen Hals zu legen. »Jeder Narr kann sehen, dass sie sich zu Tode hungert.«

Imchad stieß einen Seufzer aus, und Yseult konnte seine Erleichterung fühlen. Er hatte dem König nicht sagen wollen, dass er seine Gemahlin misshandelte.

»Sie könnte trotzdem schwanger sein«, beharrte Lóegaire.

Yseult schwieg einen Moment und starrte ihn an; es fiel ihr schwer zu glauben, wie selbstsüchtig er geworden war. »Sie könnte schwanger sein, aber das ist sehr unwahrscheinlich. Meine Mutter ist nicht gesund. Karger Boden nimmt nur selten Samen auf. Wie konntet Ihr nur zulassen, dass sie so schwach wird?«, presste sie hervor, und es kümmerte sie nicht, dass es der Hochkönig war, mit dem sie sprach, dass sie sich in seiner Gewalt befand. Er hatte ihnen schon so viel angetan; viel mehr konnte er nicht anrichten.

Lóegaire funkelte sie wütend an und bedeutete Imchad und den Wachen mit einer Geste hinauszugehen. »Ihr Zustand ist nicht meine Schuld. Sie isst fast überhaupt nichts mehr.«

Yseult blickte auf ihre Mutter hinab, auf ihr verhärmtes, bleiches Gesicht. Die Hand der Älteren lag schlaff in der ihren, und sie streichelte den Handrücken mit dem Daumen. »Ihr haltet sie in Eurem Haus gefangen, unter ständiger Bewachung, sie muss Euch zu Willen sein, wann immer es Euch beliebt, ohne Rücksicht auf ihren eigenen Willen, und Ihr sagt, es sei nicht Eure Schuld? Was bei allen Göttern Eures Stammes lässt Euch glauben, Ihr könntet eine Frau der Feadh Ree ihrer Freiheit berauben?«

Lóegaire erhob sich, die Lippen zu einem schmalen Strich zusammengepresst. »Sie mag Feadh Ree sein, aber sie ist auch meine Frau. Der Weise Patraic sagt, eine Ehe kann nicht einfach dadurch gelöst werden, dass man über eine Lichtung schreitet.«

Yseult richtete sich ebenfalls auf und stand ihm gegenüber; sie war froh über die Handbreit, um die sie ihn überragte. »Aber Ihr habt nach dem Recht der Brehonen geheiratet, nicht nach dem der Christen.«

»Und bald wird das Christenrecht Teil des Brehonenrechts sein.«

»Sagt das Christenrecht, dass Ihr Eure Gemahlin einkerkern und sie nach Gutdünken schänden könnt?«

Tiefe Röte stieg dem König vom Hals bis in die Stirn. »Erdreiste dich nicht, so mit mir zu reden.«

Sie zuckte die Achseln. »Ich habe nichts mehr zu verlieren außer meinem Leben, und das werdet Ihr mir nicht nehmen, weil Ihr es einem britannischen König schenken wollt.«

»Versuche mich nicht zu sehr.«

»Ich werde Euch versuchen, so sehr es mir gefällt. Und wenn Ihr wollt, dass die Königin gesund wird, dann lasst sie in ein bequemes Bett in dem Haus schaffen, wo Brangwyn und ich wohnen, damit wir sie abwechselnd pflegen können. Wenn sie erwacht, sage ich ihr, dass sie sich wieder frei im Rath bewegen kann.«

Lóegaire wollte zu einer Erwiderung ansetzen, doch Yseult schnitt ihm das Wort ab. »Bedenkt eins, Lóegaire: Was nützt Euch die Königsmacherin, wenn sie tot ist?«

Nachdem sie Lóegaire verlassen hatte, suchte Yseult Imchad und berichtete ihm, was sie mit dem Hochkönig besprochen hatte. Hätte sie sich den Luxus geleistet, Tränen zu vergießen, so wäre kostbare Zeit verloren gegangen – und außerdem hätte sie ihre Tränen in Trians Beisein weinen müssen.

Sie würde nicht weinen.

Sie bat Imchad, einen reichlichen Vorrat an Ziest, Mariendistel, Johanniskraut, Nesseln und Brombeerwein in das Rundhaus zu bringen, das sie mit Brangwyn teilte, sowie alles, was seiner Meinung nach noch helfen könnte. Dann machte sie sich auf die Suche nach dem Weisen Patraic, ihren Wächter Trian im Schlepptau.

Sie fand Patraic außerhalb der Wälle des Rath, wo er den Bau eines kleinen, rechteckigen Holzhauses beaufsichtigte, in dem seine Anhänger ihrem Gott huldigen konnten. Die Ärmel seines Gewandes waren bis über die Ellenbogen hochgerollt, und er sägte an einem breiten Brett, das auf zwei Baumstümpfen ruhte.

»Meine Mutter ist schwer krank«, sagte sie leise. »Wärt Ihr bereit, mit mir zu ihr zu gehen?«

Patraic war offenkundig verblüfft über ihre Bitte, doch er gab Ciaran und den anderen ein paar hastige Anweisungen und schickte sich an, ihr zu folgen.

»Was fehlt ihr denn?«, wollte er wissen.

»Sie siecht dahin. Sie isst nicht, und heute Vormittag sind ihr die Sinne geschwunden, und sie wacht nicht auf.«

Sie führte ihn zu dem Rundhaus, das sie mit Brangwyn bewohnte, und tatsächlich fand sie dort ihre Mutter auf einem Bett vor, das mit den erlesensten Pelzen bedeckt war, die in Tara zu haben waren. Imchad war an ihrer Seite und versuchte, ihr ein wenig Brombeerwein einzuflößen. Der Geruch von Rosmarin lag in der Luft.

Neben ihr sog Patraic bei dem Anblick, den die Königin der Tuatha Dé Danann bot, scharf den Atem ein.

»Der Hochkönig sagt, er hätte Euren Segen dafür, sie so zu behandeln.«

Einen Augenblick schwieg Patraic und betrachtete die bleiche Gestalt ihrer Mutter. »Ihr seid eine kluge junge Frau, und ich denke, Ihr wisst, dass ich kein Verhalten gutheißen könnte, das dazu führt, dass Yseult die Weise so aussieht. Was wollt Ihr mir sagen?«

»Euer Hass auf die Sklaverei ist wohlbekannt.«

Patraic nickte.

»Es waren Eure Worte, mit denen Lóegaire es gerechtfertigt hat, meine Mutter gefangen zu nehmen, Eure Vorstellungen von einer Ehe, die es ihm gestattet haben, sich von der Lehre abzuwenden, mit der er aufgewachsen ist, und sie wie eine Sklavin zu behandeln, bis sie zu dem wurde, was Ihr jetzt vor Euch seht.«

»Das hat er Euch gesagt?«

»Er hat mir gesagt, nach dem Christengesetz sei ihre Ehe nicht gelöst. Dass das Eure Worte gewesen seien.«

»Die Ehe ist ein heiliger Brauch«, wandte Patraic ein, doch in seiner Stimme lag keinerlei Überzeugung, der Satz wurde auswendig hergesagt.

»Ihr habt zu viel Großmut in Eurer Seele, um zu glauben, dass dies heilig ist«, entgegnete Yseult, doch sie konnte den Zorn in ihrer Stimme nicht verbergen.

Der Christenheilige antwortete nicht, sondern blickte noch immer auf die reglose Gestalt ihrer Mutter.

Yseult ballte die Fäuste neben dem Körper. »Ich bemühe mich, Euren Göttern nicht die Schuld zu geben, obwohl ich zugeben muss, dass es mir schwer fällt. Ihr habt Lóegaire und andere dazu ermutigt, sich von ihrem Glauben abzuwenden. Jetzt halten sie sich nur an die Alten Bräuche, wenn es ihnen förderlich ist, und entscheiden sich für die neuen, wenn es ihnen frommt. Sie stehen zwischen verschiedenen Glauben, ohne Richtlinien, um sie zu leiten, geführt nur von Gier und ihrem eigenen Ehrgeiz.«

»Ihr sprecht von den Selbstsüchtigen, von denen ohne Gespür für Gut und Böse.«

»Ja.«

Patraic löste den Blick von ihrer Mutter und sah sie an, Auge in Auge. »Ihr seid Euren Jahren an Weisheit weit voraus.«

Yseult schnaubte und hielt mit Mühe die Tränen zurück, die ihr die Kehle zuschnürten. Im Augenblick hasste sie diesen Mann, der Lóegaire die Rechtfertigung für das gegeben hatte, was er getan hatte, obgleich auch er es für falsch hielt. Doch sie brauchte ihn.

»Weise? Ich versuche lediglich, Verbündete für meine Mutter zu gewinnen.«

Der Christenweise nickte und bot ihr die Hand. Sie beachtete sie nicht, und er ließ sie mit einem Achselzucken wieder sinken. »Gut. Selbst wenn kein Friede zwischen uns herrscht, werde ich tun, was ich kann, um das Leiden der Königin zu lindern.«

Yseult fühlte sich nicht verpflichtet, ihm zu danken – dafür gab sie ihm zu sehr die Schuld an all dem. Doch sie war froh über die Aufrichtigkeit, die sie in seinen Augen sah und in seinem Herzen fühlte.

Ihre Mutter war so schwach, dass sie erst wieder zur Besinnung kam, als die Spätherbstsonne den Horizont erreichte, und dann auch nur, um hustend den größten Teil des Haferbreis und der Brühe zu erbrechen, die sie ihr mit Gewalt einzuflößen versuchten. Yseult saß neben ihr und kämpfte mit den Tränen. Yseult die Weise sah jetzt aus wie viele andere Frauen, die sich ihrem vierzigsten Jahr näherten; die Haut hing in schlaffen Falten von ihren Armen, und ihr goldenes Haar hatte seinen Glanz verloren – die Königin der Tuatha Dé Danann, eine Frau der Alten Rasse, mit jugendlichem Äußerem und langem Leben gesegnet. Nichts davon war jetzt zu sehen. So stumpf, wie es aussah, hätte man das Gold beinahe für Grau halten können, und Runzeln waren erschienen, wo die Haut einst frisch und gesund gewesen war.

Yseult hielt die Hand ihrer Mutter mit beiden Händen umklammert, und ihr Daumen streichelte sanft die kalte, trockene Haut.

Als die Königin am nächsten Morgen erwachte, war sie klaren Verstandes, doch es dauerte etliche Tage, bis sie ihre Umgebung wieder vollständig wahrzunehmen schien. Yseult braute gerade eine Tinktur aus Lavendel, Johanniskraut, Mariendistel und Mädesüß, als ihre Mutter plötzlich mit dem gewohnten Nachdruck fragte: »Wo ist Brangwyn?«

Lächelnd eilte Yseult zum Lager ihrer Mutter. »Um diese Zeit unterrichtet sie wahrscheinlich die Kinder.«

»Was ist mit Lugaid?«

»Er lässt sie in Ruhe, obwohl er keine Gemahlin mehr hat, die ihm das Bett wärmt.«

»Ich habe von deiner Base geträumt. Sie muss fort von hier.«

Yseults Freude verflog. Wie sollten sie von hier fortkommen? Sie wurden ständig bewacht. Sogar jetzt stand Trian an der Tür des Rundhauses Wache.

»Du musst eine Möglichkeit finden«, sagte ihre Mutter.

Yseult ergriff eine ihrer blassen Hände. »Wenigstens kehren deine Gaben teilweise zurück.«

»Nicht genug. Jetzt ist es an dir.«

»Und was ist mit dir?«

»Lóegaire wird mir nichts mehr tun. Es gereicht ihm nicht zum Vergnügen. Aber Lugaid – Lugaid bereitet es Freude, anderen Schmerzen zuzufügen. Noch hat er Angst, aber mit der Zeit wird die Furcht, die Brangwyn ihm mit ihrem Zauber eingeflößt hat, vergehen.«

»Was sollen wir tun?«

Schwach schüttelte die Könign den Kopf. »Ich weiß es nicht. Meine Weisheit hat mich verlassen.«

Nein. Ihre Mutter war doch Yseult *die Weise.*

Und ihre Mutter hungerte sich zu Tode und war darauf angewiesen, dass ihre Tochter weise war.

»Vielleicht kann ich Lóegaire aufsuchen und ihn fragen, ob er Brangwyn gehen lässt. Sie bedeutete ihm nichts, nur wir beide.«

Ihre Mutter lächelte und drückte ihr die Hand. »Ja, bitte tu das für mich.«

Yseult nickte, und ihre Mutter schloss die Augen und fiel abermals in Schlaf. Ihre Tochter strich der Königin das stumpfgoldene Haar aus der bleichen Stirn. »Wenn ich für dich weise sein soll, musst du für mich stark sein«, flüsterte sie.

Sie wartete bei ihrer Mutter, bis Brangwyn in das Rundhaus zurückkehrte, und machte sich dann auf die Suche nach dem Ard Ri, mit ihrem Dauergefährten Trian dicht auf den Fersen. Sie fand den Hochkönig auf dem Übungsplatz, wo er die Waffenübungen beaufsichtigte. Die Herbstluft war kalt, doch die Sonne schien, und die Feinde der Ui Neill hatten – hoffentlich – noch keine Ruhe gegeben.

Als Lóegaire Yseult kommen sah, ging er ihr entgegen. »Wie geht es ihr?«

»Sie ist wieder bei Verstand, was nicht Euer Verdienst ist.« Sie fühlte seine Besorgnis; es war deutlich zu erkennen, dass er glaubte, ihre Mutter zu lieben, dass er sie auf seine eigene, besitzergreifende Art tatsächlich liebte, doch für Yseult war das keine Entschuldigung.

Der Hochkönig winkte der Wache zurückzutreten. »Sie hat nicht krank gewirkt, nur … gleichgültig.«

»Ihr könnt mir doch nicht erzählen, Ihr hättet keinen Unterschied an ihr bemerkt. Ihr hättet Euch früher um Hilfe bemühen müssen.« Yseult bereute die Worte, sobald sie heraus waren. Sie hatte ihrer Mutter versprochen, für sie weise zu sein.

Der König schwieg einen Moment und betrachtete die fein gearbeiteten Lederschuhe, die seine Füße umhüllten, und Yseult nutzte die Gelegenheit für einen Versuch, versöhnliche Gefühle an sein Denken auszusenden. Sie ging dies alles völlig falsch an. Sie musste den Hochkönig um einen Gefallen bitten – also sollte sie damit nicht beginnen, indem sie ihm Anschuldigungen an den Kopf warf.

Lóegaire blickte zu ihr auf. »Du hast Recht, ich hätte früher um Hilfe schicken sollen. Aber ich wollte sie für mich behalten, wollte, dass niemand sie mir wieder wegnimmt.«

Verblüfft sah Yseult ihn an und fragte sich, ob die Gefühle, die sie ihm eben gesandt hatte, mächtiger waren, als sie gedacht hatte – oder ob er allmählich rührselig wurde.

»Sie würde Euch noch immer verlassen, wenn sie die Wahl hätte«, sagte sie leise.

Der Ard Ri nickte. »Du weißt, dass der Weise Patraic mit mir gesprochen hat.«

Yseult unterdrückte ein überraschtes Auffahren. »Nein, das wusste ich nicht.«

»Wenn er sein Haus der Andacht draußen vor dem Rath fertig gebaut hat, wird er weiterziehen, wahrscheinlich nach Norden.«

Was er ihr mitteilte, war nicht gerade einleuchtend, doch sie glaubte zu verstehen, was er sagte. »Und werdet Ihr meiner Mutter erlauben, bei uns im Haus zu bleiben, solange Ihr sie hierbehaltet?«

Lóegaire wandte sich ab. »Ich werde sie wieder ins Haus der Königin bringen lassen.«

Das Haus der Königin war eins der größten und schönsten Rundhäuser in Tara, jenes, das ihre Mutter bewohnt hatte, als sie früher hier gelebt hatte – während Lóegaire in der großen Halle daneben wohnte.

Es war genug. Yseult nickte.

»Ich muss Euch um eine Gunst bitten«, sagte sie.

»Und die wäre?«

»Brangwyns Anwesenheit hier ist für Euch nicht vonnöten. Vielleicht könntet Ihr sie gegen Lösegeld ihren Verwandten unter den Tuatha Dé Danann zurückgeben oder den Verwandten ihres Gemahls unter den Laigin.«

»Wieso möchtest du, dass sie fortgeht?«

»Ich möchte nicht, dass sie eine Gefangene ist. Ich bitte nicht für mich oder für meine Mutter, weil ich weiß, dass Ihr uns nicht gehen lassen werdet.«

Das Gesicht des Ard Ri nahm einen berechnenden Ausdruck an. »Sie wurde meinem Sohn als Sklavin zugesprochen. Es ist an ihm zu entscheiden, ob sie ausgelöst wird.«

Die Erinnerung daran, wie Brangwyn geschändet worden war, brach über sie herein, und sie musste die Fäuste ballen, um ihren Abscheu zu verbergen.

»Es könnte für sie vielleicht eine Möglichkeit geben, Tara zu verlassen«, meinte Lóegaire bedächtig.

»Und die wäre?«

»Dich nach Dumnonia zu begleiten.«

14

Ach, mein Herz! Mein Herz! Es ist müde ohne sie,
Ich wollte, ich wäre der Wind, der sie umspielt!
Denn hier sieche ich und vergehe, und nichts
ist schön
In meinen Augen: Nicht die Nacht mit Sternen
im Wolkenhaar,
Noch das blättrige Zwielicht, das unter den
Bäumen bebt.
Doch meine Hände sehnen sich nach ihrer
Berührung, meine Augen nach ihrem Anblick,
Mein Mund nach dem ihren, meine Ohren nach
ihrem leichten Schritt,
Und meine Seele möchte trinken aus der ihren
durch alle Sinne,
Dürstet nach ihr wie die Erde in sengender Hitze
Nach dem leisen Lied und dem sanften Fall des
Regens.
Doch ich sitze hier in einem schwelenden Feuer
des Schmerzes,
Einsam, hier! Und der Wind im Walde trauert,
Und ich höre meinen Kummer zwischen den
Blättern schluchzen.

Frederic Manning, *Tristram*

Drystan brauchte drei Wochen für die Reise von Ard Ladrann nach Dyn Tagell, während ein Schiff von einem Hafen zum anderen nur drei Tage gebraucht hätte. Und als er endlich ankam, dünn und hohläugig und zum ersten Mal in seinem Leben mit einem Bart am Kinn, wollten die Soldaten seines Vaters nicht nach dem König schicken oder ihm auch nur erlauben, die Landbrücke zum Felsen zu überqueren.

Der Prinz sei tot, sagten sie, und es nütze nichts zu behaupten, dass er ins Leben zurückgekehrt sei.

Drystan wusste selbst nicht genau, wie es ihm gelungen war zu überleben, wo er genug Lebenswillen gefunden hatte, um zu fliehen und sich zu verstecken, sich verkleidet nordwärts nach Ath Cliath durchzuschlagen, dem nächsten Hafen der Ui Neill. Angesichts der Gegebenheiten des Landes wäre es sinnvoller gewesen, sich nach Süden zu wenden, doch er wusste nicht, wie gut seine Chancen standen, von einem Laiginhafen aus eine Überfahrt auf einem Schiff zu bekommen, das von Eriu auslief. Wenn ihn jemand als den Barden erkannte, aus dem der dumnonische Prinz geworden war, der den Helden Murchad erschlagen hatte, hätte er nicht einmal darauf gewettet, wegen des Lösegeldes gefangen genommen zu werden.

Und so verkleidete er sich als Christengelehrter, der auf einer Pilgerreise nach Norden war, um den großen Patraic sprechen zu hören. Schon immer hatte er ein gutes Ohr für die Rhythmen und Klänge von Sprachen gehabt, und wenn er sich bei Gesprächen mit Fremden kurz fasste, gelang es ihm, sie glauben zu machen, er sei ein Einheimischer. Wenn jemand den Zungenschlag Aremoricas in seinen Worte entdeckte, behauptete er, seine Mutter sei gefangen genommen und über die Erainnsee gebracht worden.

Irgendwie trieb ihn sein Lebenswille durch all dies voran, weigerte sich, ihn aufgeben zu lassen, selbst als der Frühlingsregen ihn völlig durchnässte und die Wunde in seinem Schenkel von Neuem zu schmerzen begann, als seine Schuhe durchgelaufen waren und ihm von den Füßen fielen und seine Zehen vor Kälte blau wurden. Drystan war fast froh über dieses körperliche Ungemach; solange er die nächste Mahlzeit auftreiben musste, um das dumpfe Ziehen in seinem Bauch zu lindern, war er von dem Schmerz abgelenkt, den es ihm bereitete, an Yseult zu denken. Ganz hinten in seinen Gedanken war sie stets gegenwärtig, eine dunkle Wolke, die drohte, ihn zu verschlingen, doch die Schwierigkeiten, am Leben zu bleiben, hielten die Erinnerung an sie in Schach. Er wusste nicht, was er getan hätte, wäre ihm Muße zum Nachdenken geblieben.

»Ist der aremorische Soldat Kurvenal noch hier?«, fragte Drystan die Wachen. Sie schauten einander an und nickten. »Es spricht doch wohl nichts dagegen, nach ihm zu schicken, oder?«

Kurvenal, dieser treueste aller Freunde, erkannte Drystan bereits, ehe er auch nur einen Bruchteil des Weges über die Landbrücke zurückgelegt hatte.

»Drystan! Den Göttern sei Dank, dass du lebendig von dieser verfluchten Insel zurückgekommen bist. Los doch, Mann, hol den König!«, fügte er an einen der Soldaten, die ihn begleiteten, gewandt hinzu. Dann eilte er den Pfad hinunter, zog Drystan in eine schmerzhafte Umarmung, und plötzlich merkte dieser, dass er haltlos an der Schulter seines Freundes weinte und ihn so fest umklammerte, wie es sein geschwächter Zustand zuließ. Ja, es gab noch etwas anderes im Leben als eine Frau mit Haaren so hell wie der Mond.

»Bist du geheilt?«, wollte Kurvenal wissen, hielt Drystan auf Armeslänge von sich weg und betrachtet das verhärmte, blasse Gesicht, das von einem ungepflegten Bart bedeckt war. »Du siehst jedenfalls nicht so aus.«

Drystan lachte und wischte sich die Tränen aus den Augen. Auch die Augen seines Freundes waren feucht. »Es war eine lange Reise. Bevor ich aufgebrochen bin, haben sie herausgefunden, wer ich bin.«

Kurvenal fuhr ein wenig zusammen, und sein Mund wurde schmal. »Dann können wir uns sehr glücklich schätzen, dass du wieder daheim bist.«

»Ich hatte das Glück, dem neuen Gemahl der Königin das Leben gerettet zu haben, Prinz Crimthann. Der wahrscheinlich inzwischen König der Laigin ist«, fügte er nachdenklich hinzu.

»Über all das reden wir später. Jetzt bist du bestimmt sehr dankbar für ein warmes Bad.«

Drystan konnte fühlen, wie sich seine gepeinigten Zehen vor Vorfreude krümmten. Mit einem geradezu sinnlichen Lächeln schloss er die Augen und öffnete sie dann wieder. »Ach, Kurvenal, wenn du das für mich tun könntest, werfe ich mich dir zu Füßen und gelobe dir ewige Treue.«

Schmunzelnd schüttelte Kurvenal den Kopf. »Drystan, du hast mir mehr gefehlt, als ich sagen kann.«

Ja, ganz gewiss gab es im Leben noch etwas anderes als eine Prinzessin mit Mondscheinhaar. Einen Freund – der fast sein halbes Leben lang an seiner Seite gewesen war. Endlich kam ihm der Lebenswille, der ihn weitergetrieben hatte, nicht mehr ganz so sinnlos vor.

Kurvenal konnte kaum den Blick von seinem Drystan abwenden. Wieder und wieder starrte er ihn an, wie ein liebeskranker Köter. Ein Grinsen, von dem er sich ziemlich sicher war, dass es albern war, klebte auf seinem Gesicht, obgleich er sich vollkommen sicher war, dass an seiner Freude nichts war, was die Christen widernatürlich nennen würden. Drystan war der Mittelpunkt seines Lebens gewesen, seit er mit dreizehn Jahren in Riwallons Dienste getreten war. Sein junger Herr, vier Jahre jünger als er, war sehr viel mehr als sein Broterwerb, er war der beste Freund, den er jemals gehabt hatte, war das, was für ihn einem Verwandten am nächsten kam.

Kurvenal versuchte sich an einem ersten Stirnrunzeln. Und stellte bald darauf fest, dass er schon wieder grinste. Drystan sah nach dem Bad erstaunlich gut aus, wenn man bedachte, was für einen Anblick er auf der Landbrücke nach Dyn Tagell geboten hatte. Doch um seine Augen herum, Augen, die so gut zu lachen gewusst hatten, hielt sich eine Traurigkeit, die Kurvenal ganz und gar nicht gefiel.

Nur noch einen oder zwei Tage, und er wäre bei Drystans Heimkehr vielleicht gar nicht mehr hier gewesen. Er hatte sich geweigert, seinen Freund aufzugeben, seinem Vater jedoch schuldete er keine Gefolgschaftstreue. Als Arthur, der junge Heerführer des Hochkönigs Ambrosius, mit einer kleinen Truppe in Dyn Tagell eingetroffen war, hatte Kurvenal beschlossen, sich freiwillig zu melden, um gegen die Sachsen zu kämpfen. Doch dazu war er nicht gekommen, Drystan war zuerst zurückgekehrt.

Jetzt hatten sie es sich zusammen mit Arthur, Marcus, Geraint, Bedwyr und Cai nach römischer Sitte auf gepolsterten

Liegebänken bequem gemacht und tauschten Geschichten und Erinnerungen aus, während Drystan mit feinem mauretanischen Wein in Gläsern aus Gallien die Traurigkeit aus seinen Augen vertrieb. Kurvenal hatte rasch Zuneigung zu Arthur und seinen Getreuen gefasst, so verschieden sie auch waren. Cai war groß, kräftig und stattlich; bei Arthurs Reiterei war er als Cai der Schöne bekannt. Obgleich er auf eine Art und Weise, die Drystans jungem Vetter Cador sehr zusagte, ungemein heldenhaft war, legte er doch eine gewisse Empfindsamkeit an den Tag, wenn es um seine Ehre ging, und besaß nicht allzu viel Sinn für Humor. Bedwyr dagegen war nur selten ohne ein sarkastisches Glitzern in den Augen anzutreffen. Cadors Vater Geraint war der älteste der anwesenden Getreuen, ernst und redlich, aufrichtig, ehrlich und willensstark und mit einem Hang zur Genauigkeit. Dann war da noch der große Heerführer Arthur selbst, kaum ein halbes Dutzend Jahre älter als Kurvenal und nach römischem Brauch bartlos; ein Mann mit einem Lebenszweck, geradlinig, ernst und mit einer Spur Traurigkeit in den Augen, aber trotzdem fähig zu einem Lächeln. Kurvenal hatte gehört, dass er vor kurzem Witwer geworden sei; er habe seine Frau aus einem der nördlichen Stämme im Kindbett verloren, eine Prinzessin, der er während seiner Feldzüge gegen die Pikten begegnet sei.

»Euer Ruhm ist sogar bis zur Insel Eriu gedrungen, Vetter«, sagte Drystan und trank Arthur zu.

»Und wie ist die Lage dort?«, fragte Arthur und beachtete das Kompliment nicht. Kurvenal konnte es kaum fassen, dass jemand, der in so kurzer Zeit so viel vollbracht hatte, so bescheiden sein konnte. Vielleicht war »bescheiden« aber auch das falsche Wort. Arthur kannte offensichtlich seinen eigenen Wert, doch er neigte nicht im Mindesten zu persönlicher Eitelkeit, bedurfte keines Lobes, schon gar nicht, wenn es galt, Arbeit zu verrichten, Feinde zurückzudrängen oder von der Küste fernzuhalten.

»Von irgendwelchen vereinten erainnischen Stämmen sollte keine weitere Bedrohung mehr ausgehen«, meinte Drystan. »Aber die Stämme des Südens haben kein Interesse an einem Frieden.

Wenn wir im Westen wirklich Frieden haben wollen, sollte Coroticus' Überfällen Einhalt geboten werden.«

»Ich versuche jetzt schon seit geraumer Zeit, einen Frieden auszuhandeln«, sagte Marcus.

Kurvenal sah einen Hauch von Verdruss über die Züge seines Freundes zucken, ehe dieser den Rest seines Weins hinunterstürzte.

»Und die Erainn greifen unsere Küsten öfter an als vorher«, bemerkte Bedwyr leichthin.

Drystan stellte sein Glas ab und schenkte sich neu ein. »Jetzt wäre mehr als ein Friede nötig.«

Arthur rieb sich das Kinn und betrachtete seinen Vetter. »Wer ist der wahre Herrscher im Süden, Prinz Crimthann oder Königin Yseult?«

»Der König ist der Heerführer. Die Macht der Königin ist mehr religiöser und ritueller Natur.«

»Und was ist mit der Prinzessin?«, erkundigte sich Marcus. »Wie ist sie?«

Binnen Sekunden leerte Drystan ein weiteres Glas Wein und ließ dann den Kopf auf das Ruhebett zurücksinken. Verträumt betrachtete er die anderen Männer aus halb geschlossenen Augen. »Sie ist genauso schön, wie man behauptet, mehr noch. Feadh Ree. Hochgewachsen und stark, mit Haar wie weißes Gold und Augen von der Farbe eines zugefrorenen Sees im Winter – wie ein Geist aus der Anderswelt.«

»Um einem Mann die Seele zu stehlen?«, wollte Bedwyr mit schiefem Grinsen wissen.

»Wozu braucht ein Mann eine Seele, wenn er so eine Frau haben kann?«, entgegnete Drystan. »Yseult die Schöne, schöner von Antlitz und Gestalt als jede andere Frau, die ich jemals gesehen habe. Lange, geschmeidige Glieder, Haut vom Glanz des Mondlichts, Haar bis zu den Hüften, das einen Mann dazu bringt, danach zu greifen und es berühren zu wollen. Außerdem ist sie eine kundige Heilerin, und ich habe sie kämpfen sehen wie ein Mann, um ihren Rath zu retten.«

Kurvenal unterdrückte einen Seufzer. Würde sein Freund

seine trunkenen Phantasien doch nur für sich behalten. Drystan mochte zu viel von dem ausländischen Wein in sich hineingeschüttet haben, um zu bemerken, welche Wirkung seine Worte auf seinen Vater hatten, Kurvenal jedoch war weder betrunken noch blind, und er konnte sehen, wie eine Art Gier in Marcus' Augen aufglomm. In einem halben Jahr des Wartens auf Drystan war er zu dem Schluss gekommen, dass Gier die hervorstechendste Eigenschaft des Königs von Dumnonia war – Gier nach Reichtümern, Gier nach Frauen, Gier nach Macht.

Kurvenal argwöhnte, dass dies auch der wahre Grund dafür war, dass Arthur jetzt hier war. Was die Könige im Süden auch denken mochten, graues Haar und nachlassende Gesundheit hatten Ambrosius nicht seines Scharfsinns beraubt. Er und Arthur waren über die häufigen Besuche zwischen Marcus und den dumnonischen Königen Gwythyr, Cynan, Gurles und Idres wahrscheinlich ebenso gut im Bilde wie Marcus selbst.

»Ich kannte mal eine Essylt aus Venedotia«, verkündete Cai jetzt mit seinem grollenden Bass, eingesponnen in den Zauberbann, den Drystan mit Worten wob, in das Bild des Verlangens, das er heraufbeschwor.

»Hört sich an, als wäre eine Seele ein guter Tausch für eine Frau wie diese Yseult«, meinte Arthur mit schwachem Lächeln. »Das heißt, vorausgesetzt, sie betrachtet deinen Rath als den ihren.«

»Was ist mit Euch, Artorius?«, fragte Marcus. »Seid Ihr bei Eurer Suche nach einer neuen Gemahlin auf irgendwelche aussichtsreichen Kandidatinnen gestoßen?«

Arthur machte eine wegwerfende Geste mit der Hand. »Ich bin nicht auf der Suche nach einer neuen Gemahlin. Ambrosius hat mir das vorgeschlagen, aber ich habe jetzt keine Zeit für die Brautschau. Wenn das Wetter sich bessert, werden die Sachsen bald wieder unsere Grenzen unsicher machen.«

Kurvenal sah, wie Bedwyr und Cai einen raschen Blick wechselten, und fragte sich, was das wohl zu bedeuten hatte.

»Und was ist mit dem Tribut, den Ihr Ambrosius schuldet, Marcus?«, fragte Geraint rundheraus.

»Ich habe doch schon zwei Zenturien geschickt.«

Arthur lächelte und trank endlich noch einen Schluck von seinem Wein. »Und das war vor zwei Jahren.«

»Hier an der Küste kommt die Bedrohung von den Erainn jenseits des Meeres«, entgegnete Marcus gereizt. »Als Protector Dumnonias brauche ich meine Truppen, um die Erainn zu bekämpfen.«

»Sie bekämpfen?«, knurrte Bedwyr. »Wir haben gehört, Ihr hattet vor, mit ihnen zu schlafen, bis die Entwicklungen in Eriu Eure Pläne durchkreuzt haben.«

Kurvenal sah, wie Marcus die Lippen zusammenpresste. »Nun ja. Wie gesagt, ich habe versucht, einen Frieden auszuhandeln.«

»Ambrosius weiß, dass man die Bedrohung durch erainnische Überfälle nicht auf die leichte Schulter nehmen darf«, meinte Arthur. »Doch mit Euren Zinnminen seid Ihr einer der reichsten Könige des Südens, und gewiss könntet Ihr doch ein paar zusätzliche Männer anwerben, wenn es nötig ist.« Obwohl seine Stimme leise war, lag ein Unterton darin, den Marcus offensichtlich verstand.

»Ich werde mit Freuden Truppen mit Drustanus nach Caer Leon schicken, sobald er sich erholt hat«, beteuerte der dumnonische König jetzt. »Ich wollte lediglich darauf hinweisen, dass ich vielleicht nicht so viele Männer entbehren kann, wie Ihr oder Ambrosius es gern hättet.«

»Oh, meine Männer und ich können ein paar Tage der Ruhe gut gebrauchen, besonders in einer Feste mit so vortrefflichem Wein. Wir warten, bis Drystan uns begleiten kann.« Arthur wandte sich an Drystan, der der Unterhaltung nicht gefolgt zu sein schien. Sein Kopf ruhte noch immer auf der Lehne des Ruhebettes, das Weinglas in seiner Hand schien vergessen zu sein.

»Was ist mit Euch, Vetter?«, fragte Arthur. »Wärt Ihr gewillt, Euch meiner Schar anzuschließen und gegen die Sachsen zu kämpfen? Es würde Euch von Dumnonia fortführen, aber Ihr würdet auch weniger Gefahr laufen, dieser Amazone der Anderswelt in der Schlacht zu begegnen.«

Langsam hob Drystan den Kopf von der Lehne und starrte

Arthur einen Augenblick an, bis er in die gegenwärtige Gesellschaft zurückzukehren schien. »Gegen die Sachsen kämpfen? Ja. Ja, ich glaube, ich würde mich Euch gern anschließen.«

»Dann ist es entschieden«, verkündete Arthur mit sachlicher Stimme.

Kurvenal war überglücklich, dass sie Dyn Tagell verlassen würden. Von Marcus Cunomorus hatte er genug für ein ganzes Leben. Ein unglücklicher Zufall, dass der Mann Vater seines besten Freundes war.

Sechs Tage später verließen sie Dyn Tagell mit nur zwei Contubernia – insgesamt achtzehn Mann – von Marcus Cunomorus, allerdings alle beritten. Die Zahl der Männer war klein, doch was Arthur wirklich brauchte, waren die Pferde, also ließ er es dabei bewenden. Reiterei war für seine Zwecke viel wichtiger als Fußvolk. Und alles in allem hatte er von den Königen von Dumnonia Zusicherungen für fast drei Zenturien erhalten.

Drystan war froh aufzubrechen, froh, irgendetwas zu tun, das ihm helfen würde, seinen Gedanken zu entfliehen. Doch selbst das Gefühl, ein gutes Pferd zwischen den Schenkeln zu haben und die Sonne auf dem Rücken zu spüren, war nicht genug. Er versuchte, Freude an kleinen Dingen zu finden, an den ersten Frühlingsblumen, an Kurvenals Lächeln, an der ehrfürchtigen Heldenverehrung in Cadors Gesicht, wenn er neben Arthur ritt, an der ruhigen Melodie von Arthurs Stimme. Jetzt, da etliche Tage mit gutem Essen und Behaglichkeiten ihn verwöhnt hatten, konnte der Überlebensinstinkt, der ihn auf seiner Heimreise von Eriu vorangetrieben hatte, die dunklen Gedanken nicht mehr zurückhalten.

Es half auch nicht, dass der Ritt eine Woche dauerte und ohne Zwischenfälle verlief: So konnte Drystan mehr Zeit mit seinen Gedanken verbringen, als ihm lieb war. Und die letzte Hälfte des Weges zog sich durch einen beständigen Frühlingsregen dahin, der das Reiten höchst unerfreulich machte.

Alle waren erleichtert, als sie die Garnisonsstadt Caer Leon erreichten. Die Stadt lag landeinwärts von der Sabrinamündung am Fluss Usk, in einem Gebiet mit sanft wogenden Hügeln, fruchtbaren Feldern und dichten Wäldern, die jetzt durch den kürzlich gefallenen Regen von einer dünnen grauen Schicht überzogen zu sein schienen.

Drystan, der neben Kurvenal ritt, betrachtete den Ort, der sein Zuhause sein würde, solange er bei Arthurs Getreuen blieb. Es war viele Jahre her, dass er längere Zeit in einer Stadt verbracht hatte, die noch immer so offenkundig römisch war wie Caer Leon. Die alte Römerfestung stand dicht bei einer Biegung des Flusses, und die Soldatenunterkünfte befanden sich im Innern, gleich an der Mauer. Natürlich hatte sein Vater sich alle Mühe gegeben, die Überreste des römischen Hafens in Durocornovium auf der Landzunge von Dyn Tagell zu erhalten, doch ungeachtet der Zinnausfuhren war dieser niemals so wichtig gewesen wie Caer Leon. Isca Dumnoniorum dagegen, wo Drystan die ersten Jahre seines Lebens verbracht hatte, war Civitas und Provinzhauptstadt gewesen, doch Drystans Erinnerungen an diese Jahre waren verschwommen.

Caer Leon war Arthurs Hauptausbildungslager, ein vor Geschäftigkeit wimmelnder Ort; die Straßen waren voll Soldaten, Händlern und Huren. Die Kasernen, die noch standen, konnten insgesamt fast vier Kohorten aus je sechs Zenturien beherbergen, und jetzt, im späten Frühling, schienen sie beinahe voll zu sein. Junge Männer lümmelten in jenen Säulengängen herum, die nicht zu Häusern oder Läden umgebaut worden waren, indem man sie mit einer Vorderwand versehen hatte. Soldaten schlenderten gemeinsam in Gruppen zwischen den Werkstätten und den Unterkünften dahin, beäugten die jungen Frauen, die vorbeikamen, oder riefen einander in einem Gemisch aus Latein und einheimischen britannischen Mundarten abendliche Verabredungen zu. Auch ihre Kleidung war ein Gemenge aus römischer und britannischer Tracht, und Drystan war sich ziemlich sicher, dass sie sich auch eine Mischung aus lateinischen und britannischen Namen zugelegt hatten.

Sie erreichten das beeindruckende römische Bad, ein hohes

Gebäude mit rotem Ziegeldach und einem großen Innenhof. Die Südmauer, die das Bad umgeben hatte, war niedergerissen worden, um einen offenen Zugang zu dem Gebäude zu schaffen, und Arbeiter räumten noch immer den Schutt weg. Unterwegs hatte Arthur ihnen berichtet, dass das Bad innerhalb der Festungsmauern noch immer zum größten Teil funktionierte, eine Seite des Hofes jedoch werde als Viehpferch genutzt, und in den Säulengängen der umgebenden Kolonnaden seien kleine Unterkünfte entstanden. Viele baufällige Häuser waren durch neue ersetzt worden, die aus Holzbalken anstatt aus Stein errichtet worden waren: Die Kenntnisse der Steinbaukunst verfielen mit den Bauwerken. Was instandgesetzt worden wäre, als die heute Ältesten noch die Jüngsten gewesen waren, wurde jetzt zerlegt und für den Bau bescheidener Gebäude verwendet, wenn Reparaturen nicht mehr möglich waren.

Gegenüber dem Bad schienen mehrere große Gebäude in Hurenhäuser verwandelt worden zu sein, nach den einladenden Gesten der dunkelhaarigen Schönheit zu deuten, die Drystans Blick aufgefangen hatte. Das Wetter war kaum warm genug dafür, doch einige spärlich bekleidete Frauen lehnten an den Balustraden und Säulen vor dem Haus; manche winkten den Kämpfern zu, die die Via Praetoria hinunterritten, andere sahen ihren künftigen Kunden lediglich nach.

Das Hauptquartier befand sich in der Mitte der Garnison, wo die Via Principalis auf die Via Praetoria stieß. Die am nächsten liegenden Kasernengebäude im Westen waren in Ställe umgewandelt worden, und sie überließen ihre Pferde den Stallburschen, ehe sie die Principia betraten, ein breites Bauwerk, das beinahe ebenso eindrucksvoll war wie das Badehaus, mit zwei Säulengängen, die ein hohes Mitteldach trugen. Caradog, der Sohn von König Honorius im nahen Caer Gwent und Arthurs Stellvertreter in Caer Leon, erwartete sie im Atrium.

Arthur zog die Handschuhe aus, die er beim Reiten getragen hatte, und wandte sich an die Neuankömmlinge. »Für euch beide sollte in einem der Häuser der ehemaligen Tribune ein Zimmer zu finden sein.« Er wartete, bis Caradog zustimmend nickte, ehe er fortfuhr: »Drystan, wenn Ihr Euch häuslich eingerichtet habt, hätte ich gern, dass Ihr Euch in meinen Räumen hier bei mir meldet.«

Drystan hatte zwar nicht damit gerechnet, in den Kasernen untergebracht zu werden, mit acht Mann in einem Raum, doch nachdem er gesehen hatte, wie voll die Festung von Caer Leon war, war er trotzdem erleichtert.

Erleichtert. Was für ein merkwürdiger Gedanke – er war todunglücklich und gequält, erinnerte sich wieder und wieder an den Ausdruck des Hasses in einem Paar geliebter blass-blaugrauer Augen, und er war erleichtert, weil er nicht auf einer Pritsche in einem Raum mit sieben anderen nächtigen musste. Drystan schüttelte den Kopf über die Eigenart seines Denkens. Er und Kurvenal folgten dem Diener zu einem der Häuser der ehemaligen Tribunen, die Arthurs Getreuen vorbehalten waren, und man brachte sie in ein sehr behagliches Gemach mit zwei Betten und einer niedrigen Ruhebank an einer Wand.

»Besser, als ich erwartet hätte.«

Kurvenal nickte und beobachtete ihn aufmerksam.

Drystan schob den Ranzen, der seine Harfe enthielt, in eine Ecke des Raumes und kehrte ins Hauptquartier zurück, eifrig darauf bedacht, sich dem wachsamen Blick seines Freundes zu entziehen.

Als er Arthurs Räume in den Principia gefunden hatte, in den ehemaligen Aedes, die einst den Adler und die Banner der Legion beherbergt hatten, war Geraint schon da.

»Ich habe eine besondere Aufgabe für euch beide«, verkündete Arthur und kam über den gemusterten Fliesenboden auf sie zu. Hier und da waren Fliesen durch einfachen Mörtel ersetzt worden, Flecken in dem regelmäßigen Muster. »Ihr habt doch ein wenig Erfahrung mit der Seefahrt, glaube ich, Drystan?«, fragte Arthur.

Drystan nickte. »In Aremorica habe ich für meinen Pflegevater Riwallon mehrere Kundschafterfahrten zur See angeführt.«

»Gut. Ich möchte, dass Ihr und Geraint dafür zuständig seid, eine kleine Streitmacht aufzustellen, die auf See kämpfen kann, wenn es nötig ist. Ihr werdet die Männer befragen und diejenigen finden müssen, die Erfahrung mit so etwas haben, und Ihr müsst so bald wie möglich anfangen, sie auszubilden.«

»Mehrere von meinen Männern aus Caer Gurrel an der Küste von Dortig sind genau richtig für so etwas«, bemerkte Geraint. Er war ein stattlicher Mann – wenn Cador ihm nachschlagen wollte, hatte er noch ein gutes Stück zu wachsen.

»Mein Waffenträger Kurvenal hat Erfahrung auf See«, fügte Drystan hinzu, »aber über die Männer, die mein Vater uns mitgegeben hat, weiß ich nichts.« Es überraschte ihn, dass man ihm so früh so viel Verantwortung übertrug, besonders, da er den Verdacht hegte, dass Arthur seinem Vater nicht ganz traute.

Arthur lächelte. »Dann werdet Ihr sie eben kennenlernen müssen, nicht wahr?«

Er wandte sich an Geraint. »Das wäre fürs Erste alles.«

Als Drystan kehrtmachte, um zusammen mit Geraint den Raum zu verlassen, berührte Arthur ihn am Arm. »Bleibt hier. Ich wollte noch unter vier Augen mit Euch sprechen.«

Neugierig sah Drystan ihn an.

»Vetter«, begann Arthur, »ich werde nicht so herzlos sein, Euch zu sagen, dass es vorbeigehen wird.«

»Wovon redet Ihr?«

»Von der erainnischen Prinzessin.«

Drystan wandte den Blick ab, schaute zu dem gewölbten Alkoven hinüber, wo einst die Standarten der Legion aufbewahrt worden waren. Jetzt beherbergte er die Banner von Ambrosius Pendragon und seinem Feldherrn Arthur dem Bären.

Dann wandte er sich wieder an Arthur. »Ich möchte nicht darüber sprechen.«

»Aber ich.«

»Warum?«

»Ihr seid jetzt einer meiner Männer. Und wie wenig Euch auch an Eurem eigenen Leben liegen mag, ich will nicht, dass Ihr das Leben anderer gefährdet.«

Drystan atmete tief durch. »Oh, mir liegt etwas an meinem Leben. Schließlich habe ich mich zurückgeschleppt, oder nicht?«

Arthur nickte sachlich. »Ja, das stimmt. Ihr seid stärker, als Ihr glaubt.«

»Und Ihr?«

Ein leises, trauriges Lächeln streifte die Lippen des jungen Witwers. »Oh, ich bin auch stärker, als ich glaube. Aber ich lasse es die anderen nicht so deutlich sehen.« Er umfasste Drystans Schulter mit einem kurzen, kräftigen Griff und ließ sie dann wieder los.

Drystan unterdrückte einen Seufzer und versuchte, so stark zu sein, wie Arthur es von ihm zu denken schien. Er fühlte sich nicht stark. Er fühlte sich verwundet und elend, fühlte sich, als würde er niemals wieder die zärtliche Berührung einer Frauenhand oder ein Glas erlesenen Weines so genießen können wie früher. Drystan schüttelte sich innerlich. Er war nicht der Einzige, der einen Verlust erlitten hatte. Doch es war *sein* Verlust, den er spürte. Und wenn sich Erinnerung und Reue wie eine verdorbene Speise in seinem Inneren wanden, war es schwer, Mitleid für die Verluste anderer zu empfinden.

»Ich werde versuchen, es die anderen nicht mehr so deutlich sehen zu lassen, Vetter.« Arthurs Sache war auch die seine. Er wollte Britannien, seine Patria, vor der Barbarei und dem Untergang bewahren. Die schönen, hohen Gebäude von Caer Leon waren ein Zeugnis all dessen, was in diesem Lande gut war. Wenngleich er es übertrieben fand, wie sein Vater sich an den Ruhm Roms klammerte, zog auch er es vor, an einem Ort zu leben, wo noch Ziegel die Dächer deckten und die Bäder noch in Betrieb waren. Die Musik und die Magie hatten ihm Freude bereitet, doch der wahre Grund, weshalb er geblieben wäre, war Yseult.

Nun, jetzt standen ihm wieder Bäder zur Verfügung, und er würde sie zu nutzen wissen. Wenn er sich denn einen großen Teil der Zeit völlig verloren vorkam, so würde er eben lernen, damit zu leben.

Drystan stürzte sich in die militärischen Übungen und war meistens entweder zu erschöpft oder zu betrunken, als dass die Erinnerung an Yseult ihm hätte zusetzen können; er fand Trost im Wein, schwer und stark, der die Kälte aus seinem Leib und seiner Seele brannte. Sein einziges Problem war, dass Caer Leon als Ausbildungslager zu sicher war, zu weit vom Feind entfernt.

Wenigstens gab es viel zu tun. Zusammen mit Geraint befragte er einige Rekruten aus dem Süden und dem Westen, aus Königreichen mit einer Küste, Krieger aus den Provinzen Venedotia, Demetia und Dumnonia. Coroticus' erfahrene Seeräuber waren weit weg, an der Nordwestküste, also würden sie sich mit dem begnügen müssen, was sie hatten.

Zusätzlich zu den Kampf- und Reitübungen und dem üblichen Drill aus Ringkämpfen, Gewichteschleudern und Wettläufen die Hügel vor Caer Leon hinauf und hinunter, übten sich die Männer unter Drystans und Geraints Befehl darin, Landungsboote ins Wasser zu schieben und sie wieder ans Ufer zu ziehen, segelten in Galeeren römischer Bauart in der Bucht der Sabrinamündung um die Wette und lernten, wie man ein feindliches Schiff entert. Das meiste, was sie sich aneigneten, war auch für Drystan neu – seine Erfahrungen bei Riwallon waren eher kaufmännischer Natur gewesen oder hatten in Patrouillen entlang der aremorischen Küste bestanden.

Zwei Wochen nach ihrer Ankunft in Caer Leon kam Drystan gerade den Hügel vom Ufer des Usk herauf. Er war nass und schmutzig, weil sie sich im blitzschnellen Umgang mit den Landungsbooten geübt hatten, und brauchte dringend ein Bad, als Bedwyr ihn anrief.

»Drystan!«

Bedwyr reichte die Pergamentrolle, die er in der Hand hielt, einem der Arbeiter, die dafür zuständig waren, die äußeren Badehäuser instandzusetzen, und eilte auf ihn zu. Sie alle hatten hier in Caer Leon zahlreiche Aufgaben, und Bedwyr führte einen Bautrupp an, der sich bemühte, in Arthurs wichtigstem Schulungslager der Zeit und dem Verfall zuvorzukommen.

»Ich habe vorhin Arthur getroffen«, berichtete Bedwyr, als er ihn erreichte. »Er wollte, dass du gleich ins Hauptquartier kommst, wenn du zurück bist.«

Mit einer Geste deutet Drystan auf seine nassen Hosenbeine. »So? Ich hoffe doch, ich darf mich erst waschen und umziehen.«

Bedwyr gluckste beim Anblick seiner schlammstarrenden Knöchel. »Ja, ich glaube, er wird noch ein wenig länger auf dich warten müssen.«

Nachdem er sich gewaschen, ein frisches Wams und eine trockene Hose angezogen und sein Haar neu geflochten hatte, ging Drystan zu den Principia hinüber. Als er durch die gewölbte Eingangstür in den von Säulengängen gesäumten Innenhof trat, begrüßte ihn eine große Menschenmenge – all jene, die in seinem neuen Leben das waren, was Freunden am nächsten kam.

Kurvenal trat mit einem Glas Wein vor und hielt es ihm hin. »Alles Gute zum Geburtstag, Drystan. Ich habe gewusst, dass du vergisst, dass du heute zwanzig wirst, also habe ich beschlossen, es mir für dich zu merken.«

Die Gratulanten, Männer, die er kannte sowie einige wenige Frauen, die er nicht kannte, klatschten Beifall und klopften ihm auf den Rücken. Kurvenal hatte Recht – er hätte seinen zwanzigsten Geburtstag gern vergessen. Jetzt jedoch, da er von so vielen Menschen umringt war, die ihm Glück wünschten, konnte er nicht anders als lächeln und mit ihnen trinken. Arthur war natürlich anwesend, mit Indeg, der jungen Frau, die dem Heerführer gegenwärtig das Bett wärmte. Neben ihr stand Bedwyr, der sein übliches schiefes Grinsen aufgesetzt hatte. Arthurs Getreue, die sie von Dyn Tagell nach Norden begleitet hatten, die Männer des Kampftrupps, den er anführen würde, Tuthal, Ruan, Flavius und die anderen, alle waren da, um ihm zu gratulieren. Cador umarmte ihn stürmisch, und dessen Vater Geraint und Cadors Lehrer Antonius schüttelten ihm herzlich die Hand.

Der Wein floss reichlich, und nach dem Duft zu urteilen, der von den Tischen aufstieg, welche in den Säulengängen aufgestellt worden waren, hatte Arthur zu diesem Anlass sogar ein Schwein geopfert.

Arthur trat vor, einen von blanker Heldenehrfurcht beseelten Cador dicht auf den Fersen. Sein Vetter hatte kaum Zeit, Drystan die Hand zu schütteln, ehe Cador ihn mit der nächsten Frage bestürmte. »Welches war Eure Lieblingsschlacht während der Feldzüge im Norden?«

Arthur bedachte Drystan mit einem schiefen Seitenblick und wandte sich dann wieder ihrem jungen Verwandten zu. »So etwas wie Favoriten gibt es nicht, wenn es ums Kämpfen geht, Cador. In jeder Schlacht sterben Freunde.«

Cador sah nicht restlos überzeugt aus, doch er beharrte nicht auf seiner Frage. »Seid Ihr froh, jetzt im Süden zu sein, als Dux Bellorum von ganz Britannien?«

Arthur zuckte die Schultern. »Zumindest ist es hier wärmer.«

Drystan lächelte und fragte sich, ob Cador jemals einen vielversprechenderen Gegenstand für seine Heldenverehrung finden konnte.

»Werden wir jetzt, wo ich Euer Bannerträger bin, auch gegen erainnische Piraten kämpfen, oder bloß gegen Sachsen?«

Erainnische Piraten. Eriu. Yseult. Drystan hörte Arthurs Antworten nicht mehr. Der Schmerz war wieder da, wie fast immer. Manchmal kam es ihm so vor, als verwende er all seine Kraft darauf, die Gedanken an sie zu vermeiden, sie in den Hintergrund seines Denkens zu drängen und sie in einem ordentlichen kleinen Kasten einzukerkern, völlig vergebens. Die unschuldige Frage eines Vierzehnjährigen ließ sie wieder frei, und sie lauerte ihm mit der Wucht von Erinnerungen auf, so stark wie ihre Gegenwart. Erinnerungen und Reue.

Yseult.

Drystan wandte sich ab, hielt auf die Tische mit dem Wein auf der anderen Seite des Hofes zu. Er wollte nicht, dass die anderen in seinem Gesicht sahen, was er durchmachte, wollte mit dem beklemmenden Gefühl in seinem Leib und mit seinem Kampf gegen sich selbst und gegen seine Gedanken allein sein.

»Was ist denn mit Drystan?«, wollte Cador wissen.

Mit betrübtem Blick schüttelte Arthur den Kopf. »Etwas, das du hoffentlich nie wirst erleben müssen.«

15

Vor Geraint, der Geißel des Feindes,
Sah ich weiße Rösser, angespannt, rot.
Nach dem Kriegsschrei bitter das Grab …

In Llongborth sah ich den Zusammenprall der
Schwerter,
Männer von Entsetzen erfüllt, blutige Köpfe
Vor Geraint dem Großen, dem Sohn seines Vaters.

In Llongborth sah ich Sporen
Und Männer, die nicht wankten vor den Speeren,
Die ihren Wein tranken aus Gläsern, die glänzten …

In Llongborth sah ich Arthurs
Helden, die mit Stahl schnitten,
Den Imperator, Herrscher unserer Mühen.

Klagelied für Geraint

Ihre erste größere Schlacht in diesem Jahr kam schneller, als irgendjemand erwartete. Es hatte den Anschein gehabt, als würde es ein ruhiger Sommer werden. Ambrosius' Kundschafter hatten keinerlei Truppenbewegungen entlang der Grenze zu Ceint bemerkt, wo die Sachsen ihre Bollwerke hatten, und die britannische Armee nutzte die gewonnene Zeit, um neue Kämpfer anzuwerben. Die Kämpfe im Norden gegen die vereinigten Streitkräfte der Pikten und Sachsen hatten einen hohen Tribut in ihren Reihen gefordert.

Als die Meldung eintraf, dass Sachsenschiffe an der Südküste landeten, sammelte Arthur seine Reiterei und so viel Fußvolk, wie bei der Verteidigung von Caer Leon entbehrt werden konnte, und brach nach Süden auf.

In Venta Belgarum schlossen sie sich den Truppen von Ambrosius und Cerdic an, dankbar für die Gelegenheit, Rast zu machen und nach dem Marsch quer durch halb Südbritannien wieder zu Kräften zu kommen. Cai, der Stallmeister, hatte sich unentwegt über die Strapazen beklagt, die ihre Reittiere hatten erdulden müssen, doch seine Umsicht bei der Zuteilung der Ersatzpferde hatte dafür gesorgt, dass ihnen der Gewaltmarsch keine Verluste eingetragen hatte. Wann immer sie konnten, hatten sie unterwegs neue Pferde beschlagnahmt, doch Arthur wollte solche Maßnahmen nach Möglichkeit vermeiden, da das einfache Volk und die betroffenen Adligen derlei oft übel nahmen.

Aufgrund der Geschwindigkeit, die die Vorhut der Reiterei vorgelegt hatte, war die Verstärkung für das Fußvolk aus Calleva und Sarum nur einen Tag vor ihnen in Venta eingetroffen, und Cerdic, dem die Verteidigung der Südküste oblag, hatte noch keine Zeit gehabt zu überlegen, wie er sie einsetzen wollte.

Drystan und Kurvenal waren kaum dazu gekommen, ihre Ausrüstung in ihren Quartieren in der Garnison abzulegen, als Arthur sie aufsuchte.

»Möchtet Ihr mitkommen, wenn wir uns mit Cerdic und Ambrosius treffen, Vetter?«, fragte er.

Drystan blinzelte verblüfft. »Gewiss, wenn Ihr mich dabeihaben wollt.« Allmählich wurde ihm klar, dass Arthur ihn auf den Posten eines Anführers unter seinen Getreuen vorbereitete. Obgleich ihm das schmeichelte, fiel es ihm doch schwer zu glauben, dass er eine solche Ehre verdient hatte.

Cerdics Haus befand sich im ebenen Südostteil der Stadt, neben den Garnisonsquartieren. Aus Gesprächen, die er auf dem Ritt nach Süden und Osten mit angehört hatte, hatte Drystan erfahren, dass Cerdics Hauptwohnsitz eine Villa im Westen war, an der Straße nach Sarum, und dass er außerdem einen Stützpunkt namens Caer Guinnet weiter im Süden hatte, an der Straße nach Portus Adurni. Wohnsitze im Überfluss. Obgleich er einen militärischen Posten bekleidete, genau wie Arthur, schien er sich wie ein Kleinkönig zu gebärden. Guinnet war Ambrosius' Machtbasis, die er hauptsächlich von Sarum und Caer Emrys aus regierte, doch er hatte Verulamium zu seiner Hauptstadt gemacht, seit er zum Hochkönig der Britannier gewählt worden war. Durch das Hochkönigsamt war ein Verwalter für sein eigenes Territorium notwendig geworden, und er hatte Cerdic in Venta eingesetzt.

Eine Handvoll von Arthurs vertrauenswürdigsten Gefährten wartete im Innenhof der Garnison auf sie, und zusammen gingen sie zu Cerdics Haus. Unterwegs bekam Drystan den Eindruck einer wohlhabenden Stadt, trotz der Tatsache, dass hier wie anderswo die Güte der neu errichteten Gebäude bei Weitem nicht an jene der älteren Bauwerke heranreichte. Angeblich war Venta schon über seine Mauern hinausgewachsen, bevor die Römer Britannien verlassen hatten. Als Beweis dafür, dass diese Geschichten wahr waren, diente eine große Anzahl von Häusern römischer Bauart außerhalb der Befestigungsanlagen, die jetzt jedoch zumeist verfallen waren. Als sie angekommen waren, hatten sie ihre Pferde in einer Reihe von Ställen untergebracht, die aussahen, als wären es ursprünglich kleine Läden nördlich der Stadt gewesen, entlang der Straße nach Calleva. Innerhalb der Stadtmauern dagegen wurden überall dort, wo Platz war, neue Gebäude errichtet; Straßen wurden fast durch Häuser versperrt, die direkt auf dem alten Straßenpflaster gebaut worden waren, im Windschatten alter Mauern. Nur wenige Menschen in diesem Teil Britanniens wollten in diesen Tagen außerhalb des Schutzes einer Festungsmauer leben.

Ventas Wohlstand rührte von einer Tuchmanufaktur im Ostteil der Stadt her, dicht am Fluss. Anders als andere Gewerbezweige wie die Herstellung von Fliesen und Mosaiken, die bei den Handwerkern anscheinend in Vergessenheit geraten waren, seit Rom die Verwaltung nicht mehr kontrollierte, produzierte die Weberei in Venta noch immer hochwertiges Tuch, das überall in Britannien und auch jenseits der Grenzen gefragt war.

Cerdics Wohnsitz war in erstaunlich gutem Zustand – vielleicht hatte er die letzten paar Steinmetze in seine Dienste genommen, die in der römischen Bauweise geschult worden waren. Ein Diener nahm sie an der Tür in Empfang und führte sie in einen größeren Raum im Südflügel des Hauses mit einem hübschen Mosaikfußboden, wo der Heerführer der Sachsenküste sie erwartete.

Cerdic war ein großer Mann mit einem breiten Lächeln, blondem Haar und blauen Augen; auf den ersten Blick hatte er Ähnlichkeit mit Cai. Drystan schätzte ihn ein wenig älter als Arthur. Die langen Jahre der Überfälle und des Krieges hatten ihren Tribut von der älteren Kämpfergeneration gefordert, und es gab nur wenige Feldherren, die auch nur annähernd an Ambrosius heranreichten, was Alter und Erfahrung betraf.

Drystan gefiel Cerdic sofort, trotz allem, was seine Stadtresidenz und seine zahlreichen Wohnsitze über ihn sagen mochten.

Der Hochkönig war mit seinem Ratgeber Myrddin bereits da, außerdem zwei weitere Männer und eine Frau, die Drystan nicht kannte und die sich angeregt mit Myrddin unterhielt. Ihr Haar war dunkel, doch ihre Augen waren von demselben überirdisch hellen Graublau wie die Yseults, und er konnte nicht anders, er musste sie anstarren. Sie fühlte seinen Blick, hob den Kopf und starrte zurück. Weibliche Verschämtheit war dieser Frau nicht zu eigen.

Die Gäste wurden einander vorgestellt, und Drystan erfuhr, dass die Frau Ambrosius' Tochter Modrun war, die zweite Gemahlin von König Honorius von Gower. Bei den beiden anderen, die er nicht kannte, handelte es sich um Oneon, der in Calleva herrschte, und seinen Sohn Natanleod. Oneon war ein Hüne von ähnlicher Statur wie Murchad.

Drystan bemühte sich, die Erinnerung zu verdrängen, als sie sich auf den Ruhebetten niederließen, und schaute auf den erlesenen Mosaikfußboden hinab, auf dem der Fall Trojas dargestellt war. Als er den Kopf wieder hob, die Hände an den Seiten zu Fäusten geballt, stellte er fest, dass Modrun ihn ansah. Irgendetwas in seinem Leib drehte und wand sich, und ihm wurde klar, dass er sich zu ihr hingezogen fühlte – zu einer Frau, die mindestens zehn Jahre älter als er war, noch dazu verheiratet, und die ganz anders war als Yseult?

Sie schüttelte ganz leicht den Kopf, mit einem wissenden Lächeln, und Drystan begriff, dass sie in einer Hinsicht *doch* wie Yseult war: Diese Frau war vom Blut der Alten und besaß Gaben des Wissens, von denen er vor seinem Aufenthalt in Eriu nicht gewusst hatte, dass sie existierten, dessen war er sich sicher.

Cerdic berichtete soeben über die Lage in Portus Adurni, und Drystan richtete seine Aufmerksamkeit wieder auf das Gespräch.

»Wie viele Truppen waren in Portus Adurni stationiert, als Aelle angegriffen hat?«, fragte Ambrosius gerade.

»Vier Zenturien, unter dem Befehl von Lucius Fulvianus.«

Arthur schnellte von seinem Ruhebett hoch und fuhr zu Cerdic herum. »Wie konntet Ihr Portus Adurni derart wehrlos lassen?«

Obgleich er dem Dux Bellorum recht geben musste, war Drystan doch verblüfft über den Ausbruch seines Vetters – normalerweise wusste Arthur seine Gefühle sehr gut zu beherrschen. Dummheit jedoch machte ihn rasend.

Cerdic schürzte die vollen Lippen. »Wie soll ich mit weniger als zehn Zenturien und nur zwanzig Schiffen die ganze Südküste von Clausentum bis Anderita verteidigen, könnt Ihr mir das sagen?«

»Und jetzt mit noch weniger, wenn ich recht verstehe«, bemerkte Myrddin. Sein Tonfall war milder als der Arthurs oder Cerdics. »Oder waren keine Schiffe in Portus Adurni stationiert?«

»Doch, drei«, bestätigte Cerdic knapp.

»Wenn Ihr der Ansicht wart, Ihr hättet zu wenige Männer oder zu wenig Ausrüstung, hättet Ihr Euch an mich wenden sollen«, sagte Ambrosius, offensichtlich bemüht, die Wirkung zu mildern, die Arthurs Worte auf einen seiner anderen Heerführer gehabt hatten.

»Jetzt ist es zu spät, sich darüber den Kopf zu zerbrechen«, warf Oneon ein. »Anstatt einander Vorwürfe zu machen, müssen wir die Sachsen davon abhalten, in Guinnet ebenso Fuß zu fassen wie in Ceint.«

Arthurs Zorn verrauchte sichtlich – vielleicht hatte Drystan aber auch zu lange auf der Zauberinsel Eriu geweilt und konnte jetzt die Gedanken anderer Menschen lesen? Er bezweifelte es, vielleicht war er jedoch empfänglicher für Stimmungen und ihre äußeren Anzeichen, nachdem er all die Monate seine eigenen Gedanken und Gefühle so genau beobachtet hatte.

Bedwyr konnte sich eine sarkastische Bemerkung nicht verkneifen. »Wenn ich mich recht erinnere, wurde Ceint verschenkt, nicht verloren.«

»Was hier nicht der Fall ist«, entgegnete Ambrosius fest. »Glücklicherweise ist der Verräter Vortigern tot.«

»Glück hat damit nichts zu tun«, meinte Natanleod, doch ehe der Rest der Anwesenden einstimmen und den Hochkönig lobpreisen konnte, wischte Ambrosius die Bemerkung mit einer Geste beiseite. *Genauso, wie Arthur es getan hätte,* dachte Drystan. Er war Uther niemals begegnet, doch nach allem, was er gehört hatte, zweifelte er daran, dass Arthur große Ähnlichkeit mit seinem leiblichen Vater hatte.

»Wie sieht es mit der Stärke des Sachsentrupps aus, der Portus Adurni belagert?« Arthur hatte wieder auf seinem Ruhebett Platz genommen, und sein Tonfall war abermals vollkommen sachlich.

»Wir wissen es nicht genau«, erwiderte Cerdic. »Der Angriff erfolgte nachts, und diejenigen, die entkommen sind und uns berichten konnten, können keine genaueren Angaben machen als ›Horden‹.«

»Wieso waren sie nicht imstande, ein Signal zu senden?«

»Das wissen wir auch nicht.«

»Und Eure Kundschafter waren nicht in der Lage, irgendwelche genaueren Auskünfte zu beschaffen?«, wollte Ambrosius wissen.

»Inzwischen liegen sechs Sachsenschiffe im Hafen, was fast sechshundert Mann bedeuten würde. Aber ein paar Schiffe können auch wieder zur Insel Vectis ausgelaufen sein, um Verstärkung herbeizuholen.«

»Aber sie sind von der Küste aus nicht weiter vorgerückt?«

Cerdic schüttelte den Kopf. »Ihr Ziel ist der Hafen. Seitens der Sachsen hat es keinen Versuch gegeben, eine der Städte zwischen hier und Portus Adurni anzugreifen.«

»Vielleicht haben sie ja gerade genug Männer für diese Belagerung«, meinte Natanleod.

Ambrosius erhob sich. »Sie könnten uns auch eine Falle stellen.«

»Oder auf Verstärkung warten«, fügte Geraint hinzu.

»Wir werden die Belagerer belagern müssen«, meinte Arthur.

»Und was ist, wenn es zu viele sind?«, wandte Cerdic ein.

Arthur schwieg einen Augenblick und sah zu, wie sein Pflegevater vor dem Rest der Anwesenden rastlos hin und her schritt. »Dann müssen wir sie weglocken.«

»Und wie sollen wir das anstellen?«

»Angreifen und dann das Weite suchen.«

Die versammelten Soldaten waren sprachlos. Ein absichtlicher Akt der Feigheit?

Modrun stand ebenfalls auf. »Eine ausgezeichnete Idee, Arthur. Cerdic kennt das Gebiet zwischen Portus Adurni und Venta gut und könnte die Hauptstreitmacht bei diesem Hinterhalt anführen. Ich nehme an, Ihr würdet den Täuschungsangriff selbst anführen?«

Arthur grinste, ein Gesichtsausdruck, den Drystan bei ihm noch nie gesehen hatte. »Wieder einmal habt Ihr die Lage vollendet erfasst, Base.«

Modrun nahm das Lob mit einem leichten Neigen ihres dunkelhaarigen Kopfes zur Kenntnis.

»Aber wir werden schnell sein müssen«, gab Ambrosius zu bedenken. Die Vorteile des Plans hatten ihn offensichtlich mit der scheinbaren Feigheit versöhnt. »Wir dürfen den Sachsen keine Zeit lassen, ihre Truppen zu verstärken.«

»Wie sollen wir sie dazu bringen, uns zu verfolgen?«, fragte Drystan. »Wenn wir einfach vor den Stadttoren auftauchen und dann Fersengeld geben, durchschauen sie die List bestimmt.«

Arthur nickte. »Deswegen werden wir uns auf etwas einlassen müssen, das wie ein aussichtsloser Kampf aussehen muss.«

Der Anblick der Festung hätte im ersten Moment durchaus entmutigend sein können: Als sie dort ankamen, war deutlich zu erkennen, dass die Belagerung erfolgreich gewesen war und die Sachsen jetzt die Oberhand hatten – hinter den Mauern. Und diese Mauern waren mindestens zwanzig Fuß hoch und dick; sächsische Verteidiger säumten die Bastionen und Wehrgänge.

»Wie haben bloß die *Sachsen* die Stadt eingenommen?«, brummte Gwythyr vor sich hin.

»Mit einem Überraschungsangriff«, antwortete Arthur in nüchternem Tonfall. »Ein Vorteil, den wir nicht haben. Wahrscheinlich erwarten sie uns schon seit Tagen.«

»Sieht auf jeden Fall so aus«, ließ sich Bedwyr lakonisch vernehmen.

Das war in der Tat der Fall. Nicht nur marschierten die Sachsen auf der Mauer auf und ab, sie hatten bereits den schützenden Graben davor verbreitert, so dass die Tore der Festung außer Reichweite des Feindes waren.

»Der Rammbock wird uns nichts nützen«, stellte Cai fest.

»Aber die Katapulte«, entgegnete Arthur. »Und die Schiffe sind fast völlig ungeschützt. Sie werden unser erstes Ziel sein.« Er wendete sein Pferd und wandte sich an Drystan. »Vetter, ich will, dass Ihr und Kurvenal die Verantwortung für die Schiffe übernehmt – Geraint werde ich hier brauchen.«

Drystan nickte und blickte an der Festung vorbei auf die am Ufer liegenden Boote. Rasch stellte er ein paar Berechnungen an. »Dort liegen nur drei Sachsenschiffe vor Anker – der Rest ist vielleicht schon wieder ausgelaufen, um Verstärkung zu holen.«

Arthurs Miene war grimmig. »Höchstwahrscheinlich.«

»Werdet Ihr einen Boten zur Festung schicken, um Eure Bedingungen zu nennen?«, wollte Geraint wissen.

Arthur schüttelte den Kopf. »Sie sehen, dass wir hier sind, und sie werden wissen, was wir wollen. Ich sehe keine Notwendigkeit für nutzloses Geplauder. Heute schlagen wir unser Lager auf und machen die Sachsen hoffentlich nervös. Vor Tagesanbruch stürmen wir mit Drystans Seeleuten den Strand, während ein anderer Teil der Truppe die Katapulte gegen die Festung einsetzt. Wenn alles gut geht, werden Drystan und Kurvenal so viele Schiffe kapern, wie sie können, und sie nach Noviomagus bringen. Cerdic hat sich doch beklagt, dass er zu wenige Schiffe hat, und Schiffe soll er bekommen.«

»Und wenn nicht alles gut geht?«, fragte Kurvenal.

»Dann verbrennen wir sie. Vielleicht bringt das die Sachsen ja eher dazu, uns zu verfolgen, wenn wir fliehen, oder?«

Die Nacht war mild und mondlos. Die Festung stand auf einem kleinen Landstreifen, der in den Meerbusen hinausragte und eine Art Bucht in der Bucht bildete. Die Langboote der Sachsen waren auf den Strand gezogen worden, während die drei gekaperten britannischen Schiffe – zu groß, um sie an Land zu ziehen – draußen im Wasser ankerten.

Der Geruch von Schweiß und Meer stieg Drystan in die Nase, als er seine Männer, drei Dutzend an der Zahl, wenige Stunden vor Tagesanbruch durch Sand und Dünengras führte. Während sie sich anschickten, einen weiten Bogen um Portus Adurni zu schlagen, machte sich eine Kampftruppe unter Geraints Befehl bereit, die Feste von Norden her mit Katapulten anzugreifen, und kleine Gruppen, angeführt von Arthur und Bedwyr, machten die nächsten Wachtposten unschädlich.

Als sie die verabredete Position am Strand erreicht hatten, ließ Drystan die Männer haltmachen. Jetzt warteten sie. Selbst so reglos in der kalten Nachtluft verharrend, fühlte er sich lebendiger, als er es seit Monaten gewesen war; alle seine Sinne waren geschärft, und sein Herz pumpte heftig, sein Gesicht war heiß, seine Fingerspitzen kalt. Angst und Heiterkeit erfüllten ihn.

Sobald sie die Alarmrufe aus Portus Adurni vernahmen, stürmten sie los, zu den Sachsenbooten. Zwei Wachen waren bei jedem Langboot postiert, doch sie hatten Drystan und seinen Männern nichts entgegenzusetzen. Kampflos ließen sie sich jedoch nicht außer Gefecht setzen, und bald eilte eine Schar Sachsenkrieger aus der Festung auf sie zu.

»Tuthal, zu mir!«, rief Drystan. »Kurvenal und Alun, nehmt mit den Männern unter eurem Befehl eines der Sachsenboote und erobert die Schiffe im Hafen zurück, sofort!« Er wusste, dass es Kurvenal widerstreben würde, ihn am Strand zurückzulassen, doch er wusste auch, dass sein Freund Befehle befolgen würde, und er vertraute Kurvenal blind.

»Diese Sachsenhunde gehören uns!«, überschrie Drystan das Rauschen der Wellen, während die ersten Speere über ihre Köpfe hinwegflogen, auf die Männer gezielt, die gerade das Langboot ins Wasser schoben. »Ruan, nach links, Dadweir, nach rechts. *Britannia patria!*«

Mit einem Aufbrüllen, in das seine Männer einfielen, stürmten sie mit gezogenen Schwertern auf die Barbaren ein. Der Schlachtenwahn überkam Drystan, stärker, als er es je zuvor gefühlt hatte. Die wenigen Scharmützel, an denen er in Aremorica teilgenommen hatte, waren nicht viel mehr gewesen als Grenzstreitigkeiten, doch selbst der Überfall auf Ard Ladrann hatte nicht solch eine Wirkung auf ihn gehabt wie dieser Kampf gegen die sächsischen Eindringlinge – hier, im Land seiner Vorväter.

Ein Hieb glitt von seinem Kettenhemd ab, und er rammte seinem Widersacher das Schwert ins Auge.

Die Sachsenschar war nicht groß genug, um sie zu überwältigen, doch die Britannier ließen Dywel, Bradwen und Dadweir verblutend neben den Leichen ihrer Gegner zurück, als sie sich wieder den verbliebenen beiden Langbooten auf dem Strand zuwandten.

»Kimin, steckt das dritte Boot in Brand und schließt Euch wieder Arthurs Truppen an!« Dadweir hatte eines der britannischen Schiffe befehligen sollen, und Drystan wusste nicht, ob einer der anderen Männer in der Lage sein würde, es ohne ihn nach Noviomagus zu steuern.

Er und sein Trupp schoben das letzte Langboot ins Meer und platschten, so schnell sie konnten, durch die mondbeschienenen Wellen. Als das dunkle Wasser bis zu ihren Schenkeln hinaufreichte, kletterten sie hastig in das schaukelnde Gefährt. Jeder ergriff ein Ruder und stieß das Boot weiter ins Wasser hinaus, verzweifelt bemüht, außer Reichweite der Bogenschützen zu gelangen, ehe weitere sächsische Truppen den Strand erreichen konnten. Sobald sie weit genug vom Ufer entfernt waren, begannen sie zu rudern, und Drystan stieß einen tiefen Seufzer der Erleichterung aus, als der dunkle Strand hinter ihnen zurückblieb.

Ihr Boot war etwas ganz anderes als die nach römischer Art gebauten Schiffe, die Drystan früher befehligt hatte, doch ehe die Sonne den höchsten Punkt am Himmel erreichte, liefen die sächsischen und britannischen Schiffe, die unter seinem und Ruans Kommando standen, in den Hafen ein, der zu Noviomagus gehörte. Zwei weitere Langboote waren bereits auf den Strand gezogen, und Kurvenal erwartete sie dort.

Er watete ins Wasser hinaus, um ihnen zu helfen, ihr Boot ans Ufer zu ziehen, und als sie wieder trockenen Boden unter den Füßen hatten, umarmten sie einander.

Zusammen gingen sie zu den Holzgebäuden hinüber, die ein kleines Stück südlich von den Ruinen einer riesigen alten römischen Villa standen. »Es ist mir noch nicht gelungen, die Pferde aufzutreiben, die wir brauchen werden«, sagte Kurvenal. »Der Hafen hier ist bloß ein Außenposten. Der Befehlshaber ist in Noviomagus, eine Meile von hier im Landesinneren.«

»Hoffentlich hat dieser Befehlshaber auch etwas zu essen und ein Bett zu bieten«, bemerkte Drystan und rieb sich die müden Augen.

Tadius, der Kommandant von Noviomagus, hatte in der Tat Essen und ein Bett zu bieten, weigerte sich jedoch rundheraus, genug Pferde für alle achtundfünfzig Männer herauszugeben.

»Wir haben nur achtzig Pferde in unseren Ställen«, beharrte er. »Was ist, wenn *wir* schnell Leute irgendwohin schicken müssen?«

Drystan fuhr sich mit der Hand durchs Haar. »Aelle hat Portus Adurni eingenommen, und Arthur versucht, seine Truppen herauszulocken, um die Festung zurückzuerobern. Wie viele Pferde, glaubt Ihr, werdet Ihr brauchen, wenn Ihr die Sachsen erst als Nachbarn habt?«

Tadius schüttelte den Kopf. »Es sind trotzdem zu viele. Ich würde Euch die Pferde ja geben, wenn ich sie hätte, aber Ihr würdet uns fast die Ställe leeren. Ich kann Euch Pferde für Euch selbst und Eure Hauptleute überlassen, und außerdem Packtiere für alles, was ihr dabeihabt, damit ihr schneller vorwärtskommt, aber mehr kann ich nicht aufbringen.«

Drystan seufzte. Damit Arthurs Plan gelang, musste er so schnell wie möglich nach Caer Guinnet gelangen, andererseits jedoch konnte er nicht drei Viertel des Pferdebestandes der Garnison beschlagnahmen. »Gebt mir noch zwanzig Männer und Verpflegung für zwei Tagesmärsche, dann gebe ich mich mit Packtieren und Reitpferden für mich selbst, Kurvenal, Alun, Tuthal und Ruan zufrieden, und außerdem noch zehn weitere, damit diejenigen, die zu Fuß gehen, sich abwechseln können und wir schneller vorankommen.«

Tadius schürzte die Lippen, doch Drystan sah das Leuchten in seinen Augen. Zwanzig Mann und zwanzig Pferde waren nach Garnisonsmaßstäben sehr viel weniger als achtundfünfzig Pferde. Andererseits bedeutete das jedoch, dass sie den größten Teil der fast vierzig Meilen bis Caer Guinnet zu Fuß bewältigen mussten. Mit genug Pferden hätten sie diese Entfernung an einem Tag bewältigen können; zu Fuß jedoch konnten sie es nur in zwei Tagen schaffen, in Gewaltmärschen. Wenigstens hatten sie Packtiere, sowohl Pferde als auch Maultiere. Er konnte nur hoffen, dass in Portus Adurni alles nach Plan verlaufen war.

Es war Juni, und die wilden Rosen blühten und kündigten den Sommer und die Zeit des Krieges an: die Zeit, da Männer sich schneller und gefahrloser bewegen konnten – und weniger gefahrlos für jene, die sie nicht länger als Nachbarn haben wollten. Drystan atmete den Geruch der wilden Sommerblumen ein, und ihm ging auf, dass er schon eine ganze Woche lang vergessen hatte, todunglücklich zu sein: zu erschöpft vom Marsch, zu sehr mit Problemen befasst, die größer waren als seine eigenen, um sich Gedanken um sein gebrochenes Herz zu machen.

Es war noch da, er fühlte es, doch der Schmerz war gedämpfter, nicht mehr ganz so unmittelbar.

Außer wenn er daran dachte – so wie jetzt.

Da sie ihre Ausrüstung und ihre Verpflegung nicht selbst zu tragen brauchten, kamen sie gut voran. Am Nachmittag des zweiten Marschtages erreichten sie gerade die Kuppe einer der Anhöhen der südlichen Hügelkette, als sie den ersten Schlachtenlärm vernahmen.

Drystan trieb sein Pferd an, gefolgt von den anderen, die beritten waren. Als sie oben auf der Hügelkuppe ankamen, erblickten sie ein Heer der Sachsen, gewiss gut über achthundert Mann stark, das den zurückweichenden Truppen nachsetzte, über denen der Wimpel mit Ambrosius' rotem Drachen flatterte.

»Verdammt!«, knurrte Drystan und brachte sein aufgeregtes Pferd zur Ruhe.

»Es sind viel mehr, als wir gedacht haben«, sagte Ruan.

Kurvenal hielt neben ihnen. »Und sie sind auch früher da, als wir erwartet haben. Vielleicht ist Hengist ihnen zu Hilfe gekommen.«

Drystan schüttelte den Kopf. »Aus Ceint, so schnell? Nein, wahrscheinlich haben sie Verstärkung von der Insel bekommen, von Vectis, genau wie wir befürchtet haben.«

Sie saßen auf dem Hügelkamm auf ihren Pferden und schwiegen einen Augenblick, bis die Soldaten, die nicht beritten waren, zu ihnen aufschlossen. Drystan schützte seine Augen mit der Hand vor der Nachmittagssonne und studierte die Lage genauer. Obgleich Arthurs Truppen dem Feind anscheinend mindestens zweifach unterlegen waren, war es nicht so schlimm, wie es zuerst den Anschein gehabt hatte. Die britannischen Soldaten zogen in gleichmäßigem Tempo nach Norden; das Kampfgetöse rührte von einem kleinen Scharmützel zwischen einigen von Arthurs Getreuen und der Vorhut der Sachsen her, das wahrscheinlich dazu gedacht war, die Gegner weiterzulocken, dem wartenden Hinterhalt entgegen.

Nichtsdestotrotz musste sie sich beeilen, wenn sie sich ihren Landsleuten anschließen wollten.

»Ihr seht alle, wie die Lage im Norden ist«, sagte Drystan zu seinen Männern. »Wir müssen schneller marschieren, um wieder zu Arthurs Truppen zu stoßen. Lucius, Esgeir, ich will, dass ihr die Packtiere übernehmt und uns folgt. Wir können unser Marschtempo nicht von Maultieren bestimmen lassen.«

Die beiden Soldaten nickte.

»Was den Rest betrifft«, fuhr Drystan fort, stieg ab und reichte die Zügel des Wallachs, den er in Noviomagus bekommen hatte, dem Mann neben ihm, »wir marschieren hier oben auf diesem Hügelkamm entlang, so schnell wir können, um uns einem der größten Feldherren, die Britannien jemals gesehen hat, anzuschließen, und zwar rechtzeitig für die Schlacht.«

Während des restlichen Nachmittags trieb Drystan die Männer unter seinem Befehl bis an die Grenze des Erträglichen voran. Nachdem sie eine Stunde lang oberhalb der beiden Armeen marschiert waren, waren sie den Sachsen ein wenig voraus. Um jedoch zu den Streitkräften von Cerdic und Ambrosius zu stoßen, würden sie den Hügel, auf dem sie standen, hinuntersteigen und einen zweiten erklimmen müssen.

Drystan gab den Befehl zum Halten. »Vor uns« – er zeigte auf den Hügel jenseits des Tals im Norden – »warten der Hochkönig von Britannien, seine Heerführer und die Könige, die ihm treu ergeben sind, darauf, sich auf das Sachsenheer zu unseren Füßen zu stürzen. Lasst uns für ein wenig Ablenkung sorgen, so dass Ambrosius von hinten über die Barbaren herfallen kann.«

Ruan zügelte sein Pferd und saß ab; offensichtlich wollte er nicht hoch über seinem Befehlshaber thronen. »Aber wie sollen wir gegen Hunderte von Sachsen kämpfen, wenn wir selbst weniger als achtzig Mann sind?«

»Nicht kämpfen«, wehrte Drystan ab und fühlte, wie ein Grinsen seine Mundwinkel in die Höhe zog. »Für Ablenkung sorgen. Erim, Cadell, ihr habt doch gestern Abend den Jägertrupp angeführt, der für uns die Kaninchen zum Abendessen geschossen hat – glaubt ihr, ihr und eure Männer können Sachsen genauso gut erlegen?«

Erim, ein großer, bärtiger Mann, der sein rötlich-braunes Haar zu einem Zopf geflochten trug, welcher noch dicker war als der Drystans, nickte begeistert. »Sachsen sind viel größere Zielscheiben, und sie laufen auch nicht so schnell.«

»Hervorragende Idee«, ließ sich Alun vernehmen. »Wenn wir uns auf den Hügeln im Unterholz verstecken und Pfeile einsetzen, können wir weiterhin Abstand zu der Sachsenstreitmacht halten.«

Die Männer um Drystan nickten und vergaßen die Erschöpfung, die ihnen das scharfe Marschtempo der letzten zwei Tage beschert hatte.

Drystan drehte sich wieder zu dem Tal unter ihnen um und schirmte seine Augen mit der Hand gegen die Spätnachmittagssonne ab. »Dieses Gebiet ist nicht so bewaldet, wie ich es gern hätte, aber halb den Abhang da hinunter ist eine kleine Kuppe voller Farnkraut, das können wir als Deckung benutzen. Wir haben nicht genug Bogen für alle, aber ein paar von uns können auch Speere nehmen. Was sagt ihr, Männer?«

Wilder Jubel erhob sich, der sich in Kampfgeschrei verwandelte, als eine Schar von achtundsiebzig Männern den Hügel hinunterdonnerte, um eine Armee von über achthundert anzugreifen.

Wieder lag Drystan auf dem Krankenlager, diesmal jedoch war es nicht so schlimm um ihn bestellt wie damals. Die Wunde war tiefer, doch er war nicht geneigt, sie als Kratzer abzutun, wie er es mit der Verletzung getan hatte, die er sich bei dem Zweikampf mit Murchad zugezogen hatte. Außerdem hatte Modrun, die Tochter des Hochkönigs, persönlich die Behandlung überwacht, die den Verwundeten zuteil wurde, und sie war sowohl in den Heilkünsten der Alten Bräuche als auch in denen der Römer unterwiesen worden. Zudem hatte Ambrosius noch einen Feldscher und einen Wundarzt in seinem Gefolge.

Arthur schritt rastlos neben Drystans Bett auf und ab, die Hände auf dem Rücken und Falten auf der Stirn, doch ein Lächeln spielte um seine Mundwinkel. Offensichtlich wusste er nicht recht, ob er schelten oder loben sollte.

Genau wie Drystan es erwartet hatte, kam zuerst die Schelte. »Euer Verhalten auf der Straße nach Caer Guinnet war außerordentlich unüberlegt, Vetter.«

»Euer Heer war auf der Straße unter uns und das von Ambrosius auf den Hügeln uns gegenüber«, verteidigte Drystan sich.

»Aber Ihr wusstet nicht, ob Ambrosius und Cerdic bereits wie vereinbart in Stellung gegangen waren.«

»Ich konnte kein Feuersignal senden – es war helllichter Nachmittag.«

»Das nächste Mal versucht Ihr es vielleicht trotzdem, ehe Ihr sechzig Mann gegen fast eintausend schickt.«

»Achtzig.«

Arthur lächelte jenes kleine Lächeln, das diejenigen, die ihn liebten, so gut kannten. »Ja, bei Euch kann man sich darauf verlassen, dass Ihr mit sechzig Mann loszieht und mit fünfundsiebzig zurückkommt. Aber trotzdem seid Ihr ein sehr großes Risiko eingegangen.« Er blieb am Fenster stehen und blickte auf die geschäftigen Straßen Ventas hinaus. »Wir haben in diesen Kriegen schon zu viele Freunde und Verwandte verloren.«

In der Schlacht um Portus Adurni hatten sie über hundert Mann eingebüßt, doch Drystan wusste sehr gut, dass Geraint derjenige war, der Arthurs Gedanken und sein Herz im Moment am meisten beschäftigte. Der König von Dortrig war gefallen, als Entsatztruppen der Sachsen vom Meer her angegriffen hatten, bevor Arthur und seine Männer Zeit gehabt hatten, ihren Plan des strategischen Rückzuges in die Tat umzusetzen.

»Wie sagen wir es Cador?«, fragte Drystan leise. Offiziell war Cador Arthurs Standartenträger, doch sie hatten ihn nicht auf den Gewaltritt nach Süden mitgenommen, sondern ihn bei den Truppen zurückgelassen, die noch immer unter dem Garnisonsbefehlshaber Caradog in Caer Leon standen.

Arthur wandte sich vom Fenster ab, die Hände hinter dem Rücken verschränkt. »Wie wir es immer tun, Vetter – mit Worten. Sorgt dafür, dass Ihr schnell wieder gesund werdet – wir brauchen Euch.« Damit nickte er grüßend und verließ das Zimmer.

Drystan hatte mindestens ebenso großes Interesse an einer raschen Genesung wie Arthur; im Bett zu liegen verschaffte ihm zu viel Zeit zum Nachdenken. Gleichzeitig genoss er Modruns Fürsorge auf eigentümliche Weise, und sie neckte ihn mit einem Leuchten in den Augen, das ihn so sehr an Yseult erinnerte, dass es schmerzte.

Binnen eines Tages war er wieder auf den Beinen.

Arthur fand ihn in der Nähe des Aquädukts, welcher das Tuchwerk mit Wasser versorgte.

»Es freut mich zu sehen, dass Ihr Euch so schnell erholt habt, Drystan«, sagte Arthur und bedachte ihn mit einem zerstreuten Lächeln. »Ich habe einen Auftrag für Euch. Es ist an der Zeit, daas Ihr Euch Eurer Wortgewandtheit bedient.«

Drystan wusste augenblicklich, worin dieser Auftrag bestehen würde – er sollte nach Caer Leon zurückkehren und ihrem Vetter Cador vom Tod seines Vaters berichten.

Mit kerzengeradem Rücken und erstarrter Miene stand Cador da. »Man wird einen neuen Herrscher wählen müssen, um Dortrig zu verteidigen. Ich bin noch zu jung.«

Bei dem Anblick dieses Knaben, der sich so tapfer bemühte, ein Mann zu sein, war Drystan versucht, die Tränen zu vergießen, die sein Vetter zurückhielt. Ihm kam der Gedanke, dass seine geliebte Yseult nur wenig älter gewesen war, als man ihr die Nachricht vom Tode ihres Onkels überbracht hatte – eines Onkels, der ihr wahrscheinlich näher gestanden hatte als Cador sein Vater Geraint.

»Vielleicht beschließen die Anführer Dortrigs ja, einen Stellvertreter zu berufen, bis du genug Erfahrung hast, um das Königsamt zu übernehmen«, sagte er sanft. »Deine Mutter Enid hat doch jetzt schon eine ganze Weile das Regiment geführt, während dein Vater mit Arthur gegen die Sachsen gekämpft hat, oder nicht?«

Cador nickte.

»So oder so, es ist am besten, wenn wir für einige Zeit nach Dyn Draithou zurückkehren«, meinte Antonius und legte seinem Schützling die Hand auf die Schulter. »Jetzt ist es deine Festung und deine Verantwortung.«

»Wenn du willst, begleiten wir dich«, setzte Kurvenal hinzu. »Arthur wird höchstwahrscheinlich noch eine ganze Weile im Süden bleiben.«

Cadors junges Gesicht war eine reglose Maske. »Ich danke euch. Wir wären froh über eure Gesellschaft.«

Drystan schwieg einen Moment und versuchte, in dem jungen Mann, der vor ihm stand, den Knaben wiederzufinden, der ihn bei den Waffenübungen in Dyn Tagell mit solcher Begeisterung angefeuert hatte. Der Krieg ließ die Menschen schnell altern, und er brachte sie noch schneller um.

Am nächsten Tag ritten sie wieder nach Süden und erreichten vor dem Ende der Woche Dyn Draithou. Es war eine beeindruckende Wehranlage – gewiss nicht so uneinnehmbar wie Dyn Tagell, aber breit und hoch, umgeben von vier Erdwällen hintereinander. Sie näherten sich auf der alten Römerstraße von Aquae Sulis her. Neben Ynys Witrin beherrschte die Feste die ganze mittlere Ebene von Dortrig.

Drystan versuchte, sich auf die Einzelheiten all der neuen Orte zu konzentrieren, die er zu sehen bekam, versuchte, daran zu denken, dass Cador gerade seinen Vater verloren hatte, während er lediglich gezwungen gewesen war, eine Frau zurückzulassen, die ihn jetzt hasste. Manchmal gelang es ihm und manchmal nicht. Er wollte sich wieder in den Kampf gegen die Sachsen stürzen – und Cador hätte sich ihm mit Freuden angeschlossen.

»Wie war es in der Schlacht?«, fragte sein junger Vetter ihn, als sie durch die Wehranlagen aus Holz und Stein ritten, die Dyn Draithou umgaben.

»Ich war nur am Anfang und am Schluss dabei«, antwortete Drystan. »Kurvenal und ich waren dafür zuständig, die Schiffe im Hafen zu stehlen oder zu zerstören.«

»Ich hoffe, du hast ein Dutzend Sachsen getötet«, zischte Cador.

Drystan nickte, er verstand, worauf es dem jungen Mann

ankam. »Mindestens. Aber trotzdem nicht genug, um deinen Vater zu rächen.«

Seit zwei Wochen waren sie jetzt in Dyn Draithou, und Kurvenal konnte sehen, dass Drystan begierig darauf war, wieder in den Kampf zu ziehen. Sein Freund Drystan, der Mann, der die Harfe dem Schwert vorzog.

Jetzt stand derselbe Drystan schon nach den ersten wenigen Schlachten, die er mit Arthurs Streitkräften geschlagen hatte, in dem Ruf, ein schwermütiger Wahnsinniger zu sein, ein Kämpfer bis ins Mark, stets an der Spitze jedes Angriffs, niemals auf die eigene Sicherheit bedacht. Voller Eifer inspizierte er gemeinsam mit Cador die Truppen und Verteidigungsanlagen der gewaltigen Hügelfestung und ließ es sich nicht nehmen, bei den Waffenübungen jeden einzelnen Krieger persönlich auf die Probe zu stellen. Wo war der lachende junge Mann geblieben, der einst behauptet hatte, er wäre gern ein Barde?

Wenn es das war, was die Liebe einem antat, dann wollte Kurvenal nichts mit ihr zu schaffen haben.

Drystan polierte gerade emsig seine Waffen in dem Zimmer, das sie sich in einem der Gästehäuser auf der Südseite von Dyn Draithou teilten. In der Ecke neben seinem Bett lag seine Harfe, von einer dünnen Staubschicht bedeckt.

Vielleicht sollte er ja froh sein, dass Drystan sich überhaupt die Mühe machte, die Harfe mitzuschleppen.

»Du hast dich noch immer nicht erholt, nicht wahr, Drystan?«

»Natürlich habe ich mich erholt. Ich bin durchaus in der Lage, meinen gerechten Anteil an Sachsen niederzuhauen.«

Kurvenal ließ sich auf der Schlafstatt neben dem Stuhl nieder, wo Drystan arbeitete. »Mehr als deinen gerechten Anteil. Du hast dir mit dem Schwert einen Ruf als Verrückter erworben. Aber du bleibst auch ohne Sachsen, die du töten kannst, ein Verrückter. Es heißt, du legst es darauf an, dass das Schwert dich trifft. Bei den Übungsgefechten habe ich mehr als einmal gesehen, wie ein Mann im letzten Moment seine Waffe zurückgerissen hat.« Drystan hatte mit dem Polieren aufgehört, doch sein Blick ruhte noch immer auf dem Schwert. »Geht sie dir immer noch nach?« fragte Kurvenal leise.

Sein Freund antwortete nicht sofort. »Wie sollte sie das nicht?«

»Das verstehe ich einfach nicht. Hast du denn nicht versucht, sie mit anderen Frauen zu vergessen?«

Drystan lachte laut auf, ein unpassender Laut, der Kurvenal nichtsdestotrotz an den Mann erinnerte, der er früher gewesen war. »Gewiss habe ich das versucht. Es ist, als ob man trockenes Brot isst, um den Hunger zu stillen, während man eigentlich Appetit auf Entenbraten mit Kreuzkümmel und Weinsoße hat. Das Brot verhindert nicht, dass man sich trotzdem den feinen Geschmack des Entenfleisches vorstellt, die Würze der Soße auf der Zunge, so dass man genauso danach verlangt wie zuvor.«

Kurvenal wandte sich ab. Drystans Worte allein reichten schon aus, um ihm das Wasser im Munde zusammenlaufen zu lassen, und er musste zugeben, dass der Vergleich bis zu einem gewissen Grade vernünftig klang.

Er schaute aus dem Fenster ihrer Unterkunft auf die Wehranlagen aus Holz und Erde und Stein, die ihm zum größten Teil den Blick auf den Himmel versperrten. Es hatte den Anschein, als wären sie in letzter Zeit überall von Mauern umgeben, wohin sie auch kamen. Jäh verspürte Kurvenal einen heftigen Stich des Heimwehs in der Brust, Heimweh nach dem einfachen aremorischen Dorf außerhalb von Bro Leon, wo er seine ersten Lebensjahre verbracht hatte, einem Ort ohne Mauern, abgesehen von den Wänden der Häuser. Vielleicht war es so arm, dass kaum Gefahr bestand, jemand könnte es angreifen.

Im Dorf war das Gerücht umgegangen, er sei der Sohn Riwallons, des Königs selbst, und es waren diese Gerüchte gewesen, die ihn hinter die Mauern gebracht hatten.

Und hierher.

Kurvenal rückte auf der Schlafmatte herum, wandte sich wieder seinem Freund zu und sah ihn an. »Du lachst nur noch so selten. Was ist passiert, Drystan?«

Wieder dieses Schweigen. Und dann schließlich: »Sie hat mir ein Schwert auf die Brust gesetzt.« Er drehte die Waffe in den Händen. »Dieses Schwert. Manchmal wünsche ich mir, sie hätte zugestoßen.«

Kurvenal hasste sie. Fast hasste er Drystan dafür, dass er wünschte, er wäre tot. Als wäre er der einzige Mensch, für den sein Leben zählte! Er wandte sich ab, damit Drystan den Zorn in seinen Augen nicht sah.

»Keine Frau ist es wert, für sie zu sterben«, knirschte er.

Wieder dieses unangebrachte Lachen. »Ach, Kurvenal.« Schweigen. Kurvenal drehte sich um. Drystan sah ihn an und schüttelte den Kopf. »Nein, ich werde dir das nicht wünschen, obwohl ich größte Lust dazu hätte.«

»Gut.«

»Ich war gestorben, Kurvenal«, sagte Drystan leise. »Ich war Tandrys, ihr Barde. Aber unglücklicherweise hat sie Drystan wieder zum Leben erweckt.«

Kurvenal blinzelte. »Du meinst, du wärst dort geblieben? Du wärst niemals nach Britannien zurückgekehrt?«

»Seltsam, nicht wahr? Aber jetzt bin ich hier und kämpfe für das Land, das ich aufgegeben hätte.«

Nach einer weiteren Woche in Dyn Draithou kehrten sie zu Arthurs Heer zurück. Es war Hochsommer, und die Kämpfe gingen ohne Unterlass weiter, auch wenn die Auseinandersetzungen nach den Schlachten bei Portus Adurni und Caer Guinnet mehr Geplänkeln ähnelten. Obgleich Arthurs Truppen den Hafen zurückeroberten, nachdem sie die Sachsen herausgelockt hatten, machte Aelle weiterhin von der Insel Vectis aus die Südküste unsicher, und Hengist drang von Ceint aus weiter vor und tat sein Bestes, das, was an der Insel noch britannisch war, Stück um Stück zurückzustutzen. Ihr einziger Trost war, dass Caer Guinnet von den Streitkräften der Sachsen im Süden anscheinend einen erheblichen Tribut gefordert hatte.

Die kalten Monate kamen und damit das Ende der Kampfzeit, ohne dass sich die Lage wesentlich geändert hätte. Die Armeen von Arthur und Ambrosius hatten Aelle und Hengist zurückdrängen können, allerdings nur bis dorthin, wo sie schon im Jahr zuvor gestanden hatten.

Es war ein harter Winter, und ein ereignisloser dazu. Sowohl Sachsen als auch Britannier waren zu sehr damit beschäftigt zu überleben, um sich an Eroberungen zu versuchen; sie leckten ihre Wunden und versuchten, wieder zu Kräften zu kommen. In Arthurs Lager in Caer Leon gingen die Waffenübungen weiter, doch viele Männer waren zu ihren Familien zurückgekehrt, um die Ernte einzubringen, und blieben für den Rest des Jahres daheim. Drystan beschloss, bei Arthur zu bleiben, anstatt zum Winterhof seines Vaters in Lansyen zurückzukehren. Er hatte weder Frau noch Kinder, und die meisten anderen unverheirateten Männer blieben ebenfalls in der Garnison, damit die Truppen nicht allzu sehr ausgedünnt wurden.

Kurz vor Weihnachten traf ein Bote mit wichtigen Neuigkeiten aus Venta ein: Cerdic hatte einen Waffenstillstand mit Aelle ausgehandelt – und würde Aelles Tochter Cynewyn heiraten, um den Pakt zu besiegeln.

»War Ambrosius über diese Verhandlungen unterrichtet?«, fragte Arthur, während er rastlos über den schwarz-weißen Fliesenboden seines Hauptquartiers in den Principia schritt. Das Gitterfenster über dem Alkoven, wo einst die Legionsstandarten gestanden hatten, warf einen Schatten, dessen Muster dem der Bodenfliesen glich.

»Nein, Dux. Er war ebenso überrascht wie Ihr.«

Arthur nickte knapp. »Danke. Du kannst dir in der Messe etwas zu essen holen, ehe du nach Verulamium zurück musst. Wenn du eine Unterkunft brauchst, wird Caradog dir behilflich sein.«

»Denkst du, Cerdic sinnt auf Verrat?«, fragte Cai, nachdem der Bote verschwunden war.

Arthur schüttelte den Kopf. »Noch denke ich gar nichts, nur dass es bemerkenswert ist, dass Cerdic den Hochkönig nicht ins Vertrauen gezogen hat, als er die Verhandlungen begonnen hat.

Und es ist gut, dass dies Aelle davon abhalten wird, unsere Südküste zu plagen.«

»Aber Ihr seid Euch nicht sicher«, sagte Drystan leise.

Arthur sah ihn nachdenklich an. »Nein, Vetter, ich bin mir nicht sicher.«

Zu Beginn des Frühlings kehrten allmählich die anderen Soldaten von ihren Familien zurück: Ruan, Lucius, Tuthal und der Rest. Drystan stellte fest, dass er froh war, »seine« Männer wiederzusehen, die Männer, die er ausgebildet und angeführt hatte. Als sie beinahe wieder vollzählig waren, ehe irgendwelche Neuigkeiten von Truppenbewegungen der Sachsen oder der Erainn sie erreichen konnten, rief Arthur Drystan mit ernstem Gesicht zu sich.

»Ich habe Nachricht von Marcus. Er möchte, dass Ihr zurückkommt.«

Drystan sah seinen Vetter an und zog fragend eine Braue hoch. Arthur erwiderte den Blick ohne eine Spur von Humor. Allmählich wurde Drystan beklommen zu Mute.

»Ich lasse Euch die Wahl, ob Ihr bleibt oder geht«, fuhr Arthur fort. »Für Euren Schwertarm habe ich ganz sicher Verwendung. Aber ich hätte auch nichts dagegen, einen Mann unter Marcus' Gefolge zu haben, dem ich vertrauen kann, damit er mir von seinem Treiben berichtet. Und unter den gegebenen Umständen wollt Ihr vielleicht in Dumnonia bleiben.«

Verblüfft starrte Drystan Arthur an. »Ihr würdet darauf vertrauen, dass ich es Euch melde, wenn mein eigener Vater Ränke gegen Euch schmiedet?«

»Ich vertraue darauf, dass Ihr Ambrosius oder mich nicht verraten würdet. Marcus vertraue ich nicht.«

Seltsamerweise hatte er Recht. Drystan empfand seinem Vetter gegenüber mehr Loyalität als gegenüber seinem Vater. Andererseits hatte Arthur selbst seinen eigenen Vater Uther kaum gekannt, den Mann, der seine Mutter geschändet und ihn verstoßen hatte. Blut war nur selten dicker als Wasser, wenn dieses Blut besudelt war.

»Wieso hat Marcus nach mir geschickt?«

Arthur schwieg einen Moment, offensichtlich suchte er nach den richtigen Worten, und Drystans Beklommenheit nahm zu.

»Ich weiß nicht, wie ich es Euch sagen soll, Vetter. Er hat endlich einen Frieden mit Lóegaire ausgehandelt und eine Heirat mit einer erainnischen Prinzessin vereinbart.«

Drystans Magen stürzte ins Bodenlose, und plötzlich war ihm schwindelig. Er sank auf den nächsten Stuhl und blickte zu seinem Vetter auf. »Mit wem?«, stieß er erstickt hervor.

Er konnte sehen, dass Arthur sich wünschte, nicht darauf antworten zu müssen, konnte den Schmerz und das Mitgefühl in den Augen seines Vetters sehen.

Arthur reckte das Kinn und sah Drystan in die Augen. »Mit Yseult der Schönen.«

Und so segelte Drystan nach Westen, anderthalb Jahre nachdem er zum ersten Mal übers Meer nach Eriu gefahren war, um seine große Liebe als Braut seines Vaters heimzuholen.

DRITTES BUCH

Zwei Männer und eine Frau

16

Tristrem in schip lay
With Ysonde ich night;
Play miri he may
With that worthli wight
In boure night and day.
Al blithe was the knight
He might with hir play.

(Tristrem lag jede Nacht im Schiff bei Ysonde;
er und die Ehrenwerte liebten sich in der Kammer
Nacht und Tag. Der Ritter war voller Glück,
dass er sie lieben konnte.)

Anonymus, *Sir Tristrem*

Seine Ankunft in Eriu verlief diesmal anders als damals, ein ganzes Leben zuvor. Seinerzeit hatte er im Fieberwahn gelegen, hatte nicht gewusst, ob er am Leben bleiben oder sterben würde, war in einem Nachen aus Leder unterwegs gewesen, mit nichts als seiner Harfe, seinem Schwert und den Lumpen, die er am Leib getragen hatte.

Diesmal traf er mit Prunk und Zeremoniell ein, auf dem prachtvollsten Schiff seines Vaters, in ein Gewand aus schwerer Seide von jenseits des Meeres gekleidet, wie es sich für einen Königssohn ziemte. Die Ringe an seinen Händen waren aus Gold, ebenso wie die Reife um seine Arme und der Torques um seinen Hals. Die Sonne brannte auf seinen Rücken herab und übergoss alles mit freundlicher Wärme, mit Ausnahme seiner Seele.

Beinahe wünschte er sich, er hätte diesen Tag nicht mehr erleben müssen.

Lóegaires Gefolge war von Tara zu dem römischen Hafen bei

Eblana gekommen, um sein Schiff zu erwarten. Die eigentliche Siedlung lag auf einem Felsvorsprung und war leichter zu verteidigen als Inber Colptha: Offenkundig wollte Lóegaire Yseult so schnell und so ungefährdet wie möglich außer Landes schaffen.

Das kleine Landungsboot wurde ans Ufer gezogen, und Sklaven kamen ins Wasser gewatet, um ihn und Kurvenal an den Strand zu tragen. Er umklammerte die Schultern zweier stämmiger Männer, ihre muskulösen Unterarme unter seinen Schenkeln, als er sie endlich wiedersah; flankiert von ihrer Mutter und einem Mann, von dem er annahm, dass es der Hochkönig Lóegaire war, trat sie aus den Wällen der Hafensiedlung.

Sie war in Weiß und Grün gekleidet, die Farben, die sie getragen hatte, als er sie zum ersten Mal erblickt hatte.

Seine Füße berührten Sand. Er schaute weg.

Wie oft konnte ein Herz brechen? Wenn es eine Grenze gab, so schien das seine sie nicht zu kennen.

Mit Kurvenal an seiner Seite schritt er durch den feinen Sand. Als er wieder zum königlichen Gefolge hinübersah, fiel sein Blick auf die Königin, und beinahe wäre er wie angewurzelt stehen geblieben. Yseult die Weise erschien ihm älter, kleiner, fast gebrechlich. In seiner Erinnerung war sie größer als die meisten Männer; jetzt wirkte sie beinahe klein. Das Herrschaftliche, die Lebendigkeit ihrer Gegenwart, die sie jene um sie herum stets hatte überragen lassen, war verschwunden.

Sie fing seinen Blick auf, und aus irgendeinem Grund lächelte sie. Lächelte und schien sich ein wenig in die Höhe zu recken.

Drystans geschundenes Herz zog sich schmerzhaft zusammen.

Als er die erainnische Schar erreichte, war die Königin die Erste, die das Wort ergriff. »Willkommen, Barde.«

Er hätte schwören können, dass in ihrer Stimme Freundlichkeit lag, Freundlichkeit, die er nicht verdiente: nicht als Gesandter seines Vaters, nicht als der Mann, der ihren Bruder getötet hatte. Möglicherweise war dies ja eine sonderbare Foltermethode der Feadh Ree.

Er beugte das Knie vor ihr. »Herrin.«

»Es ist schön, Euch wiederzusehen, Tandrys. Vielleicht singt Ihr uns ein Lied, ehe Ihr wieder aufbrecht?«

Drystan suchte in ihren Zügen nach Zeichen geistiger Umnachtung, fand jedoch keine. »Ich hätte nicht erwartet, von Euch so wohlwollend empfangen zu werden.«

Die Königin zuckte die Schultern. »Ich habe in den letzten Jahren viel über unkluge Bündnisse gelernt – über Freunde, die keine sind, und über Feinde, die Freunde sind. Erhebt Euch, Fili.«

Er gehorchte und warf einen raschen Blick zu Yseult der Schönen hinüber, um zu sehen, wie sie das merkwürdige Verhalten ihrer Mutter aufnahm. Sie stand regungslos da, ließ sich nicht dazu herab, ihn anzublicken. Er richtete seine Aufmerksamkeit wieder auf die Königin. »Genau wie damals verdiene ich die Ehre dieses Titels nicht – jetzt sogar noch weniger als bei unserem ersten Zusammentreffen. Die Umstände haben mich gezwungen, meine Harfe zugunsten des Schwertes aufzugeben.«

Sie schüttelte den Kopf. »Ich hatte Euch für klüger gehalten. Aber hier in Eriu achten wir unsere Barden noch, Tandrys.«

Nein, sie war nicht toll. Just diese Worte hatte sie zu ihm gesagt, als er in ihrer Obhut wieder zu sich gekommen war, vor so langer Zeit.

Wollte sie ihn an die Schuld erinnern, in der er stand?

Er betrachtete ihr Gesicht, und sie nickte fast unmerklich. »Ich werde es nicht vergessen, Herrin«, sagte er.

Der Hochkönig trat vor. »Seid abermals willkommen in Eriu, Prinz Drustanus. Euer Ruf als Künstler und als Krieger ist Euch über die erainnische See vorausgeeilt. Ihr erweist uns mit Eurem Besuch in Eblana große Ehre.«

Drystan ließ die förmlichen Reden über sich hinwegfluten und fragte sich, was Yseult die Weise wohl glaubte, was er für sie tun könnte.

Und er war wild entschlossen, es zu tun, sofern es in seiner Macht stand.

Obgleich die Bewohner Erius Eblana »den Römerhafen« nannten, gab es hier wenig, was für Drystans Augen römisch aussah. Die Haupthalle war rechteckig statt rund, doch sie war nach erainnischer Bauweise aus Flechtwerk und Lehm errichtet worden, mit einem dicken Strohdach. Waffen und gewebte Teppiche zierten anstelle von gemalten Fresken die Wände, und selbst jetzt, im Sommer, trieb der Geruch von Torfflammen von den Feuergruben an den beiden Enden der Halle her in der Luft.

Man wies Drystan den Ehrenplatz zu und reichte ihm bei dem Festmahl, das zu Ehren ihrer Ankunft abgehalten wurde, das größte Stück Fleisch; die Königin saß zu seiner Rechten und ihre Tochter zu seiner Linken. Kurvenal war weiter unten an der Tafel platziert worden, neben Yseults verwitweter Base Brangwyn. Es gab in Honig geschmorte Weizenkuchen, Lachs mit Essig und Kreuzkümmel, Wasserkresse und Käse, Wein, Met und Bier, und sowohl Schweine- als auch Rinderkeulen wurden auf Spießen über den Feuergruben gedreht. Tuathal, der König von Eblana, hatte nicht vor, sich geizig zu geben, wenn der Hochkönig das Recht auf Gastfreundschaft von ihm einforderte, und das Essen war köstlicher als jedes Mahl, das Drystan in Eriu jemals verzehrt hatte.

Doch selbst durch die Düfte hindurch, die die Halle erfüllten, durch den Geruch nach Rauch und Braten und Bier und Weizenkuchen, bildete er sich ein, den leisen Duft Yseults der Schönen wahrzunehmen, jener Frau, die so lange seine Träume heimgesucht hatte. Ganz gewiss hatte er sich nicht eingeredet, über sie hinweggekommen zu sein, doch er hatte auch nicht gedacht, dass es so hart sein würde, sie wiederzusehen. Soweit es ihr möglich war, schenkte sie ihm keinerlei Beachtung, ihm jedoch war es jedes Mal nur allzu bewusst, wenn sie mit dem jungen König Tuathal sprach, der auf ihrer anderen Seite saß, war sich jedes Weizenkuchens bewusst, den sie sich nahm, jedes Schlucks Wein, den sie trank. Dieses Bewusstsein begann als Schmerz in seiner Magengrube und gestattete ihm kaum, etwas zu essen.

Er versuchte, sich auf die Königin zu seiner Rechten zu konzentrieren und auf Lóegaire neben ihr. Irgendwie erinnerte Lóegaire ihn an seinen Vater, obwohl er ihm überhaupt nicht ähnlich sah. Lóegaire trug einen Bart, und sein geflochtenes Haar war eine Mischung aus Rot und Grau, während sein Vater glatt rasiert und sein Haar braun war. Aber beide hatten diesen berechnenden Ausdruck in den Augen, den Blick von Menschen, welche von einer Gier beseelt waren, die sich niemals befriedigen ließ.

Die Königin saß zwischen Drystan und dem Hochkönig und schien ganz allmählich wieder zum Leben zu erwachen. Es fiel ihm schwer, sich vorzustellen, dass dies irgendetwas mit ihm zu tun haben könnte, nachdem er vor so langer Zeit ihr Vertrauen missbraucht hatte, doch er wusste nicht, was er sonst denken sollte.

Nachdem alle sich satt gegessen hatten, bevor die Barden die ersten Lieder und Geschichten des Abends anstimmten, erhob sich die Königin und winkte einer der Dienstmägde. Diese trat vor, einen aus feinster erainnischer Wolle gewebten Umhang von einem tiefen, beinahe schillernden Purpur in den Händen.

Die Königin nahm der Magd den Umhang ab und bot ihn mit ausgestreckten Armen Drystan dar. »Ich habe ein Geschenk für den König angefertigt.«

Drystan erhob sich und nahm das Bündel entgegen, und ihre Hände berührten sich. »Er ist wunderschön, Herrin.«

»Ihr werdet ihn an meiner Statt dem König des Südens überreichen?«

Er nickte und öffnete ihr seine Gedanken. Das war es, was sie von ihm gewollt hatte, jetzt erkannte er es, der Grund dafür, dass seine Anwesenheit Hoffnung in ihr weckte und wieder etwas Leben in ihren müden Augen leuchten ließ. Der König des Südens war nicht nur sein Vater – in Eriu konnte damit auch der König der Laigin gemeint sein.

Er würde ihre Täuschung mitmachen. Zumindest das schuldete er ihr, wenn nicht noch mehr. »Es wird meinem Vater eine Ehre sein.«

Bei dem Gedanken an seinen Vater, der Yseult die Schöne

zur Frau nehmen würde, verlor er beinahe die Fassung und holte tief Atem, um sich wieder zu fangen. Plötzlich konnte er das Mitgefühl und das Bedauern der Königin spüren. Er starrte sie an, den weichen, purpurnen Wollstoff in den Armen, und fragte sich, ob Yseult die Schöne vor einer halben Ewigkeit nicht Recht gehabt hatte, als sie glaubte, dass in seinen Adern etwas vom Blut der Alten Rasse strömen musste.

Yseult die Schöne gab nur ungern zu, dass sie sich geirrt hatte, wenn es jedoch offensichtlich war, war sie stark genug, ihren Stolz hinunterzuschlucken.

In Drystan hatte sie sich geirrt.

Kaum hatte das bretainische Schiff in Eblana abgelegt, war er mit dem Umhang, den ihre Mutter gewebt hatte, zu ihr und Brangwyn gekommen und hatte sie gefragt, wie sie ihn zu Crimthann schaffen wollten.

In Anbetracht seiner damaligen Unaufrichtigkeit hatte sie nicht erwartet, dass er bereit sein würde, ihnen zu helfen, geschweige denn, dass er verstehen würde, was seine Mutter von ihm wollte.

Brangwyn antwortete an ihrer Stelle. »Wir haben Rufe ausgesandt, an Crimthann und auch an Brigid, dass wir versuchen werden, in Inber Da Glas anzulegen, aber wir wissen nicht, ob sie uns gehört haben. Wenn nicht, wird dort jemand sein, der den Umhang zum König bringen kann.«

Drystan nickte. »Aber was ist, wenn sie uns für Feinde halten?«

»Brangwyn und ich werden uns an den Bug stellen«, sagte Yseult. »Man kennt uns dort.«

»Wieso möchte deine Mutter, dass Crimthann den Umhang bekommt?«

»Die Magie, die darin eingewoben ist, wird seiner Kriegerschar helfen, Lóegaire zu finden und ihn zu besiegen«, erklärte Brangwyn.

Und dann sagte er etwas, das ihren Hass auf ihn in Fetzen riss. »Ihr beide könntet mit dem Umhang gehen.«

Yseult und ihre Base starrten ihn an, unfähig zu glauben, was sie gerade gehört hatten.

»Ich könnte sagen, ihr wäret geflohen, als ich einen Hafen anlaufen musste, um das Schiff instand zu setzen. Oder irgendetwas in der Art«, fuhr er fort. »Ich denke mir etwas aus.« Und dann erhellte jenes Grinsen, das sie so sehr geliebt hatte, sein Gesicht.

Langsam schüttelte Yseult den Kopf und starrte ihn immer noch an. »Lóegaire würde an meiner Mutter Rache nehmen, wenn ich Marcus nicht heirate.« Mit großer Überwindung wandte sie sich an Brangwyn. »Aber du – jetzt, wo Lugaid keine Gewalt mehr über dich hat, könntest du bleiben.«

Sie hatten die Bucht hinter sich zurückgelassen und nahmen Kurs nach Süden. Mit traurigen Augen schaute Brangwyn auf die Küste im Westen. »Nein, dort gibt es nichts mehr für mich. Ich bleibe bei dir, Yseult.«

»Wie ihr wünscht.« Drystan verneigte sich und ging.

Yseult lehnte sich an die Reling des Schiffes und sah tief in Gedanken versunken zu, wie die Küste ihres Geburtslandes vorüberglitt. In ihr keimte der schreckliche Verdacht auf, dass sie Drystan allein aus Eigennutz gehasst hatte: Schlichter Abscheu war so viel einfacher als die verwirrenden Gefühle, die sie jetzt umtrieben. Könnte sie doch nur an diesem Hass festhalten – sie vermochte nicht, sich vorzustellen, wie das Leben als Gemahlin seines Vaters aussehen könnte, wenn sie es nicht tat.

Der Wind kam von achtern, und sie erreichten den Laiginhafen, noch ehe die Sonne den halben Weg zum Horizont zurückgelegt hatte. Ihre Rufe waren gehört worden – sowohl Crimthann als auch Brigid erwarteten sie.

Alle drei gingen mit ihren Botschaften und der Magie an Land, und Crimthann umarmte Drystan wie einen Bruder. Yseult fühlte, wie aufsässige Tränen hinter ihren Lidern brannten. Sie dachte an das Bedauern in Crimthanns Stimme, als er den Barden damals verbannt hatte.

Was wäre geschehen, wenn sie ihr Wissen für sich behalten

hätte, wenn sie die Dinge ihren Lauf hätte nehmen lassen? Vielleicht hätten sie zu Lugnasad sogar geheiratet, und wenn sie das getan hätten, dann würde sie jetzt nicht als Braut zu seinem Vater reisen.

Yseult ballte die Fäuste und bemühte sich, die Fassung zu bewahren.

Brigid umarmte sie. »Reue ist Verschwendung« sagte sie ihr leise ins Ohr. »Alles, was wir tun können, ist, das Beste aus dem zu machen, was sich aus den Entscheidungen ergibt, die wir bereits getroffen haben.«

Und mit diesen Worten als Leitfaden segelte Yseult nach Osten, zum Land der Bretain und ihrem künftigen Gemahl.

Das Wetter war gut, und Yseult verbrachte den größten Teil der Überfahrt an der Reling. Als sie die Küste Erius nicht mehr sehen konnte, ging sie zum Bug, um über die rauen Wasser der erainnischen See hinweg in die Richtung zu starren, in der ihre neue Heimat lag.

Als die Sonne unterging, trat Drystan zu ihr und legte ihr einen dicken Umhang um die Schultern.

»Danke«, sagte sie leise.

»Vielleicht solltest du Schutz vor dem Wind suchen«, meinte er. »Es wird schnell kalt, wenn die Nacht kommt.«

»Gleich.« Sie drehte sich um. Der Himmel färbte sich dort, wo ihr Zuhause gewesen war, allmählich purpurrot, von orangeroten Rändern gesäumt. »Wo ist Brangwyn?«

Drystan lächelte. Es war nicht jenes ansteckende Grinsen, an das sie sich von glücklicheren Tagen her erinnerte, doch obgleich es etwas Schwermütiges an sich hatte, ließ es seine Augen auf eine Art und Weise aufleuchten, dass es ihr die Kehle zuschnürte. Sie wandte den Blick ab.

»Kurvenal hat sie überredet, den Männern ein paar Geschichten von eurer Insel zu erzählen. Sie sitzen auf der anderen Seite des Laderaums, wo sie vor dem Wind geschützt sind.«

Yseult nickte, außerstande, ihrer eigenen Stimme zu trauen. Und das hatte nichts damit zu tun, wo Brangwyn saß oder mit wem, sondern ausschließlich mit der Musik in der Stimme des falschen Barden.

»Yseult, wir müssen versuchen, Frieden zu schließen.« Sie hörte die Mühe in seiner Stimme, obwohl sie seine Gedanken nicht lesen konnte.

Dann lachte er zu ihrer Verblüffung plötzlich leise. »Schließlich wirst du meine Mutter sein.« Die Ironie war unüberhörbar.

Sein Humor entwaffnete sie, und sie ertappte sich dabei, wie sie ebenfalls lachte, wenn auch ein wenig widerwillig. Wieder sah sie ihn an, sein breites, schiefes Lächeln, den Kopf ein wenig zur Seite geneigt, während er sie betrachtete.

Sie konnte nicht anders, sie wollte sehen, wie dieses Lächeln wuchs, wollte es so sehen, wie sie es von einem anderen Leben her in Erinnerung hatte, als sie eine Prinzessin gewesen war und er ihr Barde.

Jetzt war er ein Prinz, und sie würde bald seine Mutter sein.

Ein erstickter Laut entrang sich ihrer Kehle, und sie wandte sich ab.

»Yseult?« Er nahm ihre Hände in die seinen, breite Hände mit langen Fingern, Hände, die sowohl Kraft als auch Feingefühl bargen. »Yseult, ist dir nicht gut?«

Seine Hände, die die ihren umschlossen, waren warm und stark, und die Erinnerung daran, wie diese Hände ihren Körper berührt hatten, brachte sie schier um den Verstand. »Ich ... ich glaube, ich gehe jetzt hinein.«

»Komm.« Er legte den Arm um sie und führte sie in die Kabine, als wäre sie seekrank oder im Begriff, ohnmächtig zu werden. Dann drängte er sie, sich auf den Rand der Schlafstatt zu setzen, während er unter den Sachen herumsuchte, die sie und Brangwyn mitgebracht hatten, bis er eine Flasche mit Wein und zwei Becher fand.

»Wirklich, Drystan, es ist nichts.«

Er schenkte zwei Becher voll und reichte ihr einen, wobei seine Finger die ihren streiften. »Hier, trink das.«

»Es geht mir schon wieder gut.«

»Komm. Wir trinken auf Frieden zwischen uns.«

»Auf Frieden?« Es konnte niemals Friede zwischen ihnen beiden geben. Viele andere Dinge, aber keinen Frieden.

»Auf Frieden«, beharrte Drystan und hob seinen Becher dem ihren entgegen. Seine grünen Augen waren dunkel, seine Gedanken blieben ihr verschlossen.

Sie trank den Wein und sah ihn dabei über den Rand des Bechers hinweg an. Schwaches Licht des zur Neige gehenden Tages stahl sich durch das Fenster und verhüllte sein Gesicht zur Hälfte mit Schatten. Doch selbst in diesem Halblicht konnte sie erkennen, dass er sie anstarrte; seine Pupillen waren riesengroß. Verführerische Wärme kroch durch ihren Körper, und dort, wo ihre Finger sich berührt hatten, kribbelte ihre Haut.

Ein Verdacht erfasste sie, fast schon eine Gewissheit. Sie stellte ihren Becher hin und ließ den Kopf in die Hände sinken. Drystan fiel vor ihr auf die Knie und fasste ihre Ellenbogen. »Yseult, was ist denn?«

Die Berührung seiner Hände jagte Schauer ihr Rückgrat hinunter. Sie hob den Kopf. Sein Gesicht war so nahe, dass sie die feinen Lachfältchen neben seinen Augen sehen konnte. Sie errötete.

Dies war die Magie ihrer Mutter, und sie war für Marcus bestimmt.

Eine der frühen Lektionen, die sie von Yseult der Weisen gelernt hatte, war, dass Magie nicht verwandeln konnte, sie konnte lediglich Glauben und Illusion fördern. Wieso hatte ihre Mutter dann den Wein mitgeschickt? Vielleicht hatte sie gehofft, ihre Tochter würde sich zu Marcus hingezogen fühlen, und der Wein würde den Rest erledigen.

Zu Marcus' Sohn hatte sie sich mehr als hingezogen gefühlt – und sie hatte ihr Bestes getan, sich einzureden, dass Zorn und Hass daraus geworden waren. Jetzt ging ihr Atem schwer und ungleichmäßig, und sie konnte seine Hitze fühlen, so nahe. Ihre Haut brannte, pulsierte dort, wo er ihre Ellenbogen umfasst hielt. Es gab nichts, was sie mehr begehrte, als seinen langen, sehnigen Körper an dem ihren zu spüren, den Körper dieses Mannes, den sie als Feind bezeichnet hatte. Sie sah dasselbe

Verlangen in seinen Augen; jetzt spielte kein unbekümmertes Lächeln mehr um seine Lippen.

Es ließ sich nicht länger vermeiden, und es kümmerte sie nicht mehr.

Seine Hände spannten sich um ihre Ellenbogen, und er zog sie langsam das kleine Stück zu sich heran. Ihre Lippen berührten sich – berührten sich wieder, endlich. Yseult hörte sich aufwimmern, als ein Stich der Sehnsucht sie durchfuhr. Nein. Es war so töricht. Doch die Magie ihrer Mutter wirkte in ihrem Blut, und Drystans Magie wirkte auf ihren Lippen, weiche, zärtliche Lippen. Sie wollte nicht aufhören.

Sie fiel auf das Bett zurück, zog ihn mit sich. So nahe wie möglich wäre noch immer nicht nahe genug. Gierig zerrten sie einander die Kleider vom Leibe, und dann sank er auf sie herab, nackt; sein Bauch glitt über den ihren. Dann begrub er sie unter sich, eine willkommene Last, presste seine Lust und seine Hitze in sie hinein. Gekräuseltes Haar an glatter Haut, kantige Winkel an sanft gerundeten Wölbungen, sein Hunger hart, feucht der ihre. Sie keuchte und klammerte sich an ihm fest, als er wieder und wieder zustieß, mit von Verzweiflung und einem Jahr der Trennung befeuerter Leidenschaft, und biss ihm in ihrer Raserei in die Schulter.

Es würde niemals genug sein.

Der Mond schien hell durch das Fenster der Deckskabine, und der Geruch der Wollust durchdrang den ganzen kleinen Raum. Drystan folgte der Wölbung ihrer Brust mit der Rückseite eines Fingers. »Komm mit mir nach Aremorica.«

Mit Gewalt erstickte Yseult ein Schluchzen. »Verlang das nicht von mir.«

Er drehte sich weg, verschränkte die Hände hinter dem Kopf und starrte an die Kabinendecke. »Wie kann ich dich jemals meinem Vater überlassen«?, fragte er mit leiser Stimme.

Sie setzte sich auf und schwang die Beine über den Rand des Bettes. Ja, wie könnte er das tun? Wie könnte sie es tun? Doch es gab keine andere Möglichkeit.

»Du musst. Die Sicherheit meiner Mutter steht auf dem Spiel.«

Sie fühlte eine Hand im Kreuz, die über die Wölbung ihres Gesäßes hinunterglitt. »Lóegaire würde ihr nichts zuleide tun«, flehte er. »Sie ist die Königsmacherin, er braucht sie.«

»Er braucht sie nicht zu töten, um sie leiden zu lassen«, murmelte Yseult. »Außerdem kann ich es nicht darauf ankommen lassen, verstehst du das denn nicht?«

Drystan schwieg, seine einzige Antwort war das Streicheln seiner Hand.

Endlich fragte er: »Und was ist, wenn es Crimthann gelingt, sie zu befreien?«

»Du hast mich nicht nach der Zukunft gefragt, du hast nach dem Jetzt gefragt.«

Drystan krümmte sich von hinten um sie herum, küsste die empfindliche Haut, wo der Oberschenkel in die Hüfte überging. »Yseult. Bitte überleg es dir noch einmal.«

Sie löste sich aus seiner Umarmung und stand auf. Oh, konnte er denn nicht begreifen, wie weh er ihr damit tat? Ihre Mutter in jenes Halb-Leben zurückkehren zu lassen, das sie geführt hatte, daran war nicht einmal zu denken.

Sie fand ihr Gewand auf dem Boden und zog es sich über den Kopf. »Ich kann nicht. Du hast deine Pflicht getan, und jetzt ist es für mich an der Zeit, die meine zu tun.«

17

Die Lady Iseult, süß wie ein Gebet,
Das kaum wir zu beten wagen,
Perlenbleich unter dem Schattenhaar,
Wird schöner mit jedem Tage.
Des Frühlings Ichor steigt ihr im Blut,
In ihrem Himmel der Jugend Aug' klar.
Wie sollt' sie träumen, dass des Ichors Lieb'
In Wahrheit Schierling war?

Helen Hay Whitney, *Als Tristan segelte*

Yseult stand am Bug und sah zu, wie ihre künftige Heimat in Sicht kam. Hinter sich konnte sie Lärm hören, Segel wurden eingeholt, Befehle gebrüllt, das Ruder zu bemannen und den Anker bereit zu machen. Aus der Ferne sah die Landzunge von Dyn Tagell aus wie ein kahler Felshaufen, der in die See hinausragte, von Wind und Wogen gepeitscht, doch als sie näher kamen, konnte sie die Gebäude ausmachen, die sich in die Klippen schmiegten und über deren beinahe flache Kuppe verstreut waren. Sie betrachtete ihre Zukunft und fühlte sich seltsam, wie betäubt.

Brangwyn gesellte sich an der Reling zu ihr und hielt sich mit einer Hand das Haar aus der Stirn, damit der Wind es ihr nicht ums Gesicht wehte.

»Was wirst du jetzt tun?«, fragte Yseults Base leise.

Yseult zuckte die Achseln. »Den König heiraten. Was soll ich denn sonst tun?«

»Ich habe heute Morgen die Weinflasche gefunden. Es tut mir leid, dass ich sie nicht weggepackt habe. Deine Mutter hat mich gebeten, sie Marcus zu geben, für deine Hochzeitsnacht.«

»Es ist nicht deine Schuld, Brangwyn. Ich bin mir nicht einmal sicher, ob die Magie des Weins wirkt.«

Brangwyn verzog das Gesicht. »Auf Marcus wahrscheinlich schon.«

Zu ihrer Erleichterung merkte Yseult, dass sie lächelte, verspürte einen Hauch von Belustigung. »Dann ist es vielleicht besser, dass du sie nicht eingepackt hast, so dass Drystan sie finden konnte, oder?«

Ihre Base kicherte schwach und legte ihre Hand über die Yseults, die auf der Reling ruhte. »Aber es wird nicht leicht für dich werden.«

Einen Augenblick antwortete Yseult nicht. »Nein, das glaube ich auch nicht.«

Zusammen starrten sie zu Dyn Tagell hinüber, während das Schiff auf südwestlichem Kurs auf den Hafen zuhielt. Der Felssporn ragte höher und höher auf, und plötzlich fragte Yseult sich, wie sie an diesen Ort gekommen war, in diese Lage. Der Mann, den sie liebte, den sie lieben musste, war derjenige, der sie aus ihrer Heimat fortgeholt und sie zu diesem öden Haufen Steine gebracht hatte, doch er würde sie augenblicklich wieder von hier fortbringen, wenn sie ihn darum bat. Was hatte die Ereignisse ins Rollen gebracht, um sie hierhergelangen zu lassen? So viele Wegkreuzungen: die Scheidung ihrer Mutter, Murchads Tod, Drystans Wunde, ihre Gefangennahme durch Lóegaire – es passte alles zueinander, und Drystan war nur ein kleines Teilchen dieses Mosaiks.

Eins jedoch hatte sie vergessen: Sie war nicht mit Eithne und Fedalma schwimmen gegangen. Was wäre gewesen, wenn sie es getan hätte?

Sie schüttelte den Kopf, als könne sie so diese unerfreulichen Gedanken aus ihrem Kopf vertreiben, Gedanken, die ihr nicht helfen würden. Brangwyn drückte ihr die Hand.

Anstatt auf den Strand zuzuhalten, ging das Schiff in der Nähe eines Felsvorsprungs vor Anker, der einen natürlichen Kai bildete. Der Natur war nachgeholfen worden, indem man die Oberfläche der äußersten Spitze des Vorsprungs geebnet und hölzerne Pfosten angebracht hatte, damit Schiffe daran festgemacht werden konnten.

Um sie herum machte sich die Mannschaft bereit, an Land zu gehen; die Männer zogen die Ruder ein, verknoteten Taue und brüllten Anweisungen, doch Yseult hielt den Blick auf den Kai und auf ihre Zukunft gerichtet. Sie sah einen hochgewachsenen, bartlosen Mann mit braunem, von Grau durchzogenem Haar, das nach römischem Brauch kurz geschnitten war. Er trug ein Gewand aus weißem Leinen, und über seine Schultern war ein Purpurumhang mit einer Goldborte drapiert.

Laufplanken wurden vom Schiff auf den Kai hinübergewuchtet, und Yseult ging an Land und ihrem künftigen Gemahl entgegen, Brangwyn dicht hinter ihr. Als sie auf ihn zuschritt, suchte sie in seinen Gedanken.

Habgier. Wollust. Selbstzufriedenheit.

Sie schloss die Tür in ihrem Kopf, allerdings erst, nachdem sie einen kurzen Blick auf die überwältigende Pein Drystans erhascht hatte, der neben ihr ging. Er versuchte nicht einmal, seine Gedanken vor ihr zu verbergen, und die Verzweiflung, die über sie hinwegwallte, war wie ein Schrei. Die gefühllose Starre, die sie auf dem Schiff empfunden hatte, war unendlich viel besser als dies.

Ihre Schritte gerieten ins Stocken, und Marcus trat vor, um ihre Hand zu ergreifen und sie den Rest des Weges von der behelfsmäßigen Landungsbrücke herunterzugeleiten.

»Willkommen in Durocornovium, Prinzessin Yseult«, sagte der Protector Dumnonias auf Latein. »Ihr seid fürwahr genauso liebreizend, wie man es sich erzählt.«

Yseult blinzelte. Aus irgendeinem Grund hatte sie erwartet, dass er genauso sprechen würde wie Drystan und seine Männer auf dem Schiff.

»Ah, ich vergaß«, sagte Marcus und ging zur bretainischen Mundart über. »Die Sprache der Römer hat auf der Insel Eriu ja niemals Fuß gefasst.«

Sein überlegener Tonfall verdross sie, und sie antwortete auf Latein: »Ich beherrsche die Sprache Roms ein wenig.« Im Zorn war Erleichterung zu finden – mit Zorn konnte sie leichter umgehen als mit dem Wirrwarr aus Schmerz und Lust und Liebe, den sie auf der Reise hierher empfunden hatte. Sie würde es diesem Mann zeigen, der sie für den Preis eines Versprechens gekauft hatte.

Marcus nickte erfreut. »Umso besser. Ihr werdet die Sprache bald brauchen: Wir reisen nächsten Monat nach Verulamium, wo Ihr dem Hochkönig Ambrosius höchstselbst begegnen werdet.« Er wandte sich an Drystan, als wäre alles Weitere von keinerlei Interesse für sie. »Die Könige Britanniens sind zu einem Rat zusammengerufen worden – Ambrosius hat ein Hilfeersuchen aus Gallien erhalten, die Vorstöße der Barbaren dort abzuwehren. Darüber soll gesprochen werden, wenn die althergebrachten Pfingstfeiern endlich wieder abgehalten werden.«

Glücklicherweise stellte Drystan die Frage, die Yseult gern ausgesprochen hätte. »Pfingstfeiern?«

»Du erinnerst dich bestimmt nicht mehr daran, mein Sohn.« Marcus führte sie von dem Kai zu dem steilen Zickzackpfad, der sich die Flanke der Klippe hinaufzog. »Sie haben jetzt schon seit vielen Jahren nicht mehr stattgefunden. Nur die Verträge von Venta und Eriu machen es wieder möglich.«

Der Vertrag von Eriu. Sie fragte sich, ob ihm auch nur im Mindesten klar war, wie wenig dieser Vertrag bedeutete. Lóegaire nannte sich noch immer Hochkönig, doch er hatte die Hälfte seiner Königreiche eingebüßt, und diese würden einen Vertrag, dessen Preis eine geraubte Prinzessin gewesen war, nicht einhalten.

Die Laigin würden ihm das noch zeigen, das wusste sie.

»Wird Ambrosius nach Gallien ziehen?«, wollte Drystan jetzt wissen.

Der König zuckte die Schultern. »Wer kann das sagen? Jetzt, da mit den Sachsen auf Vectis und in Ceint Friede geschlossen ist, sind unserer Grenzen im Süden wieder sicher. Aber das ist etwas, was alle Könige gemeinsam entscheiden müssen.«

Yseult lauschte aufmerksam, während Drystan nickte. Dies war jetzt ihre Welt, und sie musste sie verstehen.

Marcus wandte sich wieder an sie. Offenkundig dachte er, dass die staatsmännischen Einzelheiten sie nicht interessieren konnten, doch sie öffnete ihre Gedanken nicht, um es herauszufinden – sie hatte zu große Angst vor dem, was sie von Drystan auffangen würde.

»Kommt, meine Teure«, sagte Marcus, nahm ihren Ellenbogen und geleitete sie zu einem Pfad, der die felsige Klippe hinaufführte. »Alles ist bereit für Euch. Wir können morgen vermählt werden.«

Yseult schluckte und kämpfte ihre Furcht nieder. Wieso Furcht? Sie hatte mordlüsternen Kriegern der Ui Neill gegenübergestanden, mit nichts als einem Kurzschwert in der Hand, war seit ihrem sechzehnten Lebensjahr mit Murchads und Illanns Truppen auf Raubzüge gegangen. Weshalb sollte sie einen ergrauenden Bretain fürchten, der die Sprache Roms sprach?

Weil sie sich nicht wehren konnte, deshalb.

Er war nicht alt, so wie Boinda alt war, doch die Haut seiner Hand war nicht mehr jung, Falten hingen fast schlaff zwischen den Fingern, und auf seinen muskulösen Unterarmen waren Altersflecke. Viel schlimmer jedoch war, wie unsagbar er von sich eingenommen war; das zeigte sich sogar in der Art und Weise, wie er einherschritt, in diesem breitspurigen Gang, der einen Mann verriet, welcher als Anführer aufgewachsen und niemals ernsthaft herausgefordert worden war.

Nein, sie glaubte nicht, dass die Magie ihrer Mutter bei diesem Mann in ihrem Sinne wirken würde.

Die Wochen, die folgten, waren nicht leicht. Yseult bemühte sich nach Kräften, das, was mit ihr geschah, auszusperren, einen kleinen, sicheren Winkel in ihrem Denken zu finden, um sich vor dem zu verstecken, was aus ihrem Leben geworden war. Zorn half. Nach ihrer Hochzeitsnacht glaubte Marcus sich betrogen, und selbst mit ihren Feadh-Ree-Gaben dauerte es eine Weile, bis sie begriff, dass er erwartet hatte, sie wäre unberührt. Sie hatte unter dem Begriff »Jungfrau« stets eine junge, unverheiratete Frau verstanden, nicht einen Zustand sinnlicher Unerfahrenheit.

Yseult ließ sich nicht einschüchtern. Sie erklärte ihm rundheraus, dass dergleichen auf Eriu anders gehandhabt wurde; wenn er jedoch mit ihrer Verbindung nicht zufrieden sei, wäre sie gern bereit, nach Hause zurückzukehren, wodurch allerdings sein Vertrag mit Lóegaire nichtig werden würde.

Marcus bedachte sie mit einem abwägenden Blick und liebkoste ihr langes, blassblondes Haar. Er beschwerte sich nicht länger.

Ihre Mutter war ihren Gedanken niemals fern. Yseult hatte kurz nach ihrer Hochzeit mit einem Handelsschiff eine Nachricht nach Tara gesandt, und sie konnte nur hoffen, dass ihre Mutter sie erhalten und antworten würde. Wenigstens hatte es den Anschein gehabt, als sei sie ein wenig mehr sie selbst gewesen, als sie und Brangwyn aufgebrochen waren. Trotzdem konnte Yseult nicht anders, sie machte sich Sorgen – die stolze Frau, die ihre Mutter einst gewesen war, lebte das Leben, das Yseult jetzt ebenfalls führte, nur schlimmer. Sie kam sich so viel älter vor, als sie es noch vor einem halben Jahr gewesen war.

Und dann war da noch Drystan.

Sie hatte nicht die Absicht, ihr Verhältnis fortzusetzen, nachdem sie seinen Vater geheiratet hatte; nicht nur wusste sie, dass Ehebruch unter den Christen als sehr viel größere Sünde galt als bei den Gaelen, sie war sich auch gewiss, dass es ihre Lage nur noch unerträglicher machen würde.

Also mied sie ihn – und er mied sie. Ob er wütend auf sie war, weil sie nicht mit ihm geflohen war, oder einfach nur ebenfalls versuchte, von einem Tag zum nächsten zu leben, wusste sie nicht.

Eines Nachmittags ging sie zu der Höhle an der Westseite der Insel, auf der Suche nach Wein, der sich für Heilzwecke verwenden ließe. Marcus hatte gesagt, sie brauche sich nicht um die Kranken und Verletzten Dyn Tagells zu kümmern, doch sie hatte es nicht beachtet. Nach einer Woche Ehe hatte sie gelernt, dass ihn ihre Meinung oder ihre Bedürfnisse nicht interessierten, also machte sie sich auch nicht die Mühe, derlei in Worte zu fassen. Stattdessen suchte sie den Heiler des Ortes und den Wundarzt der Truppen auf, sprach mit ihnen darüber, was zur Verfügung stand, und überlegte, was sie noch brauchte. Es war schon zu spät im Jahr, um Kräuter neu anzupflanzen, doch die Christenweisen, die die Kirche auf dem Festland führten, besaßen bereits einen großen Kräutergarten. Einer von ihnen hielt sie für den fleischgewordenen Inbegriff der Sünde, die anderen jedoch waren freundlich und hilfsbereit und nahmen ihre Vorschläge, was für Kräuter sie im kommenden Jahr noch ziehen könnten, gerne an.

Sobald sie die Höhle betrat, war ihr klar, dass sie nicht allein war. Und sie brauchte nur kurz ihre Gedanken zu öffnen, um zu wissen, wer noch hier war.

Sie drehte sich um und erblickte ihn, Kopf und Schultern an den kalten Stein hinter ihm gelehnt, die Arme vor der Brust verschränkt. Die Nachmittagssonne, die durch den Höhleneingang fiel, warf einen Schatten auf die linke Seite seines Gesichts, während sein Zopf, der ihm über die andere Schulter hing, das Sonnenlicht einfing. Einen Moment starrten sie einander an, und dann lagen sie sich in den Armen, und jetzt war es Yseult, die mit dem Rücken an der Höhlenwand stand, das Gewand um die Taille geballt, und Drystan presste sich in sie hinein.

Es war fast ebenso schnell vorüber, wie es begonnen hatte. Drystan ließ den Kopf auf ihre Schulter sinken und stieß einen gepressten Seufzer aus. »Was sollen wir nur tun?«

Yseult ließ ihr Bein zu Boden gleiten und zog ihr Kleid zurecht. Sie hätte sehr gern geweint, doch seit sie Cashel verlassen hatten, konnte sie sich nur an ein einziges Mal erinnern, dass sie Tränen vergossen hatte, und sie war sich nicht sicher, ob sie noch wusste, wie das ging.

Nur ein einziges Mal – als sie von Drystans Täuschung erfahren hatte.

Sie lehnte die Wange gegen ihn und schloss die Augen. Warum konnte sie ausgerechnet diesem Mann nicht widerstehen? Was hatte er an sich, das sie so schwach machte, wenn er in der Nähe war? Das Leben wäre so viel einfacher, wenn sie ihn nicht immer weiter begehren, ihn nicht immer weiter lieben müsste. Sein Vater war nicht ihre Wahl gewesen, aber seinen Sohn zu lieben …? Ihre Kehle brannte vor ungeweinten Tränen.

Er legte die Arme fester um sie, und sie schlang seinen langen Zopf um ihre Faust, war irgendwie auf törichte Weise wütend.

»Ich will das nicht«, sagte sie in seine Schulter hinein.

»Das habe ich gemerkt.« Sie entdeckte eine Andeutung von Humor in seiner Stimme und schaute auf. Er lächelte, doch es war ein trauriges Lächeln – traurig, ein wenig verzerrt, und doch mit einem Hauch Freude. Sie hatte keine Ahnung, wie er so viele widersprüchliche Gefühle in einem einzigen Gesichtsausdruck unterbringen konnte.

Mit der Rückseite eines Fingers strich er seitlich an ihrem Gesicht hinab, und seine grünen Augen hielten die ihren fest. Er küsste sie auf die Lippen, leicht, zärtlich. »Im Gegensatz zu dir kann ich das hier nicht bereuen.«

Sie konnte den Laut ihrer eigenen Pein hören, der sich aus ihrer Kehle losriss, ein ersticktes, würgendes Geräusch. Mit einem Ruck löste sie sich aus seinen Armen, wich zurück. »Nun, ich schon. So können wir doch nicht weitermachen.«

Nach ein paar Minuten vernahm sie das Geräusch seiner Schritte, als er die Höhle verließ.

Es war eine Erleichterung, als sie endlich nach Verulamium aufbrachen. Die Situation an sich war nicht weniger schwierig, doch wenigstens saßen sie nicht mehr alle auf einem kleinen Felshaufen fest. Dyn Tagell war größer als jede Gemeinschaft, die sie in Eriu jemals gesehen hatte, doch man konnte nirgendwo hin, außer über die Landbrücke, zu der Siedlung auf dem Festland.

Und alles, was sie davon ablenken konnte, was sie hatte und was sie wollte, konnte nur gut sein.

Es war eine lange Reise, beinahe über die halbe Breite der Insel Alba. Obgleich sie einen Teil der Strecke mit Booten schneller hätten zurücklegen können, hätten sie dann für den Rest des Weges Pferde auftreiben müssen; also beschloss Marcus, den ganzen Weg zu reiten. So konnten sie bei einigen kleineren Königenin der Provinz Rast machen und in den Genuss des Gastrechts kommen, das Marcus zustand, und so wurden auch eilige, verstohlene Gespräche zwischen König und Kleinkönig möglich. Yseult beobachtete und lernte.

Unterwegs blieben sie und Brangwyn zusammen, soweit es ihnen nur möglich war; sie machten sich gegenseitig Mut, um sich den fremdartigen Dingen zu stellen, die sie zu sehen bekamen, und Yseult hatte eine Ausrede, um nicht mit ihrem Ehemann allein zu sein. Nicht dass er außerhalb des Schlafgemachs viel Interesse an ihr zu haben schien, außer wenn er sie stolz herzeigte wie eine Kriegsbeute, seine schöne junge Gemahlin, eine Prinzessin aus Eriu (das er Hibernia nannte). Sie und Drystan gingen einander aus dem Weg, wenngleich ihr stets bewusst war, wo in der Schar der Reisenden er sich gerade befand. Wieder und wieder glitt ihr Blick zu ihm hin, suchte seinen langen, bronzefarbenen Zopf, der in der Sonne schimmerte, suchte den süßen Schmerz und die Freude, die es ihr bereitete, ihn zu beobachten.

Sie hatte ihn fortgeschickt, doch das machte sie nicht stärker. Sie kannte doch so viele Heilmittel und Arzneien, warum gab es keine für die Liebe?

Noch ehe sie die Hälfte des Weges nach Aquae Sulis zurückgelegt hatten, holte Drystans Waffenträger Kurvenal sie eines Vormittags ein, während Drystan mit Justic und Andred ritt. Ihr wollte kein Grund einfallen, weshalb er sie aufsuchen sollte. Obgleich er ehrenhaft und aufrichtig war, hatte Kurvenal sich ihr gegenüber niemals freundschaftlich gezeigt.

»Guten Tag, Yseult, Brangwyn«, sagte Kurvenal und zügelte sein temperamentvolles Pferd.

Sie nickte. »Guten Tag.«

»Kurvenal«, grüßte Brangwyn mit einem Lächeln.

Yseult schaute von Kurvenal zu Brangwyn und wusste, warum er sich zu ihnen gesellt hatte, auch ohne sich seinen Gedanken zu öffnen. Der Duft von Blumen und Gras lag in der Luft, ein fruchtbarer Frühlingsgeruch, der ans Pflanzen denken ließ, an junge Triebe, die aus der Erde brachen, an neues Leben.

Yseult seufzte, sie wusste, dass Kurvenal ebenso wahrscheinlich kein Glück in der Liebe haben würde wie sie selbst. Brangwyn war noch nicht bereit dafür, umworben zu werden; nicht nur trauerte sie noch immer um Aidenn, sondern es hatte sie auch bitter gemacht, was Lugaid ihr angetan hatte.

Trotzdem wäre sie froh über alles gewesen, was die Härte aus den Augen ihrer Base vertrieb, also ließ sie sich unter einem Vorwand zurückfallen und grinste über Brangwyns geschürzte Lippen.

Yseult gab es nur höchst ungern zu, doch Alba war ein Land der Wunder. Als sie die Untere Halle von Dyn Tagell zum ersten Mal gesehen hatte, hatte sie geglaubt, dies müsste eines der prachtvollsten Bauwerke in ganz Britannien sein, mit dem großen Raum für Festgelage und den hohen, mit Malereien und Wandteppichen verzierten Wänden. Diese Wände, obgleich aus Stein, waren so gerade und so glatt wie ein Holzbrett, Verzierungen und Bilder waren direkt daraufgemalt. Sogar die Decke war bemalt, wenngleich die Farben verblichen waren. Da sie Marcus die Freude nicht gönnte, ihre Bewunderung zu sehen, hatte sie einen der Diener, denen die Instandhaltung der Gebäude oblag, gefragt, wieso die Wände so ebenmäßig seien, und war voller Begeisterung in die Geheimnisse des Putzes eingeweiht worden.

Und die Wände waren gar nichts, verglichen mit den Bädern. Der Fußboden des größten Badegemachs wurde durch etwas warm gehalten, das man, wie sie erfuhr, ein Hypocaustum nannte, und das Wasser musste nicht von Sklaven hereingetragen werden, sondern kam durch Röhren direkt aus dem Badekessel. Es war Yseult sehr schwer gefallen, sich ihr Staunen über all diese Wunder nicht anmerken zu lassen.

Die, wie sie nach zwei Wochen unterwegs mittlerweile wusste, vergleichsweise simpel waren. Auf der Reise nach Verulamium sahen sie und Brangwyn sich noch weiteren Mirakeln gegenüber: gewaltigen Steinmauern, hoch und gerade, deren Steine so genau aneinanderpassten wie bei jenen in den Hügeln der

Sidhe, und innerhalb der Mauern *Städten.* Menschenmengen, größer als beim alljährlichen Jahrmarkt in Tara, und sie alle lebten innerhalb eines Areals, das nicht größer war als Dun Ailinne und seine umliegenden Häuser. Es gab breite, gepflasterte Straßen, die sich endlos hinzogen, sowohl über ebenes als auch über unwegsames Gelände, während die hölzernen Straßen in Eriu nur Sümpfe überbrückten. Da waren die Bäder und Tempel und Statuen von Aquae Sulis, die Spiele im Amphitheater von Calleva und dann die geschäftige Stadt Verulamium selbst – der Triumphbogen, die riesigen Gebäude, die den Markt beherbergten, und das Theater, das allerdings inzwischen nicht mehr in Gebrauch war.

Als sie durch die Straßen der Stadt ritten, beklagte Marcus den Zustand, in dem sich alles befand. »Als ich ein Knabe war, war diese Straße noch von erhabenen Steingebäuden gesäumt«, sagte er und zeigte auf ein kleines Grundstück, auf dem Ziegen und Kühe grasten. Es fiel Yseult schwer, sich vorzustellen, dass es hier *noch mehr* Häuser gegeben haben könnte – so wie sie es sah, war überall Stein.

Sie kamen an einem neuen, aus Holzbalken errichteten Haus vorbei. »Gute Steinmetze sind immer schwerer zu finden«, fuhr er fort und schüttelte bedauernd den Kopf. »Schau dir die Risse in den Säulen an! Das Haus dort wird auch bald abgerissen werden müssen.«

Yseult hatte die Risse in den Säulen nicht bemerkt, stattdessen war ihr das Glas in vielen der Fenster jener Steingebäude aufgefallen, die noch standen. Doch sie behielt ihre Gedanken für sich, wie sie es in seiner Gegenwart meistens tat. Im Allgemeinen achtete er ohnehin nicht auf das, was sie sagte.

Ambrosius' Haus in Verulamium lag in der Mitte der Stadt, dicht beim »Forum« – eines der zahlreichen Wörter, die Yseult in ihrem Lateinunterricht bei Drystan gelernt hatte, als er noch Tandrys gewesen war. Damals hatte sie keine rechte Vorstellung davon gehabt, was das war; jetzt wurde ein »Forum« zu einem großen, weiß getünchten, ummauerten Platz voller Menschen, auf allen Seiten von hohen, lotrechten Bauwerken umgeben und mit einem phallischen Steinmonument in der Mitte, wie der Schicksalsstein in Tara, aber unglaublich hoch und verziert. Die Gebäude waren aus Holz und Stein, mit Säulen, Toren, Türen und Fenstern, doch alle waren hoch und viereckig und keines rund.

Unterwegs hatten sie allerdings auch kleine Gemeinden aus strohgedeckten Rundhäusern gesehen – klein nach den Maßstäben der Bretain. Eine Ansammlung solcher Bauten, die in Eriu ein Königssitz gewesen wäre, war hier auf Alba gar nichts. Sie hatten auch Hügelfestungen von Königen und Heerführern besucht, doch selbst hier, in einem Umfeld, von dem Yseult fand, dass es ihr vertraut sein müsste, sahen die Gebäude aus wie jene in den römischen Städten, mit hohen Mauern und roten Ziegeldächern und manchmal sogar mit Glasfenstern.

Marcus hatte für sein Gefolge ein Haus gemietet – Geld dafür bezahlt, dass man bleiben durfte, und keinerlei Ware dafür erhalten. Yseult hatte noch eine Menge darüber zu lernen, wie die Dinge in diesem sonderbaren Land gehandhabt wurden. In Eriu bezahlte niemand für Unterkunft – Reisende waren Gäste, und jene, die wegen ihrer Geburt keinen Anspruch auf Gastfreundschaft hatten, halfen während ihres Aufenthaltes bei der Arbeit im Rath. Wenn ein König andere Könige an seinen Hof einlud, war er für ihre Unterbringung verantwortlich.

Doch wie Yseult bald feststellte, war es mitnichten so, dass Ambrosius nicht gewillt gewesen wäre, seinen Gästen Obdach zu gewähren: Das Haus des Hochkönigs in Verulamium war so groß, dass sie sich leicht darin hätte verlaufen können. Indem er ein eigenes Haus bezog, brachte Marcus symbolisch zum Ausdruck, dass er über eine eigene Machtbasis verfügte. Und er war nicht der Einzige.

Yseult beobachtete und lernte.

Am Abend ihrer Ankunft wurden sie eingeladen, mit dem Hochkönig und anderen Herrschern, die bereits in Verulamium eingetroffen waren, zu speisen. Sie mieteten Sänften, die sie durch kopfsteingepflasterte Straßen trugen, zwischen Häusern aus Holz und Stein hindurch, wo kein Baum wuchs und Gras nur in den Ritzen zwischen den Steinen auftauchte, wie ein Eindringling.

Der Innenhof von Ambrosius' Anwesen in Verulamium erschien Yseults erstaunten Augen fast so groß wie das Forum. Hier waren die Bäume und Pflanzen, die sie vermisste hatte, hinter hohen Mauern verborgen.

Sie schritten durch den Hof in eine Bankethalle an der Rückseite des Hauses. Als Marcus sie zum Abendessen geleitete, fing sie die Ausstrahlung eines Verstandes auf, die sie veranlasste, sich umzudrehen und hinüberzustarren.

Dicht am Kopfende der Tafel saß ein alter Mann, der sie an Boinda erinnerte; sein unverwandter Blick war fest auf sie geheftet.

»Wer ist der Mann neben Ambrosius?«, fragte sie.

»Das ist sein Berater Myrddin. Manche nennen ihn einen Weisen, manche nennen ihn einen Zauberer.« Marcus gab ein ungläubiges Schnauben von sich.

Yseult erwiderte den Blick des Weisen. Irgendwann im Laufe des Abends würde sie mit ihm sprechen müssen.

Die Mengen, die beim Abendessen aufgetragen wurden, waren nicht so reichlich bemessen, wie sie es von den Banketten in Eriu gewöhnt war, die Anzahl der Gerichte jedoch war verblüffend, von zarten Eierspeisen – von Fisch bis Obst mit allem Erdenklichen gemischt – über mit einem würzigen Gemenge aus gehacktem Fleisch und Haferkörnern gefülltes Geflügel bis zu Süßspeisen aus Früchten, Honig und Nüssen.

Yseult wurde an jenem Abend so vielen Königen und Edelleuten vorgestellt, dass die Namen wie in einer Art Traum an ihr vorbeirauschten: die Enkel des ehemaligen Hochkönigs Vortigern, Britu, der König von Powys, und Pasgen, der König von Buelltt. König Gwythyr von Celliwig und seine Tochter Ginevra, Cerdic, der Heerführer des Südens, und seine sächsische Gemahlin Cynewyn sowie Arthurs engste Vertraute Bedwyr und Cai.

Als sie mit König Caw und seiner jungen Frau Labiane bekannt gemacht wurde, ließ der Abscheu in den Gedanken der Jüngeren sie innehalten und das Mädchen anstarren. Es war nicht schwer, den Grund herauszufinden, ehe sie ihren Geist vor den Gedanken von Drystans Base und früheren Geliebten ihres Gemahls verschloss. Drystans Vetter Cador war jetzt König in Dyn Draithou, obgleich er aussah, als wäre er noch nicht einmal alt genug, eine Kriegerschar anzuführen. Hier, im Lande der Bretain, zählte Abstammung mehr als Erfahrung und Tüchtigkeit. Sie konnte nicht umhin, sich über ein System zu wundern, das es zuließ, dass ein Knabe ohne Kampferfahrung König wurde. Doch die Gedanken, die sie von ihm auffing, schienen gut und gerecht zu sein; vielleicht würde er doch noch einen guten Anführer abgeben.

Ihr gegenüber saß der Bischof von Verulamium und neben ihr Arthurs Halbschwester Anna. Yseult hielt ihre Gedanken unter Verschluss, wie sie es in Gegenwart so vieler Menschen immer tat, doch sie konnte fühlen, wie ein anderer Verstand von Zeit zu Zeit prüfend an den ihren rührte, ein Denken von anderer Beschaffenheit als das Myrddins. Sie schaute sich an der Tafel um und entdeckte eine Frau mit langem, dunklem Haar, das zu einem schweren Zopf zurückgebunden war. Die Unbekannte musterte sie eingehend.

Sie versuchte, sich auf Annas Geplapper zu konzentrieren. Arthurs Halbschwester beklagte sich darüber, dass sie ihren Sohn ausgerechnet dem Hochkönig würde in Pflege geben müssen, und Yseult konnte nur wenig Geduld für sie aufbringen. »Gewiss wird doch in Ambrosius' Haus gut für Euren Sohn gesorgt werden«, antwortete sie auf Annas Klagen. »Ich bin noch nicht lange hier, aber nach allem, was ich gehört habe, ist er ein gerechter Mann und ein ausgezeichneter König.«

»Aber was ist, wenn Ambrosius nach Gallien zieht, um dort zu kämpfen, wie mein Gemahl glaubt? Dann ist Medraut in den Händen eines Bastards und einer Hexe«, murmelte Anna leise.

Yseult blinzelte. Vielleicht hatte sie ja keine besonders hohe Meinung von Annas Klugheit, aber solche harschen Worte bei einem förmlichen Abendessen schienen ihr ungemein gehässig, um es milde auszudrücken. »Es tut mir leid, ich weiß nicht, wen Ihr meint.«

»Die gallischen Könige brauchen Hilfe gegen die Heiden«, warf der Bischof von Verulamium ein; er sprach mit Anna und schenkte Yseult keine Beachtung. Mit voller Absicht. Schließlich war sie eine der besagten Heiden.

Anna senkte den Kopf. »Ja, aber die Bedenken einer Mutter sind nicht immer wohlüberlegt.«

Dem konnte Yseult nur zustimmen, hielt es jedoch nicht für nötig, dies auszusprechen.

Nachdem das Festmahl zu Ende war, erhob sich die Gesellschaft von ihren Plätzen, um sich in einen angrenzenden Raum zu begeben, wo breite, mit Kissen bedeckte Ruhebetten und kleine Tischchen mit Früchten und Wein warteten. Jetzt, da sie sich wieder frei bewegen konnte, suchte Yseult den Weisen Myrddin auf. Als sie auf ihn zukam, ein Glas Wein in der Hand, lächelte er und neigte den ergrauten Kopf. Anders als Ambrosius und viele andere seines Hofstaates trug Myrddin das Haar lang und zu einem halben Dutzend Zöpfe geflochten, die ihm bis weit über die Schultern reichten. »Ich habe auf Euch gewartet, Königin Yseult. Es ist eine Freude, eine so begabte junge Frau kennenzulernen.«

Yseult unterdrückte das Aufflackern des Ärgers, das sie stets empfand, wenn man sie »Königin Yseult« nannte: Königin Yseult war ihre Mutter, nicht sie. Doch in diesem fremden Land war sie die einzige Königin Yseult, und daran würde sie sich gewöhnen müssen.

Sie lächelte Myrddin an und hegte den Verdacht, dass ihm durchaus klar war, wie unwohl sie sich mit diesem Titel fühlte. »Und ich habe mich darauf gefreut, den Berater des Königs kennenzulernen, der auf der ganzen Insel Alba berühmt ist.«

Der Mann, den sie im Geiste nicht anders nennen konnte als den Fili des Hochkönigs, schmunzelte. »Wie ich sehe, seid Ihr wohlbewandert in der berüchtigten erainnischen Kunst der Schmeichelei.«

Yseult nippte an dem Wein und blickte ihm geradewegs in die Augen. Diese Augen waren von einer Farbe, die auf ihrer Heimatinsel selten war: ein tiefes, dunkles Braun, wie im Frühling umgebrochene Erde, satt und ein wenig feucht. »Sagt mir, wie kommt es, dass jemand mit Euren Talenten es in einem Land ohne Magie aushält?«

Myrddin warf den Kopf zurück und lachte laut auf. »Yseult, Ihr seid weise, aber Ihr seid jung. Ihr irrt, wenn Ihr glaubt, dass es hier in Britannien keine Magie gibt.«

Zusammen fanden sie eine Sitzbank in einer Ecke und nahmen Platz. »Bis heute Abend habe ich keine bemerkt«, meinte Yseult.

Myrddin schüttelte den Kopf. »Eine Welt ohne Magie ist unmöglich. Magie ist das, woran die Menschen glauben, und an irgendetwas werden sie immer glauben.«

Yseult lächelte. »Weise Worte von einem weisen Mann. Aber Eure Magie ist nicht die einzige, die ich heute Abend wahrgenommen habe.«

»Ja, ich habe gesehen, wie Modrun Euch beobachtet hat.«

Das also war der Name der Frau. »Ich weiß noch immer nicht viel über meine neue Heimat.«

»Modrun ist die Tochter des Hochkönigs, sein einziges noch lebendes Kind. Sie ist mit König Honorius von Gower verheiratet.«

Die Tochter des Hochkönigs hatte das Blut der Alten in ihren Adern? Sie drehte sich um und entdeckte die dunkelhaarige Frau – im Gespräch mit Drystan. Modrun saß auf einem der niedrigen Ruhebetten, und er beugte sich zu ihr, lauschte gebannt auf irgendetwas, was sie zu sagen hatte. Ein leises Lächeln zierte seine edlen Züge. Die Muskeln um ihren Magen zogen sich zusammen, und sie wandte sich wieder zu Myrddin um.

Dieser erbarmte sich ihrer und fuhr fort: »Ambrosius war mit meiner Halbschwester verheiratet. Modrun ist meine Nichte.«

Yseult nickte und versuchte, sich auf das Gespräch zu konzentrieren. »Beim Essen hat Anna etwas von ›dem Bastard und der Hexe‹ gesagt. Ich nehme an, die Hexe ist Eure Nichte?«

Myrddin spitzte die Lippen. »Es ist gut, dass Anna jenseits des Meeres lebt, in Aremorica, obwohl die Wildnis im Norden noch besser wäre.«

Yseult antwortete mit einem schwachen Lächeln, sah noch immer vor sich, wie Drystan sich über die einzige wirklich interessante Frau beugte, der sie bis jetzt in diesem Land begegnet war. Sie nahm ein Stück getrockneten Apfel aus einer Schale und knabberte daran. »Ich fand sie nicht besonders liebenswürdig, ihren eigenen Bruder als Bastard zu bezeichnen.«

»Sie ist ein bösartiges Weib.«

Ehe Yseult um weitere Auskünfte bitten konnte, wurden sie unterbrochen. In der Mitte des Raumes klatschte Ambrosius in die Hände, um sich der Aufmerksamkeit der versammelten Gäste zu versichern. Arthur stand neben ihm, und die allgemeine Beachtung war ihm ganz offenkundig peinlich. Um sie herum wich die Menge zurück, damit alle besser sehen konnten, auch Myrddin und Yseult wandten sich um.

Ambrosius legte eine Hand auf Arthurs Schulter. »Bevor wir offiziell mit den Pfingstfeiern beginnen, habe ich etwas bekannt zu geben. Für den Fall, dass ich nach Gallien ziehen sollte, um dem Imperium gegen die Westgoten beizustehen, ernenne ich Arthur zu meinem Stellvertreter hier in Britannien.«

»Gewagt«, flüsterte Myrddin, so dass nur sie es hören konnte.

»Wieso?«

»Weil Arthur, wie seine Schwester es auf so liebenswerte Weise deutlich gemacht hat, ein ›Bastard‹ ist. Ambrosius' sehnlichster Wunsch ist, dass Arthur ihm als Hochkönig nachfolgen möge, doch seine uneheliche Geburt macht das Ganze ein bisschen komplizierter.«

Yseult nickte und richtete ihre Aufmerksamkeit wieder auf Ambrosius. »Wie euch allen bekannt ist«, verkündete der Hochkönig jetzt, »haben seine Siege überall auf unserer schönen Insel, sowohl als Feldherr im Norden als auch während der letzten paar Jahre als Dux Bellorum hier im Süden, es euch ermöglicht, wieder gefahrlos zu reisen.«

»Eure Siege auch, Oheim«, sagt Arthur. »Und vergesst die Verträge nicht, die Cerdic und Marcus zustande gebracht haben.«

Kluger Mann. Auch wenn Yseult sehr gut wusste, wie viel der Vertrag mit ihrer eigenen Insel wert war, so wusste Arthur seinerseits, dass er sich nur Feinde machen würde, wenn er den ganzen Ruhm des Friedensschlusses für sich beanspruchte.

Ambrosius erkannte die Beiträge der Anführer im Süden mit einem Nicken an und wandte sich von Neuem an seinen Neffen. »Aber diese Verträge wären ohne dein brillantes Geschick in der Schlacht nicht möglich gewesen.« Der Hochkönig holte eine schwere Kette mit einem glitzernden Anhänger aus der Tasche, die am Gürtel seines Gewandes hing, und legte sie Arthur um den Hals. »Ich habe ein Schmuckstück für dich anfertigen lassen, als Zeichen deines Amtes. Ich weiß, dass du es in Ehren tragen wirst.«

Arthur blinzelte hastig, offensichtlich gerührt. Verhaltenes Beifallklatschen ertönte vereinzelt von den Umstehenden, und Yseult öffnete sich kurz, um die Reaktionen einzuschätzen. Vorherrschend war Neid, obgleich sie auch ungetrübte Freude auffing.

Myrddin beobachtete sie genau. »Das Menschentier ist eine selbstsüchtige, reulose Bestie, nicht wahr?«

Sie seufzte, und ihre Gedanken kehrten zu dem Bild zurück, wie Drystan sich über Modrun beugte. »O ja.«

Noch immer betrachtete Yseult den Helden wider Willen, den auf so bedenkliche Weise erwählten Erben des Hochkönigsamtes von Britannien – doch ihre Gedanken galten ihrem Ehemann und seinem Sohn. Ohne auf seine Gedanken zu lauschen, wusste sie, dass Marcus einer der Neider war.

Und Drystan war einer von jenen, die nichts als Freude empfanden.

Wie konnte sie mit dem einen verheiratet sein und den anderen verleugnen?

Sie fühlte, wie Myrddin seinen Arm durch den ihren schob, um ihr Kraft zu geben, und lächelte ihn an. Zum ersten Mal fühlte sie sich in diesem sonderbaren Land willkommen.

Er erwiderte ihr Lächeln. »Das seid Ihr auch.«

Drystan wusste nicht, wie lange er noch in der Lage sein würde, Yseult ständig zu sehen und so zu tun, als bedeutete sie ihm nichts. Jede Nacht lag er wach, während es in seinen Eingeweiden brannte, und stellte sich vor, wie sie mit seinem Vater schlief. Es fühlte sich an, als drehe jemand ein heißes, stumpfes Messer in seinem Bauch um. Jeden Tag sah er sie zusammen, und obwohl er deutlich erkennen konnte, dass sie keine Zuneigung für ihren Gemahl empfand, weckte der besitzergreifende Stolz in den Augen seines Vaters, wenn diese auf Yseult ruhten, in ihm das Verlangen, den alten Mann an der Kehle zu packen und diese Anmaßung, diese völlig unverdiente Überheblichkeit aus ihm herauszuprügeln. Niemand nannte Yseult die Schöne sein Eigentum, niemand.

Der Rat der Könige von Britannien war für ihren vierten Tag in Verulamium angesetzt. Ambrosius verlangte, dass neben den wichtigsten Königen, zu denen unter anderen Marcus gehörte, auch die Heerführer anwesend waren, denen die Verteidigung des Landes oblag.

»Auf dem Forum gibt es Bärenkämpfe und Akrobaten, Drustanus«, sagte Marcus, während er sich einen leichten Sommerumhang um die Schultern warf. »Vielleicht solltest du mit Yseult und Brangwyn hingehen.«

Zum Glück hatte sein Vater sich daran gewöhnt, seine Frau Yseult zu nennen, ehe sie in Dyn Tagell eingetroffen war. Drystan hatte ihn davon überzeugt, dass es keine gute Idee wäre, sie mit Ousilla anzusprechen, der lateinischen Version ihres Namens.

Er legte eine Hand auf den Kopf der kleinen Bronzestatue neben dem Eingang des Portikus. »Ich frage sie, ob sie Lust haben.«

»Ich weiß nicht, wie lange diese Sitzung dauern wird. Soweit ich weiß, möchte Ambrosius Auskünfte darüber, was wir für unsere Verteidigung für notwendig erachten, falls oder wenn er mit einer Armee nach Gallien zieht.«

Drystan nickte, ohne aufzublicken. Jeden Tag mit seinem Vater umzugehen wurde nicht einfacher.

Die Tür schloss sich hinter seinem Vater, und er wandte sich ab; er war versucht, dessen Vorschlag zu ignorieren, doch just in diesem Moment betraten Yseult und Brangwyn mit Kurvenal die Eingangshalle.

»Drystan, komm mit«, rief sein Freund. »Ich habe angeboten, sie ein wenig in der Stadt herumzuführen.«

Er wich Yseults Blick aus. »Du kennst Verulamium doch kaum.«

»Nun, ich kenne es besser als sie. Und ich weiß, wie man sich in einer Römerstadt zurechtfindet.«

Drystan gab sich Mühe zu lächeln. »Gut. Was schlägst du vor?«

Kurvenal zuckte die Achseln und wandte sich an Brangwyn. »Hast du den Monumentalbogen beim Nordtor schon gesehen?«

Sie schüttelte den Kopf. »Wir haben nur den beim Londiniumtor gesehen, im Südteil der Stadt.«

»Gut, dann haben wir ja ein Ziel. Haben wir auch Drystan?« Kurvenal sah ihn mit einer Miene an, die deutlich machte, dass es allmählich an der Zeit sei, sich wieder wie ein normaler Mensch zu benehmen.

Endlich wagte er einen Blick auf Yseult. Sie stand regungslos da und starrte ihn an, die hellen Augen weit aufgerissen, die Hände vor dem Körper ineinander verkrampft.

»Drystan, kommst du mit?«, wiederholte Kurvenal.

Er holte tief Luft und nickte. »Vielleicht können wir ja unterwegs auf dem Forum haltmachen. Mein Vater sagt, dort treten Akrobaten auf.« Wohlan, das hatte er doch recht gesittet herausgebracht.

Und er würde den Rest des Nachmittags und vielleicht sogar den Abend mit Yseult verbringen, in ihrer Nähe sein, würde mit ihr reden, sich quälen, glücklich sein.

Sie machten sich in Richtung des Theaters und des alten römischen Tempels auf den Weg in den heruntergekommeneren Teil der Stadt. Die Gegend um das Forum und die Hauptstraße – die sich weiter nach Nordwesten zog, bis nach Segontium an der erainnischen See – sah gewiss noch immer fast genauso aus wie damals, als das ferne Rom in Britannien geherrscht hatte.

Die Straßen waren voller Menschen, Tiere sowie Karren und wurden von Ständen gesäumt, in denen von Fleisch, Gemüse und Früchten bis zu Essbesteck, Werkzeug und Schmuck alles nur Erdenkliche feilgeboten wurde; in regelmäßigen Abständen fanden sich dazwischen Schmiedewerkstätten.

Drystan bemerkte einen Laden, der Schreibgerät verkaufte, und ging kurz entschlossen hinein, ohne abzuwarten, ob die anderen ihm folgten. Es war still hier drin, und es roch nach Papier und Tinte, ein friedlicher Ort inmitten einer geschäftigen Stadt. Als er bezahlte, erschien Yseult neben ihm.

»Drystan?«

Er reichte ihr einen flachen Holzkasten mit emailliertem Deckel und silbernen Scharnieren, verschlossen mit einer ledernen Schnur. »Das ist für dich.«

»Was ist das?«

»Ein Schreibkasten. Ich dachte, du möchtest vielleicht wieder üben, wo du doch Latein jetzt für mehr brauchst, als bloß um Scherze in den Sand zu schreiben.«

Er wusste nicht, wie sie diese Anspielung auf ihre gemeinsame Zeit aufnehmen würde, doch sie blinzelte nur. »Danke.«

Er nahm ihren Arm, als gehörten sie zusammen, und sie traten wieder auf die Straße hinaus und gesellten sich zu Brangwyn und Kurvenal, die gerade am Stand eines Schmuckhändlers beinerne Haarnadeln begutachteten.

Kurvenal warf einen vielsagenden Blick auf Drystans Hand an Yseults Ellenbogen. »Gehen wir weiter?«

Als sie das Forum erreichten, hatten die Akrobaten noch nicht mit ihrer Vorstellung begonnen, also schlenderten sie in Richtung des Stadtrandes und des Monumentalbogens, wobei sie an dem alten Theater vorbeikamen.

»Hinter dem Theater ist ein Tempel«, sagte Drystan und versuchte, sich ganz normal zu geben, trotz Yseults Haut, die er unter seinen Finger spürte. »Vielleicht können wir uns den ja auf dem Rückweg ansehen.«

»Was gibt's denn da zu sehen?«, fragte Kurvenal. »Alles, was da noch ist, sind Götter, die längst tot sind.«

»Ich würde ihn mir gern ansehen«, wandte Yseult ein. »Vielleicht erfahre ich ja etwas darüber, wie Götter sterben.« Sie wandte sich an Brangwyn. »Geh ruhig mit Kurvenal zu dem Bogen. Wir kommen später nach.«

Schmerzhafte Hoffnung packte ihn. Sie wollte mit ihm gehen und schickte Brangwyn und Kurvenal fort. Er konnte kaum atmen, als sie sich nach links wandten und zusammen die Straße hinuntergingen, vorbei an dem verfallenen Theater, doch er versuchte, sich nichts anmerken zu lassen.

»Danke für den Schreibkasten«, sagte Yseult leise.

Er holte tief Luft. »Irgendwie musste ich dich dazu bringen, an unsere gemeinsame Vergangenheit zu denken.«

Einen Augenblick antwortete sie nicht. Endlich huschte ein schwaches Lächeln über ihre Lippen. »Und du glaubst, du musst mich bestechen, damit ich das tue?«

Er war froh, dass sie die Tür in der Mauer erreicht hatten, die den Tempel umgab – das Lächeln und der spielerische Tonfall waren fast mehr, als er ertragen konnte.

Er geleitete sie durch den Eingang, der bald nicht mehr notwendig sein würde: Die verfallene Mauer rund um den Tempel wurde allmählich von Menschen abgetragen, die Baumaterial brauchten. »Du gehst mir aus dem Weg.«

Sie nickte. »Natürlich gehe ich dir aus dem Weg. Ich bin mit deinem Vater verheiratet, und bei deinem Anblick werde ich schwach.«

Er blieb wie angewurzelt stehen, und sie folgte seinem Beispiel. »Hast du dich je gefragt, ob es irgendetwas gibt, was wir hätten anders machen können?«

»Natürlich. Wenn ich ein anderer Mensch gewesen wäre, hätte ich den Metallsplitter wegwerfen können, den ich im Schädel meines Onkels gefunden habe.« Ernst sah sie ihn an, mit jenem eindringlichen Blick ihrer blassen, hellen Augen, den er so liebte. »Aber das konnte ich nicht.«

Er nahm ihre Hand und führte sie über den Hof des Tempelgeländes, der von den Wurzeln eines zur Zierde gepflanzten Feigenbaumes aufgeworfen und uneben war. Gras wucherte zwischen den Steinplatten, und im Putz und in den Säulen des Gebäudes, das den toten Göttern geweiht war, zeigten sich Risse. In diesem Augenblick hätte sie ihm vielleicht vergeben, gleichzeitig jedoch war der Mensch, der sie war, die Löwin, die ihren Rath und ihr Volk verteidigte, dazu nicht imstande. Ein Teil dessen, weshalb er sie liebte, war der Grund dafür, dass sie nicht hatten heiraten können – und der Grund dafür, dass sie frei gewesen war, um seinen Vater zu ehelichen.

Zusammen stiegen sie die Stufen zu dem Säulengang hinauf, der um den eigentlichen Tempel herum verlief, ein viereckiges Bauwerk mit einer schweren Holztür, das noch immer weitgehend unversehrt dastand. Zum Glück hatte noch niemand auf der Suche nach Brennholz die Tür gestohlen. Auf dem Dach fehlten etliche Schindeln, und an einigen Stellen konnten sie vom Säulengang aus sogar Fetzen des Sommerhimmels sehen.

Er zog die Tür auf. »Die Kirchen sind auf der anderen Seite der Stadt. Vielleicht ist das der Grund, dass dieser Tempel noch nicht geschleift worden ist.«

Yseult trat vor ihm ein. »Oder vielleicht hat man ihn zur Erinnerung daran stehen lassen, was mit Göttern geschieht, die vergessen worden sind.«

Gleich hinter der Tür blieben sie stehen und warteten darauf, dass sich ihre Augen an das Licht gewöhnten, das durch die hohen Fenster hereindrang. In der Mitte des Raumes stand ein leeres Podest, und an einer Seite war der Boden geschwärzt, wo ein Feuer entzündet worden war. Mehrere unbenutzte Holzstücke lagen noch neben der Stelle.

»Jetzt weißt du es«, sagte Drystan.

Sie nickte. »Sie werden gestohlen.«

Verblüfft lachte er laut heraus. »Ein sehr viel erfreulicheres Schicksal, als abgerissen zu werden.«

Anstatt in sein Lachen einzustimmen, wurde Yseult sonderbar still. Er sah sie an und fragte sich, ob sie jetzt wieder vor ihm davonlaufen würde, wie sie es anscheinend immer tat.

Stattdessen kam sie auf ihn zu und legte ihm eine Hand auf die Brust. »Ich liebe dieses Geräusch; ich habe ganz vergessen, wie sehr. Du lachst so selten in letzter Zeit. Das habe ich dir ausgetrieben, nicht wahr?«

Und hätte es sein Leben gegolten, Drystan konnte nicht antworten. Sie trieb ihm das Antworten aus, o ja, mit dem Gefühl ihrer Hand auf seiner Brust, mit dem unverwandten Blick ihrer blassgrauen Augen, mit dem leisen Geruch ihres Schweißes.

Sie beugte sich vor und küsste ihn.

Er schloss die Augen, nahm die Empfindung ihres großzügigen Mundes in sich auf, lebhaft, spielerisch, feucht.

Dann machte er sich los. Seine Arme hatten sich um sie gelegt; er hatte gar nicht gemerkt, dass er sie an sich gezogen hatte. Augen von der Farbe des Winters sahen ihn an, mit einem Blick, so heiß wie der Sommer.

»Wirst du mich wieder fortschicken?«, fragte er.

Sie schaute weg, auf das verzogene Mosaik auf dem Fußboden, dessen verzerrte Wellen von mangelnder Pflege und einem Loch im Dach zeugten.

»Nein. Nein, ich werde dich nicht fortschicken. Ich weiß nicht, was ich tun werde, aber dich fortzuschicken ist nutzlos.«

Sie legte den Kopf auf seine Schulter, und er strich über ihr langes Mondscheinhaar. Dann zog er sie auf den unebenen Boden des Tempels hinab und küsste sie abermals. »Ich weiß nicht, wie bequem das sein wird«, murmelte er dicht an ihrer Schläfe, »aber ich werde versuchen, es wettzumachen.«

Ihre einzige Antwort war ein raues Aufseufzen.

Ein Funke Vernunft kehrte zurück. »Warte.« Er stand auf, nahm ein Stück Holz von dem zurückgelassenen Haufen und ging zur Tür. Anstelle des verschwundenen Riegels sicherte er die Tür, so gut er konnte, mit dem Brett und wandte sich wieder Yseult zu.

»Jetzt.«

Kurvenal verfluchte den Tag, an dem diese weißblonde Hexe das Licht der Welt erblickt hatte. Allmählich wurde es dunkel, und Drystan und Yseult waren noch immer nicht »nachgekommen«. Es war töricht, mehr als töricht; es war glatter Selbstmord. Der Rat der Könige konnte jetzt jeden Moment zu Ende gehen.

Brangwyn sah ihn eindringlich an. »Wir sollten versuchen, sie zu finden.«

Kurvenal furchte die Stirn. »Das dürfte nicht schwer sein. Unglücklicherweise.«

Gemeinsam gingen sie zu dem alten Tempel zurück. »Sie sind noch hier«, sagte Brangwyn, als sie sich dem baufälligen Gebäude näherten.

Zuerst fragte er sich, woher sie das so genau wissen konnte, doch dann hörte er es auch, das Stöhnen und Keuchen. Seit Stunden waren sie jetzt schon zugange.

Er strebte auf die Tür zu, doch Brangwyn hielt ihn zurück. »Kannst du zu Ambrosius' Villa gehen und Ausschau nach Marcus halten? Ich warte hier, und wenn sie gehen, komme ich und hole dich. Aber wenn die Versammlung vorher endet, musst du kommen und mir Bescheid sagen.«

»Wieso?«

Sie sah ihn schief an. »Glaubst du, sie werden uns jetzt hören? Oder wenn doch, wer hört uns dann sonst noch?«

Kurvenal warf einen Blick zum Tempel zurück. *Töricht, mehr als töricht.*

Dann nickte er knapp. »Ich werde aufpassen.«

Er ging durch Straßen zurück, die immer dunkler und menschenleerer wurden. Die Villa von Ambrosius lag nahe beim Forum – und damit viel zu nahe an dem Tempel. Die Nacht war bewölkt, nur ein zunehmender Mond zeigte sich, und die Schatten waren finster, ein gutes Versteck. Kurvenal bezog in einer Gasse auf der anderen Straßenseite Posten, gegenüber dem riesigen Hof, und verfluchte Drystan abermals dafür, dass er so ein Narr war, ein zehnfacher Narr. Was war nur mit dem Mann geschehen? Er hatte jeglichen Sinn für die Zeit verloren, jeglichen Sinn für überhaupt irgendetwas.

Als Kurvenal sah, wie die ersten britannischen Könige die Stufen zum Hof hinabstiegen, verfluchte er Drystan als zwanzigfachen Narren, machte kehrt und rannte zum Tempel zurück.

Als er an der verfallenen Mauer vorbeihastete, löste sich eine Gestalt aus den Schatten und kam auf ihn zu.

»Brangwyn! Die Versammlung ist zu Ende. Marcus kann jeden Augenblick in sein Haus zurückkehren.«

Zusammen eilten sie zur Tür des Tempels, doch die Geräusche, die aus dessen Innerem drangen, machten ihnen wenig Hoffnung, dass sie die beiden Liebenden schnell genug würden fortschaffen können.

Immer noch. Noch einmal. Wieder und wieder.

Er verfluchte Drystan als hundertfachen Narren.

Brangwyn fuhr auf dem Absatz herum und rannte los, in Richtung des Hauses, das Marcus gemietet hatte.

»Was hast du vor?«, wollte Kurvenal wissen und hastete neben ihr her.

»Ihren Platz einzunehmen, natürlich.«

Im Laufen starrte Kurvenal sie an, unfähig, mit einer Antwort aufzuwarten.

»Ich kann nur hoffen, dass wir nicht zu spät kommen«, keuchte Brangwyn.

»Aber du siehst doch überhaupt nicht aus wie Yseult«, stieß Kurvenal zwischen heftigen Atemzügen hervor.

Einen Augenblick sagte Brangwyn nichts, und Kurvenal hatte das Gefühl, dass das nicht an ihrer Eile lag. »Heute Nacht scheint der Mond nicht sehr hell«, meinte sie schließlich. »Ich verstecke die Kerzen und tue so, als ob ich schlafe. Wenn er im Bett ist, kann ich hinausschlüpfen.«

Er wusste noch immer nicht, wie dieser Plan ihrer Meinung nach gelingen sollte.

Als sie eine geschäftigere Straße erreichten, verlangsamten sie ihre Schritte und gingen eilig weiter.

»Ich möchte, dass du auf ihn wartest und ihm sagst, dass Yseult sich früh zur Ruhe begeben hat und dass Drystan bei Freunden ist«, sagte Brangwyn.

Sie bogen um die Ecke der Straße, in der Marcus' Haus stand. »Bist du sicher, Brangwyn?«, fragte Kurvenal leise. »Ist sie dir wirklich so viel wert?«

»Ich habe einiges über eure Bräuche hier in Britannien gelernt, seit ich hergekommen bin, und eines der Dinge, die ich gelernt habe, ist, dass Ehebruch wider einen König als Verrat betrachtet wird. Marcus mag nur König von Dumnonia sein, aber ein König ist er.« In der Dunkelheit sah sie ihn an, und er konnte kaum ihre Gesichtszüge erkennen. »Ich möchte nicht herausfinden, ob er fähig ist, Yseult des Verrats zu bezichtigen.«

Er wandte den Blick wieder ab. Natürlich hatte sie recht. Er kannte Marcus sehr viel besser als sie.

Die kleine Stadtvilla lag still da, als sie sie erreichten, und Kurvenal hörte, wie Brangwyn einen Seufzer der Erleichterung ausstieß. Ehe sie durch eine Seitentür hineinschlüpfte, sah sie ihn aus nachtdunklen blauen Augen ernst an. »Nachdem du Marcus berichtet hast, was ich dir gesagt habe, musst du hierbleiben und auf sie warten«, flüsterte sie.

Kurvenal nickte und bezog mit einem Glas Wein im Atrium Posten.

Sie waren gerade noch rechtzeitig gekommen: Nur Augenblicke später hörte er, wie sich die Eingangstür öffnete, und Marcus und ein junger Soldat namens Andred kamen herein.

»Ambrosius wird noch vor dem Ende des Monats aufbrechen«, verkündete Marcus, löste die Schließe seines Umhangs und reichte ihn Andred. »Die Meinung des Rats hat ihn nicht im Mindesten interessiert. Der Hochkönig hat beschlossen, dass Rom gerettet werden muss, und wir sollen den Preis dafür zahlen.« Er sah sich im Atrium um. »Ganz allein, Kurvenal? Wo sind die anderen?«

»Drystan hat ein paar Kampfgenossen getroffen und beschlossen, mit ihnen zechen zu gehen, und ich habe die Damen heimgeleitet.« Andred warf ihm einen scharfen Blick zu.

»Sind sie schon zu Bett gegangen?«

Kurvenal nickte.

»Gut. Dann begebe ich mich jetzt zu meiner Frau. Gute Nacht, Kurvenal.«

Kurvenal stürzte den Rest des Weines hinunter. »Ich glaube, ich gehe auch zu Bett.«

Mit gespielter Unbefangenheit ging er zu den Gemächern, die er und Drystan sich teilten. Konnte Andred irgendetwas argwöhnen? Aber wie? Sobald er es für sicher hielt, schlich er durch eine Seitentür aus dem Haus. In der Gasse fand er eine Nische als Versteck, von der aus er die Straße sehen konnte. Hoffentlich hatte er Andreds Miene falsch gedeutet. Wenn der junge Waffenträger ihm gefolgt war, waren sie verloren.

Bald waren eindeutige Laute aus dem Fenster links über ihm zu vernehmen. Er ballte die Fäuste und schlich zur Vorderseite des Hauses, fort von Marcus' Fenster. Es war das zweite Mal an diesem Abend, dass er sich derlei anhören musste; dies hier klang allerdings einseitiger und gedämpfter als die Geräusche, die aus dem alten Heidentempel gedrungen waren.

Und während jene ihn mit Wut und Furcht erfüllt hatten, schnürten diese ihm die Brust zusammen.

Selbst an der Vorderseite des Hauses konnte er Marcus' Ächzen noch hören, und er huschte über die Straße, um im Schatten eines anderen Hauses zu warten. Deutlich vor dem ersten Vogelgesang, doch lange, nachdem es zu spät war, sah er eine verhüllte Gestalt die Straße heruntereilen, in die Schatten gedrückt. Er trat aus seinem Versteck und hielt sie auf.

»Yseult, warte.«

Sie fuhr zusammen. Trotz der Finsternis erkannte sie ihn anscheinend. »Sind wir entdeckt?«, fragte sie.

»Nein. Brangwyn ist bei Marcus.«

Seine Augen hatten sich schon lange an die Dunkelheit gewöhnt, und er sah, wie sie zusammenzuckte und den Kopf senkte. Wenigstens erkannte sie an, was ihre Base für sie getan hatte. Doch das war ihm trotzdem nicht genug. Sie war eine selbstsüchtige Närrin. Und sein Freund Drystan war auch nicht besser.

»Kurvenal, ich …«

»Ich will es nicht hören«, fuhr er ihr ins Wort. »Wo ist Drystan?«

»Wir dachten, wir kommen lieber getrennt zurück.«

»Gedacht habt ihr ja wenig genug.«

Sie antwortete nicht. Wenn sie ihren Verstand gebrauchte, war sie klug genug, um zu wissen, dass er Recht hatte.

»Du kannst jetzt nicht hineingehen, sonst wirst du ganz sicher entdeckt. Wir müssen auf Brangwyn warten.«

Zusammen warteten sie schweigend in der Finsternis. Schließlich erschien eine schattenhafte Gestalt an der Seitentür der Villa und blickte sich um, suchte nach ihm. Kurvenal trat aus dem Schatten, Yseult an seiner Seite. Sie eilte zu Brangwyn hinüber, und die beiden Frauen schlüpften ins Haus. Dann wandte er sich ab, trat heftig nach dem Straßenschmutz. Er würde versuchen, Drystan zu finden, und ihm die Meinung sagen. Wie konnten sie nur zulassen, dass Brangwyn sich auf diese Weise opferte?

Kurvenal blieb wie angewurzelt stehen. Wieso erregte er sich so darüber, was aus der dunkelhaarigen erainnischen Witwe wurde? Er bewunderte ihre Hingabe ihrer Base gegenüber, gewiss – jeder, der zu solcher Hingabe fähig war, war ein Mensch, dessen Liebe es wert war, sie sich zu verdienen.

Und dort, auf den dunklen Straßen Verulamiums, wurde Kurvenal klar, dass er alles tun würde, was in seiner Macht stand, um diese Liebe zu verdienen.

18

Si wâren underwîlen vro
und underwîlen ungemuot,
als liebe under gelieben tuot.
Die briuwt in ir herzen
Die senfte bî dem smerzen,
bî vröude kumber unde nôt.

(Zuweilen waren sie glücklich, zuweilen waren sie traurig, wie Liebe es Liebenden antut. Sie schenkt Glück mit dem Schmerz, mischt Freude mit Kummer und Leid.)

Gottfried von Straßburg, *Tristan*

Kannst du mir verzeihen?«, fragte Yseult Brangwyn mit leiser Stimme. Sie waren unterwegs zu der Villa, wo Modrun mit ihrer Familie wohnte, wenn sie sich in Verulamium aufhielt. Die Tochter des Hochkönigs hatte einige der bedeutendsten Königinnen und Edelfrauen Britanniens eingeladen, die helfen sollten, ein Festmahl anlässlich der Pfingstfeiern vorzubereiten. Jetzt, da Ambrosius beschlossen hatte, nach Gallien zu ziehen, würde diese Feier gleichzeitig dazu dienen, ihn zu verabschieden. Es sollte einen Jahrmarkt geben, der eine Woche dauern würde, mit Tanz auf dem Forum, Spielen vor den Stadtmauern und Jagden in den nahen Wäldern.

Brangwyn ergriff Yseults Hand und drückte sie leicht, ehe sie sie wieder losließ. »Es lohnt sich nicht, lange darüber nachzugrübeln.«

Noch immer drehte sich Yseult der Magen um bei dem Gedanken daran, was ihre Base für sie getan hatte; sie fühlte sich schuldig und unwohl, ihr Gesicht war heiß, und ihr schwindelte. »Aber ich kann nicht damit aufhören. Ich war ja so dumm.«

Brangwyn seufzte, ihre Miene war ernst. »Du hast Recht, du warst dumm. Und du wirst auch weiterhin dumm sein. Ich kann nur wünschen, dass du ein kleines bisschen weniger töricht sein wirst, damit ich nicht noch einmal bis zum Äußersten gehen muss.« Seltsamerweise lächelte sie nach diesen Worten. Verblüfft warf Yseult ihr einen raschen Blick zu.

»Kurvenal hat sich wirklich gewundert, dass ich Marcus täuschen konnte«, bemerkte Brangwyn und lächelte immer noch.

Yseult wandte den Blick ab, unfähig, das Heitere an der ganzen Situation wahrzunehmen. *Es war alles ihre Schuld.* »Wenn du nur einen Funken Verstand hättest, würdest du mich hassen.«

Brangwyn blieb stehen, packte Yseult am Ellenbogen und drehte sie zu sich herum. Esel, Karren und Fußgänger strömten weiter um sie herum; manche hielten inne, um ihnen neugierige Blicke zuzuwerfen. Das gehörte alles zum Leben in einer britannischen Stadt, ein geschäftiges Treiben, an das Yseult sich allmählich zu gewöhnen begann.

»Ich könnte dich nicht hassen«, beteuerte Brangwyn und achtete nicht auf die Karren, die Esel und die Blicke. »Hast du vergessen, wovor du mich gerettet hast? Ich habe viel Schlimmeres erlebt als deinen Gemahl.«

Yseult holte tief Atem und schüttelte den Kopf. Brangwyn war der Grund, weswegen sie dieser Farce von einer Ehe zugestimmt hatte. Brangwyn und ihre Mutter.

Wenn sie doch nur Nachricht aus Eriu hätte!

»Es geht ihr gut, Yseult«, sagte Brangwyn, während sie ihren Weg fortsetzten. »Wenn es nicht so wäre, wüssten wir es.«

»Ich hoffe, du hast Recht.«

Modruns Stadtvilla lag dicht bei der Hauptstraße, die in südlicher Richtung nach Londinium führte. Ein Sklave führte sie durch einen Garten voll Frühsommerblumen und Kräutern in das Atrium, in dem eine Gruppe Frauen auf Liegebetten ruhte, die ein Stück weit von dem Wasserbecken in der Mitte entfernt standen, wo Kinder lachend und spritzend im Wasser und auf dem Boden miteinander spielten. Atrium und Innenhof waren viel größer als die des Hauses, das Marcus gemietet hatte, und nach der Einrichtung zu urteilen verbrachte Modrun einiges an Zeit in der inoffiziellen Hauptstadt Britanniens.

Ihre Gastgeberin erhob sich und kam auf sie zu, und wieder spürte Yseult jene suchende Gegenwart, die sie beim Abendessen in der Residenz des Hochkönigs bemerkt hatte. Brangwyn war damals nicht dabei gewesen, und sie warf der Hausherrin einen scharfen Blick zu, obwohl Yseult sie vorgewarnt hatte.

Modrun ergriff ihre Hände und geleitete sie in die Runde. »Willkommen, Yseult und Brangwyn. Ich weiß nicht genau, ob ihr die anderen schon kennengelernt habt, also werde ich euch vorstellen.«

Wieder einmal waren es zu viele Namen, um sie sich zu merken, doch diesmal waren wenigstens Frauen darunter, denen sie bereits begegnet war: Labiane mit ihrer kleinen Tochter Cwylli, Anna und ihr Sohn Medraut und Cerdics Gemahlin Cynewyn. Auch Modruns Base Margawse war mit ihrem Jüngsten Gareth anwesend sowie Enid, die in Dyn Draithou regierte, bis ihr Sohn das Mannesalter erreicht hatte, mit ihrer Tochter Gwillian und außerdem noch andere Frauen, deren Namen sie unter so vielen einfach nicht behalten konnte. Endlich stellte Modrun stolz ihre eigenen Söhne vor, Iddon, Ceidio und Aurelius, den Jüngsten, der nach seinem Großvater benannt war.

Brangwyn und Yseult nahmen auf einem leeren Ruhebett Platz, und die kleine Cwylli kam neugierig zu den Neuankömmlingen herübergetappt. Yseult hatte gerade genug Zeit, die hübschen grünen Augen und die bronzefarbenen Locken zu bemerken, ehe Labiane das Kind hastig wegzerrte.

»Komm, Liebling, du sollst die Frauen doch nicht belästigen.«

»Oh, sie ist nicht lästig«, wehrte Yseult mit einem Lächeln ab und wunderte sich abermals über die Feindseligkeit dieser Frau. Sie wünschte, sie könnte ein wenig in ihren Gedanken forschen, doch solange Modrun hier war, konnte sie es nicht wagen, sich auf diese Weise zu öffnen, ohne ihre eigenen Geheimnisse zu enthüllen.

Modrun lächelte Yseult an und zog eine dunkle Braue empor. »Der Jahrmarkt zur Withsun-Feier beginnt am Montag, und wir müssen uns an die Arbeit machen. Unsere Aufgabe wird es sein, Speisen von den Bewohnern Verulamiums einzusammeln. Am letzten Tag des Jahrmarktes wird das Pfingstfestmahl abgehalten, und alle nehmen daran teil.«

Yseult fragte sich, ob Modrun gleichzeitig nach den Christensitten und den Alten Bräuchen lebte. Die Magie, die sie in ihrer Gegenwart spürte, schien darauf hinzuweisen.

Ein nackter kleiner Junge kam zu Modrun gekrabbelt und zog sich an ihrem Rock empor. Sie hob ihn hoch und schaukelte ihn auf dem Knie. »Aurelius, begrüße die Damen.«

Der pummelige kleine Namensvetter des Hochkönigs lachte, und Yseult musste lächeln. Ein Kind, das wäre etwas.

Aber nicht von Marcus.

»Arthur und mein Vater haben versprochen, mit unseren Ehemännern einen Jagdausflug in den Norden zu unternehmen, um Wildbret für das Festmahl zu beschaffen«, fuhr Modrun fort. »Das wird das Sammeln leichter machen. Ich schlage vor, wir stellen in einer Ecke des Forums einen Stand auf. In seiner nächsten Predigt kann der Bischof die Menschen bitten zu bringen, was sie beitragen können.«

Die anderen Frauen nickten.

»Wir wissen aber nicht, was unsere Köche zubereiten können, solange wir nicht wissen, was wir zur Verfügung haben werden«, warf Enid ein.

Modrun setzte Aurelius auf den Boden und gab ihm einen Klaps auf das bloße Hinterteil. Fröhlich krabbelte er davon, auf der Suche nach neuen Abenteuern. »Aber wir können vorläufige Pläne machen. Und wenn dann etwas fehlt, könnte das unser eigener Beitrag sein.«

Ein Schmerzensschrei ertönte hinter ihnen, und alle fuhren herum. Enids Tochter Gwillian saß auf dem Boden und umklammerte mit beiden Händen ihr Bein, während ihr Tränen des Schmerzes über das Gesicht strömten. Medraut stand über ihr, einen großen, metallenen Kerzenhalter in der Hand. Yseult konnte sehen, dass die Haut unterhalb des Knies des kleinen Mädchens bereits blau anlief.

Enid sprang auf. »Medraut!«

Anna war sogar noch flinker emporgeschnellt und packte ihren Sohn an der Schulter. Doch anstatt ihm eins hinter die Ohren zu geben, wie er es verdiente, stellte sie sich zwischen ihn und die anderen Mütter. »Was ist passiert, Medraut?«

Eine wahrhaft dumme Frage. Enid hatte Gwillian in ihre Arme gezogen und sie zu ihrem Ruhebett geschleppt, wo sie in Sicherheit war, obgleich sie viel zu alt war, um noch getragen zu werden. Sie schien im selben Alter zu sein wie Medraut.

»Sie war uns im Weg«, antwortete Medraut. »Wir haben ihr gesagt, sie soll weggehen, aber sie hat es nicht getan.«

Margawses Jüngster Gareth, der Einzige aus ihrer Schar, der jung genug war, um noch mit den Kindern zu spielen, stand neben Medraut und sagte kein Wort. Doch im Gegensatz zu seinem Spielgefährten, der für seine Grausamkeit auch noch getröstet wurde, stand ihm das schlechte Gewissen ins Gesicht geschrieben.

»Gareth«, sagte Margawse, »wir unterhalten uns später.«

Es war klar, dass Gareth wegen dieses Zwischenfalles mehr zu hören bekommen würde als der Junge, der mit dem Kerzenhalter zugeschlagen hatte.

Als das Treffen zu Ende war, gingen sie nach Norden, in Richtung des alten Theaters. Brangwyn sagte nichts – ihre Base wusste sehr gut, wie ihr zu Mute war. Der Worte bedurften die beiden für Kleinigkeiten, nicht aber für Stimmungen – selbst wenn sich Yseult, so wie jetzt, bemühte, ihre Gefühle zu verbergen. Angesichts der widerstreitenden Empfindungen, die sich in der Seele ihrer Base wanden und ihr zusetzten, Schuldgefühle und Sehnsucht, war Brangwyn nur umso entschlossener, sich niemals wieder der Macht der Liebe und der Lust auszuliefern.

»Ich schlendere ein bisschen zwischen den Läden umher«, wisperte Brangwyn, als sie sich der verfallenen Mauer näherten, die den alten Heidentempel umgab. »Versprich mir, dass du nicht zu lange fortbleibst.«

»Ich verspreche es.«

Sie wusste nicht recht, wie weit sie sich auf die Versprechen ihrer Base verlassen konnte. Jetzt hatte die Liebe Yseult in ihrem Griff.

»Ich *verspreche* es, Brangwyn«, wiederholte Yseult. »Ich werde nicht wieder so dumm sein, du hast mein Wort.«

Brangwyn schüttelte den Kopf und sah zu, wie Yseult in dem alten Tempel verschwand. Dann ging sie weiter, um die Rückseite des alten Gebäudes herum, um ein Stück weiter auf die Hauptstraße, zum Forum und zu den Läden zurückzukehren.

Sie war zu sehr mit Yseults Problemen beschäftigt, als dass ihr die Gestalt aufgefallen wäre, die im Schatten lauerte und beobachtete, dass zwei Frauen die Ruinen betraten, jedoch nur eine wieder herauskam.

Der scheinbare Reichtum dieses Landes versetzte Brangwyn immer wieder in Erstaunen. Gewiss, Verulamium war wegen der Pfingstfeiern voller als üblich, doch Tara bekam niemals so viele Waren und so viele Kaufleute zu sehen. Und wenngleich der erlesene Schmuck aus Rathgall mit seinen Einlegearbeiten hier fehlte, so boten die Schmuckhändler doch exotische Stücke feil, die teilweise sogar aus Afrika stammten. Aus einem Laden, der Gewürze verkaufte, drangen so ungewöhnliche Gerüche, dass sie davor auf dem Kopfsteinpflaster stehen blieb, nur um zu schnuppern.

»Brangwyn!«

Langsam drehte sie sich nach der Stimme um und sah, wie Kurvenal auf sie zukam. Anders als sein Freund Drystan trug er das Haar kurz, als eine Masse brauner Locken hing es über seiner Stirn und berührte kaum sein Wams. Es stand ihm gut, fast hätte es sie zum Lächeln gebracht.

»Brangwyn«, sagte er wieder, als er vor ihr stehen blieb.

Sie sah ihn an, die Brauen fragend hochgezogen.

»Wie geht es dir?« Er berührte ihren Handrücken, eine Berührung, die kaum ihre Haut streifte, und zog die Finger dann rasch wieder fort.

»Recht gut.«

Bei dieser Antwort hob er den Blick und schaute ihr ins Gesicht, suchte in ihrer Miene nach der Bedeutung hinter diesen Worten. Plötzlich schien es ihr niederträchtig, ihn so in der Luft hängen zu lassen, wo ihr doch durchaus klar war, was er wissen wollte.

»Komm«, sagte er mit einem Lächeln. »Darf ich dich zu einem Glas Wein einladen? Gleich um die Ecke gibt es eine durchaus annehmbare Schenke.«

Warum nicht? Das war ein sehr viel besserer Vorwand, ohne Yseult unterwegs zu sein, als sich zwischen den Läden herumzudrücken. Sie nickte.

Er führte sie nach Süden, in Richtung des Londiniumtors. Brangwyn konnte die Schenke hören, bevor sie auch nur um die Ecke bogen; an diesem milden Frühsommerabend quollen die Menschen aus den Türen, zogen Stühle in die Sonne hinaus oder lehnten sich mit einem Becher Wein oder Bier in der Hand gegen eine Säule oder eine Mauer und erfüllten die Straße mit ihren Gesprächen und ihrem Gelächter. Kurvenal bestellte am Schanktisch dicht bei der Tür Wein für sie beide und fand dann, die Tonbecher in der Hand, einen leeren Tisch im hinteren Teil des Raumes.

In der Abgeschiedenheit von all diesem Lärm stellte er schließlich die Frage, von der sie wusste, dass er schon die ganze Zeit darauf gewartet hatte, sie zu stellen. Er beugte sich über den Tisch, damit sie ihn verstehen konnte, und seine Hände umklammerten den Becher mit dem dunklen Wein.

»Warum hast du das getan?«

Einen Augenblick sah Brangwyn ihn an, ohne zu antworten. »Fast könnte ich jetzt gekränkt sein.«

Er lehnte sich wieder zurück und blinzelte. Offensichtlich hatte sie ihn verblüfft, und sie lächelte.

Sie nippte an ihrem Wein. Irgendwie war er sowohl trockener als auch süßer, als sie es gewöhnt war. »Du denkst, Yseult ist das, was ich für sie getan habe, nicht wert, und indem du so denkst, beleidigst du mein Urteilsvermögen.«

»Ich habe doch nicht...«

Sie hob die Hand, und er verstummte. »Yseult hat meinetwegen in diese Ehe eingewilligt. Auch um ihrer Mutter willen, aber auch, damit ich aus Tara fortkonnte. Wenn sie für mich Marcus' Umarmung erträgt, was wäre ich dann für ein Mensch, wenn ich nicht dasselbe für sie täte?«

»Das habe ich nicht gewusst.«

»Natürlich hast du das nicht gewusst. Du siehst nur, was diese zerstörerische Liebe deinem Freund antut, und du siehst nicht, was sie meiner Base antut.«

»Brangwyn, es tut mir leid.«

Sie blickte an seiner Schulter vorbei, starrte auf eine Malerei an der gegenüberliegenden Wand, die einen Teller voller Speisen und ein Bündel Zwiebeln zeigte. »Es braucht dir nicht leidzutun. Die beiden sind es, mit denen wir Mitleid haben, denen wir helfen müssen. Ich habe nicht viel getan. Ein Mann ist mehr oder weniger wie der andere.« Jetzt log sie *wirklich*, doch er hatte sie auch *wirklich* verstimmt, und sie wollte ihn ärgern.

Er blickte in seinen Wein hinunter und schwieg einen Moment, dann schaute er wieder auf. »Ich nehme an, du hast nicht gerade die besten Erfahrungen gemacht.«

Sie schüttelte den Kopf, und ihr Blick kehrte zu seinem Gesicht zurück. »Oh, es gab einen Mann, in einem anderen Leben, der nicht so war wie all die anderen. Aber da das dahin ist, lohnt es sich nicht, wählerisch zu sein.«

Kurvenal beugte sich vor und berührte abermals leicht ihre Hand. »Ich würde dir gern zeigen, dass es nicht so ist«, sagte er, und seine Stimme war sehr viel eindringlicher als seine Berührung.

Brangwyn sog den Atem ein, überrascht, wie sehr seine Worte sie berührten. »Ich habe keine Zuneigung mehr übrig, die ich einem Mann geben könnte«, erwiderte sie schroff. »Alles, worauf es mir ankommt, ist, Yseult vor sich selbst zu retten. Wenn du dasselbe für Drystan tust, dann können wir vielleicht so etwas wie Freunde sein.«

Er setzte sich auf und nickte. »Natürlich.«

Doch Brangwyn konnte spüren, dass er nicht die Absicht hatte, es dabei bewenden zu lassen.

Am vierten Tag des Jahrmarktes brach Ambrosius mit einer großen Jagdgesellschaft in den Norden auf. Marcus ritt mit ihnen, Drystan jedoch klagte, dass ihm eine alte Wunde aus der Schlacht von Venta zu schaffen mache. Die Gesellschaft sei auch ohne ihn groß genug und sollte mit Leichtigkeit in der Lage sein, genug Wildbret heimzubringen, sogar für die ganze Stadt.

»Glaubst du nicht, dass das verdächtig aussehen wird, Drystan?«, hatte Kurvenal gefragt, als er ihm von seinem Plan erzählt hatte.

Drystan schüttelte den Kopf. »Mein Vater hat keine Ahnung, was vorgeht.«

»Bist du sicher?«

»Soweit ich es sehen kann. Er hat nichts dagegen, dass Yseult ausgeht, und er beobachtet uns nicht.«

»Vielleicht merkst du es ja nur nicht. Wenn Yseult in der Nähe ist, siehst du nichts anderes mehr.«

Drystan lachte fröhlich, doch nach Kurvenals Gesichtsausdruck zu urteilen, fand dieser das Ganze nicht komisch.

Sein Freund verschränkte die Arme vor der Brust. »Viele von den Männern, die mit uns gekämpft haben, wussten, dass du krank vor Liebe zu einer erainnischen Prinzessin warst. Es braucht nur einer davon zu erzählen und einer diese Geschichte mit Yseult in Verbindung zu bringen, die eine erainnische Prinzessin war, bevor sie eine dumnonische Königin geworden ist, und die Gerüchte verbreiten sich wie ein Lauffeuer. Wenn es erst einmal so weit ist, braucht er euch beide nur anzusehen.«

»Sind dir irgendwelche Gerüchte zu Ohren gekommen, Kurvenal?«

»Nein, aber wenn es welche gäbe, wäre ich einer der Letzten, der davon erfährt.«

Doch Yseult hatte ihn darum gebeten, und Drystan blieb in Verulamium.

An dem Abend, nachdem die Jagdgesellschaft aufgebrochen war, ging er zu dem verfallenen Tempel; sein Sommerumhang flatterte ihm um die Schenkel, und Kurvenals Worte waren vergessen. Der Mond war rund und voll und seine Stimmung bestens; heute konnten sie die ganze Nacht miteinander verbringen, oder fast die ganze Nacht. Solange sie in ihren Betten waren, ehe das Gesinde sich erhob, um die Feuer anzuzünden und Wasser zu bringen, oder sich aufmachte, frisches Brot und Früchte für das Frühstück zu kaufen.

Lächelnd trat er durch die Türöffnung in der Mauer, die sich um den Tempel herumzog. Der Mond schien so hell, dass die Mauer und die Bäume Schatten auf die Steinplatten am Boden warfen.

Und im Schatten eines dieser Bäume war eine Gestalt, die dort nicht hingehörte. Der Umriss eines Kopfes, dicht über der schrägen Form der Kiefer.

Drystans Schritte wurden langsamer, und er begann, unruhig auf den Steinplatten hin und her zu gehen. Er hoffte inständig, dass Yseult nicht schon im Tempel war und hervorgestürmt kam, um eine Erklärung für sein sonderbares Verhalten zu verlangen. Hoffte, dass ihm ein Plan einfallen würde, der durchführbar war. Hoffte, dass er sich nicht bereits mit einem Zusammenzucken oder einer erschrockenen Miene verraten hatte. Das helle Mondlicht, das ihn gerettet hatte, würde auch dem Spitzel helfen.

Sein Vater?

Bald vernahm er Schritte hinter der Mauer. Yseult betrat den Hof und blieb stehen, als sie ihn dort anstatt im Tempel warten sah. Er wagte nicht einmal, eine warnende Geste zu machen; der Spion hinter dem Baum würde sie ebenfalls sehen.

»Danke, dass du gekommen bist, Yseult.«

Sie nickte. »Aber ich verstehe das nicht. Was kann denn so dringlich sein, dass du an einem Ort wie diesem nach mir schickst, Drystan? Das könnten die Leute sehr leicht falsch auslegen.«

Erleichterung durchflutete ihn, und fast wäre er zusammengesackt. *Sie verstand;* sie spielte mit, gab ihm sogar Stichwörter vor. Er unterdrückte einen Seufzer und bemühte sich nach Kräften, sich sachlich zu geben. »Deshalb habe ich ja nach dir geschickt. Gerade eben habe ich in einer Schenke gehört, wie unsere Namen gemeinsam genannt wurden, wie es Gerede gegeben hat, Gerede, dass wir Marcus hintergingen.«

Yseult gab ein sehr überzeugendes Schnauben des Abscheus von sich. »Und du dachtest, da wäre es das Beste, nach mir zu schicken, damit ich mich in einem verlassenen Hof mit dir treffe? Eigentlich weißt du es doch besser, Drystan. Was hast du dir nur dabei gedacht?«

Drystan verbiss sich ein Lächeln, trotz der Gefahr der Lage. Doch sie hatte sich auf genau jene Strategie verlegt, die sie am ehesten unversehrt hier herausbringen würde: Sie behandelte ihn wie einen unreifen Jüngling und übernahm die Rolle derjenigen, die sie war – die Rolle seiner Stiefmutter.

»Es tut mir leid. In dem Moment fand ich es wichtig.«

»Wie viel Wein hattest du getrunken, bevor du diese Entscheidung getroffen hast?«

»Nicht nennenswert viel.«

»Und wie viel ist das, bitte?«

»Aber ich musste es dir doch sagen.«

»Du hättest es mir daheim sagen können.« Sie hob die Hand, wie um ihm das Wort abzuschneiden. »Morgen früh wäre auch noch zeitig genug gewesen. Was soll ich denn gegen üble Gerüchte unternehmen? Und jetzt hast du vielleicht sogar jenen, die sie verbreiten, in die Hände gespielt!«

»Du hast recht, ich habe nicht nachgedacht.«

»Nein, das hast du nicht. Ich wünsche dir eine gute Nacht, Drystan. Vielleicht solltest du besser Acht geben, wie viel Wein du trinkst.«

Damit machte sie auf dem Absatz kehrt und verließ den Hof. Kopfschüttelnd folgte Drystan ihr langsam. Sein ganzer Körper kribbelte vom Rausch der Gefahr, wie die Mischung aus Angst und freudiger Erwartung vor einer Schlacht.

Doch er würde sie heute Abend nicht sehen. Und er wusste nicht, wann er sie wieder unter vier Augen treffen würde.

Er hatte den Wein bitter nötig, den zu trinken sie ihn eben bezichtigt hatte.

Ambrosius' Jagdgesellschaft kehrte am nächsten Tag zurück, Marcus mitten darunter. Obgleich er nichts sagte und sich nicht so verhielt, als habe er irgendetwas erfahren, war sich Drystan sicher, dass sein Vater ihn jetzt aufmerksamer beobachtete.

Und es war wirklich so, wie er im Tempelhof vorgegeben hatte: Die Leute fingen allmählich an zu reden. Kurvenal geriet in einer Schenke in eine Prügelei, als irgendjemand eine Bemerkung darüber machte, wie bereitwillig sein Dienstherr seiner Mutter doch das Bett wärme, und kam mit einem blauen Auge und einem gebrochenen Finger nach Hause.

»Aber der Dreckskerl ist mit gebrochenem Kiefer heimgeschlichen«, verkündete Kurvenal mit tiefer Befriedigung.

Brangwyn versorgte seine Verletzungen; sie schalt ihn und war gleichzeitig jederzeit bereit, einen Menschen zu verteidigen, der wiederum ihre Base verteidigte. Voller Überraschung bemerkte Drystan, wie die Augen seines ernsten Freundes strahlten, wenn er sich Brangwyns Pflege überließ und die Schwere seiner Blessuren übertrieb wie ein Barde. Die Situation zwang ihm ein widerwilliges Lächeln ab.

Abgesehen davon gab es sehr wenig Grund zum Lächeln. Zu wissen, dass sie beobachtet wurden, brachte Drystans Gefühlswelt völlig aus dem Lot – und seine Verdauung machte ihm auch immer mehr zu schaffen.

Wie um ihm Recht zu geben, erreichte ihn kurz, nachdem Ambrosius' Rat dem Feldzug nach Gallien zugestimmt hatte, ein Ruf Arthurs, am Tag vor dem Pfingstfest.

Arthur hatte in einem bescheidenen Haus auf der Westseite Verulamiums Quartier bezogen, in der Nähe des Callevatores und der hölzernen Kasernen, wo etliche seiner Getreuen wohnten. Die Mosaiken auf den Fußböden waren reparaturbedürftig, die Fresken an den Wänden verblassten immer mehr, und das Haus hatte kein Atrium, nur einen schmalen Eingang, der in einen kleinen Innenhof führte, doch es lag in der Nähe der Kämpfer des Feldherrn und für den Notfall auch nahe bei den Ställen ihrer Pferde. Drystan hätte nichts anderes von dem Dux Bellorum erwartet.

Arthur saß mit Cai und Bedwyr im Innenhof, als der Sklave Drystan hereinführte. Der Heerführer erhob sich, und kurz darauf taten seine Gäste es ihm gleich. »Willkommen, Vetter. Soll ich Anstoß daran nehmen, dass Ihr es nicht geschafft habt, mich ohne Aufforderung zu besuchen?«

Drystan lachte, und die anderen Männer wechselten Blicke. Zu spät wurde ihm klar, dass zumindest Bedwyr und Cai wohl eher eine düstere Miene von ihm erwarten würden als Gelächter.

»Wein?«, fragte Arthur, und Drystan nickte. Während der Sklave einen Krug und ein weiteres Glas holen ging, wandte Arthur sich an Cai und Bedwyr. »Wir sehen uns dann nachher auf dem Übungsplatz.«

Bedwyr nickte. »Auf Wiedersehen, Arthur. Drystan.«

»Verpass ihm ein paar anständige Ohrfeigen von mir, Arthur, ja?«, brummte Cai.

Drystan blickte zu dem blonden Riesen hinauf. »Solange Ihr es nicht tut, Cai.«

Cai schnaubte.

»Ihr habt die Gerüchte wohl auch gehört, scheint es«, meinte Drystan, nachdem die beiden anderen gegangen waren.

Sie setzten sich auf eine Steinbank in der Sonne. Arthur nickte. »Jeder hat sie gehört, Drystan. Sind sie wahr?«

Drystan beugte sich vor und schenkte sich ein Glas Wein ein. Bei seinem Vetter gab es kein Herauswinden; er musste aufrichtig sein. »Ja.«

»Verdammt.«

Drystan nippte an seinem Wein.

»Wenn die Dinge so lagen, wie konntet Ihr dann zulassen, dass sie diese Ehe eingehen?«

»Es ging nicht anders. Lóegaire hält ihre Mutter gefangen und hatte gedroht, ihr etwas anzutun, wenn sie meinen Vater nicht geheiratet hätte. Anscheinend wollte Lóegaire wegen irgendeiner Prophezeiung unbedingt diesen Frieden schließen.« Er stürzte den Rest des Weins in großen Schlucken hinunter. »Ich habe versucht, sie zu überreden, mit mir durchzubrennen.«

»Ich dachte, ihre Mutter ist mit Lóegaire verheiratet?«

»*War.* Nach dem, was ich erfahren konnte, als ich dort war, ist es in Hibernia nicht ungewöhnlich, dass Ehen gelöst werden.«

Arthur schenkte sich ein neues Glas Wein ein und füllte auch Drystans Glas von Neuem; er schwieg einen Augenblick. Dann stellte er den Weinkrug hin und stützte die Unterarme auf die Schenkel, die Hände zwischen den Knien gefaltet. »Ich möchte, dass Ihr mitkommt, wenn wir nach Caer Leon zurückkehren, Vetter. Ich werde noch mehr Truppen für meine beweglichen Streitkräfte anwerben müssen und brauche erfahrene Männer, um sie zu schulen. Mein Oheim nimmt über tausend Mann mit nach Gallien, um dem Imperator Anthemius beizustehen.«

Drystans Hand verkrampfte sich um den Stiel seines Weinglases, als eine Woge aus Panik und gleichzeitiger Erleichterung über ihn hinwegbrandete. *Yseult verlassen? Gerade als er sie wiedergefunden hatte?* Doch erst zwei Nächte zuvor hatte jemand ihnen im Hof der Tempelruine nachspioniert. Seitdem war er nicht mehr mit Yseult zusammen gewesen, wusste nicht, wann er wieder mit ihr würde allein sein können. War es nicht sinnvoller, Abstand zwischen sie beide zu bringen, die Gerüchte verstummen zu lassen?

Drystan ließ den Kopf auf die steinerne Rückenlehne der Bank sinken und blickte sich in dem überwucherten Hof um. Der Birnbaum über ihm trug winzige Früchte, wenig größer als sein Fingernagel, und wilde Rosen blühten trotz des offenkundigen Mangels an Pflege. Ein Rosmarinstrauch verlieh dem süßen Blumenduft ein schärferes Aroma.

»Ich denke, Ihr solltet mein Angebot annehmen, Drystan«, fuhr sein Vetter leise fort, als er nicht antwortete. »Was wollt Ihr tun, wenn Ihr am Hofe Eures Vaters bleibt? Obwohl ich zugeben muss, ich hätte nichts dagegen, wenn jemand, dem ich vertrauen kann, ein Auge darauf hätte, was Marcus treibt.«

Drystan drehte den Kopf und lächelte Arthur wehmütig an. »Mein Vater ist ein ehrgeiziger Mann.«

»Hoffentlich nicht zu ehrgeizig.«

Er richtete sich wieder auf. »Wofür braucht Ihr Truppen in Caer Leon? Es herrscht doch jetzt Friede.«

Arthur schüttelte den Kopf. »Es herrscht niemals Friede.«

Vielleicht wäre es das Beste, wenn er fortginge. Es gab keine Zukunft für ihn und Yseult. Keine Zukunft. Wenn er mit ihr zusammen war, konnte er das vergessen, doch mit ihr zusammen zu sein war plötzlich viel schwieriger geworden.

»Ich werde mit Euch gehen.«

»Gut.« Die beiden Männer erhoben sich und schüttelten einander die Hände.

Drystan wandte sich zum Gehen und unterdrückte einen tiefen Seufzer. Jetzt würde er Yseult von seinem Entschluss erzählen müssen.

Das Pfingstfestmahl wurde außerhalb der Stadtmauern abgehalten, vor der Kirche nordöstlich von Verulamium. Drystan hatte seit dem Gespräch mit Arthur noch keine Gelegenheit gehabt, mit Yseult zu sprechen. Er hatte seinem Vater noch am selben Tag von seinen Plänen erzählt, als sie sich alle zum Abendessen im Triclinium des gemieteten Hauses versammelt hatten. Yseults Gesichtsausdruck hatte sich nicht verändert; sie hatte ihn sogar dazu beglückwünscht, dass der größte Feldherr von ganz Britannien so viel Vertrauen in ihn setzte. Vielleicht hatte sie seinen Entschluss bereits durchschaut, ohne dass er es laut aussprechen musste.

Er hoffte nur, dass er während des Festmahls, im Schutz der Menschenmenge, die Gelegenheit zu einem Gespräch mit ihr finden würde.

Der Pfingstjahrmarkt fand auf der anderen Seite des Flusses Ver statt, anlässlich des Festmahls jedoch waren sämtliche Stände geschlossen; ihre Besitzer taten sich an den Bergen von

Speisen gütlich, die auf den Tischen vor der Kirche ausgebreitet waren: Brote, Honigkuchen, Schinken, Käselaibe, Erdbeeren, frühe Kirschen und Himbeeren. Auf gewaltigen Spießen, die von einer Reihe Freiwilliger gedreht wurden, rösteten ein Wildschwein und ein Hirsch über zwei getrennten Feuergruben und ließen einen verlockenden Duft in die Luft steigen. Auf den Wiesen dahinter wurden Wettläufe und Ringkämpfe abgehalten. Schon jetzt sammelte sich die Armee, mit der Ambrosius nach Gallien ziehen würde, und Zelte für die Kämpfer, für die in den Kasernen kein Platz mehr war, säumten den Horizont.

Trotz der festlichen Stimmung bildete Drystan sich ein, eine unterschwellige Unzufriedenheit wahrzunehmen. Um die Unterstützung für den Feldzug in Gallien zu erhalten, hatte Ambrosius nicht alle Könige zu der Ratssitzung eingeladen, auf der die endgültige Entscheidung gefallen war, und etliche waren vor dem Pfingstfest unter Protest abgereist. Drystan hatte sogar gehört, dass einige der Getreuen des Hochkönigs über die selbstherrliche Art und Weise murrten, mit der Ambrosius vorgegangen war. Natürlich nicht Arthur; was Ambrosius betraf, war er absolut loyal. Doch sein Tonfall, wenn er von den Truppen sprach, die zu fremden Gestaden abgezogen wurden, ließ Drystan glauben, dass nicht einmal er dem Handeln seines Onkels unkritisch gegenüberstand.

Als sie auf die Menschenmassen zuschritten, die die Kirche umgaben, und sich den unter der Last der Speisen ächzenden Tischen näherten, erblickte der Hochkönig sie. Ambrosius brach seine Unterhaltung mit dem Bischof von Verulamium ab und kam auf sie zu, um den König von Dumnonia und die Seinen zu begrüßen.

»Wann werden die Vorbereitungen für Eure Reise nach Gallien abgeschlossen sein?«, erkundigte sich Marcus.

»Es sollte uns möglich sein, Ende der Woche aufzubrechen«, antwortete Ambrosius, und der Blick seiner scharfen Augen war fest auf Drystans Vater geheftet.

Zu Drystans Erleichterung zog Ambrosius Marcus in einen

Kreis aus etlichen Königen, die als loyal bekannt waren, darunter auch Modruns Gemahl Honorius. Drystan, Yseult, Brangwyn und Kurvenal gingen zusammen zu den Wiesen hinüber, wo die Wettkämpfe stattfanden, doch er konnte Yseult noch immer nicht beiseiteziehen – die Menge war nicht dicht genug, und er konnte deutlich fühlen, wie der Blick seines Vaters auf ihnen ruhte.

»Arthur will ungefähr zur selben Zeit aufbrechen wie Ambrosius«, sagte Drystan. »Wir werden nicht geradewegs nach Caer Leon marschieren, sondern zuerst nach Norden, um die Wehranlagen in Augenschein zu nehmen und neue Männer anzuwerben.«

Yseult schaute wie gebannt dem Wettrennen zu und antwortete nicht.

Brangwyn ergriff das Wort. »Wir werden Ende der Woche nach Dyn Tagell zurückkehren, zusammen mit den anderen Königen aus Dumnonia.«

»Ich wünschte, es gäbe irgendeine Möglichkeit, wie ich dir schreiben könnte« sagte Drystan zu Yseult, so leise, dass niemand außerhalb ihres Quartetts es hören konnte. Endlich wandte sie den Kopf und sah ihn an; ihre winterhellen Augen waren verschattet. Sie antwortete mit einem knappen Kopfschütteln.

Kurvenal nahm Brangwyns Hand, und sie sah ihn verblüfft an. »Ich hoffe, du bist nicht gekränkt, wenn ich *dir* schreibe, Brangwyn?«, fragte er. »Ich weiß, dass deine Base die lateinische Schrift beherrscht, sie könnte dir die Briefe vorlesen.«

Die vier jungen Leute sahen einander an, und Drystan sog rasch die Luft ein, überrascht, wie schlau und gerissen dieser Schachzug war. Er konnte Kurvenal einen Brief diktieren, und Yseult würde ihn lesen. Im Schutz der Briefe, die zwischen Brangwyn und Kurvenal gewechselt würden, wären sie in der Lage, miteinander Verbindung aufzunehmen.

»Ich wäre nicht gekränkt«, meinte Brangwyn. »Solange es Yseult nichts ausmacht, die Briefe vorzulesen.«

Yseults Blick kehrte langsam wieder zu dem Wettrennen

zurück, wo Cador gerade eine Gruppe anderer Fünfzehn- und Sechzehnjähriger mit Leichtigkeit schlug.

»Es wird mir eine Freude sein, dir die Briefe vorzulesen«, flüsterte sie.

Bis zum Donnerstag der darauffolgenden Woche verschwand das Meer aus Zelten von den Wiesen im Westen, und Ambrosius' Armee marschierte nach Süden, begleitet von Cerdic, dem Heerführer der Sachsenküste. Cerdic würde in Venta bleiben, um die Verteidigung dort neu zu ordnen; zwei weitere Zenturien jedoch, die im Süden standen, würden zu Ambrosius und seinen Truppen stoßen, ehe sie den Kanal überquerten, wo Syagrius sie erwarten würde, um mit ihnen gegen den Heiden Euric zu ziehen.

Verulamium wirkte plötzlich unnatürlich still, nachdem der größte Teil der Soldaten fort war. Yseult war überrascht, wie schnell sie sich an das ständige lebhafte Treiben einer britannischen Stadt gewöhnt hatte. Im Vergleich zu den Pfaden zwischen den Rundhäusern und Hallen von Tara oder Dun Ailinne waren die Straßen Verulamiums noch immer ein Menschenmeer, verglichen mit dem jedoch, was sie in den Tagen vor Ambrosius' Abmarsch gewesen waren, waren sie verwaist.

Yseult erstand einen frischen Brotlaib von dem Bäcker an der Ecke, bezahlte mit einer abgewetzten Kupfermünze und legte ihn zu den Früchten und dem Käse in ihrem Korb. Der Duft von frischem Brot stieg auf und hüllte sie angenehm ein.

Die Schwierigkeiten der britannischen Wirtschaft waren ein weiteres Thema, über das Marcus gern nörgelte: dass immer weniger Menschen dem Geld des Imperiums vertrauten und nur Tauschhandel zu treiben bereit waren, so dass es immer schwerer wurde, sich mit jemandem zu einigen, dem man etwas abkaufen wollte. Solche Vorträge endeten stets mit der Klage: »Als ich noch ein Knabe war, war das alles ganz anders!«

Vielleicht war es in den Dörfern Dumnonias anders, hier in Verulamium jedoch erstaunte es Yseult, wie leicht man das

Lebensnotwendige für den Alltag gegen bare Münze erwerben konnte.

Als sie das Haus betrat, empfing sie ein vertrauter Klang, den sie seit über einem Jahr nicht mehr vernommen hatte.

Drystan spielte auf seiner Harfe.

Yseult lehnte den Kopf gegen die verputzte Wand und schloss die Augen. Sie hielt den Korb mit Käse, Brot und Früchten vor sich, und der Geruch des frischen Brotes vermischte sich mit den fernen Klängen, ergab zusammen einen vollkommenen Augenblick: Brotduft und Musik, Musik und Duft.

Und Sehnsucht.

Wie konnte Leid so süß klingen und so gut riechen und mit solcher Glückseligkeit verbunden sein? Yseult verstand es nicht, sie wusste nur, dass dies einer jener Momente war, die ihr für den Rest ihres Lebens im Gedächtnis bleiben würden.

Und dann begann Drystan zu singen.

Es war jene aremorische Weise, die er damals am Feuer in Crimthanns Rundhaus gesungen hatte, das Lied von Melusine, dem geliebten und betrogenen Wasserweib. Yseults Schmerz und ihre Glückseligkeit wuchsen zu einem scharfen Stachel an, wie die Spitze eines Schwertes in ihrer Halsgrube.

Sie hörte Schritte auf den Steinplatten des Ganges und drehte sich um. Der Augenblick zerstob. Marcus musterte sie misstrauisch. »Dein Sohn spielt gut, Gemahl« sagte sie leichthin. »Vielleicht hätte er Barde werden sollen.«

Aus irgendeinem Grunde schien das die richtige Bemerkung zu sein, denn Marcus' Miene hellte sich auf. Sie bemerkte einen Ausdruck leichtfertiger Heiterkeit.

»Wenigstens hat es ihn nicht untauglich dafür gemacht, seinen Pflichten nachzukommen.«

»Ja, Arthur scheint große Stücke auf seine militärischen Fähigkeiten zu halten.«

Marcus nickte. »Ich sehe, du hast Brot und Käse für das Mittagsmahl gekauft. Ich muss mit Gwythyr die Einzelheiten unserer Heimreise besprechen, aber in einer Stunde bin ich zurück. Dann können wir essen.«

Er gab ihr einen raschen Kuss und schritt den Flur hinab und zur Tür hinaus.

Yseult sah ihm nach, bis er lange außer Sicht war, dann drehte sie sich um und folgte den Klängen der Musik in den Innenhof. Drystan saß auf einem Holzschemel in der Sonne, den bronzefarbenen Zopf über eine Schulter geworfen, und seine Finger glitten über die Saiten. Während Yseult ihn aus dem Schatten beobachtete, spielte er einen falschen Ton, und sie musste lächeln.

Er hörte auf zu spielen und blickte auf. Lange starrten sie einander an. Yseult sah, wie Schatten auf den Flächen seiner Muskeln spielten, sah die Gold- und Bronzetöne seines Haares, bemerkte, wie das Grün seiner Augen in der hellen Junisonne noch leuchtender wirkte.

»Yseult.«

Sie nickte. »Guten Tag, Drystan.«

»Ich habe Arthur gesagt, ich würde heute in seinem Haus übernachten. Wir brechen morgen früh mit seinen Getreuen auf.«

Ihr wurde die Kehle eng. »Ich wünsche dir eine angenehme Reise.«

»Danke. Vielleicht sehe ich dich ja in Lansyen, wenn die Zeit für Waffenübungen zu Ende ist. Das ist der Wintersitz meines Vaters«, fügte er hinzu, da ihm offensichtlich wieder einfiel, dass sie noch nicht dort gewesen war.

»Ich habe davon gehört.«

»Yseult«, sagte er noch einmal.

»Ich muss das hier in die Küche bringen«, stieß sie hervor, zeigte auf den Korb in ihrer Hand und machte kehrt, um den Flur hinunterzueilen. Nein, das war nicht sie, todunglücklich, verwundet, voller Weh ob der Abreise eines Mannes. Und noch dazu eines Mannes, der sie betrogen, sie belogen hatte, eines Mannes, der sie tiefer verletzt hatte als jeder andere. Sie musste ihre Fassung wiedergewinnen, konnte nicht offenbaren, was sie empfand, wenn ein Sklave oder Andred oder gar Marcus selbst jeden Augenblick hereinkommen konnten. Sie würde das Brot und den Käse verstauen, ihre Kräfte sammeln und zurückgehen, um sich von Drystan zu verabschieden.

Als sie wieder in den Innenhof trat, waren Drystan und seine Harfe bereits verschwunden.

19

Der Falke in den Klippen von Ben Edair
weiß, dass ich gramgebeugt bin.
Der Otter weiß es,
im Teich bei den Hürden.
Die Liebe blüht nur kurz –
doch die Toten erinnern sich ihrer.

Ella Young, *Trostan machte dies*

Von Kurvenal an Brangwyn: Sei gegrüßt.

Mein Liebes (ich hoffe, ich darf Dich so nennen?), angesichts der Art und Weise, wie wir voneinander geschieden sind, hat es mir widerstrebt zu schreiben. Wir sind jetzt seit zwei Wochen unterwegs nach Norden und kommen mit Arthurs Reiterei gut voran. Er legt großen Wert auf die Güte der Rösser seiner Männer; er sagt, dies könne Gedeih oder Verderb eines berittenen Trupps ausmachen, könne in einem Krieg sogar über Sieg und Niederlage entscheiden. Seine Erfolge auf dem Schlachtfeld während der letzten zehn Jahre sprechen gewiss für sich. Aber wahrscheinlich möchtest Du nichts über Arthurs militärische Strategie hören. Ich weiß nicht genau, was Du überhaupt hören möchtest, deswegen schreibe ich von etwas so Harmlosem. Viele Male habe ich mit dem Griffel ein paar Zeilen an Dich auf Wachs begonnen, ehe ich sie mit Tinte niederschreibe, nur um die Worte wieder auszulöschen und niemals die Feder auf das Holzblatt zu setzen. Jetzt jedoch soll ein Kurier nach Süden reiten, und ich muss endlich herausfinden, ob meine Worte willkommen sind.

Ich bete darum, dass Dir alles Glück beschieden ist und Du bei bester Gesundheit bist.

Dein Kurvenal

Postscriptum: Ich hoffe, Du wirst verstehen, dass die hier niedergeschriebenen Worte für Dich und nur für Dich bestimmt sind und einem aufrichtigen Herzen entspringen.

Von Brangwyn an Kurvenal: Sei gegrüßt.

Die Art und Weise, wie wir voneinander geschieden sind, wurde durch die Umstände bestimmt, nicht von meinen Gefühlen. Und ich möchte Dich daran erinnern, dass Du es warst, der vor einem letzten Zusammentreffen geflüchtet ist, nicht ich.

Es ist schön, von Dir zu hören, zu erfahren, dass Du wohlauf bist. Dein erster Brief hat sich Zeit gelassen, bis er uns hier im fernen Dyn Tagell erreicht hat, doch solange wir keine Kunde davon erhalten, dass irgendwo Krieg ausgebrochen ist, werden wir gern annehmen, dass es Dir gut geht und auch dem Rest der Getreuen, die mit Arthur ziehen. Ist es dem Dux Bellorum gelungen, seine Reihen wieder aufzufüllen, nachdem Ambrosius so viele Kämpfer mitgenommen hat? Hab keine Furcht, Du wirst mich mit militärischen Einzelheiten nicht langweilen. Du darfst nicht vergessen, meine Base und ich haben Seite an Seite mit unseren Männern gekämpft, um unseren Rath zu verteidigen.

Ich bete zu Danu, dass Du Dich bester Gesundheit erfreust und dass Dir Glück beschieden sein möge (einer der Priester auf dem Festland, der nicht so engstirnig ist, sagt, dass es ein gängiger römisch-christlicher Schluss ist, um Glück und Gesundheit zu beten, also bediene ich mich der allgemein üblichen Formel, allerdings auf meine eigene Art).

Deine Brangwyn.

Postscriptum: Yseult hat angefangen, mich die lateinische Schrift zu lehren, aber ich fürchte, ich kritzle noch wie ein Kind. Ich habe Deine Worte aus ihrem Munde vernommen und bin dankbar für ihre Aufrichtigkeit.

Von Kurvenal an Brangwyn: Sei gegrüßt.

Die Form, in der ich mich jetzt mit Dir austauschen muss, ist mir zuwider: die langen Verzögerungen, das Kratzen der Feder auf dem Birkenholz, die Entfernung. Oh, die Entfernung! Ich möchte in Deine Augen blicken und sehen, welche Wirkung meine Worte haben, anstatt auf einen Kurier zu warten, der nicht kommt.

Aber wenigstens bin ich froh, dass meine Briefe Dir nicht unwillkommen sind.

Wir ziehen jetzt wieder nach Süden. Arthur hatte nicht so viel Glück dabei, neue Kämpfer um sich zu scharen, wie es ihm lieb wäre; angesichts des Friedens von Venta halten nur wenige ein stehendes Heer oder zusätzliche Reiter für notwendig. Manchmal glaube ich, Arthur wünscht sich beinahe, es gäbe kein Abkommen mit den Stämmen von Vectis – er ist überzeugt, dass der Feind einer Gelegenheit harrt anzugreifen, die reife Frucht Britannien zu pflücken, und dass die Könige der einzelnen Reiche jetzt träge und selbstgefällig geworden sind. Doch es gibt noch immer viele, die aus eigenem freien Willen kommen, eifrig bestrebt, unter dem großen Arthur zu dienen.

Es muss seltsam sein, eine Legende zu sein, wenn man kaum dreißig Sommer gesehen hat.

Haben wir in ungefähr zwei Monaten erst einmal die anfängliche Ausbildung der neuen Rekruten abgeschlossen, werden wir in Lansyen zu Euch stoßen können. Mit ein wenig Glück sehen wir einander wieder, ehe die Blätter von den Bäumen fallen.

Dein Kurvenal

Postscriptum: Es freut mich, dass Du meine Worte bald selbst wirst lesen können. Obgleich ich mir noch immer nicht sicher bin, wie mein Werben aufgenommen werden wird, sehne ich mich danach, von Angesicht zu Angesicht mit Dir zu sprechen.

Von Brangwyn an Kurvenal: Sei gegrüßt.

Da ich von der anderen Seite stamme, weiß ich sehr wohl, dass Britannien wahrlich als erlesene Frucht gilt, die zu pflücken sich lohnt. Da ich nicht möchte, dass Dir etwas zustößt, kann ich Arthur nur in seinem Plan beipflichten, Britannien auch weiterhin allezeit gegen einen Angriff gewappnet sein zu lassen. Mein eigenes Volk neigt dazu, dieses Land als leichte Beute zu betrachten. Nur eine wehrhafte Verteidigung wird es daran hindern, auf Raubzüge auszuziehen und fortzuschleppen, was ihm gefällt.

Es fällt mir schwer zu glauben, dass ich soeben diese Worte niedergeschrieben habe, doch mein Denken ist jetzt entzweigerissen, meine Treue gespalten. Ich kenne viele gute Menschen in diesem Land, das ich einst gehasst habe, weil ich damit aufgewachsen bin, es ohne besonderen Grund zu hassen. Ja, es hat durch Coroticus Überfälle auf mein eigenes Volk gegeben, doch ich weiß sehr wohl, dass ihnen Raubzüge Crimthanns vorausgegangen waren, denen wiederum Übergriffe durch Cunedda vorausgingen und die Raubzüge von Niall. Wir werden einander weiter hassen, solange wir fortfahren, einander umzubringen, und wir werden einander weiter umbringen, solange wir fortfahren, einander zu hassen.

Doch ich werde nicht mehr davon schreiben. Ich sehne mich danach, dass der Sommer vorbeigeht und die Bäume kahl sind, wenn dies bedeutet, dass Du wieder bei uns sein wirst, wo wir von Angesicht zu Angesicht miteinander reden können, und nicht von Kurier zu Kurier. Es gibt Neuigkeiten, solche Neuigkeiten, dass ich sie der Tinte nicht anvertrauen kann.

Deine Brangwyn

Postscriptum: Du bist in meinen Gedanken, mehr aber kann ich nicht versprechen.

»Was schreibt deine Herzensdame denn?«, fragte Kurvenal beiläufig.

Drystan faltete das Birkenholzblatt wieder zusammen und lehnte den Kopf an die Wand ihres Gemachs. Kurvenal ging vor dem Bett auf und ab, auf dem Drystan halb saß, halb lag, und versuchte, nicht allzu ungeduldig zu scheinen. Der Kurier war eingetroffen, während sie mit einigen der neuen Männer im Amphitheater geübt hatten, und der Brief hatte auf Drystans Schlafstatt gelegen, als sie vor dem Abendessen in ihr Quartier zurückgekehrt waren.

Sie waren diesmal nicht im selben Haus untergebracht wie bei ihrem ersten Aufenthalt in Caer Leon, sondern in einer besseren Unterkunft: Sie lag näher beim Hauptquartier, der Raum war größer und das Haus eines ehemaligen Tribuns schöner, mit einem Atrium und einem Innenhof.

Kurvenal beäugte das dünne Holzblatt gierig; sein Hunger war vergessen. Vielleicht standen ja ein paar persönliche Worte von Brangwyn im Postscriptum, wenn Drystan sie ihm nur mitteilen würde. Vielleicht sollte er seinem Freund ja offenbaren, dass er stets noch ein paar Worte angefügt hatte, nachdem Drystan seine Nachricht diktiert hatte?

»Manchmal weiß ich nicht, wie ich das, was sie schreibt, verstehen soll«, sagte Drystan und schloss die Augen. »Arthur hat mich gedrängt, mich ihm anzuschließen, und ich nehme an, es war auch eine gute Idee, dass wir Abstand zueinander halten und die Gerüchte zur Ruhe kommen lassen.« Er öffnete die Augen wieder und sah Kurvenal an. »Aber von ihr getrennt zu sein ist so schwer. Und es wird überhaupt nicht leichter.«

Kurvenal tat sein Bestes, mitfühlende Laute von sich zu geben. Wenn Drystan ihm doch nur den Brief zeigen würde!

Sein Freund erhob sich wieder. »Ich gehe zum Abendessen ins Hauptquartier. Kommst du mit?«

Kurvenal schüttelte den Kopf. »Ich bin das Essen da allmählich leid. Ich hole mir etwas auf der Via Praetoria.«

»Bist du sicher, dass du auf etwas zu essen aus bist, mein Freund?« Drystan zwinkerte ihm zu.

Kurvenal bedachte ihn mit einem verhaltenen Lächeln, und endlich ging Drystan. Rasch löste Kurvenal die Schnur des Briefes und überflog die letzten Zeilen. *Du bist in meinen Gedanken, mehr aber kann ich nicht versprechen.* Nun, was hatte er denn erwartet? Er sollte froh sein, dass sie an ihn dachte, dass sie überhaupt auf seine Botschaften antwortete.

Er band den Brief wieder zu und verließ das Haus, wandte sich in Richtung des Flusses. Seine Lieblingsschenke in Caer Leon lag nahe an der Mauer, gegenüber den Festungsbädern.

Plötzlich ertönte ein Ruf vom Wachturm vor ihm: »Signalfeuer im Osten!« Fast im selben Moment konnte er auch den Ruf vom südlichen Wachturm hören.

Unglücklicherweise wartete der Feind nicht, bis die Soldaten zu Abend gegessen hatten.

»Was gibt es?«, erkundigte sich Kurvenal bei einem vorbeieilenden Wachtposten, als er auf die Ställe zurannte, wo sich die Reiterei im Falle eines Alarms versammeln sollte.

»Schiffe greifen Caer Gwent und Caer Teim an!«, kam die hastige Antwort.

Der Mann sprach es nicht aus, doch Kurvenal wusste Bescheid: *Erainn.*

Nach den ersten Angriffen im August begannen die erainnischen Schiffe, der Westküste heftiger zuzusetzen, als sie es seit einer Dekade getan hatten; sie nutzten die Kunde, dass Ambrosius für Anthemius in Gallien im Felde stand. Drystan hatte keine Zeit mehr für Briefe, keine Zeit, Rekruten auszubilden: Jetzt, da Geraint tot war, hatte Arthur ihm den Befehl über die dürftigen Seestreitkräfte übertragen. Die kleine Flotte war nach dem Vorbild jener gebildet worden, derer sich die Römer einst gerühmt hatten, um im Mündungsgebiet der Sabrina und entlang der Westküste zu patrouillieren. Die Kavallerietaktiken, die Arthur so hervorragend beherrschte, nützten gegen Überraschungsangriffe vom Meer her nicht viel. Seine berittenen Streitkräfte waren beweglich und schnell, doch die erainnischen Seeräuber hatten kein Interesse daran, sich dem Kampf zu stellen: Sie schlugen zu, stahlen, was sie haben wollten, und machten sich davon.

Drystan konnte nur hoffen, dass sein Vater Yseult nach Lansyen ins Landesinnere geschickt hatte. Vielleicht sollte er sich das nicht wünschen. Wenn sie gefangen genommen wurde, würde man sie gewiss ihrer Familie zurückgeben.

Gemeinsam hatten die Könige Dumnonias eigene Patrouillen zusammengestellt, doch viele von ihnen waren nicht glücklich darüber, dass Marcus' Friedensschluss mit Eriu ihnen nichts nützte. Drystan ertappte sich dabei, dass er insgeheim hoffte, dies würde die Unterstützung für seinen Vater schwächen. Dumnonia erkannte den Hochkönig nur zögernd an, doch wenn Marcus kein brauchbarer Ersatz für seinen Schwager Ambrosius war, würde es vielleicht nie zur offenen Rebellion kommen.

Es überraschte Drystan nicht zu erfahren, dass Arthur dies ganz ähnlich sah. Sie waren gerade unterwegs zu den Kais, um drei neue Schiffe in Augenschein zu nehmen – geschickt von Triffyn mac Aed Brosc, dem »erainnischen« König von Demetia. Abstammung war nicht alles, wenn Seeräuber die eigene Küste unsicher machten, Seeräuber, die die Grenzen zwischen erainnischen und bretainischen Königreichen nicht immer respektierten. Ein gemeinsamer Feind, eine gemeinsame Bedrohung ließ die Königreiche des Westens jetzt enger zusammenrücken, so wie es früher bei den Königen des Nordens und des Südens gewesen war.

»König Gwythyr von Celliwig hat sich bereit erklärt, auch bei den Patrouillen in der Sabrinamündung zu helfen«, berichtete Arthur.

Drystan nickte. »Noch ein König, der erkennt, dass Gemeinschaft mit anderen Sicherheit bietet.«

Arthur warf ihm von der Seite her einen raschen Blick zu. »Und sich nicht ausschließlich auf die Macht Dumnonias verlässt.«

»Das sollte er auch nicht tun.«

»Dann steht Ihr also zu uns, Vetter? Voll und ganz?«

»Ich stehe zu Euch, Vetter. Obwohl ich es Euch nicht verdenken könnte, wenn Ihr an mir zweifeltet.«

Triffyns Sohn Aircol erwartete sie auf dem Kai – er hatte sich freiwillig gemeldet, dabei zu helfen, die Flotte für die Kundschafterfahrten entlang der Westküste bereit zu machen. Aircol war hochgewachsen und schlank, ohne dabei zart zu sein, und er hatte die helle Haut und das helle Haar jener vom Blut der Feadh Ree.

Und natürlich erinnerte er Drystan an Yseult. Anscheinend erinnerte ihn alles an Yseult. Selbst der Versuch, nicht an sie zu denken, bedeutete unweigerlich, dass er *doch* an sie dachte.

Drystan begutachtete die Schiffe, die am Kai vertäut waren. Er hatte hauptsächlich mit Handelsschiffen zu tun gehabt, bis er nach Dumnonia zurückgekehrt war; seither jedoch hatte er auch Erfahrung mit Galeeren und kleineren Kriegsschiffen gesammelt. Diese hier ähnelten von der Bauweise her den römischen Galeeren, mit einem mit Bronze verstärkten Rammsporn und einer Laufplanke, um feindliche Schiffe zu entern, doch sie hatten, genau wie viele erainnische Schiffe, zwei Segel anstelle von einem, was sie schneller und manövrierfähiger machte. Die Geschwindigkeit eines Kriegsschiffes rührte in erster Linie von den Männern an den Rudern her, und der größte Teil dessen, was Drystan jetzt an Ausbildung leistete, bestand darin, Fußsoldaten in Seeleute zu verwandeln.

»Wir brauchen noch Kapitäne für die neuen Schiffe«, meinte Arthur, während er mit in die Hüften gestemmten Händen die Schiffe musterte.

»Habt Ihr schon etwas von Cerdic gehört?«, fragte Drystan. Die grünen Sommerhügel erhoben sich hinter den Ufern des Usk, ein täuschend friedliches Bild.

»Ich wollte Schiffe von ihm, keine Schiffsführer«, brummte Arthur. »Aber Ihr habt Recht, seine Männer haben Erfahrung darin, die Südküste zu überwachen.«

»Cuneddas Söhne sind auch erfahrene Seeleute«, gab Aircol zu bedenken. Die Aussprache des »erainnischen« Prinzen war britannischer als Drystans eigene.

Die drei Männer machten kehrt, um entlang des Flussufers zu den Stadtmauern zurückzugehen. »Ich habe einen Boten zu ihnen geschickt«, meinte Arthur. »Sie haben ihm gesagt, sie können keine Männer entbehren.«

Drystan verbiss sich einen Seufzer. »Wir müssen ein besseres Meldenetz entlang der Küste einrichten.«

Aircol nickte. »Wir haben nicht genug Männer oder Schiffe, um überall zu sein.«

»Wenigstens sind die Nachrichten aus Gallien gut«, bemerkte Arthur. »Man hat mir berichtet, dass Ambrosius entlang des Liger nach Osten bis nach Turonum vorgestoßen ist und die Stadt zurückerobert hat. Wahrscheinlich überwintern sie dort.«

Aircol sprach aus, was Drystan nicht wagte. »Es wäre noch besser, wenn wir diese Soldaten hier hätten.«

Arthurs Streitkräften erging es in diesem neuen Krieg gegen die Laigin nicht gut, doch es erging ihnen auch nicht schlecht. Manchmal gelang es den süderainnischen Stämmen, Sklaven, Geiseln und Reichtümer aus einer bedeutenden Stadt oder einem Königssitz zu erbeuten, ebenso oft jedoch wurden sie mit schweren Verlusten zurückgeschlagen, und mehr als einmal versenkten die britannischen Kriegsschiffe eines der ihren oder kaperten es auf See oder am Ufer. Forderungen der erainnischen Könige nach Tribut trafen ein, doch so schlecht stand es für die britannischen Könige des Westens noch nicht.

Drystan war geneigt, den milden Herbst und das schöne Wetter zu verfluchen, weil sich dadurch die Zeit der Kämpfe bis weit in den Oktober hinein verlängerte. Die Erainn sollten eigentlich zu Hause sein und die letzte Ernte vor Samhain einfahren, wenn alles, was noch an den Bäumen und auf dem Acker geblieben war, den Göttern verfiel, doch es hatte den Anschein, als seien sie fest entschlossen, noch einen letzten entscheidenden Sieg zu erringen, ehe die See zu rau zum Übersetzen wurde.

Dann kam die Nachricht, dass eine Königstochter geraubt worden war: Ginevra, die Tochter Gwythyrs, eines der sieben Könige von Dumnonia.

Unmittelbar danach trafen noch schlimmere Neuigkeiten ein: Die Erainn belagerten die Festung von Caer Leon.

Als ihn diese Kunde erreichte, hatte Drystan gerade im Hafen von Moridunum in Demetia angelegt, den Aircol als einen der wichtigsten Stützpunkte der Flotte ausgewählt hatte. Mehr Schiffe als gewöhnlich lagen im Hafen, doch Drystan dachte sich nichts dabei, bis er den Sohn des Königs persönlich die Landungsbrücke entlangschreiten sah, ihrem Schiff entgegen.

»Gut, dass Ihr schon da seid, Drystan«, sagte Aircol ohne weitere einleitende Worte, als sie von Bord gingen. Das Wetter schlug endlich um, und ein stetiger Nieselregen überzog die

Schiffe und den Kai mit Nässe. Drystan und seine Männer sehnten sich alle nach trockenen Kleidern und einem Dach über dem Kopf.

»Es gibt schlechte Neuigkeiten«, fuhr Aircol fort. »Während Arthur einen Angriff auf Glevum zurückgeschlagen hat, haben erainnische Krieger versucht, Caer Leon einzunehmen. Nach dem, was wir als Letztes gehört haben, hatten sie keinen Erfolg, aber sie haben die Festung eingekesselt.«

Drystan nickte knapp; Regen und Ungemach waren vergessen. Caer Leon war einer ihrer wichtigsten Stützpunkte. »Irgendwelche Pläne, wie wir sie zurückdrängen sollen?«

Aircol schüttelte den Kopf. »Ich habe einen Kurier zu Arthur geschickt, aber noch habe ich keine Antwort.«

Gemeinsam wandten sie sich der Festung zu. »Arthur weiß es wahrscheinlich schon. Glevum liegt näher an Caer Leon.«

Aircol holte tief Luft und wischte sich den Regen aus den Augen. »Ich fürchte, es könnte vielleicht eine Falle für ihn sein.«

Drystan blieb stehen und packte den anderen am Arm. »Habt Ihr irgendeinen Grund anzunehmen, dass es so sein könnte?«

»Nein, aber der Zeitpunkt war einfach zu gut gewählt. Der Angriff gegen Glevum könnte durchaus geplant gewesen sein, um ihn wegzulocken.«

Er konnte nur hoffen, das Aircol sich irrte oder dass Arthur zu klug war, um in eine solche Falle zu tappen, wenn es denn eine war. »Das stimmt. Und es sieht den Erainn gar nicht ähnlich, so zu kämpfen. Normalerweise schlagen sie zu, ziehen sich gleich wieder zurück und nehmen alles an Reichtümern mit, was sie finden können.«

Aircol bedachte ihn mit einem freudlosen Lächeln. »Ihr dürft nicht vergessen, ich wäre nicht hier, wenn die Erainn nur auf diese Art und Weise kämpfen würden. Und das ist es zum Teil auch, was mich beunruhigt. Meine eigenen Vorfahren haben dieselbe Taktik angewandt, als sie Demetia erobert haben: ständige Überfälle, um die Verteidiger zu schwächen und die Bevölkerung zu verunsichern, und dann eine geballte Anstrengung, um die wichtigsten Orte einzunehmen. Die Region war schwach, und die Gelegenheit war günstig. Aber ich denke, die Erainn haben unserer Stärke unterschätzt, jetzt, wo Ambrosius in Gallien ist.«

Drystan schwieg einen Moment. »Wir sind in der Tat geschwächt, wenn uns so viele gut ausgebildete Soldaten fehlen.«

»Nicht so geschwächt, wie sie glauben«, erwiderte Aircol zornig.

Drystan blickte zu den Landungsbrücken des Hafens zurück, zählte die Schiffe. »Sechs Galeeren und zwei Handelschiffe sind jetzt hier. Und Kurvenal sollte noch vor dem Abend mit seiner Patrouille eintreffen. Wie viele Männer können wir damit transportieren, was glaubt Ihr?«

»Wahrscheinlich mehr, als wir hier in Moridunum haben.«

»Gut. Wir nehmen unterwegs noch Verstärkung an Bord. Aber zuerst müssen wir einen Kurier zu Arthur schicken, um ihm zu sagen, was wir argwöhnen und was wir vorhaben.«

Es war Nacht, und es regnete. Drystan, Kurvenal und Aircol kauerten unter dem steinernen Torbogen eines der Eingänge des alten römischen Amphitheaters von Caer Leon. Sie stützten sich auf ihre Speere, während sie zu der Festung hinüberblickten, wo jetzt die Erainn patrouillierten. Gelegentlich tauchte das Licht einer Lampe auf und verschwand dann flackernd wieder.

Drystan zog seinen Umhang am Hals enger zusammen. »Sollte nicht ungefähr jetzt eigentlich Samhain sein?«, fragte er.

Der Prinz von Demetia warf ihm einen kurzen Blick zu, als hätte er den Verstand verloren. »Samhain? Nur Heiden feiern Samhain.«

Zum Beispiel die Frau von den Feadh Ree, an die Ihr mich erinnert.

»Wir in Demetia sind Christen«, fuhr Aircol fort. »Unsere Vorfahren haben dergleichen hinter sich gelassen, als sie Eriu verlassen haben.«

Drystan schaute wieder auf die Mauer aus Wasser zwischen ihm und seinem gelegentlichen Zuhause, das jetzt voll von seinen gelegentlichen Feinden war. Er bezweifelte, dass dieser Abschied so leicht gewesen war. Schließlich war es Aircols Urgroßvater gewesen, Niall der Neun Geiseln, der die wichtigsten Orte auf der Halbinsel westlich von ihnen eingenommen hatte, nachdem die römischen Legionen Britannien verlassen hatten. Und Aircol trug noch immer einen Torques, so wie die Hochgeborenen in Eriu.

So wie Yseult.

Unglücklicherweise hatte Drystan mehr als genug Zeit, an die Frau seines Vaters zu denken. Die Schlacht um Caer Leon verlief so, wie die Schlachten den ganzen Sommer lang verlaufen waren: Es gab keine Sieger, nur Verlierer, und sie dauerte viel zu lange.

Vielleicht das einzig Gute war, dass Arthur nicht in die Falle gegangen war. Ein Gemenge aus ihren Warnungen, dem Geschick seiner Kundschafter und Arthurs eigener angeborener Vorsicht hatte ihn einem Hinterhalt auf der Straße von Glevum nach Caer Leon entgehen lassen. Nachdem er seine Streitmacht mit der von Kilwhch vereinigt hatte, war Arthur im weiten Bogen zurückgeritten, um diejenigen, die ihm hatten auflauern wollen, zu überrumpeln und sie samt und sonders niederzumachen oder gefangen zu nehmen.

Mit der von Drystan und Aircol angeführten Flotte hatten sie vom Fluss aus den Kai von Caer Leon zurückerobert. Als Arthurs Neffe Owain mit einer Kriegerschar aus Glevum eintraf, waren die Belagerer gezwungen gewesen, ihre Stellungen im Norden und im Westen der Festung aufzugeben. Doch während die Verteidiger, die sich innerhalb der Mauern befunden hatten, aus der Stadt Caer Leon im Norden hinausgeströmt waren, waren die Erainn im Süden hineingeströmt und saßen jetzt sicher hinter meisterhaft errichtetem römischen Mauerwerk, gebaut, um standzuhalten.

Irgendwie hatten sie nicht alle Möglichkeiten eingeplant.

Jetzt saßen also die Erainn dort drin, und die Britannier belagerten ihre eigene Festung. Drystan hatte das deutliche Gefühl, das alles schon einmal erlebt zu haben.

Kurvenal verlieh seinen Gedanken Ausdruck. »Genau wie in Portus Adurni.«

»Nur dass das Wetter schlechter ist.«

Kurvenal gluckste.

Drystan seufzte. »In Zeiten wie diesen vermisse ich all die Männer, die Ambrosius nach Gallien mitgenommen hat, wirklich von Herzen.«

»Ich glaube, das hast du schon einmal gesagt, mein Freund.«

Er wollte dem Hochkönig gegenüber nicht treulos sein, doch es fiel ihm schwer zu begreifen, dass die Rettung der Romanitas in Gallien das Risiko wert gewesen sein sollte, einen unsicheren Frieden auf heimatlichem Boden zu gefährden. Hätte irgendjemand ihn gefragt, wie viel dieser Friedensschluss seines Vaters wert war, er hätte es mit Freuden gesagt. Doch das hatte niemand getan.

Und jetzt standen sie hier draußen, während die Erainn dort drinnen waren.

»Ich verstehe nicht, wieso Arthur uns nicht angreifen lässt«, murrte Aircol und wandte sich ungeduldig von der trostlosen Regenwand ab.

Drystan sah ihn lange an. »Zuerst müssen wir uns überlegen, wie wir die restlichen Zivilisten da herausholen.«

Der demetianische Prinz spuckte aus. »Da ist doch nur noch ein Haufen Huren drin.«

Kurvenal und Drystan wechselten rasche Blicke und antworteten einen Augenblick lang nicht. »Vielleicht solltest du diese Meinung Arthur gegenüber mit etwas Bedacht äußern«, meinte Kurvenal leise. »Ich glaube, eine von den ›Huren‹, die noch dort drin sind, ist seine Geliebte Indeg. Und sein Sohn Anir ist bei ihr.«

Aircol wandte sich ab. »Das wusste ich nicht.«

Die Plane vor dem Eingang des an der Mauer des Amphitheaters errichteten Unterstandes wurde zurückgeschlagen, und Arthur kam mit Cai und Bedwyr im Schlepptau herein. Im flackernden Fackellicht waren die Augen des jungen Heerführers dunkel umschattet.

»Vetter, wie gut beherrscht Ihr die Mundart der Erainn?«, erkundigte sich Arthur.

Drystan richtete sich auf und lehnte seinen Speer gegen die Mauer hinter ihm. »Ich spreche und verstehe sie recht gut, aber das tun die meisten anderen hier auch. Was meint Ihr damit?«

»Könnt Ihr Euch nötigenfalls als Erainn ausgeben?«

»Ich weiß es nicht. Auf meiner Flucht aus Ard Ladrann bin ich manchmal für einen Erainn gehalten worden, noch öfter aber für einen Aremoricer.«

Arthur blieb im Eingang des Amphitheaters stehen. »Wenn Ihr mehr zustande bringt als das, haben wir vielleicht eine Möglichkeit, diese Belagerung schneller zu beenden. Bedwyr hat vor Kurzem Reparaturarbeiten überall in der Stadt beaufsichtigt, und er hatte Gelegenheit, die Hypokauste der Bäder sowohl innerhalb wie auch außerhalb der Festungswälle zu begutachten.«

Bedwyr nickte. »Ich denke, wir könnten einen Tunnel zwischen den beiden graben und durchbrechen. Wenn wir hineinkommen, könnten wir mehr ausrichten, wenn wir jemanden bei uns haben, der als Erainn durchgehen kann.«

»Wenn es nur um kurze Begegnungen geht, bin ich ziemlich sicher, dass ich das schaffe.« Mit einer Geste deutete Drystan auf das Durcheinander aus römischen und britannischen Kleidungsstücken und Rüstungsteilen, mit denen er angetan war, auf sein Lederwams und das Kettenhemd. »Aber ich werde etwas zum Anziehen brauchen, was einem erainnischen Krieger mehr entspricht.«

Arthur sah Cai an. »Ich nehme doch an, wir finden dergleichen bei den Männern, die wir ergriffen haben?«

Cai nickte. »Ich glaube, ich kann einen Harnisch aus gehärtetem Leder auftreiben und einen gepanzerten Helm, der dem Aremoricer passt.«

Sein Vetter war sichtlich erleichtert, als er sich wieder an Drystan wandte. Dieser konnte es sich kaum vorstellen, wie es sein mochte, eine Frau, mit der man das Bett teilte, und das Kind, dass sie miteinander gezeugt hatten, hinter den feindlichen Linien zu wissen. Er konnte nur froh sein, dass er damals nichts davon geahnt hatte, als Yseult Lóegaires Gefangene gewesen war.

»Gut«, entschied Arthur. »Es sollte nicht schwer sein, die äußeren Bäder in die Hand zu bekommen, und dann können wir eine Mannschaft ans Werk schicken. Wenn sie mit dem Tunnel weit genug sind, können wir die südöstliche Festungsecke angreifen, wo die Kasernen sind, um für Ablenkung zu sorgen. Der Trupp, der dich begleitet, Drystan, wird versuchen müssen, sich bis zu den südlichen Toren durchzuschlagen und sie für die Männer zu öffnen, die draußen sind.«

Drystan lächelte bei der vertrauten Anrede in sich hinein. Er machte sich nicht die Mühe, zu bedenken zu geben, dass die nördlichen Tore vielleicht eine praktischere Lösung wären, da sie weniger weit von den Bädern im Innern der Festung entfernt waren. Die Südtore waren näher bei den ehemaligen Kasernen, die von den Frauen in Beschlag genommen worden waren, welche das Gewerbe betrieben, das bei Soldaten am meisten gefragt war.

Und dort wohnten auch Indeg und Anir.

20

Dann rollte auf ihn ein des Kampfes tobende Flut,
Horden stürmten blindlings; Hiebe und Blut
prasselten wie Hagel und Wasser, vergebens legte
der ganze Krieg sich um ihn; stets seines Breit-
schwerts Schein
blitzte an des Todes Front, stets wie in Traumes Sein
focht er und tötete und wusste nicht, wen er zu Boden
streckte …

Paul Hamilton Hayne, *Tristram vom Walde*

Die erste Herausforderung bestand darin, die äußeren Bäder zu erreichen, die dicht an der östlichen Festungsmauer lagen. Drystan und die anderen kamen noch in derselben Nacht vom Fluss her und nutzten den Schutz der Dunkelheit und ihrer Schilde, um sich vor den Wachtposten der Erainn zu verbergen, die auf der Mauer patrouillierten. Niemand bemerkte sie.

Im Badehaus suchten sie sich mit Fackeln und Laternen den Weg in das unterirdische Heizwerk; Bedwyr führte sie durch das steinerne Labyrinth auf die Festungsmauer zu. Nur allzu bald sah es so aus, als müssten sie eine Mauer einreißen und mit dem Graben beginnen. Bald schmerzten Drystans Arme, und Wasser sickerte in seine Schuhe.

»Wir sind nicht so dicht an den Festungsbädern, wie ich gehofft hatte«, bemerkte Bedwyr hinter ihm. »Warum ruhst du dich nicht ein wenig aus und lässt Gormant weitermachen?«

Drystan war gern bereit, genau das zu tun.

Das Graben dauerte fast eine ganze Woche, und Arthur wurde jeden Tag reizbarer. In der Zwischenzeit hatten die Männer begonnen, ein Katapult römischer Art zu bauen, das auf der Westseite der Festung errichtet wurde, von den Mauern aus in Sichtweite, aber zu weit entfernt, als dass Pfeile es hätten erreichen können. Aus Kriegern waren Zimmerleute geworden, die Bäume fällten, frisches nicht abgelagertes Holz spalteten, Bretter zurechtsägten und mit Bohrer und Meißel aneinanderfügten. Die gelernten Zimmerleute in ihren Reihen waren für einige Zeit zu ihren Anführern geworden, während andere wie Maulwürfe einen Tunnel unter der Erde gruben und hofften, blindlings das Ziel zu treffen. Da die Entfernung größer war, als Bedwyr anfänglich gedacht hatte, mussten sie den Tunnel beim Graben abstützen, damit er nicht über ihnen einstürzen und sie in einem schlammigen Grab ersticken würde. Der Regen hatte aufgehört, doch das Erdreich war noch immer feucht. Das erleichterte zwar das Graben, vergrößerte jedoch auch die Gefahr.

Am Ende eines jeden Tages kam es Drystan vor, als würde er nie wieder sauber werden. Der Geruch nach Schlamm und Dreck erfüllte jede wache Stunde; Drystan fühlte ihn zwischen den Fingern, und er sickerte in seine Kleider. Die Finsternis seiner Tage wurde kaum durch die Lampen erhellt, die sie bei sich hatten. Wenn er im Innenhof des Badehauses aus dem Boden kroch, war die Nacht heller als seine Tage.

Zimmerleute und Tischler waren auch unter jenen die Anführer, die an dem Tunnel arbeiteten; sie waren diejenigen, die die Streben anfertigten, um zu verhindern, dass der Tunnel einstürzte und sie bei der Arbeit begrub. Der Tunnel brauchte nicht groß zu sein – zuerst musste nur Drystan hindurchkriechen. Allerdings musste er lange genug halten, um noch mehr Männer durchzulassen; laut ihrem Plan würden die Männer, die zum Graben in den äußeren Bädern eingeteilt waren, ebenfalls versuchen, sich durch den Geheimgang Zugang zur Festung zu verschaffen und innerhalb der Mauern von Caer Leon eine weitere Front gegen die Erainn bilden, sobald Drystan das Zeichen gegeben hatte, dass das Südtor frei war.

Am sechsten Tag hatte Drystan so viel Matsch und Schmutz gesehen, dass sein Blick auf die Welt ebenso finster und behelfsmäßig und trügerisch war wie die Wände aus Erde um ihn herum. Er hatte jeden Tag nur ein paar Minuten lang das Sonnenlicht erblickt, und mit jedem Spaten Dreck, mit dem sie sich voranwühlten, schien es ihm klarer zu sein, dass sie die Hypokauste der Festung niemals erreichen würden.

Und dann war plötzlich das Geräusch von Metall auf Stein zu vernehmen.

Auf Knien im Schlamm, wechselten er und Bedwyr im flackernden Licht der Lampe einen Blick. Bedwyr nickte grinsend. »Versuchen wir's.«

Gemeinsam kratzten und scharrten sie das Erdreich fort und legten eine Steinmauer frei.

Drystan stieß einen Seufzer der Erleichterung aus. »Die Hypokauste.«

Sie hatten die Mauer erreicht, doch jetzt mussten sie ein Loch hineinbrechen, ohne dass das unterirdische Heizröhrensystem am Ende ihres Tunnels zusammenstürzte.

Diejenigen, die gegraben hatten, krochen wieder nach draußen, und Bedwyr schickte nach Gethin, einem der Baumeister in ihren Reihen. Endlich hatte Drystan Zeit, sich von Kopf bis Fuß zu waschen und zur Abwechslung einmal etwas anderes als Erdreich zu betrachten.

Er blinzelte, als er in den Sonnenschein auf dem Hof der äußeren Bäder hinaustrat. Es war ein Novembertag – doch die Sonne kam ihm heller vor als an jedem anderen Tag, den er jemals erblickt hatte.

Kurvenal stand an der Pumpe dicht bei einer der Mauern, und Drystan ging zu ihm.

»Endlich«, bemerkte sein Freund und schöpfte sich Wasser über die nackte Brust und die bloßen Arme.

Drystan nickte. Er zerrte sich das Hemd über den Kopf und streifte die Hose ab. »Ich hatte allmählich schon das Gefühl, ich würde für den Rest meines Lebens im Schlamm kriechen.«

Kurvenal schnitt eine Grimasse. »Heute Nacht wirst du wieder darin kriechen müssen.«

Drystan rieb seine Arme unter dem Wasserstrahl. »Was bist du bloß für ein Freund?«

Kurvenal packte ihn am Nacken und hielt ihm den Kopf unter die Pumpe. »Der allerbeste!«

»Psst!«, mahnte Ruan und trat zu ihnen. »Wir sollen doch keine Aufmerksamkeit erregen, schon vergessen?«

Drystan und Kurvenal grinsten sich an und wuschen sich schweigend weiter.

Nur allzu bald musste Drystan wieder in das klamme Loch hinuntersteigen; in einer Satteltasche über der Schulter trug er einen frischen Satz Kleidung, die einem gefangenen Erainnkrieger abgenommen worden war. Wie er vermutet hatte, hatten die Erainn, die die Festung erobert hatten, nicht gewusst, wie sie die Hypokauste in Gang halten sollten. Obgleich die Wände noch etwas gespeicherte Hitze abstrahlten, bestand für Drystan keinerlei Gefahr durch Dampf aus dem Kessel.

Zuerst warf er seine Tasche und die erainnischen Waffen durch das Loch in der Mauer und zwängte sich dann selbst hindurch. Finsternis umgab ihn.

Kurvenal reichte eine brennende Kerze durch das Loch. »Viel Glück, Drystan!«

»Danke.«

Er klemmte die Kerze zwischen zwei Steine am Boden der Hypokauste und zog die erainnischen Kleider an. Als Nächstes musste er herausfinden, wie er unter den Bädern hervor in die Stadt gelangen sollte. Um den Weg hinaus zu finden, machte er sich auf die Suche nach dem Heizkessel. Das Caldarium lag den Mauern der Garnison am nächsten, also würde es nicht weit sein. Bedwyr hatte ihm Pläne gezeigt, und mit der auswendig gelernten Karte im Kopf fand er es bald und damit auch die Treppe, die hinaufführte.

Als er aus dem unterirdischen Heizwerk hervorkam, konnte er den Lärm eines Angriffs hören: Warnschreie, rennende Füße, Hilferufe. Arthur musste die nächtliche Attacke mit dem Katapult im Westen begonnen haben, was bedeutete, dass alles nach Plan verlief.

Er trat auf die Via Praetoria hinaus, in eine Szenerie des Aufruhrs: Überall rannten erainnische Soldaten auf die nordwestlich gelegene Mauer zu, brüllten Befehle und Fragen, schulterten Waffen und Schilde und gürteten im Laufen Rüstungen oder Harnische aus gehärtetem Leder.

»Das Ungeheuer greift an!«, schrie einer der Krieger ihm im Vorbeihasten zu. Drystan nickte und schloss sich der Menge an, die durch die nächtlichen Straßen hetzte.

Ehe er die Via Principalis erreichte, duckte er sich und tauchte in den Säulengang eines der Offiziershäuser.

»Psst!«

Drystan fuhr herum, die Hand am Heft des Erainnschwertes an seiner Hüfte.

»Hier entlang«, wisperte ihm eine Frauenstimme aus den Schatten des Atriums zu. Drystan zögerte nur kurz – obgleich es durchaus einige Kriegerinnen in den erainnischen Streitkräften geben mochte, war es doch unwahrscheinlich, dass sie in den Schatten lauern würden. Und der Dialekt war britannisch.

Er folgte der Stimme.

Als er in einen trüb erleuchteten Innenhof trat, glaubte er, eine Dirne zu erkennen, deren Reizen Cai gern zu erliegen pflegte, doch er konnte sich nicht mehr an ihren Namen erinnern.

»Ich bin Talwyn aus Caer Leon«, flüsterte sie.

»Und ich bin Drystan aus Dumnonia.«

In dem schwachen Licht konnte er ihr Lächeln sehen. »Ja, ich weiß. Der Prinz, der keinen Geschmack an Huren findet.«

Drystan blinzelte. Es war ihm nicht in den Sinn gekommen, dass er unter den Frauen von Caer Leon dafür bekannt werden könnte, dass er sie *nicht* aufsuchte. »Ich muss zum Südtor«, raunte er. »Kannst du mir helfen?«

Sie nickte und führte ihn durch die Villa in die nächste Gasse. Dieser Vorgang wiederholte sich, bis sie das südliche Tor am Ende der Via Principalis erreichten.

»Ich danke dir«, sagte Drystan.

Talwyn schlang seinen Zopf um ihre Faust und zog ihn zu sich heran, um ihm einen raschen Kuss auf die Wange zu drücken. »Ich werde Euch nicht bitten, mich zu besuchen. Es reicht, wenn Ihr uns rettet.«

Mit einem fröhlichen Grinsen verschwand sie in den Schatten.

Allein, wandte Drystan sich dem Festungstor zu. Jetzt zu den Wachtposten.

Er beobachtete das Tor einen Moment, um sich einen Überblick darüber zu verschaffen, was auf ihn zukam. Es hatte den Anschein, als würde er sich nur mit zwei Männern befassen müssen; der Rest war gewiss zur Schlacht an der Westmauer geeilt. Drystan wartete im Schatten, bis der Mann, der ihm am nächsten war, ihm den Rücken zuwandte. Es war unehrenhaft, doch sie befanden sich im Krieg, und es galt, Talwyn und Indeg und die anderen zu retten. Mit einer geschmeidigen Bewegung überwand er den Abstand, der sie trennte, und stieß dem Wachtposten das Schwert in den Rücken.

Beim Ächzen und Todesröcheln des Mannes fuhr die zweite Wache herum. Im Licht der Fackeln über dem Eingang erblickte Drystan ein Paar weit auseinanderliegende blaue Augen, das er einst gekannt hatte.

Ronan.

»Tandrys«, sagte der andere; in seiner Stimme lag keinerlei Überraschung. Er hatte sein Schwert bereits aus der Scheide gezogen.

Drystan dachte daran, wie er zu Imbolc hinter dem Pflug hergejagt war, mit dem Lachen dieses Mannes in seinen Ohren. »Wirst du das Tor öffnen, Ronan?«

Ronan schüttelte den Kopf. »Bretain in der Festung!«, brüllte er aus vollem Hals, während er auf Drystan losging. Dieser parierte den Hieb, doch die Wucht des Ansturms warf ihn fast um. Er war nur froh, dass der Tumult auf der Nordwestmauer wahrscheinlich verhindern würde, dass jemand Ronan zu Hilfe kam.

Sie kämpften erbittert, Stahl gegen hölzernen Schild, Stahl gegen Klinge. Beide waren einander zu ebenbürtig, als dass das Duell rasch hätte enden können. Für jeden Streich, den Ronan parierte, führte er seinerseits einen Hieb, den Drystan abwehren musste. Drystans Schultern begannen zu schmerzen. In der

Ferne konnten sie die Schreie der Verwundeten und Sterbenden hören, während der Himmel heller wurde und der Geruch von Rauch zu ihnen herübertrieb, dorthin, wo sie ihren Tanz des Todes aufführten. Drystan gab sich Mühe, sich durch seine Überraschung nicht ablenken zu lassen – hatte Arthur etwa befohlen, seine eigene Festung in Brand zu stecken?

Der Rauchgeruch wurde stärker und der Himmel fast so hell wie die Morgendämmerung, während das Knistern von Westen her allmählich die Schreie und das Klirren von Stahl zu übertönen begann. Anscheinend standen die hölzernen Kasernen in der Westecke der Festung in Flammen und erhellten die Nacht mit Krieg und Tod. Wenn sie die Erainn nicht bald bezwangen und die Brände löschten, würde das Feuer auf die Getreidespeicher übergreifen, und ihre Wintervorräte wären dahin.

Drystan verdoppelte seine Anstrengungen, während der Schweiß ihm in den Augen brannte. Der Mann auf der anderen Seite seiner Klinge war kein früherer Freund, er war das, was zwischen ihm und seinen Kampfgefährten stand. Ihm wurde klar, dass er nach einer Möglichkeit gesucht hatte, Ronan kampfunfähig zu machen, ohne ihn zu töten, doch wer konnte sagen, wie viele andere Leben er dabei opferte?

Endlich sah er eine Gelegenheit, und er stieß Ronan das aufwärtsgerichtete Schwert seitlich in den ungeschützten Teil des Halses. Die blauen Augen wurden riesengroß, doch der Erainnkrieger hatte keine Stimme mehr für letzte Worte.

Mit einem Ruck riss Drystan die Waffe aus der Wunde, und Ronan stürzte vor seinen Füßen zu Boden. Zum Trauern war keine Zeit. Er schob den Riegel hoch, der die inneren Torflügel verschloss, und stieß sie auf.

»Ich bin durch!«, brüllte er und begann, an der Kette zu zerren, um das äußere Fallgatter zu öffnen. Soldaten im Amphitheater hatten auf ein solches Signal gewartet und strömten hervor, ein Meer von Schilden über den Köpfen. Endlich bemerkte eine erainnische Wache, die noch auf der Mauer auf Posten war, was dort vorging, und versuchte, Alarm zu schlagen, doch dem Mann war dabei ebenso wenig Glück beschieden wie Ronan.

Sobald Drystan das schwere Fallgatter ganz hochgezogen hatte, fluteten britannische Krieger in ihre eigene Festung zurück. Drystan lehnte sich gegen die Mauer der Garnison und atmete tief durch, nutzte die Gelegenheit, wieder zu Kräften zu kommen, ehe er sich in den Kampf stürzte. Er blutete aus oberflächlichen Wunden an einem Dutzend verschiedener Stellen, und zu seinen Füßen lag Ronan, die Augen in der rauchgeschwängerten Nacht weit aufgerissen.

Es war nicht immer gut, seinen Feind zu kennen.

Die Kämpfe dauerten die gesamte Nacht über an, während die Soldaten einer ganzen Zenturie vollauf damit beschäftigt waren, die Brände zu löschen, die sie selbst gelegt hatten. Als der Morgen über den Hügeln auf der anderen Seite des Flusses heraufzudämmern begann, war der Anführer der erainnischen Truppen, ein Mann namens Illann, gefangen genommen worden.

Kurz darauf begann Schnee zu fallen und überzog die schwelenden Kasernengebäude mit einer feinen, weißen Schicht aus schützender Feuchtigkeit.

Drystan begleitete Arthur, während dieser nach Indeg und Anir suchte, die Hände dicht am Körper zu verkrampften Fäusten geballt.

»Arthur!«

Drystan konnte das erleichterte Aufseufzen seines Vetters hören, ehe er die braunhaarige Schönheit in seinen Armen auffing. »Ist Anir etwas passiert?«

Indeg schüttelte den Kopf, Tränen rannen ihr übers Gesicht.

Jetzt konnte Arthur sich wieder seinen Pflichten zuwenden.

Sie würden die gefangenen Erainnkrieger gegen Geiseln und Lösegeld austauschen, doch da jetzt der Winter einsetzte, würde man damit warten müssen, Botschaften übers Meer zu senden. Gwythyr konnte es kaum erwarten, die Gefangenen auszutauschen und seine Tochter zurückzubekommen, doch selbst ihm war klar, dass Ginevra auf dem winterlichen Meer wahrscheinlich in größerer Gefahr wäre als in den Händen der Erainn.

Drystan wiederum konnte es kaum erwarten, über die Weihnachtsfeiertage zu Yseult zurückzukehren, doch Arthur erlaubte es nicht. Drystan hatte am meisten Erfahrung mit den Erainn und beherrschte ihren Dialekt am besten – er sollte in Caer Leon bleiben, bis die See wieder ruhiger war und man Verbindung mit den Laigin aufnehmen konnte.

Und das hieß, dass er Yseult bis zum Frühling nicht wiedersehen würde.

An einem kalten Tag im Februar, als der Schnee den Erdboden mit einer dicken Schicht bedeckte und der Usk zugefroren war, erwachte Drystan aus einem Albtraum; Krämpfe schüttelten seinen ganzen Körper. Yseult rief nach ihm, er konnte ihre Stimme hören, ihren tiefen Klang, die schmerzliche Spannung darin. Er musste zu ihr, er wusste es.

Es war nicht nur ein Traum, dessen war er sich sicher. Er konnte die Wandteppiche in der Halle von Lansyen sehen, sah sie durch Yseults Augen, einen Teil ihres Kerkers, fremd und verhasst. Yseult hatte sich ihrer Gabe des Rufes bedient, um ihn zu erreichen. Ihr war etwas zugestoßen, und sie wollte, dass er bei ihr war.

Er musste mit Arthur sprechen.

Nachdem er ein hastiges Frühstück aus Brot und getrockneten Früchten zu sich genommen hatte, suchte er seinen Vetter auf, der gerade den Wiederaufbau der Kasernen im Westteil der Garnison beaufsichtigte. Er fand ihn im Gespräch mit Bedwyr und Gethin Saer. Trotz des Schnees, der den Boden bedeckte und seit November hier zu liegen schien, hing noch immer ein verbrannter Geruch in der Luft, der von den ausgemusterten Bohlen ausging, die an einer Seite aufgestapelt waren, für nichts anderes mehr zu gebrauchen als für den Herd.

»Arthur, kann ich dich einen Moment sprechen?«

Arthur blickte von den Plänen auf, die Gethin in den behandschuhten Händen hielt. »Hallo, Drystan. Ich wollte heute auch noch zu dir kommen. Myrddin behauptet, das Wetter wird sich ändern, und wir werden bald einen Boten nach Eriu schicken können, um einen Geiselaustausch zu vereinbaren.«

Drystan sah seine Hoffnungen schwinden, von hier fortzukommen. »Könnte nicht jemand aus Aircols Clan eine Weile als Verbindungsmann zu den Erainn dienen?«

Arthur musterte ihn mit einem scharfen Blick. »Wieso?«

Was sollte er sagen? Dass er einen Traum gehabt hatte? »Ich dachte, ich könnte den Hof meines Vaters besuchen, ehe wir die Botschaft nach Eriu schicken.«

Arthurs Lippen wurden schmal, und er verschränkte die Hände hinter dem Rücken. »Gehen wir ein Stück, Vetter.«

Drystan zwang sich, keine Grimasse zu ziehen. Er würde einen Vortrag von seinem Befehlshaber zu hören bekommen, anstatt ein Gespräch mit seinem Vetter zu führen.

Er nickte.

Zusammen schlenderten sie von den Kasernen fort nach Süden, an der Mauer der Garnison entlang, in Richtung der Getreidespeicher. Der Schnee auf Straßen und Wegen war zu kaltem, braunem Matsch geworden.

»Du willst deine Stiefmutter wiedersehen«, bemerkte Arthur, als sie weit genug weg waren, dass niemand sie hören konnte.

Drystan zuckte bei dem Wort zusammen, doch er konnte es nicht leugnen. Er würde niemals imstande sein, so über Yseult zu denken, doch so sah die Welt sie jetzt.

»Ja.«

»Ich weiß nicht, ob das eine gute Idee wäre. Wir brauchen dich hier in Caer Leon, das weißt du. Sobald das Meer es zulässt, senden wir einen Kurier nach Eriu, und der König des Südens wird hier sein, wenn die Geiseln ausgetauscht werden.«

Einen Augenblick antwortete Drystan nicht. Ihm war durchaus klar, dass Arthur ihn nicht so dringend brauchte, wie er vorgab – er wollte einfach nicht, dass Drystan der Grund für einen Bruch mit seinem Vater war, dem Protector und König von Dumnonia.

Als er nichts erwiderte, fuhr Arthur fort. »Du weißt sehr gut, dass niemand aus Aircols Clan wirklich deinen Platz einnehmen könnte. Vor einem halben Jahrhundert waren sie Erainn, aber jetzt nicht mehr. Du bist derjenige, der die Sprache und die

Bräuche Erius am besten kennt. Und du kennst Crimthann, den König, persönlich. Ich verbiete dir aufzubrechen, bevor dieses Zusammentreffen stattgefunden hat.«

Drystan atmete tief durch und nickte. Das Bedürfnis, zu Yseult zu reiten, war überwältigend, einem direkten Befehl des Dux Bellorum jedoch konnte er nicht zuwiderhandeln.

Doch sie wussten beide, dass Arthurs Grund, ihn hier festzuhalten, ein Vorwand war. Er konnte Lansyen mit Leichtigkeit erreichen und wieder zurück sein, ehe eine Botschaft Crimthann erreichte und der Geiselaustausch vereinbart werden konnte.

Das Problem war, Arthur wollte nicht, dass er Yseult wiedersah. Und allmählich wurde Drystan klar, dass er lernen musste, auch seinem Vetter gegenüber zu heucheln.

Ende März legten erainnische Schiffe am Kai von Caer Leon an; sie brachten Geiseln, welche gegen Illann und die anderen Prinzen ausgetauscht werden sollten, die in Gefangenschaft geraten waren, als die Britannier die römische Garnison zurückerobert hatten.

Kein anderer als Crimthann selbst führte die Gesandtschaft an.

Beim Anblick des Königs, der ihm eine Stellung als Barde an seinem Hof angeboten hatte, konnte Drystan sich der raschen Freude nicht erwehren, die ihm die Mundwinkel in die Höhe zog.

Crimthann hob grüßend die Hand und erwiderte das Lächeln. Diesem Lächeln folgte ein Stirnrunzeln und dann abermals ein Lächeln.

Drystan beschloss, das Stirnrunzeln nicht zu beachten, und schritt den anderen voraus auf das Ende des Kais zu. »Crimthann! Es ist schön, Euch wiederzusehen.«

Der König der Laigin nickte und ergriff Drystans Hand, um aus dem Boot zu steigen. »Euch auch, Barde. Obwohl die Umstände erfreulicher sein könnten.«

»Findet Ihr? Ich bin eigentlich recht erleichtert, dass wir Euren Eroberungsfeldzug zurückgeschlagen haben.«

Crimthann lachte und schlug ihm auf den Rücken. »Ginge es nur um uns beide, Tandrys, dann würde Friede zwischen unseren Völkern herrschen. Aber Coroticus' Überfälle mussten gerächt werden.«

»Euer Feldzug war mehr als nur Vergeltung für ein paar Überfälle«, gab Drystan bitter zurück; seine Stimmung schlug um, als er sich daran erinnerte, dass dies hier sein Feind war. Der Rest von Arthurs Gesandtschaft hielt sich im Hintergrund und beobachtete den Austausch zwischen den beiden, genau wie Crimthanns Männer.

»Ja, schön, das stimmt«, gab Crimthann zu. »Wir haben Eure Kräfte unterschätzt, jetzt, wo Ambrosius fort ist. Außerdem hatte Yseult gehofft, wir könnten vielleicht ihre Tochter befreien. Aber alles, was wir ergattern konnten, war eine dürre dumnonische Prinzessin.«

Drystan blinzelte, als Crimthanns Worte und das, was sie bedeuteten, zu ihm durchdrangen. »Yseult die Weise? Sie ist wieder bei Euch?«

»Dann habt Ihr es also noch nicht gehört, Barde? Lóegaire ist tot. Der Umhang und die Botschaft, die Ihr überbracht habt, haben mich zu ihm geführt. Er ist zwischen den Bergen von Albu und Eru umgekommen, als er versucht hat, die Boruma wieder von den Laigin einzutreiben. Die Prophezeiung hat sich erfüllt, allerdings nicht so, wie Lóegaire es erwartet hatte.«

Drystan starrte den jungen Laiginkönig an. »Lóegaire ist tot?«

Crimthann nickte lächelnd. »Das habe ich doch gerade gesagt. Früher wart Ihr nie schwachen Verstandes. Oder habt Ihr vielleicht einen Schlag auf den Kopf zu viel erhalten?«

Drystan holte tief Luft. »Aber das heißt dann ja, dass Yseult nicht länger bei meinem Vater bleiben muss«, murmelte er so leise vor sich hin, dass nur Crimthann es hören konnte. »Lóegaire ist tot.«

»Ja, Tandrys, Lóegaire ist tot.« Ein schwaches Lächeln umspielte Crimthanns Mund, während er seinen ehemaligen Barden musterte, doch dann wurde seine Miene wieder ernst. »Es ist genauso, wie Ihr sagt – Marcus hat keine Macht mehr über

Yseult die Schöne. Wenn Ihr ihr diese Nachricht überbringen wolltet, wäre ich Euch dankbar.«

Wenn? Es gab nichts, wonach es Drystan mehr verlangte.

Aber würde Arthur ihm gestatten, nach Dumnonia zurückzukehren?

Ginevra, die »dürre dumnonische Prinzessin«, musste so rasch wie möglich zu ihrem Vater zurückgebracht werden. Nachdem Arthur ihm befohlen hatte, in Caer Leon zu bleiben und auf die erainnische Gesandtschaft zu warten, hatte Drystan Freundschaft mit Talwyn geschlossen, der Dirne, die ihm in jener Nacht, als sie die Festung zurückeroberten, geholfen hatte, und sie galt jetzt allgemein als seine Geliebte.

Drystan stritt diese Gerüchte nicht ab, und das erwies sich als schlau. Unter diesen Umständen vertraute Arthur ihm die Aufgabe an, Ginevra nach Dumnonia zurückzubringen, da er einer der erfahreneren Navigatoren unter den Männern war.

Crimthanns Beschreibung wurde Ginevra nicht gerecht; offenkundig fand der Laiginkönig eher Gefallen an dramatischeren, reiferen Schönheiten. Ginevra war erst fünfzehn und von eher kleinem Wuchs. Doch in ihrem blonden Haar war ein Hauch von Rot zu sehen, ihre Augen waren ein beständig wechselndes Muster aus Grün, Gold und Braun, und ihre Figur war an den richtigen Stellen üppig genug gerundet, dass sich ihr stets ein paar Männerköpfe zudrehten, wo immer sie hinkam.

Trotzdem war Drystan nach der Reise von der Sabrinamündung nach Süden und dann auf einem Seitenarm des Camel an der Nordküste von Dumnonia nach Celliwig froh, sie ihrem Vater übergeben zu können. Sie war nur eine Handvoll Jahre jünger als er, doch sie schien kaum dem Kindesalter entwachsen zu sein.

Nachdem er Ginevra in Celliwig zurückgelassen hatte, steuerte Drystan sein Schiff um die Spitze der Halbinsel von Dumnonia herum zum Hafen von Voliba, flussabwärts von Lansyen. Er wagte kaum, sich auszumalen, welche Wirkung seine Neuigkeiten haben würden. Jetzt konnte Yseult sich aus der Ehe mit seinem Vater lossagen, ohne Furcht um ihre Mutter. Würde sie das tun? Sie musste. Wieso sollte sie es nicht tun?

Während der ganzen Reise ließen widerstreitende Gefühle Drystan Höllenqualen leiden. Als ihr Schiff um die felsige Spitze der Landzunge bog und auf den Hafen von Voliba zuhielt, umklammerte er die Reling und starrte in den leichten Frühlingsregen hinaus, als könne er durch ihn hindurch und in die Zukunft blicken. Der Fluss Voliba war bis Golant schiffbar, also fuhren sie zum Landungssteg des Dorfes hinauf, das der Hügelfestung seines Vaters am nächsten lag. Grüne Hügelflanken stiegen zu beiden Seiten an. Angst und Hoffnung nagten an ihm, und er wünschte sich, dass sie schneller vorankämen, auch wenn sie ihrem Ziel schon so nahe waren.

Die Hügelfestung von Lansyen war groß und gut bewehrt, mit zwei starken Erdwällen und einem tiefen Außengraben; ein Stützpunkt, der am Standort einer Feste aus der vorrömischen Zeit errichtet worden war. Die Halle hatte mächtige Mauern ohne jeglichen Zierat. Marcus hatte die Wehranlagen hier befestigt, als Drystan noch ein Knabe gewesen war, als es durch die immer häufigeren Überfälle durch die Erainn von See her und durch die Sachsen vom Land aus zu gefährlich geworden war, im Dorf außerhalb von Isca Dumnoniorum zu wohnen. Trotzdem hatte sein Vater beinahe zu lange in Isca ausgeharrt – Drystan erinnerte sich noch lebhaft an den Überfall, als Isca niedergebrannt worden war, kurz bevor man ihn zu Riwallon in Pflege gegeben hatte. Sie waren gezwungen gewesen, zu Pferd zu fliehen, und hatten nur mitnehmen können, was sie in ihren Satteltaschen verstauen konnten. Tränen hatten helle Streifen durch den Ruß auf dem Antlitz seiner Mutter gezogen, doch sie hatte ihn weitergedrängt, scheinbar ohne sie zu bemerken.

Sie hatten alle Gründe, einander zu hassen, Britannier, Sachsen, Erainn. Er fragte sich, ob das jemals ein Ende nehmen würde.

Auf geliehenen Pferden erreichten sie die Hügelfestung und übergaben die Tiere einem Stallburschen. Als er eifrig in die große Halle geschritten kam, war Drystan erleichtert, dass von seinem Vater nichts zu sehen war.

Aber Yseult war da.

Als er eintrat, fuhr sie auf, und er konnte sich nur mit größter Mühe beherrschen, nicht zu ihr zu stürzen und sie in die Arme zu schließen. Sein Vater mochte abwesend sein, trotzdem gab es überall Augen, und bis er wusste, wie Yseult handeln würde, durfte er sie nicht verraten.

Er tat sein Bestes, seine Schritte zu verlangsamen, als er zu ihr hinüberging. Dann nahm er ihre Hände sittsam in die seinen und beugte sich vor, um ihr einen züchtigen Kuss auf die Wange zu drücken, der einem Stiefsohn angemessen war. Ihr Geruch, ihre glatte Haut unter seinen Fingern, all das raubte ihm schier den Verstand.

Er ließ ihre Hände los und holte tief Atem. »Ich habe Neuigkeiten, Yseult. Lóegaire ist tot, und deine Mutter ist wieder zu Crimthann zurückgekehrt.«

Sie starrte ihn an, als hätte sie nicht verstanden, was er sagte, also fuhr er fort: »Wir haben erainnische Geiseln genommen, als wir Caer Leon zurückerobert haben, kurz vor dem ersten Schnee. Als das Meer wieder befahrbar war, hat Crimthann selbst die Gesandtschaft angeführt, die den Geiselaustausch vornehmen sollte. Illann ist jemand von Bedeutung, nehme ich an?«

Yseult nickte. »Ja, sein Vetter.«

»Crimthann und ich haben miteinander gesprochen. Deine Mutter ist wieder bei ihm in Dun Ailinne. Der Umhang, den wir mitgebracht haben, hat ihm geholfen, sie zu finden. Als Lóegaire ihr nachgesetzt ist, wurde er zwischen den Bergen von Albu und Eru getötet.«

Sie schloss die Augen, die Lippen fest aufeinandergepresst. »Die Prophezeiung«, brachte sie heraus.

»Das hat Crimthann auch gesagt. Lóegaire ist von seinen Bürgen niedergestreckt worden, der Sonne und dem Wind, weil er seinem Eid zuwidergehandelt und versucht hat, die Boruma mit Gewalt von den Laigin einzutreiben.«

Sie öffnete die Augen wieder, und ein kleines, trauriges Lächeln bog ihre Lippen aufwärts. »Ah, der Barde spricht wieder mit deiner Stimme.«

Drystan konnte ihr Verhalten nicht begreifen. Wieso redete sie von Barden? Sie war nicht länger eine Geisel, war nicht mehr Lóegaires Willen unterworfen – jetzt konnte sie zu ihm kommen. »Verstehst du, was das bedeutet, Yseult? Sie können deine Mutter nicht mehr dazu benutzen, dich zu irgendetwas zu zwingen. Du bist frei.«

Sie schüttelte den Kopf, und ihm war, als ginge die Welt um ihn herum aus den Fugen. Er war sich so sicher gewesen; bis zu diesem Moment war ihm gar nicht bewusst gewesen, *wie* sicher.

»Ich habe auch Neuigkeiten«, sagte sie leise. Sie drehte sich um und winkte Brangwyn. Ihre dunkelhaarige Base beugte sich vor und hob ein weißes Bündel auf. Dann stand sie auf und kam zu ihnen.

Yseult nahm den Säugling aus Brangwyns Armen, und das breite Lächeln, an das er sich so gut erinnerte, ließ ihr Gesicht aufleuchten. Dann blickte sie auf und hielt ihm das Kind hin. »Das ist Kustennin.«

Und ganz sacht, zu leise, als dass die Ohren des Gesindes es hören konnten, fügte sie hinzu: »Dein Sohn.«

21

Heute Nacht schläft das Moorhuhn nicht
Über dem hohen, sturmumtosten Hügel,
Süß der Schrei seiner reinen Kehle,
Schlaflos zwischen den Bächen.
Anonymus, *Die Flucht von Diarmuid und Grainne*

Der leichte Regen hatte sich in Nebel verwandelt, der alle Bäume verbarg, bis auf jene, die ihnen am nächsten standen. Um sie herum hing dünnes Grau und verhüllte den Rest der Welt; im Tal unter ihnen schien der Lauf des Flusses wie mit einem Schleier verhängt zu sein.

Drystan blickte zu der Frau hinüber, die er liebte, von neuem eine Fremde. Sie trug einen Umhang, der weit genug war, um sowohl sie als auch das Kind zu schützen. Brangwyn und Kurvenal folgten ihnen beinahe unsichtbar in dem Dunst.

Sein Sohn, hatte sie gesagt.

»Aber warum heißt das, dass du bei meinem Vater bleiben musst?«, fragte er. Ein Sohn. Die Neuigkeit hätte ihn freuen sollen, doch angesichts der Bedeutung, die Yseult ihr verlieh, war ihm, als sei er am Ertrinken und kämpfe um sein Leben. Er hatte sich gestattet zu hoffen – das war gefährlich, das wusste er jetzt. Und der Nebel drang ihm ins Hirn, ins Herz, quetschte und presste, und er kämpfte mit den Tränen, so sehr, dass er die Bedeutung jener beiden Worte kaum erfassen konnte.

Ein Sohn.

Sie blickte auf das bewaldete Tal unter ihnen, die Arme unter dem Umhang um das formlose Bündel geschlungen, das zwischen ihnen war; ihre Miene war ebenso undurchdringlich wie der Nebel. »Ich habe gelernt, dass den Gesetzen deiner Welt nach ein Kind zu seinem Vater gehört.«

Drystan holte tief Luft. Das stimmte – nach den Gesetzen Roms, der Grundlage des britannischen Rechts, besaß der Vater sämtliche Rechte an jedem ehelich geborenen Kind. Von Rechts wegen gehörte Kustennin zu Marcus.

»Was hält dich davon ab, dich mit dem Kind davonzumachen?«, wollte er wissen. »Mein Vater ist nicht hier, er kann dich nicht zurückhalten.«

»Aber er könnte uns verfolgen. Und eure Gesetze wären auf seiner Seite. Wir können nicht länger nur an uns denken, Drystan.«

»Das konnten wir noch nie«, erwiderte er verbittert. »Aber ich verstehe es immer noch nicht. Ich könnte dem Jungen ein Vater sein, besser als mein eigener, das weiß ich.«

Yseult wandte sich zu ihm um, und der Blick ihrer hellen, leuchtenden Augen fand den seinen. »Ich habe gesehen, wie deine Welt mit jenen umspringt, die sie Bastarde nennt, habe gesehen, wie der größte Krieger des ganzen Reiches, der Neffe des Hochkönigs höchstselbst, aufgrund des Zufalls seiner Geburt behandelt wird. Das will ich nicht für meinen Sohn.«

Sie hatte recht, und er fühlte, wie das Leben, das er sich gewünscht hatte, ihm entglitt. »Aber du bräuchtest doch nicht in meiner Welt zu bleiben. Du könntest in deine eigene zurückkehren.«

»Und was wäre Kustennin in meiner Welt? Hier ist er der Sohn eines Königs.«

»Der Sohn einer *Königin*?«, fragte Drystan und konnte nicht umhin, den Worten einen sarkastischen Klang zu verleihen.

Sie nahm den Treffer mit einem leichten Lächeln und einem Neigen ihres schönen Mondscheinkopfes zur Kenntnis.

Er ergriff durch den Stoff des Umhangs hindurch ihren Ellenbogen. »Yseult, du warst zu lange in meiner Welt, wenn es dir wichtiger ist, dass er der Sohn eines Königs ist als der einer Königin.« Er wusste, dass er verzweifelt klang – er war verzweifelt, es scherte ihn nicht.

»In meiner Welt bin ich keine Königin, nur die Tochter einer Königin.«

»Die Tochter der Königin der Tuatha Dé Danann!« Drystan spürte, wie die Worte aus ihm hervorbrachen wie Schläge der Fäuste, die er fest geballt an die Seiten drückte. Yseult zuckte zurück, als wäre es tatsächlich so.

Wieder blickte sie in das Tal hinab, und er glaubte zu sehen, wie sie ihren Sohn unter dem Umhang fester umfasste, ihrer beider Sohn. »Vielleicht hast du Recht, vielleicht hat es mich verdorben, nur wenig länger in deiner Welt zu leben, als eine Schwangerschaft währt. Aber ich habe mich wirklich verändert, Drystan. Ich hatte mich verändert, noch ehe du gekommen bist, um mich zu deinem Vater zu bringen. Ich habe zugesehen, wie meine Mutter und meine Base geschändet und misshandelt wurden.« Sie senkte die Stimme. »Und mir wurde kein Haar gekrümmt.«

»Und deshalb würdest du lieber jetzt leiden?« Er wandte sich von ihr ab. Es fühlte sich an, als weine alles in ihm, alles außer seinen Augen: Die brannten vor Anstrengung, die Tränen zurückzuhalten.

Warum konnte es nicht einfach sein, nur dieses einzige Mal?

»Wer weiß?«, sagte sie, und es war, als hätte sie damit die Frage beantwortet, die er sich selbst gestellt hatte. »Vielleicht will irgendetwas in mir wirklich leiden, will bezahlen, und dies ist ein Teil davon. Ich mag in der Lage sein, Träume zu schicken, die unbeantwortet bleiben« – jetzt war es an Drystan zusammenzuzucken –, »aber wer begreift schon jemals wirklich, was das eigene Herz treibt?«

Drystan legte den Kopf in den Nacken und tat einen tiefen, rauen Atemzug. Die Tränen wollten sich nicht länger im Zaum halten lassen, und er biss die Zähne zusammen, als sie ihm heiß aus den Augenwinkeln quollen, um sich mit der kühlen, feuchten Luft zu mischen und in das Haar an seinen Schläfen zu rinnen.

»Ich kann nicht, Drystan«, hörte er sie durch den Nebel seiner Trauer hindurch sagen – und durch den echten Nebel hindurch, der sie in ihrem Unglück einhüllte. »Kustennins Platz ist hier. Ich werde ihm seine Bestimmung nicht versagen.«

Zu schnell, als dass sie hätte ausweichen können, fuhr er herum und packte mit schmerzhaftem Griff ihre Schultern. »Aber du würdest mir meine Bestimmung stehlen, würdest uns unsere Bestimmung versagen?«

»Wie kann es unsere Bestimmung sein, wenn ich sie nicht will?«, fragte sie leise.

Er ließ sie wieder los, wünschte sich, es gäbe hier irgendetwas, auf das er einschlagen, einprügeln, das er in den feuchten, weichen Boden unter seinen Füßen stampfen konnte. Drystan, der Barde, der Sanftmütige, der lieber singen als kämpfen wollte. Viel war von jenem Drystan wahrlich nicht mehr übrig.

»Außerdem, zu was würde ich heimkehren?«, fuhr sie fort, als er nicht antwortete. »Ich bin noch nicht einmal ein Jahr in Britannien, aber in dieser kurzen Zeit hat sich mein Leben mit diesem Ort verwoben, mit der Herrschaft über Dumnonia, mit dir. Die Zukunft unseres Sohnes ist mit Alba verknüpft, nicht mit Eriu.«

»Und du findest, das ist genug?«, presste er hervor.

Sie wandte sich ab und betrachtete die Nebelschwaden über dem Fluss. »Ich habe Marcus gesagt, dass ich nicht mehr mit ihm schlafen werde. Ich habe meine Pflicht als Gemahlin erfüllt und ihm einen Sohn geschenkt. Jetzt, da meine Mutter außer Gefahr ist, kann ich ihm sagen, dass ich nach Eriu zurückkehre, wenn er versucht, seine ehelichen Rechte einzufordern, kann ihn demütigen. Außerdem habe ich ihm klargemacht, dass es ihm freisteht, sich so viele Geliebte zu nehmen, wie er will, und dass ich ihn nicht daran hindern werde. Ich nehme an, das ist es, was ihn so lange in Isca Dumnoniorum festhält, wo er die alte Villa wieder aufbaut, jetzt, wo die Sachsen fort sind.«

»Und ich frage dich noch einmal – ist das genug?«

Sehr lange blieb sie stumm, hielt das formlose Bündel unter ihrem Umhang und blickte auf den wabernden Dunst im Tal unter ihnen. »Nein. Aber ich muss es genug sein lassen.«

Er wischte sich zornige Tränen aus den Augen, wünschte sich, er könnte sie hassen, wünschte, er könnte wenigstens denken, dass sie sich irrte. Doch dann hätte er wissen müssen, was richtig war.

»Wenn dein Vater sich von mir fernhält, dann kann ich wohl ein gewisses Maß an Glück finden, glaube ich«, sagte sie jetzt. »Und ich habe Hoffnung, dass er das tun wird. Diejenigen, die mich verletzen wollen, haben in meiner Gegenwart öfter den Namen Trephina fallen lassen, laut genug, dass ich es hören konnte.« Dann lächelte sie, ein echtes Lächeln, ein Lächeln, wie er es seit Eriu nur selten bei ihr gesehen hatte, und sein Herz wand sich vor Qual.

Endlich drehte sie sich wieder zu ihm um. »Drystan, ich herrsche hier an deines Vaters Statt, während er in der ehemaligen römischen Hauptstadt den Protector spielt und mit den willensschwächsten Königen Dumnonias Ränke schmiedet. Ich *will* jetzt nicht fort. Mein Schicksal ist mit diesem fremden Land verknüpft. Ich will nicht, dass dein Vater triumphiert oder dass seine Pläne gegen deinen Vetter Erfolg haben. Wenn ich fortgehe, wird das geschehen.«

Bitterkeit riss an ihm, machte ihn niederträchtig. »Und du glaubst tatsächlich, wenn du hier bleibst, wird das irgendetwas ändern?«

Sie sah ihn unverwandt an, der Nebel dämpfte die strahlende Helligkeit ihres Haares und ihrer Augen. »Ja, das glaube ich.«

Sie hatte Recht, er wusste, dass sie Recht hatte, doch er wollte es nicht zugeben. Er hatte sich gestattet zu träumen, sich vorzustellen, dass sie ihr eigenes Leben miteinander führen könnten, aufrichtig, ohne Listen. Jetzt, nach dieser Hoffnung, war ihm dies hier mehr zuwider, als er zu ertragen vermochte.

Doch konnte er es ertragen, ohne sie zu leben?

Die feuchte Luft, nur einen Hauch vom Regen entfernt, roch nach Erde, Kiefern und Moos.

Wieder fasste er ihren Arm unter dem Umhang, bildete sich ein, das Leben und die Kraft fühlen zu können, die sie durchströmten, und drehte sie nach Norden, um mit ihr weiter den Hügelkamm entlangzuschreiten, um die Empfindungen, die sie einander gerade entgegengeschleudert hatten, hinter sich zu lassen.

»Drystan?«, war ihre Stimme neben ihm zu vernehmen.

»Ja.«

»Bleibst du?«

Würde er bleiben? Sie sagte, sie und sein Vater lebten nicht länger als Mann und Frau miteinander, doch die Tatsache blieb bestehen, dass sie Mann und Frau *waren.* Genügte es ihm, bei ihr zu sein?

Es sollte nicht genügen, doch es war genug. Alles war besser als nichts.

»Ja, ich bleibe.«

Er konnte nicht behaupten, dass er glücklich war, doch näher war er dem Glücklichsein seit den Tagen seiner Unschuld in Aremorica nicht mehr gekommen, als Kummer nicht mehr bedeutete hatte, als ein Übungsduell gegen Kurvenal zu verlieren, oder eine gerissene Harfensaite, wenn er keinen Ersatz hatte, oder dass beim Sommerjahrmarkt kein Dorfmädchen zur Hand war, das er hätte gründlich verführen können.

Er glaubte nicht, dass er überhaupt noch Dorfmädchen verführen könnte.

Tagsüber spielte Drystan den hilfsbereiten Verwandten, und er spielte ihn gut. In Lansyen hatte niemand die Gerüchte über sie beide gehört, und er wusste jetzt, dass er Yseult anders ansehen musste, wenn sie in Gesellschaft waren, dass er sie ansehen musste, als wäre sie seine Base Labiane oder seine Tante Ygerna. Und außerdem hatte Drystan, da sein Vater in Isca Dumnoniorum weilte und es als neue Hauptstadt wieder aufbaute, die Nächte.

Es war beinahe genug, ganz gewiss mehr, als er erwartet hatte, als Yseult ihm zum zweiten Mal gesagt hatte, dass sie nicht mit ihm durchbrennen werde.

Sie lebten fast wie Mann und Frau. Wie viele verheiratete Paare gab es schließlich, die einander bei so alltäglichen Beschäftigungen wie der, das Pflügen der Felder zu beaufsichtigen oder

Saatgut an die Farmer der Gegend auszugeben oder dafür zu sorgen, dass die Zäune instandgesetzt wurden, ehe Schafe und Kühe auf die Sommerweiden getrieben werden konnten, sehnsüchtige Blicke zuwarfen? In Wirklichkeit war Drystan bei solchen Gelegenheiten schroff zu Yseult, weil es ihm nicht gestattet war, zärtlich zu ihr zu sein, und nicht, weil dies alles zur Gewohnheit geworden war. Doch er hatte auch die Nächte.

Alle Nächte.

Brangwyn hatte ein kleines Haus für sich allein in der Nähe der Wehrmauer von Lansyen; normalerweise jedoch teilte sie mit Yseult das Gemach, und sie war es, die mit ihrer Gabe der Täuschung ihre gemeinsamen Nächte möglich machte. Wenn er die beiden Frauen abends zu ihrem Schlafgemach begleitete, war es Brangwyn, in die Illusion gehüllt, er wäre es selbst, die zu seinem Quartier weiterging. In den frühen Morgenstunden verließ Drystan seine Geliebte wieder, und Brangwyn kehrte zu ihrer eigenen Schlafstatt zurück. Kurvenal hielt für sie Wache, und alles ging gut.

Das Leben, das er jetzt führte, hatte sogar seine Vorteile. Einer davon war, dass er miterleben konnte, wie gut sie jenen kleinen Winkel Dumnonias regierte, dessen Mittelpunkt Lansyen war, während sein Vater in Isca Dumnoniorum weilte. Im Vertrauen auf den Frieden von Venta war Marcus zu dem Stadtleben zurückgekehrt, das er bevorzugte, hatte seine Frau und seinen neugeborenen Sohn zurückgelassen und ließ Yseult in dem Tal entlang des Voliba das Regiment führen.

Drystan erlebte, wie die Menschen zu ihr kamen, um ihr Urteil zu hören oder geheilt zu werden, wie sie trotz des neuen Friedens die Wehranlagen der Festung instandhalten ließ, wie sie die Jahrmärkte und die Feiern für die Kalenden des Mai ausrichtete. Die Kalenden des Mai – Beltane. Darüber musste er lächeln. Die alten Feste waren im halbchristlichen Britannien bei Weitem nicht vergessen, doch die Art und Weise, wie Yseult unauffällig neue und bessere Möglichkeiten anbot, Dank für das neuerlich erwachte Leben des Landes zu sagen, ließ jene Fetzen erinnerter Bräuche zu sehr viel farbenprächtigerem Leben erwachen.

Und zu guter Letzt gab es noch Kustennin.

Er war gegen Ende des Winters geboren worden, während Drystan in Caer Leon auf Crimthanns Schiffe und den Geiselaustausch gewartet hatte. Jetzt war er ein kleines, warmes Bündel mit winzigen Händen, die eifrig nach allem griffen, worauf sein Blick fiel. Drystan verbrachte mehr Zeit, als er es jemals für möglich gehalten hatte, damit, »Greif den Finger« mit ihm zu spielen, zu überlegen, welche Farbe Kustennins Augen wohl einmal haben würden oder mit der Hand über den Flaum auf dem Kopf seines Sohnes zu streichen.

Offiziell sein Bruder.

Er glaubte Yseult, dass der Kleine sein Sohn war. Sie war schließlich eine Heilerin aus Eriu, kundig im Umgang mit Kräutern und Arzneien. Es war ein Leichtes für sie, dafür zu sorgen, dass sie nicht schwanger wurde, wenn sie es nicht wollte.

Kustennin war sein Sohn, doch er war nicht sein Vater.

Die Gelegenheiten, wenn Yseult ihn in einem stillen Moment mit Kustennin überraschte, wenn er den Kopf hob und das glückliche Strahlen auf ihrem Gesicht erblickte, solche Momente waren am allerschönsten. Sie zerrissen ihm das Herz mit so viel Freude und Bedauern auf einmal, dass er nicht wusste, wie er all dies fassen sollte.

Im Mai traf eine Botschaft aus Isca ein, in der Yseult aufgefordert wurde, für den Sommer nach Norden zu ziehen, nach Dyn Tagell, und dort ein Auge darauf zu haben, wie die Zinnminen geführt wurden und wie viel sie förderten. Marcus brauchte mehr Geld für Bauarbeiten und traute dem gegenwärtigen Aufseher nicht ganz.

Und so brachen sie an einem strahlenden Frühlingstag nach Dyn Tagell auf.

Yseult war froh, Dyn Tagell wiederzusehen, die zerklüfteten Felsen der Küste und die sich beständig wandelnde See; sie war froh, die Schreie der Möwen zu hören und den Salzgeruch des Meeres zu riechen.

Viele der Kämpfer, die einst hier postiert gewesen waren, waren von Ambrosius für den Feldzug in Gallien abgezogen worden, und Dyn Tagell war sehr viel ruhiger als damals, als sie hier angekommen war. Die meisten Huren waren verschwunden, da es weniger Soldaten gab, die bei Laune gehalten werden mussten, und eine ganze Menge Häuser stand leer. Neben dem Verwalter der Festung beherbergte Dyn Tagell jetzt nur noch fünfzig Mann, während es vorher Hunderte gewesen waren. Eigentlich wäre es Marcus' Pflicht gewesen, neue Männer anzuwerben und auszubilden, um jene zu ersetzen, die abgezogen worden waren, doch seine Mittel flossen in den Wiederaufbau von Isca Dumnoniorum.

Also übertrug Yseult diese Aufgabe seinem Sohn. Mit einem Bruchteil dessen, was der Zinnhandel einbrachte, konnte sie die Zahl der Kämpfer verdoppeln, die den Hafen verteidigten.

Sie wurden rasch heimisch. Das Einzige, worüber Yseult klagte, war, dass die wenigen Kräuter, die sie im Jahr zuvor in ihrem Kräutergarten angepflanzt hatte, nicht überlebt hatten. Sie würde den Christenweisen Illtud fragen, ob er vielleicht ein paar Setzlinge aus dem Garten hinter der Kirche entbehren könnte – wenn sie mit Samen ganz von vorn anfangen musste, würde es Hochsommer sein, ehe sie frische Heilpflanzen für die Bedürfnisse ihres Hofes zur Verfügung hätte. Yseult und Brangwyn beschlossen, der Kirche am nächsten Tag einen Besuch abzustatten.

Sie überquerten die schmale Landbrücke, die von Dyn Tagell zum Festland führte. Es war kaum genug Platz, dass die beiden Frauen nebeneinander gehen konnten; dieser Umstand war es, dem dieser Ort seinen Namen verdankte: »Festung des schmalen Zugangs.«

Der Wachtposten auf der Landbrücke war ein Soldat, der Yseult schon öfter aufgefallen war, weil er sie beobachtete und seine blauen Augen dabei ein wenig zu sehr strahlten.

»Guten Tag, Andred«, sagte Yseult und verschloss ihre Gedanken vor seinen Phantasien, gab vor, nicht zu ahnen, was er von ihr wollte.

Der junge Soldat verbeugte sich. »Guten Tag, hohe Damen.«

Als sie sich außerhalb seiner Hörweite befanden, fasste Brangwyn sie am Arm. »Vor dem musst du dich in Acht nehmen, Yseult.«

»Ja, ich weiß.« Doch es war ein schöner Maitag, ohne eine Spur von dem Nebel, der sich normalerweise an der felsigen Küste hielt, Kustennin schlief in seinem Bettchen in der Unteren Halle, während seine Kindsmagd Wache bei ihm hielt, und Yseult hatte keine Lust, ihre Zeit mit Gedanken an Andred zu vergeuden.

Spielerisch schüttelte sie den Arm ihrer Verwandten. »Was ich nicht weiß, ist, was du wegen Kurvenal zu unternehmen gedenkst.«

Brangwyn errötete, doch ein leises Lächeln erhellte ihre ebenmäßigen Züge. »Du meinst, es gibt etwas, das ich vor dir geheim halten konnte, Base?«

Yseult lachte; sie freute sich an diesem Tag, an dem milden Sonnenschein, an der Frau an ihrer Seite.

Nachdem sie das Tor auf der Landbrücke passiert hatten, ging es bergauf; sie erklommen eine Reihe in den Fels gehauene Stufen und hoben dabei die Röcke, um nicht auf den Saum zu treten. Die Kirche lag nur ein kleines Stück weiter südlich, am Rande der Stadt auf dem Festland, welche die Festung allmählich hatte entstehen lassen.

Sie folgten dem Pfad in südwestlicher Richtung, dicht an den Klippen entlang. »Magst du Kurvenal?«, fragte Yseult schließlich, als ihre Base sich von sich aus nicht weiter äußerte.

Brangwyn blickte auf das blaugrüne Meer zu ihrer Rechten hinaus und hielt ihren Umhang am Hals zusammen. Die Sonne schien, doch es war Mai, und eine steife Brise wehte.

»Es ist erst zwei Jahre her, dass Aidenn gefallen ist«, sagte sie mit leiser Stimme. »Kurvenal ist ein guter Mann, aber ich bin noch nicht so weit.«

Yseult konnte das Widerstreben ihrer Base spüren; mangelnde Zuneigung fühlte sich anders an. »Aber du weist ihn auch nicht zurück.«

Brangwyn schüttelte den Kopf. »Vielleicht sollte ich das tun.«

»Und was sagt er?«

»Er wird warten.«

Als sie auf die Kirche zukamen, war der Erste, den sie erblickten, nicht Illtud, sondern Paternus, und Yseult zog die Brauen zusammen. Illtud, mütterlicherseits ein Vetter von Drystan und Arthur, war Soldat gewesen, ehe er sich der Kirche zugewandt hatte. Als Grund dafür hatte er den Tod eines Freundes in der Schlacht angegeben, doch Yseult hatte genug Gedankensplitter von ihm aufgefangen, um zu glauben, dass es mehr um die Frau gegangen war, die er einst seine Ehefrau genannt hatte. Was auch geschehen war, es hätte ihn zu einem verbitterten Menschen machen können; stattdessen fand er noch immer Gefallen an der Gesellschaft von Frauen und bemühte sich, sein Leben nicht von dem vergiften zu lassen, was er an Wut noch empfand.

Nicht so Paternus. Der zweite Priester von Dyn Tagell schien von seiner Verbitterung förmlich zu zehren und hielt Frauen für von Natur aus schlecht. Er erinnerte Yseult an das, was ihre Mutter ihr von Palladius erzählt hatte, Patraics Vorgänger im Amte des Bischofs von Eriu.

Als sie näher kamen, drehte Paternus sich um und beobachtete sie mit auf dem Rücken verschränkten Händen; das Finstere, Verschrobene im Innern seiner Seele verfolgte voller Groll jeden ihrer Schritte.

Yseult war froh, als sie Illtud aus der Kirche treten sah. Er erblickte sie, rief ihnen einen Gruß zu und kam auf sie zugeeilt.

»Willkommen daheim in Dyn Tagell, Herrin. Wie ich höre, habt Ihr dem König im Februar einen gesunden Sohn geboren. Ich gratuliere.«

»Ich danke Euch.«

Paternus gesellte sich zu ihnen. »Ja, meine Glückwünsche zu Eurem Sohn, Königin Yseult.«

Es entging Yseult nicht, dass Paternus Kustennin mit voller Absicht als »ihren Sohn« bezeichnete. Als sie in seinen Gedanken forschte, stellte sie fest, dass er Zweifel an Kustennins Abstammung hatte, glücklicherweise jedoch war sein Misstrauen verschwommen und schien eher seinem allgemeinen Hass auf Frauen zu entspringen.

Nichtsdestotrotz bedeutete es, dass sie doppelt vorsichtig sein musste.

Etliche Wochen später traf ein Kurier mit Neuigkeiten ein: Arthur befand sich auf einer Rundreise, um die Wehranlagen im Südwesten in Augenschein zu nehmen, und bat für mehrere Wochen um Unterkunft für sich und seine Männer. Dyn Tagell wäre ein guter Ausgangspunkt für seine Begutachtungen, schrieb er, und außerdem wäre es erbaulich, das Zuhause seiner Kindheit wiederzusehen.

»Erbaulich?«, fragte Yseult, klappte das dünne Holztäfelchen wieder zusammen und sah Drystan an. »Ich hätte nicht gedacht, dass Arthur weiß, wie man das Wort ›erbaulich‹ gebraucht.«

Drystan schüttelte den Kopf. »Ich auch nicht.«

»Ich fragte mich, was wohl dahintersteckt.«

Sie fanden es bald heraus. Arthur war auf Brautschau.

»Ich benötige eine stärkere Machtbasis hier in Dumnonia«, erklärte er am ersten Abend bei einem Glas Wein. Dabei brauchte er für niemanden am Tisch näher auszuführen, warum dem so war. »Nach dem Geiselaustausch hatte ich mehrmals Gelegenheit, mit Gwythyrs Tochter Ginevra zu sprechen, und seitdem habe ich Erkundigungen angestellt. Ihr Vater hätte nichts gegen die Verbindung einzuwenden.«

Cai feixte. »Und dass sie ein süßes junges Ding ist, ist auch nicht von Schaden.«

»Mir ist es wichtiger, dass ihr Vater Celliwig hält«, erwiderte Arthur ernsthaft.

Mehrere Männer an der Tafel lachten auf, für Yseult jedoch war klar, dass der Dux Bellorum die Wahrheit sagte. Und obgleich sie Ambrosius' Neffen schätzte und achtete, tat ihr das arme Mädchen leid, dem er den Hof machte.

Energisches Geschrei drang aus der Wiege in der Ecke, und Yseult erhob sich und ging zu ihrem Sohn.

»Ist das mein neuer Vetter?«, ließ sich eine Stimme neben

ihr vernehmen. Es war Cador, der junge Mann aus Dyn Draithou.

Yseult lächelte und hob Kustennin aus der Wiege. Er gähnte gewaltig, steckte den Finger in den Mund und legte den Kopf auf ihre Schulter.

Cador betrachtete das Gesicht des schlafenden Säuglings eingehend. »Ein strammer Bursche. Schlägt er mehr seinem Vater nach oder seiner Mutter?«

Yseult lehnte die Wange gegen das warme, flaumige Köpfchen ihres Sohnes. »Nun ja, wir können noch nicht genau sagen, welche Farbe seine Augen einmal haben werden, daher kann man das schwer entscheiden. Sie sind heller als bei seiner Geburt, aber ob sie jetzt graublau oder grün werden…?« Sie zuckte die Achseln.

Cador schmunzelte. »Er wird wohl seinem Vater nachschlagen. Wenn seine Augen dieselbe Farbe hätten wie Eure, Yseult, dann hättet Ihr das schon längst bemerkt.«

Überraschte blickte Yseult wieder auf. Cador zog eine helle Braue empor und schlenderte zur Tafel zurück, wo die anderen saßen. Mit Kustennin auf dem Arm folgte Yseult ihm.

Arthur und seine Getreuen brachten wieder Leben in die Feste von Dyn Tagell. Celliwig war zwei Stunden zu Pferd entfernt, und auch wenn der Dux Bellorum Ginevra besuchte, so kehrte er für gewöhnlich abends nach Dyn Tagell zurück. Als er feststellte, in welchem Zustand die Wehranlagen waren, machte er sich mit einem grimmigen Zug um den Mund daran, Drystan beim Anwerben und Ausbilden neuer Rekruten zu helfen. Yseult brauchte seine Gedanken nicht zu lesen, um zu wissen, dass Marcus, was die »Verteidigung« Dumnonias anging, seiner Ansicht nach den falschen Dingen den Vorrang gab.

Er würde früher, als irgendjemand geahnt hatte, Gelegenheit haben, dies dem König von Dumnonia persönlich zu sagen: Arthur war noch keine zwei Wochen in Dyn Tagell, als eine weitere große Reisegesellschaft eintraf.

Marcus ging rastlos in dem Gemach auf und ab, das Yseult sich als das ihre ausgesucht hatte – nicht das, welches sie mit ihm geteilt hatte, als sie damals nach Dyn Tagell gekommen war, vor über einem Jahr.

In ihrem letzten Leben.

»Warum hast du mich nicht benachrichtigt, dass Arthur hier ist?«

Yseult blieb gefasst; sie wusste, dass sie es ihm hätte mitteilen sollen, weigerte sich jedoch, dies ihm gegenüber zuzugeben. »Ich habe es nicht für nötig gehalten. Als Kustennin geboren wurde, haben wir uns darauf geeinigt, dass du im Osten regieren würdest und ich im Westen, es sei denn, es gibt irgendetwas, worum du dich persönlich kümmern musst.«

Marcus fuhr zu ihr herum und verschränkte die Arme vor der Brust. »Und du findest nicht, dass die Anwesenheit des Dux Bellorum etwas ist, worum ich mich persönlich kümmern muss?«

Yseult blickte an seiner Schulter vorbei auf eine Wandmalerei, die einen hinter einem Baumstamm hervorspähenden Hirsch zeigte. Dieses Bild sowie das Fenster nach Süden waren der Grund, weshalb sie sich diesen Raum ausgesucht hatte, trotz seiner bescheidenen Größe.

Sie hatte sehr wohl gewusst, dass Marcus Arthurs Anwesenheit in Dyn Tagell so auffassen würde, doch sie hatte beschlossen, das zu ignorieren, um Arthurs und ihrer selbst willen.

»Arthur wollte sich nicht mit dir beraten, er brauchte nur einen Stützpunkt für seine Besuche bei den Königen hier in der Nähe.«

»Bei den Prinzessinnen hier in der Nähe, meinst du wohl.«

»Das auch.« Woher wusste er von Ginevra? Von Paternus?

»Und du gewährst ihm den ganzen Sommer über Obdach und fütterst ihn durch?«

»Das ist sein Recht als Beauftragter des Hochkönigs. Er verteidigt das Land gegen seine Feinde.«

»Während Ambrosius Gallien gegen Galliens Feinde verteidigt.« Sie wusste nicht, wieso er deshalb so verbittert klang, da ihm das doch sehr viel mehr Spielraum für seine Machenschaften verlieh.

Yseult zuckte die Achseln. »Glaubst du nicht auch an diese *Romanitas*? Es sind die römischen Ideale, die er verteidigt, gegen den gemeinsamen Feind Britanniens. Ich hätte gedacht, du wärst dafür.« Natürlich wusste sie, dass Marcus allein für sich selbst war, doch ihr war auch bewusst, dass er sich für einen Mann mit römischen Idealen hielt.

»Ich bin nicht dafür, wenn es auf Kosten der Verteidigung Britanniens geht«, fauchte er. »Und sobald Ambrosius mit einer Legion von zweitausend Mann in See gestochen ist, haben deine Landsleute angegriffen. Als Nächstes sind es dann wieder die Sachsen. Der Friede von Venta hat für sie keinerlei Bedeutung.«

»Vielleicht hast du recht. Cerdics Ehe mit einer Sachsenprinzessin ist keine Gewähr für Frieden.«

Beiden war durchaus klar, dass Yseult indirekt auf ihre eigene Ehe anspielte und auf den Frieden, den diese Ehe nicht mit sich gebracht hatte. Ebenso wenig hatte sie Marcus das mächtige Bündnis mit Eriu eingetragen, auf das er gehofft hatte; er hatte Lóegaires Macht über die ihm untergebenen Könige überschätzt, hatte seine Stellung mit der eines britannischen Hochkönigs gleichgesetzt. Und er hatte die Bedeutung unterschätzt, die die Laigintruppen im Süden einer Braut beimessen würden, die zur Ehe gezwungen worden war.

Marcus machte auf dem Absatz kehrt. »Ich wäre dankbar, wenn du mich das nächste Mal davon in Kenntnis setzen würdest, wenn wichtige Gäste erwartet werden«, schleuderte er ihr über die Schulter entgegen.

Eine Weile starrte Yseult die Stelle an, an der er gestanden hatte, dann ging sie zu dem Bettchen neben dem ihren hinüber, in dem ihr Sohn schlummerte. Ihre zornigen Stimmen hatten ihn nicht geweckt, doch sie hob ihn trotzdem hoch, sie brauchte den Geruch seiner Säuglingshaut, das Gefühl, wie weich sich diese unter ihren Lippen anfühlte. Marcus war auch nicht einverstanden damit, dass sie sich noch keine Amme genommen hatte und dass sie ständig um »das Kind« herum war, als wäre sie ein Bauernweib.

Doch sie war mit Freuden bereit, ihn zu ärgern, wenn das nur hieß, dass er bald wieder abreiste.

Kustennin regte sich an ihrer Schulter, drehte unwillkürlich den Kopf nach ihrem Geruch, und seine winzigen Hände umklammerten das Leinen ihres im römischen Stil geschnittenen Gewandes. Yseult lachte leise, setzte sich aufs Bett und entblößte ihre Brust. Wimmernd und mit noch immer geschlossenen Augen drehte er suchend den Kopf hin und her, und Yseult führte ihre Brustwarze an seinen Mund.

»Gieriger kleiner Bursche«, murmelte sie lächelnd und strich mit der freien Hand den Flaum auf seinem Kopf zurück. Die Liebe, die sie für dieses kleine Wesen empfand, war so groß, dass sie ihr manchmal vor Freude den Atem verschlug.

Vielleicht hatte Drystan ja Recht, und sie sollte sich wirklich von der Ehe mit seinem Vater lossagen. Aber sollte sie so die Zukunft ihres Sohnes aufs Spiel setzen? Welchen Stand würde er haben, wenn Marcus ihn verstieß?

Kustennin sog an ihrer Brustwarze und gab kleine Wonnelaute von sich.

Sie war eine unwillige Braut gewesen. Jetzt jedoch war sie, streng genommen, zu einer willigen Gemahlin geworden, und sie tat Marcus Unrecht. Ja, er hatte sie gegen ihren Willen als Ehefrau gekauft, für ein Friedensversprechen. Sie hatte keine Wahl gehabt, wenn sie nicht wollte, dass ihrer Mutter etwas zustieß.

Jetzt hatte sie die Wahl, und sie hatte sich dafür entschieden, das Unrecht fortzuführen, das er ihr zugefügt hatte. Yseults Meinung nach war eine Ehe, die nicht freiwillig eingegangen worden war, überhaupt keine Ehe, was aber war sie jetzt, wenn sie freiwillig darin *ausharrte*?

Sie wusste es nicht.

Drystan hatte seine Meinung geändert – manchmal war doch nicht alles besser als nichts.

Natürlich kam seine Lage im Augenblick dem Nichts näher als irgendetwas anderem.

Unerträglich. Er schritt den Rand des Felsens ab, dankbar für den frischen Juniwind, der an den Haaren in seinem Zopf zerrte, dankbar für den vom Meer hereinrollenden Nebel, der die widerwillige Sommersonne der dumnonischen Küste verbarg, dankbar für den scheußlichen Tag, der genau zu seiner scheußlichen Stimmung passte.

Dann blieb er stehen und schaute nach Nordwesten, spähte durch die Nebelfetzen, dorthin, wo Yseults Heimat lag, wo sie vielleicht hätten glücklich sein können, wenn er nicht ihren Onkel getötet hätte.

Aber vielleicht wäre er ihr niemals begegnet, wenn er nicht ihren Onkel getötet hätte.

Er strich sich das Haar aus dem Gesicht, verkrallte die Hände hinter dem Rücken und zwang sich mit schierer Willenskraft zur Ruhe.

Die er heute nicht finden würde.

»Drystan!«

Einen Moment schloss er die Augen, ehe er sich umdrehte. Diesmal hatte sie den Sohn, den er nicht anerkennen konnte, nicht bei sich oder den Vater, den sie Gemahl nannte.

»Meine Hohe Mutter?«

Sie achtete nicht auf den sarkastischen Tonfall der Anrede. »Ich habe dich kaum zu Gesicht bekommen, seit dein Vater zurückgekehrt ist. Ich muss mit dir sprechen.«

»Hier sind wir geschützt, weil es hier keine Bäume gibt und der Wind unsere Worte davontragen wird. Sprich.«

»Ich habe über das nachgedacht, was du in Lansyen gesagt hast, dass ich schon zu lange in diesem Land bin. Ich glaube, ich werde deinen Vater fragen, ob ich mit Kustennin nach Eriu reisen kann, damit meine Mutter das Kind sieht.« Sie senkte die Stimme ein wenig, obgleich das kaum notwendig war. »Dann kann ich auch sehen, ob es dort etwas für ihn gibt, für uns.«

Der Nebel waberte die Klippen von Dyn Tagell herauf, wallte um sie herum wie ein Traum. Drystan war, als habe ihm jemand vor die Brust geschlagen. Seltsam, dass Hoffnung sich so sehr wie Verzweiflung anfühlen konnte, wenn sie so überraschend kam.

Die Feuchtigkeit des schweren Dunstes schlug sich auf seinem Gesicht und seinen bloßen Unterarmen nieder, und er schob sich das nasse Haar aus der Stirn. »Was hat dich zu diesem Schluss kommen lassen?«

»Deinen Vater hierzuhaben. Zu wissen, dass ich ihm Unrecht tue.«

Drystan stieß ein bitteres Lachen aus.

Yseult drehte sich um und schaute jetzt ebenfalls in die Richtung, in der ihre Heimat lag. »Ich weiß, du denkst, ich tue dir Unrecht, aber zusammen betrügen wir deinen Vater. Meine Logik ist vielleicht nicht die deine: Solange ich gezwungen war, gegen meinen Willen in dieser Ehe auszuharren, hat es mir nichts bedeutet. Aber wenn ich mich entschließe, hierzubleiben bei ihm, dann muss ich mich auch entsprechend verhalten.«

»Und das heißt?«

Sie richtete den Blick ihrer hellen, strahlenden Augen auf ihn. »Ich kann unsere Liebschaft nicht fortführen.«

Der Druck auf seine Brust wurde immer schlimmer. Der kurze Augenblick wilder Hoffnung war jetzt verflogen und ganz und gar durch Furcht ersetzt. Möwen schrien rings um ihn herum, verspotteten ihn, und auf den Lippen schmeckte er Salz, als hätte er geweint.

»Ich kann dir nichts versprechen, Drystan. Ich liebe dich mehr als irgendetwas sonst auf dieser Welt, außer Kustennin. Aber ich muss zuerst an unseren Sohn denken.«

Er nickte.

Ein Sohn, der nach dem römischen Recht, das in Britannien noch immer galt, zu seinem rechtmäßigen Vater Marcus Cunomorus gehörte.

Der Bote traf ein, als Arthur gerade in Celliwig weilte und sich Dingen widmete, die weit entfernt vom Kriege waren, auch wenn es keine Liebesdinge waren.

Ein einsamer Reiter aus Caer Leon überbrachte die Nachrichten, wechselte unterwegs an den Sitzen der Gebietskönige die Pferde und erreichte völlig erschöpft in den frühen Morgenstunden sein Ziel.

Drystan hatte den größten Teil der letzten zwei Jahre mit Kämpfen zugebracht, und der Tumult weckte ihn augenblicklich. Er zog sich ein Hemd über den Kopf und eilte in die Halle, während er sich im Laufen das Kurzschwert um die Hüften schnallte.

Er fand Ruan, einen seiner eigenen Stellvertreter, am großen Tisch sitzend vor, die Hände um einen Krug mit warmem Met geschlungen, während Andred, sein Vater und Yseult sich um ihn drängten, ohne auf diesen Bruch der Standessitten zu achten.

Sogar sein *Vater.* Die Neuigkeiten mussten von unglaublicher Bedeutung sein.

»Ambrosius hat sich mit dem, was von seiner Streitmacht noch übrig war, in Richtung Avalon zurückgezogen«, berichtete Ruan gerade, als Kurvenal und mehrere andere zu ihnen stießen. »Er hat vor, sich zur Römerhauptstadt Augusta Treverorum durchzuschlagen, wo er Verstärkung finden kann.«

»Was ist?«, fuhr Drystan dazwischen. »Was ist passiert?«

Sein Vater sah ihn an; Marcus' Miene war angemessen ernst, aber seine Augen glühten. »Ambrosius hat eine schwere Niederlage erlitten, gegen Euric, im Lande der Bituriger.«

Mittlerweile hatte ein Dutzend Menschen den Weg in die Halle gefunden, auf Marcus' Worte hin herrschte jedoch einen Augenblick absolute Stille.

Drystan wandte sich ab und hieb mit der flachen Hand gegen die nächste Wand. »Bei allen Göttern!« Er wusste, dass sein Vater Britanniens Verlust wahrscheinlich als persönlichen Gewinn betrachtete. Er musste unbedingt unter vier Augen mit Arthur reden.

»Wir schicken einen Boten nach Celliwig«, sagte Yseult zu Ruan. »Ihr habt Ruhe verdient.«

Ruan lächelte sie mit nur halb geöffneten Augen dankbar an;

der harte Ritt und der warme Met forderten ihren Tribut. »Ich danke Euch, Herrin.«

Arthur traf noch vor dem Mittagsmahl aus Celliwig ein und rief sofort Ruan zu sich, noch ehe er auch nur seine Reisekleidung abgelegt hatte. Angespannt lauschte er dem Boten und feuerte in rascher Folge Fragen auf ihn ab. Dann wandte er sich an Bedwyr und Cai.

»Wir müssen nach Caer Leon zurück und so bald wie möglich eine Truppe aufstellen.«

Cai fuhr von seinem Stuhl auf. »Du denkst doch nicht etwa daran, nach Gallien zu ziehen!«

»Ambrosius hat dich als seinen Stellvertreter hier zurückgelassen, Arthur«, fügte Bedwyr hinzu. »Denk nach – würde er wollen, dass du ihm zu Hilfe eilst?«

Ein störrischer Zug war um Arthurs Mund herum zu sehen, doch Drystan konnte auch ohne Gaben, wie Yseult sie besaß, den Widerstreit der Treuepflichten in ihm erkennen. Er musste mit seinem Vetter sprechen.

Arthur wandte sich abermals an Ruan. »Wie hoch waren ihre Verluste?«

»Wir haben gehört, sie seien aufgerieben worden und hätten kopflos die Flucht ergriffen. Eurics Streitmacht hat sie überrascht, während sie darauf gewartet haben, dass die Römer zu ihnen stoßen.«

»Aber Ambrosius ist nicht gefallen?«

Ruan schüttelte den Kopf. »Er selbst hat während des Rückzugs den Boten nach Caer Leon geschickt. Er hatte noch immer Hoffnung, sich mit römischen Truppen vereinen zu können.«

»Wir sollten auf Nachricht von Ambrosius warten«, gab Drystan zu bedenken. »Wenn wir mit den Legionen, die du erst letztes Jahr aufzustellen begonnen hast, nach Gallien ziehen, ist Britannien wehrlos.«

Arthur schwieg, innerlich kämpfte er noch immer mit sich.

»Wenn Ihr andererseits lediglich Eure berittenen Einheiten mitnehmt, dann könnten die Könige der einzelnen Territorien ihre eigenen Verteidigungsmaßnahmen ergreifen«, schlug Marcus vor.

Der Dux Bellorum starrte Marcus an, den Kopf ein wenig zur Seite geneigt, und Drystan konnte sich gerade noch einen Seufzer der Erleichterung verbeißen. Er würde doch nicht mit seinem Vetter reden müssen; die Worte seines Vaters hatten Arthur zur Einsicht gebracht, hatten ihn begreifen lassen, dass er bleiben musste. »Nein, ich denke, Euer Sohn hat recht. Ich habe überstürzt gesprochen, ohne nachzudenken«, erwiderte der Dux Bellorum. »Eine Entscheidung von dieser Tragweite würde eine Zusammenkunft des Rates erfordern.«

Damit wandte er sich an Cai und Bedwyr. »Nichtsdestotrotz sollten wir nach Caer Leon zurückkehren. Wir müssen Boten ausschicken und die anderen Könige Britanniens von diesen Ereignissen in Kenntnis setzen.«

Anscheinend ebenso erleichtert wie Drystan, nickten Arthurs treueste Gefährten lächelnd.

Yseult war vorübergehend vor dem geschäftigen Treiben in der Halle von Dyn Tagell geflüchtet, um sich ihrem Garten zu widmen. Die Vorbereitungen für Arthurs Rückkehr nach Caer Leon waren in vollem Gange – und Yseult wartete ängstlich auf Neuigkeiten aus Eriu. Das Wetter war außerordentlich schön, warm, ohne heiß zu sein; die Brise war für die Küste erstaunlich sanft, und sie summte vor sich hin, während sie Löwenzahn rupfte und in einen Korb an ihrer Seite legte. Später würde sie die Wurzeln von den Blättern trennen und sie trocknen, und aus den frischen Blüten würde sie ein Tonikum zubereiten. Es tat gut, in der Erde zu graben, zuzusehen, wie die Huflattich- und Ringelblumenpflänzchen, die sie von Illtud bekommen hatte, Wurzeln schlugen und wuchsen, und zu wissen, dass sie damit Gutes würde tun können, sie würden dem verdorbenen Magen eines Soldaten Linderung bringen oder einen Bienenstich eines der Dorfkinder abschwellen lassen.

Sie hatte ihren Kräutergarten am Südhang der Insel angelegt, in der Nähe des Hauptbrunnens und westlich von den Soldatenunterkünften. Hier war er zwar nicht so gut vor dem Wind geschützt, doch die Pflanzen bekamen fast den ganzen Tag lang Sonne, und sie brauchte nicht weit zu gehen, wenn sie Wasser holen musste.

Kustennin schlief in einem Korb neben dem Liebstöckelbeet, eines der wenigen Kräuter, die während ihrer Abwesenheit nicht eingegangen waren. Die Pflanzen hatten sogar schon angefangen auszutreiben, bevor sie nach Dyn Tagell zurückgekehrt waren. Im Vergleich dazu waren die einjährigen Pflanzen, die sie als Sämlinge von Illtud bekommen hatte, noch klein. Sie würde jemanden bitten müssen, sich um sie zu kümmern, wenn sie in Eriu war und ihre Mutter besuchte. Es war seltsam, wie dieser Gedanke sie gleichzeitig mit Furcht und freudiger Erregung erfüllte. Vielleicht lag es einfach daran, dass ihre Heimat jetzt so fern schien, unvorstellbar fern. Oder vielleicht vermischte sie ihre Empfindungen anlässlich der Reise, die sie plante, mit ihrer Angst um Ambrosius und seine Truppen.

Eine kopflose Flucht, hatte der Bote Ruan gesagt. Wie viele von den Soldaten, die umgekommen waren, waren Männer gewesen, die sie gekannt, mit denen sie hier oder in Verulamium gesprochen hatte? Yseults Verstand konnte es nicht fassen. Sie war mit dem Tod aufgewachsen, aber mit dem Tod von einem, zwei oder auch Dutzenden von Menschen, nicht von Tausenden. An einer großen Schlacht in Eriu mochten vielleicht Hunderte beteiligt sein, aber nicht mehr. Es fiel ihr schwer, sich auszumalen, dass so viele Menschen auf einmal sterben konnten – so viele, dass sie sie sich gar nicht alle auf einmal vorzustellen vermochte. Sie dachte an das Meer aus Zelten in Verulamium und fragte sich, wie viele dieser Zelte wohl jemals nach Britannien heimkehren würden.

Tausende.

Sie hockte sich auf die Fersen und dehnte die Nackenmuskeln. Die Sonne schien ihr warm auf den Rücken, ohne Wände oder Bäume, die sie verdeckten. Eines der Dinge, die ihr an Dyn Tagell gefielen, war, dass es so offen war, für den Wind, für jeden Vorbeikommenden, der einen Blick darauf werfen wollte. Nicht wie Verulamium, auf allen Seiten von steinernen Mauern eingepfercht. Dyn Tagell bedurfte solcher Wehranlagen nicht: Seine Lage war alles, was an Verteidigungsmaßnahmen notwendig war.

Eine Glocke ertönte, und sie schaute nach Westen aufs weite Meer hinaus. Ein Schiff war am Horizont aufgetaucht, klein und schnell, mit tief im Wasser liegendem Rumpf.

Erainn.

Yseult stand auf und strich sich eine vorwitzige Haarsträhne hinters Ohr. Wer sie auch waren, vielleicht brachten die Seefahrer Nachricht von ihrer Mutter.

Sie hob den Korb auf, in dem Kustennin schlief, und rannte zur anderen Seite der felsigen Kuppe und zu dem Pfad, der zum Strand hinabführte. Ein Lächeln lag auf ihren Lippen. So sehr sie auch auf seltsame Weise Zuneigung zu ihrem neuen Zuhause fasste, es würde wirklich schön sein, Eriu wiederzusehen, ihre Mutter, Brigid, Crimthann, ihre Hunde und Dun Ailinne.

Sie eilte die Stufen hinab.

Als sie den Strand erreichte, wurde von dem erainnischen Schiff bereits ein Landungsboot zu Wasser gelassen. Hinter ihr kamen zwei britannische Soldaten den Pfad herunter, den sie gerade genommen hatte. Sie lächelte vor sich hin und beschattete die Augen mit der Hand, um das Boot besser erkennen zu können.

Dann schüttelte sie kurz den Kopf. Der Mann ganz vorn im Boot sah aus wie Gamal.

Aber wieso sollte sie das überraschen? Schließlich gehörte er der Fianna der Laigin an.

Sie stellte Kustennins Korb auf dem Sand ab und trat vor, ihrem ehemaligen Liebhaber entgegen.

»Gamal!«, rief sie, als er über den Rand des Bootes sprang und durch die flachen Wellen platschte. »Also hat meine Mutter meine Botschaft bereits erhalten?«

Er nickte.

»Was gibt es Neues? Wann werde ich sie besuchen können?«

»Sehr bald. Ich bin gekommen, um dich abzuholen.«

Yseult zuckte zurück. Würde ihre Mutter sie nicht zuerst benachrichtigen, damit sie Vorkehrungen für die Reise treffen konnte? Vielleicht war die Königin ja wieder erkrankt und brauchte sie.

»Steht in Dun Ailinne alles zum Besten?«, erkundigte sie sich und forschte in seinen Gedanken, nur um auf eine Mauer zu stoßen.

»Als ich aufgebrochen bin, war es so.«

Gamal kam das letzte Stück aus dem Wasser gewatet, und Yseult ergriff lächelnd seine Hände.

Er erwiderte das Lächeln.

Und schüttelte dann ihre Hände ab, packte sie um die Taille und warf sie sich über die Schulter.

Etliche kostbare Sekunden lang war Yseult so verblüfft, dass sie sich nicht zur Wehr setzte. Seine hämische Freude brach wie eine faulige Wunde über ihren Verstand herein. Sie begann, schreiend um sich zu treten und mit den Fäusten auf seinen Rücken einzutrommeln, während er zu dem Landungsboot zurückwatete. Von dem Lärm erwachte Kustennin und begann zu weinen.

»Kustennin!«

Gamal ließ sie ohne weitere Umschweife in das Landungsboot fallen. Yseult zog sich hoch und sah die beiden Soldaten über den Strand rennen, während Kustennin schrie. Die beiden Wachen stürzten sich hinter dem Boot her in die Brandung, doch mit sechs Mann an den Rudern zog es rasch davon.

»Kustennin!«

Der Korb am Strand wurde kleiner und kleiner, und das Geschrei wurde leiser. Einer der beiden Soldaten war kopfüber ins Wasser gesprungen und schickte sich an, ihnen nachzuschwimmen, doch Gamal hob einen Speer vom Boden des Bootes auf und zielte.

»Nein!«

Rotes Blut färbte das Wasser und wurde fortgeschwemmt, und Yseult begann zu schluchzen.

»Kustennin.«

22

Lasst die stolze Barke Irland sein.
Stolzes Irland, düster besungen,
Eine Beschwörung von großem Geschick:
Dem großen Geschick der Gemahlinnen von Bres,
Die Gemahlinnen von Bres, Buaigne;
Die erhabene Herrin, Irland.
Eremoth hat sie bezwungen.
Ich, Eber, habe für sie beschworen.
Ich beschwöre die Lande Irlands.

Aimirgins Anrufung

Ihre Brüste schmerzten.

Abermals presste Yseult ihre linke Brust mit beiden Händen, und die Milch spritzte heraus, auf das Tuch, dass sie sich über den Schoß gelegt hatte. Anscheinend konnte sie nicht genug davon loswerden, um das auszugleichen, was ihr Sohn normalerweise trinken würde. Die brennenden Schmerzen waren sogar noch schlimmer als das, was Gamal ihr angetan hatte; nicht nur waren sie eine beständige Pein, schwer und prall, sie waren eine ständige Erinnerung daran, dass sie ihren Sohn weinend in einem Korb am Strand zurückgelassen hatte.

Sie wischte die Milch von ihrer Brustwarze und war froh, dass das Schiff einen kleinen abgeschlossenen Bereich auf dem Deck aufwies. Das Bewusstsein, sich selbst zu melken wie eine Ziege oder eine Kuh, ließ sie dankbar dafür sein, dass sie es nicht vor Gamals Mannschaft tun musste.

Wenigstens wusste sie, dass Drystan kommen würde, um sie zu holen. Nicht Marcus, nein – der ließ stets andere für sich kämpfen und wunderte sich dann, warum sein angeheirateter Bastard-Neffe als besserer Krieger galt als er selbst. Drystan jedoch würde ihnen folgen, das wusste sie – trotz allem, was sie in Dyn Tagell zu ihm gesagt hatte. Er war ihr treuer, als sie es verdiente.

Aber würde es ihm gelingen, Gamals Schiff einzuholen?

Heute Nacht, wenn sie die Sterne sehen konnte, würde sie versuchen, sich ihrer Gabe des Rufes zu bedienen. Wenn Drystan ihren Ruf hören und ihm folgen konnte, dann würde er sie finden.

Die Qual wies ihm den Weg. Er sah die Sterne so, wie sie sie sah, so wie sie sie ihn sehen lassen wollte; den Löwen voraus und ein wenig zur Linken, Perseus am Horizont zur Rechten. Doch es war der Schmerz, der ihn voranzerrte, der ihn zwang, seine Mannschaft schärfer anzutreiben, die Segel einzuholen und zu rudern, wenn der Wind ungünstig war. Dass sie sich nach Norden und ein klein wenig nach Westen hielten, war keine Überraschung; er konnte nur hoffen, dass ihre Schmerzen oder ihre Vision ihm zeigen würden, wann er die Küste anlaufen musste.

Brangwyn trat zu ihm an die Reling, unter ihrem Umhang hielt sie ein wimmerndes Bündel fest im Arm. »Er mag aus einem Tuch gedrückte Ziegenmilch nicht besonders.«

Drystan umklammerte das glatte Holz vor ihm. »Kannst du es ihm verdenken?«

Es war spät, doch anscheinend schlief noch niemand, und beim Klang ihrer Stimmen kamen Kurvenal und Cador zu ihnen herüber.

»Wir müssen sie unbedingt einholen, Drystan«, sagte Cador mit leiser, drängender Stimme. »Yseult… dein Bruder…« Er schüttelte den Kopf, brachte nicht zu Ende, was er sagen wollte, vielleicht wusste er es auch nicht.

»Ja«, antwortete Drystan, um irgendetwas zu sagen. Oh, dieser Schmerz. Doch zumindest verriet er ihm, dass sie nicht allzu fern sein konnte.

Einen Augenblick schloss er die Augen, versuchte, den Weg zurück zu diesen Menschen zu finden, die seine Last teilten, auch wenn sie Yseults Pein nicht fühlten. Sein Vetter Cador, so eine Überraschung für ihn in diesen letzten Tagen, kaum ein Mann und ebenso stolz darauf, ein Krieger zu sein wie viele seiner Altersgenossen. Das Haar an seinem Kinn begann eben erst zu sprießen, und er war ganz hingerissen von Kustennin. Wenn Brangwyn vom Herumtragen des hungrigen Säuglings, den sie nach Kräften zu beruhigen versuchte, die Arme wehtaten, nahm Cador ihn an seine Schulter. Ein Lächeln lag auf seinem Gesicht, auch wenn der Kleine brüllte. Vielleicht rührte seine Zuneigung zu Kustennin daher, dass seine eigene Kindheit durch Krieg und den Tod seines Vaters ein jähes, vorzeitiges Ende gefunden hatte.

Es waren gute Menschen, die Yseult alle auf ihre eigene Weise liebten. Verstohlen verzog Drystan das Gesicht – vielleicht mit Ausnahme von Kurvenal. Doch zusammen würden sie sie finden. Er wandte sein Gesicht wieder den Sternen zu und ließ sich weiter von ihrem Schmerz leiten.

Beim nächsten Morgengrauen erspähte der Ausguck das Schiff vor ihnen am Horizont. Drystan wusste, dass es das Schiff war, auf dem Yseult festgehalten wurde – das Schmerzgefühl war jetzt so groß, es konnte kein anderes sein.

Unwillkürlich wünschte er sich, er hätte das Kämpfen auf hoher See mehr geübt. Er wusste nicht, wie viele Krieger sich auf dem Schiff befanden, das Yseult entführt hatte, oder wie erfahren sie waren.

Auf seinem Schiff jedoch hatten sie Magie.

Er fand Brangwyn in der Deckskabine, wo sie Kustennin bewachte, der zum Glück eingeschlafen war. Sie blickte auf, und Hoffnung ließ ihre Augen aufleuchten.

»Der Ausguck hat einen Blick auf das Schiff vor uns erhascht«, berichtete Drystan und schloss leise die Tür hinter sich. »Gibt es eine Möglichkeit, wie du uns mit deiner Gabe der Illusion behilflich sein kannst?«

Mit ruhiger, ernster Miene sah sie ihn an. »Du willst, dass ich eine Illusion heraufbeschwöre, damit sie nicht merken, dass Rettung naht.«

Er nickte.

Brangwyn erhob sich, die Hände hinter dem Rücken. »Ich habe noch nie versucht, etwas so Großes wie dieses Schiff zu verbergen, aber ich weiß, dass es möglich ist. Meine Verwandten, die sich in die Sidhehügel zurückgezogen haben, bedienen sich ihrer Macht jetzt, um ihre Wohnstätten vor den Gaelen zu verbergen.«

»Dann wirst du es versuchen?«

Sie schenkte ihm ihr stilles Lächeln. »Natürlich. Aber du musst dich mit den Fragen herumschlagen, die deine Männer möglicherweise stellen werden.«

Er erwiderte ihr Lächeln. »Natürlich.«

Als er aus der Deckskabine kam, stieg um sie herum bereits ein sonderbarer Frühnebel vom Wasser auf.

»Kurs halten!«, brüllte er seine verwirrte Mannschaft an. »Sie waren genau vor uns, als das Wetter angefangen hat umzuschlagen.«

Drystan peitschte seine Leute vorwärts, obwohl sie blind dahinsegelten. Als der Nebel sich endlich zu lichten begann, war das erainnische Schiff nicht weiter als ein paar Dutzend Schritte entfernt.

Er wünschte, Brangwyn hätte die Illusion länger aufrechterhalten können; durch von ihrem Zauberbann übrig gebliebene Schwaden konnte er sehen, wie die Krieger auf dem Erainnschiff die Waffen zogen und sich kampfbereit machten. Andererseits, hätte der Nebel sie noch immer eingehüllt, wären seine Männer niemals in der Lage gewesen, ihr Schiff neben das der Entführer zu manövrieren.

»Enterhaken! Wir gehen in Luv längsseits und entern!«

Wenigstens schien die Überraschung teilweise auf ihrer Seite zu sein – nicht alle feindlichen Krieger hatten begriffen, was geschah, und anstatt sich zur Schlacht bereit zu machen, standen manche an Deck und glotzten nur, als Drystans Kriegsschiff neben ihnen aus dem Nebel auftauchte.

»Längsseits gehen und Laufplanken ausfahren!«

Drystan und seine Männer stürmten auf das gegnerische Schiff. Dabei musste er gegen das heftige Bedürfnis ankämpfen, nach Yseult zu suchen – die Männer, die ihm den Weg verstellten, erforderten seine ganze Aufmerksamkeit. Er streckte einen Krieger nieder, der sein Schwert noch nicht ganz gezogen hatte, und parierte den Angriff eines anderen, der dies bereits getan hatte. Neben ihm focht Cador wie ein Dämon; so seltsam es ihm auch vorkommen mochte, sein Vetter war jetzt siebzehn, ein kampferprobter Mann und König von Dyn Draithou.

Gemeinsam drängten sie voran, getrieben von Schlachtenwahn und persönlichem Hass. Jäh wurde Drystan klar, dass er diese Männer leiden lassen *wollte,* dass er ihnen den Schmerz heimzahlen wollte, den er unterwegs gespürt hatte, Yseults Schmerz.

Dann erkannte er auf der gegenüberliegenden Seite des Decks Gamal, und der Hass wurde noch persönlicher. Deshalb also war Yseult entführt worden – das Ganze hatte überhaupt keinen politischen Hintergrund.

»Da, der dort – das ist der Anführer!«, brüllte Drystan Cador über klirrenden Stahl und Kampfgetöse hinweg zu. »Den müssen wir uns holen!«

Cador nickte, und sie stürzten sich auf die Erainnkrieger, die sich zwischen ihnen und Gamal befanden. Das hölzerne Deck war jetzt schlüpfrig vom Blut, vom Urin und den Exkrementen der Toten; ein grauenvoller Geruch, stärker als der Salzdunst des Meeres. Drystan wehrte gerade den Hieb eines Mannes vor ihm ab, als er ein Kurzschwert bemerkte, das von rechts her auf seinen Hals zuzischte.

Mit einem Kampfschrei, der einer Baen Sidhe würdig gewesen wäre, warf sich ein Traumbild aus Weiß und Silber auf den Mann, der auf ihn eindrang, und er sackte vor Drystans Füßen zusammen. Ein Dolch steckte in seinem Rücken.

Den Rock ihres Gewandes bis zur Höhe der Oberschenkel abgerissen, damit er sie nicht behinderte, zog Yseult den Dolch aus dem Leichnam und zerrte ihm das Kurzschwert aus den leblosen Händen. Dann stürzte sie sich ins Gewühl, Schwert und Dolch in den Händen, und strebte auf Gamal zu. Drystan tat sein Bestes, ihr den Rücken freizuhalten; Cador war noch immer dicht an seiner Seite.

Yseult erreichte ihr Ziel und schlitzte Gamal mit einem weiteren unirdischen Schrei den Bauch auf.

Als wären sie alle von einem Zauber in Bann geschlagen, fanden die Kämpfe ein jähes Ende. Die Männer drehten sich um und sahen zu, wie Gamal vor der Frau, die er entführt und geschändet hatte, auf die Knie fiel, die Hände um den Dolch in seinem Leib gekrallt. Er starrte zu ihr empor und sah aus, als wolle er etwas sagen. Dann fiel er mit dem Gesicht voran in die Pfützen auf dem Deck.

Jetzt, da ihr Anführer tot war, ließen die anderen Erainnkrieger die Waffen fallen und baten um Gnade. Drystan wischte sich mit dem Unterarm den Schweiß aus den Augen und musterte sie; höchstwahrscheinlich *Bothach,* Männer ohne Ehrenpreis, die jede Arbeit annehmen würden, die man ihnen anbot.

»Kümmere du dich darum«, befahl er Cador knapp und trat vor, um den Arm um Yseult zu legen und sie wegzuziehen, fort von der Schlacht und von der Raserei des Gemetzels.

»Brangwyn hat Kustennin mitgebracht«, sagte er leise und ließ seine Stimme so sanft klingen, wie es ihm nach einem blutigen Kampf nur möglich war. »Sie warten in der Deckskabine auf meinem Schiff, schwer bewacht.«

Langsam begann der Wahnsinn aus ihren Augen zu schwinden, und sie versuchte, sich etwas von dem Blut von Gesicht und Armen zu wischen. Dann holte sie tief Atem. »Es geht ihm doch gut?«

Drystan nickte. »Aber er hat Hunger. Die Amme, die Marcus für ihn aufgetrieben hat, wollte er nicht, und Ziegenmilch mag er nicht.«

Als sie von der Laufplanke traten, kam Brangwyn mit dem aus vollem Halse brüllenden Kustennin in den Armen aus der Deckskabine.

Yseult stürzte vor und nahm ihn Brangwyn mit einem Aufschluchzen ab, dann öffnete sie ihr Gewand und drehte seinen Kopf zu ihrer Brust. Zuerst schrie er nur noch lauter, vielleicht verstört von dem seltsamen Gestank nach Blut und Tod. Dann jedoch schien der vertraute Geruch seiner Mutter zu ihm durchzudringen, und er packte die tropfende Brustwarze. Yseult stieß einen bebenden Seufzer aus, und aus ihren stolzen, mondfarbenen Augen rannen Tränen.

Sie sah Drystan an und blinzelte sie fort.

»Bring mich zu meiner Mutter. Bitte.«

Während des restlichen Tages stillte Yseult Kustennin beinahe doppelt so oft, wie sie es normalerweise getan hätte. Das Ziehen seines kleinen Mundes an ihrer Brust war scharfer Schmerz, Erleichterung und schiere Wonne zugleich. Zum Glück war er hungrig und verlangte nach Milch, und gegen Abend begann das Ziehen in ihren Brüsten endlich nachzulassen.

Nach dem Kampf kehrte die Hälfte ihrer Männer um. Kurvenal übernahm den Befehl über das erainnische Schiff und die darauf verbliebenen Krieger und segelte nach Dyn Tagell zurück. Die von Gamal gedungenen Kämpfer hatten sich bereit erklärt, in den Dienst Britanniens zu treten, und für Männer wie diese würde es kein Lösegeld geben.

Yseult und Brangwyn fuhren mit Drystan auf Marcus' Schiff nach Norden weiter, zum Hafen von Inber Da Glas, der Dun Ailinne am nächsten lag.

»Bleibst du in Dyn Tagell, wenn du zurückkehrst?«, fragte Yseult und sah zu, wie ihr Heimatland näher kam.

Drystan nickte. »Zumindest bis mein Vater mich woanders hinschickt oder Arthur mich ruft.«

»Hoffen wir, dass Arthur bald von Ambrosius hört«, meinte sie.

Cador trat zu ihnen an die Reling. »So Gott will«, sagte er leise. Yseult warf ihm einen scharfen Blick zu. Sie hatte nicht gewusst, dass er Christ war. Doch warum sollte sie das überraschen? Selbst ihr Gemahl betrachtete sich als Christen, obgleich alles, woran er glaubte, er selbst war.

»Bleiben wir lange in diesem wilden Land?«, wollte Cador an Drystan gewandt wissen.

Drystan schüttelte den Kopf. »Nur lange genug, um frischen

Proviant zu kaufen. Wir müssen meinem Vater Bericht erstatten.«

»Das stimmt.« Der junge König lächelte. »Aber ich hätte gern etwas von dem Land gesehen, das Rom widerstanden hat.«

Sie fuhren in den Hafen ein, ohne dass jemand sie anrief, und Yseult war überzeugt, dass ihre Mutter von ihrem Kommen wusste. Tatsächlich kam eine kleine Schar zum Strand herunter, als sie das Landungsboot zu Wasser ließen. Yseult lächelte. Hochgewachsen und blond stand ihre Mutter an der Spitze der Fianna-Krieger, die ihr als Eskorte dienten.

Mehrere Angehörige der Fianna wateten ihrem Boot entgegen. Sie reichte einem von ihnen den Korb mit Kustennin und gestattete zwei weiteren, sie auf die Schultern zu heben und sie die letzten paar Schritte bis zum Ufer zu tragen. Als ihre Füße den Sand berührten, war ihre Mutter bereits neben ihr und zog sie heftig in ihre Arme.

Ihre beherrschte Mutter, Yseult die Weise, Königin der Tuatha Dé Danann.

Es war so schön, zu Hause zu sein. Die beiden Frauen lösten sich aus ihrer Umarmung und hielten einander auf Armeslänge von sich weg, und Yseult betrachtete das Gesicht ihrer Mutter. Erleichtert stellte sie fest, dass es wieder Farbe hatte, die hohlen Wangen und die dunklen Ringe um die Augen waren verschwunden. »Es geht dir gut?«

Yseult die Weise nickte und warf Drystan einen Blick zu. »Der Barde hat seine Schuld beglichen.«

»Barde?«, fragte Cador, der barfuß durchs flache Wasser geplatscht kam, die Schuhe in der Hand.

»Das erzähle ich dir auf der Rückfahrt nach Britannien, Vetter«, versprach Drystan.

Yseult lächelte, sie hätte die Geschichte liebend gern gehört, die Drystan zum Besten geben würde.

»Und du?«, erkundigte sich ihre Mutter mit besorgter Stimme.

»Mir geht es auch gut – ich habe meinen Sohn wieder.« Yseult beugte sich über den Korb, der neben ihr im Sand stand, und hob den Säugling heraus. »Komm, Kustennin, es wird Zeit, dass du deine Großmutter kennenlernst.«

Am nächsten Morgen verabschiedeten sie Drystan und Cador, die außer dem Proviant für die Überfahrt noch eine Meute erainnischer Jagdhunde mitnahmen, alles als Dank der Königin dafür, dass sie ihre Tochter gerettet hatten.

Yseult sah ihrem Schiff nach, als es nach Osten segelte, gleichzeitig enttäuscht und erleichtert, dass sie keine Gelegenheit gehabt hatte, sich unter vier Augen von Drystan zu verabschieden. Hier, im Lande ihrer Geburt, ohne ihn und ohne Marcus, würde es ihr vielleicht gelingen, ihren Kopf hinlänglich von allem zu befreien, so dass sie nachdenken konnte. Wenn Drystan in der Nähe war, ließ die überwältigende Anziehungskraft, die er auf sie ausübte, so wenig von ihr übrig, dass es schwer war zu erkennen, was sie wirklich wollte.

Aber natürlich durfte sie nicht nur an sich denken – sie musste auch bedenken, was jede Entscheidung, die sie traf, für Kustennins Zukunft bedeuten konnte.

Kurz nachdem Drystans Schiff in See gestochen war, brachen sie nach Dun Ailinne auf. Was für Yseult einst selbstverständlich gewesen war, erfüllte sie jetzt mit Staunen: die befestigten Gehöfte mit ihren strohgedeckten Rundhäusern, die leuchtend bunten Karomuster der Mäntel und Kittel der Reisenden, denen sie unterwegs begegneten, die verschiedenfarbigen Gewänder der Barden, die anzeigten, auf welchem Gebiet ihre besonderen Talente lagen, der reiche Schmuck an Handgelenken, Oberarmen und Hälsen der Männer und Frauen in ihrer Schar und jener, an denen sie auf ihrem Ritt vorüberkamen. Es war gleichzeitig so vertraut und so fremd, dass Yseult das Gefühl hatte, an zwei Orten gleichzeitig zu sein – zu Hause in einer Heimat, die sie niemals verlassen hatte, und in einer phantastischen Welt, die vollkommen anders war als ihr alltägliches Leben.

Als der Königshügel von Dun Ailinne vor ihnen in Sicht kam, sog Yseult scharf den Atem ein. Dies war schließlich doch eine Art Zuhause. Von hier aus war sie mit der Fianna losgeritten, hier hatte sie ihre Wunden versorgt und sich im Schwertkampf geübt. Hier waren Lieder über ihre Taten gesungen worden, die sie zum Lachen gebracht hatten.

Hier war ihr der Kopf ihres Oheims in einem Korb überreicht worden.

Sie warf einen raschen Blick auf Brangwyn, die neben ihr ritt, auf ihre versteinerte Miene, mit der sie einen der Orte betrachtete, wo sie mit Aidenn gelebt hatte. Jetzt würde sie sich nicht ungefragt in die Gedanken ihrer Base drängen.

Obgleich viele in den Kriegen gegen die Ui Neill gefallen waren, gab es noch immer zahlreiche bekannte Gesichter, die sie begrüßten, als sie zwischen den Rundhäusern hindurchritten. Illann und Ailbe beaufsichtigten gerade Wettläufe der jüngeren Knaben auf dem Übungsplatz, und als sie sie sahen, winkten sie lächelnd. Es war schön, sie am Leben und wohlauf anzutreffen. Und nicht alle fehlenden Gesichter gehörten Toten, das wusste sie; Crimthanns Brüder Eochu und Faelan hatten andere Siedlungen übernommen, und eine Gruppe jener vom Blut der Tuatha Dé Danann hatte sich in die Hügel zurückgezogen und es den Gaelen überlassen, ihre Kämpfe allein auszutragen.

Yseult fragte sich, ob Brangwyn wohl versuchen würde, ihre Mutter zu besuchen, während sie hier waren.

»Ich glaube nicht«, sagte Brangwyn. »Aber ich würde gern nach Druim Dara reiten, um Brigid zu besuchen.«

Yseult lächelte. Sie hatte die Gedanken ihrer Base nicht ungebeten lesen wollen, diese jedoch hegte ihr gegenüber keine solchen Bedenken.

Noch ehe Yseult ihre Zustimmung bekunden konnte, trat ihre Mutter zu ihnen. »Du wirst feststellen, dass am Ort der heiligen Eiche einiges anders ist«, sagte die Königin mit ernster Miene. »Die Welt verändert sich, und Eriu verändert sich mit ihr.«

»Ja, das ist mir sehr wohl bewusst.« Yseult suchte in den Gedanken ihrer Mutter nach der Bedeutung hinter diesen Worten, doch alles, worauf sie stieß, war eine Mauer des Bedauerns. »Was versuchst du uns zu sagen?«

Yseult die Weise starrte auf die Mähne ihrer braunen Stute hinab und blickte dann von einer jungen Frau zur anderen. »Brigid hat verkündet, dass Friede zwischen der Religion Danus und der Religion des Christus herrschen solle. Sie gestattet Patraic, in der Nähe des heiligen Feuers eine Kirche zu errichten.«

Yseult holte tief Luft. Das widersprach allem, wofür ihre Mutter jemals gekämpft hatte. »Eine Kirche an der heiligen Stätte von Druim Dara?«

Die Königin nickte. »Cill Dara, so wird sie heißen.«

Yseult schüttelte den Kopf. Wie konnte die Ban File den Christus nach Druim Dara einladen, zulassen, dass ihm dort Seite an Seite mit Anu, Danu und Brigid gehuldigt wurde?

»Sie hat mir gesagt, die Zeichen wären zu stark geworden, als dass man sie missachten könne«, berichtete ihre Mutter und beantwortete die Frage, die sie nicht gestellt hatte. Ein verzerrtes Lächeln wölbte ihre Lippen, ein Ausdruck, der überhaupt nicht zu der Mutter passte, die Yseult zu kennen glaubte. »Außerdem hat Brigid gesagt, nach dem, was mit uns geschehen ist, sähe sie keinen Grund, sich zu bemühen, einer Prophezeiung zu entgehen.«

»Was war das für eine Prophezeiung?«, wollte Brangwyn wissen.

»Brigid hatte mehrere Träume von der Zukunft der Alten Bräuche. Ihr könnt sie näher dazu befragen, wenn ihr sie seht.«

Sie gingen auf die Tore des Rath zu, die zur Begrüßung weit geöffnet waren. »Und was hältst du davon?«, fragte Yseult.

Einen Augenblick antwortete die Königin nicht. Endlich seufzte sie. »Ich weiß es nicht. Viele Jahre lang habe ich versucht, den wachsenden Einfluss der neuen Religion auf das Leben in Eriu zu begrenzen, aber gleichzeitig habe ich mich oft gefragt, ob mein Handeln richtig war.«

Yseult zügelte ihr Pferd und fragte sich, wie sehr die Welt wohl noch durcheinandergeraten konnte. Ihre Mutter war Yseult *die Weise*!

Die Königin hielt ihre Stute neben ihr an. »Die Richtung, die ich gewählt habe, hat uns drei in die Gefangenschaft geführt. Und du bist am Ende doch mit Marcus Cunomorus vermählt worden, trotz allem, was wir getan haben.«

Yseult war noch immer nicht überzeugt, doch jetzt kam Crimthann durch das Tor des Rath auf sie zugeschritten, um sie zu begrüßen, und sie saßen ab und reichten herbeieilenden Sklaven die Zügel. Dann fielen plötzlich zwei langbeinige Ungetüme mit nassen Zungen und wild wedelnden Schwänzen über sie her.

Lachend kniete sie vor ihnen nieder. »Bran, Ossar!« Wie lange war es jetzt her – zwei Jahre? Und trotzdem erinnerten sie sich noch an sie. Yseult war froh, dass die Hunde sie von den Worten ihrer Mutter ablenkten, froh über ihre schlichte Liebe und Treue.

»Du siehst, Yseult, hier gibt es noch immer einen Platz für dich.«

Sie ergriff die Hand, die der König der Laigin ihr bot, und fragte sich, ob er Recht hatte. Gab es irgendwo auf der Welt überhaupt noch einen Platz für die Tuatha Dé Danann?

Rasch fand sie sich wieder in den Alltag eines erainnischen Rath im Sommer hinein. Morgens ging sie ins Haus des Heilens, um zu sehen, ob ihre Mutter Hilfe bei den Kranken oder Verletzten brauchte. Um diese Jahreszeit jedoch, nach dem Säen und vor der Ernte, bei warmem Wetter, war hier nicht viel zu tun. Wenn es heißer wurde, würde es mehr Kranke geben, durch verdorbenes Essen, sowie schwangere Frauen und Greise, die in der Hitze zusammenbrachen, aber jetzt noch nicht. Manchmal wurde Yseult die Weise anderswo gebraucht, und sie und Brangwyn übernahmen für eine Weile ihre Pflichten als Heilerin. Nachmittags kümmerte sie sich um den Kräutergarten und sammelte wild wachsende Heilpflanzen. Wenn es mehrere Tage nicht geregnet hatte, mussten manche Pflanzen gegossen werden, nachdem sie nicht mehr von der Sonne beschienen wurden. Immer begleitete Kustennin sie; als er kräftiger und lebhafter wurde, verwendete sie ein zu einer Schlinge geknüpftes Tuch, in dem sie ihn auf dem Rücken trug, anstatt ihn in seinem Korb herumzuschleppen.

Das Wetter wurde wärmer, und bald würden die Schafe geschoren werden müssen. Jede Frau im ganzen Rath, die ein wenig Zeit erübrigen konnte, würde dazu herangezogen werden, die Wolle zu waschen, zu kämmen und zu spinnen. Schon wurden die nötigen Vorkehrungen getroffen; der Schuppen, in den die Schafe am Abend zuvor getrieben werden sollten, wurde gesäubert und der Zustand der Scheren überprüft. Während des Scherens würden sie und die anderen Heiler sehr viel mehr zu tun haben; Schnitt- und Schürfwunden und Quetschungen würden zu versorgen sein und vielleicht sogar ein gebrochener Knochen.

An dem Tag, als die Schafe in den Schuppen getrieben wurden, machte sie sich mit Kustennin in seiner Trageschlinge auf, um zu sammeln, was sie an zusätzlichen Kräutern vielleicht brauchen mochten und was nicht in ihrem Garten wuchs: Moos für Verbände, Holunderblätter für frische Salbe, Himbeerblätter für einen Breiumschlag, um Wunden zu reinigen. Als sie aus dem Rund der Erdwälle trat und sich in Richtung des Waldes im Westen aufmachte, holte Illann sie ein.

»Yseult! So ein glücklicher Zufall. Ich wollte schon seit einer ganzen Weile allein mit dir sprechen.«

»Gut. Dann kannst du mir ja helfen, den Kampf mit den Himbeerbüschen aufzunehmen.«

Illann schnitt eine Grimasse, blieb jedoch heldenhaft an ihrer Seite. »Wie ich höre, erwägst du, nach Eriu zurückzukehren.«

Sie warf ihm einen raschen Blick zu. Wo konnte er das gehört haben? Vielleicht hatte sie ihre Gedanken nicht gut genug abgeschirmt, war zu sehr an ein Land ohne Magie gewöhnt. Sie dachte an Myrddin und Modrun. Oder besser: an ein Land mit sehr wenig Magie.

Als sie nicht antwortete, fuhr er fort: »Du bist gegen deinen Willen mit dem dumnonischen König vermählt worden, aber jetzt bist du hier. Du könntest bleiben.«

»Und was ist mit meinem Sohn?«, fragte Yseult. Besagter Sohn schlief friedlich in seiner Trageschlinge, sein Lockenkopf ruhte auf ihrer Schulter.

Illann betrachtete Kustennin lächelnd. »Er ist ein feiner Junge. Jeder Mann wäre glücklich, ihn seinen Sohn zu nennen.«

Ja, für Kustennin gäbe es gewiss einen Platz, wenn sie einen von Crimthanns direkten Blutsverwandten heiratete, Illann oder Ailbe. Das war es, was ihr ehemaliger Kampfgefährte ihr zu verstehen gab.

Doch sie wollte Illann nicht heiraten. Sie wollte die Freiheit haben, Drystan zu lieben – *und* einen Platz für ihren Sohn.

»Ich will seinen Vater nicht verlassen«, sagte sie leise.

»Aber ich dachte …«

Yseult ließ ihn den Gedanken nicht vollenden. »Sag nichts mehr, Illann. Genießen wir den Tag.«

Er nickte.

Zusammen sammelten sie Himbeerblätter und plauderten über alte Zeiten, und sie fühlte sich fast wie zu Hause.

Nach der Schafschur brachen Yseult und Brangwyn zusammen mit Yseult der Weisen und einer großen Schar Fianna-Kriegern nach Druim Dara auf, um die Stätte des ewigen Feuers zu besuchen. Jetzt, da Coirpre das Amt des Hochkönigs in Tara innehatte, war die Königin der Tuatha Dé Danann nicht länger in so großer Gefahr, doch die Ui Neill waren trotz allem Feinde, und eine starke Eskorte war notwendig. In Anbetracht dessen, was ihre Mutter ihnen bei ihrer Ankunft in Dun Ailinne erzählt hatte, war Yseult sich nicht sicher, ob sie die Stellvertreterin der dreifaltigen Göttin überhaupt wiedersehen wollte. Konnte Brigid noch immer die Frau sein, die damals Patraic mit einer List dazu gebracht hatte, das Brehonengesetz zu achten?

Die ihn mit einer List dazu gebracht hatte, die Brehonen und ihre Rechtsprechung zu bewahren, ja – jetzt jedoch war das erainnische Gesetz eine Verschmelzung des Rechts der Tuatha Dé Danann, der Gaelen und der Christen. Anscheinend bediente sich Brigid jetzt einer ganz ähnlichen Strategie wie damals. Und so hatte Yseult beschlossen, die Reise anzutreten und selbst mit der Ban File zu sprechen.

Druim Dara war weniger als einen halben Tagesritt von Dun Ailinne entfernt, je nachdem, wie es um das Wetter und um die Straßen bestellt war, und beides war genau richtig. Yseult hatte sich seit ihrer Rückkehr nicht nur wieder mit Bran und Ossar vertraut gemacht, Crimthann hatte ihr auch ihre Stute Duchann Bhan überlassen. Diese war jetzt eine reife Sechsjährige, nicht mehr das lebhafte Jungtier, das sie einst gewesen war, trotzdem war es schön, wieder das geliebte Pferd unter sich zu spüren. Genau wie die Hunde, schien auch die Schimmelstute sich an sie zu erinnern, ein Teil der Heimat in dieser Welt, die halb die ihre war und halb nicht.

Sie trafen vor dem Mittagsmahl in Druim Dara ein, und einer der ersten Menschen, die Yseult erblickte, war Patraic. Er stand vor einem hölzernen Gerüst, bei dem es sich, wie sie annahm, wohl um das Gebälk der neuen Kirche handelte, und half mit eigenen Händen, das Gotteshaus zu errichten. Die Haarfransen über seiner Stirn waren von mehr Grau durchzogen als in ihrer Erinnerung, er hatte die Robe eines heiligen Mannes abgelegt und war stattdessen mit einer Hose bekleidet und sonst nichts. Der Tag war warm, und die Männer, die die Planken zurechtsägten und sie mit Holzpflöcken aneinanderfügten, trugen fast alle weder Hemd noch Wams.

Auf das Hufgetrappel ihrer Pferde hin drehte Patraic sich um. Ein überraschtes Lächeln des Wiedererkennens erhellte sein Gesicht, er hob grüßend die Hände, als sie vorbeiritten. Ihre Blicke trafen sich, und Yseult fing ein Gefühl der Bewunderung von ihm auf, fast schon Zuneigung. Ein zwinkerndes Blitzen war in seinen Augen zu sehen, als wüssten sie beide um einen geheimen Scherz.

Als sie die Tore von Druim Dara erreichten, saßen sie ab. Schon kamen Sklaven herbeigeeilt, um ihnen die Pferde abzunehmen; ihre Mutter war hier keine Fremde, und sie brauchten sich nicht zu erkennen zu geben. Noch ehe sie auch nur ihre Satteltaschen von den Kruppen der Pferde gezogen hatten, kam

Brigid heraus. Sie lächelte, doch Yseult konnte auch eine wehmütige Zurückhaltung spüren, was sie nicht überraschte.

»Yseult!« Die Priesterin schmunzelte. »Und Brangwyn! Es ist schön, euch alle wiederzusehen. Kommt, wir haben unser schönstes Gästehaus für euch bereit gemacht. Ich freue mich darauf, deinen Sohn zu sehen, Yseult.«

Brigids gemischte Gefühle trugen sehr viel dazu bei, den Knoten des Grolls in Yseults Brust zu lösen. Gerade sie sollte doch wissen, dass es viele Entscheidungen im Leben gab, bei denen man keine richtige Wahl treffen konnte.

Sie war doch froh, dass sie gekommen war.

Lautes Geschrei ertönte aus dem Korb, in dem Kustennin die Reise zurückgelegt hatte, und Yseult eilte hinüber, um ihn zu holen. Als sie ihn hochhob, öffnete er die Augen und lächelte sie an. Nach der unbestimmten dunklen Farbe der ersten Tage waren seine Augen jetzt von demselben leuchtenden Grün wie die seines Vaters. Sie drehte sich um und fand Brigid neben sich, die ihren Sohn eingehend betrachtete.

Die Ban File lächelte. »Ein hübscher Junge. Gehen wir mit ihm zum heiligen Feuer? Obgleich unsere Zeit verrinnt, wird Danu ihn gewiss segnen.«

Yseult hielt das Kind an der Schulter und nickte. Brigid zauste seine kurzen, feinen Locken, und Kustennin gab ein ansteckendes Säuglingskichern von sich, das sie beide zum Lachen brachte.

Gemeinsam machten sie sich auf den Weg zur Stätte des heiligen Feuers. Die Blüten der Rotdornhecke vertrockneten allmählich und fielen ab, und die Beeren waren klein und grün; noch waren es keine flammenden Büsche wie im Herbst oder im Winter, wenn die Beeren und auch die Blätter selbst die Farbe des Feuers annahmen.

Eine Priesterin in einer leichten Sommerrobe bewachte das Feuer, um sicherzugehen, dass es nicht erlosch, und legte beständig Holz nach. Dies war die heiligste Pflicht in Druim Dara, eine Pflicht, die den Altardienerinnen und Priesterinnen vorbehalten war. Zwölfmal am Tag wurde das Hüten des heiligen

Feuers an eine andere Ban Drui übergeben. Es gab auch Männer, die in Druim Dara geschult wurden, doch die Wache über das Feuer Anus, Danus und Brigids war eine der Aufgaben, die nur den Frauen zustand.

»Wird es weiterbrennen?«, fragte Yseult leise und hielt gebührenden Abstand zu den tanzenden Flammen. Es war zu heiß, um sich am heiligen Feuer zu wärmen, und sie empfand Mitgefühl mit der jungen Frau, die es jetzt vor dem Verlöschen bewahrte, so groß diese Ehre auch war.

»Ja, das wird es, Yseult. Solange wir leben, und noch lange danach. Aber nur wegen der Entscheidungen, die ich getroffen habe und die du missbilligst.«

Yseult rückte Kustennins Gewicht auf ihrer Hüfte zurecht, und er erblickte das Feuer und starrte es wie gebannt an. »Patraic zu erlauben, unsere heilige Stätte für die Christenreligion zu nutzen – um einem Gott zu huldigen, der keine Götter neben sich duldet. Was soll dann aus Danu, Anu und Brigid werden?«

Brigid seufzte. »Du weißt doch, dass ich Träume von der Zukunft hatte, schon lange bevor du fortgegangen bist.«

»Ja, ich erinnere mich. Du und meine Mutter, ihr habt oft davon gesprochen, in dem Winter, den wir hier verbracht haben, damals, als ich fünfzehn geworden bin.«

Brigid nahm auf einer Steinbank Platz und klopfte neben sich auf den Sitz. Yseult war froh, sich niederlassen zu können: Kustennin war fast fünf Monate alt und wuchs schnell, sie nahm ihn auf den Schoß, damit er die Welt um sich herum besser in Augenschein nehmen konnte.

Die Ban File betrachtete mit abwesender Miene das Feuer. »Viele Jahre lang vermochte ich die Träume nicht zu deuten – oder vielleicht habe ich mich gegen die richtige Deutung gesträubt. Aber langsam wurden sie deutlicher, oder ich habe mich allmählich ihrer Botschaft immer mehr geöffnet, ich kann nicht sagen, woran es lag. Was ich gesehen habe, war, wie dieses Feuer vor uns ausging, wenn ich mich weigerte, diese neue Religion hinzunehmen. Tue ich das aber, so wird das Feuer Brigids in das neue Zeitalter hineingetragen werden.«

Kustennin krähte, höchst unpassend, wie Yseult fand. »Ach, Danu.«

»Du hast erwogen, nach Eriu zurückzukehren.«

Es war keine Frage, doch Yseult antwortete trotzdem. »Ja.«

»Deine Aufgabe liegt in Dumnonia, im Lande der Bretain.«

»Hast du das auch gesehen?«

Brigid legte die Hände flach auf die Oberschenkel. »Wir haben beide wichtige Rollen zu spielen, du und ich. Ich habe es gespürt, vor langer Zeit, als du kaum mehr warst als ein Kind und ich nur wenig länger als ein Jahr Ban File gewesen war.«

»In Jahren gemessen ist das noch nicht lange her.«

»Aber es fühlt sich an, als wären so viele Jahre vergangen.«

Yseult schaukelte Kustennin auf ihrem Knie und dachte an all das, was sich seit jenem Winter verändert hatte. So viele waren tot, die Feadh Ree versteckten sich in den Hügeln der Sidhe, der Friede von Eriu gehörte der Vergangenheit an, und jenseits des Meeres war Ambrosius in den Kriegswirren dessen verschollen, was von Rom noch übrig war. Sie überlegte, ob es wohl schon Neuigkeiten von Ambrosius gab, überlegte, ob der Friede mit den Sachsen noch hielt und ob Drystan noch in Dyn Tagell war. Vielleicht hatte Arthur sogar eine Ratsversammlung der Könige einberufen. Sie wünschte, Nachrichten würden nicht so langsam reisen.

Und erschrocken wurde ihr klar, dass das, was jenseits der erainnischen See geschah, sie beinahe ebenso umtrieb wie die Ereignisse im Land ihrer Geburt.

»Wie hat sich alles hier so schnell verändert?«, fragte Yseult. »Die Religion des Christus scheint doch noch immer nicht so stark zu sein. Es gibt nur ein paar Könige, die behaupten, Christen zu sein, und genauso viele, die Patraic oder seinen Jüngern nicht einmal erlauben, ihr Gebiet zu betreten, so wie Coirpre in Tara.«

Brigid erhob sich und stellte sich vor Yseult hin. Kustennins Blick huschte zwischen dem Feuer und der Gestalt der Ban File hin und her. »Ja, wenn alles, was ich gesehen habe, die Gegenwart wäre, dann würde ich vielleicht denken, dass es keiner

Veränderung bedarf. Die Zukunft aber sieht ganz anders aus.« Sie blieb stehen und lächelte. »Und außerdem, Yseult, es sind nicht die Könige, die bei Patraics Religion Trost suchen. Es ist das gemeine Volk.«

Yseult schwieg; sie dachte an das Gespräch, das sie vor so vielen Jahren mit Ciaran geführt hatte. Der Gemeine – der Mann ohne Ehrenpreis und ohne Zukunft.

Sie musste zugeben, es war ihr sehr viel lieber, dass dieser Mann Patraic folgte als einem zum Verräter gewordenen Krieger wie Gamal.

»Genau«, pflichtete Bridgid bei, die mit Yseults Gedanken Schritt gehalten hatte. »Vielleicht ist es ja gar keine so schlechte Zukunft. Und wenn meine Visionen wahr sind, können du und ich etwas von den Alten Bräuchen in die neue Zeit hinübertragen.«

»Aber wie? Ich bin keine Priesterin wie du.«

Brigid zuckte die Schultern. »Es ist so, wie die Prophezeiung deiner Mutter besagte: Dein Name wird sein wie ein Menhir. So wirst *du* die Alten Bräuche in die neuen tragen. Mehr weiß ich nicht.«

»Und du wirst das ewige Feuer retten«, sagte Yseult.

Die Ban File nickte. »Patraic versteht die Macht der Symbole und der Magie und weiß, wie er die Alten Bräuche zu seinem Vorteil nutzen kann. Als Gegenleistung für etwas von dem Einfluss, den er bald auf die Herzen und Gedanken der Menschen von Eriu haben wird, kann ich ihn dazu überreden, mich hier weiterhin auf dem Kamm der heiligen Eiche führen und das heilige Feuer hüten zu lassen.«

Diese Vision der Zukunft stimmte Yseult weniger hoffnungsfroh, als es bei Brigid der Fall zu sein schien. »Aber wie wirst du sichergehen können, dass das Feuer nach uns weiterbrennen wird?«

Die Ban File setzte sich abermals neben sie und bedachte sie mit einem geheimnisvollen Lächeln, während Kusteninns Blick ihr folgte. »Selbst jetzt dürfen nur Frauen das Feuer hüten«, sagte sie. »Wenn es Zeit für die Veränderung ist, wird Druim

Dara ein Ort werden, der ausschließlich Frauen vorbehalten ist – keine männlichen Gehilfen mehr für die Priesterinnen. Patraic wird dem mit Freuden zustimmen, da er findet, dass wir hier in Eriu viel zu freizügig mit unserer fleischlichen Gunst umgehen.«

Endlich verstand Yseult, was Brigid vorhatte, und ein Antwortlächeln wölbte ihre Lippen empor. »Und kein Mann der Christenkirche wird sich in die Traditionen und in die Art und Weise einmischen können, wie in Druim Dara Religion ausgeübt wird.«

»Auf diese Art kann ich die Erinnerung an die Göttinnen unserer Stämme in das neue Zeitalter hinüberretten. Ich werde mich der Christenreligion anpassen und sie gleichzeitig verändern.«

Yseult seufzte und vergrub das Gesicht in den kurzen Locken ihres Sohnes. Wenn Brigid recht hatte, dann gab es für sie hier in ihrer alten Heimat wirklich nichts. Doch was für ein Leben würde sie in Dumnonia führen, verheiratet mit einem Mann, den sie nicht einmal achten konnte?

»Du musst eine Möglichkeit finden«, sagte Brigid.

Yseult richtete sich wieder auf, wandte sich der anderen zu und nickte knapp. »Ich nehme meine Hunde und mein Pferd mit, dann habe ich trotzdem noch etwas von Eriu.«

Brigid nahm sie am Ellenbogen und zog sie von der Steinbank empor, die sich jetzt kalt unter ihr anfühlte. Die Ban File fasste sie mit ihren tüchtigen Händen an den Schultern und sah ihr unverwandt in die Augen, ihre Miene war ernst. »Yseult, du wirst immer etwas von Eriu haben.«

23

Oh, düster ist das Land, und düster ist mein Herz,
Doch die rote Sonne steigt empor, wenn die
Stunde gekommen ist.
Oh, die rote Sonne steigt empor, und die Toten
erheben sich; ich kann sie sehen
Und meinen eigenen Sohn und Conn, der die
Schlachten gewann,
Und die Burschen, die verloren.
Sie haben leuchtende Schwerter, die der Schlacht
Willkommen klirren.
Ein Willkommen der roten Sonne, die mit
unserem Glück emporsteigt.

Ella Young, *Der rote Sonnenaufgang (Moraigs Lied)*

Brangwyn war überrascht, wie froh sie war, als die felsige Landzunge von Dyn Tagell wieder am Horizont auftauchte. Die Augustsonne schien warm auf ihre Schultern, und im Wind lag der feuchte Geruch des Sommers. Sie verließ ihre Heimat, doch sie kehrte zu einem Leben zurück, in dem es jetzt einen Daseinszweck für sie gab. Sie spürte, dass ihre Base neben ihr dieselben widerstreitenden Gefühle hegte. Dieser Ort fühlte sich immer noch nicht an wie ein Zuhause, doch das tat Dun Ailinne auch nicht mehr, ohne ihren Vater, ohne Aidenn, ohne so viele, die in den Kämpfen gefallen waren, die die Stämme Erius einander so beharrlich aufzwangen.

Andererseits, wo gab es schon Frieden? In Britannien herrschte Friede, seit ihr eigenes Volk aus Caer Leon vertrieben worden war, vor beinahe einem Jahr, doch Brangwyn machte sich keinerlei Illusionen, dass er halten würde.

Schon gar nicht jetzt, da der Hochkönig in Gallien verschollen war.

Der Himmel war dunstig, ein Sommergewitter drohte, das sie noch nicht erreicht hatte, und die Möwen schrien laut. Glücklicherweise war das Meer noch ruhig, schien abzuwarten, hinter ihnen jedoch, im Nordwesten, war der Himmel dunkel. Brangwyn lächelte in sich hinein; vielleicht war das ein weiterer Grund dafür, dass sie sich freute, Dyn Tagell zu erblicken. Diese felsige Küste war jenen, die im Sturm nach einem sicheren Hafen suchten, nicht freundlich gesinnt.

Als sie die Segel einholten und Anker warfen, waren sie alle erleichtert, dass das Gewitter noch hinter ihnen war. Die Seeschwalben kreisten und stürzten sich wild in die Tiefe, als wollten sie die Möwen an Land treiben oder den Sturm abwehren. Der Wind nahm zu, und die Männer am Strand, die darauf warteten, sie zu begrüßen, stemmten sich breitbeinig dagegen.

Brangwyn durchzuckte unverhoffte Freude. Neben Drystan stand Kurvenal, das braune Haar wehte ihm ums Gesicht.

Sie wandte sich von der Reling ab und blickte zu der düsteren Wolkenwand im Nordwesten hinüber. Sie *wollte* dieses freudige Erschrecken nicht empfinden, nicht wegen eines Kriegers, nicht wegen jemandem, der sie verlassen würde, um in irgendwelchen Grenzstreitigkeiten umzukommen, der sie zurücklassen würde, damit sie als Kriegsbeute verschleppt wurde. Rasch verschloss sie ihre Gedanken vor den Erinnerungen, die sie zu verschlingen drohten.

Doch ein Mann konnte ihr auch ein Kind schenken, einen Säugling, den sie pflegen und den sie aufwachsen sehen konnte, so wie Kustennin.

Das Landungsboot wurde mit lautem Platschen zu Wasser gelassen, und die Strickleiter klatschte gegen die Seite des Schiffes.

Yseult kletterte flink hinab, nachdem sie Kustennins Korb hinuntergereicht hatte, und Brangwyn schirmte sich gegen die Gedanken ihrer Base ab; sie kannte die Richtung, die sie nahmen.

Yseult scherte sich nicht darum, wie groß das Risiko war, für sie zählte nur die Freude, Drystan wiederzusehen.

Natürlich *behauptete* Yseult, dass sie ihre Liebschaft mit Drystan nicht fortsetzen wollte, jetzt, da sie den Entschluss gefasst hatte, bei seinem Vater zu bleiben, anstatt nach Eriu zurückzukehren. Doch Brangwyn war sich fast sicher, dass sie dieses Versprechen sich selbst gegenüber nicht würde halten können. Irgendwann würde die Versuchung schlicht zu groß werden, und sie und Drystan würden sich in die Arme sinken und wieder das Bett teilen.

Das war so unvermeidlich wie der Krieg.

Es kam genau, wie Brangwyn gefürchtet hatte, zumindest teilweise. Yseult mied Drystans Bett, wenigstens fürs Erste, obgleich Marcus weit entfernt in Isca weilte. Drystan stapfte mit grimmigem Gesicht auf der Klippe umher, die Hände hinter dem Rücken ineinander verkrallt. Brangwyn zog ihre eigenen Schlüsse.

Doch was den Krieg betraf, so kam er viel früher, als selbst sie erwartet hatte.

Sie hatten nichts mehr von Ambrosius gehört, und ein unbestätigtes Gerücht hatte die Küsten Albas erreicht, nach dem er und seine überlebenden Männer von Euric eingeholt und irgendwo zwischen dem Gebiet der Bituriger und Avallon niedergemacht worden wären.

Anscheinend war den Feinden Britanniens dieses Gerücht ebenfalls zu Ohren gekommen – bald nachdem sie und Yseult in Dyn Tagell eingetroffen waren, kam die Nachricht, dass die Sachsen von Ceint sich nach Westen in Marsch gesetzt hätten.

Und natürlich wurden Drystan und Kurvenal dort gebraucht, wo gekämpft werden würde.

Eines Nachmittags, kurz bevor die beiden aufbrechen wollten, um sich Arthurs Truppen anzuschließen, fand Kurvenal sie, als sie gerade zu den Vorratshäusern in der Nähe des Kellers auf der Nordostseite der Halbinsel unterwegs war. Was in ihrem eigenen Land Lugnasad gewesen wäre, war jetzt vorbei, und die Tage wurde kürzer, doch die Hitze hatte noch nicht nachgelassen. Der Geruch des Meeres mischte sich mit dem des Staubes von den Wegen.

»Brangwyn!«

Beim Klang von Kurvenals Stimme drehte sie sich um und wartete, bis er sie erreicht hatte, unterdrückte dabei die aufwallende Freude, die sie verspürte, und zwang ihre Gesichtszüge, nicht dem betörten Lächeln nachzugeben, das sie an ihren Mundwinkeln zupfen fühlte. Es war zu lange her, dass sie einen Mann in ihrem Bett gehabt hatte, das war alles.

»Guten Tag, Kurvenal.«

»Guten Tag, Brangwyn. Ich wollte mit dir reden, bevor wir uns auf den Weg machen. Wenn das Wetter es zulässt, stechen wir in zwei Tagen in See.«

»Ja, das habe ich gehört.«

Er zog ihre Hand durch seine Armbeuge und ging mit ihr auf die Klippen zu. Das Gefühl seiner bloßen Haut unter ihren Fingerspitzen ließ Wärme durch ihren ganzen Körper strömen.

Am Klippenrand machten sie halt und schauten aufs Meer hinaus. Unter ihnen brachen sich die Wellen an den Felsen, und um sie herum kreischten die Möwen. Die Sonne stand vor ihnen und links von Brangwyn, ungefähr auf halber Höhe über dem Horizont. Sie konzentrierte sich auf diese Einzelheiten, um nicht an seine Wärme unter ihrer Hand zu denken.

»Wirst du mir schreiben?«, fragte Kurvenal endlich. »Jetzt können wir einander ganz offen schreiben. Diesmal brauchen wir uns nicht auf Nachträge zu beschränken.«

»Da wäre ich mir nicht so sicher.«

Yseult mochte ja ihre Liebschaft mit Drystan nicht wieder aufgenommen haben, doch Brangwyn wusste, wie schwer es ihr fiel. Ihr Sehnen nach ihm und das seine nach ihr machten es ebenso unvermeidlich wie dieser Krieg, dass sie wieder miteinander schlafen würden. Die Art und Weise, wie sie füreinander empfanden, ließ ihnen keine Wahl.

Mit dieser Art von Sehnsucht wollte Brangwyn nichts zu schaffen haben.

Sie blickte auf das graublaue Meer hinaus, wo die Sonne auf

der Dünung schimmerte, während diese zu Wogen emporwuchs. Vielleicht hätten sie doch in Eriu bleiben sollen, fern von den Männern, die ihnen das Leben schwer machten.

»Brangwyn.«

Sie drehte sich um und sah ihm in die Augen. Sein Arm löste sich von ihrer Hand, und sie hatte kaum Zeit, ein unwilliges Gefühl des Verlustes zu empfinden, ehe er ihren Ellenbogen ergriff und sie zu sich heranzog. Einen Schritt von einer Umarmung entfernt, standen sie da, und der schwache Teil ihres Selbsts, jener Teil, der sich nicht darum scherte, was es sie kostete, verlangte nach nichts so sehr wie danach, ihm über den verbliebenen Abstand hinweg entgegenzusinken. Das Wetter war sehr warm für die Nordostküste Dumnonias, sogar für den Hochsommer, doch es war nicht die Sonne auf ihren Schultern, wegen der ihr jetzt plötzlich heiß war.

»Ich weiß, dass du dich auch um sie sorgst«, sagte er, als sie stumm blieb. »Liebe muss nicht so sein.«

Sie holte tief Luft, um sich zu fangen, um die Woge des Verlangens niederzukämpfen, die sie durchflutete, als er das Wort »Liebe« aussprach. Sie kannte den Preis, kannte ihn nur zu gut. »Du hast recht, mit beidem. Aber ich habe selbst eine friedlichere Liebe gekannt. Hast du vergessen, dass ich Witwe bin?«

Kurvenal presste die Lippen zusammen. »Natürlich nicht.«

»Als ich meinen Mann zum letzten Mal gesehen habe, hing sein Kopf an der Seite eines Streitwagens.«

Kurvenal holte scharf und unstet Atem und lehnte die Stirn an ihre. Seine Hand glitt von ihrem Ellenbogen zu ihrem Nacken, und er strich mit dem Daumen über die Linie ihres Unterkiefers. »Brangwyn.«

Diese mitfühlende Zärtlichkeit war fast zu viel für sie. Mühsam schüttelte sie den Kopf. »Du musst das verstehen, ich kann nicht noch einmal einen Krieger lieben.«

Kurvenal bog sich zurück und zog mit der Spitze seines Zeigefingers ihre Lippen nach. »Aber schreiben kannst du doch trotzdem, oder? Mir erzählen, was du tust, wie es dir geht? Damit ich dich nicht ganz so sehr vermisse?«

Brangwyn ließ den Kopf gegen seine Schulter sinken, und seine Arme legten sich um sie. Sie konnte seine verblüffte Freude fühlen. Und er ihre Tränen.

»Ja, ich schreibe dir«, sagte sie in das feuchte Leinen seines Hemdes hinein.

Die Jahre, die folgten, waren hart und bitter. Frauen warteten auf Männer, warteten auf Neuigkeiten – oder auf Leichname, die anstelle der Männer heimkehrten, die sie zurückgelassen hatten. Der Vorstoß der Sachsen war diesmal für Arthur sehr viel schwerer abzuwehren als vor dem Sieg bei Venta; die Kämpfer, die mit Ambrosius verschollen waren, hatten die Verteidiger Britanniens dezimiert, und Arthurs Reitertruppen waren jetzt noch wichtiger als zu der Zeit, da es noch ein größeres stehendes Heer gegeben hatte. Arthur schulte eine wachsende Anzahl von Kriegern darin, zu Pferde zu kämpfen, doch die Kosten für die Haltung der Kriegspferde ließen viele der geringeren Könige verdrossen murren.

Was sogar noch mehr gegen Arthur ins Gewicht fiel, war die Tatsache, dass trotz all seiner Bemühungen und derer seiner Männer, die Sachsen nicht zu weit auf britannisches Gebiet vordringen zu lassen, Londinium an den Feind verloren ging, bevor das Wetter umschlug, und der Oktober Flüchtlinge nach Verulamium und Calleva ziehen sah und sogar noch weiter.

Für Yseult gab es ein wenig Trost: Marcus war oft abwesend, und sie hatte Kustennin, der sie zum Lachen brachte und sie rasend machte, dem sie beim Heranwachsen zusehen konnte – und der dafür sorgte, dass sie beschäftigt war. Im Sommer stand sie Dyn Tagell vor und lernte sogar etwas Buchhaltung nach römischer Art, um den Überblick über die Zinnausfuhr auf der einen Seite und über den Wein, die Glaswaren und das Olivenöl auf der anderen zu behalten, die im Tausch gegen Ersteres eintrafen. Wenn das Wetter umschlug, zogen sie von der Küste fort nach Lansyen, und dort musste sie sich um die Bedürfnisse der Pachtbauern kümmern und neben ernsthafteren Erkrankungen die üblichen Krankheiten des Herbstes und des Winters behandeln.

Und natürlich gab es noch die Briefe vom Vater ihres Kindes.

Von Drystan an Yseult: Sei gegrüßt.

Ich hoffe, ich darf mir die Freiheit nehmen, Dir zu schreiben, um mich nach der Gesundheit meines Bruders und der Deinen zu erkundigen. Wie Du sehr wohl weißt, schreibt mein Vater nur selten.

Wir haben uns Arthurs Kriegerschar angeschlossen, die jetzt über vierhundert Mann stark ist, und kommen rasch nach Osten voran, von wo der letzte Vorstoß der Sachsen gemeldet wurde. Bisher sind wir in mehrere kleinere Geplänkel mit sächsischen Truppen geraten, haben aber keine größeren Schlachten geschlagen. Cai ist in Caer Leon geblieben, um so schnell wie möglich noch mehr Männer für den berittenen Kampf auszubilden: Dort hat er seine Ställe. Man wird ihn unter Arthurs Heerführern sehr vermissen, doch Arthur hat entschieden, dass zusätzliche Reiterei notwendiger ist. Außerdem hat er noch weitere Pferde von den Königen eingefordert, die vom Vordringen der Sachsen bedroht sind. Bitte übermittle meinem Vater die Bitte, dass auch er so viele Pferde nach Caer Leon schickt, wie er entbehren kann. Gewiss wird er unter dieser Last stöhnen, so wie viele andere. Glauben die, die sich beklagen, etwa, sie könnten die Sachsen allein besser zurückschlagen? Ich verstehe das nicht.

Ich hoffe, dieser Brief findet Dich bei guter Gesundheit und in Dyn Tagell geht alles seinen geregelten Gang. Wann ziehst Du für den Winter nach Lansyen? Kümmert sich mein Vater noch immer um die Instandsetzung der Villa in Isca Dumnoniorum?

Dein Drystan

Von Yseult an Drystan: Sei gegrüßt.

Ja, Dein Vater weilt in Isca und überlässt es mir, mich hier um alles zu kümmern. Allmählich eigne ich mir große Kenntnisse an, was den Wert von Zinn und den Umgang mit Händlern aus anderen Ländern betrifft. Dein Vater rechnet damit, den meisten Gewinn für seine Instandsetzungsarbeiten zu verwenden (allem Anschein nach fühlt er sich nicht bedroht), aber ich kann einiges abzweigen, um die erforderlichen Pferde aufzubringen, und werde sie nach Caer Leon schicken, sobald es sich einrichten lässt.

Wie ist der letzte Stand der Dinge, was den Vorstoß der Sachsen betrifft? Es dauert so lange, bis Neuigkeiten uns hier in Dyn Tagell erreichen, und wir sorgen uns.

Wir werden vor Samhain nach Lansyen ziehen. Ja, ich weiß, dass Samhain hier nicht gefeiert wird, nicht offiziell, aber die Menschen glauben immer noch an den Tag, wenn die Tür zwischen den Welten offen steht, und ich denke, wir werden ein Feuer entzünden.

Kustennin ist wohlauf, genau wie ich. Er zieht sich jetzt an den Möbeln hoch, und es wird nicht mehr lange dauern, bis er seine ersten Schritte macht. Er ist mein Lebensglück.

Ich bin froh, dass es noch keine ernsten Kämpfe gegeben hat. Nimm dich in Acht, um unseretwillen.

Deine Yseult

Von Drystan an Yseult: Sei gegrüßt.

Arthur lässt Dir für die Pferde danken, die Cai in Caer Leon erhalten hat.

Bitte verzeih, dass diese Antwort so spät kommt. Wir haben die feindlichen Lager unsicher gemacht, haben an unterschiedlichen Orten entlang der westlichen und nördlichen Grenze von Ceint zugeschlagen und uns sogleich wieder zurückgezogen, in dem Bemühen, sie davon abzuhalten, weiter vorzurücken. Viel mehr können wir jetzt nicht tun, bis Cai zu uns stößt. Unser Ziel besteht lediglich darin, sie hinzuhalten, bis der Winter kommt. Gewiss habt Ihr selbst in Dumnonia gehört, dass Londinium gefallen ist. Mit so wenigen Männern können wir nur wenig ausrichten.

Ich wollte, ich wäre in Dyn Tagell, um zu sehen, wie Kustennin seine ersten Schritte macht. Du musst mich unbedingt auf dem Laufenden halten, wie es ihm geht, wie er heranwächst. Cador fragt oft nach ihm und sendet Grüße.

Ich schicke diese Nachricht nach Lansyen, da jetzt fast Ende Oktober ist. Für uns wird es dieses Jahr keine Winterruhe geben. Die Männer, die Arthur für die Ernte entbehren konnte, sind heimgekehrt, und die Erfahreneren von uns in Arthurs Truppe müssen die Wintermonate damit zubringen, so viele neue Rekruten zu schulen, wie wir können. Wahrscheinlich werden wir die Männer auf Verulamium und Calleva aufteilen, damit wir auch weiterhin kleine Vorstöße gegen die Sachsen unternehmen können, wenn das Wetter es zulässt.

Ich hoffe, Deine Reise nach Lansyen ist ohne Zwischenfälle verlaufen und dieser Brief findet Euch alle bei guter Gesundheit.

Dein Drystan

Von Yseult an Drystan: Sei gegrüßt.

Ich hoffe, dieser Brief findet den Weg zu Dir, da Du mir in Deiner letzten Botschaft nicht mitgeteilt hast, wo Du den Winter verbringen wirst.

Ich muss zugeben, der Gedanke, dass ihr so nahe am Feind überwintert, behagt mir nicht. Was sollte die Sachsen davon abhalten, kleinere Ausfälle zu unternehmen, so wie Arthur es tut?

Du wirst uns fehlen in diesem Winter. Dein Vater hat zum Weihnachtsfest nach uns geschickt, um uns zu zeigen, wie die Arbeit an seiner Villa vorangeht. Ich bin gespannt darauf, dieses Isca zu sehen, an dem Dein Vater so hängt, aber ich glaube, nach Verulamium kann mich nichts mehr derartig beeindrucken.

Kustennin hat seine ersten freien Schritte gemacht, aber noch hat er nicht das nötige Gleichgewicht und landet meistens auf dem Hinterteil. Allerdings ist er ein hartnäckiger kleiner Bursche, und ein paar blaue Flecken schrecken ihn nicht.

Lass uns wissen, wo Du bist und wie es Dir geht, und bitte grüße auch Cador von uns.

Deine Yseult

Von Kurvenal an Brangwyn: Sei gegrüßt.

Wenngleich ich nicht möchte, dass Du Dir Sorgen machst, muss ich zugleich doch gestehen, dass es mich freut, dass Du Dich um mich sorgen könntest. Ist das zu selbstsüchtig? Vielleicht. Aber Liebe hat wohl immer etwas Selbstsüchtiges.

Um Dich zu beruhigen, es ist jetzt zu spät im Jahr, als dass von den Sachsen noch viel zu befürchten wäre. Wir haben uns für den Winter in Verulamium niedergelassen und werden das Weihnachtsfest höchstwahrscheinlich in den Kasernen, auf dem Forum und in den Häusern feiern, in denen die Offiziere wohnen. Drystan und ich sind in einem Haus untergebracht, das gar nicht weit von dem entfernt ist, das Marcus damals gemietet hat, bevor Ambrosius nach Gallien gezogen ist. So kannst Du Dir vorstellen, wo ich bin, während ich mir Dich in dem ewigen Nebel von Lansyen vorstelle, wenn der Dunst vom Fluss aufsteigt und der leichte Regen vom Himmel fällt.

Allerdings ist es anders als damals, als Du das letzte Mal hier warst; die Flüchtlinge aus Londinium drängen sich in allen freien Räumen, errichten unter Zeltplanen hölzerne Wände in Gassen, die einst Durchgänge für Fußgänger waren, und wühlen in den Ruinen des Theaters und des Tempels nach Baumaterial. Arthur gestattet all dies zu einem Preis – jeder kampftaugliche Mann, der hinter den dicken römischen Mauern Schutz suchen will, muss auch als Soldat exerzieren, als Schutzmiliz für die Stadt, und jede Familie mit mehr als einem Pferd muss wenigstens eins an die Einsatztruppen abgeben. Diesen Preis bezahlen sie bereitwillig. Wer einmal von den Sachsen vertrieben wurde, erachtet ihn nicht für zu hoch.

Ich hoffe, dies hier trifft Dich, Yseult und Kustennin wohlauf an. Wir denken öfter an Euch, als Ihr es Euch vorstellen könnt.

Dein Kurvenal

Von Brangwyn an Kurvenal: Sei gegrüßt.

Es ist seltsam tröstlich, Dich mir in Verulamium vorzustellen, an einem Ort, den ich kenne, wenn auch nicht gut. Wie ist es dort im Winter? Funktioniert die Heizung in den römischen Häusern noch?

Wir könnten hier in unserer zugigen Hügelfestung ein bisschen römische Heizung gut gebrauchen. Ich schwöre es, unser Wohnort zieht jeden Windstoß an, der über die dumnonische Halbinsel peitscht. Es ist kein Wunder, dass Marcus Isca den Vorzug gibt, obgleich ich gehört habe, dass er keine Arbeiter finden kann, die sich darauf verstehen, die Hypokauste in seiner Villa wieder in Gang zu bringen. Wenigstens hockt seine Villa nicht auf einem Hügel, um jeden vorbeikommenden Windhauch einzufangen. Yseult lässt im Windschatten der Westmauer ein neues Wohnhaus errichten. Sie macht sich Sorgen um Kustennins Gesundheit, aber ich weiß nicht, warum – er ist mit Sicherheit der widerstandsfähigste kleine Bursche, der jemals das Licht der Welt erblickt hat.

Beim Christenfest zu Weihnachten haben wir Mittwintergeschenke verteilt und im Dorf das Licht von Haus zu Haus gereicht. Es überrascht mich noch immer, wie viele dieser Feste so große Ähnlichkeit mit denen in Eriu haben – hier, in diesem romanisierten Land, das den Glauben an die alten Götter abgetan hat. Auf sonderbare Weise sind sie noch lebendig.

Ich will mit Dir immer noch nicht über Liebe reden, Kurvenal, also versuche bitte nicht, mich mit einer List dazu zu bringen. Ich bin froh zu hören, dass Du fürs Erste nicht allzu sehr in Gefahr bist, kämpfen zu müssen.

Deine Brangwyn

Von Kurvenal an Brangwyn: Sei gegrüßt.

Es ist immer eine große Freude, einen Brief von Dir zu bekommen, selbst wenn Du ihn mit Schelte beendest. Ich werde mir Mühe geben, es zu vermeiden, zu Dir von Liebe zu sprechen, wenn Du das wünschst, obgleich mein Herz voll davon ist. Bei den Waffenübungen, bei den Spielen und Wettkämpfen, die wir veranstalten, wenn das Wetter es erlaubt, bei den berittenen Scheinkämpfen sind es Dein dunkles Haar und Deine leuchtenden Augen, an die ich denke, bist Du es, bei der ich Trost suche, und sei es auch nur in Gedanken. Du bist mein Friede in einer Welt des Krieges, das behagliche Heim, das zu finden ich mir wünsche.

Es scheint ein milder Frühling zu werden, und Arthur lässt uns bereits wieder üben, wie man hinter sächsische Linien schlüpft und sie bereuen lässt, dass sie jemals die Widerstandskraft der Britannier unterschätzt haben.

Dein Kurvenal

Von Brangwyn an Kurvenal: Sei gegrüßt.

Ich habe Deine Botschaft erst spät erhalten, weil wir anlässlich von Kustennins erstem Geburtstag nach Isca gereist sind. Es war kein sehr schöner Aufenthalt – Marcus und Yseult sprechen kaum miteinander, und obwohl man seiner Geliebten Trephina für die Dauer unseres Besuchs ein Haus außerhalb des Dorfes zugewiesen hat, sind die Diener in Isca ihr doch treu ergeben und nicht Yseult, und sie haben uns das Leben schwer gemacht, wo sie nur konnten. Die Menschen dort haben keinen Grund, Yseult zu lieben, wie sie es in Lansyen und Dyn Tagell tun. Sie hat Kranke geheilt, die man zu ihr brachte, während wir hier waren, und diejenigen, denen ihr Wissen geholfen hat, waren dankbar, aber wir sind nur zehn Tage geblieben.

Du magst Dich vielleicht wundern, weshalb Marcus sich nicht selbst an der Verteidigung Britanniens beteiligt, wie es viele Könige tun. Er ist der Ansicht, er habe seine Pflicht getan, indem er Arthur Truppen geschickt hat, und »dieses Mal« werde er Sorge tragen, dass Isca bewehrt ist.

Es ist schön, wieder in Lansyen zu sein. Marcus ist stolz auf seinen kleinen Knaben, auf seinen »Konstantin«, aber er liebt ihn nicht. Er ist etwas, das er besitzt, genau wie alles andere.

Deine Brangwyn

Von Kurvenal an Brangwyn: Sei gegrüßt.

Glaub mir, Brangwyn, nichts Eigennütziges, das Marcus tut, könnte mich überraschen.

Mit Betrübnis habe ich gesehen, dass Du die wohlgesetzten

Worte in meinem letzten Brief nicht beachtet hast. Und ich habe so viel Zeit darauf verwendet, habe sie zuerst in mein Wachstäfelchen geritzt, ehe ich sie auf das Holzblatt geschrieben habe, wo man sie nicht wieder auslöschen kann. Das habe ich wohl verdient – Du hast mich geheißen, nicht von Liebe und Sehnsucht und Treue zu sprechen, und ich stelle wieder und wieder fest, dass ich Deine Forderung nicht erfüllen kann.

Möchtest Du lieber vom Kriege hören? Da gibt es viel zu berichten. Angesichts des milden Märzwetters haben sich die Sachsen in westlicher Richtung entlang der Tamesis in Marsch gesetzt. Wir stellen ihre Streitkräfte regelmäßig zum Kampf und konnten sie jedes Mal bis nach Londinium zurückdrängen, doch ohne weitere Unterstützung durch die Königreiche, die weiter vom Kampfgebiet entfernt liegen, wird unser Widerstand bald gebrochen sein.

Ich bin froh, dass wenigstens Du weiterhin in Sicherheit bist.

Dein Kurvenal

Von Brangwyn an Kurvenal: Sei gegrüßt.

Ich bitte Dich, mach mir doch nicht solche Angst. Euer Widerstand gebrochen? Was soll aus dem Rest von Britannien werden, wenn das wahr wird? Ich habe mit Yseult darüber gesprochen, und wir haben beschlossen, einen eigenen Feldzug zu beginnen, um mehr Hilfe für Arthur aufzutreiben. Bald werden wir nach Dyn Tagell zurückkehren, und unterwegs werden wir die Könige der dortigen Territorien aufsuchen. Yseult hat bereits einen Boten zu Ginevra geschickt, wir hoffen, dass man ihren Vater Gwythyr dazu überreden kann, neue Truppen nach Verulamium zu führen.

Kurvenal, wenn Du mit meiner treuen Freundschaft glücklich sein kannst, so ist sie bereits dein – solange Du niemand anderem ein Leid zufügst, den ich liebe.

Vergib die Kürze dieses Briefes; wir müssen für die Reise packen. Ich hoffe, die Straßen sind nicht immer noch zu schlammig.

Deine Brangwyn

Kurvenal saß auf seiner Schlafstatt in dem Raum in der Nähe des Forums, den er sich mit Drystan teilte, und starrte das dünne, mit ihrer reizend unbeholfenen Handschrift beschriebene Holzblatt an. *Niemand anderem, den ich liebe.* Vielleicht hieß das ja gar nicht das, worauf er hoffte, doch er konnte sich doch daran festhalten, oder nicht? Sie waren gerade von einem sechstägigen Feldzug gegen sächsische Truppen auf der Straße nach Pontes zurückgekehrt, hatten versucht, sie daran zu hindern, die Stadt zu erobern, die Calleva im Osten am nächsten lag – und viel zu nahe am Mittelpunkt der britannischen Macht. Er war müde, schmutzig und verschwitzt und musste dringend einen Heiler aufsuchen, der die zahllosen Wunden an seinen Armen und Beinen versorgte; zum Glück war keine davon ernst.

Verdiente er es nicht, sich einzubilden, dass diese fünf Worte mehr bedeuteten, als sie vielleicht beabsichtigt hatte?

24

Brachte Manawyd nicht
Einen durchbohrten Schild heim aus Tryvrwyd?
Zu hundert fielen sie auf einen Schlag
Vor Bodwyr …
An den Ufern von Tryvrwyd.

The Black Book of Carmarthen

Entsatztruppen aus Dumnonia, angeführt von Gwythyr, trafen im Juni in Verulamium ein. Drystan hatte Arthur erzählt, dass Yseult beabsichtigte, für mehr dumnonische Unterstützung zu sorgen. Doch den weit aufgerissenen Augen des Feldherrn beim Anblick der Truppen nach zu urteilen, die auf der Straße von Südwesten her auf die Stadt zumarschierten, hatte er es nicht geglaubt.

Oder er hatte nicht geglaubt, dass es so viele sein könnten. Hinter Gwythyr reihten sich wahrscheinlich an die dreihundert Mann, samt und sonders beritten.

Vor dem Callevator saß Gwythyr ab, nahm den Helm ab und schüttelte sein ergrauendes blondes Haar. »Königin Yseult hat Ginevra nach Dyn Tagell geholt, dort ist sie sicherer aufgehoben, und sie hat versprochen, sich um die Verteidigung von Celliwig zu kümmern.«

Arthur nickte knapp und versuchte, sich seine Überraschung nicht anmerken zu lassen. »Sie ist eine gute Königin und treu ergeben.«

Jeder, der sich in Hörweite befand, wusste genau, was er nicht sagte – treuer als ihr Ehemann, obgleich sie Erainn war und er Britannier.

»Die Männer sind im Kämpfen zu Pferd noch nicht geübt«, meinte Gwythyr. »Aber sie werden es lernen, wenn ihr es ihnen beibringt.«

»Das werden wir tun.«

Mithilfe der neu ausgebildeten dumnonischen Reiterei waren sie in der Lage, Pontes an der Straße nach Calleva zurückzuerobern, das sie im Herbst verloren hatten.

Doch als in den Hundstagen des Augusts die Signalfeuer im Westen aufflammten, wussten die Kämpfer in Arthurs Streitmacht, dass selbst drei neue Zenturien niemals genügen würden.

Zwischen den Zelten des Lagers am Ufer des Tribruit mischte sich der Rauchgeruch mit dem Geruch von Fleisch, Karotten und wilden Zwiebeln: ein herzhafter Eintopf als Abendessen für Männer, die drei Tage lang scharf geritten waren. Corinium lag hinter ihnen und Glevum vor ihnen – wo der Feind an den Ufern der Sabrina lagerte.

Ein sächsischer Feind, kein erainnischer, obschon er von Westen aus angriff. Der Bote, den Arthurs Halbbruder Madoc den Signalfeuern auf dem Fuße hatte folgen lassen, hatte sie auf der Straße nach Corinium angetroffen und ihnen Einzelheiten berichtet. Sachsenschiffe, angeführt von Hengists Söhnen Octah und Aesc, waren um die ganze dumnonische Halbinsel herumgesegelt, um Vorstöße entlang der Sabrina durchzuführen, hinein ins Herz des britannischen Territoriums, während ihr Vater Hengist weiterhin die Attacken an der Grenze von Ceint führte und auf Verulamium und Calleva vorrückte – in der Richtung, wo seine Söhne im Westen angriffen.

Wenn sie Erfolg hatten, würden sie die britannischen Königreiche in der Mitte entzweischneiden.

Drystan zupfte müßig an den Saiten seiner Harfe, und obgleich er keine Melodie spielte und kein Lied sang, begannen die Männer sich um ihn zu scharen, während sie darauf warteten, dass das Essen fertig war. Hier und da wetzte ein Soldat ein Messer, polierte ein Kurzschwert oder flickte eine schadhafte Satteltasche.

Drystan sah deutlich, dass die Krieger die sanften Tonreihen tröstlich fanden, und er spielte weiter. Trost hatten sie jetzt alle verdient. Londinium war bereits gefallen; sie konnten nicht zulassen, dass Corinium, die zweitgrößte Stadt Britanniens, ebenfalls verloren ging. Wie aber sollten sie diese neue Angriffswelle der Sachsen zurückdrängen, wenn sie an zwei Fronten gleichzeitig kämpfen mussten? Arthur hatte den Großteil seiner Männer zurückgelassen, um die Westgrenze zu verteidigen, angeführt von Gwythyr, Oneon und Natanleod, denen Cador mit kundigem Geschick zur Seite stand.

Die einzige Möglichkeit wäre, dass die Könige der Reiche im Herzen Britanniens, die sich stets für so ungefährdet gehalten hatten, ihre eigenen Verteidigungstruppen ausdünnten und mehr Männer für Arthurs Streitkräfte zur Verfügung stellten. Laut Madoc, der von seinem Sitz in Corinium aus das Königreich Ergyng regierte, waren die Sachsen, die die Siedlungen entlang der Sabrina überfielen, nach den Schiffen, die gezählt worden waren, fast dreitausend Mann stark.

Arthur trat auf die Lichtung zwischen den Zelten, und Drystans Finger hielten inne.

»Sehr schön, Vetter«, meinte Arthur, holte sich eine Schale mit Eintopf und setzte sich inmitten seiner Männer auf einen Baumstamm. »Du solltest öfter spielen.«

Drystan nickte. »Das stimmt. Aber nicht jetzt.«

»Wie Recht du hast. Alle Mann Essen fassen, wir haben einiges zu besprechen.«

Bald hatten sich alle mit ihren Schüsseln um ihn herum niedergelassen, einschließlich Arthurs wichtigster Getreuer. Arthur schluckte das Stück Hammelfleisch hinunter, auf dem er herumgekaut hatte, und wischte sich den Mund mit dem Hemdsärmel ab. »Männer, uns allen muss klar sein, dass wir auch mit fünfhundert Berittenen gegen eine Armee von dreitausend Mann wenig ausrichten können. Wir brauchen Verstärkung. Madoc wird sich uns mit so vielen Männern anschließen, wie er aufbringen kann, aber er muss genug Truppen in Corinium zurücklassen.« Arthur sprach es nicht aus, doch sie alle wussten es – für den Fall, dass es ihnen nicht gelang, die Sachsen zurückzuhalten.

Arthur sah sich im Kreise der erschöpften Soldaten um, und sein Blick blieb an Gareth hängen, kaum alt genug, um mit ihnen zu ziehen. »Gareth, ich möchte, dass du zu deinem Oheim Honorius nach Caer Gwent reitest und ihn um Soldaten bittest, so viele, wie er von seinen eigenen Truppen erübrigen kann. Drystan, du gehst mit ihm, und dann weiter nach Caer Leon und Demetia. Nimm so viele Männer und Schiffe aus Caer Leon mit, wie Caradog entbehren kann, und erbettle dir von Triffyn und Aircol, was du kannst.«

Drystan und Gareth wechselten einen Blick und nickten zustimmend.

Arthur fischte mit einer Scheibe Brot ein weiteres Stück Fleisch aus seinem Eintopf und wandte sich an Manawyd. »Ihr seid aus demselben Geschlecht wie Vortigern.«

Manawyd schluckte das meiste von dem Eintopf hinunter, den er im Mund hatte. »Ja«, brummte er durch den Rest hindurch.

»Ich möchte, dass Ihr nach Norden reitet, nach Viroconium, zu König Britu von Powys. Ich weiß, dass Britu und Pasgen bisher nicht gewillt waren, viel zum stehenden Heer Britanniens beizutragen, solange der Mann, der ihren Großvater ermordet hat, Hochkönig ist, aber Ihr müsst Britu klarmachen, dass, wenn Glevum und Corinium fallen, Voroconium ebenfalls bedroht ist, da es an der Sabrina liegt.«

Manawyd nickte. »Britu und ich sind bei denselben Pflegeeltern aufgewachsen. Er wird auf mich hören.«

»Sehr gut. Und was Pasgen angeht …« Abermals musterte Arthur die Krieger, die die letzten Fleischstücke aus ihren Schalen schaufelten, und hielt bei Gormant inne, angeblich ein weiterer von Uthers Bastarden. »Gormant, Ihr seid redegewandter als die meisten anderen. Ich möchte, dass Ihr nach Aquae Sulis reitet und Euer Talent darauf verwendet, den König von Glastenning davon zu überzeugen, wie wichtig es ist, dass er uns alles schickt, was er an Männern entbehren kann. Nach Corinium ist Aquae Sulis mit Sicherheit Octhas und Aescs nächstes Ziel.«

»Ich werde mein Bestes tun, Arthur.«

Bedwyr stand auf, um sich eine zweite Schüssel Eintopf zu holen. »Und was machen wir inzwischen hier?«

»Wir überfallen ihre Lager, stehlen ihre Vorräte, fangen ihre Kundschafter ab – alles, was es weniger wahrscheinlich macht, dass sie mit ihrer Belagerung von Glevum Erfolg haben.«

»Das wird Madoc nicht gefallen«, gab Gormant zu bedenken. »Sein Sohn Owain sitzt hinter den Mauern von Glevum.«

»*Mein Neffe* Owain sitzt hinter den Mauern von Glevum. Wir werden tun, was wir können. Aber wir können die Belagerung mit so wenigen Männern nicht durchbrechen.«

Nach allem, was Drystan des Abends auf ihrem Ritt von Verulamium gehört hatte, würde Madoc seinen Oheim Ambrosius mit Freuden für tot erklären lassen, da er einer der aussichtsreichsten Anwärter auf das Amt des Hochkönigs war. Doch da Owain die Truppen in der Festung von Glevum anführte, war er jetzt gezwungen, sich auf die Seite des Bastards Arthur zu schlagen – der niemals zulassen würde, dass jemand anders Hochkönig von Britannien wurde, ehe der Beweis für Ambrosius' Tod erbracht war.

»Und was ist mit Cerdic?«, wollte Cai wissen. Er stellte seine Schale weg und verschränkte die Arme vor der breiten Brust.

»Cerdic.« Arthur schwieg einen Augenblick. »Der Herrscher der Sachsenküste hat noch immer nicht auf den Ruf geantwortet, den wir von Verulamium ausgesandt haben. Ein einzelner Bote hätte uns auf der Straße nach Corinium einholen können, doch es ist keiner aufgetaucht. Und ebenso wenig hat eine Brieftaube in Corinium auf uns gewartet, als wir dort angekommen sind.«

Arthur führte seine Überlegungen nicht weiter aus, doch als er sich unter den Männern seines engsten Kreises umblickte, sah er an den grimmigen Mienen der anderen, dass ihr Heerführer seinen Standpunkt klargemacht hatte: Er war sich nicht mehr sicher, ob man Cerdic noch trauen konnte.

Drystan bekam nicht nur zwei Zenturien von König Triffyn von Demetia, Prinz Aircol verkündete obendrein, dass er die

Verstärkung selbst anzuführen gedachte. Bis Drystan und seine kleine Schar jedoch Gareth nach Caer Gwent begleitet und dafür gesorgt hatten, dass die zusätzliche Reiterei von Caer Leon nach Corinium geschickt wurde, um dann den Rest der Reise zu Schiff zu dem demetianischen Hafen von Moridinum zurückzulegen, waren mehr als zwei Wochen vergangen. Kostbare Zeit verstrich.

Zum Glück traf eine Brieftaube am selben Tag in Moridinum ein wie Drystan, Kurvenal und ihre Männer, mit der Nachricht, dass Owain in Glevum noch immer die Stellung hielt. Aircols Flotte war wohlgeordnet, und sie würde binnen eines Tages auslaufen können.

Zusammen begaben Drystan und Aircol sich in den Taubenschlag und suchten den Vogelmeister auf. »Wir schicken eine Botschaft nach Corinium, dass wir mit vier Galeeren und zweihundert Mann kommen. Wir können nur hoffen, dass diese Kunde von dort aus Arthur erreicht.«

»Und Glevum?«, fragte Drystan. »Wenn eine Taube durchkommt, könnten sie dort einen Plan für unsere Ankunft ersinnen, und wir könnten wenigstens versuchen, die Frauen und Kinder zu retten.«

Als sie die Stiege erklommen, wurde das Gurren lauter. »Und wie das?«, wollte Aircol wissen.

»Die Festung von Glevum liegt genau an der Stelle, wo die Sabrina und der Tribuit ineinanderfließen. Wenn wir wenigstens ein Schiff in der Nähe der Tore ans Ufer bekommen, könntet Ihr alle Flüchtlinge, die wir retten können, in die nächste Stadt bringen. Eure Kriegsschiffe sind doch klein genug, um ans Ufer zu gelangen?«

Aircol nickte.

Der Vogelmeister stieß die Tür zum Taubenschlag auf und fing selbst an zu gurren. Drystan und Aircol sahen sich mit hochgezogenen Brauen an.

»Ein guter Plan«, bemerkte Aircol und hob die Stimme, um den Lärm der Vögel zu übertönen. »Ich hoffe nur, Arthur findet eine Möglichkeit, uns wissen zu lassen, ob das gehen wird.«

Die beiden Tauben wurden losgeschickt, und die vier kleinen Galeeren brachen am nächsten Tag nach Glevum auf. Als sie die Mündung der Sabrina hinaufsegelten, traf das Ausmaß der Vernichtung Drystan wie ein Schlag. Geschwärzte Trümmer hölzerner Häuser waren alles, was von den kleineren Siedlungen entlang des Ufers übrig war, die nicht auf einer leicht zu verteidigenden Klippe lagen, und der Hafen von Abona an der Mündung des gleichnamigen Flusses war nur noch eine ausgebrannte Ruine. Drystan fragte sich, ob seine Base Labiane wohlauf war; die Hügelfeste ihres Gemahls lag nur ein Dutzend Meilen landeinwärts von Abona. Doch obwohl die Verheerungen gewaltig waren, hatte es doch den Anschein, als hätten die Sachsen es darauf angelegt, mit so wenig Aufwand wie nötig so große Verwüstungen anzurichten wie nur irgend möglich. Was bedeutete, dass sie sich wohl kaum die Zeit genommen hatten, den Abona hinaufzufahren. Labiane war höchstwahrscheinlich in Sicherheit.

Kurz bevor sie zu der »Schlange« kamen, wo die Sabrina sich fast auf ein Drittel ihrer bisherigen Breite verengte, erblickten sie ein Zeichen von Arthur: ein Signalfeuer auf der vorspringenden Landzunge, die den Lauf des Flusses veränderte.

Aircol und Drystan schüttelte sich die Hände und umarmten sich. Ihre Nachricht war angekommen; der Plan würde in die Tat umgesetzt werden.

»Ich brauche einen von Euren besten Bogenschützen und etwas, worauf ich schreiben kann«, sagte Drystan. Er kritzelte eine Botschaft auf ein schmales Stück Holz und band es an einen der Pfeile des Schützen.

»Zielt auf das Ufer dicht bei dem Feuer«, wies er den Mann an, als er ihm den Pfeil zurückgab.

Der Pfeil traf das Ufer fast genau dort, wo Drystan hingezeigt hatte, und die Krieger auf allen vier Schiffen jubelten.

Der Soldat, der das Signalfeuer schürte, eilte hin, um den Pfeil zu holen. Er nahm sich einen Moment Zeit, um ihnen zuzuwinken, dann machte er kehrt und rannte zu seinem Pferd.

»Jetzt können wir nur hoffen, dass unsere Zeitplanung uns

einen Vorteil verschafft«, brummte Kurvenal. Drystan nickte. Wenn sie zu den Ufern bei der Festung von Glevum hinaufruderten, ohne dass Arthurs Reiterei ihnen Deckung gab, indem sie die Sachsen ablenkte, waren sie verloren.

Sie konnten den Lärm der Schlacht hören, ehe sie den Kampf sahen, ein dumpfes Getöse aus Hufgetrappel, Schreien und Waffengeklirr. Als der Schauplatz des Geschehens allmählich in Sicht kam, krallte Drystan die Hände um die Reling.

Die Sachsen bedeckten den ganzen Abhang über dem Flussufer, ein gewaltiges Meer aus gehärtetem Leder und Metall; Helme und Schwerter blinkten in der Sonne des frühen Septembers. Oben am Rande des Hangs hatte Arthurs Reiterei Seite an Seite eine lange Reihe gebildet, die ständig in Bewegung war. Schwerter blitzten, und Schilde glänzten. Ihre Vorteile waren Geschwindigkeit und Beweglichkeit, doch sie waren hoffnungslos in der Minderzahl. Drystan war froh zu sehen, dass sie ihre vorteilhafte Stellung oberhalb des Fußvolkes hielten. Doch natür-lich erkannten auch die Sachsen, wo Arthurs Stärke lag, und gingen auf die Pferde los. Noch während sie von ihrem Schiff aus zusahen, glaubte Drystan zu sehen, wie Bedwyr zu Boden stürzte.

Und dann erblickten die Sachsen ihre Schiffe.

Einen kurzen Moment schien es, als verstumme die Hälfte des Schlachtfeldes. Dann hörte Drystan, wie etwas in der kehligen Sprache der Sachsen gebrüllt wurde, und eine Schar Männer, die ihnen am nächsten war, eilte auf die Boote zu, die aufs Ufer hinaufgezogen worden waren.

»Näher ans Ufer!«, rief Drystan. »Anker klarmachen!«

Die Sachsen machten sich daran, ihre Langboote in den Fluss zu schieben, und wateten ins Wasser, das zu tief war, um sich darin schnell zu bewegen, jedoch noch nicht tief genug, um in die Boote zu klettern und zu den Rudern zu greifen.

»Schießt!«, schrie Drystan.

Pfeile regneten auf die feindlichen Krieger herab, und Dutzende fielen und färbten den Fluss mit ihrem Blut rot. Doch es waren so viele, dass eine weitere Angriffswelle folgte, während ihre eigenen Bogenschützen vom Ufer aus schossen und ihnen Deckung gab, nachdem sie begriffen hatten, was vorging.

»Wir rammen sie!«, brüllte Drystan zum nächsten Schwesterschiff hinüber, das von Ruan befehligt wurde. »Weitersagen!«

Die Langboote versuchten, sie abzudrängen, sie daran zu hindern, sich der Festung zu nähern, doch Drystan hegte den Verdacht, dass die Sachsen bisher noch nie gegen eine Galeere römischer Bauart hatten kämpfen müssen. Zumindest gegen das erste Boot würde die Überraschung auf ihrer Seite sein.

»Vorwärts, Männer!«, schrie Drystan, und der Mann am Steuer erhöhte das Schlagtempo der Ruderer.

Sie rauschten auf das nächste Langboot zu, und Drystan sah verblüffte Mienen unter gehörnten Helmen. Dann bohrte sich der mit Bronze verstärkte Rammsporn in die Seite des Sachsenbootes, spaltete Holzplanken und pflügte Männer in den Fluss. Die Luft war vom Krachen berstenden Holzes und den Schreien der Krieger erfüllt, die sich nicht schnell genug ihrer schweren Rüstungen entledigen konnten, um nicht auf den Grund des Flusses gezogen zu werden.

Das nächste Langboot vor ihnen änderte jäh seinen Kurs und strebte wieder dem Ufer zu, doch hinter ihrem Schiff konnte Drystan hören, dass mindestens eine der anderen Galeeren ihr Ziel getroffen hatte.

»Bogenschützen!«, brüllte er. Die Gerufenen nahmen wieder ihre Positionen neben den Ruderern ein und taten ihr Bestes, um die Sachsen in dem Langboot niederzustrecken, das wieder auf das Flussufer zusteuerte. Als es außer Schussweite war, ließ er die Schützen einhalten und die Ruderer an Geschwindigkeit zulegen. Schon hielt ein Trupp Sachsen entlang des Ufers auf die Festung zu; wahrscheinlich hofften sie, sie aufzuhalten, falls sie versuchten, an Land zu gehen.

Dann flog das Westtor der Festung von Glevum auf, und was von den britannischen Verteidigern noch übrig war, strömte heraus, um die am Ufer vorrückenden Sachsen aufzuhalten. Drystans geübter Blick schätzte sie auf vielleicht dreihundert Mann.

Ein einzelner Soldat watete ins Wasser und schwamm auf ihr Schiff zu.

Sie zogen ihn über die Reling, während neben ihnen am Ufer der verzweifelte Kampf weiterging. Der Bote versuchte, wieder zu Atem zu kommen. »Der rechte Flussarm. Der Tribuit«, keuchte er. »Das Nordtor. Von Glevum. Die Frauen und Kinder. Warten.«

Drystan nickte knapp und drehte sich um, um weitere Befehle zu brüllen. Doch er wusste noch immer nicht, ob ihnen die geplante Rettung gelingen würde, wenn die Britannier zahlenmäßig so sehr unterlegen waren. Dreihundert Mann, selbst solche, die ihren eigenen Grund und Boden verteidigten, konnten nur eine begrenzte Zeit gegen Horden wie diese standhalten. Wenigstens kämpften die Sachsen jetzt an zwei Fronten, an der Westseite der Festung und an dem Abhang, den Arthurs Reiterei hielt.

Als sie sich dem Ufer näherten, wurde das Nordtor der Festung aufgestoßen, und die Frauen und Kinder von Glevum rannten zum Fluss hinunter, gefolgt von den Alten und Gebrechlichen. Gleichzeitig bemerkte Drystan eine Bewegung an der Ostseite der Festung, und alles um ihn herum schien zum Stillstand zu kommen: Sachsen, die den Abhang hinaufgedrängt hatten, um gegen Arthurs Reiter anzutreten, machten jetzt kehrt und schickten sich an, auf die Nordseite der Festung loszustürmen.

Sie würden die Bürger von Glevum niemals rechtzeitig an Bord der Schiffe holen können.

»Britannia patria!«, ertönte ein Aufbrüllen aus Hunderten von Kehlen östlich von ihnen. Mit einem Ruck fuhr Drystans Kopf zu einem Hügel nahe beim Tribuit herum. Dicht am Ufer kam berittene Verstärkung um den Fuß dieses Hügels geprescht, angeführt von Manawyd, und ergoss sich auf das Schlachtfeld, um den Sachsen den Weg zu verstellen. Dank der Geschwindigkeit ihrer Pferde erreichten sie die Ecke der Festung lange vor den Feinden und errichteten eine Mauer aus Männern und Pferden.

Und jetzt kämpften die Sachsen an drei Fronten.

Drystan begann wieder zu atmen.

Sie erreichten das Ufer, und er sprang vom Schiff, um zu helfen, es ans Ufer zu ziehen. »Frauen und Kinder und diejenigen, die nicht kämpfen können, auf die Schiffe!«, brüllte er über das Kampfgetöse hinweg. »Soldaten zu mir!«

Dann wandte er sich an Aircol dicht neben ihm; beide Männer standen bis zu den Knöcheln im Uferschlamm. »Bringt sie nach Norden, nach Vertis. Dort müssten sie in Sicherheit sein.« Er konnte nicht anders, als leise hinzuzufügen: »Zumindest fürs Erste.«

Aircol packte ihn an der Schulter, und Drystan blickte in helle Augen, die ihn an Yseult erinnerten. »Ihr werdet lebend aus dieser Schlacht herauskommen, Drystan. Ich – ich weiß es irgendwie.«

Drystan starrte den anderen an, als dieser sich abwandte und die Flüchtlinge auf die Schiffe lotste, dort auf ihrer kleinen Insel des Friedens inmitten der Schlacht, geschützt vom Fluss, von den Männern aus Glevum und von Manawyds Entsatztruppen.

Aircols Vorfahren waren von der Insel der Magie gekommen, und er hatte das Aussehen der Alten Rasse. Wenn Aircol voraussah, dass er überleben würde, dann war Drystan geneigt, es zu glauben, so unwahrscheinlich das im Augenblick auch schien.

Als die Bewohner Glevums endlich sicher an Bord der Schiffe waren und nach Norden davonsegelten, sammelte Drystan die demetianischen Kämpfer um sich. Sie hatten keine Pferde, von deren Rücken aus sie den sächsischen Kriegern zusetzen konnten, doch die Krieger aus Glevum waren zahlenmäßig weit unterlegen und brauchten alles, was sie an Verstärkung bekommen konnten. »Zum Westtor, Männer!«

Es sah ganz nach einem selbstmörderischen Unterfangen aus, doch er nahm alle Zuversicht, die Aircols Worte in ihm geweckt hatten, mit in die Schlacht. Die brauchte er auch. Als sie um die Ecke der Festung bogen, sahen sie die Verteidiger Glevums zwischen dem Westtor und der Südwestecke inmitten der Leichen ihrer Gefährten kämpfen. Vielleicht ein Drittel war bereits gefallen während der kurzen Zeitspanne, seit sie aus den Toren hervorgestürmt waren, um für Ablenkung zu sorgen, damit ihre Frauen, Kinder und Greise entkommen konnten.

Drystan und seine Männer reihten sich unter sie ein und tauschten Pfeil und Bogen gegen Schwert und Schild. Die Lage schien aussichtslos, doch sie hielten die Stellung auf jenem schmalen Landstreifen zwischen der römischen Mauer und dem Fluss. Teilweise wurde sogar im Wasser gekämpft, und er watete vorwärts, um sich ins schlammige Getümmel zu stürzen, Kurvenal dicht an seiner Seite. Ein Sachse, um dessen Füße das Wasser schäumte, ging mit einem ohrenbetäubenden Kriegsschrei auf ihn los, doch Drystan fing den Hieb mit dem Schild ab und schlitzte seinem Widersacher den Bauch auf, alles in einer einzigen Bewegung. Der Sachse fiel und färbte den matschigen, blutigen Untergrund mit noch mehr Rot.

Drystan wusste nicht, wie lange er schon focht, bis ihm auffiel, dass die Sonne sich allmählich Zoll um Zoll dem Horizont entgegensenkte. Ihre Position hatte sich nicht verändert, obgleich ihre Reihen sich lichteten. Und es hatte den Anschein, als würde jeder getötete Sachse augenblicklich durch einen anderen ersetzt. Sein Schwertarm schmerzte, sein Schildarm schmerzte, am ganzen Körper hatte er Fleischwunden und Quetschungen; den ganzen Nachmittag lang hatte er den Feind beinahe mechanisch niedergestreckt, mit einer Antriebskraft, die weit über die eines normalen Menschen hinausging. Die Männer neben ihm kämpften mit derselben unnatürlichen Ausdauer des Schlachtenfiebers, den starren, angespannten Ausdruck, der damit einherging, auf ihren Gesichtern.

Die Farbe frischen Blutes begann sich mit dem Sonnenuntergang ebenso von oben über das Schlachtfeld zu ergießen wie von unten, als der Boden unter ihren Füßen zu beben begann. Rasch blickte Drystan den Hang hinauf, an der Festung vorbei, und sah etwas über die Kuppe stürmen, das wie eine gewaltige Herde reiterloser Pferde aussah, Dutzende von Jagdhunden ihr dicht auf den Fersen.

Es sah aus wie die Wilde Jagd.

An der Spitze der Meute glaubte Drystan Arthurs Hund Cafal zu erkennen. Und dann tauchte Cai der Pferdemeister oben auf der Kuppe auf, groß, blond und breit. Arthur nahm immer Reservepferde mit, wenn seine Truppen schnell unterwegs sein mussten – und jetzt opferte Cai seine geliebten Rösser dem Krieg.

Die Tiere kamen auf den Schauplatz des Kampfes heruntergedonnert. Drystan wusste nicht, ob es bei den Sachsen einen Mythos wie den der Wilden Jagd gab, doch die heranstürmenden Pferde ließen sie augenblicklich vor den gefährlichen Hufen die Flucht ergreifen. Etliche Sachsen hielten die Stellung und setzten sich mit Speeren und Pfeilen gegen die Tiere zur Wehr, die meisten jedoch hasteten in Deckung.

Drystan stieß den Pfiff aus, den alle lernten, die in Caer Leon geschult wurden, Menschen wie Pferde. Einige von den Pferden in seiner Nähe, die durch den rasenden Ansturm nicht völlig toll geworden waren, spitzten die Ohren und wendeten, galoppierten durch die fliehenden, auseinanderstiebenden Sachsen zu der Ecke der Festung, die Drystan und seine Landsleute gehalten hatten.

»Aufsitzen!«, brüllte Drystan. »Wir treiben die Eindringlinge ins Meer!«

Er packte den Zaum einer Rotschimmelstute und schwang sich in den Sattel, während Kurvenal neben ihm einen Grauschimmelwallach zu fassen bekam. Es fühlte sich besser an, wieder auf einem Pferd zu sitzen, über dem Gewühl, wenn auch nur ein wenig.

Nicht länger im blutigen Schlamm zu waten.

»Britannia patria!«, schrie er und fühlte, wie ihn neue Kraft und neue Hoffnung erfüllten. Er trieb die Stute in ein Knäuel Sachsen hinein, die noch immer auf dem Abhang gegen die Reiterei kämpften, dicht gefolgt von Kurvenal, Owain und den anderen, neben denen er Augenblicke zuvor noch zu Fuß gekämpft hatte.

Umzingelt von Berittenen, hatte die Sachsenschar kaum eine Chance. Doch die Abenddämmerung senkte sich herab, und bald würden die Gestalten um ihn herum zu Schatten werden – sie würden kaum erkennen können, gegen wen sie fochten, Freund oder Feind.

»Zum Fluss!«, ertönte ein drängender Schrei. »Die Sachsen weichen zurück!«

Drystan warf den Rotschimmel herum und preschte den Hang hinunter. Ein Langboot wurde soeben ins Wasser geschoben. Er beugte sich im Sattel zur Seite und rammte sein Schwert in einen Sachsenrücken. Das Boot war bereits zur Hälfte im Wasser, und er drängte die tapfere Stute vorwärts, in den Fluss hinein. Die Sachsen brauchten beide Hände und waren für einen bewaffneten Krieger zu Pferd leichte Beute. Was von den Männern aus Glevum noch übrig war, kämpfte abermals neben ihm, und sie machten kurzen Prozess mit dem Feind.

»Ein Langboot, das nicht nach Ceint zurückkehrt!«, stellte Drystan befriedigt fest.

Kurvenal nickte. »Aber zu viele werden es doch tun.«

Mit Kurvenal und den Männern aus Glevum an seiner Seite, während ihre Pferde bis zu den Fesseln und Sprunggelenken im Schlamm des Flusses herumstapften, sah Drystan im schwindenden Dämmerlicht ohne Hoffnung zu, wie mindestens ein Dutzend Langboote auf der Sabrina nach Süden und Westen strebten.

Jetzt, da der Feind in die Flucht geschlagen war und der Schlachtenwahn von ihm abfiel, begann Drystan allmählich zu merken, wie sehr sein ganzer Körper schmerzte; eine tiefe Schnittwunde an seinem linken Unterarm pochte dumpf, und Muskel, von denen er nicht gewusst hatte, dass er sie besaß, taten ihm weh. Schon lag die Kühle des Herbstes in der Abendluft, allerdings nicht genug, um den Gestank von Blut und Tod zu überdecken. Niemals zuvor war er an einer Schlacht von diesem Ausmaß beteiligt gewesen – verglichen mit dem Gemetzel, das er heute erlebt hatte, war die Schlacht von Caer Guinnet ein Kinderspiel gewesen –, und es widerstrebte ihm, sich von den fliehenden Feinden ab- und dem Schlachtfeld zuzuwenden, um zu erfahren, welchen von seinen Freunden und Landsleuten er nie wieder würde lachen hören.

Wenigstens war Kurvenal neben ihm.

Drystan drehte sich um. Ruan war noch immer unter den Männern hinter ihm, und auch Owain hatte überlebt. Aber Tuthal, Gerenhir, Flavius – er konnte keinen von ihnen entdecken. Er atmete tief durch. Männer, die mit ihm zusammen bei der Schlacht von Caer Guinnet den Hügel hinuntergestürmt waren. Achtzig gegen achthundert, das hatten sie überlebt, aber nicht dies hier, Mann gegen Mann im Schlamm des Flussbettes.

Hinter den blutbesudelten, erschöpften Kämpfern, die überlebt hatten, sah er ein Meer von Leichen. Er fragte sich, welche schlimmen Nachrichten es wohl noch bergen mochte.

»Es war ein Sieg, Arthur«, sagte Myrddin. »Der Feind hat den Rückzug angetreten.«

»Ja, bis nach Abona, immer noch *mitten im Herzen* des britannischen Territoriums im Westen, weit entfernt von Ceint«, entgegnete Arthur und schritt rastlos auf und ab, wie es stets seine Art war, wenn er nachdachte oder erregt war. »Und wir können nichts dagegen unternehmen, weil wir so geschwächt sind.«

Sie befanden sich im großen Audienzzimmer von Madocs Villa nördlich von Corinium, an der Straße nach Glevum. Die Herbstregen hatten früh eingesetzt, und im Innenhof zu sitzen war kein Vergnügen mehr. Die Villa war ein weitläufiges Anwesen, das genug Platz bot, damit sich alle Verwundeten der Schlacht am Tribuit erholen konnten, und aus Dankbarkeit für Owains Rettung und Glevums Befreiung hatte Madoc sie für Arthurs Männer geöffnet. Modrun hatte sogar ihre Pflege übernommen. Sie war zusammen mit den Verstärkungstruppen in Corinium eingetroffen, die Gareth, der Sohn ihrer Base, anführte, und hatte darauf bestanden, bei den Truppen zu bleiben, selbst als sie gegen Glevum vorrückten. In Anbetracht dessen, was Drystan über die Magie Erius wusste, konnte er nicht umhin, sich zu fragen, ob die Tatsache, dass sie bei den Zelten und den Pferden auf der anderen Seite der Anhöhe gewesen war, den Verlauf der Schlacht irgendwie beeinflusst hatte.

Er seufzte, ihm war nur allzu klar, was Arthur so aufbrachte: Bedwyr und Cai waren beide in der Schlacht schwer verwundet worden. »Auch die Sachsen sind geschwächt«, sagte er. »Während wir vierhundert Mann verloren haben, sind zweitausend der Ihren gefallen. Die Regenfälle haben eingesetzt, und sie werden sich ganz gewiss vor dem Frühjahr nicht wieder in Marsch setzen.«

Arthur hielt in seinem Auf- und Abschreiten nicht inne und machte sich nicht einmal die Mühe, diejenigen anzusehen, die mit ihm sprachen. »Sie haben jetzt einen Stützpunkt hier im Westen.«

»Aber diese Schlacht hat bewiesen, dass wir britannischen Könige deine Armee unterstützen *müssen,* ganz gleich, wo unser Königreich liegt«, gab Madoc zu bedenken, und der Blick, den er beim Sprechen seinem Sohn Owain zuwarf, war voller Reue. »Gewiss können wir vor dem Frühling mehr Männer anwerben als sie, besonders wo der Feind in unserer Mitte steht. Denk nach, Arthur, Sachsen in Abona, das ist nicht gut, natürlich nicht, aber sie bedrohen eine ganze Menge von uns hier im Westen, die dachten, die einzige Gefahr seien erainnische Piraten, die nicht mehr im Sinn haben, als Reichtümer zu stehlen und ein paar Geiseln zu nehmen.«

Owain meldete sich zu Wort. »Mein Vater hat recht, Arthur. Die Bedrohung durch die Sachsen – es gibt nichts Vergleichbares. Sie wollen erobern, nicht nur ein paar Reichtümer zusammenraffen. Das könnt Ihr Euch *zunutze machen*. Auf die Nachricht hin, was an den Ufern der Sabrina und des Tribuit geschehen ist, werden die Leute in hellen Scharen herbeiströmen, um Euch beizustehen.«

Schweigend marschierte Arthur weiter, die Hände auf dem Rücken, den Kopf gesenkt. »Und wenn Cai und Bedwyr nicht von ihren Wunden genesen?«

»Zweifelt Ihr etwa an meinen Fähigkeiten als Heilerin?«, erkundigte sich Modrun leichthin.

Endlich blieb Arthur stehen und wandte sich Ambrosius' Tochter zu. »Selbstverständlich nicht, Base. Doch selbst Ihr müsst zugeben, dass es nicht gut um Cai steht.«

Drystan hatte das fein gearbeitete Mosaik betrachtet, das den ganzen Fußboden bedeckte, damit ihm von Arthurs raschen Bewegungen nicht schwindlig wurde. Es zeigte einen Tanz, der die vier Jahreszeiten darstellte, und unter seinen Füßen war der Winter, warm gekleidet und mit einem Hasen in der Faust. Jetzt blickte er auf und sah Arthur in die Augen. »Sie werden wieder gesund. Ich habe mir eine schlimmere Wunde eingehandelt und sie überlebt. Und die beiden sind viel sturer als ich.«

Wenigstens brachten diese Worte Arthur zum Lächeln. »Du hast das Glück einer Katze, Drystan. Wie viele Leben hast du schon aufgebraucht, was meinst du?«

Drystan zuckte die Achseln und schmunzelte. »Ich kann sie nicht mehr zählen.«

Das Lächeln verschwand wieder. »Aber wenn ich sie nicht länger an meiner Seite hätte…« Arthur wandte sich ab und vollendete den Satz nicht.

Auf diese öffentlich zur Schau gestellte Gefühlsregung Arthurs hin, die eindeutig mehr war als nur ein Nachsinnen über die Abhängigkeit von seinen beiden wichtigsten Heerführern, herrschte kurz Schweigen.

»Im Frühling, wenn du sie brauchst, werden sie an deiner Seite sein«, sagte Myrddin sanft. »Sie sind schwer verwundet, ja, aber ich habe großes Vertrauen in Modruns Heilkünste, du nicht?«

Einen Augenblick kehrte Arthur ihnen weiterhin den Rücken zu. Sie warteten alle, stumm und respektvoll. Fast war es, als wäre der Feldherr, der Bastard, tatsächlich der Hochkönig.

Endlich drehte sich Arthur zu ihnen um, und in seiner Miene war nichts mehr von dem zu sehen, wogegen er eben noch angekämpft hatte. Er nickte, schaute von einem zum anderen. »Und noch hat keiner von euch mich im Stich gelassen.«

Drystan sah, wie Arthurs älterer Halbbruder Madoc jetzt auf das Mosaik niederstarrte; er fühlte sich unwohl bei diesen Lobesworten. Es stimmte, er hatte Uthers Bastard nicht im Stich gelassen, doch er war ihm auch nicht zu Hilfe gekommen, als Londinium angegriffen worden war.

»Dich im Stich zu lassen hieße, Britannien im Stich zu lassen«, sagte Myrddin. »Du wirst sehen, nach diesem Sieg werden noch andere sich um das Banner des Bären scharen.«

Mit einer ungeduldigen Geste wischte Arthur diese Worte beiseite. »Was für ein Sieg? Octha und Aesc sind beide entkommen, ein fast tausend Mann starkes Sachsenheer steht an der Mündung des Abona, und unsere Streitkräfte sind dezimiert. Ich sehe da keinen Sieg.«

Drystan stellte fest, dass es ihn unruhig machte, wenn Britanniens einzige Hoffnung sich gehen ließ. Sie mussten Arthur von seinen Sorgen ablenken; selbst jetzt, in der regnerischen Jahreszeit, während sowohl die Britannier als auch die Sachsen ihre Wunden leckten, brauchten sie Arthur in seiner normalen, zuversichtlichen Verfassung.

Er stand auf und packte seinen Verwandten und Feldherrn an den Schultern. »Dann mach die Augen auf, Vetter! Mit weniger als tausend Mann haben wir eine mindestens dreimal so starke Armee in die Flucht geschlagen. Wir haben uns Glevum zurückgeholt, wir haben die Frauen und Kinder gerettet. Wir haben verhindert, dass die Sachsen auf der Sabrina weiter vorrücken, ins Herz des britannischen Territoriums.«

Arthur schüttelte Drystans Hände ab. »Und was ist mit Londinium?«

»Die Menschen sind geflohen. Ja, wir haben die Stadt verloren, doch es hat keine Schlacht gegeben und keinen Sieg. Aber *das hier* war ein Sieg, ein Sieg, den ich brauche und den du brauchst und den das Volk von Britannien braucht. Und im Frühling werden wir noch mehr Siege brauchen. Deshalb müssen wir die Zeit so gut nutzen, wie wir können, während die Sachsen wieder zu Kräften kommen, damit wir sie auch in der nächsten Schlacht schlagen können, und so lange, wie es nötig ist, bis sie sich wieder in ihr kleines Königreich Ceint verkriechen.«

Hinter sich vernahm er Modruns leises Auflachen und ein halblautes »Recht so!« von Owain.

Einen Moment starrte Arthur ihn an, und endlich lächelte er abermals. »Danke für die Schelte, Vetter. Was meinst du, wo sollen wir mit unseren Vorbereitungen anfangen?«

25

Über den wellengemusterten Meeresgrund,
Über den langen, sonnenversengten Kamm der Welt
Heiße ich die Winde dich suchen.
Ich heiße sie, dir zuzuschreien,
Des Nachts und des Morgens,
Einen Namen, den du einst geliebt;
Ich heiße sie, dir zuzutragen
Träume und seltsame Einbildungen, und Schlaf.

Ella Young, *Gruß*

Von Yseult an Drystan:

Wir haben von einer großen Schlacht gehört, die beinahe verloren wurde, und gut die Hälfte von Arthurs Streitmacht soll tot sein.

Bitte schreib, sobald Du kannst, und lass uns wissen, dass Du wohlauf bist und Kurvenal auch. Wir sorgen uns und warten sehnlichst auf Nachricht.

Deine Yseult

Von Drystan an Yseult: Sei gegrüßt.

Danke für Deinen Brief. Kurvenal und ich haben die Schlacht von Glevum beide überstanden und nicht mehr als die üblichen Schrammen davongetragen, obgleich viele Freunde und Landsleute weniger Glück hatten – zu viele. Ich könnte Dir die Namen jener nennen, die wir verloren haben, doch sie würden Dir nichts sagen. Sowohl Bedwyr als auch Cai wurden schwer verwundet, und wir werden erst wieder nach Caer Leon zurückkehren können, wenn sie genesen sind. Bis sie wieder reisen können, bleiben wir in Corinium.

In der Zwischenzeit haben diejenigen unter uns, die das Glück hatten, keine schwere Verletzung zu erleiden, alle Hände voll damit zu tun, neue Rekruten zu schulen, um die Männer zu ersetzen, die wir eingebüßt haben. Andere ziehen von einem Kleinkönig zum nächsten und überbringen Arthurs dringende Bitte um mehr Männer und Pferde, um diese neue sächsische Bedrohung zurückzuschlagen. Damit werden sie fortfahren, solange die Straßen passierbar sind.

Wenngleich es mir nicht ansteht, so möchte ich doch darauf dringen, dass Du dieses Jahr früh nach Lansyen umsiedelst. Ja, Dyn Tagell ist nahezu uneinnehmbar, aber solange die Sachsen nur ein Stück weiter die Küste hinauf in Abona liegen, wüsste ich Dich und Kustennin lieber auf der anderen Seite der Halbinsel.

Dein Drystan

Von Yseult an Drystan: Sei gegrüßt.

Wie froh bin ich zu erfahren, dass Du nicht zu denen zählst, die an den Ufern des Tribuit und der Sabrina gefallen sind.

Wir werden Deinen Rat beherzigen und nach Lansyen ziehen, sobald die letzten von Marcus' Handelsschiffen aus Gallien zurückgekehrt sind. Allerdings wird das nicht viel früher geschehen als sonst; voriges Jahr waren wir vor Samhain in Lansyen, und jetzt ist bereits Euer römischer Oktober angebrochen. Ich behalte Ginevra und ihr Gefolge den Winter über bei uns. Bei uns ist sie sicherer, und sie ist eine angenehme Gefährtin. Kustennin mag sie sehr – manchmal ist sie selbst sehr kindlich, und er spielt stundenlang mit ihr.

Hast Du Deinem Vater geschrieben?

Deine Yseult

Von Drystan an Yseult: Sei gegrüßt.

Ich habe meinem Vater mit demselben Boten eine Nachricht zukommen lassen, der den Brief an Dich und meinen Bruder nach Dyn Tagell gebracht hat. Noch habe ich keine Antwort von ihm erhalten.

In gewisser Hinsicht gibt es gute Neuigkeiten. Hier in Corinium tauchen beinahe täglich neue Rekruten auf, und allem Anschein nach ist es in Caer Leon genauso. Ich kann nur hoffen, dass unseren Truppen, die an den Grenzen zu Ceint kämpfen, infolge dieser neuerlichen Bedrohung auch dieselbe Unterstützung zuteil wird.

Ich wollte, ich könnte mehr schreiben, aber wie Du weißt, ist meine Zeit einfach zu begrenzt.

Ich sende diese Botschaft nach Lansyen. Lass mich wissen, wie es Kustennin geht, wenn Du das nächste Mal schreibst.

Dein Drystan

Von Yseult an Drystan: Sei gegrüßt.

Gerne schreibe ich Dir von Kustennin. Da ich seine Mutter bin, bin ich natürlich felsenfest davon überzeugt, dass niemals ein klügerer, entzückenderer kleiner Junge gelebt hat als er.

Seine Lebhaftigkeit ist erstaunlich, und er wird immer lieber rennen als langsam gehen wollen, mit einem Lächeln für jeden, dem er begegnet. Mit seinen blonden Locken und seinem ansteckenden Lachen bezaubert er alle, die das Glück haben, bei seinen ständigen Erkundungsstreifzügen durch seine Welt von ihm niedergerannt zu werden. Sein Wortschatz in Latein, Britannisch und der Sprache der Erainn umfasst bereits etliche Dutzend Worte, obgleich es gewiss noch etliche Dutzend mehr gibt, die wir noch nicht verstehen, da wir nicht immer wissen, in welcher Sprache er sich gerade verständlich zu machen versucht.

Verzeih die Verspätung dieser Antwort – der Umzug nach Lansyen hat länger gedauert als erwartet, und wir sind doch erst nach Samhain dort angelangt. Aber wie ich höre, haben alle an den Feiern zu »Allerheiligen« ihre Freude gehabt.

Deine Yseult

Von Brangwyn an Kurvenal: Sei gegrüßt.

Hättest Du nicht früher schreiben können? Als wir von der Schlacht an den Ufern des Tribuit erfahren haben, waren wir wie von Sinnen vor Sorge. Nichts als Gerüchte, und die waren alle düster. Tausende sind tot (die Wahrheit, wie ich gehört habe), die Sachsen rücken vor, die Sachsen weichen zurück (beides ebenfalls die Wahrheit, wie sich herausgestellt hat), und nichts Neues über die Überlebenden. Kannst Du verstehen, warum ich geschworen habe, niemals wieder einen Krieger zu lieben?

Ich werde zu allen Göttern meines Stammes beten, dass es Dir gut geht und dass die Sachsen vor dem Frühling nicht wieder angreifen.

Aber wenn es das nächste Mal eine Schlacht gibt, musst Du uns früher von Deinem Geschick unterrichten.

Deine Brangwyn

Kurvenal an Brangwyn: Sei gegrüßt.

Ich weiß, ich sollte nicht so empfinden, aber ich bin froh, dass Du Dich um mich sorgst. *Froh.* Bitte verzeih mir diese selbstsüchtigen Gedanken. Auf meine Gründe dafür werde ich nicht eingehen, weil Du es mir verboten hast, aber Du musst doch auch mich verstehen können?

Anscheinend werden wir fürs Erste ohne Cai nach Caer Leon zurückkehren. Um die neuen Männer weiter zu schulen, müssen wir die Ställe zur Verfügung haben, auch ohne den Pferdemeister. Er erholt sich allmählich, aber er kann noch nicht gehen, und hier in Corinium wird ihm in Modruns Händen bessere Pflege zuteil werden.

Ich wünschte mir, dass wir für die Weihnachtsfeiertage nach Süden ziehen würden, nach Lansyen, anstatt nach Westen und nach Caer Leon, aber unglücklicherweise lassen diese kriegerischen Zeiten uns diese Möglichkeit nicht. Arthur fürchtet, dass die Sachsen aufhören, ihre Wunden zu lecken, und von Neuem angreifen, wann immer das Wetter für längere Zeit umschlägt.

Aber wenn sie das tun, benachrichtige ich Dich, sobald ich kann, ich schwöre es.

Dein Kurvenal

Von Brangwyn an Kurvenal: Sei gegrüßt.

Obwohl entweder Schneewetter oder kalter Nebel und Dunst herrschen, ist es schön und friedlich hier in Lansyen, und wir hätten unsere Freude an Deiner und Drystans Anwesenheit gehabt. Das Volk von Voliba betrachtet Yseult als die Seine, und Kustennin, »der kleine Prinz«, ist jedermanns Liebling.

Es sieht allerdings aus, als würde es ein harter Winter werden, und wir werden all unser Wissen und all unsere Vorräte an Kräutern aufbieten müssen, um die aufkommenden Krankheiten zu bekämpfen. Wir haben Ginevra auf unsere Krankenbesuche mitgenommen und lehren sie, was wir können, von der Kräuterkunde, die wir aus Eriu mitgebracht haben. Sie ist eine gelehrige Schülerin und uns eine große Hilfe.

Falls Du Zugang zum Dux Bellorum hast, so könntest Du ihn vielleicht daran erinnern, dass er der jungen Frau in unserer Obhut den Hof gemacht hat, ehe die Sachsen beschlossen haben, den Vertrag von Venta zu brechen und wieder gegen die Bretain zu marschieren. Ginevra ist jung und versteht noch nicht, dass der Krieg in den Herzen der Männer stets Vorrang vor der Liebe haben wird.

Deine Brangwyn

Von Kurvenal an Brangwyn: Sei gegrüßt.

Nein, das lasse ich nicht einfach so stehen. Es gibt keinen Vorrang des Krieges vor der Liebe »in den Herzen der Männer«, wie Du behauptest: Wenn es gilt, Kriege zu führen und das eigene Volk und das eigene Heimatland zu verteidigen, so nehmen wir die Erinnerung an und das Wissen um die Liebe mit uns, die Liebe selbst jedoch müssen wir zurücklassen.

Hat man die Frauen Erius nicht ebenso wie die Männer gelehrt, ihre Hügelfesten zu verteidigen? Würde Lansyen oder Voliba überfallen und Du wärest dort, würdest Du Dich dann hinter die Mauern zurückziehen und an den Gemahl denken, den Du verloren hast, die Liebe, die Du nicht länger besitzt? Vielleicht schätze ich Dich völlig falsch ein, aber das glaube ich nicht. Es würde Dir keine Freude bereiten, zu Schwert und Schild zu greifen, aber danach greifen würdest Du. Glaubst Du, ich finde Gefallen an der Schlacht, an dem Schlamm und den Schmerzen und dem Blutgeruch? Ja, es herrscht ein sonderbarer Wahn während eines Kampfes, ein krankhaftes Hochgefühl, wie eine Art Rausch. Möglicherweise ist er Dir sogar bekannt.

Doch nur wenige Soldaten streben gezielt danach, so wie sie nach Wein trachten.

Das neue Jahr bringt nichts als Kälte. Kannst Du all diese Götter nicht dazu bewegen, den Fluss auftauen zu lassen? Obwohl ich vielleicht dankbar sein sollte – wenn wir hier in Caer Leon unter der Kälte leiden, wo die Häuser noch stehen und hier und da sogar die Hypokausten noch in Betrieb sind, wie viel mehr müssen dann die Sachsen in Abona leiden, das sie fast bis auf die Grundmauern niedergebrannt haben, ehe wir sie in eine Stadt zurückgedrängt haben, von der sie glaubten, sie wäre völlig uninteressant für sie.

Dein Kurvenal

Von Brangwyn an Kurvenal: Sei gegrüßt.

Du hast natürlich Recht. Indem ich diese Bemerkungen über »Männer« machte, habe ich versucht, Abstand zu Dir zu halten, Abstand, den Du viel zu gut zunichte zu machen weißt, auf so vielerlei Art und Weise. Verlang nicht von mir, dass ich mehr zugebe – und erwarte nicht, dass irgendetwas, das ich zugebe, Dir Hoffnung machen kann.

Der Frühling kommt dieses Jahr langsam. Viele der zu Imbolc (für dich die Kalenden des Februar) geborenen Lämmer waren entweder kränklich oder schwach. Unser einziger Trost ist, dass ein harter Winter bedeutet, dass es umso länger dauern wird, bis es wieder Zeit für warmes Wetter, für Krieg und für Tod ist.

Bleib gesund.

Deine Brangwyn

Drystan trat auf dem Wehrgang der Hügelfestung von Caer Baddon zu Arthur, als die Sonne unterging. Nachdem der Schnee endlich geschmolzen war und die Straßen wieder passierbar wurden, hatte Arthur eine sehr viel stärkere Streitmacht nach Süden geführt als jene, die die Sachsen im September in die Flucht geschlagen hatte. Doch Drystan wusste, dass er noch immer nicht darauf baute, dass ihnen dergleichen wieder gelingen könnte, und die Neuigkeiten, die Drystan brachte, würden wahrscheinlich nicht hilfreich sein.

Die Hände hinter dem Rücken verschränkt, beobachtete Arthur den westlichen Horizont. Irgendwo zwischen hier und der Sabrinamündung rückten die Sachsen landeinwärts vor und hielten auf die reiche Beute Aquae Sulis zu.

»Ein Bote aus dem Süden ist angekommen«, meldete Drystan.

»Gute oder schlechte Neuigkeiten?«, fragte Arthur, ohne sich umzudrehen.

»Schwer zu sagen. Cerdic marschiert mit einer Streitmacht von möglicherweise bis zu tausend Mann auf der Straße von Venta.«

»Hat Cerdic die Nachricht geschickt?«

»Nein. Das haben wir von Kundschaftern auf der Straße nach Cunetio.«

Zusammen standen sie in den letzten Strahlen der Aprilsonne, während die Stadt Aquae Sulis sich unter ihnen erstreckte, in eine Biegung des Abona geschmiegt. Als gut geschulter Soldat wusste Drystan, dass Arthur nicht nur die idyllische Lage der Stadt betrachtete, die jetzt so friedlich unter ihnen lag; was ihn beschäftigte, war gewiss die große Anzahl von Häusern außerhalb der dicken römischen Wehrmauern. Die Bäderstadt Aquae Sulis war einst einer der beliebtesten Altersruhesitze in der ganzen Provinz Britannien gewesen, als die Römer hier noch ihre Legionen unterhalten hatten, und mit wachsendem Wohlstand war sie über ihre Grenzen hinausgewachsen. In der Landschaft, die sie umgab, lagen eine Unmenge Landgüter. Diejenigen, die sich am dichtesten am Meer befanden, waren aus Furcht vor erainnischen Räubern schon längst aufgegeben worden, viele von denen im Landesinnern jedoch waren noch immer ertragreiche Gehöfte.

Wenn die Sachsen eine Stadt wie diese einnehmen konnten, dann hatten sie eine reiche Ausgangsbasis für weitere Eroberungsfeldzüge ins Kernland des britannischen Territoriums.

»Was denkst du, Vetter?«, fragte Arthur endlich.

Drystan seufzte. »Ich finde es eigenartig, dass Cerdic uns nicht von der Verstärkung in Kenntnis gesetzt hat. Und wenn er wirklich an die tausend Mann anführt, wieso hat er keine Angst, dass die Sachsen im Süden angreifen?«

»Weil er mit einer Sächsin verheiratet ist?«, überlegte Arthur.

»Da ist etwas dran.«

»Was gibt es Neues von unseren Kundschaftern im Westen?«

»Noch keine Kunde, was die Position der Sachsen von Abona betrifft.« Sobald das Wetter es zugelassen hatte, waren Drystan und Aircol von Caer Leon aus in See gestochen und hatten versucht, die Überlebenden der Schlacht von Glevum vom Meer her anzugreifen, doch ihr Feind hatte diesen Schachzug vorausgesehen und sich in die Hügel zurückgezogen.

Das war der Augenblick gewesen, als Arthur den Befehl gegeben hatte, nach Süden zu marschieren, und zwar schnell.

Der Heerführer wandte sich von den leuchtenden Farben der sinkenden Sonne ab und blickte auf das Meer aus Zelten innerhalb der Festungsmauern auf der flachen Kuppe der Hügelfeste. Pasgen, der hiesige König, nutzte die Festung nur selten; er zog die Annehmlichkeiten der Stadt unter ihnen vor, doch wenigstens waren die Wehranlagen instandgehalten worden.

»Wir müssen auch die Nordküste im Auge behalten«, meinte Arthur mit vor der Brust verschränkten Armen.

»Du denkst, Octha und Aesc bekommen Verstärkung aus Ceint?«

Arthur zuckte die Achseln. »Letztes Jahr haben sie unsere Armee beinahe vernichtet. Es wäre logisch, alles einzusetzen, was sie haben, um zu Ende zu bringen, was sie angefangen haben. Aber wenn wir an zwei Fronten kämpfen, könnten sie vielleicht auch noch einen neuen Feldzug im Osten beginnen. Das Einzige, dessen ich mir sicher bin, ist, dass sie noch nicht aufgegeben haben.«

Drystan wünschte sich inständig, dem Dux Bellorum nicht

zustimmen zu müssen, doch sein Instinkt sagte ihm, dass die Schlacht zwischen der Sabrina und dem Tribuit im Vergleich zu den Kämpfen, die sie in diesem Sommer erwarteten, gar nichts gewesen war.

Als sich der Abend herabsenkte, leuchteten die Feuer zwischen den Zelten heller. Die Geräusche, die aus dem Lager herüberdrangen, waren unbekümmert, laute und leise Stimmen, Gelächter, gelegentlich ein Liedfetzen; nicht wie die angespannte Beinahe-Stille eines Feldlagers am Vorabend einer Schlacht. Noch standen keine Kämpfe unmittelbar bevor, weil sie nicht genau wussten, wo ihr Feind stand.

»Komm, suchen wir Bedwyr und Cai«, sagte Arthur.

Arthurs wichtigste Heerführer würfelten vor einem großen Zelt, das als Hauptquartier des Lagers diente. Bedwyr schnappte sich die Würfel mit der Hand, als sie näher kamen, und erhob sich, gefolgt von Cai. Schweigend gingen sie alle hinter Arthur in das Zelt.

Arthur schenkte jedem ein Glas Wein ein. »Wir müssen mehr über diese Armee erfahren, die Cerdic nach Norden führt.«

Cai nahm das Glas, das Arthur ihm anbot, und nickte. »Ich schicke noch mehr Kundschafter aus mit genauen Anweisungen.«

»Sie sollten versuchen, nahe heranzukommen, um herauszufinden, welche Sprache die Soldaten abends am Lagerfeuer sprechen«, schlug Drystan vor.

»Wenigstens ziert Pasgen sich nicht länger«, bemerkte Bedwyr.

Arthur nippte an seinem Wein; ein Lächeln, das gar nicht seine Art war, spielte um seine Lippen. »Ja, er ist plötzlich zu einem großen Verfechter der britannischen Einigkeit geworden.«

»Sollen wir versuchen, die Sachsen aus ihren Verstecken zu treiben?«, fragte Cai.

Arthur stellte sein Glas ab. »Das würde ich tun wollen, aber ich fürchte zu sehr, dass sie es vielleicht darauf anlegen, uns hervorzulocken, uns irgendwo zu erwischen, wo unsere Stellung nicht so stark ist. Wir haben Glück, dass Pasgen die Wehrwälle in diesen Hügeln instandgehalten hat, die Vortigern damals gebaut hat, zu jener Zeit, als die Könige der Umgegend sich erhoben haben.«

»Und da Cerdic eine unbekannte Größe ist, können wir es uns nicht erlauben, Aquae Sulis ungeschützt zu lassen«, fügte Drystan hinzu.

Bedwyr zeigte ein schiefes Lächeln. »Oh, die Stadt wird ganz sicher nicht ungeschützt sein. Dafür wird Pasgen schon sorgen.«

»Aber sie wird auch nicht ausreichend geschützt sein«, entgegnete Arthur. »Er verfügt über fünf Zenturien – nach Maßgabe vieler Könige eine große Truppe, aber nicht genug, um alle Straßen zu verteidigen, die nach Aquae Sulis führen.«

Der Ausdruck in seinen Augen zeigte deutlich, dass er zu einem Entschluss gelangt war. »Wir schicken eine berittene Truppe in die Hügel südlich des Abona, nicht mehr als eine Zenturie stark, mit dem ausdrücklichen Befehl zu fliehen, wenn sie angegriffen werden. Die Sachsen werden warten, bis Verstärkung eingetroffen ist, bevor sie sich in Marsch setzen, also müssen wir auch die Wachtposten entlang der Sabrinamündung verstärken. Bedwyr, du sorgst dafür, dass die Leuchtfeuer und die Signaltürme der Hügel und der umliegenden Festungen überprüft werden. Drystan, ich möchte, dass du Anfragen zu Gwythyr, Natanleod und Oneon an unserer östlichen Front schickst, ob sie irgendwelche von den Männern, die die Grenze zu Ceint verteidigen, entbehren können.«

»Und bis wir von ihnen hören?«, wollte Drystan wissen.

Arthur trank sein Glas leer und wischte sich den Mund mit dem Ärmel ab. »So lange warten wir ab.«

Nachdem der erste Reitertrupp nach einer Woche des Suchens in den Hügeln südlich des Abona auf Anzeichen der Sachsen gestoßen war, setzten Arthurs Getreue den Truppen des Feindes zu, wo immer sie sie fanden. Beobachtungsposten wurden an der Nordküste eingerichtet, die Langboote der Sachsen zerstört und eine zusätzliche berittene Zenturie in die Stadt Trajectus abkommandiert, zwischen Aquae Sulis und dem verlassenen Hafen von Abona. Kundschafter kamen und gingen ohne Unterlass, und Arthur und Pasgen trafen sich jeden Tag und vereinbarten die Aufteilung der Kämpfer auf die Hügelfestungen oberhalb des Abona und der größeren Straßen, die zu Pasgens Königssitz führten.

Wenngleich die Vorbereitungen zur allgemeinen Zufriedenheit abliefen, waren doch nicht alle Neuigkeiten gut. Zwei der Kundschafter, die ausgesandt worden waren, um die Streitkräfte auszuspähen, die Cerdic nach Norden führte, kehrten nicht wieder zurück, und die anderen konnten lediglich berichten, dass die Armee von der Straße nach Cunetio verschwunden sei, als habe es die tausend Männer niemals gegeben.

Wieder einmal marschierte Arthur in der Enge seines Zeltes hinter den Festungsmauern von Caer Baddon hin und her. »Es gibt keine andere Erklärung«, verkündete der Dux Bellorum. »Cerdic ist zum Verräter geworden und zum Feind übergelaufen.«

Drystan und die anderen Männer, die im Hauptquartierzelt standen und Haltung angenommen hatten, schwiegen. Allen war klar, dass Arthur Recht hatte.

»Wir müssen davon ausgehen, dass Aquae Sulis sowohl von Osten als auch von Westen her angegriffen werden soll«, fuhr Arthur fort. »Wir lassen die Straßen in allen Richtungen bewachen, aber wenn die Sachsen Verstärkung bekommen, bevor sie angreifen, was ich annehme …« Sein Satz blieb unvollendet, doch niemand bedurfte genauerer Ausführungen.

»Wieso bist du dir so sicher, dass sie auf Verstärkung warten werden?«, wollte Cai wissen. Seine Genesung hatte sich lange hingezogen, und er hinkte jetzt beim Gehen, doch er war ebenso groß und breit und golden und beeindruckend wie eh und je.

Arthur blieb vor ihnen stehen, während er die Gründe an den Fingern abzählte. »Erstens waren sie nicht darauf vorbereitet, in Abona zu überwintern, was bedeutet, dass sie geplündert und von den Vorräten aus den Gütern gelebt haben, die sie letzten

Herbst überfallen haben. Zweitens wissen sie, dass wir hier in einer guten Position sind, die Stadt ist befestigt und die umliegenden Hügel verschaffen uns einen guten Vorteil bei der Verteidigung. Drittens, wenn sie sich nach der Schlacht von Glevum stark genug gefühlt hätten, dann hätten sie letzten Herbst angegriffen, trotz der schweren Regenfälle. Viele von denen, die vom Schlachtfeld entkommen sind, waren höchstwahrscheinlich schwer verwundet, und bis es ihnen wieder gut genug ging, um die Reise bis nach Ceint anzutreten, war das Wetter für ihre Langboote zu unsicher.«

Bedwyr nickte. »Sie werden so viele Männer hierherschicken, wie sie nur irgend können, um zu versuchen, Arthur den Bären zu zerschmettern. Aber ich denke, sie werden auch bald auf den Straßen nach Calleva und Verulamium vorstoßen.«

Arthur verschränkte die Arme vor der von einem purpurnen Wappenrock bedeckten Brust. »Ja, ich nehme an, du hast recht. Deshalb können wir es uns auch nicht erlauben, zu viele Truppen von unserer östlichen Front abzuziehen, so gern ich es auch täte. Außerdem ist Cerdic irgendwo zwischen Aquae Sulis und Calleva, und seine Armee würde höchstwahrscheinlich über jegliche Entsatztruppen herfallen, die auf der Straße nach Cunetio ziehen.«

Einen Augenblick schwiegen sie alle und dachten über den Ernst der Lage nach. Drystan bemerkte das Grau an Arthurs Schläfen, das langsam deutlicher hervortrat, und die Furchen auf seiner Stirn, die mit jeder Schlacht tiefer zu werden schienen.

Eine Signaltrompete ertönte draußen im Lager, und die Männer sahen sich an. *Gute oder schlechte Neuigkeiten?*

Arthur nickte knapp, und sie eilten aus dem Zelt, so schnell es ihnen möglich war.

Als sie ins Freie traten, kam bereits ein Wachtposten auf Arthurs Zelt zugerannt. »Eine große Kriegertruppe marschiert von Süden heran – Verstärkung, Dux!«

»Weiß man schon, wer sie anführt?«, erkundigte sich Arthur.

Der Posten schüttelte den Kopf. »Aber sie kommen auf der Römerstraße von Lindinis her und führen das Banner der Durotriger.«

Drystan fühlte, wie sich ein Lächeln auf seinem Gesicht breitmachte. »Cador!«

Auf Arthurs Zügen lag ein Antwortlächeln. »In der Tat. Vielleicht sollten wir die Abordnung anführen, die unseren Vetter willkommen heißt?«

Obwohl es erst etwas mehr als neun Monate her war, dass Drystan Cador zum letzten Mal gesehen hatte, hatte sich sein junger Verwandter doch sehr verändert. Alles Knabenhafte, das sich im letzten Sommer noch in seinen Gesichtszügen gehalten hatte, war verschwunden, und die Bartstoppeln eines langen Tages ließen sein hellhäutiges Antlitz dunkler erscheinen. Er führte eine Einheit von über einhundert Berittenen an, soweit Drystan es beurteilen konnte – Männer und Pferde, die dringend benötigt wurden.

Als Cador innerhalb der Mauern absaß, umarmte Arthur ihn rasch und fest und hielt ihn dann lächelnd auf Armeslänge von sich weg. »Schön, dich zu sehen, Vetter. Mir fehlen die Worte, um dir zu sagen, wie hochwillkommen du hier in Caer Baddon bist.«

Cador grinste, und Drystan erkannte in diesem Grinsen die Spuren des Jungen, der er einst gewesen war. »Oh, ich glaube, ich kann es mir vorstellen.«

Drystan trat vor. »Cador. Es ist schön, dich wiederzusehen.«

»Dich auch, Drystan.« Sie umarmten sich.

»Wie geht es deiner Mutter und deiner Schwester?«, erkundigte Drystan sich, als sie einander wieder losließen.

Cador übergab sein Pferd einem Soldaten und wandte sich dann wieder an seinen Vetter. »Gut. Sie lassen grüßen.«

»Und wie war dein Eindruck von dem Feldzug im Osten?«, wollte Arthur wissen.

Cador schüttelte den Kopf. »Nicht so gut. Es ist uns nur mit Mühe und Not gelungen, die Sachsen zurückzuhalten, bevor der Regen einsetzte. Aber Oneon und Gwythyr haben allmählich

Verstärkung von etlichen Königen der Dobunni und der Catuvellani bekommen, noch bevor das Wetter umgeschlagen ist. Genug Männer, so dass ich zu Weihnachten nach Dyn Draithou zurückkehren konnte.«

Bedwyr gesellte sich zu ihnen und fasste Arthur am Arm. »Die neuen Männer müssen verpflegt werden, mein Freund. Vielleicht können wir die Kriegsbesprechung später fortsetzen, wenn sie etwas gegessen und getrunken und sich den Straßenstaub abgewaschen haben.«

Arthur grinste schief. »Ja, gewiss.«

Die Versammlung löste sich auf, und Drystan kehrte zu dem Zelt zurück, das er sich mit Kurvenal teilte. Sein Freund saß mit einem Wachstäfelchen auf den Knien auf einem Baumstumpf und arbeitete, wenn Drystan nicht alles täuschte, an einem Brief an Brangwyn.

Als er näher kam, blickte Kurvenal auf. »Gute Nachrichten, nehme ich an?«

Drystan nickte. »Cador ist da, mit berittener Verstärkung.«

»Gut.« Kurvenals Lächeln wirkte zerstreut, und er beugte sich sogleich wieder über seine Wachstafel.

Drystan betrat gebückt das Zelt und schaute sich inmitten der dürftigen Habseligkeiten eines Soldatenlebens um. Sollte er auch an Yseult schreiben? Doch was gab es zu sagen? Er konnte ihr von Cadors Ankunft berichten, ihr erzählen, dass sie ebenfalls warteten, sie um Neuigkeiten von seinem »Bruder« bitten. Doch er konnte ihr nicht sagen, was in seinem Herzen vorging, so wie Kurvenal es Brangwyn sagen konnte, konnte ihr nicht beschreiben, wie er jede Nacht an sie dachte, wenn er auf seinem Feldbett lag, die Hände hinter dem Kopf verschränkt, die Innenseite der Zeltplane anstarrte und darauf lauschte, wie die Geräusche des Lagers erstarben. Er konnte ihr nicht erzählen, wie er sich wieder und wieder eine Zukunft vorstellte, die es nicht gab, in der sie beide zusammen glücklich sein konnten.

Seufzend griff er nach seinem eigenen Schreibtäfelchen.

Drei Tage später wurden Langboote in der Sabrinabucht gesichtet, die auf die Mündung des Abona zuhielten.

Arthur schickte hundertfünfzig berittene Krieger aus, um es den Sachsen zu erschweren, an Land zu gehen, und um ihren Truppen aus sicherer Entfernung zuzusetzen, doch er wollte die Streitkräfte, die auf den Hügeln um Aquae Sulis zusammengezogen waren, nicht mehr auseinanderreißen als nötig – besonders jetzt, da sie sicher waren, dass Cerdic von Osten her im Anmarsch war.

Und in Anbetracht ihrer wahrscheinlichen zahlenmäßigen Unterlegenheit konnten sie ihren Stellungsvorteil nicht aufgeben. Arthur war fest entschlossen, diesmal selbst das Schlachtfeld zu wählen. Ein kleinerer Reitertrupp wurde nach Osten geschickt, um abermals zu versuchen, Cerdics Armee ausfindig zu machen. Sie würden so gut vorbereitet sein, wie es ihnen nur möglich war.

Cador hatte in Drystans und Kurvenals Zelt Quartier bezogen: Die Könige der Durotriger hatten Pferde und Männer geschickt, verfügten jedoch nicht über genug Zelte für einen Feldzug von diesem Ausmaß. Arthur hatte Owain angewiesen, die Truppen aus Ergyng, die sein Halbbruder Madoc von der Verteidigungsstreitmacht Coriniums geschickt hatte, auf den Bannerhügel im Osten zu verlegen, nördlich der Römerstraße nach Cunetio und dicht an der Straße nach Corinium. Pasgen bewachte den westlichen Zugang zu Aquae Sulis, und Manawyd, der Held vom Tribuit, hielt die Hügel im Süden der Stadt. Lots Söhne Gawain und Gaheris waren auf den Hügeln südöstlich von Aquae Sulis postiert, auf der gegenüberliegenden Seite des Abona.

Während sie darauf warteten, dass der Feind vorrückte, bestanden ihre Pflichten hauptsächlich darin, regelmäßig an Erkundungsstreifzügen und Überfällen teilzunehmen, nach Signalfeuern Ausschau zu halten, in der Umgebung der Hügelfestungen auf Patrouille zu gehen und sich ohne Unterlass im Kampf zu üben. Sie rannten die steilen Hänge von Caer Baddon hinauf und hinunter, führten auf denselben Hängen Angriffs- und Rückzugsmanöver zu Pferd aus und übten sich mit Schwert und

Speer, mit Bogen und Pfeil. Manche Abteilungen verlegten sich mehr auf eine bestimmte Kampfart als auf andere, doch Arthur bestand darauf, dass alle seine Männer darauf vorbereitet waren, während einer Schlacht in jeder Situation zu kämpfen. Einem Bogenschützen konnten die Pfeile ausgehen, und er konnte gezwungen sein, das Schwert an seiner Hüfte zu ziehen; einem Krieger der Reiterei konnte das Pferd unter dem Leibe getötet werden, so dass er zu Fuß weiterkämpfen musste.

Sie warteten, doch sie langweilten sich nicht. Unter der Oberfläche durchzog Anspannung das Lager wie das unablässige Summen der Bienen im Sommer, etwas, das man nur bemerkte, wenn es einem zum ersten Mal bewusst wurde, das jedoch bald zu einem Teil der Umgebung wurde.

Zehn Tage nachdem die sächsischen Langboote gesichtet worden waren, ritt Drystan den Hügel von Caer Baddon hinauf, nachdem er Botschaften zu den anderen Lagern auf den umliegenden Hügeln gebracht hatte: Die Sachsen hatten gar nicht den Versuch gemacht, Trajectus einzunehmen und hielten stattdessen direkt auf Aquae Sulis zu. Es dämmerte, ein scharfer Wind wehte von Westen her und wurde immer stärker, je höher er emporklomm, und plötzlich flog ein Adler aus einem dunklen Winkel des Himmels zu seiner Rechten hervor und stieß einen schrillen Schrei aus, der ihm einen Schauer über den Rücken jagte.

Er hielt an, und die Zeit stand still.

Das Signalfeuer auf dem Bannerhügel erwachte hell lodernd zum Leben.

Drystan grub seiner Stute die Fersen in die Flanken und preschte auf den Erdwall zu, der die flache Kuppe der Hügelfestung umgab.

Im Lager herrschte angesichts des Signals hektische Betriebsamkeit; die Soldaten sammelten sich auf der freien Fläche am südlichen Rand der Festung, die Arthur zu nutzen pflegte, um seine Truppen zu mustern. Als Drystan ankam, brannten bereits Leuchtfeuer hell auf sämtlichen Hügelfesten, die Aquae Sulis umgaben, nicht nur auf dem Bannerhügel im Osten.

Als Drystan gleich hinter der Mauer vom Pferd sprang, schritt Arthur in die Mitte der wartenden Krieger. Der Dux Bellorum stieg auf einen der Baumstümpfe, damit alle ihn sehen konnten, und die Männer verstummten.

Im immer düsterer werdenden Zwielicht ließ Arthur den Blick einige Augenblicke lang über seine Zuhörer schweifen. »Wie ihr alle wisst, bedeutet das Leuchtfeuer im Osten, dass Cerdics Truppen gesichtet wurden und gegen Aquae Sulis vorrücken. Ich weiß noch nicht, wie nahe sie sind oder ob sie bereits in Stellung gegangen sind; dafür müssen wir auf den Boten vom Bannerhügel warten.«

Cador brachte von irgendwoher eine Fackel und nahm neben Arthur Aufstellung. »Danke, Vetter«, sagte Arthur und wandte sich abermals an seine Armee. »Es steht zu bezweifeln, dass Cerdics Heer versuchen wird, sich im Schutze der Nacht an unseren Befestigungsanlagen vorbeizuschleichen – es sind zu viele, um unentdeckt zu bleiben. Doch für den Fall, dass sie es dennoch versuchen, müssen wir die Zahl der Wachtposten erhöhen. Ich möchte, dass sich die Offiziere der Wache sofort bei mir melden. Das ist alles. Schlaft, denn morgen werden wir höchstwahrscheinlich kämpfen.«

Als die behelfsmäßige Versammlung sich auflöste, führte Drystan seine Stute zu einem Pferch in der Nähe des Eingangs und rieb sie ab. Ihm blieb nicht viel Zeit, sich selbst zu waschen, ehe er sich mit Arthur und den anderen im Hauptzelt treffen musste. Auf das Flammensignal hin sollten die Anführer der anderen Verteidigungsposten nach Caer Baddon kommen, um die Strategie zu besprechen, einschließlich derer von der anderen Seite von Aquae Sulis.

Als er Arthurs Zelt betrat, war es voller, als Drystan es jemals erlebt hatte.

»Unserer Position ist der einzige Vorteil, den wir haben«, sagte Arthur gerade, als Drystan die Zeltklappe zur Seite zog und eintrat. Der Dux Bellorum blickte kurz auf, nickte zum Gruß und machte weiter, über den hölzernen Tisch vor ihm gebeugt, ein Stück Holzkohle in der Hand. Drystan zwängte sich zwischen Aircol und Gormant, um zu sehen, was Arthur auf den Tisch zeichnete.

»Sie sind jetzt fast viertausend Mann stark, und wir zweitausend«, fuhr Arthur fort. »Cerdics Streitkräfte sind auf tausend Mann geschätzt worden, und hier in Caer Baddon und auf dem Bannerhügel haben wir sechs Zenturien.« Er markierte die Positionen der beiden Hügelfestungen mit Kreuzen oberhalb der geschlängelten Linie, die den Abona darstellte. »Wir müssen sie dazu bringen, uns anzugreifen. Das ist der Moment, in dem Owain ins Spiel kommt.«

Arthur blickte auf und zeigte mit der Holzkohle auf seinen Neffen. Dann zeichnete er einen Pfeil von der Straße nach Cunetio bis zu einer Stelle gleich nördlich der großen Flussbiegung. An dieser Stelle machte er in rascher Folge eine Anzahl kleiner Kreuze. »Die meisten unserer Männer bringen wir gleich nördlich der Biegung des Flusses in Stellung, westlich des Bannerhügels. Aber weitere hundertfünfzig Reiter unter Owains Führung bleiben hinter den Wällen verborgen und werden sich erst in die Schlacht stürzen, wenn Cerdics Männer genau unter ihnen sind.« Von dem X aus, das für den Bannerhügel stand, zeichnete er einen weiteren Pfeil, der hügelabwärts auf die Markierung zeigte, welche Cerdic darstellte.

»In der Zwischenzeit werden zwei Zenturien unter Gawains Befehl« – Arthur schaute kurz auf und nickte Gawain und Gaheris zu – »etwas weiter südlich den Fluss durchqueren und Cerdics Truppen von hinten angreifen.« Er zeichnete einen weiteren Pfeil von dem Gebiet innerhalb der Flussschleife und darüber hinweg nach Westen, der sich sodann krümmte, um dort auf die Römerstraße zu stoßen, wo Cerdic seinen Vormarsch für heute beendet hatte. »Wenn das so läuft wie geplant, haben wir sie auf allen Seiten eingekesselt – die Truppen, die ich anführe im Nordwesten, Owains Männer im Norden, der Fluss im Südwesten und Gawain im Südosten.«

»Nur Gawain?«, fragte Gaheris.

»Ja. Ich möchte, dass Ihr den Rest der Männer unter Euren Befehl nehmt und sowohl die Brücke als auch die Stadt von

Norden und Westen her bewacht. Im Süden und Osten ist sie durch den Fluss geschützt.«

»Was ist mit den Männern, die ich und Pasgen anführen?«, wollte Manawyd wissen.

Arthur schüttelte den Kopf. »Wir können nicht alle Kräfte für den Kampf gegen Cerdic abziehen. In dem Tal im Westen stehen dreitausend Sachsen, und ich fürchte, sie werden angreifen, sobald Cerdic es tut. Ich bezweifle, dass es uns gelungen ist, alle ihre Boten abzufangen. Cerdic ist die unmittelbarere Gefahr, sonst hätte ich mehr Truppen in die Hügelfestungen östlich von Aquae Sulis abkommandiert.«

»Und vielleicht versuchen sie auch, uns aus der Deckung zu locken, indem sie Cerdic wie die größere Gefahr aussehen lassen«, gab Bedwyr zu bedenken.

»Genau.« Arthur legte die Holzkohle hin und wischte sich die Hände an der Hose ab. »Jetzt schlage ich vor, dass ihr übrigen euch zu euren Männern begebt und zuseht, dass ihr so viel Schlaf bekommt, wie ihr könnt. Wir werden im Morgengrauen ausrücken müssen.«

Unglücklicherweise konnte Drystan Arthurs Rat nicht beherzigen. Er versuchte zu ruhen, so gut es ging, doch der Schlaf entzog sich ihm. Das leise Schnarchen von Kurvenal und Cador bildete den Hintergrund für die Gedanken, die ihm keine Ruhe lassen wollten, während er auf seiner Pritsche lag und das Zeltdach anstarrte, ein seltsamer, unsteter Rhythmus, unterbrochen von Schluckaufgeräuschen, Ächzen und Herumwälzen.

Morgen war sein Geburtstag.

Es war nicht etwa so, dass er sich bemitleidete, weil er in die Schlacht ziehen würde, wenn er vielleicht hätte feiern können. Es hatte mehr damit zu tun zu wissen, dass viele Männer auf diesem flachen Plateau um ihn herum morgen sterben würden, am Jahrestag seiner Geburt. Kurvenal konnte einer davon sein, ebenso wie Cador, und auch er selbst konnte einer von ihnen sein. Es schien, als habe er bereits so viele Leben fahren lassen, sie hinter sich gelassen und verloren, und er war noch nicht einmal vierundzwanzig Jahre alt. Während der wilden

Hatz nach Glevum hatte er keine Zeit für so rührselige, philosophische Betrachtungen gehabt – alles war zu schnell gegangen, um nachzudenken. Jetzt jedoch lauerte der Feind nicht weit entfernt im Tal unter ihm.

Und ihm blieb nichts anderes übrig, als hier zu liegen, die Hände hinter dem Kopf, und zu überlegen, ob er Yseult jemals wiedersehen würde, ob er jemals den kleinen Jungen wieder in den Armen halten würde, den er nicht anerkennen durfte.

26

> Danach gewannen manchmal unsere Landsleute und manchmal die Feinde die Oberhand auf dem Schlachtfeld, auf dass Gott unser Herr diese Seine Israeliten in diesem Lande auf Seine übliche Weise auf die Probe stellen könne, ob sie Ihn liebten oder nicht, bis zum Jahr der Belagerung von Mount Badon, als das beinahe letzte, wenngleich nicht das geringste Gemetzel unserer grausamen Widersacher sich ereignete, welches daselbst stattfand (dessen bin ich mir sicher) vierundvierzig Jahre und einen Monat nach der Landung der Sachsen und zugleich zur Zeit meiner eigenen Geburt.
>
> St. Gildas, *De Excidio Britanniae*

Die Hörner ertönten, noch ehe die Sonne aufgegangen war, und der Himmel schickte sich gerade an, im Osten die Farbe zu wechseln. Drystan war fertig angekleidet und hatte das Zelt verlassen, bevor Cador und Kurvenal damit fertig waren, sich den Schlaf aus den Augen zu reiben. Überall um ihn herum machten sich die Männer kampfbereit, aßen ihr Frühstück, überprüften ihre Waffen, führten ihre Pferde auf das freie Gelände neben dem Tor und sprachen ein paar Worte zu dem Gott, zu dem sie beteten. Bald hatte sich das ganze Heer versammelt, und sie machten sich stumm daran, den Hügel hinabzusteigen.

Arthurs dreihundert Mann waren samt und sonders zu Pferd, und an der Biegung des Abona stießen fünfzig weitere Berittene sowie hundert Bogenschützen zu Fuß vom Bannerhügel zu ihnen. Die Luft roch rein und frisch nach einem Spätfrühlingsmorgen im Mai, der Himmel war wolkenlos, und ein Hauch von Dunst, der vom Morgentau herrührte, lag in Schwaden auf dem grünen Gras. Irgendwie schien es unangebracht, dass an einem so schönen Tag eine Schlacht geschlagen werden sollte.

Cerdic ließ seine sächsischen und britannischen Truppen südöstlich von ihnen Aufstellung nehmen, wo die Römerstraße aus den Hügeln herabkam und beinahe auf einer Höhe mit dem Fluss verlief. Genau wie Arthur es vorhergesagt hatte.

Der Rest jedoch ging nicht so vonstatten, wie Arthur es vorhergesagt hatte. Beide Armeen bezogen die Stellung, die sie in den frühen Morgenstunden für am vorteilhaftesten erachteten – und nichts geschah.

Cerdic spielte nicht mit.

»Wieso rücken sie nicht vor?«, wütete Cai, nachdem sie bereits über eine Stunde lang auf Cerdics Angriff gewartet hatten.

Arthur bedachte ihn mit einem schiefen Lächeln. »Vergiss nicht, er war der Heerführer der Sachsenküste. Er hat mit uns gekämpft und kennt die Listen, zu denen wir greifen können, wenn wir zahlenmäßig unterlegen sind.«

Die beiden Heere standen in Sichtweite voneinander, und während der Vormittag voranschritt, versuchte jedes auf seine Weise, den Gegner zu entmutigen. Um Beleidigungen zu brüllen, war die Entfernung zu groß, doch Cerdics Männer legten ihre Waffen nieder und fingen an, spielerische Wettläufe und Schwertkämpfe abzuhalten, und die Luft war von Gelächter erfüllt, das nicht zu diesem Anlass passte. Arthurs Männer wandten dem Gegner den Rücken zu und setzten sich ins Gras. Obgleich keine Bemerkungen über die Mütter jener gebrüllt wurden, die mehrere hundert Schritte entfernt waren, musste Drystan unwillkürlich an die traditionellen Beschimpfungen denken, die die Erainn einander vor einem Kampf entgegenschleuderten, sogar während harmloser Waffenübungen.

Arthur war nicht glücklich über die Verzögerung, doch er war noch nicht bereit, vorzurücken und seine vorteilhafte Stellung aufzugeben. Ein Bote wurde nach Süden am Fluss entlanggeschickt, um Gawains Truppe abzufangen, ehe sie sich bemerkbar machen konnte: Wenn sie eintraf, bevor die Männer des Dux Bellorum den Feind in Kampfhandlungen verwickelt hatten, würde das Arthurs Strategie der Überraschung zunichte machen.

Während des verbleibenden Vormittags lümmelten die Männer in der warmen Maisonne herum, wechselten hier und da ein Wort mit ihren Landsleuten oder scharten sich um jene, die zufällig Würfel in den Beuteln an ihren Gürteln hatten. Drystan kam das Warten unendlich lang vor, und er nahm insgeheim an, dass es vielen anderen ebenso erging. Fast war er dankbar, als sich ein Bote durch die Menge drängte und an Arthurs Seite eilte, obwohl er wusste, dass er keine gute Nachricht brachte.

Der Bote sprang vom Pferd und beugte vor Arthur das Knie, als sei er ein König. »Dux, die Sachsen unter Octha und Aesc haben Pasgens Truppen westlich von Aquae Sulis angegriffen«, stieß er hervor und bemühte sich, zwischen den Worten Atem zu schöpfen. »Manawyd hat den Fluss überquert und ist nach Norden gezogen, um ihnen beizustehen, aber es sind viele.«

»Steh auf«, sagte Arthur und drehte sich zu seinen befehlshabenden Offizieren um, die herbeigeeilt waren, als der Bote eingetroffen war. »Die Sachsen zwingen uns zum Handeln: Wir können nicht länger müßig herumsitzen und darauf warten, dass Cerdic sich von der Stelle rührt. Wir müssen angreifen.«

Er wandte sich wieder an den Boten. »Ich habe noch einen weiteren Auftrag für dich. Reite nach Süden den Abona entlang, bis du auf Gawains Truppe stößt, und sag ihm, er soll vorrücken, aber weiter nach Osten als geplant.«

Der Bote nickte, schwang sich wieder in den Sattel und lenkte seinen Wallach zum Fluss. Die Soldaten machten Platz, um ihn durchzulassen.

Arthur sagte zu den Offizieren: »Wir versuchen noch ein letztes Mal, sie zum Angriff zu reizen. Wir rücken vor, aber nur bis in Schussweite, mit den Bogenschützen an vorderster Front.«

Cai nickte. »Ja. Wenn genug Pfeile treffen, greift Cerdic vielleicht endlich an.«

Bedwyr grinste. »Oder die Sachsen, wenn er es nicht tut.«

Arthur nickte knapp und schwang sich auf seine Stute. »Männer!«, rief er. Fast fünfhundert Augenpaare waren auf ihn gerichtet. Das Würfeln und Schwatzen hörte auf, und Stille machte sich um sie herum breit, eine angespannte Stille, mit einer fast mit Händen zu greifenden Vorfreude: Das Warten hatte ein Ende. Drystan stieß einen Seufzer aus und konnte hören, wie etliche Männer um ihn herum es ihm gleichtaten. Er und Kurvenal wechselten einen Blick und richteten ihre Aufmerksamkeit dann auf Arthur.

»Die Sachsen marschieren im Westen gegen Aquae Sulis«, rief Arthur. »Wir müssen uns Cerdic und seine Verräter vornehmen, damit wir der Stadt zu Hilfe eilen können.«

Arthurs Reittier, das die Furcht und die freudige Erwartung spürte, die um es herum herrschten, hatte zu tänzeln begonnen, und Arthur brachte es zur Ruhe. »Ich habe Gawain benachrichtigt, dass er weiter im Osten angreifen soll. Wir rücken vor, bis wir nahe genug für unsere Bogenschützen sind. Dann wird ein Teil der Reiterei absitzen und einen Schildwall bilden, und über den hinweg fangen die besten Bogenschützen an zu schießen. Cador, ich möchte, dass du und deine Männer den Schildwall errichten.«

Cador nickte, und Arthur wandte sich wieder an den Rest des Heeres. »Ich hoffe, dass die Sachsen daraufhin zum Angriff übergehen. Die Bogenschützen schießen weiter, bis der Feind ungefähr zweihundertfünfzig Schritt entfernt ist. Wenn ich den Befehl gebe, schließen sich die Bogenschützen und ihre Schildträger zu Sechsergruppen zusammen, um die Reiterei durchzulassen – sorg dafür, Cador.«

Wieder nickte sein junger Vetter.

Arthur zog seine Stute herum, näher zu der Stelle, wo sie standen. Er sah Drystan an. »Bedwyr, Cai und ich führen den Angriff in den mittleren Lücken zwischen unseren Bogenschützen an. Drystan, dich und deine Männer will ich auf der linken Flanke haben.«

Wieder wendete der Dux Bellorum sein Pferd und erblickte Aircol in der Menge; Drystan staunte jedes Mal darüber, wie er stets genau zu wissen schien, wo seine Männer zu einem beliebigen Zeitpunkt gerade waren. Vielleicht hatte das etwas mit seinem begnadeten Talent als Feldherr zu tun, mit seiner raschen Auffassungsgabe für die Einzelheiten örtlicher Gegebenheiten und seinem hervorragenden Gedächtnis.

»Aircol, Ihr führt die Männer auf der rechten Flanke durch die vorderen Reihen.«

Aircol salutierte, und sein Blick begegnete dem Drystans. Grinsend salutierte er abermals, und Drystan erwiderte die Geste; er hoffte sehr, dass er den Demetier nach diesem Tag noch wiedersehen würde.

Als alles so geordnet war, wie Arthur es haben wollte, begannen sie, entlang der alten Römerstraße vorzurücken. Auf ihr Näherkommen hin schien Cerdics ganze Armee wie ein Mann in Bewegung zu geraten, verspätete Morgenmahlzeiten und Wettkämpfe wurden abgebrochen, und die Männer erhoben sich, um sich ihnen zu stellen. Wer zur Reiterei gehörte, saß auf. Doch noch immer hielten sie ihre Stellung, harrten dort aus, wo das Tal beidseits der Straße breiter wurde.

Die Provokation war noch nicht stark genug.

Als die Bogenschützen in Schussweite waren, gab Arthur den Befehl zum Halten.

»Die Schilde hoch!«

Cadors Männer saßen ab und ließen ihre Pferde nach hinten bringen, wo sie nicht im Wege sein würden. Dann knieten sie auf dem Pflaster und auf dem Frühlingsgras zu beiden Seiten der Straße nieder, Schulter an Schulter, und hoben ihre Schilde, um eine Schutzmauer für die Bogenschützen zu bilden, während diese die ersten Pfeile auf die Sehnen legten.

Drystan sah, wie sich auch unten im Tal die Schilde hoben, als befolgten die Sachsen Arthurs Befehle.

»Spannen und zielen!«

Vor Drystan und seinen Berittenen zog die Reihe der Schützen über den Schilden von Cadors Männern die Arme zurück.

»Schießt!«

Eine Wolke aus Pfeilen schnellte surrend in den wolkenlosen Himmel empor, und Drystan verfolgte ihren Flug von seinem

Platz hinter der ersten Reihe aus. Irgendwie sahen die Geschosse vor dem blendenden Blau des Maihimmels viel langsamer aus, als sie gewiss waren. Einhundert Pfeile, die gemeinsam emporstoben, einen Himmelsstreifen verdunkelten und einen gesprenkelten Schatten auf das Frühlingsgras des Tales warfen. Es war wie ein Tanz, so viele auf einmal, die Bewegungen aufeinander abgestimmt, im Bogen aufsteigende Dunkelheit vor Azurblau, hoch hinauf und dann herab.

Und dann die Schreie.

Die Feinde hatten die Schilde gehoben, als die Salve abgeschossen wurde, doch viele der Geschosse trafen trotzdem ihr Ziel. Noch immer standen die Reihen von Cerdics Armee fest. Arthurs Bogenschützen schossen weiter, und in der vordersten Reihe im Osten brachen allmählich Tumulte aus. Drystan sah mehrere Pferde zu Boden gehen; ihre Schreie mischten sich mit denen der Männer. Bogenschützen aus Cerdics sächsisch-britannischem Heer eilten von den Flanken nach vorn und versuchten, den Fernangriff mit gleicher Münze zu erwidern, doch noch ehe sie in Stellung gehen konnten, ertönte ein gellendes Wutgebrüll aus Hunderten von Kehlen, und eine Horde aus Sachsen und Britanniern, beritten und zu Fuß, kam das Tal herunter auf sie zugestürmt.

Ungeachtete der näher kommenden feindlichen Truppen hielten die Bogenschützen ihre Stellung und schossen weiter, wie Arthur sie angewiesen hatte. Nach zwei weiteren Salven, die eine erkleckliche Anzahl Sachsen und britannische Verräter in die Knie brechen ließen, übertönte Arthurs Stimme den Kampflärm.

»Bogenschützen, Stellungswechsel! Reiterei, zum Angriff!«

Vor ihnen öffneten sich Lücken zwischen den Schützen und in dem festen Schildwall. Drystan ließ seine Männer vorrücken und reckte seine Lanze in die Höhe.

»Britannia patria!«

Überall entlang der Reihen wurde sein Ruf aufgegriffen, und die berittenen Krieger drückten ihren Pferden die Fersen in die Flanken und preschten auf den Feind los. Jene letzte Salve der

Bogenschützen aus nächster Nähe war sehr viel wirkungsvoller gewesen als die hoch angesetzten Schüsse. Die waren eine lästige Plage gewesen, wie ein Bienenschwarm, denn auf eine solche Entfernung konnten die Männer kaum zielen. Indem sie in die anbrandende Masse hineinschossen, hatten sie sehr viel größeren Schaden angerichtet, hatten Pferde und Krieger mit größerer Genauigkeit niedergestreckt und den Ansturm verlangsamt.

Drystan ritt Knie an Knie mit Kurvenal; die Sonne des späten Vormittags stand zu seiner Rechten, und das Donnern der galoppierenden Hufe und die Kriegsschreie der Männer beider Heere dröhnten ihm in den Ohren. Auf seiner anderen Seite ritt Ruan, der seit Portus Adurni zu seiner Truppe gehörte – als Cerdic noch an ihrer Seite gekämpft hatte, anstatt sich gegen sie zu stellen.

Und Drystan hatte Cerdic trotz seiner vielen Güter für einen guten Menschen gehalten.

Doch er hatte keine Zeit mehr, über Cerdics Verrat oder über sein eigenes mangelndes Urteilsvermögen nachzudenken, denn nun krachten die Heere mit einer Wucht aufeinander, die allein schon viele Männer aus dem Sattel riss. Das Wiehern der Pferde und die Schreie der Männer erfüllten die Luft, zusammen mit dem Aufprall von Stahl, Holz und Knochen. Drystan konnte gerade noch einem gestürzten Pferd ausweichen, das sich abmühte, wieder auf die Beine zu kommen, und schlug mit der Lanze das Schwert eines sächsischen Fußsoldaten zur Seite. Ehe der Mann abermals zuschlagen konnte, stieß Drystan ihm die Lanze in die ungeschützte Lücke zwischen Schulter und Helm. Der feindliche Krieger stieß einen gurgelnden Schrei aus, brach zusammen und fiel unter die Hufe von Drystans Pferd. Er riss die Lanzenspitze heraus und wandte sich seinem nächsten Gegner zu.

Ein gewaltiger Schrei, wie eine einzige Stimme, erhob sich vom Bannerhügel im Norden. Owains Männer waren ein kleines Stück hinter ihnen; ihre Position war nicht ganz so vollkommen, wie Arthur es geplant hatte. Doch als sie den Hügel herabgestürmt kamen, sorgten sie für genug Ablenkung, um den Truppen im Tal einen Vorteil zu verschaffen. An der linken Flanke, die Drystan befehligte, wandten sich zahlreiche Krieger aus Cerdics Heer der neuen Bedrohung zu. Drystan drängte seine Stute tiefer in das Gewühl und rammte seine Lanze in einen mit gehärtetem Leder bedeckten Rücken. Als die Metallspitze auf Knochen traf, spürte er den Ruck bis in den Arm.

»Drystan!«

Kurvenals Schrei rettete ihm das Leben. Er warf sein Pferd gerade noch rechtzeitig herum, um die Lanze auf einen berittenen Krieger zu richten, der auf ihn einstürmte. Er traf den Feind seitlich am Kopf, und der Mann stürzte mit blutüberströmtem Gesicht zu Boden, doch der Schaft von Drystans Lanze splitterte bei dem Aufprall.

Er zog das Schwert, und das Gemetzel ging weiter.

Die Sonne kroch über den Himmel, und zwischen Hieben und Paraden fragte Drystan sich allmählich, wann wohl Gawains Männer eintreffen würden. Die Schlacht an der linken Flanke verlagerte sich von der Römerstraße und dem Tal langsam den Hügel hinauf, während Cerdics sächsische und britannische Krieger die Reiterei unter Owains Befehl zurückschlugen.

Und dabei einen Keil zwischen ihn und Owain trieben.

Doch vielleicht würden sie das zu ihrem Vorteil nutzen können. Vor ihm lichteten sich die feindlichen Reihen, und Drystan glaubte eine Gelegenheit zu erkennen, Cerdics rechte Flanke vom Hauptheer abzuschneiden. Er warf seine Stute zu den Männern unter seinem Befehl herum. »Wenn wir uns zur Römerstraße durchkämpfen können, können wir Cerdics rechte Flanke einkesseln!«, schrie er über den Lärm der Schlacht hinweg. »Vorwärts! Britannia patria!«

Wie eine Speerspitze drangen sie auf die weit auseinandergezogene Linie unterhalb des Bannerhügels ein, und das Donnern von Schwertern und Schilden gegen Kriegsäxte, die Schreie verwundeter Männer und Pferde, all das wurde um ihn herum sogar noch lauter. Zu seiner Linken sah er Ruans Pferd zu Boden gehen, doch er hatte keine Zeit, zu trauern oder zu bangen.

Und dann, endlich, erschienen auf der anderen Seite des Flusses britannische Streitkräfte auf dem Gipfel der Hügelkette.

Gawain war da.

Erleichterung durchfuhr Drystan wie ein Schlag, doch er konnte sich ihr ebenso wenig hingeben wie seiner Sorge um Ruan. Die Schlacht war noch lange nicht vorüber.

In Cerdics Armee schien sich ein Wandel zu vollziehen, als die Männer die Verstärkung bemerkten, die den Hügel im Süden herabpreschte und durch den Fluss watete.

Drystans Trupp nutzte die Ablenkung dazu, ihren Ansturm gegen die Widersacher fortzusetzen, die versuchten, Owains Männer wieder den Hügel hinaufzudrängen. Ganz konnten er und seine Männer Cerdics rechte Flanke nicht abschneiden – sie waren zu wenige –, doch mit ihrem Manöver klemmten sie etliche Dutzend Berittene zwischen ihren Reihen und den Männern unter Owains Befehl ein. Da sie sowohl auf ihrer Süd- als auch auf ihrer Nordseite kämpfen mussten, waren die Barbaren und Verräter im Nachteil, und Owains Reiterei begann von Neuem vorzurücken. Langsam wurden die gehörnten Helme der Sachsen weniger, und als Drystans und Owains Truppen aufeinandertrafen, ließen sie ein blutiges Leichenfeld hinter sich zurück.

Gemeinsam gelang es ihnen, Cerdics rechte Flanke zurückzuschlagen, und sie drängten die Krieger ins Tal, wo sie auf drei Seiten umstellt waren. Als die Sonne sich zum Horizont hinabzusenken begann, wendete sich das Schlachtenglück, und Arthurs Armee rückte allmählich gegen das vor, was von Cerdics Heer noch übrig war. Gerade als Drystan hoffte, sie würden den Verräter bald in ihre Gewalt bekommen, ergriffen Cerdics Kämpfer die Flucht und eilten gen Westen, folgten dem Flusslauf das Tal entlang. Drystan und seine Reiterei machten sich daran, den Feind zu verfolgen und im Fliehen niederzuhauen. Und dann hörten sie das Schlachtenhorn – nicht das Signal zum Angriff, sondern das zum Sammeln.

Verwirrt zügelten sie ihre Pferde. Drystan und Owain schauten sich an, und Drystan sah sein eigenes ungläubiges Staunen in den Augen von Arthurs Neffen. Nur langsam verging die Raserei des Kampfes, und die Vernunft kehrte zurück, und ihm fiel wieder ein, warum sie Cerdics flüchtende Streitmacht nicht niedermetzeln konnten, warum sie den Verräter nicht packen und ihn bezahlen lassen konnten, bezahlen für die vielen Freunde und Feinde, die an diesem schönen Maitag auf dem Schlachtfeld lagen, Männer, die niemals wieder die Lippen einer Frau küssen oder das Lachen ihrer Kinder hören würden.

Sie hatten noch eine andere Schlacht zu schlagen.

Drystan und seine Männer suchten sich einen Weg zwischen den Toten und Sterbenden hindurch, dorthin, wo Arthurs Heerführer sich mitten auf dem Schlachtfeld versammelten. Das friedliche Tal vom Morgen war verschwunden, das leuchtende Grün des Frühlingsgrases war zu braunem, blutigem Schlamm zertrampelt und mit den Leichen von Männern und Pferden bedeckt. Nicht länger von klirrendem Stahl, wiehernden Rössern und Kampfgeschrei übertönt, erfüllte das Stöhnen der Verwundeten die Luft, und der Blutgestank brannte ihm in der Nase.

Er sah sich um und zählte jene, die noch bei ihnen waren. Ruan war nicht darunter. Oder Julius. Oder Tuthal.

Das Herz zog sich ihm in der Brust zusammen, und er schaute nach vorn, auf den Dux Bellorum, seinen Feldherrn und Vetter.

»Zuerst reiten wir nach Aquae Sulis«, sagte Arthur gerade, als sie zu ihm stießen. »Und sehen nach, ob Gaheris Hilfe braucht, um die Stadt zu halten. Vielleicht hat er auch Neuigkeiten über die Schlacht, wie es dort steht, das könnte uns helfen. Von dort aus geht es weiter, um Pasgen und Manawyd zu helfen, die Sachsen fernzuhalten.«

Die Männer, die sich um Arthur geschart hatten, nickten, offensichtlich ebenso taub und teilnahmslos, wie Drystan sich fühlte. Er war froh, Cador vor sich zu erblicken, das Gesicht schlammverschmiert und mit dunkel umschatteten Augen.

Am Leben.

»Was ist mit den Verwundeten?«, wollte Owain wissen.

Arthur seufzte, als würde damit zu viel von ihm verlangt, hier, jetzt. Er schaute sich in der Runde der Männer um, und sein Blick fiel auf Cador. »Kannst du dich darum kümmern, Vetter, bis wir Hilfe und Wundärzte aus Aquae Sulis schicken können? Deine Reiterei werde ich dem Befehl von jemand anderem unterstellen müssen. Die Bogenschützen werden dir helfen, aber wir brauchen jeden Berittenen, den wir haben.«

Einen Moment starrte Cador ihn an, ehe er antwortete, als wären Arthurs Worte in einer fremden Sprache gesprochen worden. »Ja, ich kann versuchen, die Lebenden und die Toten auseinanderzusortieren«, sagte er endlich.

»Gut.« Arthur wandte sich wieder an die anderen. »Männer, wir reiten.«

Aquae Sulis lag nur ungefähr zwei Meilen westlich und südlich entlang der Römerstraße am Abona. Hätte Drystan nur seinen Augen getraut, so hätte er geglaubt, der ehemaligen Bäderstadt drohe keinerlei Gefahr. Pasgens Königssitz lag in die Flussbiegung geschmiegt da, die Dachziegel, die über den dicken Stadtmauern zu sehen waren, leuchteten rot in der Spätnachmittagssonne. Auf den ersten Blick sah man nicht, dass die vielen Gebäude, die außerhalb der Mauern in die Höhe gewachsen waren, verlassen waren.

Doch der Lärm, der von Westen herüberdrang, war das Getöse einer Schlacht.

Hier im Tal konnte Drystan den Kampf nicht sehen, doch von jedem der umliegenden Hügel aus hätte die Lage in Aquae Sulis ein ganz anderes Bild ergeben.

Als sie sich dem Coriniumtor näherten, wurde das Fallgatter hochgezogen, und sie galoppierten in die Stadt hinein. Die Hufe ihrer Pferde dröhnten auf dem Kopfsteinpflaster.

Gaheris kam ihnen entgegen, ebenfalls zu Pferd, und suchte in ihren Reihen nach dem Gesicht seines Bruders. Als sein Blick Gawain fand, sah er erleichtert aus, doch seine Miene blieb grimmig.

Neben Arthur zügelte er sein Pferd. »Ich habe so viele Männer losgeschickt, wie ich es mir leisten konnte, damit sie den Truppen unter Manawyd und Pasgen beistehen, aber wir müssen wenigstens eine kleine Verteidigungsstreitmacht hier in der Stadt behalten.«

»Gut gemacht«, lobte Arthur, und Drystan sah, wie sich Gaheris' Züge ein wenig aufhellten. »Sämtliche Wundärzte oder Heiler, die Ihr habt, müssen in das Tal unterhalb von Caer Baddon und dem Bannerhügel geschickt werden, um die Verwundeten zu versorgen. Cador ist dort.«

Gaheris nickte. »Es wird geschehen.«

»Und was ist mit der Schlacht?«, fragte Arthur und liebkoste geistesabwesend den grauen Hals seiner Stute.

»Die Truppen von Manawyd und Pasgen werden zurückgedrängt, dichter und dichter an die Stadt heran. Sie sind den Sachsen zahlenmäßig stark unterlegen.«

»Dann müssen wir ihnen wohl ein wenig Entlastung verschaffen, nicht wahr?«, meinte Arthur mit einem Lächeln. Drystan schmunzelte, und etliche andere folgten seinem Beispiel. Man konnte sich nur schwer vorstellen, wie ihre paar hundert Mann für Entlastung sorgen könnten.

Arthur erkundigte sich kurz bei Gaheris nach dem Standort der einzelnen Heere und beschloss, aus dem Coriniumtor nach Norden in die Hügel zu reiten und dem Kamm zu folgen, um sich von einer vorteilhafteren Position aus in den Kampf zu stürzen.

Während sie den Hang hinaufgaloppierten, wurde das Kampfgetöse lauter und deutlicher, hallte von den Hügeln nördlich und südlich des Flusses wider. Sie wandten sich nach Westen, und dann lag zu ihrer Linken eine von Männern und Pferden wimmelnde Fläche unter ihnen. Dahinter neigte sich die Sonne bereits dem Horizont entgegen.

Drystan war es, als habe er niemals ein anderes Leben gekannt als Kämpfen und Töten. Stundenlang hatten sie gegen Cerdics Streitmacht gefochten, und es war noch immer nicht vorbei. Sie hatten gewonnen – und jetzt bestand ihr Lohn darin, abermals zu kämpfen.

Irgendjemand in dem Sachsenheer musste ihr Vorrücken beobachtet haben, denn im Reiten konnten sie von ihrem Aussichtspunkt aus erkennen, wie sich die feindlichen Truppen verschoben und sich am Fuße der Hügelkette eine neue Linie formierte – eine Linie aus tödlichen Sachsenspeeren, die einem berittenen Ansturm den Garaus machen konnten.

Arthur gab den Befehl zum Halten und zügelte sein Pferd auf halbem Wege den Abhang hinunter. »In diese Linie da können wir nicht hineinreiten«, rief er über den Kampflärm hinweg. »Zu viele von uns haben in der Schlacht gegen Cerdic ihre Lanzen eingebüßt. Sogar Fußvolk wie das dort würde uns aufspießen wie Spanferkel. Unsere Vorteile ihnen gegenüber sind Geschwindigkeit und Beweglichkeit, das müssen wir nutzen. Wir greifen an, aber wenn ich das Zeichen gebe, schwenken wir nach links ab, um uns Pasgens Armee anzuschließen, und stürmen los, wenn wir an der Linie vorbei sind. Verstanden?«

Sie antworteten ihm mit einem Aufbrüllen, und Arthur machte abermals kehrt, wandte sich dem Schlachtfeld zu. »Britannia patria!«

Drystan hörte sich selbst den Kampfschrei aufgreifen, zusammen mit Hunderten anderer Stimmen. »Britannia patria!«

Sie gaben ihren Pferden den Kopf frei und donnerten den Hügel hinunter auf die wartende Sachsenreihe mit ihren tödlichen Speeren zu, die steil aufwärtsgerichtet waren, um die britannischen Rösser in die Brust zu treffen. Als sie auf den Feind eindrangen, konnte Drystan einzelne Gesichter unter gehörnten und geschuppten Helmen aus Leder und Stahl erkennen.

Dann ertönte der Ruf, Arthurs Arm fuhr hoch, und sie schwenkten nach links ab und ließen die wartenden Gegner glotzend stehen.

Die Sachsenreihe stieß einen Wutschrei aus und machte sich daran, ihnen bergauf nachzusetzen. Mehr Ermunterung brauchte Arthur nicht, um seine Strategie abermals zu ändern. Er zog seine Stute nach rechts herum, und die Reiter hinter ihm folgten wie von einem einzigen Gedanken beseelt. Mit einem einstimmigen Aufbrüllen stürmten sie geradewegs auf die Sachsen ein, doch jetzt mühte sich das Fußvolk den Hang hinauf und hielt seine Waffen nicht mehr bereit, um sie beim Angriff aufzuspießen.

Drystan sah eine Masse wogender Schilde und Gesichter, als sie mit der Wucht einer gegen Felsen anbrandenden Woge auf den Feind trafen; Speere und Schwerter krachten gegeneinander, Schilde zersplitterten, Knochen brachen unter den schweren Hufen ihrer Pferde. Die Sachsen taumelten zurück, jetzt waren sie die Welle vor dem britannischen Felsen, fielen und wichen zurück, als Arthurs Reiterei sich durch ihre erste Reihe kämpfte. Und wieder fühlte Drystan, wie der Schlachtenwahn über ihn kam; sein Schwertarm schwang auf und ab, fast ohne dass er darüber nachdachte.

Sie hatten mit ihrem Angriff viele Sachsen an der linken Flanke niedergestreckt, doch das reichte nicht, und der Kampf ging weiter, während die Sonne immer tiefer sank; beide Seiten waren geschwächt, doch keine war besiegt. Als die Dunkelheit vorankroch und die Hügel um sie herum ihre Schatten über das Schlachtfeld warfen, sich in einem feurigen Sonnenuntergang erst orange, dann rosig und dann violett färbten, begann Drystan sich allmählich zu fragen, wie es ihm gelingen sollte, Freund und Feind auseinanderzuhalten.

Dann begannen ihre Gegner, ins Dunkel der herannahenden Nacht davonzuschlüpfen, sie verschwanden in der Finsternis wie ein jähes Nachlassen der Spannung.

Es war niemand mehr da, gegen den man kämpfen konnte.

»Haben wir gewonnen?«, keuchte Kurvenal neben ihm.

»Das bezweifle ich«, erwiderte Drystan.

Als der Lärm der Schlacht langsam erstarb und das Klirren von Stahl nur noch gelegentlich zu vernehmen war, als das Kampfgebrüll und das Splittern hölzerner Schilde nur noch als Nachhall der Erinnerung verweilten, gellten die Schreie der Verwundeten und Sterbenden laut über das dunkelnde Schlachtfeld. Irgendwo ganz in der Nähe rief ein Soldat nach seiner Mutter, abwechselnd auf Latein und in der Sprache der Britannier.

Drystan und Kurvenal wendeten ihre Pferde und ritten vorsichtig auf die Stelle zu, wo sich die britannischen Kämpfer sammelten. Verwundete flehten um Hilfe, als sie vorbeikamen, doch Drystan wusste, dass er nicht viel für sie tun konnte. Sie brauchten Tragen und Licht.

»Ich habe nach Aquae Sulis geschickt«, sagte Arthur gerade mit müder Stimme, als sie zu ihm stießen. »Bis von dort Hilfe eintrifft, müsst ihr versuchen, diejenigen zu finden, die zu Pferd geborgen werden können. Nicht mehr als ein Verwundeter pro Mann. Und bringt Fackeln mit, wenn ihr zurückkommt. Wer keinen findet, der noch reiten kann, wartet hier auf die Tragen.«

Drystan bahnte sich einen Weg zu dem Soldaten, der nach seiner Mutter schrie, doch der Verletzte war unter einem toten Pferd eingeklemmt; sein Unterleib war zermalmt. Nicht einmal Bahren und Träger würden diesem Mann noch helfen können. Drystan wartete bei ihm, bis die Schreie verstummten.

Es war eine lange Nacht. Mit Fackeln in der Hand suchten sie zwischen den Leichen, versuchten, die zu finden, die noch am Leben waren. Nach den ein paar hundert Ellen entfernt tanzenden Lichtern zu urteilen, schienen die Sachsen verstohlen aufs Schlachtfeld zurückgekehrt zu sein und dasselbe zu tun.

Drystan fragte sich, wo die Schlacht wohl fortgesetzt werden würde – hier ganz bestimmt nicht. Niemand konnte auf diesem Gelände kämpfen, bevor die Toten bestattet waren, sonst würde man über Leichen stolpern, ehe man den Gegner erreichte.

Sie lagerten ein Stück weiter unten im Tal, näher bei Aqua Sulis, schliefen in ihre Mäntel gewickelt auf dem Boden, frierend und erschöpft. Am nächsten Morgen erwachten sie vom Schmettern der Hörner, die vor dem Feind warnten.

Es war kein schöner Anblick. Sie kämpfen einen ganzen weiteren Tag zwischen den Mauern von Aquae Sulis und den Hügeln nördlich von Abona, bis es abermals dunkel wurde und beide Seiten wieder in ihre Lager krochen, keiner von ihnen als Sieger.

Als die Verwundeten des zweiten Tages nach Aquae Sulis geschafft worden waren, wo man sich ihrer annehmen konnte, traf Arthur in Pasgens Haus im Schutze der Stadtmauern mit seinen Offizieren zusammen.

»Wir müssen uns einen Vorteil verschaffen«, verkündete der Feldherr.

Bedwyr schüttelte den Kopf. »Und wie?«

Neben Drystan saß Cador regungslos und sah seinen Vetter und Helden nicht einmal an. Seine Heldenverehrung war schon vor langer Zeit auf dem Schlachtfeld gefallen.

»Sie haben mehr Männer, aber wir haben Pferde, und wir haben Befestigungen. Wie können wir uns das zunutze machen?«

»Das haben wir doch schon getan, Arthur«, wandte Cai ein. »Jetzt müssen wir ganz einfach das, was noch von ihnen übrig ist, zurückschlagen.«

»Nein, wir müssen es wieder nutzen«, widersprach Arthur. Drystan unterdrückte ein Lächeln – ihr Anführer war zu einem Entschluss gekommen. »Wir können es so aussehen lassen, als hätten wir uns hinter die Stadtmauern zurückgezogen, aber stattdessen kehren wir im Schutz der Nacht nach Caer Baddon zurück. Wenn ihnen unsere Truppen im Tal nicht länger im Wege sind, werden die Sachsen versuchen, Aquae Sulis zu belagern. Und wir können ihnen von der Hügelfestung aus in den Rücken fallen.«

Pasgen sprang auf. »Ihr wollt meinen Königssitz als Köder benutzen?«

Arthur drehte sich zu ihm um. »Wenn wir es nicht tun, ist es nicht mehr lange Euer Königssitz«, gab er erbarmungslos zurück. »Mit jedem Tag, den wir kämpfen, rückt die Front näher an die Mauern von Aquae Sulis heran. Morgen ist sie hier, mit oder ohne List.«

»Ich kann einen Boten zu meinem Bruder schicken«, beteuerte Pasgen. »Er wird mehr Männer zur Verfügung stellen.«

Arthur warf Manawyd, der die Männer aus Powys anführte, einen raschen Blick zu. »Vielleicht, aber würden sie rechtzeitig hier sein?«

»Ich schicke noch heute Abend einen Kurier zu meinem Vater«, meinte Owain. »Er ist uns am nächsten. Aber wir müssen es trotzdem mit Arthurs Plan versuchen.«

Pasgen verschränkte die Arme über der Brust. »Gut. Aber

ich nehme meine eigenen Truppen zur Verteidigung mit in die Stadt. Schließlich muss es so aussehen, als wären wir dort, auf den Mauern müssen genug Soldaten postiert sein, damit das Ganze glaubhaft wirkt.«

»Die Hälfte Eurer Truppen«, sagte Arthur.

»Abgemacht.«

Drystan war so müde, dass er nur froh war, wieder auf einer Pritsche in einem Zelt schlafen zu können.

Anscheinend hatte der Schutz der Nacht sie nicht ausreichend verborgen. Als der Morgen dämmerte, hatten die Sachsen sich sowohl um den Fuß von Caer Baddon als auch um die Mauern von Aquae Sulis verteilt; ihnen in den Rücken zu fallen war also nicht möglich.

Wieder einmal trat Drystan auf dem Wehrgang von Caer Baddon an Arthurs Seite, diesmal jedoch ging die Sonne auf, anstatt unterzugehen, und es kam ihm vor, als sei viel mehr Zeit vergangen als lediglich drei Wochen.

Drystan zog seinen Umhang enger um den Körper, um die Kälte abzuwehren. Morgennebel hob sich im Tal unter ihnen vom Boden und verlieh der Szenerie etwas Unheimliches. »Unsere Strategie ist nicht aufgegangen«, bemerkte er und schaute auf die zusammengerotteten Feinde hinunter.

Arthur schüttelte den Kopf. »Im Gegenteil, Vetter. Das hier ist beinahe noch besser – die Sachsen haben ihre Streitmacht geteilt.«

»Wir auch.«

»Aber wir sind diejenigen, die hinter Mauern und Wällen sitzen.«

Drystan warf seinem Vetter einen verstohlenen Blick zu und staunte über dessen Zuversicht nach zwei vollen Tagen des Kampfes, nach zwei langen Nächten der Bemühungen, die Verwundeten und Sterbenden bei Fackellicht vom Schlachtfeld zu bergen. Doch kein Zweifel, Arthur lächelte. Nur ein leises Heben der Mundwinkel, zugegeben, aber Arthur war selbst in guten Zeiten niemand, der übers ganze Gesicht grinste.

Während er Arthur betrachtete, zog ihm nach und nach seinerseits ein Lächeln die Mundwinkel nach oben. »Wir sitzen hinter Mauern«, wiederholte Drystan. Ja, Arthur hatte Recht. Fürs Erste würde nicht mehr so viel gestorben werden. Das hatte schon etwas für sich.

»Und von hier aus können wir den Feind schwächen, während wir selbst wieder zu Kräften kommen.« Drystan folgte Arthurs Blick, dorthin, wo die Sachsen gerade anfingen, Leitern aus den Ästen der Bäume zu bauen, die auf dem Hügel wuchsen. »Aber jetzt sollten wir anfangen.«

Die Hörner wurden geblasen, und die Bogenschützen nahmen ihre Plätze auf den Erdwällen über den tiefen Gräben ein. Beim ersten Pfeilregen zogen sich die Sachsen außer Schussweite zurück, doch selbst jetzt war Arthur noch guter Dinge, und seine Zuversicht schien auf den Rest der Männer überzuspringen und sich unter den Reihen auszubreiten. Ein kleiner Reitertrupp, angeführt von Cai, verließ den Schutz der Hügelfeste, um diejenigen unter dem sächsischen Fußvolk zu peinigen, die der Festung am nächsten waren; bei ihrem unerwarteten Ausfall machten sie ein Dutzend Gegner nieder, ehe sie sich im Galopp zu den Wällen zurückzogen, wutentbrannte Sachsen ihnen dicht auf den Fersen. Die Bogenschützen, die die Schutztruppe für das Tor bildeten, töteten ein weiteres Dutzend, ehe die Sachsen die Verfolgung aufgaben und wieder außer Schussweite zurückwichen.

Dieser kleine Erfolg ließ sie alle jubeln, und die Stimmung hob sich noch mehr.

Drystan und seine Männer waren zum Wasserdienst eingeteilt worden: In regelmäßigen Abständen gruben sie entlang der Festungsmauer Feuergruben und brachten darauf große Kessel voll Wasser zum Kochen. Nach den vergangenen beiden Tagen war ihm das durchaus recht. Wasser beim Kochen zuzuschauen war eine erfreuliche Abwechslung, etwas ganz anderes, als mitanzusehen, wie Freunde von Sachsenspeeren aufgespießt wurden. Er saß neben einem der Feuer auf einem umgekippten Holzklotz, ließ die Hände zwischen den Knien baumeln und starrte die flackernden Flammen an, das sich ständig wandelnde

Mosaik aus Orange, Rot, Weiß und Blau, während er versuchte, an gar nichts zu denken. Diese Leere in seinem Kopf fühlte sich gut an; seine Gedanken waren ebenso erschöpft wie seine Muskeln.

Cador stieß einen Holzklotz um und ließ sich neben ihm nieder. »Denk dir nur, Drystan, ich habe keine Lieblingsschlacht.«

Drystan lachte leise. Er erinnerte sich noch daran, wie Cador vor so vielen Jahren Arthur diese Frage gestellt hatte, ein begeisterter Knabe, nur einen Schritt vom Mannesalter entfernt, mit glatten Wangen und leuchtenden Augen. »Merkwürdig.«

»Was lässt dich durchhalten, Vetter? Woran denkst du?«

Drystan seufzte. Er konnte Cador schlecht sagen, woran er dachte – an Yseults weißblondes Haar und ihre mondhellen Augen, an ihre Stärke und ihre Klugheit. Fast wünschte er sich, sie wäre in der Schlacht an seiner Seite, doch dann müsste er fürchten, eines Tages mit ansehen zu müssen, wie auch sie niedergestreckt wurde. »Woran ich denke? An gebratene Ente mit Orangensoße, mit Walnüssen gefüllt. An ein Feuer im Kamin und einen Kelch voll Wein, der sich in meine Hand schmiegt. An ein Bad.«

Cador lachte. »Ich denke an meine Mutter und meine Schwester, dass ich ihnen irgendwann werde helfen können, sich um alles zu kümmern, wenn das hier einmal vorbei ist.« Er schwieg einen Augenblick, dann sprach er hastig weiter. »Kann ich dir etwas erzählen? Manchmal ... manchmal denke ich auch an deine Stiefmutter, Yseult von Eriu.«

Unfähig zu antworten, starrte Drystan ihn an.

»Ich weiß, dass das falsch ist«, fuhr Cador fort, und seine Worte sprudelten hervor, stolperten übereinander. »Aber sie ist nicht glücklich, nicht wahr?«

Wie ungeheuer seltsam, dass Cador ihm gestand, was Drystan nicht zugeben konnte. Er schüttelte den Kopf. »Nein, ich glaube nicht, dass sie glücklich ist.«

Zum Glück errettete ihn das Horn aus dieser sonderbaren Unterhaltung, gefolgt von dem Ruf: »Kessel auf die Wälle!«

Drystan erhob sich bei diesem Befehl, und er und Cador packten den gewaltigen Topf von jeder Seite mit behandschuhten Händen.

»Hierher!«, rief Aircol, als sie näher kamen. Auf dem Grund des Wehrgrabens waren ein paar Sachsen gerade dabei, eine ihre behelfsmäßigen Leitern aufzurichten. Gemeinsam kippten die drei das kochende Wasser über den Wall hinunter und verbrühten mindestens vier der feindlichen Krieger. Ein Mann riss sich schreiend den Helm vom Kopf; die Haut auf seinem Gesicht und seinen Armen verfärbte sich vor ihren Augen tiefrot.

Es gelang den Sachsen nicht, ihre Leitern aufzustellen; am Tor jedoch, wo die Wehranlagen nicht nur aus Erde und Stein, sondern auch aus Holz bestanden, hatten flammende Pfeile sie in Brand gesetzt. Nur ein kleines Stück entfernt von dort, wo sie standen, bot eine Steinmauer in dem Erdwall den Händen besseren Halt, und zwei oder drei Sachsen hatten den Wall überwunden, ohne von den Bogenschützen abgeschossen oder von Steinen und Felsbrocken erschlagen worden zu sein.

Und einer von ihnen war in einen Zweikampf mit Kurvenal verstrickt.

Das Schwert in der Hand, rannte Drystan los, sprang über Steine und Eimer und wich menschlichen Leibern aus. Kurz bevor er Kurvenal beispringen konnte, sah er, wie dieser in einer Pfütze ausrutschte. Das Sachsenschwert bohrte sich in die Seite seines Freundes.

»Kurvenal!«

Drystans Schrei hallte in seinen eigenen Ohren wider, gefolgt von einem lang gezogenen Wutgebrüll.

Der Sachse hatte kaum Zeit, sich umzudrehen. Ihre Schwerter krachten gegeneinander, so dass ein bebender, brennender Schmerz Drystans Arm hinaufzuckte.

Er focht wie ein Wahnsinniger, war sich nichts anderem mehr bewusst als der Notwendigkeit zu morden. Sein Widersacher trug eine Kampfhaube, die nur einen Nasenschutz aufwies und den größten Teil des Halses ungeschützt ließ. Darauf konzentrierte Drystan sich, rammte seine Klinge durch die Abwehr des anderen und trennte ihm beinahe den Kopf vom Leib.

Sobald der Sachse zu Boden ging, kniete Drystan nieder, raffte Kurvenal in seine Arme und trug ihn durch Scharen rennender, brüllender Männer hindurch in ihr Zelt. Blut tränkte sein Wams und seine Hose und tropfte auf seine Schuhe, und er fühlte, wie ihm Tränen übers Gesicht liefen. Im Zelt legte er Kurvenal auf die Pritsche und riss das erste saubere Kleidungsstück in Streifen, das ihm in die Finger kam. Dann schob er das Hemd seines Freundes hoch und sah, dass sich die Wunde dicht über der Hüfte befand, nicht im Bauch, wie er befürchtet hatte, und vor Erleichterung weinte er sogar noch heftiger. Hastig knüllte er den Leinenstoff zusammen, presste ihn auf die Wunde und band ihn mit langen Streifen dessen fest, was von dem Wams noch übrig war.

Yseult wäre stolz auf ihn gewesen.

Ein sanfter Druck an seinem Unterarm.

»Drystan?«

Drystan blickte auf und wischte sich mit einer blutigen Hand die Tränen vom Gesicht. »Den Göttern sei Dank, dass du nicht tot bist.«

»Bedank dich bei dir selbst«, gab Kurvenal zurück und versuchte zu lächeln. »Und jetzt geh und gewinn den Krieg für uns.«

Drystan nickte und stand auf. Der Schwindel und das Gefühl der Unwirklichkeit würden bald vergehen – sie mussten vergehen.

Er kehrte auf die Wälle zurück, während sein Wams und seine Hose steif von Kurvenals Blut wurden, das darauf trocknete. Cador starrte ihn an, doch Drystan schüttelte den Kopf. »Ist nicht meins.«

Unter ihnen waren die Sachsen, obgleich sie einst wie eine überwältigende Horde ausgesehen hatten, doch nicht genug, um Caer Baddon einzunehmen. Nach einer Stunde Kampf wurde ihnen das allem Anschein nach selbst klar, und sie zogen sich außer Reichweite der Bogenschützen zurück.

»Sie sind jetzt merklich geschwächt«, sagte Arthur zu den Männern, die sich am Südende der Befestigungsanlagen sammelten. »Wir müssen eine Möglichkeit finden, das auszunutzen.«

»Wieder ein Ausfall, nur diesmal mit mehr Männern«, bemerkte Cai schlicht. »Damit werden sie nicht rechnen.«

»Ein Ausfall«, wiederholte Arthur mit nachdenklicher Miene.

Noch vor dem Mittag saß die Hälfte der Truppen, die nach Caer Baddon zurückgekehrt waren, hinter den Toren der Hügelfestung auf ihren Pferden.

»Es sieht aus, als würden die Sachsen dasitzen und essen, Dux«, rief einer der Wachtposten vom Wall herunter.

»Gut«, sagte Arthur. »Öffnet die Tore.«

Sie strömten den Hügel hinunter und erreichten die Sachsen, ehe die meisten ihrer Gegner reagieren konnten. Arthurs Männer machten sie nieder, während sie noch das Brot ihres Mittagsmahles kauten, hieben eine Gasse in ihre Reihen. Wer nicht durch den Speer fiel, wurde von den Pferdehufen zertrampelt.

Nachdem sie eine Schneise der Verwüstung durch die Belagerungstruppen gemäht hatten, wirbelten sie herum, um sich einer Armee gegenüberzusehen, die jetzt wieder kampfbereit war, die Reihen geschlossen, die Schilde erhoben und die Speere angewinkelt, um einen Reitereiangriff abzuwehren.

»Zurück in den Schutz der Mauer?«, fragte Bedwyr.

»Schaut! Von der Coriniumstraße her!«, schrie eine Stimme aus den hinteren Reihen.

»Madoc hat noch mehr Männer geschickt!«, rief jemand anders, als das Banner in Sicht kam.

»Mein Vater!«, stieß Owain neben Drystan hervor. »Er führt sie selbst an.«

Drystan verspürte einen kurzen Stich des Neides, als er den Stolz in der Stimme des anderen hörte.

»Die Sachsen geben Fersengeld!«

»Vorwärts, Männer!« rief Arthur. »Der Sieg ist unser!«

Sie jagten die Sachsen die Hänge von Caer Baddon hinunter, schlugen den Feind im Fliehen nieder. Was als weitere zermürbende Ablenkung gedacht gewesen war, wurde zu einer ausgewachsenen Attacke, und die restliche Reiterei, die in Caer Baddon zurückgeblieben war, kam aus den Toren der Wälle gedonnert, um an der Jagd teilzunehmen.

Da Madocs Verstärkung die Gegner von Osten her angriff, war das Gemetzel vorüber, noch ehe sie die Straße nach Aquae Sulis erreichten. Drystan kam es vor, als würde er den Blutgeruch niemals wieder loswerden.

»Weiter nach Aquae Sulis!«, schrie Arthur.

Sie galoppierten die Römerstraße entlang, jetzt abermals fast achthundert Mann stark, hielten auf die andere Hälfte der Sachsenarmee zu, die die reiche Bäderstadt belagerte. Als sie um die Biegung des Abona kamen, erblickten die Sachsen sie und begannen Männer von der Belagerung der Stadtmauern abzuziehen.

Plötzlich waren die Voraussetzungen ganz andere, als sie es noch vor drei Tagen gewesen waren.

»Britannia patria!«, gellte der Schlachtruf des Dux Bellorum. Er hielt das Schwert hoch erhoben, und die graue Stute preschte vorwärts. Der Schrei stieg aus achthundert Kehlen auf, als die Männer ihren Pferden die Fersen in die Flanken drückten und auf den Feind einstürmten. Die Sachsen hatten nicht mit einem Angriff von Norden gerechnet, und ihre Reaktion war zu unentschlossen, um einem Anführer von Arthurs überragendem Können standzuhalten. Die britannische Reiterei mähte den kleinen Anteil der Truppen nieder, der ausgeschickt worden war, um sie zurückzudrängen, und bei jedem Sachsen, den Drystan mit dem Speer traf, bei jedem Schrei aus einer sächsischen Kehle dachte er an Kurvenal, der mit einem Loch im Leib auf seiner Pritsche in Caer Baddon lag.

Als die feindlichen Truppen, die noch immer die Mauern von Aquae Sulis umstellt hatten, sahen, dass sich nichts mehr zwischen ihnen und Arthurs Männern befand, streckten sie die Waffen.

Außer Reichweite feindlicher Pfeile zügelte Arthur sein Pferd. »Keine Kapitulation, bevor ich Octha und Aesc habe!«

Einen Augenblick geschah nichts; beide Seiten starrten einander voller Hass an. Arthur wiederholte seine Forderung auf Latein, mit demselben Ergebnis.

»Gibt es hier jemanden, der die Sachsensprache spricht?«,

fragte Arthur und warf einen Blick nach hinten auf seine Männer.

Ehe ein Krieger gefunden werden konnte, der dieser Anforderung genügte, kam ein hochgewachsener Mann, der eine sehr viel schönere Rüstung trug als der Rest der Sachsen, durch die vordersten Reihen dessen geschritten, was von dem Sachsenheer noch übrig war, und die Männer wichen vor ihm zurück. Er nahm den mit einem Visier versehenen Helm ab und schüttelte langes, ergrauendes Blondhaar aus. »Ich bin Aesc«, rief er auf Britannisch mit schwerem Akzent.

»Tretet vor!«, schrie Arthur zurück.

Der Dux Bellorum wartete, bis der Prinz von Ceint sie erreicht hatte. »Wo ist Euer Bruder Octha?«

Gefasst schaute Aesc zu Arthur auf seinem grauen Schlachtross auf. »Octha führt die anderen an.«

»Hat die anderen angeführt«, verbesserte Arthur ihn. »Die sind jetzt alle tot.«

Abgesehen von einem Flackern in seinen Augen hätte Drystan glauben können, dass der riesige Sachse Arthur nicht verstanden hatte.

»Ihr werdet Euren Männern befehlen, ihre Rüstungen abzulegen und von ihren Waffen wegzutreten, wenn sie dieses Schlachtfeld lebend verlassen wollen«, sagte Arhur. »Heute werdet Ihr Britannien nicht in die Finsternis hinabreißen!«

Seine Worte hallten durch die Reihen seiner Männer, und überall um Drystan herum stimmten diese ein gewaltiges Jubelgebrüll an, das von den Hügeln, die Aquae Sulis umgaben, widerhallte.

Drystan war müde, und nach drei Tagen des Kämpfens und nur sehr wenig Schlaf schmerzten ihm sämtliche Glieder, doch auch er schrie sich die Kehle heiser, das Schwert in die Luft gereckt, feierte die Niederlage derer, die ihnen ihre Heimat hatten rauben und ihre Lebensweise hatten auslöschen wollen. Eine wilde Freude erfüllte ihn und die Männer um ihn herum, Cador, Aircol, Owain, Bedwyr, Cai.

Er wünschte sich nur, dass Kurvenal ebenfalls bei ihnen wäre.

Um seinen einzigen überlebenden Sohn und Erben zurückzubekommen, zog Hengist aus Londinium ab und übergab die Stadt wieder den Britanniern. Dies war ein Vertrag, dem Arthur traute – er wusste genau, wie wenige Kämpfer die Sachsen jetzt noch hatten.

Kurvenal verbrachte die folgenden Wochen in einem Heilerhaus in Aquae Sulis, zu schwer verwundet, um an den Schlachten teilzunehmen, die noch immer im Süden geschlagen wurden.

»Du musst eine Nachricht nach Dyn Tagell schicken«, drängte er zwei Tage nach der Schlacht. Soeben wurde er aus dem kargen Quartier in Caer Baddon in eine behaglichere Unterkunft in der Stadt verlegt, und Drystan ritt neben seiner Matte auf dem Wagen, der die Verwundeten transportierte. »Sag ihnen, dass es uns gut geht.«

Drystan warf einen Blick auf seinen Freund, auf dessen bleiches Gesicht und die dunklen Ringe unter seinen Augen. »Gut? Dir ist fast die Leber aus dem Leib gehackt worden, und das nennst du gut?«

Kurvenal lächelte schwach. »Dann berichte eben, dass wir am Leben sind. Schreib ihnen, dass wir überlebt haben. Ich hab's versprochen.«

Drystan nickte knapp. Mit der Kampfpause waren auch die Gedanken an Yseult – und an all das, was er ihr nicht sagen konnte – zu ihm zurückgekehrt. Das wenigstens *konnte* er ihr sagen.

Den Rest des Sommers verbrachten sie damit, Cerdic und seine Anhänger ins Meer zurückzutreiben. Als der August kam, kämpfte Kurvenal wieder an seiner Seite, und Venta und Portus Adurni befanden sich wieder in der Hand von Truppen, die Ambrosius und Arthur treu ergeben waren. Der ehemalige Herrscher der Sachsenküste hatte sich zu seinem Schwiegervater auf die Insel Vectis begeben.

Und Drystan konnte sich auf den Weg zu seiner Stiefmutter nach Dyn Tagell machen.

27

Mit der verkouften si vil
mit der ertrugen s'ir minnenspil.
mit der verspilte Minne
vil maneges herzen sinne,
der sich nie keinez kunde enstân,
wie ez um ir liebe was getân.

(Damit wälzten sie viel auf jene ab, die sie kannten;
damit tarnten sie ihr Liebesspiel. Mit ausgelebter
Liebe täuschten sie die Sinne vieler, und keiner
konnte die wahre Natur ihrer Liebe erkennen.)

Gottfried von Straßburg, *Tristan*

Kannst du erkennen, wer es ist?«, fragte Yseult, Kustennin auf der Hüfte. Er war jetzt zweieinhalb und groß für sein Alter, aber manchmal war es einfacher, ihn zu tragen, als ihm jedes Mal nachzujagen, wenn er etwas Interessantes erspäht hatte.

Sie standen auf dem Südhang des Felsvorsprungs, von wo aus man das Festland am besten sehen konnte, unweit von Yseults Kräutergarten. Zwei verschiedene Reisegesellschaften wurden in Dyn Tagell erwartet, die von Marcus und die von Arthur. Diesmal hatte Yseult nicht den Fehler begangen, Marcus nicht davon in Kenntnis zu setzen, dass der Dux Bellorum ihnen einen Besuch abstatten wollte.

Brangwyn kniff die Lider zusammen und beschattete die Augen mit der Hand. »Es ist das Pendragon-Banner. Arthur.«

Yseult holte tief Atem. Drystan. Zwei Jahre war es her, seit sie ihn zum letzten Mal gesehen hatte.

Kustennin begann heftig zu zappeln, und Yseult setzte ihn ab. Sie hatte ihn unwillkürlich fester gefasst.

Sie musste sich von Drystan fernhalten. Sie hatte geschworen, dass sie ihre Liebschaft nicht weiterführen würde; schließlich hatte sie sich entschieden, in ihrer Ehe mit Marcus auszuharren, Kustennin zuliebe. Sie konnte nicht zulassen, dass die Freude über seine Rückkehr sie dazu brachte, dieses Versprechen zu brechen, das sie sich selbst gegeben hatte.

»Glaubst du wirklich, dass du das schaffst?«, fragte Brangwyn leise.

Sie sah ihren Sohn an, der jetzt auf einem Felshaufen neben einer Reihe Steinhütten herumkrabbelte, die als Soldatenunterkünfte dienten.

»Ihm zuliebe muss ich es versuchen, Brangwyn.«

»Mama, schau!« Er stand auf und balancierte waagemutig auf dem höchsten Stein, ein breites Lächeln im sonnigen Gesicht. Seine blonden Locken tanzten im Wind.

Yseult widerstand dem Drang, nach ihm zu greifen und zu verhindern, dass er hinunterfiel. »Sehr schön, Liebling.«

»Ich bin der Allergrößte!«

Brangwyn lachte in sich hinein und schüttelte den Kopf.

Yseult trat neben ihn und zeigte auf die Reiterschar, die auf die schmale Landbrücke nach Dyn Tagell zuhielt. »Bist du groß genug, um Arthur und seine Krieger zu sehen?«

Mit höchst angespannter Miene schaute er dorthin, wohin sie deutete. »Ich sehe sie! Haben sie alle Sachsen totgemacht?«

»Ganz bestimmt.«

Kustennin streckte die Arme nach seiner Mutter aus und sprang sie dann mit einem Satz an, so dass es ihr fast den Atem verschlug. »Eines Tages mache ich auch Sachsen tot.«

Über seinen blonden Kopf hinweg begegnete Yseults Blick dem ihrer Base. »Aber das wird nicht nötig sein, junger Mann. Es sei denn, der Friede hält nicht.«

»Was hält der Friede, Mama?«

»Hoffen wir, dass es etwas Gutes ist, mein kleiner Mann.«

»Ich bin nicht klein, ich bin groß!« Wieder begann er zu zappeln, und Yseult setzte ihn abermals ab. Gemeinsam folgten die beiden Frauen ihm, als er zur Landbrücke rannte.

Sie erreichten die Ställe auf dem Festland, als Arthur und seine Begleiter gerade absaßen. Brangwyn eilte davon, als sie Kurvenal erblickte, und Yseult sah ihr nach, widerstand dem Impuls, in der Menge nach Drystan Ausschau zu halten.

»Yseult!«

Als sie sich nach seiner Stimme umdrehte, war ihr, als taue sie ganz langsam auf, als sei jeder Augenblick zu einem eigenen Lebensabschnitt geworden und ersterbe wieder, während sie die wenigen Schritte machte, die sie zu ihm führten.

Drystan.

Sie unterdrückte das Aufschluchzen, das in ihrer Kehle emporstieg, unterdrückte das Bedürfnis loszurennen, dorthin, wo er neben seinem braunen Wallach stand, und sich in seine Arme zu werfen. Stattdessen stand sie da und starrte, während Drystan die Zügel seines Pferdes einem Stallburschen reichte und langsam durch die Menge hindurch auf sie zukam. Es war ein strahlender Herbsttag, und das Haar in seinem Zopf glänzte in der Sonne; der Wind zupfte an langen, bronzefarbenen Strähnen und wehte sie ihm ums Gesicht. Mit einer Hand strich er sie zurück; seine Miene war ernst.

Kustennin zerrte an ihrer Hand, und sie blinzelte.

»Ist das Arthur?«, wollte er wissen und deutete auf seinen Vater.

»Nein, mein Herz, das ist Drystan.«

»Mein Bruder?«

Ihr Zögern war kaum wahrnehmbar.

»Ja.«

Drystan blieb vor ihnen stehen und hockte sich vor Kustennin auf die Fersen. »Hallo, junger Mann.«

»Hallo. Du bist mein Bruder.«

»Das sagen die Leute jedenfalls.«

»Bringst du mir das Reiten bei?«

Drystan lächelte zu Yseult hinauf, und ihr Herz begann noch wilder zu schlagen. »Wenn deine Mutter mich lässt.«

Yseult schaute auf ihn hinab und wusste, jetzt würde sie

ihn alles tun lassen. Er war hier, unversehrt. Er hatte Jahre des Krieges und des Blutvergießens überlebt, und sein Anblick ließ eine so unsagbare Freude in ihr aufwallen, dass sie nur froh sein konnte, dass niemand auf sie zu achten schien; sie war sich sicher, dass ihr ins Gesicht geschrieben stand, was ihr Herz empfand. In ihrem Innern war kein Sträuben mehr, nur noch Verlangen. Ihre Liebe zu Drystan war ein Sehnen tief in ihrer Seele, ein nagender Hunger, der sie die Hände in den Stoff ihres Rockes krallen ließ. Seine Augen wurden groß, und ohne in seine Gedanken zu blicken, wusste sie, dass er gesehen hatte, was sie fühlte.

»Wo ist denn der kleine Prinz?«

Yseult und Drystan rissen den Blick voneinander los, als Cador zu ihnen trat. Yseult erkannte ihn kaum wieder. Seine vor zwei Jahren noch immer knabenhaft weichen Armmuskeln hatten sich in harte Stränge verwandelt, und ein säuberlich gestutzter rotgoldener Bart zierte Wangen und Kinn.

Behutsam spähte sie in seine Gedanken und fühlte seine feste Entschlossenheit, das, was er gesehen zu haben glaubte, für sich zu behalten. Insgeheim stieß sie einen Seufzer der Erleichterung aus.

Cador schwang Kustennin in seine Arme empor, und Drystan erhob sich lächelnd. Kustennin quietschte vergnügt und fasste Cador um den Nacken. »Bist du Arthur?«

»Ich fürchte nein. Bloß dein Vetter Cador.« Er setzte Kustennin rittlings auf seine Hüfte und drehte sich mit ihm zu den anderen Kriegern um.

»Das da ist Arthur«, sagte er und zeigte auf den berühmten Feldherrn, dessen goldbraunes Haar von vielen grauen Strähnen durchzogen war. »Soll ich dich ihm vorstellen?«

Kustennin hüpfte auf Cadors Arm. »Ja!«

Cador lächelte Yseult an. »Darf ich Euch Euren Sohn entführen?«

»Gewiss.«

Zusammen sahen sie zu, wie Cador durch die Menge davonging, beide nervös, beide sich der Gegenwart des anderen viel zu sehr bewusst, um zu sprechen. Yseults Blick löste sich von Kustennin, der von einem namhaften Krieger zum nächsten rannte, sie am Wams zerrte und hochgehoben werden wollte, nur um alsbald wieder zu zappeln, damit man ihn absetzte. Sie schaute dorthin, wo Brangwyn neben Kurvenal stand. Kurvenal lächelte ihre Base breit an, und sein welliges, schulterlanges Haar wehte im Wind, während Brangwyn ihm mit ernster Miene die Hand auf den Arm legte. Für eine Frau, die überhaupt nicht verliebt ist, war Brangwyn ungemein verstört gewesen, als sie von der Wunde hörte, die Kurvenal sich in Caer Baddon eingehandelt hatte. Yseult drängte sich nicht in ihre Gedanken.

»Wann sehe ich dich?«, murmelte Drystan dicht neben ihr.

Yseult erschauerte und zog ihren Sommerumhang fester um ihre Schultern. Sie sollte ihm sagen, dass sie sich nicht treffen würden, nicht so, wie er es meinte, ihm sagen, dass es vorbei war zwischen ihnen, so wie sie es ihm vor zwei Jahren gesagt hatte, als sie zum letzten Mal zusammengewesen waren.

»Es gibt da eine Höhle im Süden«, sagte sie. »Von der Kirche auf dem Festland aus ein Stück den Hügel hinunter. Kennst du sie?«

Er nickte.

»Ich gehe oft zur Kirche, um Illtud zu besuchen und Kräuter und Arzneien mit ihm auszutauschen, und manchmal gehe ich danach noch ins Dorf. Es wird niemandem auffallen.«

»Wann?«

»Morgen früh, nach dem Frühstück?«

»Gut. Ich werde dort sein.«

»Wir hätten niemals in dieses Land kommen sollen«, verkündete Brangwyn und rammte den Stößel noch fester in den Mörser. »Wir hätten uns in den Hügeln der Feadh Ree verstecken sollen.«

Sie befanden sich in dem kleinen Steinhaus zwischen der Oberen Halle und dem Kräutergarten, das Yseult als Haus des Heilens diente, für die Krieger von Dyn Tagell und für alle anderen auf dem Festland, die lieber sie zu Rate ziehen wollten als die Priester. Der Raum war vom Duft der trocknenden Kräuter erfüllt, die an den Wänden hingen und von den Dachbalken baumelten.

Yseult legte ein verschlossenes Keramikgefäß mit einer Salbe aus Dreiblatt-Feuerkolben, Schwarzwurz und Wasserdost in ihren Korb. »Aber in Eriu hast du mit deiner Mutter gestritten, wegen dessen, was sie getan hat.«

»Ich ziehe mir Hosen an und kämpfe gegen die Sachsen!«

Yseult lachte. »Tu das. Da sie bereits besiegt sind, werde ich dich nicht aufhalten. Aber bevor du dich auf die Suche nach ihnen machst – wirst du heute für mich Wache halten?«

»Ja.«

Yseult packte Brangwyn um die Taille, wirbelte sie im Kreis herum und drückte ihr einen Kuss auf die Wange. »Ich liebe dich ja so, Base.«

»Es wäre besser, wenn du weniger lieben würdest.«

»Du wirst vor deiner Zeit alt.«

»Das ist ja wohl auch kein Wunder, da ich auf dich aufpassen muss.« Brangwyn schüttete die zermahlenen Kräuter in eine kleine Flasche und fügte den schweren Wein hinzu, den sie für ihre Arzneien zu verwenden pflegten.

Yseult konnte die Besorgnis und den Zorn ihrer Base fühlen, doch ihre eigene freudige Erwartung war zu groß, als dass es sie gekümmert hätte – oder zumindest zu groß, als dass sie darauf geachtet hätte.

Sie warf sich ihren Umhang um die Schultern und eilte über die Landbrücke zu der Kirche auf dem Festland. Nachdem sie Illtud die Salbe für Quetschungen und Prellungen gegeben hatte, um die er sie gebeten hatte, hätte er mit Freuden eine Weile mit ihr auf einer Bank in der milden Septembersonne gesessen, doch sie redete sich mit den Krankenbesuchen heraus, die sie im Dorf noch zu machen hätte. Um nicht völlig als Lügnerin dazustehen, besuchte sie tatsächlich zwei Familien, bei denen vor Kurzem eine Verletzung und eine Krankheit zu verzeichnen gewesen waren, doch ihre Vorfreude wurde so stark, dass sie sich kaum auf die Worte konzentrieren konnte, die gewechselt wurden, auf die Klagen über noch immer schmerzende Gelenke und hartnäckig wiederkehrende Schwindelanfälle.

Als sie sich schließlich auf dem Pfad zu den Klippen befand, der zum Strand hinunterführte, war ihr Gesicht heiß, und ihr Magen tat weh vor Freude, einer eigentümlichen Freude, die von Furcht kaum zu unterscheiden war.

Bald würde sie ihn wieder berühren.

Sie fühlte sich, als ob in ihrer Brust ein Vogel flatterte, und eilte den schmalen Zickzackweg hinunter, der zwischen den Felsen hindurch zum Strand führte.

Drystan wartete in der Höhle, als sie dort ankam, und sie lief ihm mit einem Auflachen in die Arme, das zugleich ein Keuchen war und ein Schrei. Er hüllte sie in eine Umarmung ein, von der sie geglaubt hatte, sie würde sie niemals wieder erleben, und sie atmete den Geruch seines Schweißes und seiner eigenen freudigen Erwartung ein, ein durchdringendes Aroma, das sie, und gälte es ihr Leben, nicht hätte beschreiben, das sie jedoch von dem jedes anderen Mannes hätte unterscheiden können, dessen war sie sich gewiss.

So standen sie eine Weile in der dunklen Geborgenheit der Höhle, küssten sich nicht, sprachen nicht, sondern hielten sich nur fest umschlungen und fühlten von Neuem die Gegenwart des anderen. Seine Muskeln kamen ihr härter vor als damals, als sie ihn zum letzten Mal so in den Armen gehalten hatte, gestählt von Jahren des Reitens und Kämpfens; er fühlte sich so vertraut an und doch anders. Die Freude, die sie erfüllte, glich keinem Gefühl, das sie je empfunden hatte. Drystans Geruch unter ihrer Wange mischte sich mit dem des Meeres und der feuchten Höhle, ein nasser, dunkler Dunst, klamm und kalt und salzig.

Langsam hob Drystan ihren Kopf von seinem Platz auf seiner Schulter, wo er ruhte; seine Daumen liebkosten ihre Kinnlinie. In den tiefen Schatten der Höhle konnte sie die Farbe seiner Augen nicht erkennen, jenes Grün, in dem sie einst hatte ertrinken wollen, ein Wunsch, der schon lange in Erfüllung gegangen war.

Sie strich mit den Händen an seiner Brust hinab. »Ich bin so froh, dass du diese Schlachten lebendig überstanden hast. Ich hatte Angst, ich würde dich nie wiedersehen.«

Er nickte. »Davor hatte ich auch Angst.« Plötzlich zog er sie an sich, schlang die Arme so fest um sie, dass sie kaum atmen konnte. »Yseult, komm mit mir fort von hier.«

Sie schüttelte den Kopf, und er hob eine Hand und gebot der Bewegung Einhalt. Sie wandten einander die Gesichter zu, und ohne weitere Worte küssten sie sich. Seine Lippen waren warm, feucht, zärtlich. Es war über zwei Jahre her, doch die Art und Weise, wie sein Mund auf den ihren passte, fühlte sich so richtig an, so vollkommen, dass sie erst nach einiger Zeit bemerkte, wie ihr Tränen die Wangen hinunterrannen.

Drystan trat zurück und löste die Schließe des Umhangs an seinem Hals, breitete ihn auf dem sandigen Höhlenboden aus. Dann wischte er mit dem Handrücken ihre Tränen fort und zog Yseult auf das behelfsmäßige Bett hinab. Sie lag neben ihm, deckte sie beide mit ihrem eigenen Umhang zu, um die Kälte der Höhle fernzuhalten. Er stützte sich über ihr auf einen Ellenbogen und strich ihr eine verirrte Haarsträhne aus dem Gesicht, ehe er sie abermals küsste, drängender diesmal. Sie konnte ihn hart an ihrer Hüfte fühlen und rückte ein wenig, wollte ihn dichter an sich haben. Mit einer Hand ballte er den Stoff zusammen, der ihre Beine bedeckte, und zog ihn bis zu ihrer Taille hoch. Ihr stockte der Atem. Drystan schob sie gerade weit genug von sich, dass er die Hand zwischen ihre Körper schieben konnte und zwischen ihre Beine, und sie hörte sich aufstöhnen, ein kleiner, flehender Laut. Bei diesem Geräusch ging sein Atem schwerer, und er ließ den Kopf herabsinken, so dass seine Stirn auf der ihren ruhte. Ihre Hand glitt in seinen Nacken, um ihn zu einem weiteren Kuss zu sich herunterzuziehen, während sich die andere zu seinem Schritt vorarbeitete, um den Knoten seines Hosenbandes zu lösen. Er keuchte, und sie fühlte, wie sie unter diesen geschickten Fingern dahinschmolz, die zwischen ihren Beinen am Werk waren.

»Bitte«, flüsterte sie dicht an seinen Lippen.

Anstatt zu tun, worum sie bettelte, hob er sich auf die Knie und zog ihr das Gewand über den Kopf. Sein eigenes Wams und seine Hose folgten, und sie starrte gierig die schönen, festen Linien seines Körpers an; sie war froh, dass sie in diesem trüben Licht die neuen Narben nicht sehen konnte.

Drystan ließ sich zwischen ihre Beine sinken, drängte sich hart und warm gegen ihren Schoß. Sie bewegte sich an ihm, veränderte ihre Lage, um ihm zu einem besseren Winkel zu verhelfen, und mit einem einzigen Stoß begrub er sich in ihr, so tief er konnte.

Diesmal rangen sie beide nach Luft.

Er verharrte dort, während sie ihn fest umklammerte, so nahe beieinander, wie sie nur sein konnten. Ganz still, abgesehen vom sanften Pulsieren seines Geschlechts. Bei jedem Pochen antwortete ihr Körper, wollte ihn noch weiter in sich hineinziehen, doch sie hielt still, zog den Moment in die Länge.

Endlich wurde die Spannung zu groß. Drystan zog sich zurück und gab ihr einen langen Kuss; seine Lippen bewegten sich wissend über sie hin, seine Zunge liebkoste und huschte dann davon. Mit einem Teil ihres Geistes spürte sie die feuchte Kälte der Höhle auf ihren Beinen, die zu beiden Seiten seines Körpers gespreizt waren; der Umhang war heruntergeglitten. Doch das war nicht so wichtig wie das, was er ihr genommen hatte, auch wenn es nur für einen Augenblick war. Er glitt wieder in sie hinein, langsam, so langsam, dass es qualvoll vollkommen war. Sie wollte, dass es ewig dauerte, doch den Rand des Abgrundes, auf den er sie zutrieb, wollte sie auch. Unter seinen Lippen stöhnte sie abermals auf.

Es war, als hätten sie einen Stein einen Abhang hinuntergeworfen und eine Lawine ausgelöst. Ein scharfes Atemholen war von ihm zu vernehmen, und seine Küsse wandelten sich von zärtlich zu gierig.

»Yseult.«

»Ja.«

Seine Stöße wurden heftig, schwer und hungrig wie seine Küsse. Keuchend umklammerte sie mit einer Hand seinen Nacken unter dem Zopf, die andere krallte sich in den Stoff seines Umhangs. Als sie den Rand des Abgrunds erreichte, hörte sie ihn aufschreien. Mit einem kehligen Knurren der Lust war sie auf dem Höhepunkt angelangt, fiel und fiel und fiel, nahm sein Gesicht in beide Hände und küsste ihn mit einer Intensität, die die Welt auslöschte.

Langsam kehrten sie in die Wirklichkeit zurück. Diesmal nahm sie die feuchte Höhle mit mehr als nur einem Teil ihres Bewusstseins wahr, und sie setzte sich auf, um den Umhang wieder über sie zu ziehen.

Drystan nahm sie in die Arme, und sie lagen da und schwiegen.

Endlich musste Yseult sich eingestehen, dass mehr als genug Zeit vergangen war, und sie erhob sich, um ihre Kleider zusammenzusuchen. Drystan blieb auf dem Umhang im Sand liegen und sah ihr zu, die Hände hinter dem Kopf, sein Gesicht im Schatten verborgen.

»Yseult.«

Sie schüttelte den Kopf. »Nein, Drystan, sag es nicht, bitte.«

Und er sagte es nicht.

Sie beugte sich über ihn und gab ihm einen raschen Kuss. »Ich muss zurück nach Dyn Tagell.«

Er nickte, und sie eilte mit pochendem Herzen aus der Höhle.

Als sie die Landenge nach Dyn Tagell überquerte, versuchte sie, die Gedanken daran zu verdrängen, was aus ihrem Leben geworden war, dieses Verstecken und Täuschen, das Verleugnen einer Liebe, die mehr verdiente, die Lügen, die endlosen Lügen. Sie kehrte in das kleine Steinhaus zwischen dem Kräutergarten und den Hütten der Krieger mit ihren Wänden aus Grassoden zurück, dankbar für dieses Plätzchen hier, das ihr gehörte. Brangwyn war nicht mehr dort.

Yseult setzte sich auf eine Bank und lehnte den Kopf an die Steinmauer. War dies wirklich das Beste? Sie brauchte Zeit zum Nachdenken.

Unglücklicherweise erlaubten ihr die Umstände eine derartige Pause nicht; kurz nach dem Mittagsmahl wurde eine weitere große Reiterschar auf der Tamarastraße im Nordwesten gesichtet.

Ihr Ehemann war gekommen.

Knapp zwei Wochen nach Arthurs Ankunft in Dyn Tagell wurde seine Verlobung mit Ginevra bekanntgegeben, und er siedelte mit seinem Gefolge nach Celliwig am Fluss Cammlann um. Obgleich nur wenige Gäste zum fraglichen Zeitpunkt in der Lage sein würden, die Reise dorthin zu unternehmen, entschied man sich für eine Weihnachtshochzeit.

Zu Yseults großem Entsetzen beabsichtigte Marcus, den Winter bei ihnen zu verbringen; nicht nur hielt er es für wichtig, bei der Vermählungsfeier des Dux Bellorum anwesend zu sein, seine Geliebte Trephina war außerdem hochschwanger.

Und er hatte auch keinerlei Hemmungen, Yseult davon zu erzählen. »Die Kirchenleute in Isca haben mir ihretwegen das Leben zur Hölle gemacht, das kann ich dir sagen, besonders jetzt, wo man ihr ihren Zustand so deutlich ansieht«, berichtete Marcus eines Morgens, während er sich ein Stück Brot abriss. Sie frühstückten in der Unteren Halle und waren noch mit Kustennin allein.

»Es stört dich doch sonst nicht allzu sehr, was die Leute über dich sagen«, erwiderte Yseult und schnitt für ihren Sohn eine Scheibe Käse ab. »Warum jetzt?«

Marcus schenkte ihr ein wissendes Grinsen. »Ich mache mir nichts aus dicken Frauen.«

Yseult schüttelte den Kopf. »Wir haben eine Abmachung. Ich halte mich nur daran, wenn du es auch tust.«

Marcus zuckte die Achseln. »Keine Sorge, im Frühling gehe ich nach Isca zurück. Ich brauche doch kein zänkisches Weib, wenn so viele angenehmere Frauen zu haben sind.«

Zum Glück gesellten sich in diesem Moment Drystan und Kurvenal zu ihnen, und das Gespräch fand ein jähes Ende. Yseult dachte, Kustennin hätte nicht zugehört, doch ein wenig später fragte er sie, was ein »zänkisches Weib« sei.

Es würde ein langer Winter werden.

Kurz nachdem sie nach Lansyen gezogen waren, kam die Nachricht, dass Trephina im Kindbett gestorben sei.

Mit schwerem Herzen hörte Yseult den Boten in der großen Halle der Hügelfeste an. Marcus war mit den anderen Männern des Haushalts auf der Jagd; das war eine der Herrscherpflichten, der er sich gern widmete: vor dem ersten Schnee Hirsche und Wildschweine herbeizuschaffen, ein wesentlicher Anteil der für den Winter benötigten Vorräte.

»Was ist mit dem Kind?«, fragte sie den jungen Mann.

»Da kein Vater anwesend war, um Anspruch auf ihn zu erheben, wurde der Junge als Findelkind der Obhut der Kirche übergeben.«

Yseult ging zum Schreibpult hinüber und schrieb ein paar Worte auf ein Blatt kostbares Pergament; etwas ganz anderes als die dünnen, zusammengeklappten Holzblätter, die sie während der letzten zwei Jahre von Drystan bekommen hatte. Sie versiegelte das Schreiben mit Marcus' Siegel und reichte es dem Boten. »Ich möchte, dass Ihr den Jungen herbringt, und wenn eine Amme für ihn beschafft werden muss, dann seht, ob man sie dazu bewegen kann, ebenfalls mitzukommen.«

Sie konnte die Verblüffung des Boten spüren, gefolgt von widerstrebender Bewunderung. »Sehr wohl, Herrin.«

Das Kind traf zwei Wochen nach Samhain in ihrem Hause ein. Marcus war überrascht, als sie ihm sagte, was sie in die Wege geleitet hatte, doch er zeigte kaum eine Regung, als er vom Tod seiner Geliebten erfuhr, abgesehen von der Bemerkung, dass Trephina eine gute Frau gewesen sei und er sie vermissen werde.

Zu Yseults Erleichterung kam die Amme mit dem Säugling nach Lansyen. »Wir nennen ihn Judual«, sagte sie und reichte das Kind Yseult, als Marcus wenig Neigung zeigte, seinen jüngsten Nachwuchs in Augenschein zu nehmen.

Der Säugling sah dünn und blass aus, und Yseult fragte sich, ob er wohl den Winter überstehen würde. Sie wandte sich an ihren Gemahl. »Soll er den Namen behalten?«

Marcus zuckte die Achseln. »Gewiss.«

Und so wurde Judual zu einem Teil der Familie.

Brangwyn nahm den kränkelnden Jungen schnell unter ihre Fittiche; sie schien es als ihre persönliche Pflicht zu betrachten, dafür zu sorgen, dass er bis zum Frühling am Leben blieb. Gleichzeitig schien ihr die kleine Halbwaise ernsthaft ans Herz zu wachsen, und Yseult war froh. Nach dem überwältigenden Sieg von Baddon hatte sie gehofft, ihre Base werde den Gefühlen nachgeben, die sie, wie Yseult sehr wohl wusste, für Kurvenal hegte, doch abgesehen davon, dass sie ihm bei der Ankunft von Arthurs Truppe zur Begrüßung entgegengeeilt war, hatte Brangwyn sich zurückgehalten; sie traute entweder sich selbst oder dem Frieden nicht.

Und es war nicht nur der unglückliche Kurvenal, dem sie sich verschlossen hatte – jetzt schirmte sie ihre Gedanken auch noch vor Yseult ab.

Vielleicht war es auch gut so. Sie und Drystan hatten nicht oft Gelegenheit, sich zu treffen, trafen sich aber dennoch, und Yseult wusste genau, dass Brangwyn das missbilligte. Vielleicht war es ja besser, dass ihre Base eine Mauer zwischen ihnen errichtet hatte.

In der letzten Novemberwoche begannen sie, Pläne für die Reise nach Celliwig und die Hochzeit von Arthur und Ginevra zu schmieden. Brangwyn suchte Yseult im Räucherhaus auf, wo diese die Wintervorräte an geräuchertem und gepökeltem Fleisch überprüfte. Einiges davon würden sie auf die Reise mitnehmen müssen; obgleich Gwythyrs Königssitz weniger als zwanzig Meilen entfernt war, führte der kürzeste Weg dorthin nur durch eine einzige Stadt, in der Marcus Gastrecht besaß, durch Nemstatio. Davor und danach würden sie sich selbst verpflegen müssen.

Beim Geräusch der sich öffnenden Tür wandte sie sich von dem Räuchermeister Lucius ab. Als sie Brangwyn mit einem kleinen Korb am Arm eintreten sah, lächelte sie. »Guten Tag, Base.«

»Guten Tag, Yseult, guten Tag, Lucius. Yseult, ich habe beschlossen, euch nicht nach Celliwig zu begleiten.«

Yseult verspürte einen scharfen Stich der Enttäuschung, augenblicklich gefolgt von Reue. Es war nicht Brangwyns Gegenwart, die sie vermissen würde, es war ihre Hilfe dabei, hinter dem Rücken ihres Mannes ihre Liebschaft mit Drystan fortzuführen. So selten sie auch ein Stelldichein zustande brachten, ohne Brangwyns Mithilfe hätten sie sich überhaupt nicht treffen können.

Sie wandte sich wieder an Lucius. »Ich spreche wieder mit Euch, wenn ich genau weiß, wie viele die Reise antreten werden.«

Der Räuchermeister bekundete mit einer leichten Verbeugung seine Zustimmung. »Wie Ihr wünscht, Herrin.«

Yseult nahm ihre Base am Arm, stieß die Tür auf und ließ den rauchigen, salzigen Dunst hinter sich. »Ich nehme an, es ist wegen Judual?«

Brangwyn nickte. »Er kann nicht reisen, und ich möchte helfen können, wenn er krank werden sollte.«

Wie in letzter Zeit so oft, waren Brangwyns Gedanken für sie unergründlich. »Ich werde dich bei Ginevra entschuldigen – bestimmt wird sie es verstehen.«

»Ich danke dir. Ich muss zum Fluss hinunter und schauen, ob ich frische Braunellenwurzeln finden kann.«

»Haben wir denn keine getrockneten mehr?«, fragte Yseult.

»Ein paar«, antwortete Brangwyn. »Aber ich habe gehört, frisch sind sie wirksamer. Vielleicht kann ich etwas gegen Juduals Husten tun, wenn ich sie mit weißem Andorn mische. Wenn er nur besser schlafen könnte, dann könnte er vielleicht ein bisschen kräftiger werden.« Sanft löste sie sich aus Yseults Griff und wandte sich dem Pfad zu, der zum Fluss führte. »Bis später.«

Yseult sah einen Moment zu, wie ihre Gestalt kleiner wurde, ehe sie weiterging, zu den Toren der Hügelfestung, den Umhang zum Schutz gegen die Kälte fest um sich geschlungen. War es nur ihre Sorge um Judual, die Brangwyn dazu bewog, hier zu bleiben? Vielleicht sehnte sie sich nach all den Lügen und Listen nach einer Atempause, wollte ihr und Drystan eine

Weile nicht dabei helfen müssen, ihre Liebschaft fortzuführen. Es war unwahrscheinlich, dass ihnen das in Celliwig möglich sein würde, bei all den Hochzeitsgästen, die sich dort aufhalten würden, doch allein bei dem Verdacht, dass Brangwyn sich fernhielt, um sich dieser Entscheidung nicht stellen zu müssen, wurde ihr die Brust eng vor Scham.

Brangwyn löste sich von ihr; die Freundin und Verwandte, mit der sie den größten Teil ihres Lebens verbracht, mit der sie ihre wichtigsten Erfahrungen geteilt hatte, hielt ihre Gedanken vor ihr verschlossen.

Sie sahen sich genauso oft wie immer. Doch mit jedem Tag, der verging, vermisste Yseult sie mehr.

Nicht weit von den Ufern des Voliba, nahe am Waldrand, entdeckte Brangwyn eine Stelle, wo die langen, dünnen, farnkrautartigen Pflanzen in dem kalten Wetter noch nicht abgestorben waren. Mit einer kleinen Schaufel, die sie mitgebracht hatte, grub sie mehrere Wurzeln aus, schüttelte die Erde ab und legte sie in ihren Korb. Sie war froh über den Schmutz unter ihren Fingernägeln, froh, wieder mit Pflanzen zu tun zu haben, die so wenig verlangten.

Wahrscheinlich sollte sie Yseult sagen, wie ihr zu Mute war, doch was würde das nützen? Es würde ihr trotzdem nicht gelingen, sich von Drystan fernzuhalten.

Liebe war eine Krankheit.

Sie ließ sich auf die Fersen zurücksinken und legte die Unterarme auf die Knie. Ihre Hände hingen schlaff vor ihr herab. War ihre Liebe zu Aidenn eine Krankheit gewesen? Nach seinem Tod ja, so war es ihr vorgekommen. Die Schändung, die sie unter Lugaids Händen erlitten hatte, war so unbedeutend gewesen, weil nichts ihr mehr Schmerz hatte bereiten können, als zu erleben, wie der Ehemann, den sie liebte, aus ihrem Leben gerissen wurde. Sie hätte sich ihrer Gabe der Täuschung auch bedienen können, bevor Lugaid über sie herfiel, und er hätte sie nicht angerührt – doch sie hatte diese kleine Rache haben wollen, hatte sich an dem Ausdruck des Ekels und der Furcht auf seinem Gesicht geweidet, nachdem er aus dem Rundhaus gestürzt war. Sie hoffte, dass seine Manneskraft ihn danach lange im Stich gelassen hatte, hoffte es noch immer inständig, hasste Lugaid auf dieselbe Art und Weise, wie Yseult Drystan liebte.

Liebe war eine Krankheit, wenn sie verweigert wurde.

Sie seufzte und wischte die Schaufel an einem Grasbüschel ab, ehe sie sie zu den Wurzeln für Judual in den Korb legte. Es gab solche und solche Liebe. Judual lernte gerade zu lächeln, zwischen Husten und Weinen, und wenn er sie anlächelte, dann liebte Brangwyn ihn so sehr, dass ihr die Tränen kamen.

Sie erhob sich und wandte sich zum Gehen, strebte auf den Pfad zu, der zur Hügelfestung zurückführte. Und was war mit Kurvenal? Brangwyn zweifelte nicht daran, dass er sie liebte; er hatte es ihr hinlänglich bewiesen, und die flüchtigen Blicke, die sie in seine Gedanken hatte werfen können, bekräftigten nur, was seine Worte und Taten sagten.

Und sie verweigerte sich ihm jetzt schon seit Jahren.

Der Winternebel Dumnonias hing an ihrem Rock, als sie den Pfad vom Fluss emporstieg. Warum war Kurvenals Liebe zu ihr nicht zu einer Krankheit geworden? Gewiss, die meiste Zeit waren sie getrennt gewesen, diese letzten beiden Jahre über, während Arthur die Sachsen zurückschlug. Vorher jedoch, und auch jetzt, hatte er eine Geduld und eine Hingabe an den Tag gelegt, von der sie wusste, dass sie sie nicht verdiente. Sie hatte ihm so wenig Anlass zur Hoffnung gegeben, doch das hielt ihn nicht davon ab, trotzdem zu hoffen. Jetzt, da sie wieder zusammen waren, hatte er ihr deutlich zu verstehen geben, dass sich an seinen Gefühlen nichts geändert hatte, und als er abermals zurückgewiesen worden war, hatte er sich, anstatt aufzubegehren, zurückgezogen und wachte einfach nur über sie, genauso, wie er über Drystan wachte.

Brangwyn besaß die Gabe des Rufes nicht, doch als sie schon fast wieder in Sichtweite von Lansyen war, tauchte er vor ihr auf, als hätte sie ihn gerufen.

»Guten Tag, Kurvenal.«

»Guten Tag, Brangwyn. Yseult hat mir gesagt, dass du hier

bist. Hier, lass mich das tragen.« Er nahm ihr den Korb ab und zog ihre Hand in seine Armbeuge.

Lächelnd schüttelte Brangwyn den Kopf. »Der Korb ist doch keine Last.«

Er lugte in das schattenhafte Geflecht. »Für Klein-Judual?«

»Ja.«

»Wenn *du* ihn pflegst, wird er bestimmt gesund.«

Abrupt blieb Brangwyn stehen und hielt ihn mit einem Ruck an. Mit fragendem Blick schaute Kurvenal auf sie herab.

»Dein Vertrauen in mich ist erfreulich, entspricht aber vielleicht nicht ganz der Wirklichkeit.«

Er schmunzelte. »Ich denke, doch.«

»Hast du mich deswegen gesucht, um mich mit hemmungslosen Lobpreisungen zu überschütten?« Sobald sie die Worte ausgesprochen hatte, wurde ihr klar, wie kokett sie sich anhörten.

Ganz offensichtlich fand Kurvenal das auch. Mit hochgezogenen Brauen legte er den Kopf ein wenig schief. »Das würde ich mit dem größten Vergnügen tun, aber du hast mich mehr als einmal ermahnt, dass das nicht erlaubt ist.«

Brangwyn merkte, wie sie errötete, und ein breites Grinsen überzog Kurvenals Gesicht. Er stellte den Korb auf den Boden und nahm ihre Schultern in seine starken, tüchtigen Hände. Aus irgendeinem Grund hinderte sie ihn nicht daran.

Dann hob er mit einer Hand ihr Kinn an und betrachtete noch immer lächelnd ihr Gesicht. »Fast möchte ich sagen, du bist sogar noch schöner, wenn du rot wirst«, sagte er leise. »So, war das jetzt hemmungslos genug?«

Brangwyn lachte laut heraus, erleichtert, dass er diesen Moment nicht ausgenutzt hatte.

Zart strich er mit dem Handrücken über ihre hochrote Wange und trat wieder zurück. »Ich habe dich gesucht, weil ich gehört habe, dass du uns nicht zu Arthurs Hochzeit begleiten wirst. Wenn ich könnte, würde ich bei dir bleiben, aber Arthur war sehr gut zu mir, nachdem ich verwundet worden bin. Ich schulde es ihm, dabei zu sein.«

Sie nickte. »Es ist besser so. Einer von uns beiden sollte da sein, um auf Yseult und Drystan aufzupassen.«

Zu ihrer Überraschung flammte Zorn in seinen Gedanken auf, und er wandte sich ab. »Muss sie für dich immer an erster Stelle stehen?«

Sie berührte seine Schulter. »Du machst es doch genauso. Für dich kommt Drystan zuerst.«

Er fuhr herum, und die Tiefe der Empfindungen, die sie von ihm auffing, ließ sie nach Luft schnappen.

»Nein«, stieß er hervor, und jetzt lag ebenjene Krankheit in seinen Augen, gegen die sie ihn immun geglaubt hatte. »Nein, Drystan kommt für mich nicht zuerst.«

Brangwyn senkte den Kopf und zog sich aus seinen Gedanken zurück, versuchte, ihm seinen eigenen Raum zu lassen. »Es tut mir leid.«

»Ach, Brangwyn, dir braucht nichts leidzutun.« Kurvenal gab ein leises, unerwartetes Lachen von sich, und sie blickte auf. Er lächelte sie wieder an, wenngleich ein wenig schief. »Ich bin mir sehr wohl darüber im Klaren, dass ich meinen Wahn selbst verschuldet habe. Aber ich hätte schon vor langer Zeit aufgegeben, wäre ich mir nicht so sicher, dass ich von deiner Seite etwas gefühlt habe.«

Sie starrte ihn an, und der Nebel des Tals trieb rasch zwischen ihnen dahin. Da hatte sie ihre Antwort: Als wüsste er, woran sie gedacht hatte, als sie den Pfad vom Fluss heraufgekommen war. Vielleicht war es ja so; vielleicht hatte er etwas von ihr aufgefangen, doch da er nicht an das glaubte, was er »Zauberei« nennen würde, dachte er gewiss, es seien seine Gedanken, die ihn heimsuchten, nicht die ihren.

Er nahm ihre Hand, und seine Miene war jetzt ernst. »Ich irre mich doch nicht, oder?«

Ihr entfuhr ein rauer Seufzer. Konnte Liebe etwas anderes sein als eine Krankheit? Konnte sie mit diesem Mann eine Liebe finden, die sie nicht in Stücke reißen würde? Sein braunes Haar lockte sich in der feuchten Luft um den Kragen seines Umhangs, und an seinem Kiefer zog sich eine Narbe entlang, die noch nicht dort gewesen war, als er vor mittlerweile über zwei Jahren ausgezogen war, um gegen Octha und Aesc zu kämpfen.

»Du bist immer noch ein Krieger«, sagte sie.

Er grinste und nahm ihr Gesicht zwischen seine Hände. »Dieser Friede wird halten, Brangwyn, du wirst es sehen. Er wurde nicht mit einer Heirat erkauft, sondern mit einem Sieg. Die Sachsen sind an die Küsten zurückgekrochen, verwundet und schwach.«

»Die Sachsen sind nicht der einzige Feind auf der Welt.«

»Aber wir werden nicht mehr so viel kämpfen müssen. Und dann wirst du mich lieben.« Seine Lippen legten sich sanft auf die ihren, warm und feucht. Freude, schiere Fleisch-und-Blut-Freude, durchfuhr sie wie ein Schlag, ehe sie sich losriss und den Korb vom Boden aufraffte.

Kurvenal stand noch lange da, nachdem sie fort war; er atmete tief durch. Vielleicht hatte er einen Fehler begangen.

Aber, oh, es war so ein wunderbarer Fehler gewesen.

28

Der Hirsch röhrt,
Winterschnee, der Sommer ist dahin,
Wind heftig und kalt,
die Sonne steht tief am Himmel,
kurz ihr Lauf, die See geht hoch.
Kälte hat die Flügel der Amsel gelähmt.
Jahreszeit des Eises.

Anonymus aus Irland, 9. Jahrhundert

Die anderen kehrten erst nach Neujahr aus Celliwig zurück. Am dritten Weihnachtstag schneite es heftig, und obgleich man für die Reise bei gutem Wetter nicht länger brauchte als einen Tag, würde sie wenigstens doppelt so lange dauern, wenn der Schnee den Pferden bis weit über die Fesseln und teilweise sogar bis über die Sprunggelenke reichte, und das Reiten wäre zudem unbequem und gefährlich.

Daher war Brangwyn nicht überrascht, als Marcus und die Seinen nicht wie geplant nach Lansyen heimkamen. Eigentlich war sie recht froh, dass die Ruhe länger dauerte als vorgesehen. Juduals Amme Sevi war eine fröhliche, unkomplizierte Frau, die es liebte, abends am Feuer Geschichten aus Eriu zu lauschen, genau wie der kleine Kustennin. Sie bildeten einen friedlichen Haushalt und waren meist zufrieden, außer wenn Kustennin nach seiner Mutter weinte. Doch er war ein lebhafter, entdeckungsfreudiger Knabe, und Brangwyn lernte, ihn mit Dingen abzulenken, die seine Neugierde erregten – zum Beispiel mit einem Spaziergang außerhalb der Wälle der Hügelfestung, bei dem sie nach Spuren der Tiere suchten, die sich vor der Kälte versteckten, oder begutachteten, wie sich das Wasser am Flussufer in Eis verwandelt hatte. Tagsüber verabreichte Brangwyn den Leuten aus der Umgebung, die am Fieber litten,

Sirup aus wilden Stiefmütterchen und ein Stärkungsmittel aus Waldmeister gegen die Exzesse der Feiertage. Sie behandelte verstauchte Knöchel, die auf vom festgetretenen Schnee eisglatten Wegen ausgerutscht waren, und einen gebrochenen Zeh, den fallengelassenes Brennholz verursacht hatte. Bei Judual, ihrem wichtigsten Patienten, schlug die Behandlung mit Braunellen und Andorn gut an, und er schlief allmählich besser.

Als der Schnee schmolz und die Reisenden aus Celliwig zurückkehrten, war Juduals bellender Husten verschwunden, und er legte nach und nach an Gewicht zu.

Als die Wachen die nahende Gesellschaft ankündigten, ging Brangwyn mit Kustennin zu den Toren der Hügelfeste, um sie zu erwarten. Während sie beobachtete, wie die Reiter den Hügel heraufkamen, begann es wieder sachte zu schneien; der Schnee bestäubte die Kapuzen ihrer Umhänge und färbte die braunen Flecken in der Landschaft rasch von Neuem weiß.

Sobald sie sich innerhalb der Mauern befanden, sprang Yseult vom Pferd und fing ihren Sohn in den Armen auf. Brangwyn sah zu, wie sie ihn durch die Luft wirbelte, während Kustennin quietschte und lachte; sie war nicht mehr ganz so neidisch wie früher. Eines Tages würde Judual sich gewiss ebenso auf sie stürzen wie Kustennin sich auf Yseult. Sie lächelte.

Kurvenal erschien an ihrer Seite. »Ich wünschte, ich könnte glauben, dass dieses Lächeln mir gilt«, sagte er leise und schüttelte mit der Andeutung eines Grinsens den Kopf.

Brangwyn schürzte die Lippen, während sie sich ein Schmunzeln verkniff. »Ich glaube, für dich lächle ich oft genug.«

»Nein, niemals genug«, widersprach Kurvenal. »Und wie geht es dem Kleinen?«

»Viel besser. Er hustet kaum noch, und er nimmt zu.«

»Ich habe es doch gesagt, in deiner Obhut wird er gesund.«

Kurvenal schien viel zu gut zu wissen, wie er sie schwach werden lassen konnte: indem er sich nach Judual erkundigte und ihr Talent als Heilerin pries. Um sie herum fiel der Schnee dichter, und Brangwyn sah zu, wie der Rest der Reisegesellschaft absaß. Marcus trat zu Yseult und betrachtete Kustennin mit besitzergreifender Befriedigung. Nachdem er dem Knaben einen beiläufigen Kuss auf die Wange gegeben hatte, klatschte er seine Reithandschuhe gegen den Oberschenkel und zog sich in die große Halle zurück, wo er seine Gemächer hatte – ohne Yseult.

Als sie Marcus nachsah, blieb ihr Blick an Drystan hängen, der noch auf seinem Pferd saß und seine Stiefmutter viel zu sehnsüchtig anblickte. Sie wünschte, sie könne ihn in Gedanken anbrüllen, dass er Acht geben solle, wohin sich seine Augen verirrten. Vielleicht hatte er ihre unausgesprochene Zurechtweisung doch gehört, denn er schaute zu Boden und saß endlich ab.

»Sie haben sich recht gut betragen«, flüsterte Kurvenal, so dass nur Brangwyn es hören konnte.

Einen Augenblick blieb Brangwyn stumm, kämpfte gegen den Zorn an, den sie in letzter Zeit so oft verspürte. »Aber lange tun sie das nicht mehr.«

Andred erwachte jäh aus seltsamen, fiebrigen Träumen und sah sich in dem Haus um, das er sich mit etlichen anderen ledigen Männern aus Marcus' Haushalt teilte. Irgendetwas stimmte nicht. Sanftes Schnarchen erfüllte die Halle, doch die Tür zu dem Gemach, das der Prinz mit seinem Knappen bewohnte, stand einen Spaltbreit offen. Andred schob die wollenen Decken zur Seite und schlüpfte in eine warme Hose und einen Umhang. Draußen war es bitterkalt. Seit sie nach Lansyen zurückgekehrt waren, hatte es fortwährend geschneit, und der Vollmond schien auf die weiße, schimmernde Landschaft herab. Von dort aus, wo Andred im Türrahmen stand, führten Fußspuren auf die Quartiere der unverheirateten Frauen zu.

Das war ja etwas ganz Neues! Es würde ihm einen Heidenspaß machen, Kurvenal und den Prinzen mit seinem Wissen zu hänseln. Andred zog den Umhang fest um seine Schultern und folgte den Spuren zu dem kleinen Haus, das ein wenig abseits von den anderen lag und in dem die erainnische Prinzessin Brangwyn wohnte. Andred feixte. Die Frage war jetzt nur, ob es Kurvenal oder Drystan war, der Brangwyn einen Besuch abstattete. Falls es der Prinz war, dann würde Kurvenal das nicht gut aufnehmen, dessen war Andred sich sicher – Drystans Knappe war jetzt schon seit Jahren hinter der dunkelhaarigen Schönheit her. Doch ein Prinz konnte alles haben, bitter, aber wahr.

Als er näher kam, war eindeutig zu hören, dass er sich nicht geirrt hatte, was Brangwyns nächtliches Treiben betraf – die Geräusche, die aus dem kleinen Haus drangen, waren unmissverständlich. Bei dem Gedanken daran, was nur ein paar Fuß von ihm entfernt vorging, erwachte Andreds Gemächt schlagartig zum Leben, und seine Hand stahl sich in seinen Schritt. Lüsterne Gedanken erwiesen sich als stärker, und er schlich zur Tür und schob sie einen Spaltbreit auf. So kalt die Tür auch war, er drückte trotzdem das Gesicht an den Spalt, um ein wenig zuzusehen. Der höchst erfreuliche Anblick wogender, stoßender nackter Haut bot sich seinem Auge dar, ein Anblick, der von Lauten begleitet wurde, die jeden Mann zur Raserei getrieben hätten. Die Hand in seinem Schritt begann sich im Takt mit den Leibern auf dem Bett zu bewegen. Gierig starrte er hinüber, und seine Augen gewöhnten sich allmählich an die Dunkelheit. Dann hielten seine Finger inne. Die Frau war nicht Brangwyn – ihr Haar war hell, nicht dunkel.

Es war Yseult, Marcus' Gemahlin, die schönste Frau von ganz Dumnonia, vielleicht sogar von ganz Britannien.

Und der Mann? Nein, das war nicht Kurvenal. Die weiße Haut seiner Schulter wurde von einem dicken Haarstrang gekreuzt – langes Haar, so wie der Prinz es trug.

Andred stolperte von dem Haus fort und lehnte sich gegen einen Baum, noch immer sein pralles Gemächt in der Hand, überwältigt von Wollust, Hass und Neid. Die Königin von Dumnonia war unnahbar, ihre Schönheit war die der froststarren Landschaft um ihn herum, Schnee und Mondlicht. Und hier war sie nun und trieb es wie eine Lagerdirne mit dem Sohn ihres Gemahls.

Während Marcus selbst im Dorf weilte und sich mit irgendeiner neuen Geliebten vergnügte, dieser Narr. Andred hatte es ihm schon vor Jahren gesagt, doch der König hatte behauptet, er habe eine Unterredung belauscht, die bewiesen habe, dass zwischen seinem Sohn und seiner Frau nichts war.

Zweifacher Narr.

Heftig brachte Andred zu Ende, was er begonnen hatte, und stellte sich dabei vor, er selbst läge bei der Königin in der Hütte. Er schwor, sich an Drystan dafür zu rächen, dass dieser besaß, was für Andred unerreichbar war.

Marcus durchmaß mit langen Schritten sein Schlafgemach. Die Neuigkeiten, die der Soldat ihm überbracht hatte, brannten ihm schier ein Loch in die Eingeweide. Er liebte seine Frau nicht, das stimmte, doch dass sie eine Liebschaft mit seinem eigenen Sohn hatte, war unvorstellbar.

Zumindest hatte er das bis gerade eben gedacht.

Mit einem Ruck blieb Marcus stehen und wandte sich an Andred. »Du bist sicher, dass es mein Sohn und die Königin waren?«

»Ich bin Drystans Spuren gefolgt, weil ich ihn mit der Geschichte verspotten wollte. Sie haben zu dem Haus von Yseults Base Brangwyn geführt, aber die Frau war nicht Brangwyn.«

Wenigstens hatte der Spion den Anstand zu erröten. »Aber es war doch Nacht«, beharrte Marcus. »Wie kannst du dir da gewiss sein? Vielleicht hat Kurvenal es ja endlich geschafft, Brangwyn aufs Kreuz zu legen. Er und mein Sohn teilen sich ein Gemach – die Spuren hätten von ihm sein können.«

Andred nickte, doch Marcus sah, dass er nicht überzeugt war. Er war der festen Ansicht, dass seine Gemahlin und sein Sohn miteinander schliefen.

Und tatsächlich war Marcus sich ebenfalls sicher.

»Vielleicht solltet Ihr ihnen eine Falle stellen, Euer Hoheit«, schlug der Soldat jetzt vor.

Marcus verschränkte die Finger hinter dem Rücken. »Und wie stellst du dir das vor?«

»Wenn Ihr vorgebt, nach Isca zurückzukehren, wenn der Schnee schmilzt, dann werden sie sich in Sicherheit wiegen und sich öfter treffen. Doch wenn Ihr, anstatt fortzugehen, in der Nähe bleibt, dann könnt Ihr sie auf frischer Tat ertappen.«

Die Schadenfreude in Andreds Stimme gefiel Marcus zwar nicht, doch man konnte sich seine Verbündeten nicht immer aussuchen. »Aber wie sollen wir dafür sorgen, dass sie die Gelegenheit nutzen, falls sie wirklich Ehebruch begehen?«

Andred lächelte. »Das habe ich auch bedacht. Wenn sie glauben, sie würden getrennt, dann werden sie ganz sicher vorher noch einmal nach einer Gelegenheit für ein Schäferstündchen Ausschau halten.«

Marcus nickte knapp. »So wird es geschehen.«

Drystan war erleichtert, dass sein Vater wieder nach Isca zurückgekehrt war. Das Lügen und die Heimlichtuerei waren ihm zu jeder Zeit verhasst, noch mehr allerdings, wenn der Mann, der Yseult geheiratet hatte, in der Nähe war.

Viel Gelegenheit würde er allerdings nicht haben, die Abwesenheit seines Vaters auszunutzen – jetzt, da die Straßen wieder passierbar waren, wollte Marcus, dass er Arthur in Celliwig eine Nachricht überbrachte, eine versiegelte Botschaft, und er hatte ihm nicht anvertraut, was darin stand. Wahrscheinlich ging es darum, nach dem Sieg von Baddon im Frühling weniger Männer für Arthurs stehendes Heer abzustellen.

Er würde morgen früh aufbrechen, zuerst aber musste er Yseult wiedersehen.

Er fand sie ein Stück hügelabwärts von der Hügelfeste, in dem kleinen Haus, das sie und Brangwyn dazu nutzten, die Krankheiten der Dorfbewohner und der Bauern aus der Umgebung zu behandeln. Marcus wollte nicht, dass sie ihm ihre Erkrankungen in seinen Wohnsitz einschleppten. Es behagte ihm auch nicht sonderlich, dass Yseult solche Arbeit verrichtete, er meinte, das sei Aufgabe der Priester, doch sie achtete nicht auf seine Worte und half, wo sie konnte.

Als Drystan die Tür öffnete, erklärte sie gerade einem besorgten Vater, der selbst ziemlich fahlgelb aussah, die Anwendung eines Brechmittels.

»Wenn das Fleisch schlimmer verdorben gewesen wäre, wärt Ihr nicht in der Lage gewesen, zu mir zu kommen«, sagte sie soeben. »Höchstwahrscheinlich wärt ihr alle bereits tot. Alle, die von dem Gericht gegessen haben, sollen in Milch gekochte Senfsamen trinken. Wenn nichts mehr herauskommt, trinkt einen Tag lang verdünnten Essig und Tee, entweder aus Pfefferminze oder aus Kamille. Fangt danach erst wieder mit in Tee getränktem trockenem Brot an, bis ihr wieder an feste Nahrung gewöhnt seid.«

Der Mann strich sich grau meliertes braunes Haar aus der Stirn. Seine haselnussbraunen Augen waren blutunterlaufen, vor Sorge vielleicht oder von Tränen. »Meine Kinder werden wieder gesund werden?«

»Wenn sie so sehr klagen, wie Ihr es geschildert habt, dann ganz bestimmt.«

Der Mann ergriff Yseults Hand mit beiden Händen und drückte sie. »Ich danke Euch, Herrin.«

Yseult zeigte auf den kleinen Beutel mit Kräutern, den er in der Hand hielt. »Ich habe nur sehr wenig getan.«

Der Mann lächelte. »Ihr habt meine Furcht gelindert. Und woher hättet Ihr wissen sollen, dass ich nicht die Pest mitbringe?«

Sie verzog das Gesicht. »Wenn die Pest auf dem Weg hierher wäre, dann wüssten wir gewiss alle davon.«

»Nichtsdestotrotz, ich danke Euch noch einmal. Die Erainn sind in dieser Gegend nicht wohlgelitten, aber Ihr schon, Herrin.«

Yseult lächelte und neigte den mondhellen Kopf. »Danke, Talek.«

»Guten Tag, Herrin, Prinz Drystan.« Der Bauer nickte und verließ das Haus.

»Man sollte doch meinen, es wäre kalt genug, dass Essen nicht verderben kann«, bemerkte Drystan, als er fort war.

Yseult zuckte die Schultern. »In einem festen Haus mit einem Herdfeuer? Vielleicht haben sie genauso wie du gedacht, dass Lebensmittel im Winter nicht schlecht werden.«

Drystan bekam sie um die Taille zu fassen und zog sie an sich. »Ich bin nicht gekommen, um über mich verdorbenes Essen zu unterhalten«, murmelte er dicht an ihrem Hals.

Yseult lachte leise und schob ihn weg. »Vielleicht ein Mittel gegen das Fieber?«

»Ich brauche nur eine einzige Arznei«, erwiderte er und griff abermals nach ihr.

»Nicht hier«, flüsterte sie. »Hier könnte jeder hereinkommen.«

Er drehte sich um und betrachtete die getrockneten Kräuter, die sie an einer Wand aufgehängt hatte. »Wo dann?«

»Ich schicke Brangwyn zu dir.«

Er nahm ihre Hand und drückte einen Kuss auf den Handrücken. »Ich kann es kaum erwarten«, flüsterte er.

Yseult wartete in der dunklen Hütte; das Feuer im Herd war so geschürt, dass es zu schwach brannte, um viel Licht zu spenden. Trotzdem verbreitete sich seine Wärme in dem kleinen Raum, doch das reichte nicht, um ihr Unbehagen zu vertreiben. Sie hatte angefangen, zu sehr auf Drystan zu bauen, auf sein sonniges Lächeln, auf das Gefühl, seinen harten, sehnigen Körper an dem ihren zu spüren, und morgen würde er fortgehen. Sie war zwei Jahre lang ohne ihn ausgekommen, und jetzt hatte sie Angst davor, zwei Monate ohne ihn sein zu müssen.

Das gefiel ihr überhaupt nicht.

Sie zog ihren Umhang enger um sich und starrte in das Glosen des Feuers. Es war ein unmögliches Leben. Tat sie recht daran, Drystan das aufzuzwingen, es sich selbst aufzuzwingen, um Kustennins Platz in der Welt willen? Vielleicht konnte Kustennin sich einen eigenen Platz schaffen, so wie Arthur es getan hatte.

Doch die Erinnerung an die zahllosen Kränkungen gegen Arthur, die sie miterlebt hatte, gebot diesem Gedanken Einhalt. Wenn es in diesem Land auch nur ein Quäntchen Gerechtigkeit gäbe, wäre Arthur Hochkönig von Britannien, nur die Gesetze, die für unehelich Geborene galten, verboten es.

Und Kustennin zum Bastard zu erklären wäre die einzige Möglichkeit, ihn zu behalten – nach den Gesetzen Roms gehörte ein Kind seinem Vater.

Die Tür knarrte, und Drystan kam hereingeschlüpft und trat in dem flackernden Schatten am Herd neben sie.

»Wie, kein Wort zur Begrüßung, Liebste?«, flüsterte er.

Sie drehte sich schweigend zu ihm um und küsste ihn hungrig.

Mit einem erstickten Laut wich er zurück. »Na, das nenne ich eine Begrüßung.«

Sie nahm sein Gesicht zwischen ihre Hände und bedeckte seine Lippen mit den ihren, gierig danach, ihn zu besitzen. Dann schickte sie sich an, ihn zum Bett zu ziehen. »Komm.«

Drystan lachte laut auf und küsste sie auf die Nasenspitze. »Sehr schmeichelhaft, dass du so bedürftig bist.«

»Nun, dann solltest du wohl sichergehen, dass es so bleibt, nicht wahr?«

Zusammen fielen sie auf das Bett, und sie begann, sein Wams aufzuschnüren.

»Im Augenblick ganz bestimmt nicht«, flüsterte er. Es war ein Versprechen. Er presste ihre Hand gegen sich, und sie holte bebend Atem. Noch ein wenig Ziehen und Zerren, und sie lagen nackt nebeneinander, beide wild vor Verlangen. Drystan drang mit einer langen, geschmeidigen Bewegung in sie ein, und sie umklammerte keuchend seinen Rücken.

Plötzlich flammte ein Gefühl panischer Angst durch ihren Kopf.

Yseult erstarrte. »Brangwyn.«

»Was …?«

»Es kommt jemand!«

Einen Augenblick konnte keiner von beiden sich rühren, dann hörten sie einen Tumult vor der Tür der Hütte, und es war zu spät.

Drystan glitt zwischen ihren Beinen hervor und warf ihr einen Haufen Kleider zu, gerade als die Tür krachend aufflog.

Marcus stand im Türrahmen, eine Fackel hoch über den Kopf

erhoben. Yseult konnte den kalten Hass fühlen, der über sie hinwegflutete; er machte ihr mehr Angst, als Gewalt es getan hätte.

»Ich sollte euch beide auf der Stelle umbringen«, sagte Marcus. »Aber ich werde es nicht tun. Zieht euch an.«

Yseult zog sich soeben ihr Kleid über den Kopf, als Andred hinter ihrem Gemahl die Tür erreichte. Seine abartigen Gelüste brandeten gegen sie, fast genauso schlimm wie der eisige Hass ihres Gemahls. Sie verschloss die Türen ihres Verstandes und erhob sich ruhig, den Blick fest auf Marcus' Gesicht gerichtet.

»Was hast du mit uns vor?«

Marcus musterte sie ebenso gefasst. »Ich weiß es nicht, meine Liebe. Was wäre dir denn lieber, Verbrennen oder Ertränken?«

Die nächsten paar Tage vergingen wie in einem schrecklichen Albtraum. Während der Zeit, in der Marcus sie in einem Zimmer eines seiner Häuser im Dorf eingesperrt hielt und sich mit Advokaten und Würdenträgern der Kirche beriet, lebte er ganz offen mit der neuen Geliebten zusammen, die er sich nach Trephinas Tod genommen hatte.

»Aber du bist die Verbrecherin!«, wütete Brangwyn. »Während er sich diese Frau hält, hier, im selben Ort! Genauso wie er sich Trephina in der Villa in Isca gehalten hat!«

»Schsch, Brangwyn«, beschwichtigte Yseult, die auf ihrer Bettkante saß, die Hände im Schoß gefaltet. »Trephina hat dir den kleinen Judual geschenkt, hat du das vergessen? Und sie ist jetzt tot.«

»Und das wirst du auch bald sein, wenn du nichts unternimmst.«

Yseult starrte Brangwyn an. Es fiel ihr schwer zu glauben, dass dies hier ihre sonst so besonnene Base war. »Ich habe keine Ahnung, was ich unternehmen sollte.«

»Kannst du dich nicht deiner Gabe des Rufes bedienen?«

»Wen sollte ich denn rufen? Drystan ist auch eingekerkert, und Crimthann ist ein bisschen zu weit weg für einen Rettungsfeldzug, meinst du nicht?«

»Du könntest Arthur rufen. Er würde das nicht zulassen.«

Yseult seufzte. »Was sollte er dagegen tun? Wir haben das Gesetz dieses Landes gebrochen.«

»Und vielleicht verdreht Marcus das Gesetz ja, damit es ihm frommt!«

»Und ich weiß nicht einmal, ob Arthur einen Ruf von mir erhören würde, Brangwyn, oder ob er ihn überhaupt erreichen könnte«, fuhr sie fort und starrte aus einem Fenster, das zu klein war, um zu fliehen.

Brangwyn brach in Tränen aus, kniete vor ihr nieder und legte den Kopf in den Schoß ihrer Base. Yseult streichelte das dunkle Haar. Sie wusste, dass ihre Gefühllosigkeit eigentümlich war, doch es war eine Erleichterung, eine Art Schutz vor den Empfindungen und Ängsten, die sie sonst vielleicht übermannt hätten.

»Wie geht es Kustennin?«

Brangwyn schluckte, hob den Blick und wischte sich die tränenverschmierten Wangen ab. »Er fragt ständig nach dir, und er lässt sich nicht abweisen oder trösten.«

»Versprich mir, dass du dich um ihn kümmern wirst, Brangwyn.«

Brangwyn presste die geballten Fäuste gegeneinander. »Ich verspreche es.«

Das Urteil wurde am nächsten Tag verkündet: Tod auf dem Scheiterhaufen. Sie würden einzeln hingerichtet werden, nicht zusammen; Drystan sollte am Morgen sterben und Yseult am Nachmittag. Aus irgendeinem Grund hatte Yseult keine Angst vor ihrem eigenen Ende; innerlich fühlte sie sich bereits seltsam tot. Doch sie fürchtete sich vor dem Gefühl, wenn Drystans Leben in ihrer Seele erlosch.

Der Morgen, an dem er dem Scharfrichter übergeben werden sollte, brach an. Yseult hatte in der Nacht zuvor kaum geschlafen. Jetzt kniete sie auf dem Boden des Zimmers, in dem sie eingesperrt war, und betete zu Danu und zu allen Göttern ihres Stammes, betete darum, dass er entkommen möge, dass sein Vater sich seiner erbarmen und ihn erstechen möge, ehe die Flammen ihn zu verzehren begannen, um irgendetwas, um alles, sie wusste nicht, um was.

Und wartete darauf, dass seine Pein zu der ihren wurde.

Durch das kleine Fenster über ihr konnte sie sehen, wie der Tag heller wurde, und noch immer fühlte sie nicht mehr als ihre eigene Angst, die sie schon beim Aufwachen verspürt hatte. Als sie nach ihm suchte, spürte sie Schmerzen am ganzen Körper, als sei ihr Geliebter geprügelt worden.

Aber keine Furcht und kein Feuer. Und Drystan war noch da, war noch am Leben, dessen war sie sich sicher.

Yseult starrte auf das Stückchen Himmel, das sie durch das schmale Fenster ihres Gefängnisses erkennen konnte. Die kalte Morgenluft, die hereindrang, war wärmer als noch vor ein paar Wochen, doch noch immer lag das Schneiden des Winters darin und brannte auf ihren Wangen. Sie fragte sich, was es bedeuten mochte, dass Drystan sie noch nicht verlassen hatte, und langsam begann Hoffnung sich in ihrem Leib zu regen. Sie öffnete die Tore ihrer Gedanken weiter und machte sich auf die Suche nach Brangwyn.

Freude. Erleichterung.

Drystan war entkommen.

Sie holte tief Atem, und zum ersten Mal seit Wochen zog sich ihr Herz vor Glück zusammen.

»Ach, Danu, ich danke dir.« Sie vergrub das Gesicht in den Händen und weinte.

Brangwyn kam nicht zu ihr, und Yseult nahm an, dass man ihre Base von ihr fernhielt, damit sie ihr die Neuigkeiten nicht berichten konnte. Als die Stunde kam, waren es Andred und Ian, die sie aus dem Zimmer holten, um sie zum Scheiterhaufen zu führen, der auf der anderen Seite der Kapelle am Rande des Dorfes errichtet worden war. Andred starrte sie an, Ian jedoch wandte die ganze Zeit über das Gesicht ab.

Marcus erwartete sie vor der Kapelle, flankiert von Kirchenmännern in ihren langen weißen Roben. Der Kirchhof war von Menschen gesäumt; viele weinten. Flüchtig dachte Yseult an Patraic und überlegte, ob er sie wohl um seiner Religion willen zum Tode verurteilt hätte. Irgendwie glaubte sie es nicht.

Der Priester Guron trat vor. »Yseult von Eriu, unreine Löwin Dumnonias, dein Gemahl und Gebieter hat dich dabei angetroffen, wie du dem Ehebruch, der Unzucht und dem Inzest gefrönt hast. Du bist dazu verurteilt, durch das Feuer zu sterben. Hast du etwas zu sagen?«

Wortlos sah Yseult ihn an, doch sie sandte ihm eine Vision davon, welchen Tod sie ihm selbst wünschte. Sie sah, wie seine Augen sich vor Schrecken weiteten, und lächelte.

Unreine Löwin Dumnonias. Das gefiel ihr.

Gemeinsam wandten sie sich um und gingen gerade auf den Hügel oberhalb des Hafens zu, auf dem der Scheiterhaufen stand, als eine Schar zerlumpter Männer vor sie hintrat, vielleicht ein Dutzend, viele unter ihnen gezeichnet von einer Art fleckigem, rotem Ausschlag auf den Händen und durch dunkle Flecken auf ihren Gesichtern verunstaltet.

Aussätzige.

Marcus und die Würdenträger der Kirche fuhren zurück, genau wie die Wachen. Yseult starrte die Männer an. So viele Leprakranke, hier, so plötzlich? In all der Zeit in Britannien hatte sie nur eine Handvoll Leprafälle zu sehen bekommen, und jetzt tauchten hier, in dem kleinen Hafenort Voliba, zwölf Männer mit diesen unregelmäßigen dunklen Hautveränderungen auf, dunkel an den Rändern und heller in der Mitte, gebeugten Ganges, mit offenen Wunden auf der unbedeckten Haut.

Sie öffnete diesen Männern ihren Geist, und was sie fühlte, war Gesundheit und Entschlossenheit.

»Wir haben eine bessere Idee«, sagte der Mann an der Spitze der Aussätzigen. »Gebt sie uns. Wir haben Verwendung für sie, und sie wird mit Sicherheit genauso qualvoll sterben wie auf dem Scheiterhaufen.« Mit einer ruckartigen Kopfbewegung deutete er auf die Kuppe des Hügels, und im selben Augenblick wurde über dem schäbigen Kragen seines Wamses ein nässendes Geschwür an seinem Hals sichtbar.

»Meine guten Männer«, ließ sich der Priester, der bisher noch nichts gesagt hatte, mit zitternder Stimme vernehmen. »Es ist ein Urteil gesprochen worden.«

Der Mann neben dem ersten zuckte die Achseln. »Urteil ist Urteil, finde ich.« Er hob eine fleckig verfärbte Hand, um sich grau meliertes braunes Haar aus der Stirn zu streichen.

Es war der Vater, dessen Familie verdorbenes Fleisch gegessen hatte. Talek.

Yseult starrte ihn an und staunte, dass er ihretwillen so viel riskierte. Wenn man ihnen auf die Schliche kam, würden diese Männer unweigerlich mit ihr brennen. Talek bemerkte ihren Blick und zwinkerte ihr kaum wahrnehmbar mit einem haselnussbraunen Auge zu.

»Kommt schon«, drängte der erste Mann und trat vor. »Ist lange her, dass wir eine Frau gehabt haben.«

Yseult keuchte und krümmte sich angstvoll, wich vor denen, die sie retten wollten, zurück. »Nein, bitte, lasst mich brennen, ich flehe euch an!«

»Gebt sie ihnen«, befahl Marcus schroff und machte auf dem Absatz kehrt, um in möglichst kurzer Zeit größtmöglichen Abstand zwischen sich und diese Krankheit zu bringen.

Andred und Ian sahen die Priester an. Guron nickte, und sie ließen sie los, stießen sie in die Arme der falschen Aussätzigen, dann machten sie kehrt und folgten Marcus so schnell sie konnten. Talek und seine Gefährten packten sie; sie johlten und gaben eine beachtliche Vorstellung von Gier und Wollust zum Besten, während Yseult sich schreiend loszureißen versuchte. An den Armen zerrten sie sie durch die Straßen des Ortes zum Waldrand dahinter, wo sie sie losließen und vor ihr niederknieten.

»Es herrscht keine Krankheit unter uns«, versicherte Talek ihr.

Yseult nickte. Einen Augenblick war sie unfähig zu antworten.

Sie würde heute nicht sterben.

Dann holte sie tief Luft und presste zitternde Finger auf ihre Augen. »Ich habe Euer Zeichen bemerkt, guter Bauer Talek, und dann habe ich Euch erkannt.«

»Gut. Ich hatte schon Angst, es wäre nicht so. So wie Ihr geschrien habt, wäre ich beinahe mitten in Voliba vor Euch auf die Knie gefallen und hätte Euch um Vergebung angefleht.« Talek grinste und wischte sich die hässlichen Flecken von der Hand, während sein Kumpan sich mit einem Lumpen über das Geschwür an seinem Hals hermachte. Yseult stand da und sah zu, wie die Spuren des Aussatzes auf wundersame Weise verschwanden und die Lumpen abgestreift wurden, um derbe Bauernkleidung zu enthüllen, schlicht, aber gut erhalten.

»Ich weiß nicht, wie ich euch danken kann«, stieß sie hervor. »Ich schulde euch mein Leben.«

»Es gibt einige unter uns, die Euch ihr Leben schulden, Herrin«, bemerkte ein jüngerer Mann. Yseult starrte ihn an und erinnerte sich an ein Mädchen, fast noch zu jung für eine Niederkunft, das so viele Stunden in den Wehen gekämpft hatte, dass sie beinahe schon hatte aufgeben wollen.

Sie lächelte. »Und wie geht es Eurem Weib und Kind?«

Ein gewaltiges Grinsen brach sich auf dem Gesicht des Mannes Bahn. »Keyna ist wohlauf, Herrin, sie ist wieder guter Hoffnung. Und Klein-Yseult hat erst letzte Woche ihre ersten Schritte gemacht.«

Yseult spürte, wie sie beim Namen des Kindes errötete, und neigte den Kopf, um es zu verbergen.

Sie fühlte, wie Talek ihren Arm nahm. »Kommt, Euer Hoheit. Wir müssen fort von hier.«

Stumm nickte sie.

Sie brachten sie in eine Holzfällerhütte, wo Drystan in einem Hinterzimmer versteckt war, den Arm in einer Schlinge und das Gesicht voll blauer Flecken. Von der Macht ihrer Gefühle überwältigt, weinte Yseult an seiner Schulter, bis sie keine Tränen mehr hatte, während die Dorfbewohner und Bauern, die sie gerettet hatten, mit gesenkten Köpfen dabeistanden.

Als sie wieder aufblickte, sagte Talek: »Wir haben Pferde für Euch und den Prinzen mitgebracht, Herrin. Sie sind hinter dem Haus angepflockt.«

Yseult wischte sich das Gesicht ab und nickte. »Ich danke euch.« Wahrscheinlich waren das die einzigen Pferde, die die reichsten dieser Bauern besaßen, doch sie war zu erschöpft, um das Angebot auszuschlagen.

»Im Nordosten gibt es eine Höhle, in der Ihr bleiben könntet, bis Prinz Drystan wieder gesund ist«, erklärte Talek. »Wenn Ihr sie sehen möchtet, zeige ich Euch den Weg.«

Drystan und Yseult wechselten einen Blick. »Ich denke, ich kann reiten, aber ich weiß nicht recht, wie gut ich im Augenblick jagen könnte«, meinte er wehmütig. »Um zu entkommen, bin ich aus dem Fenster der Kapelle gesprungen, auf die Felsen darunter, und das war keine weiche Landung.«

Vor ihrem geistigen Auge sah Yseult die Kapelle auf den Klippen über dem Strand aufragen und fragte sich, wie er es geschafft hatte, sich nicht mehr zu brechen als nur den Arm. »Dann gehen wir zu dieser Höhle, von der Talek gesprochen hat.«

Talek nickte bedächtig. »Wir werden warten müssen, bis es dunkel ist. Marcus Cunomorus' Männer suchen nach dem Prinzen.«

Yseult holte unsicher Atem. »Wie sollen wir es dann überhaupt bis zu dieser Höhle schaffen?«

Ihr Retter grinste. »Ihr habt auch Freunde unter denen, die suchen, Herrin. Sie werden dafür sorgen, dass wir an ihnen vorbeischlüpfen können.«

Nach Einbruch der Dunkelheit stiegen sie auf die unerschütterlichen Ackergäule und suchten sich leise einen Weg durch den Wald. Es war deutlich zu erkennen, dass Drystan schwerer verletzt war, als es zuerst den Anschein gehabt hatte. Die Höhle war etwa eine Stunde zu Pferd entfernt, in einem kleinen Tal an einem Bach, der in den Voliba floss, doch als sie sie schließlich erreichten, schwankte er im Sattel und konnte sich kaum noch aufrecht halten. Der Kopf sank ihm nach vorn auf die Brust, und er schien im Begriff zu sein, das Bewusstsein zu verlieren. Yseult hatte solche Anzeichen schon früher bei Menschen gesehen, die einen schweren Schlag auf den Kopf erhalten hatten; ganz gewiss konnte Drystan nicht jagen, und er würde auch eine Zeit lang nicht weiterziehen können.

Es mussten schiere Verzweiflung und reine Willenskraft gewesen sein, die ihn überhaupt so lange aufrecht gehalten hatten – sobald sie anhielten, glitt er vom Pferd zu Boden.

Mit Taleks Hilfe gelang es ihr, ihn in die Höhle zu schaffen, und sie bettete ihn auf Decken, die der Bauer mitgebracht hatte. Ein Haufen Brennholz war bereits an einer Wand der Höhle aufgeschichtet worden, und zusammen brachten sie ein Feuer in Gang, das Licht und Wärme spendete.

»Ihr könnt die Pferde ihren Besitzern zurückbringen«, sagte Yseult. »Ich werde ihn mehrere Wochen lang nicht von hier fortbringen können.«

»Wir tun unser Bestes, Euch zu beschützen, Herrin.«

Yseult lächelte. Für sie war es ein Wunder, dass sie in wenigen kurzen Jahren solche Hingabe in diesen Menschen geweckt hatte. »Ihr habt schon so viel für uns getan, es widerstrebt mir, Euch um noch mehr zu bitten.«

»Herrin, Ihr habt mehr für die Menschen dieses Landes getan als jeder Herrscher, an den sich selbst die Ältesten erinnern können.«

»Könnt Ihr dann bitte versuchen, Brangwyn oder Kurvenal zu benachrichtigen, dass wir am Leben sind, und sie wissen zu lassen, wo wir uns verstecken?«

Das flackernde Licht des Feuers spielte auf seinem von Falten gezeichnetem Gesicht und betonte seine sorgenvolle Miene. »Vielleicht ist das zu gefährlich.«

»Marcus hält mich inzwischen bestimmt für tot.«

»Aber er sucht nach seinem Sohn«, gab Talek zu bedenken.

Yseult nickte. »Und wenn Ihr Brangwyn im Haus des Heilens aufsucht? Vorausgesetzt natürlich, dass Marcus sie noch nicht hinausgeworfen hat.«

»Das ist eine gute Idee. Ich spreche mit ihr, Herrin.«

Nachdem Talek gegangen war, ließ sich Yseult neben ihrem Geliebten nieder. Erschöpfung, Erleichterung und Herzweh fluteten in einem Gemenge über sie hinweg, das unmöglich auseinanderzuhalten war. Drystan war am Leben, sie war am Leben; beim Geräusch seines unregelmäßigen Atmens stiegen ihr Tränen der Freude in die Augen, und sie hatte noch niemals etwas so Schönes gefühlt wie die groben Decken auf ihrer Haut.

Doch morgen war Kustennins dritter Geburtstag – und sie würde nicht bei ihm sein.

29

Ouch muote sî daz cleine,
daz s'in der wüeste als eine
und âne liute solten sîn.
nu wes bedorften s'ouch dar în
oder waz solt ieman zuo z'in dar?
si haeten eine gerade schar:
dana was niuwan ein und ein.

(Es scherte sie nicht, dass sie allein in der Wildnis waren, ohne andere. Wozu brauchten sie jemand anderen? Sie waren eine gerade Zahl: eins und eins.)

Gottfried von Straßburg, *Tristan*

Yseult erwachte von dem Zwitschern der Vögel in den nahen Bäumen, dem lang gezogenen Pfeifen des Stars, den kurzen, melodiösen Rufen der Drossel, dem sich stetig wiederholenden Auf und Ab des Meisenliedes. Einen Augenblick wusste sie nicht, wo sie war.

Als die Erinnerungen zurückkehrten, blieb sie noch ein wenig in die Decken geschmiegt liegen und versuchte, die Freude und den Schmerz zu ermessen: hier zu liegen, noch zu leben, ihrem Sohn entrissen zu sein. Drystan lag neben ihr und schlief immer noch – doch wann würde sie Kustennin wiedersehen?

Wenigstens war sie noch am Leben. Sie konnte sich etwas ausdenken.

Vorsichtig setzte sie sich auf, um Drystan nicht zu wecken. Er schlief den tiefen Schlaf jener, die einen schweren Sturz getan oder einen heftigen Schlag auf den Schädel erlitten haben. Behutsam beugte sie sich über ihn, versuchte zu erkennen, ob sich um seine Augen herum Verfärbungen zeigten, doch das Licht in der Höhle war zu trübe.

Yseult schob die Decken weg, erhob sich und verließ leise die Höhle. Das Versteck, das Talek und die anderen für sie gefunden hatten, befand sich in der Flanke eines Hügels, der zum Moor im Norden hinabfiel. Ein paar Schritte unterhalb der Höhle war eine kleine Lichtung. Während sie Holz für das Feuer sammelte, machte sie sich mit ihrer Umgebung vertraut und hielt dabei die ganze Zeit über ihre Gedanken weit offen, um die Gegenwart anderer spüren zu können.

Neben der Lichtung staute sich der Bach an ein paar Felsbrocken und bildete einen natürlichen Teich – mittlerweile schmolz das Eis zum Glück wieder –, und über ihrem Kopf wölbten sich grüne Kiefern und kahle Eichen, an denen sich noch keine Knospen zeigten. Sie hatte in ihrem Leben schon viele solche Lichtungen gesehen, diese jedoch war geradezu schmerzhaft schön. Gestern um diese Zeit hatte sie geglaubt, sie würde heute nicht mehr am Leben sein.

Gleichzeitig brach ihr schier das Herz. Sie glitt neben der Eiche zu Boden, lehnte sich an die raue Rinde und fragte sich, wie in aller Welt sie zur selben Zeit zwei derart widerstreitende Gefühle in ihrer Brust beherbergen konnte. Der Gedanke an Kustennin, weit entfernt, ohne sie, schnürte ihr vor Qual das Herz ab, doch hier draußen, in der kalten Morgenluft mit der Spätwintersonne am Himmel und den zwitschernden Vögeln in den Bäumen, trieb ihr die Erleichterung, noch zu atmen, Tränen der Freude in die Augen. Nicht einmal ihre Angst um Drystan konnte verhindern, dass sie den Geruch der feuchten Erde und das Plätschern des Baches genoss, dass sie fühlte, wie sich dicht unter ihren Rippen eine warme Kugel aus Glück bildete.

Sie wischte die Tränen fort und stand auf. Das Unglück würde sie noch früh genug einholen.

Nachdem sie das gesammelte Brennholz dicht am Höhleneingang verstaut hatte, fand sie einen Pfad, der den Hügel hinaufführte. Abseits vom Schutz der Bäume schien die Sonne wärmer, und sie löste die Bänder ihres Umhangs ein wenig, ließ ihn offen herabhängen. Als sie oben auf dem Hang angekommen war, konnte sie einen gewaltigen Dolmen der Uralten sehen, der sich dunkel vor dem Himmel abzeichnete, drei Steine mit einer schweren flachen Steinplatte darauf. Yseult lächelte. Sie befanden sich an einem Ort der Macht, ein gutes Zeichen für Drystans Genesung.

Er rührte sich bereits, als sie wieder in die Höhle kam. Offenkundig verwirrt, stemmte er sich hoch.

»Ich … Wo bin ich?«

Yseult ging zu ihm und drückte ihn wieder in die Decken hinunter. Das Licht war jetzt besser, und tatsächlich hatten sich dunkle Ringe um seine Augen gebildet. »Wir sind in einer Höhle, die ein paar gute Menschen aus der Gegend für uns gefunden haben.«

Sie sah zu, wie die Erinnerung den Weg zurück in seinen Verstand fand und seine müden Augen sich weit öffneten. »Mein Vater … Wie …?«

»Wir sind entkommen«, sagte sie rasch, da sie nicht wollte, dass er seinen erschöpften Geist überanstrengte. »Jetzt müssen wir uns verstecken, bis du wieder gesund bist.« Sie hatte dies bei Kriegern gesehen, die sich in der Schlacht eine Kopfverletzung zugezogen hatten; meist kämpften sie weiter, oft so lange, wie die Schlacht währte, war sie jedoch vorbei oder kam der nächste Tag, so glich ihr Verstand einer nebelverhangenen Landschaft, und sie schliefen tagelang.

»Ich erinnere mich an so wenig«, murmelte Drystan.

»Das brauchst du auch nicht«, gab sie zurück und zog die Decke über ihn. »Was du jetzt tun musst, ist ruhen.«

Sie saß neben ihm, hielt seine Hand und sah zu, wie er wieder in den Schlaf sank. Jetzt würde sie eine ganze Weile nicht auf ihn zählen können – wenn er schließlich erwachte und etwas länger wach blieb, dann würde er ganz gewiss mit Schwäche und Schwindel zu kämpfen haben.

An diesem Nachmittag bekam sie Besuch. Sie hielt die ganze Zeit über ihr Bewusstsein geöffnet, lauschte wachsam auf jegliche Bedrohung und fühlte Brangwyns Gegenwart, noch ehe sie sie erblickte. Als sie aus der Höhle eilte, sah sie ihre Base von einem stämmigen Ackergaul steigen.

»Brangwyn!«

Yseult stürzte sich in die Arme ihrer Base und hielt sie fest umschlungen, dankbarer für ihre Freundin, als sie es jemals zuvor in ihrem Leben gewesen war. Und endlich waren Brangwyns Gedanken ihr nicht länger verschlossen, und sie konnte in ihr die Freude und das Leid fühlen, die ihren eigenen verwirrten Gemütszustand widerspiegelten.

Sie lösten sich voneinander und hielten sich auf Armeslänge.

»Wie geht es Kustennin?«, fragte Yseult und spürte, wie ihre Stimme beim Namen ihres Sohnes brach.

Brangwyn liebkoste ihre Wange, und Yseult schmiegte sich an ihre Hand. »Er vermisst dich und fragt andauernd nach dir. Aber es ist nicht so schlimm wie während der Weihnachtsfeiertage, als du auf Arthurs Hochzeit warst; wenigstens hatte er da Gelegenheit, sich daran zu gewöhnen, dass du nicht immer da bist.«

Yseult war froh, dass er nicht litt, doch ein Teil ihrer Seele wünschte sich, dass er sie ebenso sehr vermisste wie sie ihn. Doch dieser Wunsch hatte keinen Platz, nicht hier und nicht jetzt.

Sie richtete sich auf und sah Brangwyn in die Augen. »Und wie steht es in Lansyen?«

Ihre Base gab einen schnaubenden Laut von sich, der vage Ähnlichkeit mit einem Auflachen hatte, und Yseult konnte ihre Erinnerungen an Diener sehen, die quer durchs Zimmer geprügelt wurden, und hörte die zornige Stimme.

»Wird Marcus dich davonjagen?«, fragte sie.

Brangwyn schüttelte den Kopf. »Ich glaube, er hätte es getan, wenn Kustennin nicht so sehr an mir hängen würde – oder wenn es irgendjemand anderen gäbe, auf den der Junge hört, wenn du nicht da bist.«

Yseult seufzte und wischte sich eine verirrte Träne aus dem Augenwinkel. Was sollte sie nur ohne ihren kleinen Knaben anfangen, wo sie noch nicht einmal wusste, ob sie ihn jemals wiedersehen würde? »Ich bin froh, dass du noch immer für ihn da bist.«

»Ja, und für Judual auch.« Brangwyn trat zurück, und ihre Gedanken verschlossen sich von Neuem vor Yseult. Höchstwahrscheinlich wollte ihr Base nicht, dass sie den Tadel spürte, doch Yseult wusste, dass er da war. Durch ihre besessene Liebe zu Drystan hatte sie ihren Sohn verloren und beinahe das Leben eingebüßt.

Yseult wandte sich ab und tätschelte den Hals des stämmigen Grauschimmels. »Wie bist du aus Lansyen weggekommen?«

Brangwyn trat an die andere Seite des Pferdes und begann die Satteltasche aufzuschnüren. »Ich habe meine Gabe der Illusion angewendet. Talek hat mich in der Hütte unten am Hügel erwartet, unterhalb der Wehranlagen, die wir fürs Heilen benutzen, und wir sind zusammen losgezogen – als Mann und Weib. Er weiß jetzt von unseren Gaben.«

Yseult nickte. Im Augenblick war das die geringste ihrer Sorgen.

»Von dort aus habe ich ihn nach Hause begleitet und mir Nebel ausgeliehen.« Brangwyn klopfte dem Ackergaul auf die Kruppe, und er wandte den Kopf und schnaubte leise in ihre Richtung. Dann wühlte sie in der Satteltasche und brachte mehrere Beutel zum Vorschein, die nach getrockneten Kräutern rochen. »Talek hat mir erzählt, wie es Drystan geht, also habe ich mitgebracht, was ich finden konnte. Ich habe Lavendel, Walnussblätter, Salbei und Rosmarin für Verletzungen, die das Hirn in Mitleidenschaft gezogen haben. Für seine äußerlichen Blessuren habe ich Schwarzwurz, Wasserdost und Malven mitgebracht. Du musst es mich wissen lassen, wenn es noch etwas gibt, was du aus unseren Vorräten haben möchtest.«

Yseult nahm die Arzneien entgegen und fühlte, wie ihr abermals Tränen in die Augen traten. Sie wischte sie mit dem Handrücken weg. »Gibt es sonst noch etwas Neues aus Lansyen?«

Brangwyn schnürte die Satteltasche wieder zu und sah Yseult nicht an. »Marcus hat all deine Sachen verbrennen lassen, und wahrscheinlich wäre er sofort nach Isca aufgebrochen, wenn sie nicht immer noch nach Drystan suchen würden. Aber wenigstens glaubt er, dass du tot bist.« Sie kam auf Yseults Seite herüber und öffnete die andere Satteltasche, aus der sie ein eng zusammengerolltes Stoffbündel zog. »Ich habe dir ein paar Kleider gebracht, von mir und Sevi. Vielleicht passen sie nicht besonders gut, aber wenigstens hast du etwas zum Wechseln oder zum Übereinanderziehen, wenn es kalt wird, ganz wie du willst.«

Yseult nahm die Kleidungsstücke und zog Brangwyn abermals in ihre Arme. Eine Weile konnte sie nicht sprechen und kämpfte gegen die Tränen an.

»Was ist mit Kurvenal?«, fragte sie schließlich.

Brangwyn schaute weg, die Hände zu Fäusten geballt. »Marcus hat ihn fortgeschickt. Ehe er gegangen ist, hat er mir gesagt, er reite zu Arthur nach Celliwig, um ihm zu sagen, was passiert ist, und ihn um Hilfe zu bitten, Drystan in Sicherheit zu bringen.«

Die Gedanken ihrer Base waren ihr noch immer verschlossen, vielleicht war das jetzt auch gut so. »Arthur wird bestimmt helfen.«

Brangwyn konnte nicht lange bleiben, sonst würde man sie vermissen. Sie verbrachte oft Stunden damit, Kräuter zu sammeln oder Kranke und Verletzte zu pflegen, doch falls jemand zufällig nach ihr suchen sollte, während sie nicht da war, würde sie innerhalb eines vertretbaren Zeitraums nach Lansyen zurückkehren müssen.

Yseult sah zu, wie ihre Freundin zwischen den Bäumen verschwand, und fragte sich, wie dies alles enden würde.

Der nächste Tag war kalt und unfreundlich, und nachdem Yseult Wasser geholt hatte, um Heiltee und Umschläge für Drystan zuzubereiten, saß sie in der Höhlenöffnung und blickte in die nasse Welt dort draußen. In Anbetracht des unwirtlichen Wetters war sie mehr als überrascht, abermals Besuch zu bekommen.

Talek stieg von demselben behäbigen grauen Ackergaul, auf dem Brangwyn am Vortag auf die Lichtung geritten war, und Yseult zog sich die Kapuze ihres Umhangs über den Kopf und ging ihm entgegen.

»Bei diesem Regen habe ich keine Besucher erwartet. Was führt Euch heute zu uns, Talek?«

Der Bauer verbeugte sich kurz und zog ein Bündel aus seiner Satteltasche. »Ich habe frisches Brot mitgebracht, und noch etwas zum Anziehen für den Prinzen«, sagte er, während er ihr in die Höhle folgte. »Und ich habe Neuigkeiten, Herrin.«

Sie musterte ihn scharf. Das Feuer, das sie in Gang hielt, damit Drystan sich nicht verkühlte, warf flackernde Schatten auf sein faltiges Gesicht. »Was für Neuigkeiten?«

»In der Nähe des Hafens von Voliba ist eine Leiche angeschwemmt worden. Ein Mann. Das Fleisch war größtenteils weggefressen, aber was vom Haar noch übrig war, war lang und goldbraun.«

Yseult sah ihn an. »War das Euer Werk?«

Talek erwiderte ihren Blick ruhig und schaute nicht weg, und in seinen Gedanken war von Mord nichts zu entdecken, als sie darin nachforschte. »Wir haben keine Sünde begangen, ich schwöre es. Aber als sich die Gelegenheit geboten hat, haben wir das Beste daraus gemacht.«

Yseult bedrängte ihn nicht, mehr zu sagen; sie ließ ihm den Rest seines Geheimnisses.

»Marcus hat seinen Sohn für tot erklärt«, fuhr der Bauer fort, als sie stumm blieb. »Die Suche wurde heute eingestellt, und er wird nach Isca zurückkehren, sobald das Wetter es zulässt.«

»Das sind wahrlich wichtige Neuigkeiten«, bemerkte Yseult und streckte die Hände dem Feuer entgegen, versuchte, die Kälte zu vertreiben, die sich unverhofft in ihre Seele schlich. Das bedeutete zwar, dass sie und Drystan sehr viel weniger gefährdet sein würden, vor allem wenn es ihm erst wieder gut genug ging, um weiterzuziehen. Doch es bedeutete auch, dass Marcus seinen Haushalt mitnehmen würde, noch weiter fort von hier. Einschließlich Kustennins.

»Wie geht es dem Prinzen?«, erkundigte sich Talek.

Yseult holte tief Atem und bemühte sich, den Tränen nicht nachzugeben, die sie in letzter Zeit so oft in ihrer Gewalt hatten. »Er schläft so viel wie ein Neugeborenes. Aber wenn er wach ist, ist er durchaus klaren Verstandes, obwohl ihm leicht schwindlig wird. Er wird wieder gesund.«

Mit einem Knurren bekundete der Bauer seine Anerkennung. »Gut. Aber es ist, wie er auf dem Weg hierher gesagt hat; er kann nicht jagen.«

Yseult schüttelte den Kopf. »Ich werde für uns beide jagen müssen. Ansonsten habe ich ja nicht viel zu tun.«

Talek blieb nicht lange; die Frühjahrssaat musste ausgebracht, Zäune instandgesetzt und all die anderen Aufgaben erledigt werden, die zwischen Winterende und Frühlingsanfang auf einem Hof anfielen.

Die Tage, die folgten, waren oft einsam, und die schiere Freude, am Leben zu sein, beseelte sie nicht mehr so stark wie unmittelbar nach ihrer Flucht. Yseult erkundete die Umgebung der Höhle, wenn das Wetter trocken war und manchmal auch, wenn es nass war; sie besuchte den Dolmen der Alten und verdrängte den Gedanken an Kustennin, so gut sie es vermochte. Sie jagte im nahen Wald und wünschte, Bran und Ossar wären bei ihr, und sie suchte nach wilden Karotten und Zwiebeln und anderen winterharten Knollen. Wann immer Drystan aufwachte, gab sie ihm Heiltee zu trinken und legte neue Umschläge auf seine blauen Flecken. Jeden Tag gelang es ihm, ein wenig länger wach zu bleiben, doch Yseult wusste, dass nach dem Sturz viel Schlaf das Beste für ihn war. Als er protestierte, er sei es leid, in einem Deckenhaufen auf dem Boden der Höhle zu liegen, drückte sie ihn sanft wieder nieder.

»Glaub mir, Liebster, ich habe solche Verletzungen schon öfter gesehen. Du bist noch nicht so weit.«

Drystan schüttelte den Kopf, fuhr sich mit der Hand an die Stirn und holte tief Luft. »Oh. Ich verstehe, was du meinst.«

Yseult lächelte. »Schwindlig?«

»Und wie.«

Sie gab ihm einen zärtlichen Kuss und drückte ihn wieder auf sein Deckenlager. Diesmal begehrte er nicht auf, doch er schenkte ihr ein lüsternes Grinsen.

Yseult lachte, und ihr war wieder ein wenig leichter ums

Herz. Sie wussten beide, wie wenig er in seinem jetzigen Zustand zu irgendwelchen lüsternen Handlungen in der Lage war.

Die Nächte waren kalt, und sie spendete ihm mit ihrem Körper so viel Wärme, wie es ihr möglich war. Sie hatte Talek gesagt, er werde gesund werden, und sie glaubte, dass es so war, doch sie wusste sehr gut, dass Kopfverletzungen unverhoffte Wendungen nehmen konnten, ganz gleich, wie gut der Verletzte gepflegt worden war. Sie wusste nicht, was sie tun würde, sollte sie ihn jetzt verlieren.

Zwischen ihren Erkundungsstreifzügen und den Verrichtungen, die notwendig waren, um sie beide am Leben zu erhalten, kam es Yseult die meiste Zeit über so vor, als sei sie nicht wirklich an diesem Ort, in der Höhle, so fern von anderen Menschen. Von ihrem Sohn. Ihre Tage hatten etwas Taubes, als habe sie einen Teil ihres Selbsts in einen Kasten getan und weggesperrt.

Am fünften Tag nach Taleks Besuch erlaubte sie Drystan aufzustehen und ging mit ihm auf die Lichtung hinaus. Sie hielt seinen Arm fest umklammert, für den Fall, dass ihm wieder schwindlig wurde und er das Gleichgewicht verlor.

Der Regen hatte aufgehört, und eine neue Frische und Wärme lag in der Luft, eine Andeutung dessen, was der Frühling bringen würde.

»Idyllisch«, bemerkte Drystan und betrachtete die Lichtung, den kleinen Teich, die Felsblöcke und die Kiefern über ihnen.

»Aber nicht sehr behaglich«, gab Yseult zu bedenken.

Drystan grinste. Die dunkelvioletten Ringe um seine Augen verblassten allmählich zu einem ebenso unansehnlichen Graugelb, doch Yseult fand sein Grinsen trotzdem reizend.

»Nein. Aber das scheint für mich keine besondere Rolle zu spielen. Im Schlaf bemerke ich die Unbequemlichkeiten ja nicht.« Er verlagerte sein Gewicht ein wenig und schlang den Arm um ihre Taille. »Wir sind am Leben, Yseult.«

»Ja.«

»Der Himmel ist mehr grau als blau, die Bäume sind immer noch kahl. Wir hausen in einer kalten, dunklen Höhle, wir sind noch immer nicht außer Gefahr, und ich könnte vor Freude losheulen.«

Yseult schluckte und blinzelte Tränen fort. Die Kehle wurde ihr eng. »So ging es mir auch.«

Drystan drehte sich um; seine Bewegungen waren langsam und bestimmt. Er nahm sie in die Arme und drückte ihr einen zarten Kuss auf die Lippen. »Findest du nicht, dass wir das feiern sollten?«, flüsterte er dicht an ihrem Mund.

»Aber was ist mit deinem Schwindel?«

Er rieb die Nase an ihrer Wange, und sie konnte sein Lächeln auf ihrer Haut spüren. »Wenn mir die Sinne schwinden, dann weißt du, warum.«

Am nächsten Tag holte Yseult gerade Wasser von ihrem Teich, als sie erneut die nahende Gegenwart eines anderen Menschen spürte. Rasch eilte sie zur Höhle zurück und schaute sich auf der Lichtung um, um sich zu vergewissern, dass keine Spur ihres Hierseins zu sehen war. Drystan schlief noch immer friedlich, also setzte sie sich neben den Höhleneingang und wartete ab, ob sie die Beschaffenheit jener nahen Gedanken erkennen könnte.

Als es ihr gelang, brach ihr vor Freude fast das Herz. Es war Brangwyn, und sie brachte ihren Sohn mit.

Yseult stürzte auf die Lichtung hinaus. »Kustennin!«

Brangwyn kam auf Taleks altem Ackergaul zwischen den Bäumen hervor, Kustennin vor sich im Sattel. »Mama!«

Sie eilte zu ihm, hob ihn vom Pferd und wirbelte ihn im Kreis herum. Sein ansteckendes Lachen erfüllte die Luft, und Yseult glaubte, noch nie in ihrem Leben so glücklich gewesen zu sein. Sie drückte ihren Sohn fest an sich, und er schlang noch immer lachend die Arme um ihren Hals.

Dann wandte sie sich an Brangwyn, während ihr die Tränen in die Augen stiegen. »Ich danke dir so sehr.«

Brangwyn lächelte. »Marcus verbringt den Tag in Voliba und kümmert sich um Fuhrwerke für die Reise nach Isca. Das war eine Gelegenheit, die ich mir nicht entgehen lassen konnte.«

Kustennin begann in Yseults Armen zu zappeln, und sie setzte ihn ab. Drystan stand lächelnd im Eingang der Höhle. Kustennin rannte quer über die Lichtung auf ihn zu. »Drystan!«

Yseult sah zu, wie Drystan den Knaben hochhob und ihn auf seine Hüfte setzte, während er mit einer Hand durch sein lockiges blondes Haar fuhr. »Hallo, junger Mann.«

»Wieso bist du denn mit meiner Mutter hier im Wald?«

Drystan hob einen Finger an die Lippen. »Psst, das ist ein Geheimnis, wie ein Spiel. Wir verstecken uns. Du darfst niemandem sagen, dass du uns gesehen hast. Kannst du dir das merken?«

Kustennin nickte ernst, und Yseult schien das Herz in der Brust zu schwellen.

Hier waren die beiden Menschen, die sie auf der Welt am meisten liebte, die Einzigen, die sie glücklich machen konnten. Warum konnte sie sich nicht ein Leben mit ihnen schaffen, mit diesen beiden, mit ihrem Geliebten und ihrem Sohn?

Andererseits, warum war sie sich so sicher, dass sie das nicht konnte?

Sie hatte fast alles verloren; viel gab es jetzt nicht mehr zu verlieren. Sie konnte sich ein Leben mit Drystan wie auch mit Kustennin aufbauen, selbst wenn sie dazu nach Eriu fliehen und Kustennin um sein Erbe bringen musste. Vielleicht würde er ihr eines Tages verzeihen.

Doch wenn sie es nicht tat, würde sie selbst sich niemals verzeihen.

»Na endlich«, hörte sie Brangwyn neben sich murmeln.

Yseult wandte sich an ihre Base, plötzlich voller Dringlichkeit. »Aber wie sollen wir das anstellen? Hat Marcus vor, Kustennin nach Isca mitzunehmen?«

Brangwyn schüttelte den Kopf. »Wenn er daran denkt, nach Isca zurückzukehren, dann beruht ein Teil seiner Vorfreude darauf, diese lärmenden kleinen Bälger zurücklassen zu können. Außerdem packt er bereits seine Sachen, und er hat nicht angeordnet, dass Kustennins oder Juduals Sachen auch eingepackt werden.«

Yseult stieß einen tiefen Seufzer der Erleichterung aus. »Dann haben wir etwas Zeit, um Vorkehrungen für unsere Flucht zu treffen.«

»Du willst es wirklich tun?«

Sie betrachtete ihren Liebsten und ihr Kind. Kustennin zog die verfärbten Ringe um die Augen seines Vaters mit dem Finger nach, und Drystan erklärte ihm das mit dem Hinfallen und dem Schwindligwerden.

Yseult lächelte; sie fühlte sich seltsam frei. »O ja.«

Brangwyn nickte knapp. »Es wird am besten sein, wenn wir warten, bis Marcus fort ist. Wenn Kustennin verschwindet, schöpft er bestimmt Verdacht.«

Einen Augenblick konnte sie nicht antworten – jeder ihrer Instinkte lehnte sich gegen den Gedanken auf, Kustennin wieder nach Lansyen zurückzuschicken, jetzt, wo er wieder bei ihr war. Doch wenn Marcus sie nicht länger für tot hielt und nach ihnen suchte, hatten sie keine Möglichkeit zu entkommen. »Ich würde ihn ja so viel lieber hier behalten, aber ich weiß, dass du Recht hast. Wir haben keine Pferde, und Drystan ist für eine weite Reise noch nicht wieder genug bei Kräften.«

»Aber sein Zustand bessert sich schnell.«

Yseult grinste. »Ja, das stimmt.«

Als sie den Gedanken auffing, der mit diesen Worten einherging, errötete Brangwyn und schluckte ein Auflachen hinunter.

Während der darauffolgenden Tage war Yseult so fröhlich und sorglos, dass sie es nicht fassen konnte, diesen Schritt nicht früher getan zu haben. Jetzt, an diesem Ort der Macht, neben diesen Steinen, aufgestellt von den Alten, erschien es ihr so logisch, vorher jedoch hatte es sich angefühlt, als zwänge die Welt sie, in einem Leben auszuharren, das ihr verhasst war, als habe sie keine andere Wahl mehr.

Sie hatte wie eine Bretain und eine Christin gedacht, und sie war keines von beiden.

Yseult lehnte sich an die aufrecht stehenden Steine, die die gewaltige Felsplatte trugen. Die Sonne kämpfte mit den Wolken und verlor, und der Stein an ihrer Schulter war kalt, durch den wollenen Umhang hindurch, den sie trug. Sie schaute über die Hecken und Moore hinweg. Noch immer hatte sie Bedenken, weil sie Kustennin um seine Erbansprüche brachte, doch sie hoffte, dass sie ihm eine bessere Mutter würde sein können, wenn sie glücklicher wäre. Und sie wusste, dass Drystan ein besserer Vater sein würde als Marcus.

Bei dem Gedanken daran, was sie ihrem Sohn verwehrte, begann sich jedoch erneut ein Unbehagen in ihr zu regen. Sie unterdrückte es, so gut es ging, und stieß sich von dem Dolmen ab, um den Rückweg zur Höhle einzuschlagen.

Doch das Unbehagen wollte nicht vergehen; stattdessen wuchs es mit jedem Schritt, den sie machte. Sie merkte, dass sie rannte, durchs Unterholz brach; Äste rissen an ihrem Umhang, ihrer Haut und ihrem Haar.

Brangwyn war unterwegs zur Höhle.

Sie erreichten die Lichtung im selben Moment, und das Gesicht ihrer Base verriet ihr alles, was sie zu leugnen versucht hatte.

Yseult schluchzte auf. »Nein, bitte sag mir, dass es nicht wahr ist!«

Brangwyn wischte eine Träne fort. »Es tut mir so leid, Yseult. Marcus ist heute Morgen nach Isca aufgebrochen, und er hat Kustennin mitgenommen.«

Ach, alle Hoffnung tot, ganz und gar tot. Sie fiel auf die Knie und ließ den Kopf in die Hände sinken. Wie hatte sie sich nur erlauben können zu hoffen? Jetzt war der Schmerz viel schlimmer, als er zuvor gewesen war.

Durch den Nebel in ihrem Kopf hindurch hörte sie Drystan aus der Höhle kommen, hörte die beiden flüstern. Er kniete neben ihr nieder, umfing sie warm mit den Armen. »Schsch, Yseult. Schsch.«

Wenigstens versuchte er nicht, ihr einzureden, dass alles gut werden würde.

Ehe der Frühling anbrach, traf Arthur mit einer kleinen Schar seiner Getreuen auf der Lichtung vor ihrer Höhle ein, geführt von Kurvenal. Inzwischen hatte Drystan seinerseits die Rolle des Pflegers übernommen, mit Brangwyns Hilfe, während Yseult teilnahmslos und schwermütig geworden war. Drystan versuchte, sie davon zu überzeugen, dass sie Kustennin vielleicht doch noch wiederbekommen würde, etwas, das nicht möglich gewesen wäre, wenn man sie auf dem Scheiterhaufen verbrannt hätte, doch alles, was er dafür bekam, war die schwache Nachahmung eines Lächelns.

Er hatte ein schlechtes Gewissen, weil er sich selbst jede Nacht darüber freute, sie ohne Furcht in den Armen halten zu können.

Arthur stieg ab und band seine Stute an einen Baum, während Cai, Bedwyr und Drem seinem Beispiel folgten. Seine Miene war finster, doch er umarmte Drystan sehr fest und hielt ihn länger umschlungen, als dieser es von seinem sachlichen Vetter gewohnt war.

Als Arthur ihn wegschob und ihn an den Schultern packte, glaubte Drystan, eine Andeutung von Tränen in seinen Augen zu sehen. »Du Idiot, Drystan. Kannst du deinen Schwanz nicht in der Hose lassen?«

Hastig schaute Drystan sich um und hoffte, dass Yseult noch nicht aus der Höhle gekommen war.

Arthur wandte sich von ihm ab, die Hände hinter dem Rücken. »Das kann sie ruhig auch hören – ihr seid beide Idioten, und ihr habt Glück, dass ihr noch am Leben seid.«

Die raue, seltsam melodische Stimme mit ihrem erainnischen Akzent kam vom Höhleneingang her. »Ich weiß.«

Yseult trat auf die Lichtung hinaus, ein Schatten ihres sonstigen Selbst. Ihre Farben waren schon von Natur aus unnatürlich blass; jetzt jedoch wirkte sie kränklich und farblos anstatt hell wie der Mond. »Marcus hat meinen Sohn mitgenommen.«

»Seinen Sohn«, verbesserte Arthur sie barsch.

Yseult senkte den Kopf.

Über ihren Köpfen erschienen endlich Knospen an den Bäumen. »Ich habe Angst davor, wie Cunomorus reagieren wird, wenn er entdeckt, dass ihr beide doch noch am Leben seid. Ihr müsst irgendwo in Sicherheit sein, an einem Ort, der seine Anschuldigungen Lügen straft. Ihr, Yseult, kommt mit mir nach Celliwig. Meine Gemahlin hat während des letzten Sachsenfeldzuges bei Euch geweilt, und es wäre nachvollziehbar, dass Ihr sie um Hilfe bittet. Außerdem ist Modrun noch dort. Ihr beide habt viel gemeinsam und habt euch von Anfang an gut verstanden. Beide sind Frauen, von denen man erwarten könnte, dass Ihr Euch in schweren Zeiten an sie wendet.«

Yseult nickte. »Das ist alles wahr.«

Arthur blieb vor ihr stehen. »Ja, und die Wahrheit ist die beste Grundlage für eine Lüge.« Er wandte sich an Drystan. »Du gehst mit Kurvenal und suchst deinen Vetter Cador in Dyn Draithou auf. Er weiß nichts von dem, was geschehen ist, obwohl er inzwischen sicher von deinem Ehebruch und deinem Tod gehört hat. Aber da er seit meiner Hochzeit nicht mehr in der Nähe von Voliba oder Celliwig war, wird er einen hervorragenden Zeugen abgeben, falls einer gebraucht wird. Du siehst noch immer krank genug aus und musst erzählen, dass Kurvenal dich in den Wäldern gepflegt hat, bis du wieder reiten konntest, woraufhin du beschlossen hast, bei ihm Zuflucht zu suchen.«

Drystan holte tief Luft. Nach den Wochen mit Yseult, Wochen ohne Heimlichkeit und Verstecken, Wochen, in denen er sie jede Nacht in den Armen gehalten hatte, sollte er sich von ihr trennen, wieder einmal. Er wusste nicht, ob er das ertragen konnte.

Verstohlen blickte er zu Yseult hinüber, die teilnahmslos vor Arthur stand, der Mond, von Wolken verdeckt. Ohne Kustennin war sie todunglücklich. So wie Drystan seinen Vater kannte, würde er es nur in Betracht ziehen, überhaupt wieder mit ihr zu reden, wenn es irgendeine Möglichkeit für ihn gab, sein Gesicht zu wahren. Arthurs Plan bot eine Möglichkeit.

Yseult hob den Kopf, und ihre Blicke begegneten sich. Die rot geränderten Augen, jetzt eher fahl als schimmernd, flehten ihn an.

Ein weiterer schmerzlicher Seufzer entfuhr ihm, als würde ihm die Seele aus der Kehle gezerrt. Er wandte sich an Arthur. »Kurvenal und ich brechen noch heute nach Dyn Draithou auf.«

30

Rundum zieht der Wald sich hin, in Schatten dicht,
Doch in der offnen Lichtung scheint des Mondes
Licht;
Und in der Lichtung Grund scheint wunderbar
Die Waldkapelle und der Brunnen klar.
Mich dünkt, ein Fieber glüht in meinem Blut.
Komm, lass mich treten aus des Waldes Schattengut
Und meine heiße Stirne baden in der Flut.

Matthew Arnold, *Tristram und Iseult*

Yseult konnte es kaum ertragen, Modruns Jüngsten Aurelius im vorderen Teil der großen hölzernen Halle von Celliwig spielen zu sehen. Er war mehr als anderthalb Jahre älter als Kustennin und hatte das pummelige Aussehen eines Kleinkindes schon fast völlig abgelegt, die Neugierde, das blonde Haar und die Entschlossenheit jedoch waren die gleichen.

Brangwyn war jetzt mehr Mutter als sie; zwar hatte Marcus Kustennin mitgenommen, seinen Bastard aber hatte er zurückgelassen, und natürlich war Judual mit ihnen nach Celliwig gereist.

Yseult spürte Modruns Anwesenheit, ehe die andere etwas sagte. »Ihr werdet Kustennin zurückbekommen, Yseult. Ich habe es gesehen. Aber der Preis dafür ist vielleicht zu hoch.«

Yseult holte tief Atem. »Welcher Preis könnte zu hoch sein?«

Modrun schüttelte den Kopf. »Weit habe ich nicht gesehen, nur dass Ihr, um wieder mit Eurem Sohn vereint zu sein, große Pein erleiden werdet.«

»Ich leide jetzt schon große Pein.«

Die Ältere schob ihren Arm in den Yseults. »Ja, das verstehe ich.« Sie zog Yseult fort von dem Anblick von Aurelius und den anderen Kindern. »Kommt, Arthur möchte mit Euch sprechen.«

Arthur war draußen vor den Wällen der Hügelfestung und sah den älteren Knaben und jungen Männern dabei zu, wie sie mit dem Schwert übten, darunter auch Modruns Pflegesohn Gareth und Arthurs Neffe Medraut. Angeblich herrschte jetzt Friede, doch Arthur war ein Krieger, und er traute dem Frieden nicht; jeder Mann unter seinem Befehl würde jederzeit auf einen Angriff gefasst sein. Neben ihm sahen Myrddin und Arthurs Schwiegervater Gwythyr dem Treiben mit Wohlgefallen zu.

Als Arthur sie kommen sah, richtete er ein paar kurze Worte an Gwythyr und machte dann kehrt, um ihnen entgegenzugehen. Der Wind hier oben auf dem Plateau über dem Tal des Cammlann peitschte ihr das Haar ums Gesicht, und Yseult bekam die langen Flechten mit einer Hand zu fassen und hielt sie fest.

»Guten Tag, Yseult. Gehen wir ein Stück?«

Yseult nickte, aber diese höfliche Art des Dux Bellorum war ihr nicht geheuer. Bevor sie sich zum Gehen wandte, drückte Modrun ihr aufmunternd die Hand.

»Ihr habt nach mir geschickt«, sagte Yseult, als sie nebeneinander Tritt fassten und von den Übungsplätzen fortgingen, den Hügel hinunter und auf den Cammlann zu.

»Ja. Ich wollte Euch warnen. Ich habe gehört, dass Marcus Isca verlassen hat. Er hat erfahren, dass Ihr noch am Leben seid und Euch hierher nach Celliwig geflüchtet habt.«

»Jetzt schon.« Zu ihrer Schande wurde Yseult klar, dass sie Angst hatte. Sie musste mit dem Mann sprechen, den sie geheiratet hatte, musste irgendwie Kustennin zurückbekommen, doch Marcus war willens gewesen, sie auf dem Scheiterhaufen brennen zu sehen. Wenn er sie damals hatte töten wollen, würde er dann nicht immer noch ihren Tod wollen?

»Ich dachte, Ihr wollt wieder mit Eurem Sohn vereint sein?«, fragte Arthur.

»Ja.«

Hier unten, unterhalb der Hügelkuppe, war der Wind nicht so stark, und Yseult ließ ihr Haar wieder los.

»Er wird ihn Euch nicht einfach überlassen, das wisst Ihr«, sagte Arthur. »Ihr werdet in diese Ehe zurückkehren müssen – vorausgesetzt, dass er sich überhaupt überreden lässt, Euch zurückzunehmen.«

Yseult holte schmerzhaft Atem und schaute auf den Fluss hinab. »Ich weiß. Aber es kann durchaus sein, dass er mich umbringt, sobald er mich wiederhat.«

Arthur schüttelte den Kopf. »Er hat den Frieden mit Eriu gefährdet, indem er Euch bedroht hat, und das werde ich nicht zulassen. Ich hoffe, ihm das klarmachen zu können. Schon jetzt hat er Festungen verwirkt, die zur Verteidigung Britanniens erbaut wurden.«

Yseult warf ihm einen scharfen Blick zu. »Und das soll ihn für mich einnehmen?«

»Das soll ihm klarmachen, dass er hier in Dumnonia nicht allein regiert, und ganz sicher nicht durch irgendein Geburtsrecht.«

Yseult verschränkte die Hände hinter dem Rücken und passte ihren Schritt dem seinen an. »Ja, jetzt verstehe ich.«

»Ihr seid eine kluge Frau, Yseult. Wir haben Mittel und Wege, Euren Gemahl zu überreden. Wenn wir Erfolg haben und er Euch gestattet, zu ihm zurückzukehren, dann muss ich Euch um einen Gefallen bitten.«

»Mit Freuden.« Sie hatte vorgehabt, sich ein Leben weit weg von Marcus zu erschaffen, jetzt jedoch würde sie alles tun, um zu ihm zurückzukehren; er hatte ihren Sohn.

Arthur blieb stehen und drehte sich zu ihr um, und sie machte neben ihm halt. »Ich werde dafür sorgen, dass regelmäßig Boten zu Euch geschickt werden, und ich möchte, dass Ihr ihnen berichtet, was Marcus treibt.«

Yseult schüttelte den Kopf und unterdrückte einen höchst unangemessenen Drang, laut herauszulachen. »Wieso solltet Ihr mir vertrauen? Ich bin doch noch nicht einmal Britannierin.«

Arthur beehrte sie mit einem Lächeln. »Myrddin vertraut Euch. Und ich vertraue Myrddin.«

Doch bevor Marcus eintraf, kam Besuch, mit dem niemand gerechnet hatte.

Die unerwartete Gegenwart machte sich für Yseult an einem Nachmittag bemerkbar, als der Himmel schwer über dem Land hing, voller Wolken und dem Nebel, der sich oft in diesen Tälern zu halten schien, selbst im späten Frühling, von dem sie in diesem trockenen Jahr jedoch nur wenig gesehen hatten. Um dem Müßiggang zu wehren, den ihre Stellung als Gast hier in Celliwig mit sich brachte, hatte Yseult sich angewöhnt, zu dem Priester Ocrin zu gehen und ihm bei der Zubereitung von Arzneien und bei der Pflege der Kranken zu helfen, die ihn aufsuchten. Gerade hatte sie ihn in der Ferne erspäht, als sie eine Gegenwart von Westen nahen fühlte, jemand, den sie kaum erwartet hätte.

Ihre Mutter.

Der Priester hatte sie noch nicht bemerkt, und so fuhr Yseult auf dem Absatz herum und eilte zu Gwythyrs Hügelfeste zurück.

Sie fand Brangwyn in den Kinderzimmern, wo sie Judual mit Brei fütterte und darüber lachte, wie er sich dabei bekleckerte. Wieder drehte sich ihr das Herz im Leibe um.

»Brangwyn, ich glaube, meine Mutter ist unterwegs hierher.«

Brangwyn blickte auf; freudige Überraschung zeigte sich auf ihrem Gesicht. Yseult fühlte ihre Gegenwart, als ihre Base sich öffnete, doch Brangwyn schüttelte bald den Kopf. »Ich spüre sie noch nicht. Aber deine Gabe des Wissens ist auch stärker als meine.«

Brangwyn wischte Judual das Gesicht ab und nahm ihn auf den Arm, und zusammen gingen sie mit den Neuigkeiten zu Modrun und Ginevra. Noch ehe die erainnischen Reisenden im Westen gesichtet worden waren, hatte man bereits Gemächer für sie hergerichtet, und die Frauen von Celliwig warteten vor den Wällen. Da sie überzeugt gewesen war, nie mehr etwas anderes als Trauer empfinden zu können, war Yseult überrascht, wie sehr sie sich darauf freute, ihre Mutter zu sehen.

Auch wenn sie nicht nach Hause konnte, kam doch ein Stück ihres Zuhauses zu ihr.

»Du hast mich gerufen«, sagte ihre Mutter, nachdem sie sich umarmt hatten, eine Königin die andere.

Yseult schüttelte den Kopf. »Nicht mit Absicht.«

Ihre Mutter lächelte ein wenig. »Nicht mit Absicht, übers Meer hinweg. Recht beachtlich.« Das Lächeln verschwand. »Nachdem ich in Dumnonia an Land gegangen bin, habe ich die ganze Geschichte gehört.«

Arm in Arm betraten sie die Hügelfestung von Celliwig; Ginevra ging als Gastgeberin voraus, und das erainnische Gefolge hielt sich hinter ihnen.

Es verging einige Zeit, bis sie eine Gelegenheit fanden, miteinander allein zu sein; die Rituale der Gastfreundschaft mussten vollzogen, Personen miteinander bekannt gemacht sowie Wein geteilt und Brot gebrochen werden, ehe sie sich in das Gemach zurückziehen konnten, das Yseult sich mit Brangwyn teilte.

»Was wirst du tun?«, wollte ihre Mutter wissen.

»Marcus ist unterwegs hierher«, sagte Yseult und starrte auf ihre Hände, die sie im Schoß zu Fäusten geballt hatte. Dann blickte sie auf. »Ich werde mit ihm gehen, wenn er mich zurücknimmt. Er hat Kustennin.«

Ihre Mutter antwortete lange nicht, während sie das Gesicht ihrer Tochter eingehend betrachtete. »Du könntest mit mir nach Eriu zurückkehren, das weißt du.«

Yseult schüttelte den Kopf. »Nicht ohne meinen Sohn.«

Die Königin der Tuatha Dé Danann nickte knapp. »Dann begleite ich dich.«

Eine gewaltige Woge der Hoffnung erfüllte ihr Herz, Hoffnung, dass ihr Ehemann sie vielleicht doch nicht töten würde, bevor sie Gelegenheit gehabt hatte, ihren Sohn wiederzusehen. »Und wenn er das nicht erlaubt?«

Ihre Mutter bedachte sie mit einem ganz kleinen Lächeln, das ihre Mundwinkel umspielte. »Ihm wird nichts anderes übrig bleiben. Anscheinend braucht er eine Lektion darüber, was hier auf dem Spiel steht, zum Thema Verbündete und dem Gleichgewicht der Macht. Und ich habe das Recht, meinen Enkel zu besuchen.«

Stürmisch schlang Yseult die Arme um ihre Mutter und hielt sie so fest, wie sie es nicht mehr getan hatte, seit … nein, seit sie sich erinnern konnte, hatte sie ihre Mutter niemals so umarmt und war auch ihrerseits niemals so fest umarmt worden.

Die beiden Yseults, Brangwyn, Modrun und Ginevra sahen von einem geschützten Platz auf den Wällen von Celliwig aus zu, wie Marcus' Gefolge das Cammlanntal heraufkam. Unter dem blau-goldenen Banner des zähnefletschenden Kriegshundes, das in der steifen Frühlingsbrise flatterte, hatte Marcus eine Kriegerschar von über hundert Mann versammelt.

Außer Reichweite der Bogenschützen gab er den Befehl zum Halten, und eine kleine Reitergruppe wurde bis in Rufweite der Mauern den Hügel hinaufgeschickt. Yseult erkannte Andred unter ihnen, und jähe Übelkeit stieg in ihr auf.

»Marcus Cunomorus fordert die Herausgabe seiner Frau!«, rief Andred. Trotz der Entfernung war seine Stimme ohne Mühe zu hören; sie brauchte nur das Zwitschern der Frühjahrsvögel und das ferne Klirren des Zaumzeugs zu übertönen.

»Ich kann keine Frau einem Mann zurückgeben, der ihr übel will!«, rief Arthur zurück, dessen Stimme ebenso gut zu vernehmen war.

»Ihr habt kein Recht, sie zu behalten!«

Yseult ballte die Fäuste. Andred redete, als beanspruche er sie für sich selbst. Brangwyn umfasste ihren Ellenbogen und drückte ihn beschwichtigend.

»Sie hat hier Zuflucht gesucht. Ohne Gewähr für ihre Sicherheit geben wir sie nicht zurück.«

Andred wendete sein Pferd und beriet sich mit den beiden Männern, die ihn begleitet hatten. Yseult glaubte, Guron zu erkennen, den Priester aus Voliba, der sie zum Tode verurteilt hatte.

Andred warf sein Pferd wieder zu den Mauern herum. »Was für eine Gewähr verlangt Ihr?«

»Marcus Cunomorus soll Celliwig allein betreten, und wir werden die Bedingungen aushandeln.«

Andreds verächtliches Gelächter schallte durch das Tal. »Und was ist mit der Sicherheit des Königs?«

»Eine Geisel.«

»Wir müssen uns mit dem König besprechen!« Die drei Reiter rissen ihre Pferde herum und galoppierten dorthin zurück, wo Marcus in sicherer Entfernung weiter unten am Hügel wartete. Yseult konnte sehen, wie ihr Gemahl zuerst den Kopf schüttelte, als man ihm berichtete, was Arthur verlangt hatte, doch dann ritt er schließlich mit Andred und Guron und einem dritten Mann vorwärts, den Yseult nicht kannte.

An der Spitze seines kleinen Gefolges zügelte Marcus sein Pferd. »Schickt uns Yseults Base Brangwyn!«

Yseult umklammerte Brangwyns Arm. »Du brauchst nicht zu gehen.«

Brangwyn schüttelte den Kopf. »Sie werden mir nichts tun, wenn Arthur Marcus in seiner Gewalt hat.«

Sie machte sich los, trat vor und nickte Arthur zu.

»Abgemacht!«, schrie Arthur nach unten.

Ein Pferd für Brangwyn wurde herbeigeschafft, und mehrere Soldaten traten vor, um sie während des Austausches zu beschützen. Das Tor öffnete sich, und die beiden kleinen Gruppen hielten aufeinander zu, wobei die Wachen auf beiden Seiten die Hände betont deutlich auf den Schwertgriffen ruhen ließen. Mit einem schmerzhaften Stich sah Yseult, wie ihre Base gegen den Mann ausgetauscht wurde, den man sie vor so vielen Jahren zu heiraten gezwungen hatte.

»Kommt, Yseult«, sagte Arthur und nahm ihren Arm. Ihre Mutter, Modrun und Ginevra folgten.

Marcus wartete mit seinem ehemaligen Verbündeten Gwythyr sowie Arthurs vertrauenswürdigsten Freunden und Ratgebern Bedwyr, Cai und Myrddin in der großen Halle. Der Christenweise Ocrin war ebenfalls anwesend. Marcus starrte sie an, als sie näher kam. Seine Miene war ausdruckslos, doch sie spürte eine Mauer des Hasses in seinem Denken.

Für dieses Treffen würde sie ihm ihre Gedanken öffnen, so schmerzlich es auch war.

Gwythyr gab mit einer Geste zu verstehen, dass sie alle an einem langen Ratstisch auf der anderen Seite des Raumes Platz nehmen sollten.

»Wie lauten Eure Bedingungen für die Herausgabe meiner Frau Cunomorus?«, verlangte Marcus mit über der Brust verschränkten Armen zu wissen, als sie sich gesetzt hatten.

»Was würde Euch davon abhalten, sie im Schlaf zu ermorden?«, gab Arthur augenblicklich zurück. »Was habt Ihr Euch eigentlich gedacht, Marcus Cunomorus? Sie ist von königlichem erainnischen Blut. Wenn es Euch gelänge, sie zu töten, würden sämtliche Königreiche der Laigin wieder über unsere Küste herfallen, und Euer kostbares Isca würde mit Sicherheit in Flammen aufgehen.«

»Dafür bin ich die Gewähr«, bemerkte Yseult die Weise ruhig, und Marcus schien sie zum ersten Mal zu bemerken. Er starrte diese Frau an, die solche Ähnlichkeit mit ihrer Tochter hatte, und Yseult konnte sehen, wie Begreifen in seinen Augen dämmerte.

»Ja, Marcus Cunomorus«, fuhr ihre Mutter fort. »Ich bin hier, um sicherzugehen, dass Yseult von Eriu kein Leid geschieht. Die Laigin sollte man nicht auf die leichte Schulter nehmen, auch wenn sie nicht den Sitz des Ard Ri innehaben.«

Arthur lehnte sich auf dem Ehrenplatz zurück, den Gwythyr ihm eingeräumt hatte, ungeachtet der Tatsache, dass sein Schwiegervater der Herr von Celliwig war. »Ihr habt eine Ehe vereinbart, von der Ihr behauptet habt, sie diene dem Wohle Britanniens, aber als Eure Eifersucht die Oberhand gewann, hattet Ihr mit dem Wohl Britanniens nichts mehr im Sinn.« Ein Mundwinkel des Dux Bellorum zuckte so unmerklich, dass jeder, der ihn nicht kannte – oder der nicht die Gabe des Wissens besaß –, es nicht bemerkt hätte.

»Aber sie ist eine Verräterin!«

»Und von welchem Gericht wurde ihr der Prozess gemacht?«, wollte Myrddin wissen.

»Von Christenmännern«, spie Marcus hervor. »Nicht von Euresgleichen.«

Gwythyrs Priester Ocrin wandte sich mit gütigem Blick an Yseult. »Ist das wahr, Herrin?«

Sie wünschte, sie müsste sich nicht an die Ereignisse jener Tage erinnern, doch ihre Zukunft mit ihrem Sohn stand auf dem Spiel. »Es ist wahr, dass ein Christenweiser das Urteil gesprochen hat. Aber einen Prozess hat es nicht gegeben.«

»Sie wurde dabei ertappt, wie sie mit meinem Sohn Unzucht getrieben hat!«, fauchte Marcus.

»Was ist denn daran Verrat?«, erkundigte sich Bedwyr, und in seinem Lächeln lag ein Hauch von Lüsternheit. »Eure Blutlinie wurde doch nicht besudelt.«

Arthur warf seinem Freund einen strengen Blick zu, und Yseult verspürte das unpassende Bedürfnis zu lachen.

»Es ist trotzdem Ehebruch«, knurrte Marcus.

»Pericope de adultera«, murmelte Ocrin halb zu sich selbst. »Die christliche Lehre fordert nicht den Tod der Ehebrecherin.«

Marcus rammte die Faust in die Handfläche. »Laut meinen Priestern verlangt das heilige Buch die Steinigung.«

»Aber Christus nicht«, beharrte Ocrin.

Myrddin kam um den Tisch herum und trat zwischen Marcus und Ocrin. »Ein Streitgespräch über Religion bringt uns nicht weiter.« Er wandte sich an ihren Gemahl. »Selbst unter den Christenweisen, die für das Verbrechen des Ehebruchs den Tod befürworten, muss dies öffentlich gemacht werden. Wurde Eurer Frau und ihrem Geliebten der Prozess gemacht und Zeugen aufgerufen?«

»Nein.« Marcus drehte sich zu Arthur um, sorgsam darauf bedacht, die Königin der Laigin nicht zu beachten. »Diese ganze Debatte ist doch ein Possenstück. Was berechtigt Euch, über mein Tun in meinem eigenen Königreich zu urteilen?«

Yseult konnte Arthurs Zorn in seinen Gedanken fühlen. »Ich bin Ambrosius' Stellvertreter und verantwortlich für die Sicherheit Britanniens, die Ihr gefährdet hättet, wäre Eure Frau hingerichtet worden.«

Marcus schüttelte den Kopf, und ein leeres Lächeln kräuselte seine Lippen. »Ihr könnt nicht Ambrosius' Stellvertreter sein, weil Ambrosius tot ist.«

Einen Augenblick sagte niemand in der Halle ein Wort. Viele hätten Marcus recht gegeben, doch alle wussten, wie ungern Arthur diese Worte hörte.

Es war ihre Mutter, die schließlich das Schweigen brach. »Ich kann Euch versichern, dass zumindest König Crimthann von den Laigin sich bester Gesundheit erfreut. Ich würde sagen, er wäre mehr als geneigt, die Südküste Dumnonias in Schutt und Asche zu legen, würde meine Tochter hingerichtet werden.«

Yseult konnte spüren, wie gern Marcus ihre Mutter ignoriert hätte, gleichzeitig jedoch überschlug er im Geiste die Kosten an Leben, Geiseln und Gütern.

»Außerdem, wenn es stimmt, dass Ambrosius tot ist, dann könnte ich ohne Weiteres im Namen meiner Söhne Anspruch auf den Titel der Regentin erheben«, gab Modrun zu bedenken. »Dann müsstet Ihr mir gehorchen.«

Marcus schnellte empor und fuhr zu ihr herum. »Wenn es stimmt, müsste ein Rat einberufen und ein neuer Hochkönig gewählt werden.«

Auch Modrun erhob sich ihm gegenüber und stützte sich mit beiden Händen auf den Tisch. »Aber Ihr müsst zugeben, *Protector* von Dumnonia, von allen hier im Raum stehen Arthur und ich dem Thron am nächsten, sehr viel näher als Ihr. Ihr dagegen herrscht in Dumnonia dank Eurer Heirat mit Argante, und nur in Euren aremorischen Territorien regiert Ihr von Bluts wegen. Was Ihr an Blutsbanden zu Dumnonia geltend machen könntet, habt Ihr ermordet.«

Yseult konnte fühlen, wie Marcus' Widerstand angesichts dieser verkappten Bedrohung seiner Machtbasis verpuffte. Im Licht des Feuers in der Mitte der Halle wurde er gerade merklich bleicher. Es war gut, dass ihm noch nicht zu Ohren gekommen war, dass Drystan noch lebte.

Modrun legte den Kopf ein wenig schief, als sinne sie über etwas nach. »Wenn eine Wahl zum Hochkönig abgehalten wird, können die Gebietskönige von Dumnonia ebenso gut einen neuen Protector wählen. Unter Erbins Verwandten gibt es eine ganze Menge geeigneter Kandidaten, glaube ich.«

Arthur nickte. »Zum Beispiel mein Neffe Medraut. Oder ich selbst.«

Yseult konnte Marcus im Geist so deutlich *Bastard!* schreien hören, als hätte er das Wort laut ausgesprochen. Sie war sich sicher, dass es Modrun genauso ging, doch Arthurs Pflegeschwester ließ sich nichts anmerken.

»Was wollt ihr von mir?«, brachte Marcus hervor.

»Um des Friedens in Britannien willen möchte ich, dass Ihr Sorge dafür tragt, dass Yseult kein Leid geschieht. Ich werde regelmäßig einen Boten nach Isca schicken, um mich von ihrem Wohlergehen zu überzeugen«, sagte Arthur.

»Und ich würde meine Tochter gern nach Isca begleiten«, fügte ihre Mutter hinzu. »Ich habe meinen Enkel lange nicht gesehen.«

Arthur lächelte ganz leicht und nickte. Allen war klar, dass dies keine Bitte war.

Marcus durchschaute Arthurs List, das sah Yseult; er argwöhnte, dass der Bote gleichzeitig ein Spion und sie seine Zuträgerin sein würde. Wenn sie mit ihm nach Isca zurückkehrte, würde sie sich ihrer Gabe des Wissens bedienen müssen, um hinter sein wahres Treiben zu kommen und Arthur die Erkenntnisse zu liefern, die er sich wünschte. Schon jetzt ersann ihr Gemahl Winkelzüge, um sie daran zu hindern, etwas zu sehen, das sie nicht sehen sollte, erdachte Szenarien, die er ihr vorspielen könnte.

Ihr Blick begegnete dem Modruns, und sie wusste, dass die andere Frau sich ebenfalls über Marcus' Pläne im Klaren war. Eine Empfindung abgeklärter Heiterkeit erreichte sie, und Yseult lächelte.

Dann fing sie einen Gedanken ihres Mannes auf: Wenigstens würde er Verwendung für sie haben, für diese erainnische Dirne. Sie konnte nicht länger lächeln.

Arthur war mit den Maßnahmen, mit denen er Marcus Cunomorus zu zügeln gedachte, noch nicht am Ende. »Außerdem werde ich persönlich die Verteidigung von Dyn Tagell übernehmen, da Ihr keine erwachsenen männlichen Verwandten mehr habt, die Euch beistehen könnten.«

Die Gewalt, die Marcus Arthur am liebsten angetan hätte, wurde plötzlich zu viel für Yseult, und sie verschloss ihre Gedanken vor ihm.

Mit einem schroffen Nicken bekundete Marcus sein Einverständnis. »Wann kann ich mit meiner Frau nach Isca zurückkehren?«

Arthur blieb stehen und wandte sich dem König und Protector von Dumnonia zu. »Prinzessin Yseult wird Euch zurückgegeben werden, sobald ich die Festung von Dyn Tagell übernommen habe.«

Yseult konnte das verzweifelte Wimmern nicht unterdrücken, das bei dem Gedanken an diese Verzögerung, bis sie Kustennin wiedersehen würde, in ihrer Kehle aufstieg, und Marcus warf ihr einen scharfen Blick zu.

»Darf ich wenigstens unter vier Augen mit meiner *Hohen Gemahlin* sprechen?«, wollte er wissen.

»Gewiss.«

Yseult erhob sich und ging zu ihrem Gemach voraus, während Marcus ihr folgte.

»Wie geht es Kustennin?«, fragte sie, als sie die Tür schloss.

»Gut. Er mag Newlyna wirklich gern.«

Yseult brauchte ein paar Sekunden, bis sie sich wieder an diesen Namen erinnerte; er sprach von der Frau, die Trephina nachgefolgt war. Sie verstand nicht, wieso er glaubte, die Erwähnung seiner Geliebten würde sie schmerzen.

Sie wandte den Blick ab. »Ich wäre gleich mit dir gegangen«, sagte sie. »Ich wusste nicht, dass Arthur vorhatte, mich dazu zu benutzen, dir die Herrschaft über Dyn Tagell zu nehmen.«

»Es spielt keine Rolle, was du vorhattest«, erwiderte Marcus Cunomorus, die Hände auf dem Rücken fest ineinander verschlungen. Sie bedurfte keiner ihrer Gaben, um zu wissen, dass er sich nur mit allergrößter Mühe zurückhielt, ihr etwas anzutun. »Das Ergebnis ist dasselbe, und du wirst dafür bezahlen.«

Schadenfroh weidete er sich an der Erkenntnis, dass Kustennin etwas war, womit er ihr drohen konnte, dass er durch ihren Sohn Macht über sie besaß. Wenngleich das stimmte, gab es vielleicht eine Möglichkeit, wie sie diese Tatsache zu ihrem Vorteil nutzen konnte. Wenigstens würde er sie zu Kustennin zurückkehren lassen, wenn er glaubte, sie stelle keine Bedrohung mehr dar – und sie vielleicht auch am Leben lassen. Ja, Arthur hatte ihm mit dem Verlust seiner Macht gedroht, falls ihr irgendetwas zustieße, aber wie weit wirkte das bei Marcus wirklich? Sie wusste es nicht.

Sie senkte den Kopf. »Es tut mir leid.«

»Das reicht nicht. Du hast mich zu einem absoluten Narren gemacht. Ich will, dass du leidest, so wie ich gelitten habe.«

Yseult sah ihn an, antwortete aber nicht. Was für eine Antwort konnte es auf Worte wie diese geben?

»Von jetzt an wirst du mir in allem gehorchen. Wenn du nicht zur fügsamen Ehefrau wirst, sorge ich dafür, dass du für immer von deinem Sohn getrennt wirst.«

»Ich verstehe.«

Er trat zu ihr und packte ihre Schultern mit schmerzhaftem Griff. »Gut. Du gehörst jetzt mir, ich kann mit dir tun, was mir beliebt.«

Yseult hielt den Blick gesenkt, während seine Hände ihre Schultern noch fester umklammerten. »Aber du wirst diskret sein müssen, solange meine Mutter bei uns ist«, rief sie ihm ins Gedächtnis.

Sie wollte nicht wissen, was er Yseult der Weisen gern angetan hätte, also hielt sie ihre Gedanken vor ihm verschlossen. »Um deiner selbst und um ihretwillen wirst du dafür sorgen, dass sie nicht lange bleibt.«

Yseult nickte. Marcus wurde allmählich unberechenbar, und sie wollte nicht, dass er seine Wut an ihrer Mutter ausließ. Unter gesenkten Lidern hervor konnte sie sehen, wie er lächelte, doch sie gestattete sich nicht, darauf einzugehen.

Wenn es dies war, was sie tun musste, um am Leben zu bleiben und bei Kustennin zu sein, dann würde sie es tun. Wenigstens wurde sie dadurch für Marcus wieder wertvoll.

Drystan fühlte, wie sich sein Magen zusammenkrampfte, als die Hügelfestung von Celliwig in Sicht kam. Hoffentlich war sie noch nicht fort.

Das letzte Mal war er zu Arthurs Weihnachtshochzeit hier gewesen; ein ganzes Leben lag das jetzt schon zurück. Ein Leben, das verloren und wieder zurückgewonnen worden war. Er konnte kaum glauben, dass es nur ein paar Monate her war.

Damals hatte Kustennin gerade Geburtstag gehabt, jetzt stand sein eigener kurz bevor.

Der Blumenduft in der Luft wetteiferte mit dem Geruch von frischem Gras, vermischt mit der Wärme des späten Frühlings, als er und Kurvenal der Straße vom Camel folgten, die zu dessen Seitenarm, dem Cammlann, hinaufführte. Es war einfach gewesen, eine Ausrede zu ersinnen, um Cador und Dyn Draithou zu verlassen; noch bevor die Kunde eingetroffen war, dass Yseult bald zu Marcus zurückkehren würde, hatte sie aus Aremorica die Nachricht erreicht, dass es um Riwallons Gesundheit nicht zum Besten bestellt war.

Obgleich er und Cador mütterlicherseits über ihre Tante Blodewedd verwandt waren, kannte Cador Riwallon kaum; für Drystan dagegen war er der Pflegevater, stand ihm im Geiste näher als der Mann, der ihn gezeugt hatte. Doch auch Marcus war ein Pflegevater – Cadors Pflegevater. Manchmal hatte Drystan das Gefühl, dass es Cador schwerer fiel als ihm selbst zu glauben, wozu Marcus Cunomorus fähig war. Sein Vater und sein Vetter standen einander nicht so nahe wie Drystan und Riwallon, doch während Cadors Zeit als Pflegesohn war es Marcus gewesen, zu dem der Junge aufgeblickt hatte.

Manchmal fragte sich Drystan, wie sein Vetter so redlich und ehrenhaft hatte werden können, wie er es ganz offenkundig war.

Die Nachricht von Riwallons Krankheit bot einen günstigen Vorwand, um Abschied von Cador und Dyn Draithou zu nehmen. Er dankte seinem Vetter dafür, dass dieser ihn aufgenommen hatte, als sein eigener Vater ihm nach dem Leben trachtete, und sagte ihm, er wolle nach Leonis reisen, um seinen Pflegevater noch einmal zu sehen, falls dessen Krankheit etwas Ernstes sei.

Er sagte nicht, dass er vorhatte, zuerst Yseult zu besuchen.

Cador verabschiedete sich von ihnen und begleitete sie noch ein Stück, ohne auch nur ein einziges Mal die Geschichten zu erwähnen, die Dortrig erreicht und die sie alle vernommen hatten, Geschichten von Leidenschaft und Betrug und knappem Entrinnen aus Todesgefahr. Geschichten in so vielen verschiedenen Versionen, dass Drystan nur schwerlich zu glauben vermochte, dass sie auf irgendetwas gründen könnten, was Ähnlichkeit mit der Wahrheit hatte, obgleich er sie selbst erlebt hatte.

»Drystan«, sagte Kurvenal, als sie sich den Mauern von Celliwig näherten und die Tore aufgestoßen wurden.

»Ja, mein Freund?«

»Wenn du nach Bro Leon weiterreist, komme ich nicht mit.«

Jetzt sah Drystan, was Kurvenal gesehen hatte – Brangwyn kam durch das offene Tor und gab sich offensichtlich alle Mühe, nicht zu eilen. Vergebens, ihr dunkles Haar flatterte hinter ihr her.

Kurvenal sprang vom Pferd und fing ihre Hände mit den seinen ein. Drystan betrachtete sie, als sie ernst miteinander sprachen, ohne sich zu umarmen, und er fragte sich, was ihm wohl sonst noch alles entgangen war, während er mit seinem eigenen Elend beschäftigt gewesen war.

Brangwyn starrte Kurvenal an, während er ihre Hände fest mit den seinen umschlossen hielt. Wann war ihr sein Gesicht so teuer geworden? Vielleicht damals, als sie Yseult beinahe verloren hätte; nach all den Sorgen der letzten Monate sehnte sie sich nach etwas, das ihr Freude machte, nach mehr als dem lachenden Gesichtchen Klein-Juduals. Etwas, das sie berühren, etwas, das sie festhalten konnte.

Und Kurvenal – Kurvenal war ein Fels, er war für sie da, trotz der vielen Male, die sie ihn abgewiesen hatte.

»Ich habe Drystan gesagt, dass ich ihn nicht nach Aremorica begleiten werde«, sagte er.

Sie senkte den Blick, schaute auf ihre ineinander verschlungenen Hände. Da war sie wieder, seine Treue zu ihr – er kehrte nicht einmal mit Drystan in seine ehemalige Heimat zurück.

Mit einem Finger hob er ihr Kinn an; seine Miene war beklommen. »Ich hoffe, ich bin nicht zu dreist?«

Sie schüttelte den Kopf. »Ich bin froh, dass du bleibst.«

Er lachte laut auf. »Das heißt, dass ich meine Stellung aufgebe. Und ohne Mittel, um mein Leben zu bestreiten, kann ich dir ja wohl kaum den Hof machen.«

»Sprich mit Arthur. Du hast doch jetzt in Drystans Diensten viele Jahre mit dem Dux Bellorum gekämpft.«

»Du willst, dass ich Soldat werde?«

Brangwyn seufzte. »Das ist das, womit du dich auskennst, nicht wahr? Was sollst du denn sonst sein?«

Er zuckte die Achseln; sein Gesicht war unbekümmerter, als sie es seit Langem gesehen hatte. »Ich könnte Prinzen im Umgang mit Waffen unterweisen.«

Sie schnaubte abfällig. »Unter deiner Würde. Die Welt wird immer Soldaten brauchen, selbst in Friedenszeiten, und mit ein bisschen Glück wird Arthur dich mit einem wichtigen Posten belohnen.«

»Was ist denn das? Meine Brangwyn befiehlt mir, Soldat zu werden?«

Sie schaute weg. »Ich befehle es dir nicht.«

Er zog ihre Hand durch seinen Arm. »Geh ein Stückchen mit mir.«

»Wer erteilt jetzt Befehle?«

Wieder lachte er, und die Anspannung in der Tiefe ihres Herzens begann sich zu lösen. Sehr oft lachte er nicht, aber wenn er es tat, dann war es ein Laut, den man mit Freuden vernahm.

Sie gingen vom Eingang der Hügelfeste fort, fort von den Flüssen im Osten und im Süden, dem Cammlann und dem Camel, auf den Wald auf der anderen Seite des Hügels zu, fort von Feldern und Bauern und Menschen. Brangwyn spürte, wie ein kribbelndes Gefühl freudiger Erwartung tief in ihrer Magengrube zu wachsen und sich immer weiter auszubreiten begann, nach außen und nach unten. Im Gehen streichelte er ihre Hand und sprach von den Dingen, die er tun werde, wenn Drystan fort war, stellte Mutmaßungen darüber an, wie sie einander treffen könnten, wenn sie bei Yseult blieb und nach Isca zog. Sie bemerkte kaum, wovon er redete, ließ die Worte über sich hinwegfluten, während die Erwartung in ihrem Leib weiter wuchs, schon fast schmerzhaft war.

Als sie den Schutz der Bäume erreichten, verstummte auch er. Nachdem sie ein wenig tiefer in den Wald gegangen waren, blieb er stehen, drehte sich zu ihr um und nahm ihr Gesicht zwischen seine Hände. »Ich habe dich doch richtig verstanden? Du wirst mir jetzt zuhören, wirst mir erlauben, von Liebe zu sprechen?«

Stumm nickte sie, wollte, dass er so viel mehr tat, als von Liebe *sprechen*. Oh, es war so lange her!

Er neigte den Kopf zu dem ihren herab, und sie gab ein ersticktes Aufkeuchen von sich, als sie seine Lippen süß auf den ihren spürte. Mehr, sie wollte mehr. Sie schob die Hände unter sein Wams, auf seine bloße Haut, und seine Arme schlossen sich fest um sie, während sein Atem schwerer ging. Brangwyn konnte den Beweis seines Begehrens fühlen, und sie presste ihren Schoß gegen ihn, ließ ihre Hände abwärtsgleiten und zog seine Hüften an sich.

Unsicher hob er den Kopf und starrte sie an, die dunklen Augen geweitet, die Lippen halb geöffnet. »Ist es das, was du willst? Jetzt gleich?«

»Ja«, stieß sie hervor und zerrte ihm das Wams über den Kopf. »Jetzt gleich.«

»Allmächtiger«, murmelte er dicht an ihren Lippen. »Ich hätte nie gedacht, dass ich mal so ein Glück habe.«

Sie streckten sich auf einem Grasflecken aus, auf zwei Seiten durch Bäume und Büsche vor neugierigen Blicken geschützt.

Während sie einander entkleideten, wuchs Brangwyns Verlangen so sehr, dass sie hätte schreien mögen. Und schließlich tat sie es auch, erfüllte den Wald mit ihren Schreien, so dass die Vögel erschrocken aufflogen. Keuchend pumpte Kurvenal seinen Samen in sie hinein, den Kopf in ihrer Halsbeuge vergraben, sein lockiges Haar wirr in ihrem Gesicht.

Allmählich kamen sie wieder zur Ruhe, und ihr Herzschlag beruhigte sich langsam. Kurvenal zog sich aus ihr zurück und rollte sich auf den Rücken. Seine tröstliche Wärme war noch da, neben ihr, das Gefühl seiner nackten Haut an der ihren, während sie in das Spiel aus Licht und Schatten in den Ästen über ihnen hinaufstarrte. Ein Wohlgefühl durchströmte sie, vollkommener als alles, woran sie sich erinnern konnte.

»Wenn du schwanger wirst, heiraten wir, auch wenn ich noch keine Möglichkeit sehe, dich und dein Kind zu ernähren«, sagte er.

Sie nickte. Das mit dem Heiraten war für sie nicht so wichtig wie für ihn. Und wenn sie heirateten, würde sie Yseult vielleicht verlassen müssen.

Yseult brauchte sie jetzt, mehr denn je, wenn sie zu Marcus zurückging.

Sie nahm seine Hand. »Wir finden schon einen Weg.«

Drystan blickte hinab auf die terrassenförmig angelegten Felder zu beiden Seiten des Cammlann unter ihnen und wünschte, dort wäre ein wenig Hoffnung zu finden, ein vergeblicher Gedanke. Dann wandte er den Blick von den ordentlichen Reihen ab und sah die Frau an, die neben ihm ging. »Es gibt also nichts, was ich sagen könnte, damit du es dir noch einmal überlegst?«

Yseult schaute starr geradeaus, auf den Pfad vor ihnen, die Hände zu Fäusten geballt. Sie erwiderte seinen Blick nicht. »Nein.«

Er war schon zu lange hier; inzwischen hatte er keinen Vorwand mehr, noch zu bleiben. Und wenn Arthur nach Dyn Tagell aufbrach, würden Yseult und ihre Mutter sich auf den Weg nach Isca machen.

Und zu Marcus.

Für Mai war das Wetter heiß, wie schon seit Wochen, und die Bauern hofften verzweifelt auf Regen für die frisch bestellten Felder. Drystan sah die Felder nicht mit den Augen eines Bauern – das Gras auf den Weiden schien ihm grün genug, und die Reihen der Karotten, Zwiebeln und Rüben sahen nicht braun oder kränklich aus –, doch er kannte ihre Klagen, und er wusste, wenn das Wetter nicht bald umschlug, könnte es dieses Jahr durchaus eine Hungersnot geben.

Was hatte er denn von ihr hören wollen? Dass sie seinetwegen ihren Sohn aufgeben würde? Wenn er ehrlich zu sich selbst war, dann hatte er gewusst, dass das nicht geschehen würde.

Doch sein Herz hatte kein großes Interesse an Ehrlichkeit.

»Ich kann nicht zurück, Yseult. Ich kann dieses Leben nicht mehr führen.«

Er hatte sie ohne Angst geliebt, hatte die Freude erlebt, dass sie endlich seinen Vater verlassen würde, um bei ihm zu bleiben – und jetzt kehrte sie ganz und gar zu Marcus zurück, wurde mehr als nur dem Namen nach dessen Ehefrau.

Nein.

Endlich sah sie ihn an. »Und ich kann Kustennin nicht zurücklassen. Das musst du verstehen.«

Ein Laut, halb Stöhnen und halb Fluch, drängte sich zwischen seinen Lippen hervor. »Barmherzige Götter. Ja, das verstehe ich. Aber das hilft auch nicht.«

Sie wanderten zwischen den Äckern am Hang über dem Fluss dahin. »Ich …«, setzte Yseult an und hielt dann inne.

Drystan ermutigte sie nicht weiterzusprechen. Was immer sie sagte, nichts würde sich ändern. Innerlich fühlte er sich wie tot.

Zu seiner Verblüffung wurde ihm klar, dass sie mit sich kämpfte, dass sie ihn anflehen wollte, ihr zu folgen, wie er es immer tat, sobald sie rief. Und auf einmal hatte sich das Machtverhältnis in ihrer Beziehung grundlegend verschoben. Vorher war er stets der Bittsteller gewesen, derjenige, der alles tun würde, um ihr nahe zu sein, derjenige, der ihrem leisesten Wink zu Willen gewesen war.

Und jetzt war er dazu nicht mehr bereit.

Diese Erkenntnis verschaffte ihm keine Befriedigung. Irgendwie war es, als sei jegliches Gefühl von ihm gewichen, jetzt, da diese letzte Hoffnung dahin war. Lust, Schmerz, Furcht, Freude, alles war vertrocknet und von der warmen Frühlingsbrise davongetragen worden. Er empfand weniger, als er sich entsinnen konnte, jemals gespürt zu haben; als wäre ihm das Herz herausgeschnitten worden und es wäre nur noch das Echo des früheren Empfindens zurückgeblieben, wie das Phantomgefühl einer Gliedmaße.

Sie ließ den Kopf sinken; eine Träne quoll aus einem Auge und rollte ihre blasse Wange hinunter, und er wusste, dass sie seinen Gedanken gefolgt war, mit dieser ungerechten Feadh-Ree-Gabe, die ihr stets einen Vorteil verschaffte und die sie mit Brangwyn teilte.

Wieder schaute er ins Tal hinunter auf den Cammlann, der sich friedlich zwischen den Bäumen an seinen Ufern dahinwand. »Ich glaube, ich bleibe eine Zeit lang in Aremorica. Jetzt, wo Riwallon krank ist, braucht Blodewedd mich vielleicht.«

Eine kleine Pause, das Rascheln eines Ärmels, ein Schniefen. »Du wirst Kustennin und mir fehlen.«

Kustennin – er würde Kustennin seinem Vater überlassen.

»Du wirst ihm auch mich überlassen«, war ihre Stimme sehr leise neben ihm zu vernehmen.

»Nein, du gehst zu ihm zurück.«

»Weil er unseren Sohn hat.«

Er schüttelte den Kopf. »Deinen Sohn. Kustennin war immer dein Sohn. Ich bin sein Bruder, hast du das vergessen?«

Sie war zu aufrichtig, es abzustreiten, und erwiderte nichts.

Es war sonderbar, wie teilnahmslos er war. Er verließ die Frau, die ihm während der letzten sechs Jahre seines Lebens beinahe alles bedeutet hatte, und alles, was er empfand, war Leere, als hätte ein Waldbrand sein Herz erfasst und alles weggebrannt.

Endlich drehte er sich wieder um. Bei allen Göttern, sie war schön; ihre unfassbar hellen Augen glänzten vor ungeweinten Tränen, ihr Mondlichthaar fiel ihr offen über die blassen Schultern. So lange war sie ein Teil seiner Seele gewesen; er wusste gar nicht mehr, wann er ihre Schönheit zum letzten Mal so wahrgenommen hatte wie jetzt, mit den Augen eines Kenners, eines Mannes, der einfach nur eine Frau betrachtete und sich am Ebenmaß ihrer Züge erfreute, an den weichen Linien, den gerundeten Brüsten und den dramatischen Farben.

Sie blieb stehen, und er hielt neben ihr an. »Ich werde immer mein Bestes für ihn tun«, sagte sie. »Das weißt du.«

Er nickte. »Ja, ich weiß.«

Eine weitere verirrte Träne glitt ihre Wange hinunter, doch er machte wieder keinerlei Anstalten, sie fortzuwischen.

Sie schenkte ihm ein Lächeln, das keines war. »Ich schwöre bei allen Göttern meines Stammes, dass ich dir niemals absichtlich weh getan habe, nachdem wir wieder zusammengekommen waren.«

Wieder nickte er. »Ich weiß.«

Sie schaute weg. »Ich glaube, es ist jetzt Zeit, dass du gehst.«

Er sah sie noch einen Augenblick an, dann drehte er sich um und ging ohne sie den Pfad nach Celliwig zurück.

VIERTES BUCH

Zwei Frauen und ein Mann

31

Die Liebe ließ mich zurück wie eine Kohle auf
dem Boden,
Wie eine halb verbrannte Grasnarbe, die nie
gelöscht wird.
Ärger als der Husten, ärger als das Fieber selbst,
Ärger als jeder Fluch daselbst unter der Sonne,
Ärger als die große Armut
Ist der Teufel, den die Menschen »Liebe« nennen.
Und wäre ich wieder in meinen jungen Jugendjahren,
So würde ich keinen Kuss hinnehmen, einen
gewähren oder darum bitten.

Er beklagt die Liebe

Als Drystans Schiff auf die Nordküste Aremoricas zuhielt, braute sich im Süden ein Sommergewitter zusammen und ließ die blassrosa Küstenfelsen in dramatischem Relief hervortreten. Drystan lehnte sich an die Reling und sah zu, wie seine einstige Heimat näher und näher kam. Es überraschte ihn, wie leicht ihm bei diesem Anblick ums Herz wurde. Glücklich, er war tatsächlich glücklich, trotz des Sturms und der Klippen und der möglichen Gefahr. Die Abendsonne ließ die felsige Küstenlinie erglühen, und dahinter war der Himmel von einem so tiefen Blau, dass es fast schwarz war. Doch die Schönheit dieses Anblicks bedeutete, dass sie in aller Eile den Hafen von Leonis im Süden anlaufen mussten; es war nicht klug, in der Nähe dieser Felsenküste in einen Sturm zu geraten.

Wind fuhr durch sein Haar, und über ihm schrien die Möwen. Es war ein stilles Glück, dieses Gefühl, das ihn beschlichen hatte, weniger fordernd als jenes, dem er während der letzten … während zu vieler Jahre hinterhergejagt war. Abgeklärter. Empfänglicher für das, was er jetzt hatte, just in diesem Moment, und nicht für das, was er begehrte, aber niemals bekommen konnte.

Vielleicht würde es ihm gelingen, es eine Weile festzuhalten.

Doch es fühlte sich seltsam an, so ohne Kurvenal. All die Jahre hindurch war sein Freund und Knappe an seiner Seite gewesen, außer in der Zeit, als Drystan bei Yseult in Eriu gewesen war.

Nein, er konnte nicht an Yseult denken, durfte sich diesen Augenblick dadurch nicht verderben lassen. Dieser Teil seines Lebens war vorbei.

Das Schiff drehte nach Süden ab und fuhr in den Hafen von Leonis ein. Die aremorischen Besitztümer seines Vaters lagen weit entfernt von hier, in den Hügeln in der Mitte der Halbinsel, doch die Nordküste Bro Leons kam ihm viel mehr wie ein Zuhause vor.

Ein Ort, wohin er zurückkehren konnte, wenn ihm das Herz schwer war.

Vom Hafen aus heuerte er eine Flussfähre an, die ihn und Erim – den er gebeten hatte, Kurvenals Stelle als sein Knappe zu übernehmen – das verbleibende kurze Stück bis zu Riwallons Königssitz bringen sollte. Drystan hatte eine Nachricht geschickt, dass er käme, doch er hatte nur ein ungefähres Datum für seine Ankunft nennen können, und Blodewedd hatte andere Sorgen, als nach einem Schiff Ausschau zu halten.

Der Abend dämmerte, als sie am Kai eintrafen. Der Soldat, der dort Wache hielt, kam herbeigeeilt, als sie aus der kleinen Fähre stiegen, und ergriff seine Hand.

»Drystan!«

Er schaute dem bärtigen Mann ins Gesicht. »Um Vergebung, kenne ich Euch?«

Der Soldat gab ein brüllendes Auflachen von sich, und schlagartig wusste Drystan Bescheid. Das Lachen klang tiefer und voller, als er es in Erinnerung hatte, doch es gab nur wenige Menschen, die so zu lachen vermochten.

»Morvan?«

Abermals ertönte das Lachen. »Genau der. Wir haben dich die ganze letzte Woche lang jeden Augenblick erwartet. Du hast dich nicht sehr verändert, Drystan. Ich sehe dich an und denke, ich hätte mir all die Jahre nur eingebildet, die verstrichen sind.«

Lächelnd schüttelte Drystan den Kopf. »Wenn wir ein bisschen mehr Licht haben, siehst du die Falten um meine Augen. Es ist schön, dich wiederzusehen, Morvan.«

Zusammen trotteten sie den Hang hinauf, vor ihnen die befestigte Villa und hinter ihnen die Bucht. Der Sturm hatte Leonis schließlich doch verschont, und die Vögel erfüllten die Luft mit der Musik des Abends.

Während Morvan lediglich breiter und haariger geworden war, sahen Riwallon und Blodewedd sehr viel älter aus, besonders Riwallon. Er war so abgemagert, dass seine Wangen eingefallen waren, und unter seinen Augen lagen tiefe Ringe. Drystan verbarg seine Verblüffung und seine Furcht und konzentrierte sich auf die Freude, die beiden wiederzusehen. Riwallon sah viel schlechter aus, als man ihn glauben gemacht hatte.

Nach einer begeisterten, tränenreichen Begrüßung zog Drystan den Verwalter Girec beiseite. »Habt Ihr nach Labiane geschickt?«

Girec nickte. »Aber sie hat geantwortet, wegen ihrer Pflichten in Caer Custoeint und wegen der Kinder, um die sie sich kümmern muss, könne sie dort nur weg, wenn es ernst wäre.«

Drystan seufzte. Wenn er Riwallon betrachtete, war er sich sicher, dass es ernst war, doch nach dem, was er hatte in Erfahrung bringen können, gab es keine besonderen Anzeichen für eine Erkrankung außer Schwäche, Müdigkeit und Gewichtsverlust. Wenn sein Pflegevater an einer zehrenden Krankheit litt, konnte er lange dahinsiechen, ehe es »ernst« wurde.

»Vielleicht kann der hiesige Heiler es uns sagen, wenn es so weit ist«, meinte er.

»Sehr wohl, Herr«, erwiderte Girec. »Und darf ich Euch von

allen Bewohnern von Leonis ausrichten, dass wir sehr froh sind, Euch wiederzuhaben? Der Herr und die Herrin brauchen jemanden, der sich um sie und ihre Angelegenheiten kümmert. Wir geben hier nicht viel auf böse Geschichten von jenseits des Meeres.«

Mit einer Verbeugung entschuldigte Girec sich, und Drystan machte sich nachdenklich auf den Weg zu seinem Gemach in der von Grund auf instandgesetzten, befestigten Villa. Was Girec gesagt hatte, bewies natürlich, dass die Menschen den »bösen Geschichten« sehr wohl Beachtung schenkten – und dass die Kunde von seiner Flucht aus Voliba und dem Verrat an seinem Vater ihm hierher vorausgeeilt war.

Doch sie hießen ihn trotzdem willkommen. Er würde sein Bestes tun, um sich das zu verdienen.

Während die Tage länger und heißer wurden, wurde Drystans Leben ruhiger und beschaulicher, beherrscht von einem gleichförmigen Tagesablauf und stiller, von Tag zu Tag empfundener Zufriedenheit. Obgleich Riwallons Gesundheitszustand beständig Anlass zur Sorge gab, war er froh, neben ihm stehen zu können, wenn die Bauern aus der Umgebung kamen, damit er für sie Recht sprach, oder ihm seine Pflichten bei der Verwaltung von Bro Leon abzunehmen. Seine Pflegeeltern waren so glücklich, ihn wieder bei sich zu haben, dass er nur ebenfalls glücklich sein konnte, hier zu sein.

In den Hundstagen des Augusts schritten Drystan und Riwallon eines Tages gemeinsam zwischen den Feldern der Bauern aus der Nachbarschaft dahin und begutachteten die Ernte, die demnächst eingebracht werden sollte, als Riwallon plötzlich die Sinne schwanden.

»Schickt nach einem Heiler!«, rief Drystan einem Mädchen zu, das in der Nähe zwischen den Pflanzen Unkraut jätete. Dann kniete er auf dem staubigen Pfad nieder, zwischen Feldern mit Knoblauch und Weizen, rieb Riwallon Hände und Wangen und wünschte sich, Yseult wäre hier.

Wünschte sich, Yseult wäre hier.

Nein. Das würde er sich nicht gestatten, damit würde er sich nicht kasteien.

Es gab wenig, was der Heiler tun konnte, wenig, was irgendjemand tun konnte. Riwallon starb von innen heraus, erklärte der Priester von Bro Leon Drystan. Er empfahl Aufgüsse aus Salbei und Thymian gegen Entzündungen und Bilsenkraut und Holunderblüten gegen Schmerzen.

Trotz der Versprechen, die er sich selbst gegeben hatte, konnte Drystan nicht umhin, sich zu fragen, womit Yseult seinen Pflegevater wohl behandelt hätte.

Als der Sommer heißer und unbarmherziger wurde, verschlechterte sich Riwallons Zustand mehr und mehr. Er blieb im Bett und erhob sich nur zu wichtigen Anlässen wie dem Erntefest oder dem Michaelistag.

Doch selbst nachdem die Hitze des Sommers vorüber war und die Tage endlich kühler wurden, besserte sich die Gesundheit des Königs von Bro Leon nicht. Stattdessen schien Riwallon von Tag zu Tag schwächer zu werden, er verfiel vor ihren Augen, und Blodewedd wurde immer hilfloser und verzweifelter. Drystan stellte fest, dass er nach und nach immer mehr Pflichten in Leonis übernahm. Oft kamen Girec und Morvan zu ihm, bevor sie zu Blodewedd gingen; sich an Riwallon zu wenden kam nicht in Frage. Noch vor dem Ende des Sommers regierte Drystan das kleine Königreich von Bro Leon praktisch allein: Er verhandelte Dispute zwischen Landbesitzern und der Kirche, teilte Arbeiter für die Ernte ein, beriet mit dem Hafenmeister über die Gebühren für die Handelsschiffe und nahm den Anteil des Königs am Ertrag der Austernfischer entgegen. Jahrelang hatte er wenig mehr getan, als zu kämpfen, zu reiten, zu exerzieren und sich aufs Kämpfen vorzubereiten. Noch immer verbrachte er mindestens eine Stunde am Tag mit Morvan und den Truppen von Bro Leon auf dem Übungsplatz, zu sehr Krieger, um das aufzugeben; der Rest jedes Tages jedoch war hauptsächlich von Verwaltungspflichten ausgefüllt.

Und niemand erwähnte den Skandal, der ihn gezwungen hatte, Dumnonia zu verlassen.

Als die Blätter sich zu verfärben begannen und der September dem Oktober wich, wies Drystan Girec an, abermals eine Botschaft zu Labiane zu schicken. »Sagt ihr, jetzt sei es ernst.«

Zwei Wochen später traf seine Base ein, ihre Tochter Cwylli und ihren Sohn Gildas im Schlepptau. Drystan freute sich nicht besonders darauf, sie wiederzusehen, doch er fürchtete, Riwallon werde das neue Jahr nicht erleben, und wenn bald die Herbstgewitter den Stürmen des Winters wichen, wäre es sehr viel gefährlicher, den Kanal zu überqueren.

Labiane reichte gerade einem Diener ihren Umhang, als Drystan in die Halle der Villa geeilt kam, um sie zu begrüßen. »Da bist du ja, Drystan«, sagte sie. »Hier, um mich in meinem eigenen Heim willkommen zu heißen. Doch nicht tot.«

Drystan achtete nicht auf ihre Worte und gab ihr den Kuss des Blutsverwandten. »Sei gegrüßt, Labiane. Hattest du eine gute Reise?«

»Die Überfahrt war ein bisschen rau, und Cwylli war die ganze Zeit übel. Aus ihr wird nie ein Seemann, aber Gildas schien es Spaß zu machen.«

Das Mädchen sah noch immer blass und krank aus, und Drystan bückte sich und nahm sie auf den Arm. »Komm, Cwylli, sollen wir dir ein Bett suchen?«

Cwylli legte ihm die Arme um den Hals und nickte. Grüne Augen in einem Gesicht, das von einem Wust goldbrauner Locken umrahmt wurde, sahen ihn vertrauensvoll an. Erschrocken begriff Drystan, dass er seine kleine Schwester auf dem Arm hielt. Dann trat Blodewedd in die Halle, und die beiden Frauen umarmten einander weinend. Drystan brachte Cwylli fort und verspürte ein eigenartiges Bedürfnis, sie zu beschützen.

Bald nach Labianes Ankunft verschlechterte sich Riwallons Zustand noch mehr, und Drystan stellte fest, dass er schließlich doch dankbar für ihre Anwesenheit war. Nicht nur verbrachte sie viel Zeit damit, ihren Vater zu pflegen, sie hatte auch einen beruhigenden Einfluss auf Blodewedd. Nachdem Drystan klar zu verstehen gegeben hatte, dass er nicht auf ihre Sticheleien eingehen werde, schlossen sie sogar eine Art Waffenstillstand, wenngleich sie wahrscheinlich niemals wieder zu der geschwisterlichen Kameradschaft zurückfinden würden, die sie als Kinder verbunden hatte.

Cwylli jedoch wurde sein Liebling.

Es überraschte ihn, wie hingerissen er davon war, eine kleine Schwester zu haben. Oft nahm er sie vor sich aufs Pferd, wenn er den Hügel hinunter nach Leonis in die Stadt ritt, um sich mit dem Magistrat oder mit Würdenträgern der Kirche zu treffen, und die beiden waren häufig auf den Straßen zwischen den Feldern und entlang der Bucht zu sehen. Cwylli war redselig und wissbegierig und reizend, und bald waren die Pächter und Bauern der Gegend ganz vernarrt in sie. Trotz des Schmerzes zu wissen, dass Riwallon bald von ihnen gehen würde, waren Drystans Tage von einem stillen Glück durchdrungen, das ihn noch mehr verblüffte als das Ausmaß seiner spontanen Zuneigung zu Cwylli.

Seine Liebe zu Yseult musste wahrhaftig an all den Jahren des Versteckens und der Heimlichkeit gestorben sein. Wie konnte er sonst so zufrieden sein, wenn er von ihr getrennt war?

Riwallon verschied kurz nach Allerheiligen, als der erste Schnee den Boden bedeckte. Drystan konnte sich des Gedankens nicht erwehren, dass in Eriu jetzt Samhain war, die Zeit, in der die Grenze zwischen den Welten am dünnsten war.

Der Winter begann gerade, in Aremorica Fuß zu fassen, doch glücklicherweise war der Boden nicht gefroren, und das Begräbnis konnte stattfinden. Riwallons Leichnam wurde mit Wasser aus dem heiligen Brunnen gewaschen, ins Totenhemd gehüllt und in der Eingangshalle aufgebahrt. Er war beim Volk von Bro Leon sehr beliebt gewesen, und in den Tagen vor dem Begräbnis strömten unablässig Besucher herbei, die von ihm Abschied nehmen wollten.

Drystan übernahm es wie selbstverständlich, sich um alles zu kümmern, um seine Tante so weit wie möglich zu entlasten, obgleich es ihr oblag, die Trauergäste willkommen zu heißen und für ihre Unterbringung zu sorgen. Still und betrübt kam sie diesen Pflichten nach; die Ringe unter ihren Augen waren dunkel, und ihre Trauer war für jeden sichtbar. Labiane beobachtete ihren Vetter argwöhnisch, tat jedoch wenig, um zu helfen, außer ihrer Mutter beizustehen und sie zu umsorgen. Sie hatte gerade ihren Vater verloren, und Drystan versuchte, großherzig zu sein, doch es war offenkundig, dass die mühelose Befehlsgewalt, die er jetzt in ihrem Hause innehatte, sie verdross – ohne dass sie den Versuch unternommen hätte, die nötigen Arbeiten selbst zu erledigen, damit das Volk von Leonis sich allmählich eher auf sie verließ anstatt auf ihn. Mit dieser Mischung aus Selbstsucht und verletztem Stolz erinnerte sie Drystan oft an seinen Vater.

Und wieder musste er sich fragen, wie Cador, der fast ebenso lange bei Drystans Eltern in Pflege gewesen war wie Labiane, sich unter dem Einfluss von Marcus Cunomorus seine Rechtschaffenheit bewahrt hatte.

Die Herrscher der Umgegend und ihre Familien, die man rechtzeitig benachrichtigen konnte, kamen aus bis zu zwei Tagesreisen Entfernung zu Riwallons Begräbnis, um ihm die letzte Ehre zu erweisen. Unter ihnen waren einige Verwandte, die Drystan seit Jahren nicht mehr gesehen hatte, manche nicht mehr, seit er ein Knabe gewesen war. Arthurs Mutter Ygerna war mit ihrem Gemahl Hoel von seinem Sitz im Osten bei Caer Brioc gekommen, und Arthurs Halbschwester Anna und ihr Mann Budic hatten den verschneiten Straßen den ganzen Weg vom aremorischen Domnonia bis hierher getrotzt. Außerdem waren etliche geringere Könige und Grafen anwesend, denen er noch nie begegnet war oder an die er sich nicht mehr erinnern konnte.

Für den Beerdigungszug nahm er die besten Musikanten in seine Dienste, die Leonis zu bieten hatte, und sie gingen voraus zu der Kirche vor den Stadtmauern. Morvan, Girec und andere Männer aus Riwallons Haushalt trugen den Leichnam durch die Straßen der Stadt, und Blodewedd, Drystan und Labiane folgten ihnen dichtauf. Cwylli hatte keine wirkliche Verbindung zu dem Großvater, den sie kaum gekannt hatte, ging jedoch mit angemessenem Ernst zwischen Drystan und Labiane und hielt ihre Hände. Gildas' Amme folgte ihnen mit dem Säugling, und der Rest der Trauernden schloss sich ihnen an. Das Wetter war klar und kalt, und der Schnee auf dem Boden verlieh dem Friedhof neben der Kirche das Aussehen unberührter Reinheit. Dies würde ein friedlicher Ruheplatz für Riwallon sein.

Später, beim Trauermahl in Riwallons Villa, geleitete Drystan seine Tante Blodewedd von Gruppe zu Gruppe und stützte sie mit festem Griff am Ellenbogen, während sie Beileidsbekundungen entgegennahm und sich bemühte, tapfer zu sein.

»Ich muss mich einen Moment hinsetzen«, sagte Blodewedd endlich mit bebender Stimme.

»Gewiss.« Er fasste sie am Arm und führte sie zu einem Stuhl, der an der Wand stand.

Mit einem dankbaren Seufzer ließ Blodewedd sich darauf niedersinken, und Drystan gab ihr einen Kuss auf die Wange. Die Haut unter seinen Lippen fühlte sich überraschend jung an, nicht trocken und alt, doch ihre Augenwinkel und ihre Stirn waren von den Sorgenfalten gezeichnet, die Riwallons lange Krankheit dort eingegraben hatte, und ihr einst dunkles Haar war jetzt reichlich von grauen Fäden durchzogen.

»Soll ich dir ein Glas Wein holen?«, erbot er sich.

»Ja, danke, Drystan.«

Er ging durch die Menge davon, dorthin, wo die Erfrischungen aufgetischt worden waren.

»Yseult!«

Es war, als habe jegliche Bewegung in Riwallons Eingangshalle innegehalten, als wäre die ganze Welt zu einem einzigen Moment zusammengeschrumpft – zu diesem Augenblick. Ohne nachzudenken, drehte Drystan sich nach der Stimme um, hatte das Gefühl, in der Zeit festzustecken, jede Sekunde eine Stunde, ein langsames Dahinkriechen, auf ein einziges Ereignis zu, wenn er eine Frau wiedersehen würde mit Haar wie Schnee in der Sonne und Augen wie die Spiegelung des Mondes in einem See. Freudige Erwartung schnürte ihm die Kehle zu, und seine Brust fühlte sich an, als habe ein Riese sie gepackt und quetsche sie zusammen.

Er blinzelte. Sie war nicht da.

»Yseult!«, war Annas Stimme ein zweites Mal zu vernehmen. »Wie schön, dich wiederzusehen!«

Arthurs Schwester schloss eine Frau in die Arme, die Drystan noch nie gesehen hatte, eine Frau, die nicht Yseult war, aber natürlich war sie doch Yseult, nur nicht die Yseult, die er gerade so verzweifelt hatte erblicken wollen, der Grund dafür, dass seine Seele seinen Körper verlassen hatte und er jetzt leer hier stand, als könne dies der Augenblick sein, der ein ganzes Leben zu heilen vermochte.

Was nicht der Fall war.

Und wenn er allein auf den Klang eines Namens hin so reagieren konnte, dann hatte er sich offensichtlich all die letzten Monate etwas vorgemacht.

Die beiden Frauen bemerkten, dass er sie anstarrte, und drehten sich Arm in Arm zu ihm um; wie bei Zwillingen stahl sich dasselbe geheimnisvolle Lächeln auf ihre Gesichter. Als merkte er nicht, was sie dachten.

Und noch immer konnte er sich nicht rühren.

Anna trat vor und zog die andere Frau sanft mit sich. »Drystan, ich glaube, du kennst Yseult noch nicht, oder? Sie war bei meinen Eltern in Pflege, als ihre Mutter und ihr Vater bei einem Schiffsunglück umgekommen sind, und seitdem ist sie bei ihnen geblieben.«

Annas Pflegeschwester nickte. »Ygerna und Hoel haben mir angeboten, bei ihnen zu bleiben, solange mein Bruder Kaedin noch gegen die Westgoten gekämpft hat. Aber vor Kurzem ist er auf unseren Familiensitz in Karke zurückgekehrt und hat dort wieder die Herrschaft übernommen. Ich hoffe, bald zu ihm reisen zu können.«

Drystan starte sie weiterhin an, aus irgendeinem Grund war er nicht in der Lage, sich normal zu verhalten. Diese Yseult hatte oberflächliche Ähnlichkeit mit seiner Yseult, doch alles an ihr war kleiner: ihre Gestalt, ihre Augen, ihre Farben, ihre

Gegenwart. Sie hatte etwas Angenehmes an sich, aber nichts Dramatisches; ebenmäßige Züge, jedoch keine scharfsichtige Klugheit hinter den Augen.

»Wir nennen sie Yseult Weißhand«, erklärte Anna jetzt, da es ihm noch immer nicht gelungen war, die Sprache wiederzufinden. Sie hob eine der Hände ihrer Pflegeschwester in die Höhe und streckte sie ihm entgegen. »Sie sind so schön und zart, siehst du?«

Drystan schüttelte sich innerlich, ergriff die dargebotene Hand und hob sie an die Lippen. »Sehr erfreut«, brachte er heraus.

Bei der Berührung ihrer warmen, weißen Hand in der seinen durchfuhr ihn ein Schauer, und sein Herz hämmerte von Neuem. Er konnte fühlen, wie ihm das Blut in die Wangen schoss, und Yseult Weißhand lächelte jenes Lächeln, das Frauen zur Schau tragen, wenn sie wissen, dass ein Mann ihnen ausgeliefert ist.

Nur war es nicht dieses Mädchen, das ihn gefangennahm, nicht wirklich; es war eine abwesende Yseult.

»Wie lange werdet Ihr in Leonis bleiben?«, wollte die junge Yseult wissen und nahm ihre Hand wieder in Besitz.

Langsam erweiterte sich sein Blickwinkel auf die Welt wieder etwas, und die unnötige Nervosität, die ihn gelähmt hatte, verging. »Solange Blodewedd mich braucht und Arthur mich nicht zurückruft.«

»Es ist schön von Euch, dass Ihr Euren Pflegeeltern so treu ergeben seid«, bemerkte sie.

Drystan fand irgendwo ein Lachen, das fast natürlich klang. »Treu ergeben vielleicht, aber vergesslich – ich lasse Blodewedd gerade auf ein Glas Wein warten. Ihr entschuldigt mich, Hohe Damen?«

Yseult entschuldigte ihn bereitwillig; ihr Lächeln verriet ihm ihre Zuversicht, dass er sie nicht für immer verließ.

Drystan lächelte vor sich hin, während er den Wein für Blodewedd holte. Hübsch war Annas Pflegeschwester ja, aber sein wie vor den Kopf geschlagenes Benehmen hatte bei ihr einen völlig falschen Eindruck hinterlassen. Er hatte auf sie reagiert, ja, aber nur, weil sie den Namen jener Frau trug, die er nicht haben konnte. Er schüttelte den Kopf und verjagte den Nebel der Verwirrung und der Verblendung.

Ach, wann würde er endlich über sie hinweg sein – wirklich und wahrhaftig über sie hinweg?

Als er zu Blodewedd zurückkehrte, lehnte Cwylli an den Knien ihrer Großmutter und fragte sie nach all den Leuten aus, die auf dem Fest waren. Blodewedd sah lebhafter aus als seit Wochen, und Drystan ertappte sich dabei, wie er sich wünschte, Labiane könnte mit dem Kind noch länger bleiben: Nicht nur würde er Cwylli vermissen, wenn sie nach Caer Custoeint zurückkehrte, sie brachte auch neues Leben nach Leonis.

»Drystan!«, rief Cwylli, als er näher kam, und er grinste.

»Hochheben!«, verlangte sie und streckte beide Arme neben dem Kopf senkrecht in die Höhe. Drystan schmunzelte, reichte Blodewedd das Glas Wein und hob Cwylli auf seine Schultern.

»Du hast eine sehr fordernde Enkeltochter«, sagte er zu seiner Pflegemutter.

Blodewedd lachte. »Und eine sehr große.«

Es war so schön, sie wieder lachen zu hören. Er streckte die Hand nach Blodewedd aus und half ihr hoch. »Komm, zeigen wir unseren Gästen, wie die Zukunft von Bro Leon aussieht.«

Mit seiner Pflegemutter am Arm und seiner Schwester, die gleichzeitig seine Base zweiten Grades war, auf den Schultern, setzte Drystan seinen Rundgang unter den Gästen des Begräbnisfestmahls fort. Seltsame, komplizierte Beziehungen. In Britannien hatte er eine Stiefmutter zurückgelassen, die seine Geliebte war, und einen Bruder, der sein Sohn war. Er fragte sich, wie viele in dieser Halle wohl noch auf eine Art und Weise miteinander verwandt waren, die nicht sein sollte.

Noch bevor die Gäste Platz nahmen, um sich Wildschweinbraten mit Kreuzkümmel und Pflaumensoße schmecken zu lassen, hatte es erneut zu schneien begonnen, dicke Flocken, die rasch den Boden bedeckten.

»O weh«, meinte Blodewedd neben ihm, als sie vor der großen, zweiflügeligen Eingangstür von Riwallons Halle standen. »Ich hoffe nur, wir müssen sie nicht alle den ganzen Winter über durchfüttern.«

Cwylli verlangte, abgesetzt zu werden. Die beiden sahen zu, wie sie in den Schnee hinausrannte und sofort anfing, Schneebälle zu formen, mit denen sie nach den Ziegen warf, die sich in ihrem Pferch zusammendrängten.

Ehe Drystan auf Blodewedds Worte antworten konnte, trat Yseult von Karke zu ihnen und legte ihm eine ihrer berühmten weißen Hände auf den Arm. »Ich weiß ja, dass es ärgerlich ist, aber ich schaue mir so gern verschneite Landschaften an. Alles, was sonst unvollkommen oder hässlich sein könnte, ist zugedeckt. Findet Ihr nicht auch?«

Sie schaute zu ihm auf, und Drystan blickte hinab. Wäre dies seine Yseult hier neben ihm gewesen, so hätte er ihr fast in die Augen sehen können, ohne den Kopf zu senken.

»Es ist schön, ja, wenn man die Gefahr außer Acht lässt.«

Sie lächelte. »Welche Gefahr?«

Ach, sie war so jung, so unerfahren. Aber nicht unschuldig. Das Lächeln, mit dem sie ihn bedachte, war äußerst berechnend. Es war leicht zu erkennen, dass sie glaubte, sie habe eine Eroberung gemacht, und jetzt würde er sie eines Besseren belehren müssen.

Es war interessant gewesen, von Neuem diesen Schauer körperlicher Erregung zu verspüren, wie den Beginn einer Verliebtheit; was er jedoch wusste und Yseult nicht, war, wie wenig Aussicht das Ganze hatte, sich zu etwas Ernsthaftem zu entwickeln.

Er blickte in ihre funkelnden blauen Augen. Was konnte es schaden, auf diesen Funken zu antworten? Solange er ihr klar machte, dass sie nichts von ihm erwarten konnte, konnte er sich vielleicht ein leichtherziges Getändel mit dieser hübschen jungen Frau gönnen. Er konnte sich gar nicht mehr erinnern, wann er zum letzten Mal getändelt und gelacht und diese kleinen Spielchen mit einer Frau gespielt hatte, die er anziehend fand. Vielleicht würde das seinem wunden Herzen ein wenig Linderung verschaffen.

Er legte die Hand über die schlanken weißen Finger in seiner Armbeuge. »Sollen wir uns Cwylli anschließen und auch Schneebälle nach den Ziegen werfen?«, fragte er lächelnd.

Als der Frühling kam, war Drystan mit Yseult Weißhand verlobt.

32

> Und so begab es sich, dass Sir Tristram einwilligte, Isoud la Blanche Main zu ehelichen. Und schließlich wurden sie vermählt und hielten feierlich Hochzeit. Und als sie beide zu Bette lagen, da gedachte Sir Tristram seiner alten Liebe La Beale Isoud. Und da überkam ihn jäh ein solcher Gedanke, dass er voll des Entsetzens war, und keine Freude schenkte er als Herzen und Küssen; was andere fleischliche Gelüste anging, so hatte Sir Tristram niemals Gedanken oder Mühe mit ihr …
>
> Sir Thomas Malory, *Arthurs Tod*

Yseult die Schöne setzte sich auf eine Bank vor einem Beet mit üppig blühenden purpurnen Veilchen, während Cador stehen blieb. Kustennin wollte von all dem nichts wissen und rannte zum Vogelbad hinüber, um zuzusehen, wie die Vögel aufstoben.

Jedes Mal, wenn Cador zu Besuch kam, war sie froher darüber, dass Marcus glaubte, sie würde ihm falsche Kunde für Arthur mitgeben. Die tägliche Pein ihres gegenwärtigen Lebens war mehr, als sie für möglich gehalten hätte, und sie fraß sie Stück für Stück auf. Solange ihre Mutter bei ihnen geweilt hatte, war ihr Unglück nicht ganz so vollkommen gewesen, doch Yseult die Weise hatte keinen Vorwand gehabt, länger als den Sommer über zu bleiben, bis das Meer schließlich rauer und die Reise nach Eriu gefährlicher wurde.

In letzter Zeit hatte Yseult nur während ihrer Treffen mit Cador nicht das Gefühl, auf der Hut sein zu müssen. Ohne Brangwyn, so glaubte sie manchmal, wäre sie verrückt geworden.

Heute hatte sie beide Knaben bei sich; Brangwyn verbrachte den Tag in Isca, um Kurvenal zu besuchen.

»Es ist sehr großherzig von Euch, dass Ihr Judual in Euren Haushalt aufgenommen habt«, sagte Cador und hob den kleinen Jungen auf die Schultern, der eben noch auf seinen Füßen herumgeklettert war.

Yseult warf ihm einen raschen, spöttischen Blick zu, doch er schien es ernst zu meinen. Mittlerweile wusste ganz Südwestbritannien von ihrer Flucht mit Drystan im letzten Jahr, nachdem Marcus sie zum Tode verurteilt hatte.

Nachdem Arthur die Versöhnung ausgehandelt hatte, hatten sie sich bemüht, Geschichten in Umlauf zu bringen, um den Ereignissen, die sich nicht leugnen ließen, eine andere Deutung zu geben; eine romantische Mär, die Myrddin ersonnen hatte, einschließlich eines Schwertes, das zwischen ihnen gelegen und eines reumütigen Marcus', der den Beweis ihrer Unschuld entdeckt hatte. Yseult hatte erlebt, wie die Geschichten auf dem Marktplatz von Isca erzählt wurden, hatte die Gerüchte vernommen, dass sie beide getrennt geflohen seien und unschuldig sein mussten, hatte aber auch Schilderungen gehört, die der Wahrheit näher kamen, dass sie Marcus hintergangen und alles verdient hätten, was ihnen angetan worden sei.

Myrddins Mär war eine gute Geschichte, aber vollkommen unglaubwürdig. Nicht nur wäre mehr als ein Schwert notwendig gewesen, um Yseult und Drystan voneinander fernzuhalten, wenn sie zusammen in einem Bett lagen – vor allem war Marcus in seinem ganzen Leben noch nie reumütig gewesen.

»Ihr seid wahrscheinlich der einzige Mensch im Umkreis von einem Tagesritt, der das glaubt«, bemerkte Yseult. Sie streckte die Hände aus. »Soll ich ihn nehmen?«

Cador schüttelte den Kopf. »Ich mag Kinder.«

Sie lächelte. »Ich weiß.« Es war ein Jammer, dass Cadors kurze Ehe mit Edain kinderlos geblieben war – er hätte einen ausgezeichneten Vater abgegeben. Edain war im Januar im Kindbett gestorben und hatte Cador im zarten Alter von zwanzig Jahren als Witwer zurückgelassen. »Ihr seid einer von Kustennins Favoriten. Er mag Euch lieber als seinen eigenen Bruder.«

Cador schaute zum Vogelbad hinüber, wo Kustennin im Wasser planschte, das er jetzt für sich allein hatte. »Den er vielleicht niemals wiedersehen wird«, sagte er leise.

Yseult erhob sich und starrte auf den Kies des Weges hinunter. »Kommt, lasst uns weiter von der Villa fortgehen.«

Cador folgte ihr, während Judual fröhlich auf seiner Hüfte thronte. Sie schlug den Weg ein, der von den Gärten fortführte, vorbei am Ostflügel der Villa. Als sie außer Hörweite der Mauern waren, sagte sie: »Marcus plant eine Reise nach Norden, zu Lot in Din Eidyn.«

Er blieb stehen und setzte Judual ab, der prompt hinter Kustennin hertapste. »Das hat er Euch gesagt?«

Yseult schüttelte den Kopf. »Nein, ich habe es gehört.« Sie sagte ihm nicht, dass sie es in Marcus' Gedanken erlauscht hatte. Das Geheimnis um ihre Fähigkeiten war ein Vorteil, den sie nicht einmal einem Freund anvertrauen mochte. »Was er mir erzählt hat, war, dass er nach Aremorica muss, um sich um einen neuen Verwalter in Caer Haes zu kümmern.«

»Wisst Ihr sonst noch etwas über diese geplante Reise nach Norden?«

Sie zog einen Zweig aus dem Kirschbaum, um an den Blüten zu riechen, und hielt ihn dann Cador hin, damit dieser sich näher zu ihr herüberbeugte. »Marcus ist nicht der Einzige, der Lot in Din Eidyn besuchen wird«, flüsterte sie. »Cadwallon von Gwyned, Urien von Gore und Hueil und ein paar von Caws anderen Söhnen haben ebenfalls vor, sich ihnen anzuschließen.«

Cadors Miene war besorgt. »Das ist nur allzu logisch. Zumindest Lot und Marcus sind mit dem Hochkönig verwandt.«

»Ja. Und sie glauben, dass Ambrosius tot ist.«

Als Cador keine Anstalten machte weiterzugehen, legte Yseult ihm die Hand auf den Arm und dreht ihn sanft herum, um den Knaben zu folgen.

»Wo ist Euer Gemahl jetzt?«, wollte der junge Mann wissen.

»In den Geschäftsstuben eines Händlers, der sein Zinn jenseits des Meeres verkauft. Ich glaube, er braucht mehr Geld.« Judual fiel hin, und Yseult bückte sich, um ihn aufzuheben. »Cador, Ihr müsst versuchen, Arthur davon zu überzeugen, dass

Britannien einen neuen Hochkönig braucht. Er muss endlich eingestehen, dass Ambrosius tot ist, und zulassen, dass ein Rat einberufen wird, um einen Nachfolger zu wählen.«

Cador nickte. »Das denke ich schon lange. Die meisten von uns denken so.«

»Dann müsst Ihr es ihm sagen.«

Judual zappelte; er wollte genauso umhertollen wie Kustennin, und sie setzte ihn wieder auf den Boden. Dann blickte sie zum Himmel empor; die Sonne stand nur eine Handspanne über den roten Ziegeldächern der Villa. »Ich glaube, wir sollten uns jetzt vielleicht auf den Rückweg machen.«

»Wie Ihr wünscht.«

Yseult winkte Kustennin, der neben einer Zierterrasse einen Steinhaufen auftürmte. »Kustennin! Es ist Zeit, dass wir wieder hineingehen.«

Eilig stand er auf und rannte auf Judual zu, der beim Anblick seines älteren Spielgefährten vergnügt quietschte.

Lächelnd sah Cador den beiden zu. »Ich bin nicht nur in Arthurs Angelegenheiten hier, wisst Ihr? Mein Besuch hat auch mit Kustennin zu tun.«

»Oh?«

»Ich wollte vorschlagen, dass er zu mir in Pflege gegeben wird, wenn er das richtige Alter hat.«

Yseult schüttelte den Kopf. Sie konnte sich kaum einen besseren Pflegevater für ihren Sohn vorstellen, doch Marcus würde das nicht billigen. »Wäre es meine Entscheidung, könntet Ihr gewiss sein, dass ich Ja sagen würde. Aber Marcus wird das selbst entscheiden wollen.«

»Es sind ja noch mehr als zwei Jahre bis dahin, aber ich hoffe, Ihr könnt ihn überreden. Kustennin hat keine Onkel oder Tanten, die diese Aufgabe übernehmen könnten, und dergleichen muss geplant werden. Und ich hätte ihn wirklich gern in Pflege, das wisst Ihr.«

»Ja, das weiß ich.« Doch was sollte sie ohne Kustennin tun, noch immer gefangen in der Ehe mit Marcus? Schon jetzt fiel es ihr schwer, Freude am Leben zu finden, da Drystan fort war und ihr Gemahl sich wieder wie ihr Ehemann gebärdete. Sie war nicht mehr sie selbst. Manchmal ertappte sie sich sogar dabei, wie sie sich fragte, ob Kustennin das Opfer wert gewesen sei. Und dann stellte er eine unerwartete Frage oder eignete sich eine neue Fertigkeit an, und ihr Herz wurde wieder leicht.

Trotzdem erwachte sie jeden Morgen mit vor Furcht zusammengekrampftem Magen.

Jetzt sah sie ihrem Sohn zu, wie er vorausrannte, um eine Steinmauer neben der Straße zu erklettern. Wenn Kustennin fort wäre, fern von hier in Pflege, dann konnte Marcus ihn ihr nicht wegnehmen.

»Ihr braucht nicht bei Marcus zu bleiben, das wisst Ihr«, murmelte Cador, als könne er ihre Gedanken lesen. Und vielleicht konnte er das auch, ob er nun wusste, was er tat, oder nicht – etliche der Frauen aus seiner Familie zeigten in dieser Hinsicht Talent, wieso nicht auch Cador?

Als sie nicht antwortete, fuhr er fort: »Arthur dachte vielleicht, es sei das Beste für Euch, was er getan hat, aber man sieht deutlich, dass Ihr todunglücklich seid.«

Yseult schluckte ein freudloses Auflachen hinunter. Es hatte keinen Sinn, das zu leugnen. »Marcus hatte Kustennin.«

Cador nickte. »Das ist wahr.«

»Und wenigstens ist er oft auf Reisen. Worüber wir doch eigentlich sprechen sollten, anstatt über meine Ehe.«

Cador bedachte sie mit einem reumütigen Lächeln. »Ja, ich weiß, dass wir darüber sprechen sollten, aber ich kann Euch nicht so sehen, Yseult.«

Sie blickte weg, doch sie war dankbar für seine Besorgnis. Und vielleicht hatte er Recht. Vielleicht hatte sie zu schnell aufgegeben – möglicherweise gab es doch noch eine Möglichkeit, dieser Posse von einer Ehe zu entrinnen.

Doch was war mit Kustennin?

Sie hatte keine Gelegenheit, weiter über ihre eigene Lage zu sprechen: Yseult fühlte Boshaftigkeit nahen, noch ehe sie Andred um die Ecke des neuen hölzernen Vorratshauses biegen sah, das Marcus letztes Jahr gebaut hatte. Er freute sich hämisch, das war eindeutig, obwohl sie den Grund dafür noch nicht ausmachen konnte.

Sie berührte Cador am Arm und bedeutete ihm mit einem Neigen des Kopfes, dass sie nicht länger allein waren.

Mit einem falschen Lächeln auf dem Gesicht kam Andred auf sie zu. »Neuigkeiten aus Aremorica, Herrin.«

Beim ersten Wort wusste sie, was er ihr berichten würde, und ihre Hand krampfte sich um Cadors Arm. *Nein.*

»Drystan hat sich mit Yseult Weißhand verlobt, der Tochter von Jovelin von Karke.«

Ihr Magen schien zu einem bodenlosen Abgrund aufzuklaffen, und plötzlich fühlte sie sich einer Ohnmacht nahe. Doch sie durfte Andred nicht sehen lassen, wie ihr zu Mute war; genau das war es, was er wollte. Unter ihrer Hand spannten sich Cadors Armmuskeln.

Andred hatte schon früher versucht, sie ins Verderben zu stürzen, wieder und wieder, diesmal jedoch war er seinem Ziel näher gekommen als je zuvor. Hatte sich denn die ganze Welt verschworen, ihr Schmerzen zuzufügen?

Wie konnte etwas so wehtun?

Sie durfte es ihm nicht zeigen. Sie schenkte Andred ein schwaches Lächeln. »Das sind in der Tat Neuigkeiten. Weiß Marcus es schon?« Sie hoffte, dass er ihre Antwort als Tadel dafür auffasste, dass er seine Pflichten vernachlässigt hatte, um in den Garten hinauszugehen und sie zu suchen.

Andred schüttelte den Kopf. »Er ist noch nicht von seinem Besuch bei Candidus in Isca zurück.«

»Sorgt dafür, dass der Bote augenblicklich zu ihm geschickt wird. Man erfährt ja nicht alle Tage von der bevorstehenden Hochzeit seines Sohnes.« Marcus war das wahrscheinlich gleichgültig, doch die drei bemühten sich, den Schein zu wahren, dass der Vorwurf des Ehebruchs gegen Drystan und Yseult ein Irrtum gewesen war.

Sie konnte fühlen, wie Andreds boshafte Freude verblasste, um Bestürzung Platz zu machen. Dann hatte er ihre Verzweiflung also nicht bemerkt. Gut.

»Gewiss, Herrin«, sagte Andred.

»Ist schon ein Datum für die Hochzeit festgelegt worden?«, erkundigte sich Yseult. »Bestimmt wird Marcus dabei sein wollen, und man wird Vorkehrungen für die Reise treffen müssen.«

»Der Bote hat gesagt, sie sei für den Juni geplant.« Inzwischen war Andreds Stimme tonlos geworden, und sein enttäuschter Wunsch, sie leiden zu sehen, wurde wieder zu verschrobenem Hass.

Yseult bedachte ihn mit einem Blick aus großen Augen, von dem sie hoffte, das er Verblüffung ausdrückte. »Juni? Dann ist keine Zeit zu verlieren. Kümmert Euch darum.«

Andred verbeugte sich und machte sich auf den Weg zurück zur Villa.

Yseult sah ihm nach, bis er um die Ecke des neuen Gebäudes verschwand. Als er außer Sicht war, ließ sie sich schwer auf die Steinbank unter dem Kirschbaum fallen. Die weißen Blüten über ihr waren viel zu schön für diesen Augenblick. Der sonnige Frühlingstag war blanker Hohn: die Vögel, die einander in den Bäumen Lieder vorsangen, das hoffnungsfrohe Grün all der sprießenden Triebe, der fröhliche Klang der Stimme ihres Sohnes, der ihr zurief, sie solle schauen – schau doch, Mama, schau den Käfer an, den er gefunden hatte!

Auch Drystans Sohn.

Sie wandte sich um und sah Kustennin zu, froh über die Ablenkung, und fühlte, wie Cador sich neben ihr auf der Bank niederließ, spürte seinen Arm an ihrem Ellenbogen und die Berührung seiner besorgten Gedanken.

Er hatte also wirklich ein wenig von der Begabung des Wissens.

»Yseult«, sagte er leise. »Vielleicht solltet Ihr hinfahren, solltet versuchen, das zu verhindern. Das bringt nur Unglück.«

Sie gab ein gepresstes Lachen von sich. »Das *bringt* Unglück? Vielleicht wird diese Ehe dem Unglück ein Ende machen, vielleicht ist das die einzige Möglichkeit.«

»Daran glaubt Ihr doch selbst nicht.«

In diesem Augenblick glaubte sie an gar nichts. Erschrocken

wurde ihr klar, dass sie *wirklich* an Drystans Liebe geglaubt, dass sie gedacht hatte, wie hoffnungslos die Umstände auch sein mochten, er werde sie trotzdem nicht für eine andere eintauschen. Es war, als wäre das Fundament ihres Lebens dahin.

Nein, wie konnte das sein?

»Ihr dürft nicht zulassen, dass das geschieht«, drängte Cador wieder, als sie nicht antwortete.

Sie schüttelte den Kopf. »Wie soll ich es denn verhindern? Ich werde ständig bewacht. Soll ich mich nach Aremorica einschiffen, um dem Verlöbnis des Mannes ein Ende zu machen, mit dem ich doch niemals eine Liebschaft hatte? Was schlagt Ihr vor, wie ich das anstellen soll?«

Cadors schaute weg. »Es sollte nicht geschehen«, sagte er schließlich.

Zornig wischte sich Yseult eine Träne aus dem Auge. »Vielleicht liebt er sie ja.«

»Nein.«

Die Überraschung entlockte ihr ein weiteres ersticktes Auflachen. »Woher wisst Ihr das?«

Er schüttelte den Kopf und antwortete nicht.

Seine Überzeugung verblüffte sie, doch sie tröstete sie auch. Sie erhob sich und rief abermals nach Kustennin und Judual. »Kommt, ihr beiden, es ist Zeit, ins Haus zu gehen.«

Zusammen gingen sie zur Villa zurück; die Jungen rannten vor ihnen her, wobei Judual oft hinfiel. Yseult und Cador jedoch schwiegen, waren mit ihren eigenen Gedanken beschäftigt.

Dann tauchte aus all diesem Elend eine sonderbare Erkenntnis auf: Sie konnte nicht länger bei Marcus bleiben. Irgendwie musste sie eine Möglichkeit finden, mit Kustennin zu fliehen, selbst wenn das bedeutete, ihn seines Geburtsrechts zu berauben. Ein Feuer der Verzweiflung hatte alles weggebrannt, bis auf das tragende Gerüst, die endgültige Wahrheit – sie konnte nicht so leben, ganz gleich, was das Beste für Kustennin sein mochte.

Und inmitten ihres Herzeleids verspürte sie plötzlich ein schwaches Glimmen der Hoffnung.

Drystan zügelte sein Pferd dicht bei den Meeresklippen und wartete, bis Yseult Weißhand ihn einholte. Bis zu seiner Hochzeit waren es noch zehn Tage, und das Wetter war vollkommen, warm mit dem Hauch einer Brise.

Es schien, als könne er endlich wahrhaft glücklich sein.

Yseult lachte, als sie ihren Wallach neben seiner Stute anhielt. Ihre Augen funkelten, und die frische Seeluft trieb leuchtende Farbe in ihre Wangen.

Ja, es würde gut gehen. Sie liebte ihn, und sie war sein. Er hatte so viel durchgemacht, er hatte das hier verdient, etwas, das er nicht aufgeben oder verbergen musste.

»Was meinst du, werden wir hier in Bro Leon bleiben?«, fragte Yseult und ließ den Blick über die wilde Landschaft schweifen.

Drystan wollte nicht nachdenken, er wollte den Tag einfach so erleben, wie er war, sonnig und mild, mit dem Rauschen des Meeres unter ihnen und dem Geruch von Salz in der Luft.

»Was möchtest du denn?«, fragte er.

Sie beugte sich vor und streichelte den Hals ihres Pferdes. »Hier gibt es keine nennenswerte Zukunft für dich, nicht wahr?«

Über die Zukunft wollte er *ganz bestimmt* nicht nachdenken. »Ich denke, solange Blodewedd mich braucht, sollten wir bleiben.«

Sie nickte auf eine Art und Weise, die ihn ahnen ließ, dass sie wahrscheinlich später noch einmal darüber reden würden, und sie wendeten ihre Pferde und ritten wieder auf Leonis und die zur Festung umgebaute Villa zu, die Drystan noch immer als Riwallons Sitz betrachtete.

Als sie durch die Tore ritten, sah Drystan Wimpel mit dem Wappen seines Vaters, dem zähnefletschenden Hund in Blau auf goldenem Grund, und er sog überrascht den Atem ein. War sein Vater tatsächlich zu seiner Hochzeit gekommen? Marcus hasste ihn jetzt – aber Arthur hatte ihm letztes Jahr klargemacht, welchen Vorteil es mit sich brachte, den Schein zu wahren, hatte es ihnen allen klargemacht.

Doch was war mit seiner Stiefmutter – mit Yseult?

Yseult.

Nein, er konnte diese Angst, diese freudige Erwartung nicht von Neuem empfinden. Eine Frau, die ihn liebte, ritt neben ihm, eine ungebundene Frau. In zehn Tagen würde er heiraten.

Und er hoffte verzweifelt, dass Yseult seinen Vater begleitet hatte.

Drystan reichte einem Bediensteten die Zügel seiner Stute und wusste kaum, was er tat.

»Wer ist das?«, fragte Yseult Weißhand neben ihm.

Er leckte sich die Lippen, die plötzlich staubtrocken waren. »Mein Vater.«

»Dein Vater?« Sie warf ihm einen schnellen Blick zu. »Aber ich dachte, er hätte keine Nachricht geschickt, dass er käme.«

Drystan schüttelte den Kopf: »Das hat er auch nicht.«

Sie ergriff seine Hand. Er überlegte, ob ihr wohl auffiel, wie schweißnass seine Handfläche plötzlich war.

»Komm«, sagte sie. »Wir müssen ihn begrüßen.«

Dort war er, ein hochgewachsener Mann, eindrucksvoll, das braune Haar von Grau durchzogen, die Augen scharf. Mit einem falschen Lächeln auf den Lippen ging er auf Drystan und seine Braut zu.

Sie trafen sich vor dem Torbogen, der in den Innenhof führte. »Das ist also Yseult von Aremorica, Jovelins Tochter«, sagte Marcus und umarmte sie väterlich. Dann schob er sie auf Armeslänge von sich und betrachtete sie eingehender. »In der Tat, ein sehr liebreizendes Kind. Du hast gut gewählt, mein Sohn.«

»Danke, Vater.« Mit Mühe hielt er die Frage zurück, die ihm auf den Nägeln brannte. Doch es würde so oder so verdächtig aussehen, ob er nun fragte oder nicht.

Yseult kam ihm zu Hilfe, wenngleich er argwöhnte, dass das nicht ihre Absicht war. Der Blick, mit dem sie ihn vorhin bedacht hatte, schien stattdessen auf eine ähnliche Furcht hinzuweisen – aus dem genau entgegengesetzten Grunde.

»Weilt Eure Gemahlin auch hier, Hoher Herr?«

Marcus ließ die Hände sinken – die recht lange auf Jung-Yseults Schultern geruht hatten, wie Drystan feststellte – und schüttelte den Kopf. »Kustennin hat irgendeine Kinderkrankheit, und sie wollte ihn nicht mit der Amme allein lassen. Sie ist eine sehr hingebungsvolle Mutter.«

Drystan konnte Yseults Erleichterung beinahe fühlen. Sie schlug die Augen nieder. »Die Gesundheit eines Kindes geht natürlich immer vor.«

Danach konnte Drystan dem Verlauf des Gesprächs kaum noch folgen. Yseult, seine Yseult, Yseult von Eriu, würde nicht kommen. Seine Eingeweide wanden sich, verkrampften sich, die Erkenntnis schnürte ihm die Kehle zu. Und urplötzlich zerstob die Lüge, die er für sich selbst geschaffen hatte. Eigentlich wollte er keinen Frieden oder eine Liebe, die er nicht zu verstecken brauchte – nicht, wenn diese Liebe nicht Yseult die Schöne war.

Was sollte er tun?

Im Augenblick konnte er sich lediglich um die Bedürfnisse ihrer Gäste kümmern, einschließlich derer seines Vaters. Es galt, ein weiteres Festmahl zu überstehen, noch mehr Glückwünsche, noch mehr Trinksprüche, anzügliche Scherze und keusches Erröten seitens seiner Verlobten. Doch endlich konnte er sich wieder mit Yseult in die schützende Dunkelheit einer warmen Sommernacht davonschleichen.

Als sie weit genug von allen anderen entfernt waren, dass man sie nicht würde hören können, wandte Drystan sich an Yseult. »Ich muss dir etwas sagen.«

Sie schüttelte den Kopf. »Nein, das musst du nicht.«

Er blinzelte. »Du verstehst nicht.«

»Doch. Du willst mir von deiner Liebschaft mit Yseult von Eriu erzählen.«

Die Dunkelheit verbarg ihren Gesichtsausdruck; alles, was er sah, waren die scharfen Schatten und Linien ihres Profils, keinerlei Einzelheiten.

Er seufzte. »Das ist nicht alles.«

»Was immer es ist, ich will nichts davon hören.«

Er fasste sie bei den Schultern, so dass er sie zu sich herumdrehen und ihr Gesicht besser sehen konnte. »Yseult, du musst mir zuhören. Es geht um unsere Zukunft. Ich liebe sie immer noch, jene andere Yseult.«

Ihre Miene schien erstarrt zu sein, und sie wollte ihn nicht ansehen, wollte ihm nicht antworten.

»Du kannst diese Ehe immer noch vermeiden, wenn du willst. Ich habe dich getäuscht, habe mich selbst getäuscht. Wenn wir heiraten, werden wir nur unglücklich.«

Endlich sah sie ihn an. »Warum? Warum sollten wir unglücklich werden? Sie ist weit weg, und noch dazu mit deinem Vater verheiratet, und ich bin hier, hier und dir versprochen. Du hast bei der Verlobungszeremonie bereits geschworen, mich zu ehren und für mich zu sorgen. Willst du dein Wort brechen?«

Eine kalte Hoffnungslosigkeit hatte sein Herz erfasst. »Ich wollte mein Wort nicht brechen. Ich wollte dir die Möglichkeit geben, einen Fehler auszumerzen, ehe er begangen wird.«

»Ich finde nicht, dass es ein Fehler ist, und ich werde die Versprechen, die ich gegeben habe, nicht zurücknehmen. Wenn du unsere Verlobung lösen und mich vor ganz Britannien und ganz Aremorica demütigen willst, dann ist das deine Entscheidung, nicht meine.«

Drystan fuhr sich mit der Hand durchs Haar, das sich aus seinem Zopf gelöst hatte, und schob es sich aus der Stirn. »Nein, das werde ich nicht tun. Wir werden heiraten.«

Doch wie konnte er das tun? Ganz einfach, er würde die Gesten mimen, die Worte murmeln, und in zehn Tagen würde er mit einer schönen jungen Frau vermählt sein, die etwas Besseres verdient hatte.

Die Tage verstrichen langsam. Drystan tat sein Bestes, ein guter Gastgeber zu sein, alle glauben zu machen, er sei noch immer glücklich über diese Heirat. Nach dem Lächeln auf dem Gesicht seines Vaters zu urteilen, schien es ihm zu gelingen.

Yseults Gesicht dagegen hatte etwas Störrisches angenommen. Ihr Mund war fest zusammengepresst, und ihre blauen Augen blickten wachsam, eine Miene, die Drystan verriet, dass sie entschlossen war, um ihn zu kämpfen, ihn ihrer abwesenden Rivalin zu entreißen. Sie schien sein Geständnis als Herausforderung zu betrachten; unglücklicherweise wusste sie nicht, dass dies ein Kampf war, den sie nicht gewinnen konnte.

Wie hatte er nur so töricht sein können? Alles, was er gewollt hatte, war ein wenig ganz normales Glück. Und genau das lag jetzt ferner denn je.

Der Tag ihrer Hochzeit dämmerte klar und sonnig herauf. Drystan erhob sich mit einem Gefühl der Übelkeit im Magen und der Überzeugung, dass die Zukunft vorüber war.

Sie sollten in der Kirche zwischen der Villa und der Stadt Leonis vermählt werden, einer kleinen Steinkapelle, die die Gäste kaum fassen konnte. Drystan ließ sich von Erim dabei helfen, ein feines Wams aus grüner Seide und eine Hose aus weißem Leinen anzulegen. Außerdem trug er einen goldenen Torques um den Hals und Reife an den Armen, und sein Haar war frisch gewaschen und neu geflochten. Er würde reich gekleidet ins Verderben gehen, wie es sich für einen Prinzen schickte.

Die Kirche war mit bunten Bannern und Blumen geschmückt, und der Duft von Rosen erfüllte die Luft. Yseult Weißhand trat mit ihrem Bruder Kaedin ein, in ein schimmerndes Gewand in Weiß- und Blautönen gekleidet, das in unterschiedlichem Licht die Farbe zu wechseln schien. Drystan betrachtete es, als sie auf ihn zukam, und überlegte, wie diese Wirkung des Stoffes wohl zustande kam; er konzentrierte sich lieber darauf und nicht auf die Frau, die bald seine Gemahlin sein würde.

Als der Priester die Worte sprach, ließ Drystan sie über sich hinwegfluten und hörte sie kaum. Der Rosenduft war nicht länger angenehm; stattdessen war er widerlich, überwältigend. Er sagte, was notwendig war, und dann wandte sich Yseult zu ihm um, damit er sie küsste. Er beugte sich hinab (sie war so viel kleiner als seine Yseult!) und drückte die Lippen auf ihren warmen Mund, auf einen Mund, der sich unter dem seinen öffnete und mehr wollte. Oh, wie konnte er ihr das antun, wie konnte sie sich das selbst antun?

Und dann gratulierten Ygerna und Hoel ihnen, Blodewedd

und Labiane, und Cwylli bettelte, er solle sie auf den Arm nehmen, und Kaedin schüttelte ihm aus Leibeskräften die Hand und sagte, er solle nur ja gut auf seine Schwester Acht geben.

Drystan würde zwar sein Bestes geben, doch er wusste, dass er kaum mehr als nichts zu bieten hatte.

Drystan und Yseult Weißhand waren nur wenig länger als zwei Monate verheiratet, als Blodewedd starb und ihrem geliebten Gemahl weniger als ein Jahr später in den Tod nachfolgte. Mit Ausnahme des Priesters und des Heilers war Drystan der Einzige, der in den letzten Augenblicken an ihrer Seite weilte; anders als bei Riwallon kam ihr Tod plötzlich und unerwartet. Sie hatten gerade mit dem Verwalter Girec über den richtigen Zeitpunkt für die Ernte gesprochen, als Blodewedd einen plötzlichen heftigen Schwindelanfall erlitten und sich zu Bett begeben hatte.

Drei Tage später war sie tot.

Yseult besuchte gerade ihren Bruder in Karke, und weder sie noch Labiane konnten Leonis rechtzeitig erreichen, um an Blodewedds Totenbett zu stehen.

Zu Drystans Überraschung hatte Blodewedd bei dem Priester von Leonis einen letzten Willen hinterlegt, der bestimmte, dass Drystan als Regent herrschen solle, bis Labianes Sohn das Mannesalter erreicht hatte. Wenngleich es stimmte, dass unter Riwallons Verwandten nur wenige männliche Erben zur Wahl standen und keiner davon im mündigen Alter war, so hätte doch Labiane als Regentin eingesetzt werden können, bis ihr Sohn alt genug war. Andererseits würde Arthur ihnen vielleicht Schwierigkeiten machen; er hatte im Norden gegen ihren Gemahl Caw gekämpft und traute ihm noch immer nicht ganz. Doch Drystan hegte den Verdacht, dass Blodewedd nicht an Politik gedacht hatte, als sie das Testament aufsetzte, sondern nur daran, dass er bereits da war und sich um alles kümmerte. Diese Regelung war ihr wahrscheinlich vernünftig erschienen.

Als Labiane zur Beerdigung ihrer Mutter eintraf, war sie offensichtlich ebenso verblüfft über deren Testament – und begreiflicherweise auch verstimmt deswegen.

»Ich war auch überrascht, Labiane«, versicherte Drystan ihr am ersten Abend bei einem Abendessen aus frischem Lachs mit Korianderweinsoße. Sie aßen allein, die Kinder waren müde von der Reise und waren nach einem leichten Mahl aus Brot und Käse zu Bett gebracht worden. »Ich schwöre dir, ich werde die Situation nicht ausnutzen.«

Sie spießte mit ihrem Messer ein Stück Fisch auf. »Wieso sollte ich dir trauen?«

Er seufzte: Viel Anlass hatte sie wirklich nicht dazu, wenn man bedachte, wie er seinem Vater damals geholfen hatte, sie zu verheiraten. »Ist es denn so schlimm gekommen? Du kennst die Welt jetzt besser, und es muss dir doch klar sein, dass Marcus Cunomorus dich niemals geheiratet hätte.«

Sie stieß einen zornigen Fluch aus und schaute weg. Vielleicht machte sie sich in Bezug auf seinen Vater nach all diesen Jahren noch immer etwas vor.

»Wenn du irgendeine Möglichkeit siehst, die Herrschaft in Bro Leon zu übernehmen, allein oder mit deinem Mann, dann werde ich nicht darauf bestehen, dass Blodewedds Testament vollstreckt wird«, sagte Drystan.

Damit hatte er ihre Aufmerksamkeit zurückgewonnen, und sie musterte ihn unverwandt mit einem harten Blick. »Warum solltest du das tun?«

Drystan zuckte die Achseln und tunkte mit seinem Brot ein wenig Soße auf. »Weil ich keinen Ehrgeiz habe zu herrschen.«

Daraufhin lachte Labiane auf. »Weißt du, Vetter, ich glaube dir. Aber was würdest du tun, wenn ich darauf bestünde, Leonis zu regieren?«

»Zu Arthur zurückkehren. Es mag ja jetzt Friede herrschen, aber es ist Arthurs Armee, die diesen Frieden gewährleistet.«

Seine Base zog eine schmale Braue empor und trank ihm mit ihrem Weinglas zu. »Ich frage mich, was Yseult wohl dazu sagen würde.«

Er blinzelte; dann wurde ihm klar, dass sie seine Gemahlin meinte.

»Vielleicht ist der letzte Wille meiner Mutter doch gar keine so schlechte Regelung«, fuhr Labiane fort. »Arthur will meinen Ehemann da haben, wo er ihn im Auge behalten kann, und ich glaube dir, dass du meinen Kindern ihr Erbe nicht entreißen wirst. Blodewedds Wille geschehe.«

Drystan nickte.

Am nächsten Tag traf seine Gemahlin mit ihrem Bruder Kaedin ein, und bald folgten die ersten Trauergäste aus weiter entfernten Gegenden. Es waren nicht so viele wie bei Riwallons Begräbnis; die Könige entlegenerer Reiche übermittelten ihr Bedauern und blieben zu Hause. Doch Ygerna und Hoel waren wiedergekommen und Anna und Budic und Labiane und ihre Kinder, sie alle waren zum dritten Mal in nicht mal einem Jahr versammelt.

Drystan war froh, dass der traurige Blick seiner Ehefrau Blodewedds Tod zugeschrieben werden konnte. Ein paarmal jedoch ertappte er Kaedin dabei, wie dieser ihn mit geschürzten Lippen oder gerunzelter Stirn anstarrte, und er fragte sich, ob Yseult ihrem Bruder wohl anvertraut hatte, wie vollkommen lieblos ihre Ehe war. Doch Kaedin stellte ihn nicht zur Rede, also wusste er höchstwahrscheinlich nicht mehr, als dass seine Schwester nicht glücklich war.

Drystan verbrachte viel Zeit mit Cwylli; er zeigte ihr die neuen Wehranlagen, die um die alte Villa herum errichtet worden waren, nahm sie mit in die Ställe, erklärte ihr, wie die Bäder funktionierten – wenn sie funktionierten. Es tat ihm leid, die Trauergäste abreisen zu sehen; dadurch würde er jetzt allein mit seiner Frau zurückbleiben und mit dem verdrossenen Schweigen ihres Zusammenlebens. Wenigstens blieb Kaedin noch eine Weile und konnte dafür sorgen, dass Yseult beschäftigt war, allerdings musste auch er vor der Ernte nach Karke zurückkehren. In den Herbstmonaten gab es Arbeit für alle, und zumindest würde man von ihm erwarten, dass er die Erntefeiern seines Volkes mit seiner Anwesenheit beehrte.

Eines Vormittags kurz vor Kaedins Abreise unternahmen die drei einen Ausritt auf den Klippen über dem Meer. Es hatte vor

Kurzem geregnet, ein heftiger Guss, zu viel, als dass die trockene, ausgedörrte Sommererde das Wasser auf einmal hätte aufsaugen können, und flache Regenwasserpfützen zierten den Reitweg. Yseult ritt tollkühn dahin und schien keinen Wert darauf zu legen, den Pfützen auszuweichen. Ihr Wallach galoppierte geradewegs in eine hinein, und Schlamm und Wasser spritzten weit ihre Schenkel hinauf.

Yseult stieß ein kleines Lachen aus, in dem etwas Krampfhaft-Haltloses mitschwang. Sie wandte sich an Drystan, der neben ihr ritt. »Dieses Wasser ist höher gekommen als jemals die Hand eines Mannes.«

Drystan fühlte, wie ihm die Hitze der Scham in die Wangen stieg, und er warf einen raschen Blick nach hinten, auf Kaedin.

Die Lippen seines Schwagers waren zu einem zornigen Strich zusammengepresst; er hatte es gehört.

Drystan brauchte nicht lange auf die Auseinandersetzung zu warten. Sobald sie die Villa außerhalb von Leonis wieder erreicht und ihre Pferde in den Stall gebracht hatten, zog Kaedin ihn beiseite und sagte Yseult, sie solle schon zur Halle vorgehen. Seine Schwester blickte mit beklommener Miene von einem zum anderen, doch Drystan hatte den Eindruck, dass sie dabei ein boshaftes Lächeln unterdrückte.

Mit schmerzhaftem Griff packte Kaedin ihn am Arm. »Was hatte das da vorhin auf dem Weg zu bedeuten? Meidest du etwa das Bett meiner Schwester?«

Was sollte er sagen? Die Wahrheit wäre eine Beleidigung, und der Bruder seiner Gemahlin hatte eine Lüge nicht verdient. Er wusste es genauso gut wie Kaedin – er tat Yseult Weißhand Unrecht.

Kaedins Griff wurde fester, und er schüttelte Drystans Arm. »Dann ist es also wahr? Sie ist noch Jungfrau?«

»Ja.«

Mit der ganzen Wut geschmähter Familienehre schoss Kaedins Faust vor, traf ihn am Unterkiefer und wirbelte ihn herum. Drystan fiel neben den Stallungen auf die Knie, eine Hand gegen sein schmerzendes Gesicht gepresst. Zum Glück sahen ein paar

Stallknechte, was vor sich ging, und kamen angerannt, um Kaedin an beiden Armen zu packen, ehe dieser Zeit hatte, den Fußtritt anzubringen, der auf Drystans Leib zielte; Drystan hatte das Gefühl, er habe kein Recht, sich zu verteidigen.

Während die Stallknechte Kaedin zurückhielten, ging der Schmied Yseult holen. Als sie ihn im Schmutz knien sah, eilte sie an seine Seite.

»Du hättest ihm nichts zuleide zu tun brauchen!«, herrschte sie ihren Bruder an, den Arm um Drystan geschlungen.

»Lasst mich los!«, grollte Kaedin. »Ich rühre ihn nicht mehr an.«

Drystan nickte den Stallknechten zu; er hielt noch immer seinen Kiefer mit einer Hand umklammert und fragte sich, ob er wohl gebrochen war. Die Männer traten zurück.

»Wir drei müssen uns unterhalten«, verkündete sein Schwager und stampfte davon.

Yseult umsorgte ihn und sah dabei ein wenig reumütig, gleichzeitig aber auch offenkundig erfreut aus. Drystan kam wieder auf die Füße und wünschte sich, sie würde ihn nicht so fest umklammern. Zusammen folgten sie Kaedin durch den Eingang der Villa ins Atrium und den Flur hinunter; Yseult hielt den Arm um Drystan geschlungen und tat, als stütze sie ihn – eine Stütze, die Drystan weder wollte noch brauchte.

Kaedin schritt in dem Gästegemach jenseits des Flurs, in dem er während seines Besuchs gewohnt hatte, aufgebracht auf und ab. Als sie eintraten, schloss er die Tür hinter ihnen und fuhr zu Drystan herum.

»Ich will, dass du meine Schwester zur Frau machst, oder ich schwöre, ich bringe dich eigenhändig um.«

Drystan sah, wie Yseults Gesicht bei der ersten Hälfte dieses Satzes aufleuchtete und sich dann sogleich wieder verdüsterte. Sie packte ihren Bruder am Arm. »Kaedin, nein! Du darfst ihm nichts tun!«

Finster blickte er auf sie hinab. »Wie kannst du nur Partei für ihn ergreifen? Er… er ist dir doch noch nicht einmal ein Ehemann!«

Drystan hegte den Verdacht, dass die Worte, die Kaedin auf der Zunge gehabt hatte, sehr viel ungehobelter gewesen waren, doch der andere wollte seine Schwester so wenig wie möglich verletzen. Der Gedanke an Cwylli blitzte in seinem Kopf auf; Drystan hätte jedem mit Vergnügen den Hals umgedreht, der sie so behandelte, wie er Yseult Weißhand behandelt hatte, und dabei kannte er diese kleine Schwester kaum, die so viel jünger war als er und die er nicht einmal als solche anerkennen konnte.

Wie war es nur so weit gekommen? Wie hatte er denken können, es sei seine Pflicht, sei ein Akt der Güte, eine Frau zu heiraten, von der er wusste, dass er sie niemals lieben konnte?

Und jetzt beteuerte sie: »Aber ich liebe ihn!«

Bestimmt war Kaedin ganz seiner Meinung, dass Yseult sich etwas vormachte. Doch Kaedin war ein älterer Bruder, und der Gedanke, irgendetwas zu tun, das ihr wehtun würde, war ihm verhasst.

Drystans Schwager seufzte und fuhr sich mit den Fingern durchs Haar. »Er verdient das nicht, Ysa, das weißt du doch.«

Es war das erste Mal, dass Drystan dieser Kosename seiner Ehefrau zu Ohren kam, und er ließ sie sehr viel menschlicher erscheinen.

Aber lieben konnte er sie trotzdem nicht.

Sie zuckte die Schultern. »Können wir uns aussuchen, wen wir lieben?«

Drystan blinzelte. Es kam nicht oft vor, dass er mit Yseult Weißhand einer Ansicht war, diesmal jedoch musste er ihr beipflichten.

Kaedin gab ein angewidertes Geräusch von sich und wandte sich an Drystan. »Morgen reise ich nach Karke zurück, aber zu Allerheiligen komme ich wieder zu Besuch. Dann spreche ich wieder mit meiner Schwester, und ich hoffe zu erfahren, dass du es dir anders überlegt hast.«

Drystan antwortete nicht, und Yseult schob ihren Arm durch den seinen. »Du bist hier stets willkommen, Kaedin.«

Ihr Bruder nickte schroff und stürmte aus dem Zimmer. Anstatt sich mit seiner Frau auseinanderzusetzen, zog Drystan es vor, ihm zu folgen, doch er verließ die Villa in eine andere Richtung.

Stundenlang wanderte er über die Hügel oberhalb von Leonis und merkte kaum, wohin er ging. Er konnte das nicht mehr, er konnte nicht so leben. Wie hatte Yseult die Schöne, seine Yseult, so viele Jahre mit Marcus Cunomorus leben können? Es war eine Posse, aber keine lustige, sondern eine schmerzhafte, die ihm mit aller Gewalt den Magen umdrehte.

Einen Moment blieb Drystan neben einem Knoblauchfeld stehen und sah einer Familie zu, die die Knollen ausgrub und sie in ihre Körbe legte. Sie grüßten ihn mit einem Lächeln und wandten sich wieder ihrer Arbeit zu. Eine Frau saß auf einer Bank im Schatten des Hauses und flocht die Stängel der Knollen zusammen, die bereits getrocknet waren.

Er wandte sich ab und ging weiter, hielt aufs Meer zu.

Sie war dort, auf der anderen Seite dieser windgepeitschten graugrünen See, jenseits des Wellenrauschens und der Möwenschreie.

Er musste sie wiedersehen, musste sie irgendwie dazu bringen, dass sie seinen Vater verließ. Sie richteten ihrer beider Leben zugrunde, und mit den Lügen, die sie zu leben versuchten, richteten sie auch noch die Leben anderer zugrunde. So konnte es nicht weitergehen.

Doch er hatte Verantwortung zu tragen, war immer noch für das Wohlergehen von Bro Leon zuständig. Er würde bleiben müssen, bis die Ernte eingebracht war.

Und er würde aufbrechen müssen, ehe Kaedin zu Allerheiligen wiederkehrte.

Nur, wie sollte er nach Isca gelangen, um mit Yseult zu reden? Sein Vater mochte vielleicht zu seiner Hochzeit gekommen sein, doch trotzdem wäre er nirgends in Dumnonia willkommen, wo Marcus noch regierte.

Nun, es wäre nicht das erste Mal, dass er eine Rolle spielte. Er war schon früher ein Barde gewesen, er konnte wieder ein Barde sein.

33

… meine Seele möchte trinken aus der ihren durch
alle Sinne,
Dürstet nach ihr wie die Erde in sengender Hitze
Nach dem leisen Lied und dem sanften Fall des
Regens.
Doch ich sitze hier in einem schwelenden Feuer
des Schmerzes,
Einsam, hier! Und der Wind im Walde trauert,
Und ich höre meinen Kummer zwischen den
Blättern schluchzen.

Frederic Manning, *Tristram*

Nach Isca zu gelangen war leichter, als er erwartet hätte. Der Knoblauch hatte ihn auf einen Gedanken gebracht, und als die Ernte vorüber war, richtete er es so ein, dass er eine Schiffsladung Knoblauch und Getreide zum Handelsstützpunkt nach Kemper zu bringen hatte, wo er einen besseren Preis dafür bekommen würde. Während seines Lebens in Eriu hatte er gelernt, Lügen stets so nahe wie möglich an der Wahrheit zu halten, und er reiste tatsächlich mit Knoblauch und Getreide nach Kemper.

Dort verschwand er dann. Seine Finger erwiesen sich auf den Harfensaiten als rostig, als er von Neuem zum Barden wurde, doch die Fertigkeit kam schneller zurück, als er gehofft hatte. In diesen Landen, wo viele der Alten Bräuche in Vergessenheit geraten waren, war »fahrender Sänger« eine angemessenere Bezeichnung als Barde. Wenngleich er dank der Harfe auf seinem Rücken fast überall, wo er hinkam, willkommen war, so war er doch ein Unterhaltungskünstler, keine Respektsperson. Doch nicht alle jener alten Erinnerungen waren untergegangen – im Gewand eines Druiden, das wusste Drystan, hätte er eine ähnliche Stellung innegehabt wie seinerzeit in Eriu.

Von Kemper aus wanderte er zu Fuß zum Hafen von Rhu im Nordwesten (da man auf den Schiffen, die aus Kemper ausliefen, zuerst nach ihm suchen würde), einen Tagesmarsch entfernt. Dort bekam er eine Überfahrt nach Isca. Jetzt stand er auf den Straßen einer Stadt, die nach Jahren der Überfälle durch die Sachsen allmählich wieder zum Leben erwachte, einer Stadt, die hier und dort noch immer Ähnlichkeit mit so schönen Römerstädten wie Verulamium oder Aquae Sulis hatte und anderswo aus Schutt und Balken neu aufgebaut wurde. Schafe weideten auf den leeren Flächen, wo das Gras wieder die Herrschaft übernommen hatte, und armselige Unterkünfte waren in die Überreste fester römischer Villen hineingebaut worden.

Niemand beachtete ihn, einen einfachen Sänger mit einer Harfe auf dem Rücken. Vor der Reise hatte er sich sogar seinen langen Zopf abgeschnitten, und das schulterlange Haar lockte sich um sein Gesicht wie seit seiner Knabenzeit nicht mehr. Seine Kleidung war nicht schäbig, doch es waren auch nicht die Kleider, die der Sohn des Protectors von Dumnonia tragen würde – eine schlichte wollene Hose, um der zunehmenden Kälte des späten Oktobers zu wehren, und ein ungefütterter Umhang über einem grauen Wams, ebenfalls aus Wolle.

Doch was sollte er jetzt tun? Der erste Schritt wäre, Kurvenal zu finden.

Aus ihren unregelmäßig gewechselten Briefen wusste er, dass Kurvenal in der Nähe einer der Stadtschmieden in einem Außenbezirk Iscas einen bescheidenen Laden aufgemacht hatte, in dem er Messer, Waffen und Rüstungen verkaufte. Es fiel ihm schwer, sich seinen Freund als Kaufmann vorzustellen, doch das war er, als Drystan an dem Laden anlangte, und balancierte eine fein gearbeitete Klinge auf den Fingerspitzen, um einem künftigen Käufer ihre Güte zu zeigen. Drystan wartete auf der gegenüberliegenden Straßenseite, bis die beiden sich handelseinig geworden waren, ehe er hinüberging.

Kurvenal blickte auf, Lobesworte für seine Waren auf den Lippen, die erstarben, als er Drystan ins Gesicht schaute. Er ergriff seine Hand, zog ihn in die Dunkelheit des Ladens und schloss die Tür hinter ihnen.

»Drystan! Hast du etwa auch diese sonderbaren Gaben, die Yseult und Brangwyn besitzen? Du kannst meine Nachricht doch noch gar nicht bekommen haben. Und wo ist der Zopf hin, auf den du immer so stolz warst? Was soll diese seltsame Aufmachung?«

Kurvenal hatte ihn freundschaftlich an den Schultern gepackt und schüttelte ihn, und Drystan lachte. Ihm war gar nicht recht klar gewesen, wie sehr ihm sein Freund gefehlt hatte. »Ich habe keine Nachricht bekommen.«

»Brangwyn hat endlich eingewilligt, mich zu heiraten.«

Drystan umarmte ihn fest. »Gratuliere, Kurvenal! Also bin ich zu deiner Hochzeit gekommen, auch wenn du nicht bei meiner warst. Aber wird mein Vater das erlauben?«

Kurvenals Lächeln verschwand, und seine Miene wurde ernst. »Dein Vater weilt im Norden – und sinnt den Gerüchten zufolge auf Verrat.«

»Also ist es doch dazu gekommen.«

»Die unzufriedenen Könige haben noch nichts unternommen, außer sich zu treffen, aber Arthur macht sich für den Frühling auf Krieg gefasst.« Kurvenal bedachte ihn mit einem eindringlichen Blick. »Aber wenn du nicht wegen meiner Hochzeit gekommen bist, wieso bist du dann hier?«

»Ich glaube, das weißt du.«

Der Gesichtsausdruck seines Freundes wechselte von ernst zu mürrisch. »Drystan, nein. Du hast genug Herzeleid verursacht. Geh nicht zu ihr.«

»Du bist also jetzt auf ihrer Seite?«

»Nein, natürlich nicht. Aber die Nachricht von deiner Hochzeit hat sie sehr getroffen. Du kannst doch nicht …«

Drystan schnitt ihm das Wort ab. »Ich habe die Ehe mit Yseult von Aremorica nie vollzogen.«

Kurvenal stieß ungeduldig die Luft aus. »Ihr seid beide Narren. Idioten. Wieso habt ihr die Nichtigkeiten dieser Welt nicht vergessen können und seid nicht schon vor langer Zeit miteinander durchgebrannt?«

»Das Leben ihrer Mutter stand auf dem Spiel.« Drystan holte tief Atem. »Und dann war Kustennin da.«

»Ich finde trotzdem, dass ihr Narren seid.« Kurvenal gab ein kurzes, angewidertes Schnauben von sich. »Wozu braucht Kustennin Marcus als Vater? Ich hatte niemals Riwallon als Vater, und trotzdem bin ich zufrieden mit meinem Leben. Abgesehen von der Tatsache, dass mein bester Freund ein Idiot ist.«

»Kurvenal, ich muss sie wiedersehen. Kannst du mir helfen?«

Mit geballter Faust wandte Kurvenal sich ab. Für Drystan sah es aus, als wolle er damit auf irgendetwas einschlagen. »Natürlich kann ich dir helfen, weil Brangwyn dir helfen kann. Aber ich weiß nicht, ob ich das tun sollte. Dieser Irrsinn sollte ein Ende haben.«

Mühsam holte Drystan tief Luft. »Verstehst du denn nicht? Er kann kein Ende haben. Ich habe versucht, das Ganze zu beenden, indem ich Yseult von Aremorica geheiratet habe, und jetzt habe ich es nur noch schlimmer gemacht. Die einzige Möglichkeit, all dem ein Ende zu bereiten, ist, dass wir beide allen davonlaufen – meinem Vater, meiner Ehefrau, allen und jedem, der uns trennen will. Es macht mich wahnsinnig.«

Irgendetwas in seinen Worten, in seinem Tonfall oder in seinem Gesicht musste seinen Freund überzeugt haben. Kurvenal drückte Daumen und Zeigefinger auf die Augen und sah Drystan dann an. »Ich helfe dir. Und Gott steh' mir dafür bei.«

Wenigstens stanken seine Lumpen nicht so sehr wie die der echten Bettler in den Straßen von Isca. Und niemandem schien das aufzufallen. Schmutzig genug sah er aus, also zogen sie ihre Gewänder und Umhänge zur Seite, wenn sie an ihm vorbeikamen, Nasen und Gesichter abgewandt.

Was umso besser war, für den Fall, dass es hier jemanden gab, der ihn erkennen konnte. Doch wie Drystan vor langer Zeit in

Eriu gelernt hatte, sahen die Menschen oft nicht, was sie nicht zu sehen erwarteten.

Er kauerte im Windschatten einer stehen gebliebenen Mauer auf dem Grundstück einer ehemaligen Basilika, eines der vielen Bauwerke, die seit den Sachsenattacken vor über zehn Jahren zu viel Zerstörung erlebt hatten, als dass man sie hätte retten können. Der Schutt war davongekarrt worden, als sein Vater zurückgekehrt war, um sich dem Wiederaufbau der ehemaligen *civitas* zu widmen, und auf dem Gelände wurde jetzt ein großer Markt abgehalten. Drystan kam der Gedanke, dass Isca neben Marcus selbst durchaus das sein mochte, was dem Protector Dumnonias auf der ganzen Welt am liebsten war – er hatte eine Unmenge an Zeit und Gewinn aus seinem Zinnhandel aufgewendet, um zu verhindern, das Isca verfiel, nachdem die Bedrohung durch die Sachsen gebannt gewesen war.

Ein milder Oktober war einem bitterkalten November gewichen, und er zog die Bettlerlumpen enger um seinen Leib. Endlich sah er ihr Gefolge auf den Markt zukommen. Außer Brangwyn hatte sie nur zwei Wachen bei sich, und keiner der beiden Männer war Andred. Drystan stieß einen Seufzer der Erleichterung aus.

Und einer der beiden war Ian, der vor Unzeiten an seiner Seite gekämpft hatte. Der Schuldgefühle gehabt hatte, als man ihm später befahl, Yseult zum Scheiterhaufen zu führen.

Würde er ihn erkennen? Und wenn, was würde er dann tun?

Drystan schlurfte vor ihnen auf die Straße hinaus. »Ein Almosen für die Armen, Hohe Herrin?«

Er sah, wie sie zusammenfuhr, obwohl Kurvenal ihm versichert hatte, dass sie gewarnt sein würde.

Ian trat zwischen sie. »Zurück, Bettelpack!«

Yseult legte ihm die Hand auf den Arm. »Halt. Dieser Mann sieht aus, als wäre er krank und bräuchte Hilfe. Er hat eine schwärende Wunde im Gesicht. Brangwyn, weißt du, welche Stände auf dem Markt die richtigen Kräuter verkaufen?«

Brangwyn nickte. »Ich glaube schon.«

Yseult drückte Brangwyn eine Mischung aus Münzen und

Ringgeld in die Hände. »Bitte such, was wir brauchen. Ich werde diesen Mann untersuchen.« Sie wandte sich an Ian und den anderen Soldaten. »Ihr beide haltet hier an der Mauer Wache.«

»Herrin …«, setzte Ian zu Widerworten an, doch Yseult schnitt ihm das Wort ab.

»Hinter den Mauern der Villa kann ich wenig genug ausrichten. Ich möchte heute wenigstens einer armen Seele helfen.«

Der andere Soldat nahm gehorsam seinen Posten ein, doch Ians Blick wanderte zu Drystan hinüber, während er zögerte. Dann wurden seine Augen riesengroß.

Er blinzelte und verbeugte sich. »Jawohl, Herrin.«

Yseult trat zu ihm, und Drystan fühlte, wie ihm der Atem stockte. »Ian hat mich erkannt«, murmelte er leise.

Sie nickte, und ihre Hände berührten sein Gesicht, drehten seine Wange in die Sonne, um das kalte Novemberlicht auf das fallen zu lassen, von dem er hoffte, dass es wie die Schrunden eines Bettlers aussah.

Wieder ihre Hände, nach mehr als einem Jahr, die Finger lang und kühl und kundig auf seiner Haut. Die Ekstase dieser Berührung ließ ihn die Augen schließen.

»Wird er uns verraten?«, fragte Drystan, die Augen noch immer geschlossen. Er konnte es kaum fassen, welche Wirkung die unschuldige Berührung ihrer Hände auf seinem Gesicht auf ihn hatte.

Yseult seufzte. »Es fühlt sich nicht so an. Im Moment empfindet er eher eine Mischung aus Reue und Schuldgefühlen.«

Drystan schlug die Augen wieder auf und blickte in dieses kluge Gesicht aus Mondschein und Winter, das seine Tage und seine Nächte heimsuchte. »Dann wird er dir vielleicht helfen durchzubrennen.«

Yseult hob die Stimme. »Wenn Ihr Euch nur öfter waschen wolltet, dann würden solche Geschwüre sich nicht so sehr entzünden wie dieses hier.« Sie wandte sich wieder an die beiden Soldaten. »Benesek, ich möchte, dass Ihr mir Wasser vom Brunnen in der Mitte des Marktplatzes holt. Ich muss das Geschwür reinigen, bevor ich den Mann behandeln kann.«

Der zweite Soldat verbeugte sich und eilte davon.

»Durchbrennen?«, wiederholte sie im Flüsterton. »Mit dir, nehme ich an, einem Mann, der sich gerade erst vermählt hat.«

»Deswegen musste ich dich ja sehen«, erwiderte Drystan; seine Stimme war kaum lauter als ihre. »Es war ein Fehler. Ich kann nicht mit ihr leben, ich kann mit mir selbst nicht leben.«

Yseult holte tief Atem; ein schmerzliches Stocken lag darin.

Ganz kurz ballte sie die Hände und streckte die Finger dann wieder. »Und das musst du mir jetzt erzählen?«

Das Fußgängergewimmel eines Markttages in Isca strömte an ihnen vorbei, allerdings in sicherem Abstand, dafür sorgten Ians Rüstung und Yseults Stellung als Königin. Eine eigentümliche Abgeschiedenheit mitten auf einem derart öffentlichen Platz.

Drystan seufzte; das Atmen schien ihm schwer zu fallen, und nur mit Anstrengung bekam er genug Luft.

»Yseult, ich habe meine Ehe mit Yseult Weißhand nie vollzogen. Ich konnte es nicht.«

Ein kleines Wimmern drang zwischen ihren Lippen hervor, und jetzt waren es ihre Augen, die fest zugekniffen wurden, ehe sie sich wieder öffneten. »Und weshalb muss ich das wissen?«

»Weil *ich* wissen muss, ob es noch eine Zukunft für uns gibt.«

Heftig stieß sie die Luft aus. »Nein.«

Seine Welt starb schneller, als er es für möglich gehalten hätte, innerhalb des Zeitraumes, den dieses kleine Wort einnahm. Der Schmerz war wie eine riesige Faust, die seine Brust umklammerte. Wie hatte er nur denken können, sie würde ihm eine andere Antwort geben?

»Ich habe nicht aufhören können, dich zu lieben, das ist es nicht«, sagte sie jetzt, doch es war kein Trost. »Das geht schon so lange so, dass es jetzt ein Teil von mir geworden ist. Es tut nur mehr weh als früher. Du bist *verheiratet.*«

»Und du bist mit *meinem Vater* verheiratet. Das warst du immer.«

Yseult schüttelte den Kopf, und ein bitteres Lächeln streifte ihre Lippen. »Nicht immer. Die letzten fünf Jahre. Du bist erst wie lange verheiratet, seit fünf Monaten?«

»Sechs.«

»Seit sechs Monaten. Vor acht Monaten habe ich erfahren, dass du mich nicht mehr liebst, dass du beschlossen hast, eine andere zu heiraten.«

Jede Möglichkeit, ihrer beider Geschick zu ändern, entglitt ihm, und er wusste nicht, wie er sie festhalten sollte. »Ich war wütend.«

»Und weil du wütend warst, bestrafst du sowohl mich als auch Yseult Weißhand. Und dich selbst.«

»Und mich selbst«, flüsterte er.

Yseult schloss kurz die Augen und öffnete sie dann wieder. »Ich liebe dich so sehr wie mein Leben, so sehr wie den Sohn, den du mir geschenkt hast, aber das kommt zu plötzlich. Du musst verstehen, ich habe das letzte halbe Jahr mit dem Versuch zugebracht, jegliche Gefühle, die ich für dich hege, abzutöten. Und dann ist da noch deine andere Yseult.«

Drystan nickte. Ihn schwindelte. Er hatte alles gewagt und verloren. Sie behandelte die unechten Geschwüre auf seiner Haut, und er wusste, dass sein ganzes Leben ebenso unecht war, ein Mummenschanz, um die wahre Pein dahinter zu verbergen.

Yseult vermochte sich kaum zu erklären, weshalb sie ihn so behandelt hatte, was in sie gefahren war. Seit dem Frühjahr nahmen ihre Pläne, Marcus zu entfliehen, langsam Gestalt an. Das Wichtigste war, es so einzurichten, dass er sich sie oder ihren Sohn nicht zurückholen konnte, und sie war zu dem Schluss gekommen, dass seine Verschwörung mit Lot und den anderen die allerbeste Gelegenheit dazu bieten würde. Wieso hatte sie Drystan das nicht gesagt?

Weil sie ihm hatte wehtun wollen, darum. Sie hatte gewollt, dass er denselben Schmerz verspürte, den sie empfunden hatte, als Andred ihr die Nachricht von seiner Verlobung brachte.

Doch die Tatsache, dass sie nicht mit ihm durchbrennen konnte, blieb unverändert bestehen. Nicht nur war der Schmerz noch zu frisch, sie wollte Marcus zudem nicht von seinem Plan ablenken, die Herrschaft über Britannien zu übernehmen: Wenn er zum Verräter wurde, wäre sie frei.

Bevor die Schneefälle des Winters das Reisen unmöglich machten, kehrte Marcus nach Isca zurück und behauptete, die Überfahrt von Aremorica her sei zu schwierig gewesen, um die Reise früher zu unternehmen.

»Hast du deinen Sohn besucht?«, erkundigte sich Yseult, den Kopf über einen pelzgefütterten Umhang gebeugt, den sie für Brangwyn nähte, als Hochzeitsgeschenk.

»Es besteht keine Notwendigkeit, meinen Sohn zu besuchen«, antwortete er schroff, zog sie von dem Schemel hoch, auf dem sie saß, und stieß sie auf ihr Schlafgemach zu.

Sie fragte sich, warum sie einfach nicht lernen konnte, ihn nicht zu reizen.

Yseult gab sich Mühe, sich für ihre Base zu freuen, und in gewisser Weise tat sie das auch. Brangwyn und Kurvenal würden eine Weihnachtshochzeit feiern, genau wie Arthur, und der Dux Bellorum hatte Kurvenal für seine jahrelangen Dienste bei der Verteidigung Bretains sogar den Befehl über eine Festung an der Sabrinamündung versprochen. Sie hoffte nur, dass ihre eigenen Pläne, im Frühling zu fliehen, Erfolg haben würden – ohne Brangwyn wäre ihr Leben in Isca die Hölle.

Doch Brangwyn und ihr Glück hatten keinen Platz in Yseults Gedanken, als die Nachricht aus Bro Leon eintraf. Drystan war verschwunden.

Laut der Botschaft von Yseult Weißhand war ihr Mann Ende Oktober auf einer Reise nach Kemper verschollen. Yseult wusste sehr gut, wo er sich im November aufgehalten hatte, doch sie hatten alle angenommen, dass er danach nach Aremorica zurückgekehrt wäre, nachdem sie nichts mehr von ihm gehört hatten. Wenn er aber nicht in Isca war und auch nicht in Leonis, wo steckte er dann?

»Ist das dein Werk?«, tobte Marcus und ohrfeigte sie, so dass sie quer durchs Zimmer taumelte.

Yseult schüttelte den Kopf. »Ich habe keine Ahnung, wo Drystan ist.«

Wieder schlug er sie, und sie zuckte zusammen, hielt sich die Hand an die Wange.

»Vorsicht, Gemahl. Arthur und Cador und die anderen kommen zur Hochzeit, und sie merken es vielleicht, wenn ich blaue Flecken im Gesicht habe.«

Mit einem Grollen hilfloser Wut wandte er sich ab. »Arthur hin oder her, diesmal bringe ich dich eigenhändig um, wenn ich herausfinde, dass du dahintersteckst.«

Die Pläne für die Hochzeit waren zu weit fortgeschritten, als dass man sie hätte absagen können, auch wenn Kurvenals bester Freund verschollen war. Sie wussten, dass er nicht in Kemper verschwunden war, doch sie fürchteten, ihm könnte auf dem Rückweg nach Aremorica etwas zugestoßen sein.

Yseult spürte, dass Marcus erleichtert war, sie in den Tagen vor der Hochzeit und dem Weihnachtsfest so teilnahmslos und so oft in Tränen zu sehen – weil es bedeutete, dass sie ihm die Wahrheit gesagt hatte und dass sein Sohn sich nicht irgendwo in der Nähe versteckte.

Doch *wo war* Drystan?

Die Kälte erinnerte ihn an etwas, wenn er nur wüsste, an was. Er hatte schon einmal solche Kälte gespürt, das wusste er. Kälte und Glück.

Das Glück war der Grund, weshalb er jetzt hier war, das wusste er ebenfalls. Doch wieso entglitt ihm so viel von dem, was er wusste?

Er bückte sich und hob einen glatten Achat aus dem Sand auf, silbrig und blass, die Farbe des vollen Mondes, eine Farbe, die Freude für ihn bedeutete. Es war die Freude, die er suchte, auf die er wieder einen Blick zu erhaschen trachtete, doch sie entzog sich ihm. Er suchte immer weiter danach, doch sie wollte nicht kommen.

Er blickte auf die felsige Landzunge, die vor ihm in die See hinausragte, leer. Ohne Leben, ohne Freude. Seine verfilzte Haarmähne flog ihm ums Gesicht, und er schob sie mit einer rauen, schwieligen Hand zurück. Er war hungrig. Es war Zeit, einen Fisch fürs Abendessen zu fangen.

Seine bloßen Füße machten beim Gehen quietschende Geräusche im Sand, trieben die Sandkörner auseinander. Das erzeugte ein merkwürdiges Geräusch an seiner bloßen Haut. Es quietschte und quietschte, und eine Weile beobachtete er mit einem Lächeln wie gebannt seine nackten Zehen, vergaß seinen Hunger, vergaß, was er verloren hatte.

Ein anderes Geräusch durchbrach das friedliche Rauschen der Brandung, menschlich, misstönend, wollte etwas von ihm.

»Heda!«

Erstarrt blickte er auf, wusste nicht, was er tun sollte. Ein Fischer, der einen kleinen Nachen an Land zog, hatte ihn gesehen. Winkend wandte der Mann sich ihm zu.

Endlich gehorchten seine Glieder ihm wieder, und er wirbelte herum und rannte los, den Strand hinunter, zurück zu den Höhlen. Höhlen waren gut. Höhlen bedeuteten Schutz und Geborgenheit. Die Höhlen würden ihn verbergen.

Einst jedoch hatten sie mehr bedeutet. Warum wollte keine Freude zu ihm kommen?

Zu manchen Zeiten wusste er mehr als zu anderen. Wenn er die Wand der Höhle berührte, feucht und hart unter seiner Hand, erinnerte er sich an sie, an seine Freude, erinnerte sich an das Gefühl, sie in den Armen zu halten, wie ihr langes Haar über seine Unterarme floss, erinnerte sich an ihren Geruch, heiß und süß, nicht wie das kalte Mondlicht ihrer Augen, erinnerte sich an das scharfe Aufwallen der Lust, wenn er in sie eindrang.

Sie hatte ihn hierher zurückgezerrt, zum Felsen, wohin er sie zuerst gebracht hatte, wo er sie aufgegeben hatte, wo sie sich geliebt hatten, an der Wand einer Höhle. Wo war sie jetzt?

Die Tage verbrachte er damit, nach Essbarem zu suchen, am Strand entlangzugehen und sich vor den Menschen zu verstecken. Er verstand nicht, wieso sie hinter ihm her waren. Er wollte doch niemandem etwas Böses, wollte nur für sich sein und auf sie warten. Als die Tage länger und wärmer wurden, waren mehr Menschen da, vor denen er sich verstecken musste, doch die Frau, auf die er wartete, kam trotzdem nicht.

Auf den Klippen über ihm und den Hügelkuppen im Süden begannen die Wildblumen zu blühen, und er fühlte, wie ihm öfter ein Lächeln auf die Lippen trat, als Farbe in sein Leben zurückkehrte. Die Sonne war warm auf seinem Rücken, wenn er morgens nach Muscheln grub. Doch als das Leben leichter und angenehmer wurde, begannen mehr Menschen in seine Einsamkeit vorzudringen; doch die, nach der er Ausschau hielt, der Grund, weshalb er hier war, war nicht darunter. Wenigstens gab es in den felsigen Klippen entlang des Strandes Verstecke: Felsformationen, Schiefer und Granit, die auf den Sand hinausragten, ins Meer hinaus, mit wild aufgehäuften Felsblöcken daneben und darunter, und dazwischen Höhlen, viele Höhlen. Er kannte sie jetzt alle, hatte diesen schmalen Strandstreifen gründlich ausgekundschaftet, während er auf sie wartete.

Er wartete, aber trotzdem kam sie nicht.

Ein Geräusch über ihm ließ ihn aufhorchen, und er raffte seine Werkzeuge zusammen und huschte in eins seiner Verstecke.

Während er hinter einem Steinhaufen hervorspähte, kam eine große Menschenschar einen steilen Pfad von den Klippen herunter, mehr, als er hier jemals auf einmal gesehen hatte. Sie trugen Kittel, die in der Taille gegürtet waren und an den Knöcheln zusammengeschnürte Hosen, und sie hatten Dolche im Gürtel und kurze Schwerter auf dem Rücken. Krieger. Warum sollten Krieger zu diesem Strand kommen, einem Ort für Fischer und verlorene Seelen?

Zwei von ihnen kamen seinem Versteck nahe, ein Dunkelhaariger mit einem sarkastischen Zug um den Mund und ein anderer mit welligem braunen Haar und dem Schmerz des Verlustes in den Augen. Ihr Anblick zerrte an irgendetwas in seinem Verstand. Er duckte sich, spähte zwischen zwei Felsen hindurch, die aneinanderlehnten.

»Das ist doch sinnlos«, sagte der Dunkelhaarige und schüttelte den Kopf. »Wir wissen ja noch nicht einmal, ob er überhaupt dieses Ungeheuer oder dieser Verrückte ist, von dem die Dorfbewohner immer wieder berichten.«

Der andere Krieger schürzte die Lippen. »Vielleicht nicht, aber er ist ungefähr um dieselbe Zeit verschwunden, als dieses Ungeheuer zum ersten Mal gesichtet wurde. Und es hält sich just an diesen Stränden in der Nähe von Dyn Tagell auf.«

Dyn Tagell. Er schrak zusammen. Der Name bedeutete ihm etwas, bedeutete ihm viele Dinge. Sommer und Möwen und Schiffe, die ankamen und davonfuhren, Schiffe, die Zinn geladen hatten, Schiffe, auf denen Feinde waren; eine andere Höhle, ein Kräutergarten, Bäder. Dinge, nach denen er sich sehnte und nach denen er sich nicht sehnte.

»Vielleicht sollten wir versuchen, nach ihm zu rufen«, schlug der braunhaarige Krieger vor. Seine Worte wurden vom regelmäßigen Geräusch der Wellen untermalt, ein tröstlicher Rhythmus, immer gleich, etwas, worauf man sich verlassen konnte. Nicht wie die Dinge, nach denen er sich sehnte und nach denen er sich nicht sehnte, die Dinge, die beim Anblick dieser beiden Männer an ihm zerrten.

»Vielleicht weiß er seinen eigenen Namen nicht mehr – wenn er es denn ist, was ich bezweifle.«

»Aber einen Versuch ist es wert.«

Der Krieger mit der spöttischen Miene zuckte die Achseln und legte dann die gewölbten Hände an den Mund.

»Drystan!«

Er fuhr hoch, noch erschrockener als vorher. *Drystan.*

Dann presste er sich wieder gegen den Felsblock, an dem er vorbeigespäht hatte. Hierin lag sogar noch mehr Bedeutung, Bedeutung, die er nicht mehr wollte.

»Drystan!«, rief der andere. »Bist du hier, Drystan?«

Nein. Diese Stimme, die seinen Namen rief … *nein.*

Sie entfernten sich, riefen immer noch, wetteiferten mit Wind und Wellen, und er kroch tiefer in seinen Bau, versteckte sich vor ihnen, vor dem Namen, den sie ihm gegeben, vor den Dingen, die ihn vertrieben hatten.

Drystan.

Der Name brachte Furcht mit sich, und die Furcht machte einen Riss in den Schleier um seinen Verstand. Er wollte das Wissen nicht, das mit diesem Namen kam. Er wollte nur den Sand und das Meer und die Felsen, die Muscheln, die er morgens ausgrub, und die Fische, die er abends fing, wollte hier darauf warten, dass seine Freude wiederkam, ohne die Sorgen und den Schmerz, den er von sich fernhielt.

Seine Finger zeichneten ein welliges Muster an der Klippe neben ihm nach, geschwungen und verdreht, als wäre sie weich wie Ton, gebogen von der Hand irgendeines Gottes.

Drystan. Seit er ihn zum ersten Mal vernommen hatte, tanzte der Name in seinem Kopf, drängte ihn spöttisch, sich zu erinnern. Als er im Windschatten eines Felsens ein kleines Feuer entfachte und Wasser von dem Bach holte, der die Klippe hinunterschäumte, gingen die Namen ihm nach, wie eine Marschmelodie, Befehle, denen Folge zu leisten war.

Drystan, Dyn Tagell, Drystan, Dyn Tagell, Drystan, Dyn Tagell.

»Drystan!«

Erschrocken blickte er auf und ließ seinen Eimer fallen. Hatten die Worte in seinen Gedanken sich in den Wind hinausgestohlen?

»Drystan!«

Nein, sie waren wieder da. Wie konnte er sie nicht bemerkt haben? War er so sehr in seine eigenen Gedanken vertieft gewesen, hatte zu sehr über die Bedeutung jener Namen nachgesonnen?

Und dann trat *sie* hinter einem jungen, goldenen Krieger hervor, der noch nie hier am Strand gewesen war.

Sie war endlich gekommen, seine Freude. Ihr Mondlichthaar

hing ihr in einem festen Zopf über den Rücken hinunter, und ihre Mondlichtaugen betrachteten ihn fragend, als sie näher kam.

»Drystan?«

Er erhob sich. Wenn sie den Namen aussprach, würde er ihn annehmen müssen, und alles, was damit einherging.

»O Danu – Drystan, du bist es wirklich, nicht wahr?«

Er ging vorwärts; jäh war ihm bewusst, dass sein Haar ihm als wirres Gestrüpp bis weit über die Schultern reichte und dass seine Kleider in Fetzen hingen, während sie die Gewänder einer Königin trug, ein langes Kleid aus steifer grüner Seide aus so fernen Gefilden, dass sie eher Legenden als richtige Länder waren, in der Taille mit einer goldenen Kette gegürtet. Sie hatte goldene Reife um Handgelenke und Oberarme und einen Torques aus Gold um den Hals. Er berührte seinen eigenen Arm und begriff, dass auch er solche Armreife trug.

Und barfuß, sie war barfuß, um im Sand zu laufen.

Endlich kam ihr Name zu ihm zurück. »Yseult.«

»O Danu«, sagte sie noch einmal. »Was habe ich getan?«

Er lächelte. »Du bist zu mir zurückgekommen.«

Sie brach in Tränen aus.

Der braunhaarige Mann kam auf ihn zu, ergriff seinen Arm. »Erinnerst du dich auch an mich, Drystan?«

Drystan starte ihn an. Das Gesicht war ihm vertraut, so vertraut wie seine eigene Hand, doch von der Anstrengung, dem Gesicht einen Namen zu geben, schmerzte ihm der Kopf.

»Kurvenal«, half der Mann nach.

Er wiederholte das Wort. Ja, er kannte diesen Namen, erinnerte sich an Reisen durch Gallien und Aremorica, an gemeinsam geschlagene Schlachten, an Treue, rückhaltloser, als ein einziger Mann sie verdient haben konnte. »Kurvenal.«

Das Gesicht des anderen hellte sich auf. »Du kommst jetzt mit uns, Drystan, nicht wahr? Wir kümmern uns um dich, wir helfen dir, dass du wieder gesund wirst. Arthur braucht jetzt jeden einzelnen von seinen Getreuen.«

Arthur. Arthur brauchte ihn? »Aber es ist doch jetzt Friede.«

Die anderen sahen sich an.

Der Goldene ergriff das Wort. »Nicht mehr. Aber darüber reden wir, wenn du dich erholt hast.«

»Kommst du mit, Drystan?«, fragte Yseult.

Er blickte von einem Antlitz zum anderen, diese Züge, die an seinem Verstand rüttelten und die schützende Mauer einrissen, die er errichtet hatte, Gestalten und Gesichter, die er liebte. Großes Leid wartete auf ihn, wenn er mit ihnen ging, das wusste er, der Schmerz, vor dem er geflohen war. Er wünschte, er könnte sich vor ihm verstecken, ihn für immer hinter sich zurücklassen, doch das würde nur im Tode möglich sein.

Er nickte. »Ja.«

Drystan erwachte aus seltsamen Albträumen, angefüllt mit Gesichtern, die er kennen sollte, und Namen, an die er sich nicht erinnern konnte. Das Bett unter seinem Rücken war weich und die gewebten Decken warm, ganz anders als das Lager aus trockenem Laub und Gras, das er sich in der Höhle geschaffen hatte, und die Decke aus alten Kleidern. Leise Stimmen murmelten ganz in der Nähe, die Kurvenals und eine andere, die er kannte, für die er aber keinen Namen hatte. Er versuchte sich zu erinnern, doch sein Verstand sträubte sich und begann zu schmerzen. Er ließ es mit Zuhören genug sein.

»Er ist so dünn. Das macht mir Angst.«

»Wenigstens haben wir ihn gefunden«, meinte Kurvenal, und vor seinem geistigen Auge konnte Drystan ihn die Schultern zucken sehen. »Jetzt, wo wir ihn hier in Dyn Tagell haben, kann Yseult ihn pflegen, und er kann gesund werden.«

Eine kurze Pause entstand. »Aber er hat doch den Verstand verloren.«

»Nein, der versteckt sich bloß.«

Drystan lachte leise – ein rostiges Geräusch, mehr wie ein Japsen als wie Gelächter – und schlug die Augen auf. Zwei Köpfe fuhren in seine Richtung herum.

Kurvenal kam zu ihm geeilt.

»Drystan, ist alles in Ordnung?«

»Nein, mein Verstand versteckt sich, schon vergessen?« Selbst für seine eigenen Ohren klang seine Stimme rau. Er fragte sich, wann er wohl das letzte Mal einen vollständigen Satz gesprochen hatte.

»Wie lange bist du schon wach?«, wollte Kurvenal wissen.

»Nicht lange.«

»Gut, dann haben wir ja noch ein paar Geheimnisse vor dir.«

»Nicht so viele, wie ich vor mir selbst«, krächzte Drystan. »Vielleicht kannst du mir helfen, meinen Verstand aus seinem Versteck zu locken – ich scheine das nicht sehr gut zu machen. Ich versuche, den Nebel zu zerreißen, aber ich habe nicht die Kraft.«

»Wie können wir helfen?«

»Erzähl mir etwas.«

Der andere Mann trat neben Kurvenal an das Bett und streckte die Hand aus. »Ich bin dein Vetter Cador.«

Sie gaben ihm zu essen und redeten mit ihm, und es schien, als sei jeder wache Moment von Magenkrämpfen und Kopfschmerzen geprägt; Essen und Erkenntnisse bei sich zu behalten fiel ihm gleichermaßen schwer.

Und seine Freude war nirgends zu sehen.

»Habe ich sie geträumt?«, fragte er Kurvenal endlich eines Tages.

Sein Freund machte ein finsteres Gesicht. »Nein.«

»Warum habe ich sie dann seither nicht gesehen?«

»Sie hat dich gepflegt, als du geschlafen hast. Du hättest sie sehen können, wenn du rechtzeitig aufgewacht wärst.«

Drystan schüttelte den Kopf. »Nein, du hältst sie von mir fern.«

Kurvenal wandte den Blick ab.

»So wenig ich auch weiß, ich weiß doch, dass ich dir von Herzen zugetan bin, Kurvenal«, verkündete er, schwang die Beine über die Bettkante und setzte sich auf. »Aber wenn du sie von mir fernhältst, laufe ich wieder davon.«

»Du brauchst immer noch Ruhe. Du bist kaum mehr als Haut und Knochen, Drystan.«

»Aber als ich noch ein Irrer war, bin ich vor jedem Menschen fortgerannt, den ich zu Gesicht bekommen habe. Jetzt willst du, dass ich im Bett bleibe wie ein Schwerkranker.«

Kurvenal zog sich einen Schemel heran und nahm seinem Freund gegenüber Platz. »Es ist ernst, Drystan. Du musst deine Kraft und dein Gedächtnis zurückgewinnen. Arthur braucht seine Getreuen jetzt, ganz besonders dich.«

»Arthur.« Wieder schloss Drystan die Augen, versuchte, die Erinnerungen zurückzuholen, die mit diesem Namen einhergingen. Sie hatten ihm Fakten genannt, Schlachten mit Namen, die ebenfalls entfernt vertraut klangen, Portus Adurni, Caer Leon, Baddon. Mit jedem neuen Namen fand er ein kleines Stück seiner selbst wieder; er schob gekaperte Langboote in die Brandung, kroch durch den Schlamm, ritt eine wilde Attacke über die Hügel. Arthur war auch da, inmitten dieser Bilder, führte den Angriff an, schritt vor einer erschöpften Armee auf und ab, sein ergrauendes blondes Haar schimmerte in der Sonne, seine Miene war grimmig, Dux Bellorum, Anführer der Verteidiger Britanniens.

Sein Vetter.

»Wieso mich?«, wollte Drystan wissen.

Einen Augenblick antwortete Kurvenal nicht; er sah ihn an, als führe er ein Streitgespräch mit sich selbst, wie viel er enthüllen sollte. Drystans Verstand mochte sich versteckt haben, doch er erkannte den Moment genau, als Kurvenal beschloss, ihm alles zu sagen.

»Was weißt du noch von deinem Vater, Drystan?«

Bei der bloßen Erwähnung kniff Drystan die Augen zu; ja, hier gab es auf jeden Fall etwas, das er nicht wieder wissen wollte. Dann blickte er auf und starrte das Wandgemälde gegenüber an, eine Jagdszene mit einem Hund, der einen Keiler anfiel, und versuchte zu überwinden, was immer sein Gedächtnis blockierte. Endlich kamen Bilder von einem Begräbnis im Winter zu ihm, der Boden fast zu hart, um das Grab auszuheben. »Ich erinnere mich an eine Beerdigung. Ist er tot?«

Kurvenal schüttelte den Kopf. »Du denkst bestimmt an deinen Pflegevater Riwallon. Dein Vater, Marcus Cunomorus, ist allzu lebendig. Er ist jetzt im Norden, bei den Königen, die einen ›legitimen‹ Erben auf den Thron von Britannien heben wollen. Sie werden abstimmen.«

Wieder einmal folgten die Erinnerungen, nachdem etwas erst beim Namen genannt worden war, auf dem Fuße. Marcus Cunomorus, sein Vater – und Yseults Gemahl.

Sein Vater hatte ihn zum Tode verurteilt.

Drystan ließ den Kopf in die Hände sinken. Bilder seiner Vergangenheit stürmten auf ihn ein, als wäre der Damm in seinem Verstand niedergerissen worden und er ertränke in Erinnerungen, in all den Dingen, die er hatte aussperren wollen: der Aussicht, auf dem Scheiterhaufen verbrannt zu werden, dem Sprung aus dem Fenster der Kapelle, der Angst um Yseult, der Angst, dass ihnen bei ihr geglückt war, was sie bei ihm nicht fertiggebracht hatten.

Der Verrat seines Vaters – und sein eigener.

»Ihr Götter, jetzt erinnere ich mich. Aber wieso will Arthur unbedingt meine Hilfe, wenn mein Vater ganz offen Verrat begeht?«

»Du bist noch immer der Erbe deines Vaters, der Erbe des Königreichs von Dumnonia, ungeachtet der Tatsache, dass du nirgends willkommen bist, wo er noch herrscht.« Kurvenal machte eine kurze Pause, und Drystan sah seinen Freund an und bemerkte ein leises Lächeln auf dessen ernstem Gesicht. »Und du bist zum Helden geworden, Drystan. Das Volk liebt dich. Sie singen Lieder über deine Heldentaten, über dich als einen von Arthurs Getreuen und über dich und Yseult. Dein Vater findet das bestimmt grauenvoll.«

Bei dem hämischen Unterton in Kurvenals Stimme entrang sich Drystans Kehle ein weiteres krächzendes Auflachen. Er schüttelte den Kopf. »Vielleicht ist es ja kein Wunder, dass ich versucht habe, vor mir selbst zu fliehen.«

Kurvenal rückte seinen Schemel näher heran und nahm Drystans Hände in die seinen. »Nein, dafür bist du zu stark. Und es gibt Menschen, die dich brauchen. Du kannst dir nicht erlauben, dich vor ihnen oder vor dir selbst zu verstecken.«

Drystan holte tief Luft und entzog Kurvenal seine Hände, um sich Augen und Stirn zu reiben. Er war so viel. Doch Kurvenal hatte Recht – andere trugen ebenso große Bürden, lebten mit ebenso schlimmen Erinnerungen, und für diese anderen musste er stark sein. Er nickte und lächelte.

»Ich glaube, du solltest mir erzählen, was sich zugetragen hat, während ich Sandfestungen gebaut habe.«

Es hatte einen großen Teil der vergangenen Woche geregnet, und Unkraut, für das Yseult wenig Verwendung hatte, überrannte den Kräutergarten in Dyn Tagell, den sie immer noch als den ihren betrachtete. Wenigstens war er noch da. Seit dem Sommer, bevor Arthur die »Versöhnung« zwischen ihr und Marcus Cunomorus ausgehandelt und die Herrschaft über Dyn Tagell übernommen hatte, war sie nicht mehr auf dem Felsen gewesen, doch es hatte den Anschein, als habe irgendjemand sich des Gartens angenommen.

Sie rupfte die Ackerwinde zwischen den Braunellen aus, während Kustennin in der Nähe mit Judual spielte. Ackerwinde war gut für Wunden und Bisse, und die Wurzeln waren ein hervorragendes Brechmittel, unglücklicherweise jedoch hatte es die Angewohnheit, andere, heilkräftigere Pflanzen zu überwuchern.

Sie glaubte Schritte zu hören und blickte auf; leider waren es nur die beiden Jungen.

Kurvenal hatte versprochen, dass er Drystan endlich erlauben würde, sie zu sehen, wenn er bei Bewusstsein und klaren Verstandes war. Hoffentlich würde es bald so weit sein. Arthur musste jetzt jeden Tag in Dyn Tagell eintreffen, und höchstwahrscheinlich würde er Drystan mitnehmen, ganz gleich, wie klar sein Verstand war.

Sie musste vorher mit ihm reden.

Er war nur ein paar Monate verschwunden gewesen, von November bis April, doch so viel hatte sich geändert. Als Marcus abermals nach Norden zu König Lot reiste, sobald die wichtigeren Straßen passierbar waren, war es ihr gelungen, genug Wachen von seinem Verrat zu überzeugen, um mit Kustennin zu Cador nach Dyn Draithou zu fliehen. Ausnahmsweise handelte Marcus selbst, anstatt seine Pflichten auf Stellvertreter abzuwälzen. Das konnte er diesmal nicht tun, weil er hoffte, von den Rebellenkönigen in Diu Eidyn an Ambrosius' Stelle zum Hochkönig gewählt zu werden.

Genau genommen stellten die Pläne der Rebellenkönige, einen neuen König zu benennen, keinen Verrat dar, doch nach seinem Sieg in Baddon war Arthur den Fakten nach König, wenn auch nicht dem Namen nach – besonders für Krieger wie Ian. Doch da Arthur sich weigerte, einen Versuch zu unternehmen, selbst den Thron zu besteigen, war dies die ideale Gelegenheit für Marcus und die anderen, eigene Fakten zu schaffen, so, wie es ihnen frommte.

Auf Cadors Sitz in Dyn Draithou hatte sie die Nachricht erreicht, dass Drystan gesichtet worden sei und dass er in den Höhlen bei Dyn Tagell hause. Sie und Cador waren so schnell gekommen, wie sie konnten.

»Mama!«, rief Kustennin.

Yseult blickte von den langen, bleichen Wurzeln der Ackerwinde, die von ihrer Hand herabbaumelten, zu ihrem Sohn hinüber. Er grub nicht länger in der Erde, um sie nachzuahmen, sondern stand da und deutete mit dem Finger. Judual hielt seine andere Hand umklammert, den Daumen fest im Mund.

Yseults Blick wandte sich in die Richtung, in die der Arm ihres Sohnes zeigte; Furcht und freudige Erwartung ließen ihren Mund trocken werden. Drystan stand stumm ein kleines Stück entfernt und sah ihnen schweigend zu. Er war so dünn und so blass.

Einen Moment starrten sie einander an, und keiner rührte sich von der Stelle. Dann ließ Yseult die Ackerwinde fallen, stand auf und wischte sich die schmutzigen Hände an der Schürze ab, die sie trug. Auf dieses Zeichen hin schickte er sich an, über die ebene Fläche des Felsens auf sie zuzukommen, und sie trat von dem Kräuterbeet fort, in dem sie gearbeitet hatte.

Sein Blick war im Gehen fest auf sie gerichtet, und auch sie konnte die Augen nicht von ihm abwenden. Sie hatte ihn jeden Tag gesehen, kannte seinen Zustand besser als die meisten anderen – die Wangenknochen, die jetzt so scharf hervorstanden, dass er ausgemergelt aussah, die Rippen, die sie zu zählen vermochte –, doch seit dem ersten Tag hatte sie ihn nicht mehr wach und bei Sinnen gesehen. Was würde er zu ihr sagen? Was konnte sie zu ihm sagen?

Eine Armlänge von ihr entfernt blieb er stehen. Sein Haar war geschnitten worden, und was von dem Gewirr noch zu retten gewesen war, wehte ihm in bronzefarbenen und braunen Locken ums Gesicht. Sie vermisste den dicken Zopf, doch er würde auch mit so kurzem Haar gut aussehen, wenn er erst wieder an Gewicht zulegte.

Sie holte tief Atem. »Drystan. Ich habe gehofft, dass Kurvenal dir endlich erlaubt, mit mir zu sprechen.«

Er grinste, und plötzlich wirkten die scharfen Linien und Ebenen seines Gesichts nicht mehr so hart. »Ich habe ihm gesagt, wenn er es nicht tut, laufe ich wieder davon und spiele verrückt.«

Ein erleichtertes Lachen entfuhr ihr. »Ach, Drystan, es ist so schön, dich wieder scherzen zu hören.« Sie konnte Tränen in den Augenwinkeln spüren und wischte sie rasch mit dem Handrücken fort.

Er fing mit beiden Händen die ihre ein. »Was ist denn das?« Er drehte ihre Hand um, strich mit der Fingerspitze über die Nässe von ihren Tränen und ihre Finger entlang. »Du hast ja Dreck unter den Fingernägeln.«

Und dann lachte und weinte sie gleichzeitig, die Arme um ihn geschlungen und seine um sie, und Kustennin und Judual waren neben ihnen und verlangten lautstark zu wissen, was hier vor sich ginge.

Drystan hob Kustennin hoch und setzte ihn rittlings auf seine Hüfte; für jemanden, der so schwach aussah, war er erstaunlich stark. Kustennin war im Februar fünf geworden und nicht gerade klein für sein Alter.

Kustennin betrachtete Drystan ernst, während Yseult Judual auf den Arm nahm. »Du bist mein Bruder Drystan«, verkündete er.

Drystan nickte.

Yseult war überrascht, dass Kustennin ihn so mühelos wiedererkannte. Er hatte ihn fast zwei Jahre nicht mehr gesehen, und damals hatte Drystan einen Zopf getragen, so dick wie ihre Faust, und den muskulösen Körper eines Kriegers gehabt.

»Aber jetzt müsst ihr zwei ein bisschen allein spielen und mich mit eurer Mutter reden lassen«, sagte Drystan; sein Tonfall war ebenso ernst wie der Kustennins.

Gehorsam rutschte Kustennin an ihm herunter und griff nach Juduals Hand, um mit ihm zu dem Erdhaufen neben ihrem Garten hinüberzulaufen.

»Er ist ein feiner kleiner Bursche«, sagte Drystan und nahm ihre Hand.

Instinktiv blickte Yseult sich um, fürchtete Feinde, fürchtete Verrat – doch es gab niemanden mehr hier in Dyn Tagell, der Marcus irgendetwas würde verraten wollen. Sie war ihm davongelaufen, als er nach Norden gezogen war, gegen Arthur, und die Nordküste Dumnonias war dem Dux Bellorum treu ergeben.

Noch immer konnte sie sich nicht daran gewöhnen, in Sicherheit zu sein, ohne Marcus, frei von der täglichen Pein eines Lebens, das ihr verhasst war.

Doch das Unbehagen blieb, als sie Hand in Hand zum westlichen Rand der Insel schritten.

»Er ist ein feiner kleiner Bursche, aber ich habe in Kustennins Namen Unrecht getan«, antwortete sie, sich ihrer Hand in der seinen überdeutlich bewusst. Wann war sie zum letzten Mal mit einem Mann Hand in Hand gegangen? Bestimmt nicht mit ihrem Gemahl, außer vielleicht vor langer Zeit bei irgendeinem offiziellen Anlass.

»Wie das?«, fragte Drystan.

»Ich habe dir Unrecht getan, habe uns beiden Unrecht getan. Ich dachte, ich raube Kustennin seine Zukunft, wenn ich beschließe, Marcus zu verlassen und mit dir zu leben. Und jetzt sieh dir nur an, was ich angerichtet habe.«

Drystan schüttelte den Kopf. »Hast du mich etwa gezwungen, Yseult Weißhand zu heiraten? Nein. Ich bin durchaus in der Lage, meine eigenen Fehler zu machen.«

»Ach, aber schau dich doch jetzt nur an«, erwiderte Yseult mit leiser, eindringlicher Stimme.

Zu ihrer Verblüffung lachte er. »Ich bin hier, in Dyn Tagell, bei dir, und hier gibt es niemanden, der mir das wegnehmen will. Ich habe dich zu mir gerufen. Und dabei bist du diejenige, die angeblich die Gabe des Rufes besitzt. Ich habe mein Gedächtnis wieder, aber trotzdem kann ich der Versuchung nicht widerstehen, glücklich zu sein, dass ich jetzt hier bin, bei dir.«

»Aber ich habe dich abgewiesen. Hätte ich das nicht getan, dann hättest du dich nicht all diese Monate lang vor der Wirklichkeit versteckt.«

»Was hättest du denn tun sollen? Marcus hatte deinen Sohn, er hat dich überwachen lassen.«

Yseult fiel auf, dass er seinen Vater »Marcus« nannte. Am Rand der Klippe blieb sie stehen und schaute in das brodelnde Wasser hinunter. »Mir scheint, du hast nicht alle deine Erinnerungen wiedergefunden.«

Er drückte ihre Hand. »Ich glaube doch.«

»Das letzte Mal habe ich dich nicht wegen Marcus abgewiesen. Wenn ich wegen deiner Heirat nicht so verletzt gewesen wäre, hätte ich vielleicht einen Weg finden können.«

Noch immer starrte sie aufs Meer hinab, als sie fühlte, wie ihre Hand angehoben wurde, wie er seine warmen Lippen auf ihren Handrücken presste, nahe am Handgelenk, und sie dort ruhen ließ. Fest schloss sie die Augen vor den Gefühlen, die sie bei diesem scheinbar unschuldigen Kuss durchfluteten.

Es war einer der sinnlichsten Momente ihres ganzen Lebens.

Sie holte schaudernd Atem und öffnete die Augen wieder, drehte sich zu ihm herum. »Wie kannst du mir so viel verzeihen?«

Achselzuckend ließ er ihre Hand los, und sie hätte ihn am

liebsten zurückgehalten, als seine Lippen sich von ihrer Haut lösten. »Verzeihen? Ich weiß nicht, ob es verzeihen ist. Aus irgendeinem Grunde brauche ich dich für meinen Seelenfrieden, und ich muss mit den Entscheidungen leben, die du getroffen hast. Dass ich sie verstehen kann, macht es leichter. Wer würde schon Kustennin aufgeben wollen?«

Womit hatte sie das verdient? Sie musste es richtigstellen, musste ihre Fehler eingestehen.

Sie schüttelte den Kopf. »Es hätte niemals dazu kommen müssen. Ich hätte Marcus verlassen sollen, sobald ich erfahren habe, dass meine Mutter frei war, in dem Frühling nach Kustennins Geburt. Du hast mich damals angefleht, das zu tun, aber ich habe gedacht, irgendeine mögliche künftige Stellung für unseren Sohn könnte wichtiger sein, als ein Leben ohne Lügen zu führen.«

Das Lachen, das sie so liebte, ertönte abermals, fügte seine Musik in die der Wogen und Möwen ein. »Welches Leben ist schon ohne Lügen?«

Sie verzog das Gesicht. »Das ist wahr.«

Drystan blickte aufs Meer hinaus, und seine Miene wurde wieder ernst. »Außerdem wissen wir nicht, ob es besser gewesen wäre, wenn du mit mir durchgebrannt wärst. Wer weiß, was Marcus dann getan hätte? Wenigstens ist er jetzt weit weg im Norden, zu beschäftigt damit, eine Rebellion zu planen, um dir nachzusetzen.«

Ja, sie traute ihrem Gemahl weniger als jedem anderen Menschen, möglicherweise mit Ausnahme von Andred. Doch das entband sie nicht von der Schuld an dem, was Drystan sich angetan, was er durchgemacht hatte.

»Das stimmt«, sagte sie. »Allerdings habe ich damals nicht daran gedacht. Ich habe nur an all die Kleinkönige gedacht, die sich für etwas Besseres gehalten haben als Arthur, weil er ein Bastard ist. Ich habe seine Begabung als Heerführer gesehen, habe gesehen, wie große Stücke der Hochkönig Ambrosius auf ihn gehalten hat, und konnte nicht verstehen, dass er nicht der Thronerbe war. Das wollte ich für unseren Sohn nicht.«

»Das ist doch nicht falsch …«

»Warte, lass mich ausreden. Jetzt sehe ich, dass das *sehr wohl* falsch war. Obwohl er in deiner Welt ein Bastard ist, in der Welt der Bretain, hat Arthur doch einen Platz für sich geschaffen, als wichtigster Führer auf dieser Insel, ob er jetzt den Titel eines Königs trägt oder nicht. Es wird immer Raum für jene sein, die von sich aus etwas vollbringen können, selbst wenn die Gesetze nicht auf ihrer Seite sind. Und ich kann das Leben meines Sohnes nicht gestalten, das muss er schon selbst tun. Ich muss mir mein eigenes Leben schaffen, und ich möchte es mit dir zusammen schaffen. Glaubst du, wir können noch einen Weg dorthin finden?«

Noch bevor er sprach, konnte sie seine ungläubige Freude fühlen, und wieder war sie beschämt. Hatte sie denn immer nur die falschen Entscheidungen getroffen? Doch ohne eine beträchtliche Anzahl dieser falschen Entscheidungen gäbe es keinen Kustennin, und wie könnte sie das bereuen?

Yseult hob den Kopf. Er starrte sie an, kämpfte mit sich. Für das, was sie ihm anbot, war er nach Dumnonia zurückgekehrt, das war ihr klar, doch keiner von ihnen beiden war frei, und seine Verpflichtungen banden ihn, ungeachtet all dessen, wonach er sich sehnte. Ihre Lage war einfacher; um Marcus zu betrügen, selbstsüchtig und ohne jegliche Moral, wie er war, brauchte man nicht besonders skrupellos zu sein. Drystans schuldbewusstem Eifer jedoch entnahm sie, dass die Dinge bei Yseult von Aremorica ganz anders lagen.

Was sie von ihm verlangte, war ein Wirklichkeit gewordener Tagtraum, doch er konnte es trotzdem nicht annehmen.

Ihr Kopf sank an seine Schulter, und sie roch den Schweißgeruch nervöser Erregung. Nervöse Erregung? Wie konnte es so sein, nach allem, was sie zusammen durchgemacht hatten? Mit einem Aufwallen des Neides dachte sie an die sorgenfreie Liebe, die zwischen Kurvenal und Brangwyn gewachsen war, langsam, behutsam, in der mögliche Auseinandersetzungen beseitigt worden waren, ehe sie voll erblühen konnten, eine gesprächsbereite, geduldige Liebe. Während sie und Drystan einander in den

Armen gelegen hatten, bevor sie auch nur annähernd gewusst hatten, dass es so etwas wie die Zukunft gab.

Und jetzt drangen alle Aspekte der Wirklichkeit, die die Zukunft mit sich gebracht hatte, auf sie ein und ließen einen gemeinsam verbrachten Rest ihres Lebens wenig mehr als ein Hirngespinst erscheinen, obgleich sie es beide wollten. Sie hatten so lange mit Enttäuschungen gelebt – Enttäuschungen, die zum Teil von ihrem eigenen unbedachten Handeln herrührten –, dass sie der Hoffnung nicht trauen konnten.

Endlich entrang sich ihm ein ersticktes Auflachen. »Dafür bin ich hergekommen, aber ich weiß nicht, was ich sagen soll. Merkwürdig, nicht wahr? Ich müsste zu Yseult Weißhand zurückkehren und wenigstens versuchen, sie dazu zu bewegen, die Ehe für nichtig erklären zu lassen, aber ich weiß nicht, ob sie zustimmen wird. Vor unserer Vermählung bin ich wieder zur Vernunft gekommen und habe ihr angeboten, die Hochzeit abzusagen, aber sie hat sich geweigert, auch nachdem ich ihr gesagt habe, dass ich dich immer noch liebe.«

Yseult wandte sich ab. »Ich habe zu lange damit gewartet, zur Vernunft zu kommen.«

Sie hörte, wie ihre Stimme ins Stocken geriet, und er auch. Seine Arme glitten von hinten um sie, und Friede und Freude erfüllten sie, als sie auf die sanfte Dünung des Meeres hinausblickte.

»Wir wissen doch noch gar nicht, ob wir wirklich keine Möglichkeit finden, das Ganze zu regeln«, murmelte er dicht an ihrem Ohr. »Wenn alles andere fehlschlägt, können wir immer noch in Sünde miteinander leben, wie mein Vater mit Trephina oder Diarmaid mit Grainne.«

Als er eine der berühmten Liebesgeschichten ihrer Heimat um ein miteinander durchgebranntes Paar erwähnte, verspürte Yseult eine unsinnige Woge der Hoffnung. Vielleicht konnte er es mit dem bisschen Talent, das er besaß, ebenfalls spüren, denn seine Lippen verzogen sich in ihrem Nacken zu einem Lächeln.

»Aber zuerst sehen wir, ob es auch eine ehrenhafte Möglichkeit gibt«, sagte sie.

Er drehte sie in seinen Armen herum und strich mit einem Finger an ihrer Wange hinab, gestattete dem Finger, zum Halsansatz zu wandern und sich in ihrem Haar zu verfangen. »Nein, zuerst muss ich wieder in den Krieg ziehen.«

Daraufhin versuchte sie, den Blick abzuwenden, doch er zog ihr Gesicht zu dem seinen heran, nahm es in beide Hände, die rau waren von den Monaten seines Wahns, seinem Leben am Rande der Wirklichkeit und der Existenz, und küsste ihre weichen Lippen.

34

Iseult! Ein wilder, ungepaarter Klang,
Iseult! Kein Laut so lieblich schwang
in Liedern, die je ein Vogel sang.

G. Constant Lounsbery, *Iseult Idylle*

Drystan legte seine Harfe weg. Unter den kampferprobten Kriegern in der Halle von Cambodunum, einer Festung im Norden, welche die Römer einst erbaut hatten, um der Bedrohung durch die barbarischen Pikten zu wehren, war kaum ein Auge trocken geblieben. In Gedanken an ihre Lieben, die sie zurückgelassen oder verloren hatten, rieben sich die Männer verstohlen mit schwieligen Handballen oder rauen Fingerknöcheln die Schläfen und versuchten, jede Spur verräterischer Feuchtigkeit aus ihren Augenwinkeln zu entfernen; erst dann schien ihnen wieder einzufallen, dass dem Künstler Anerkennung gebührte, und sie klatschten in die Hände, stampften mit den Füßen oder hämmerten mit ihren Humpen auf den Tisch.

»Mehr!«

»Sing uns noch eins, Drustanus!«

Drystan lächelte und nahm abermals seine Harfe zur Hand. Nach dem scharfen Ritt nach Norden mit der Vorhut von Arthurs Streitmacht hatten diese Männer Unterhaltung verdient. Fußvolk war zu Schiff unterwegs zum Hafen von Calunium, dem letzten Hafen südlich von Rheged und den Territorien der Rebellenkönige des Nordens. Er warf einen Blick zu Gawain, Gaheris und Gareth hinüber; auch sie ritten gegen ihren Vater in den Krieg, genau wie Drystan. Sie hatten sich auf die Seite Arthurs und ihrer Mutter Margawse geschlagen, gegen Lot, den König von Gododdin – gegen das väterliche Erbgut und gegen ihr Erbe, und auch gegen ihren Bruder Agravaine. Ihre Mienen waren ernst. Sie saßen zusammen und pflegten wenig Umgang mit den anderen Getreuen Arthurs. Drystan zupfte an den Saiten seiner Harfe und überlegte, ob sie wohl ihrer Entscheidung wegen Schuldgefühle hegten. Er selbst tat das nicht; es war interessant, wie befreiend es war, vom eigenen Vater zum Tode verurteilt worden zu sein. Marcus Cunomorus war nicht mehr sein Vater, nur ein Feind, den es zu stellen und hoffentlich zu bezwingen galt.

Mascuid, der König von Elmet, erhob sich persönlich und hinkte zu Drystans Tisch hinüber, um seinen Humpen zu füllen. »Trefflich gespielt, junger Mann. Ihr hättet Barde werden sollen.«

Drystan lächelte. »Ich war mal einer, mehr als einmal.«

Der König schmunzelte. »Diesmal vielleicht eine munterere Weise, Barde?«

»Mit Freuden.«

Mascuid hinkte zurück zu seinem Platz neben Ludd Ogryn, seinem Bruder und Arthurs ehemaligem Schwiegervater. Neben ihnen saß Arthur selbst mit seinem zwölfjährigem Sohn Llacheu. Es war faszinierend, Hinweise auf dieses frühere Leben Arthurs zu sehen, ein Leben, das er zwischen jenen Zeitspannen geführt hatte, da sie einander gekannt hatten, als Arthur Ambrosius' Heerführer im Norden gewesen war.

Während er Arthurs Sohn betrachtete, ging Drystan auf, dass er nicht einmal wusste, wie Arthurs erste Gemahlin gestorben war.

Doch dies war nicht der richtige Zeitpunkt, an den Tod zu denken – sie zogen von Neuem in den Krieg, und der Tod würde sie früh genug finden. Er lächelte Kurvenal an, der neben ihm saß, und stimmte diesmal ein fröhlicheres Lied an, ein Lied, das seine eigenen Stimmung widerspiegelte, das davon handelte, wieder mit den Liebsten vereint zu sein, anstatt sie zu verlassen. Die Nacht war kälter, als der Sommer hier oben im Norden hätte sein dürfen, doch wenn dieser Feldzug vorüber war, würde er zu Yseult zurückkehren.

Diesmal würden sie endlich eine Möglichkeit finden.

Es war wieder ein Felsen, dieser hier ragte vom Land empor anstatt aus dem Meer. Der Mann, den er einst Vater genannt hatte, war dort und versuchte, die anderen abtrünnigen Könige und Möchtegernkönige – von denen viele denselben Ehrgeiz hegten – davon zu überzeugen, dass er für das Amt des Hochkönigs von Britannien geeignet war.

Selbst aus dieser Entfernung konnten die Reiter die hochgezogene Zugbrücke und die Wachen auf ihren Posten entlang der Mauerkrone der Hügelfestung erkennen. Seit sie aus den Wäldern im Westen und im Süden hervorgebrochen waren, hatten sie das Marschtempo verlangsamt, in dem sie auf die mächtige Festung zuhielten; die tausend Mann starke Reiterei, die Arthur jetzt befehligte, hatte Din Eidyn in sicherer Entfernung umzingelt, genau wie geplant. Das Fußvolk hinter ihnen würde bald eintreffen, um ihre Stellung zu verstärken.

Arthur warf Drystan einen schiefen Blick zu. »Ich glaube, diesmal können wir uns deiner Fertigkeiten als Tunnelgräber nicht bedienen, Vetter.«

Ein verblüfftes Lachen entfuhr Drystan. »Ich denke, da hast du Recht.«

Myrddin schüttelte den Kopf. »Vielleicht hättest du dich zuerst zum Hochkönig wählen lassen sollen, Arthur.«

Arthurs Lippen wurden schmal, doch ehe er etwas erwidern konnte, meldete sich Madoc zu Wort. »Wozu brauchen wir einen Hochkönig? Arthur ist Dux Bellorum, der Anführer der Streitmacht Britanniens.« Auf die Blicke hin, mit denen Cai, Bedwyr und etliche der anderen ihn bedachten, schüttelte Madoc den Kopf. »Und, nein, das sage ich nicht, weil ich darauf aus wäre, selbst Hochkönig zu werden – jedenfalls nicht mehr«, verbesserte er sich mit einem schwachen Lächeln, das ihn seinem jüngeren Halbbruder plötzlich viel mehr ähneln ließ. »Mir ist jetzt klar, dass es auf dieser Insel keinen Menschen gibt, der besser dazu geeignet wäre, die Truppen zur Verteidigung Britanniens anzuführen, als Arthur. Er hat seit beinahe zwei Jahrzehnten den Frieden Britanniens bewahrt, etwas, das keiner dieser Anwärter auf den Herrschertitel jemals getan hat. Was macht es für einen Unterschied, ob wir ihn Hochkönig oder Dux Bellorum nennen?«

»Vielleicht einen größeren, als Ihr glaubt«, meinte Myrddin.

»Und vielleicht hat Madoc auch recht«, warf Cador ein. »Können ein Rat der Könige und ein Dux Bellorum nicht alles erreichen, was ein Hochkönig vollbringen könnte?«

Mehrere der Könige unter ihnen nickten, starrten dabei jedoch auf die so uneinnehmbar aussehende Festung von Din Eidyn. Drystan war geneigt, Myrddin zuzustimmen. Keinen Hochkönig zu haben würde eine Machtlücke entstehen lassen, die diejenigen mit mehr Ehrgeiz als Verantwortungsgefühl stets zu füllen trachten würden – wie Marcus Cunomorus.

Sein Vater.

»Wenn das hier vorbei ist, werde ich mich auf die Suche nach Ambrosius machen«, sagte Arthur.

Daraufhin schwiegen die anderen.

Ein Bannerträger erschien über ihnen auf dem Wall der Hügelfeste, gefolgt von einem zweiten: der Hund des Marcus Cunomorus und der Adler von Lot. »Jetzt werden wir ja sehen, ob sie zufrieden damit sind, dich in ihr Gebiet gelockt zu haben, Arthur«, bemerkte Bedwyr grinsend.

Arthur wendete sein Pferd und wandte sich an seine befehlshabenden Offiziere. »Cador, Madoc, ihr kommt mit mir, um mit ihnen zu verhandeln. Ihr vertretet die Geschlechter von Constans und Uther; sie haben niemandem, der Ambrosius' Blutlinie so nahe steht.« Die beiden nickten und ritten vor, um sich zu Arthur zu gesellen. Gerade als Drystan bei sich dachte, wie froh er war, Marcus nicht gegenübertreten zu müssen, sprach Arthur abermals. »Gawain, Drystan, ich möchte, dass ihr euch uns ebenfalls anschließt.«

Zusammen sahen sie zu, wie die Banner sich auf einem Grasstreifen zwischen den steilen, felsigen Hängen Din Eidyns einen Weg hinab suchten. Obwohl beinahe Juni war und die Sonne warm schien, lag noch immer Kälte in der Luft. Als Drystan Marcus zum letzten Mal gesehen hatte, war es viel wärmer gewesen – bei seiner Hochzeit mit Yseult Weißhand, die jetzt ein Jahr zurücklag.

»Gemeinsame Feinde schaffen sonderbare Bettgefährten«, stellte Madoc fest, als die beiden Gruppen aufeinander zuritten. Neben Marcus und Lot bildeten Lots Sohn Agravaine, Cadwallon von Gwynedd, Urien von Gore, Caws Sohn Hueil und Arthurs ehemaliger Heerführer Cerdic – der Verräter, der letztes Jahr bei Caer Baddon gegen sie zu Felde gezogen war, und jetzt selbst ernannter Prinz der Insel Vectis – den Rest der Abordnung.

»Wenn es einem von ihnen jemals gelingt, Hochkönig zu werden, wird Britannien in Stücke gerissen«, sagte Myrddin.

Arthur zügelte seine Stute. »Dann werden wir das eben verhindern müssen, nicht wahr?«

Lot ritt vor. »Mit welchem Recht umstellt Ihr meine Burg mit einer ganzen Armee?«

»Wir haben vernommen, dass einige Könige sich hier versammelt haben, um die Befugnisse des Rats der Könige zu übernehmen und einen Nachfolger für Ambrosius zu ernennen.« Arthur blickte von einem zum anderen. »Es scheint, als wäre dem wahrhaftig so.«

»Wenn wir uns vor der Ratssitzung im Juni treffen und über politische Angelegenheiten sprechen wollen, was soll das schaden?«

Arthur antwortete seinerseits mit einer Frage. »Wie viele Truppen habt Ihr in Eurer Festung zusammengezogen, Lot?«

Der König von Gododdin antwortete nicht, und Arthur wandte sich an Myrddin. »Wie viele?«

»Ich schätze, über eintausend Mann, aber nur die Hälfte davon beritten.«

Lot wollte auf seinem temperamentvollen Hengst vorpreschen, doch die Wachen in Arthurs Gefolge hielten ihn auf. »Welche Zauberei habt Ihr angewandt, um das zu erfahren, alter Mann?«

Gawain konnte sich nicht länger zurückhalten. »Wozu brauchst du bei einer friedlichen Ratsversammlung unter Königen so viele Truppen, Vater?«

Der König von Gododdin wandte sich seinem Sohn zu. »Überall lauern Feinde.«

Drystan fühlte Marcus' Blick auf sich ruhen, doch er drehte sich nicht um. Er brauchte die Auseinandersetzung mit seinem Vater nicht mehr zu suchen wie Gawain. Ihm war durchaus klar, dass er Marcus gegenüber unrecht gehandelt hatte, doch nach dem, was ihm angetan worden war, brauchte er keine Rechtfertigungen oder Vergebungsbezeigungen mehr – oder irgendetwas anderes von dem Mann, der ihn gezeugt hatte.

»Wenn Ihr Eure Waffen abliefert und uns Eure Truppen übergebt, ziehen wir uns zurück und lassen diese Angelegenheit vor dem Rat von Verulamium besprechen«, sagte Arthur jetzt.

Marcus lachte. »Wie, wenn wir mehr Männer haben als Ihr? Es wird Zeit, dass jemand Euch ein wenig Demut lehrt, Bastard.«

Arthur ging nicht auf die Beleidigung ein, er schaute nur abermals von einem Gesicht zum anderen. »Dann gehe ich davon aus, dass ihr lieber eine Belagerung abwehren wollt?«

»Wir werden nicht aufgeben«, beteuerte Cerdic.

»So sei es«, erwiderte Arthur. »Aber wenn ihr eure Meinung ändert, steht mein Angebot nach wie vor.« Damit wendete er seine Stute und ritt zu seinen Truppen zurück, sein Gefolge dicht hinter ihm. Drystan galoppierte mit den anderen zurück und dachte darüber nach, was dies für eine seltsame Art war, eine Schlacht zu beginnen.

Von Drystan an Yseult: Sei gegrüßt.

Die Belagerung von Din Eidyn hat begonnen, und wer weiß, wie lange sie dauern wird. Ein Umstand könnte das Ganze beschleunigen – in der ersten Woche, nachdem unser Fußvolk eingetroffen ist, wurde eine ganze Anzahl von Cerdics Männern dabei erwischt, wie sie des Nachts versucht haben, sich aus der Festung zu schleichen.

Unglücklicherweise war der ehemalige Herrscher der Sachsenküste nicht darunter. Myrddin glaubt, dass dieser Fluchtversuch vielleicht eine Ablenkung war, damit Cerdic selbst entkommen konnte. Wir wissen es nicht, weil die Könige, die noch in Din Eidyn sind, es kaum zugeben würden, wenn einer aus ihren Reihen sie verraten hätte. Ich kann es mir durchaus vorstellen – Cerdic versteht sich beinahe besser auf Verrat als Marcus. (Am ersten Tag habe ich Deinen Gemahl gesehen, aber wir hatten einander nichts zu sagen. Was gäbe es auch zu sagen?)

Meine Geliebte, ich weiß nicht, ob ich Dir verständlich machen kann, wie viel Freude es mir bereitet, Dir ohne Zwänge schreiben zu können. Ich weiß, die Tatsachen, die zwischen uns stehen, sind nicht anders als zuvor, aber zu wissen, dass Du jetzt gewillt bist, darüber hinwegzusehen, ändert für mich alles. Vielleicht wird Marcus einer Scheidung nicht zustimmen, vielleicht wird Yseult von Aremorica einer Annullierung nicht zustimmen; wir werden uns trotzdem ein gemeinsames Leben schaffen. Dank Arthurs Schutz wird es Marcus nicht möglich sein, Dir Kustennin wegzunehmen.

Dein Drystan

Von Yseult an Drystan: Sei gegrüßt.

Ich hoffe, Du hast Recht, was Arthurs Möglichkeiten betrifft, uns zu schützen; wovor ich mich jetzt am meisten fürchte, ist Marcus' Reaktion, wenn ich ihn um die Scheidung bitte. Er schätzt es nicht, wenn man ihm seine Besitztümer entreißt.

Aber ja, auch ich fühle, dass mir eigenartig leicht ums Herz ist, nun, da ich meine Gefühle nicht länger zu verbergen brauche. Obgleich Du fort bist, im Krieg – wieder einmal –, und nichts gewiss ist, sind meine Tage von mehr Freude erfüllt, als sie es seit damals waren, als wir dem Tod durch die Hand deines Vaters entronnen sind. Du siehst, du brauchst mir nichts verständlich zu machen; ich empfinde es selbst. Komm nur wohlbehalten heim zu mir, mein Liebster, in eine Welt, in der Marcus Cunomorus keine Rolle mehr spielt. Kustennin und ich werden auf Dich warten. Irgendwie hat es den Anschein, als wäre in einem Britannien, in dem Arthur der anerkannte Führer der Könige ist, alles möglich, ob er nun den Titel eines Hochkönigs trägt oder nicht.

Deine Yseult

Von Drystan an Yseult: Sei gegrüßt.

Ich fürchte, ich werde noch eine ganze Weile nicht nach Hause kommen. Die Belagerung von Din Eidyn zieht sich hin; die Rebellenkönige auf ihrem Felsen erweisen sich als halsstarrig. Ich weiß nicht, worauf sie hoffen können, es sei denn, es wäre versprochene Hilfe durch andere Abtrünnige. Der Juni ist fast zu Ende, und bei der Menge an Menschen innerhalb ihrer Mauern müssen ihre Vorräte gewiss irgendwann zur Neige gehen. Es ist die Sturheit der Verzweiflung, denke ich. Den Königen hier ist klar, dass sie jetzt, wo man ihnen auf die Schliche gekommen ist, nicht mehr viel zu verlieren haben. Cerdic konnte sich davonstehlen, weil er halb zum Sachsen geworden ist und sicher auf seiner Insel hockt, mit einem Sachsenkönig als Schwiegervater.

Aber ich wünschte, das hier würde ein Ende nehmen. Wir beobachten die Straßen und plündern das Land und versuchen regelmäßig, den Mauern mit Katapulten beizukommen. Unglücklicherweise thront die Festung so hoch auf dem felsigen Hügel, dass unser Belagerungsgerät nicht viel ausrichten kann.

Doch zu wissen, dass ich zu Dir und Kustennin zurückkehren werde, ist mir ein großer Trost. Zurückkehren? Heimkommen werde ich zu Dir, zum ersten Mal.

Dein Drystan

Von Yseult an Drystan: Sei gegrüßt.

So ermüdend sie auch für Dich sein mag, ich bin froh über diese Belagerung, weil das bedeutet, dass Du Dich nicht feindlichen Waffen gegenübersiehst. Wenn die abtrünnigen Könige endlich kampflos aufgeben, werde ich sogar noch glücklicher sein.

Kustennin hat angefangen, bei Cadors ehemaligem Tutor Antonius Unterricht zu nehmen, und der kleine Judual hat sich angewöhnt, sich ihnen anzuschließen und dabeizusitzen. Die wenigen Worte, die er kennt, steuert er mit großer Begeisterung bei. Alles wirkt seltsam normal, da die Schlacht so fern ist, alles, außer dass so viele Krieger fort sind. Doch Du brauchst Dir um uns keine Sorgen zu machen; Dyn Tagell ist ganz wie Din Eidyn fast unmöglich zu erobern.

Der Sommer ist hier dieses Jahr wunderschön, die Brise ist mild, und die Sonne versteckt sich weniger oft hinter Nebelschwaden. Ich freue mich auf die Zeit, wenn Du ihn mit mir teilen kannst.

Deine Yseult

Auch an der piktischen Grenze war es Sommer, und als Drystan von der Patrouille, die er gerade entlang der Straßen im Süden angeführt hatte, zum Lager zurückritt, dachte er voller Sehnsucht an die milden Brisen der dumnonischen Küste. Das Leinen seines Hemdes klebte ihm zwischen den Schulterblättern am Rücken, und sein Haar, das jetzt nachwuchs, nachdem die Zotteln jener Zeit, da er sich vor sich selbst versteckt hatte, abgeschnitten worden waren, klebte ihm im Nacken. Er würde froh sein, wenn es wieder lang genug war, um zu einem Zopf geflochten zu werden.

»Geht es dir gut, Drystan?«, erkundigte sich Kurvenal, der neben ihm ritt, und Drystan verbiss sich einen Seufzer. Seit er sein Gedächtnis wiedergefunden hatte, schien Kurvenal ihn mehr wie einen pflegebedürftigen Schutzbefohlenen zu behandeln als wie einen Freund.

»Mir ist heiß«, antwortete er. »Ich sehne mich nach einem Bad und frischen Kleidern.«

Ehe sie den Pferdepferch erreichten, erblickte er eine große Schar Männer, die zu den Mauern von Din Eidyn hinüberstarrten. Kurvenal neben sich, saß er ab und führte seine Stute hinüber.

»Was ist denn los?«

Arthur, die Arme vor der Brust verschränkt, schüttelte den Kopf. »Das wissen wir noch nicht. Aber auf der Südmauer sind ungewöhnlich viele Männer.«

»Die führen irgendetwas im Schilde«, ließ sich Bedwyr vernehmen. »Zu viel Getue.«

Drystan schaute zu der Stelle empor, auf die die anderen zeigten. Irgendetwas wurde dort errichtet, das war offensichtlich –

anstatt nur flüchtige Blicke auf in der Sommersonne glänzende Helme zu erhaschen, konnte man die Gestalten einzelner Männer erkennen, von der Taille aufwärts. Doch was sollte das den Verteidigern nützen, über ihre eigenen dicken Mauern emporzuragen? Das ergab keinen Sinn.

»Wir sollten sie angreifen, jetzt gleich«, meinte Cai.

Arthur zuckte die Achseln. »Vielleicht ist es ja genau das, was sie wollen.«

Myrddin nickte. »Es könnte durchaus eine Falle sein.«

Drystans Stute stupste seinen Arm an, während er hinüberschaute, die Zügel in der Hand. Dann erschien etwas auf der Mauerkrone, das wie ein Karren aussah; Männer schoben und zerrten es von beiden Seiten her in Position. Es hatte den Anschein, als wollten die Belagerten irgendetwas von der Festung gießen. Was ebenfalls keinen Sinn ergab, weil sich keiner der Feinde jener, die sich in Din Eidyn verschanzt hatten, unterhalb dieser undurchdringlichen Mauern aufhielt.

»Bei allen Göttern«, murmelte Myrddin und wandte sich ab.

Der Rest von ihnen brauchte länger, um zu begreifen, was da von den Festungsmauern herabgeworfen wurde.

Leichen.

Drystan würgte und wandte sich ebenfalls ab, genau wie Myrddin. Seine Stute zwickte ihn in die Schulter und knabberte an ihm herum, und er führte sie zum Pferch davon; sein Verstand war wie betäubt. Höchstwahrscheinlich Hungeropfer, die Alten, die Jungen, die Schwachen. Wenn er die Augen schloss, konnte er sie sehen, die Kinder, nicht größer als Kustennin, die in einem Schauer aus menschlichen Gliedern herabstürzten, um auf dem gnadenlosen Felsen aufzuschlagen, auf dem die Festung stand. Seine Phantasie besorgte den Rest – Schädel, die aufplatzten wie Eier, verspritzte Gehirnmasse zwischen anderen Bruchstücken früheren Lebens.

Als er zu Arthur und seinen Getreuen zurückkehrte, war gerade eine hitzige Debatte im Gang. Kurvenal warf ihm einen raschen Blick zu, spielte jedoch glücklicherweise diesmal nicht die Amme.

»Das können wir nicht riskieren«, sagte Bedwyr soeben. »Es sind nicht unsere Toten, die wir bestatten müssten.«

»Das ist eine absichtliche Provokation«, fügte Cai hinzu.

Cador saß auf einem Baumstumpf; seine Hände hingen zwischen den Knien herab. »Sie zeigen uns das Ergebnis unseres Handelns.«

Gawain hatte zu Boden gestarrt, bei diesen Worten jedoch fuhr sein Kopf empor. »Unseres Handelns? Kannst du mir sagen, wie so viele bereits verhungert sein können, nach nur einem Monat? Din Eidyn hat viele Vorratshäuser, und mein Vater sorgt stets dafür, dass sie gefüllt sind. Es gibt nur eine Antwort – sie verpflegen die Soldaten auf Kosten des gemeinen Volkes.«

Schweigen antwortete dieser Behauptung. Arthur blickte von einem zum anderen, und sein Blick hielt endlich bei seinem ehemaligen Schwiegervater Ludd Ogryn an – und nicht bei Lots Sohn. »Elmet ist das Königreich, das Gododdin am nächsten liegt. Nach dem, was Ihr über Lot wisst – sähe es ihm ähnlich, seine Frauen und Kinder verhungern zu lassen, um seine Truppen zu verpflegen?«

Ludd Ogryn, ein großer Mann mit stahlgrauem Haar und einem dichten Bart, wie ihn viele hier im Norden trugen, zuckte die Achseln. »Bei seinem Volk ist er nicht beliebt. Es heißt, er treibt bei der Ernte mehr ein, als ihm zusteht. Ist das eine Antwort?«

Arthur schaute von Ludd zu Myrddin. »Vielleicht.«

Myrddin schüttelte den Kopf. »Arthur, die Moral mag es gebieten, aber du kannst jetzt nichts für diese Menschen tun. Die beste Methode, ihnen zu helfen, ist, den Lebenden beizustehen und dieser Belagerung ein Ende zu machen.«

Arthur wandte sich an Gawain. »Glaubt Ihr, Euer Vater rechnet damit, dass wir diese Leichen bergen und sie bestatten?«

Einen Augenblick antwortete Gawain nicht, offensichtlich sammelte er sich. »Das könnte sein, aber er könnte auch mit grimmiger Entschlossenheit einfach nur versuchen, uns dazu anzustacheln, die Festung anzugreifen, ehe wir bereit dazu sind.«

Arthur nickte. »So oder so, vielleicht können wir einen Plan ersinnen, um das, was Marcus und Lot jetzt von uns erwarten, dazu zu nutzen, sie zu übertölpeln.«

Nachdenklich sah Drystan Myrddin an; er dachte daran, wie Brangwyn damals ihr Schiff mit ihrer Gabe der Illusion vor Gamals Männern versteckt hatte. »Wärt Ihr in der Lage, es so aussehen zu lassen, als wären mehr Truppen an einer bestimmten Stelle, als wirklich da sind?«, fragte er den Weisen.

Myrddin lächelte. »Ich habe vergessen, dass Ihr Erfahrung mit jenen habt, die die Gabe der Täuschung besitzen. Ja, ich denke, ich könnte mehr tun, als griechisches Feuer zu entfachen.«

Sie mussten die nächste mondlose Nacht abwarten, um Arthurs Plan in die Tat umzusetzen, und bis dahin hatten die Leichen drei Tage Zeit gehabt, auf den südlichen Klippen von Din Eidyn zu faulen. Drystan wünschte sich inständig, Arthur hätte nicht gerade ihn dafür ausgewählt, den Trupp anzuführen, der für Ablenkung sorgen sollte; wenngleich eine angenehme westliche Brise half, den schrecklichen Geruch davonzutragen, war er nichtsdestotrotz grauenvoll genug, dass er sich am liebsten übergeben hätte. Er war nur froh, dass der Plan nicht vorsah, näher zu den Klippen und dem Gestank vorzudringen.

»Alles in Ordnung, Drystan?«, flüsterte Kurvenal neben ihm.

»Bestens.«

Sie warteten in einem Wäldchen südlich des Felsens, auf dem die Festung thronte; ihre Pferde waren hinter ihnen im Unterholz versteckt. Zum Glück war die Nacht dunkel genug gewesen, so dass alles planmäßig verlaufen war, und der Turm, den sie auf die Festungsmauern zuschleppen wollten, war zwischen den höchsten Bäumen verborgen.

Der Ruf einer Eule war von Osten her zu vernehmen und verriet ihnen, dass weiteres Belagerungsgerät in Position gebracht war.

Drystan wandte sich an Myrddin. »Wie weit können wir vorrücken, ohne dass Euer Zauber seine Wirkung verliert?«

Der Weise schätzte die Entfernungen ab. »Ich bin mir nicht

sicher, aber wenn Ihr den Turm nicht weiter bringt als bis zu dem Gestrüpp dort auf halbem Wege zur Mauer, dann kann ich die Täuschung aufrechterhalten, bis sie merken, dass niemand mehr auf sie schießt.«

»Gut.«

Sie führten die Pferde, die den Turm zogen, aus dem Schutz der Bäume heraus und hielten auf die Klippen zu. Noch ehe sie die Stelle erreichten, die Myrddin ihnen angewiesen hatte, erblickte ein Wachtposten auf den Wällen sie. Es wurde Alarm geschlagen, Fackeln wurden entzündet. In ihrem Schein konnten sie Krieger auf die Südmauer eilen sehen.

»Hinauf, Männer!« Die besten Bogenschützen klommen zur Spitze des Turms empor, während Schützen auf den hölzernen Wehrmauern von Din Eidyn in dem Versuch, sie zu treffen, aufs Geratewohl Pfeile in die Nacht schickten. Ohne Mond und in Anbetracht der Fackeln, die die Mauern von Din Eidyn erleuchteten, waren sie den Verteidigern gegenüber im Vorteil, obwohl sie fast völlig ungeschützt waren. Für die Bogenschützen über ihnen jedoch waren sie wenig mehr als ein Kaleidoskop sich bewegender Schatten. Vielleicht würde es ihnen sogar gelingen, ein wenig Schaden anzurichten, ehe sie sich davonstahlen, um sich dem Rest von Arthurs Truppen an der Ostmauer anzuschließen.

Drystan atmete flach und versuchte, nicht zuzulassen, dass der Gestank der verfaulenden Leichen ihn ablenkte, während er zusah, wie seine Männer ihre Plätze auf dem Holzgerüst über ihm einnahmen und Pfeil um Pfeil auf die Gestalten auf den Festungsmauern abschossen. Die Schreie verrieten ihm, dass eine ganze Anzahl ihr Ziel fand.

»Sie versuchen es mit Feuer!«, rief Kurvenal. Drystan schaute in die Richtung, in die er deutete. Die obere Hälfte eines Katapultes ragte über der nahen Mauer auf, und was immer sich in dem Wurfarm befand, war soeben in Brand gesetzt worden.

»Runter, sofort!«, rief Drystan zu den Schützen hinauf. Als er losrannte, um die Pferde loszumachen, traf ihn ein Schwall verwesenden Todes, der ihn würgen ließ. Er presste sich die Faust an den Mund und drängte den Reflex zurück.

Das Feuer schoss über den Nachthimmel und landete im trockenen Gras zwischen der Festung und dem Turm. Es hatte sein Ziel verfehlt, hatte aber die Wiese in Flammen aufgehen lassen, die die Nacht erhellten. War Myrddins Gabe der Täuschung stark genug, um ihren Rückzug zu dem Wäldchen und ihren dort verborgenen Pferden zu decken?

Er versetzte den Karrengäulen einen Schlag auf die Kruppe. »Vorwärts!« Ihrer Bande ledig, flohen sie vor dem Feuer, und Drystan und seine Männer folgten ihnen und ließen den Turm stehen, wo er stand.

Als sie über die Wiese rannten, zurück dorthin, wo Myrrdin und die Pferde verborgen waren, wurde ein weiteres feuriges Geschoss gegen ihren Belagerungsturm geschleudert.

»Schnell«, drängte Myrddin. »Sie sehen euch noch immer dort auf dem Turm, aber ich weiß nicht, wie lange ich diese Illusion noch halten kann, erst recht, wenn dort ein Feuer wütet.«

Drystan zog sich in den Sattel seiner wartenden Stute und führte seine Männer aus dem Wäldchen; in vollem Galopp hielten sie auf die Ostmauer der Festung zu.

Als sie dort ankamen, war Arthurs Angriff bereits in vollem Gange, und die ersten Wachen auf den Wällen hatten schon nach Verstärkung gerufen. Nach dem, was Drystan im Licht der Fackeln über ihm erkennen konnte, wurde auf den Mauern gekämpft; einigen ihrer Krieger musste es gelungen sein, unbemerkt hinaufzuklettern, ganz nach Plan.

Drystan und seine Männer schwenkten zum Haupteingang von Din Eidyn ab. Unter dem Schutz einer *Viena* – eines langen, tragbaren Daches aus gehärtetem Leder – machten sich etwa fünfzig Mann mit einem Rammbock über die dicken Holztore her. Als sie an ihnen vorbeigaloppierten und dabei den Pfeilen der Verteidiger auswichen, konnte er das Knirschen und Splittern von Holz hören. An der Nordseite der Festung wurden Leitern aufgerichtet und Kletterhaken geschleudert, die sich in die Fugen zwischen den Mauersteinen krallten. Obwohl noch kein

Vogel sang, wurde die Nacht heller, und Rauchgeruch lag in der Luft. Griechische Feuer, von Myrddin vorbereitet, mussten ihr Ziel im Innern von Din Eidyn getroffen haben – der Himmel über den Wällen färbte sich orange. Vor ihnen brannte ein weiterer Turm wie jener, den sie an der Südseite der Burg zurückgelassen hatten, lichterloh.

Drystan zügelte sein Pferd dicht bei den Leitern und wollte gerade absitzen, als er jenseits des lodernden Belagerungsturms eine Bewegung auszumachen glaubte.

»Gibt es auf der Nordseite der Festung ein Tor?«, rief er Gawain zu, der den Angriff auf diesen Teil der Mauern anführte.

»Als ich das letzte Mal hier war, gab es keins«, brüllte Gawain zurück.

Drystan griff nach den Zügeln. »Mir war, als hätte ich da etwas gesehen. Ich nehme meine Männer und sehe nach, dann stoße ich zu euch.«

Im unheimlichen Schein der vielen Brände sah er Gawain nicken.

»Folgt mir!«, schrie er seinen Männern zu. Sie galoppierten um den brennenden Belagerungsturm herum und daran vorbei. Einige der Pferde wieherten nervös, doch es waren alles hinlänglich gut geschulte Schlachtrösser, so dass keines scheute oder durchging. Hier und da war das Sims zwischen Festungsmauer und Klippe kaum breit genug für zwei Pferde, und das einzige Licht kam von dem flammenden Turm hinter ihnen und den Feuern innerhalb der Mauern über ihren Köpfen.

Doch Drystans Augen hatten ihn nicht getäuscht: An einer breiteren Stelle des Simses vor ihnen standen Krieger aus Din Eidyn Schulter an Schulter. Sie mussten einen Durchgang durch die Mauer geschaffen haben, während sie darauf gewartet hatten, dass Arthur angriff.

»Vorwärts, Männer! Britannia patria!«, schrie Drystan und trieb sein Pferd mitten in den schattenhaften Gegner hinein.

Das behelfsmäßige Tor ließ nicht zu, dass mehr als ein Mann auf einmal die Festung verließ; die Verteidiger Din Eidyns mussten auf den Vorteil der Überraschung gesetzt haben, der nicht länger auf ihrer Seite war. Kurvenal neben sich, preschte Drystan auf den Feind los, den Speer hoch erhoben. Der ebene Landstreifen neben der Festung war gerade breit genug, um zu zweit nebeneinander zu reiten, und als sie in die Streitkräfte seines Vaters und der anderen Rebellen krachten, gab es keine Fluchtmöglichkeit mehr. Trotz des schaurigen Feuerscheins, der den Himmel erhellte, kämpfte er beinahe blind. Er rammte seinen Speer in etwas, von dem er hoffte, dass es der Hals eines Mannes vor ihm war, und hörte über das Getöse von Stahl, Holz und Hufen und das erregte Schnauben ihrer Pferde hinweg einen Schrei. Hals oder nicht, er hatte getroffen, und er riss den Speer aus dem Körper seines Opfers.

Die Verteidiger gingen jetzt auf ihre Pferde los, und Drystan erkannte augenblicklich, dass ein Pferd bei diesem Licht ein sehr viel verwundbareres Ziel abgab – in einer Welt des Halblichts war es ein deutlich größerer Schatten.

»Absitzen!«, brüllte er den Männern hinter ihm zu und riss seine Stute vor den Schwertern und Speeren zurück, die sich auf sie richteten. Dann beugte er sich vor und wehrte einen gefährlichen Hieb ab, der auf ihre Vorderbeine zielte, während seine Männer zu Fuß an ihm vorbeiströmten, um den Kampf Mann gegen Mann zu suchen.

Nur ungefähr ein Dutzend Männer aus Din Eidyn hatten es durch den schmalen Durchgang geschafft, und Drystan und seine Kämpfer machten kurzen Prozess mit ihnen und streckten einen weiteren nieder, sobald er herauskam.

»Ergreift den Nächsten lebend!«, befahl Drystan.

Noch ein Mann kam heraus, und seine Männer stürzten sich auf ihn. Drystan stieg vom Pferd und trat vor, während sein Trupp weiterhin den Durchgang bewachte; anscheinend jedoch hatten die Verteidiger inzwischen begriffen, dass ihre Pforte für Überraschungsausfälle versperrt war. Er blickte an der Mauer hinauf, rechnete mit einem Angriff von oben, doch die Wachen schienen mit den Kletterhaken und dem Belagerungsgerät, das Gawain dirigierte, alle Hände voll zu tun zu haben.

Und dann erkannte er den Gefangenen, und es wunderte ihn

nicht länger, dass von den Mauern über ihm keine zusätzliche Attacke erfolgte.

Marcus Cunomorus.

Drystans Brust schnürte sich schmerzhaft zusammen. Er stand dem Mann gegenüber, der ihm sein Leben geschenkt hatte und es sich dann hatte zurückholen wollen, und gab nicht zu erkennen, dass er wusste, dies war einer der Anführer der Rebellion, sein eigener Vater.

»Kannst du uns durch den Durchgang zurückführen, durch den du herausgekommen bist?«, herrschte er ihn an.

Marcus antwortete nicht.

Drystan schlug ihm hart ins Gesicht, und der Kopf seines Vaters ruckte zur Seite. »Dein Leben ist verwirkt, wenn du uns nicht unbeschadet in die Festung führst«, knurrte er. »Du gehst voran, und wenn sie auf der anderen Seite warten, um uns niederzumachen, dann bist du es, den ihre Waffen treffen.«

Er packte seinen Vater am Arm und riss ihn herum, stieß ihn vor sich und seinen Männern her durch die Lücke in der Steinmauer. Irgendjemand hatte Marcus die Hände auf den Rücken gefesselt, und Drystan hielt den Strick fest umklammert. Wenn es etwas gab, das er wusste, dann, dass man seinem Vater nicht trauen konnte.

Und er war sich sicher, dass sein Vater dasselbe über ihn sagen würde.

»Es ist niemand auf der anderen Seite, nicht wahr?«, flüsterte er ihm ins Ohr. Er fragte sich, wo Kurvenal war, ob wohl noch jemand den König von Dumnonia erkannt hatte. »Du wolltest dem Kampf entkommen und dich nicht den Folgen deiner Entscheidung stellen müssen. Ich würde eine ganze Meute erainnischer Jagdhunde darauf wetten, dass Lot nichts von dieser Mauerbresche weiß.«

Das entlockte Marcus ein abfälliges Schnauben. »Er ist bei Weitem nicht schlau genug. Es war ein Fehler, mein Geschick mit dem seinen zu verknüpfen.«

Und Drystan wusste, dass dies bei seinem Vater dem Eingeständnis eines Fehlers am nächsten kam – er hatte nicht die richtige Entscheidung getroffen, er hatte nicht jede Einzelheit bedacht, er hatte nicht in seinem eigenen besten Interesse gehandelt.

Sie traten aus dem steinernen Gang heraus in ein Haus, das direkt an die Mauer gebaut worden war. Keine Truppen, keine Feinde, die sie erwarteten. »Es ist sicher«, sagte Drystan zu den Männern hinter ihm und schob seinen Vater vorwärts. »Dein Domizil hier in Din Eidyn, nehme ich an?«, murmelte er.

Marcus Cunomorus ließ sich nicht zu einer Antwort herab.

»Ich denke, du wirst uns jetzt zu den Toren dieser Festung bringen und uns helfen, sie für Arthur zu öffnen.« Die Lippen seines Vaters wurden schmal, doch er gab keine Widerworte.

Drystan sah sich unter seinen Männern um und fand Kurvenals ungläubigen Blick, der fest auf den König von Dumnonia gerichtet war.

»Kurvenal, ich möchte, dass du mit einem kleinen Trupp zu Gawain und seinen Leuten zurückkehrst, ihm von diesem Eingang berichtest und so viele Soldaten hierherschaffst, wie er dort entbehren kann.«

Kurvenal nickte und wandte sich wieder dem Durchgang zu, wobei er den am nächsten stehenden Kriegern winkte, ihm zu folgen.

Drystan wandte sich wieder an seinen Vater. »Und jetzt wirst du uns wohlbehalten zum Tor bringen.«

»Ihr werdet mir die Hände losbinden müssen«, gab Marcus zu bedenken. »Niemand wird glauben, dass ihr meine Männer seid, wenn ich gefesselt bin.«

Das stimmte, doch Drystans Kämpfer trauten seinem Vater nicht einmal so weit über den Weg, wie dieser spucken konnte. »Gut, wir werden deine Fesseln lockern, so dass du die Arme frei bewegen kannst. Um deiner selbst willen solltest du lieber hoffen, dass niemand merkt, dass du ein Gefangener bist.« Er glaubte, etwas in den Augen seines Vaters aufflackern zu sehen, das Respekt ähnelte, und er musste an jenes andere Mal denken, als er sich Marcus Cunomorus' Respekt verdient hatte –

als er den Plan ersonnen hatte, seine Base Labiane zu vermählen, nachdem sein Vater sie geschwängert hatte.

Drystan wandte sich ab, bemüht, sich seinen Abscheu nicht anmerken zu lassen.

Nachdem ihr Gefangener neu gefesselt worden war, traten sie vor aller Augen mit gezückten Schwertern aus dem Haus und eilten hinter dem König von Dumnonia her durch die Straßen. Drystan glaubte nicht, dass irgendeiner seiner Männer außer Kurvenal erkannt hatte, wem sie da folgten – schließlich war Marcus kein häufiger Gast bei Arthurs Truppen gewesen.

Was die Soldaten in Din Eidyn betraf, so war das etwas ganz anderes. Selbst im flackernden Licht von Fackeln, die hochgehalten wurden, wenn sie näher kamen, begegnete man Marcus Cunomorus mit Ehrerbietung und ließ ihn passieren. Drystan hielt unter seinem Umhang den Strick, mit dem die Hände seines Vaters gefesselt waren, mit festem Griff, doch niemandem fiel diese seltsame Vertrautheit auf – oder die Fremden im Gefolge des Königs. Sie waren unbedeutende Vasallen eines der Rebellenherrscher.

Das Kampfgetöse und die Spannung, die in der Luft lag, wuchsen, als sie sich in entschlossenem Eiltempo den Toren näherten. Mit einem raschen Blick erfasste Drystan die Lage: die Krieger, die sich bemühten, dem Ansturm des Rammbocks auf die schweren hölzernen Tore zu wehren, die Bogenschützen auf den Mauern, die Arthurs Krieger nach besten Kräften im Dunkeln abzuschießen versuchten, die Eimer voller Pech, die die Stiegen hinaufgeschleppt wurden. Zahlenmäßig waren sie gewaltig unterlegen, doch vielleicht war die Überraschung auf ihrer Seite, wenn sie ihre Karten richtig ausspielten.

»Marcus Cunomorus!«, rief ein gedrungener Mann nahe beim Tor, als er sie erblickte. »Gut, dass Ihr Verstärkung bringt!«

Drystan ruckte leicht an den Fesseln seines Vaters und fuhr mit seinem Schwert über dessen Oberschenkel. Das war alles, was Marcus Cunomorus als Erinnerung brauchte, sie nicht zu verraten.

»Nimm die Hälfte der Männer mit auf die Mauern, um so viele von den Bogenschützen und Pechgießern unschädlich zu machen, wie ihr könnt«, wies Drystan Erim an, der neben ihm ging. Dann reckte er den freien Arm in die Höhe und ließ einen Schlachtruf ertönen, der neu für ihn und Britannien war.

»Artorius Rex!«

Seine Männer griffen den Schrei mit einer Freude und einer Begeisterung auf, die selbst Drystan verblüffte, und stürmten Tor und Mauern.

Einen Augenblick hielt Drystan den Strick zwischen den Handgelenken seines Vaters in der Faust und wusste nicht, was er damit tun sollte. Ihre Augen trafen sich, Augen, die einander eigentlich zu ähnlich waren, um sich so völlig fremd zu sein. Drystan fühlte, wie sich eine Faust um sein Herz krampfte; was für ein Tor war er gewesen zu glauben, er sei über den innerlichen Aufruhr hinweg, unter dem Gawain litt, weil er Krieg gegen seinen eigenen Vater führte.

Er ließ Marcus Cunomorus' Fesseln los und stürzte sich mit seinen Männern ins Gewühl. Von ihrer Aufgabe abgelenkt, das Tor gegen den Feind zu halten, fuhren die Krieger von Din Eidyn herum, um sich dieser neuen Bedrohung zu erwehren. Das Donnern des Rammbocks und das Geräusch splitternden Holzes wurden lauter, als die schweren Eisenstreben nachzugeben begannen.

»Artorius Rex!« schrie Drystan abermals, damit den Truppen vor den Toren klar wurde, dass sich hier drinnen sowohl Freunde als auch Feinde befanden. Er spießte gerade einen Rebellenkrieger auf, als der Kopf der Ramme mit einem berstenden Krachen durch das Tor brach. Riegel und Balken ächzten, gaben nach und stürzten nach innen auf sie zu, begleitet vom Aufbrüllen der Krieger Arthurs auf der anderen Seite. Noch einmal schwang der Rammbock heran, räumte die hartnäckigsten Torbohlen beiseite. Ihm folgte ein Strom von Arthurs Männern, der Dux Bellorum an ihrer Spitze.

»Wer wagt es, mich König zu nennen?«, brüllte er und blickte sich um. Drystan fühlte den Blick seines Vetters mehr, als dass er ihn sah – er war zu sehr mit einem Gododdinkrieger beschäftigt, der ihm mit Vergnügen den Kopf vom Rumpf getrennt hätte. Dann war Arthur neben ihm, und zusammen drängten sie jene zurück, die noch immer versuchten, die Festung zu verteidigen. Nachdem das Tor gesprengt worden war, hatte eine erkleckliche Anzahl Rebellenkrieger die Waffen fallen gelassen und bat um Gnade.

Als sie sich zur Mitte der Feste vorkämpften, erhellten mehr als nur die Feuer der Schlacht den Himmel. Irgendwo jenseits des Lärms von Stahl und Holz und Knochen konnte Drystan die ersten Vogelrufe hören, vollkommen gleichgültig gegenüber den Streitigkeiten der Menschen. Dieser beinahe unbegreifliche Gegensatz erfüllte ihn mit Hoffnung, und er lächelte. Wie auch immer diese Schlacht ausgehen mochte, die Vögel würden immer noch da sein.

Kurvenal an seiner Seite, wanderte Drystan durch die Festung und nahm die Toten und Verwundeten genau in Augenschein. Das taube, leere Gefühl, das ihn nach einer Schlacht stets überkam, wurde diesmal noch durch das verstärkt, was er zu finden fürchtete.

Den Leichnam seines Vaters.

Er hatte den Gestank von verbrannten Gebäuden in der Nase, von Blut und von Tod, und sie gingen schweigend zusammen dahin. Mit dem Fuß drehte Kurvenal einen Leichnam herum, um den darunter zu betrachten, doch wieder war es nicht Marcus Cunomorus.

Agravaine war gefangen genommen worden, und Lot war tot. Gawain, Gaheris und Gareth trauerten – sie betrauerten den Tod ihres Vaters und das, was sie getan hatten, um ihn herbeizuführen. Drystan fürchtete dasselbe Schicksal – doch beinahe ebenso sehr fürchtete er, seinen Vater überhaupt nicht zu finden.

Das würde bedeuten, dass er die Schuld an der Flucht eines Verräters am Frieden von Britannien trug.

»Ich habe niemandem erzählt, dass du Marcus in deiner Gewalt hattest«, sagte Kurvenal leise.

Drystan nickte knapp.

»Wieso hast du ihn laufen lassen?«

»Wäre es dir lieber gewesen, ich hätte ihn hingerichtet?«

Einen Augenblick starrte sein Freund ihn an, ohne zu antworten. »Dir gegenüber hatte er keine solchen Bedenken.«

Ja, und deswegen hatte Drystan sich jeglicher Sohnesbande ledig geglaubt. Wie sehr hatte er sich geirrt.

Er drehte einen weiteren Leichnam um, erkannte an der Statur und an der Kleidung, dass es nicht der Mann sein konnte, den er suchte und zu finden fürchtete. Doch er wollte Kurvenal nicht gleich antworten.

Ohne Erfolg beendeten sie ihre Runde durch die Festung und kehrten mit leeren Händen zu Arthur zurück.

»Keine Spur von Marcus?«, wollte der Dux Bellorum wissen. Jene, die auf Seiten der abtrünnigen Könige gekämpft hatten, waren auf der Ebene östlich der Festung zusammengetrieben worden, die dem Eingang am nächsten lag.

Drystan schüttelte den Kopf.

»Was ist mit den anderen Rebellenführern?«, fragte Kurvenal.

»Hueil, Caws Sohn, ist zusammen mit Lot gefallen«, antwortete Arthur. »Von Cadwallon von Gwynedd oder Idres von Dumnonia wissen wir noch nichts, und auch nichts von Cerdic. Aber wir hatten ja schon angenommen, dass er sich davongemacht hat, ehe die Schlacht überhaupt anfing.«

»Und die anderen Söhne von Caw?« Drystan fragte sich, wie nahe Labiane – wenn überhaupt – ihre Stiefsöhne wohl standen und was dies für sie bedeuten könnte.

»Nichts.«

»Und auf unserer Seite?«

Arthur wandte den Blick ab. »Wir haben noch keine Kunde, wo Ludd und Aircol sind.«

Drystan holte tief Luft. Er hatte jetzt so viele Male neben Aircol gekämpft, dass er sie nicht mehr zu zählen vermochte. Seine Erinnerungen mochten ihn für eine Weile im Stich gelassen haben, jetzt jedoch waren sie wieder da, und er konnte Aircol neben sich sehen, wie sie die Sabrinabucht hinaufsegelten, bei der Schlacht von Glevum. Wenn er gefallen war, was würde dann aus seinem kleinen Sohn Vortipor werden?

Kurvenal packte mit tröstendem Griff seine Schulter. »Komm, mein Freund. Jetzt, da diese Schlacht gewonnen ist, kehren wir bald nach Dumnonia zurück. Yseult und Brangwyn warten auf uns.«

Er blinzelte und schaute an seinem Freund vorbei zu der Festung hinüber, die sie gerade erobert hatten; die frühe Morgensonne schien hell auf die lotrechten, felsigen Klippen, auf der sie stand. Kurvenal hatte recht. Es war Yseult gewesen, an die er auf dem Ritt nach Norden gedacht, Yseult, der er geschrieben hatte, wenn ein Bote nach Süden aufbrechen sollte, Yseult, die seine Träume süß und seine Zukunft endlich hell sein ließ.

Bald würde er sie wiedersehen. Und wenn er erst einmal mit Yseult Weißhand gesprochen hatte, würde er endgültig zu ihr zurückkehren.

Yseult starrte die Hand an, die sie zwischen den ihren hielt, den hellen Haarflaum auf dem Handrücken, viel dichter als bei ihr. Wie konnte sie diese Hand so schnell wieder aufgeben, nachdem sie sie doch gerade erst zurückbekommen hatte, sie in den ihren hielt, hier, wo jeder sie sehen konnte und niemand sie hindern würde?

Sie schloss die Finger fester um die seinen und fühlte seinen antwortenden Händedruck.

»Ich bin doch nicht lange fort, Yseult«, sagte Drystan. »Aber Yseult von Aremorica hat es verdient, dass ich ihr meinen Entschluss persönlich mitteile. Vielleicht stimmt sie ja einer Annullierung zu, wenn sie sich den Tatsachen gegenübersieht.«

Yseult ließ den Kopf in den Nacken sinken, dankbar für die Spätsommersonne auf ihrem Gesicht, dankbar für diese Bank, die sie auf einer Anhöhe in der Nähe ihres Kräutergartens in Dyn Tagell hatte aufstellen lassen. Die Luft war erfüllt vom unablässigen, einschläfernden Summen der Bienen, die mit der Zitronenmelisse neben ihr beschäftigt waren, von dem angenehmen, süßsauren Geruch der Pflanzen, sauer die Blätter und süß die Blüten. Über ihnen schrien Möwen, und überall um sie herum war das rhythmische Geräusch des Meeres.

»Kann das nicht bis zum Frühling warten?«, fragte sie. »Was ist, wenn die See dieses Jahr früher stürmisch wird?«

Drystan lachte und gab ihr einen raschen Kuss auf die Lippen. »Dein Eifer ist mir eine solche Freude. Yseult, es ist doch erst August. Wir werden mindestens noch einen Monat lang gutes Segelwetter haben.«

Neben ihnen rief Kustennin den anderen Knaben und Mädchen von Dyn Tagell einen kindlichen Befehl zu und ging selbstverständlich davon aus, dass seinem Wort Folge geleistet werden würde. Yseult sah dem Treiben eine Weile zu, und zum ersten Mal staunte sie darüber, wie sich ihr Sohn mit fünf Jahren bereits die Haltung und das Gebaren eines Königs angeeignet hatte. Er hätte diese Haltung an den Tag gelegt, ganz gleich, welchem Kurs sie zu folgen beschlossen hätte, dessen war sie sich sicher – und die anderen Kinder wären ihm gefolgt, genau wie sie es jetzt taten.

Sie drehte Drystans Hand um, folgte den Linien seiner Handfläche mit den Fingern, wünschte sich, sie könnte ihn hier bei sich behalten. Doch sie hatte ihn so oft abgewiesen, wie konnte sie ihn jetzt anflehen zu bleiben?

Sie schüttelte den Kopf. »Ich wünschte, wir könnten endlich unser gemeinsames Leben beginnen.«

Mit abwesender Miene schaute er aufs Meer hinaus. »Diesmal würde ich es gern ehrlich beginnen.«

Ehrlich? Yseult seufzte. »Gibt es irgendwelche Neuigkeiten von Marcus Cunomorus?«, fragte sie.

»Nein.«

Sie ließ seine Hand los, stand auf und ging auf die südlich gelegenen Klippen zu, als würden diese ihr sagen, wo der Mann war, den sie geheiratet hatte. Jeder rechnete damit, dass Marcus irgendwann auf seinem aremorischen Königssitz Caer Haes auftauchen würde, und dorthin hatte sie auch den Boten mit der Bitte um die Scheidung geschickt, doch sie hatte noch keine Antwort von ihm bekommen.

»Marcus ist nicht mehr wichtig«, sagte Drystan neben ihr mit leiser Stimme. »Er hat zu viele Menschen verraten. Jetzt herrschst du hier.«

Sie erreichten die Kuppe der Anhöhe, und der Wind riss an ihrem Haar und peitschte Drystan die Locken ums Gesicht. »Und was ist mit dir?«, fragte sie.

Endlich lachte er wieder. »Yseult, ich habe niemals hier geherrscht. Aber du bist die Königin des Volkes von Dumnonia, und Arthur weiß das. Du bist diejenige, die im Namen deines Sohnes regieren wird.«

Nach der Schlacht von Din Eidyn hatte Arthur die Rebellenkönige begnadigt, die gelobten, jegliche Entscheidung des Rates der Könige hinsichtlich des Hochkönigsamts von Britannien am folgenden Pfingstfest anzuerkennen; die Begnadigten würden sämtliche Ländereien und Titel behalten, die ihnen der Geburt nach zustanden. Marcus jedoch war verschwunden und hatte nichts versprochen, und er besaß keine ererbten dumnonischen Ländereien – nur seine aremorischen Güter waren sein Geburtsrecht. Arthur hatte Marcus' dumnonische Gebiete für verwirkt erklärt und Yseult zu ihrer großen Überraschung als Regentin eingesetzt.

Wieso hatte er nicht seinen Vetter Drystan ernannt, den Erben seines Vaters?

»Wir werden zusammen regieren«, sagte sie.

»Ich habe keine Erfahrung im Regieren.«

Sie lächelte. »Du hast eine Zeitlang in Bro Leon geherrscht. Und du lernst schnell.«

Drystan schmunzelte. »Aber wir wissen doch gar nicht, wie sich alles fügen wird. Darüber brauchen wir jetzt noch nicht zu reden.«

Sie fühlte es im selben Augenblick, als ihm ein unerwarteter Gedanke kam, ein Gedanke mit einer Andeutung von Erschrecken.

»Willst du nicht in Dumnonia herrschen?«, fragte er. »Würdest du lieber nach Eriu zurückkehren?«

Sie schüttelte den Kopf; beinahe hätte sie gelacht, doch für ihn war die Frage ernst.

»Nein. Mein Platz ist jetzt hier.« Zu ihrer Verblüffung war das die Wahrheit. Irgendwie war dieses Land zu ihrem Land geworden, als sie nicht aufgepasst hatte, und seine Kämpfe waren zu ihren Kämpfen geworden.

Sie drehte sich um und schaute zu den Kindern zurück, die zwischen den Hüttenreihen, wo die Krieger untergebracht waren, und ihrem Kräutergarten spielten. Plötzlich konnte sie ihr eigenes Versprechen sich selbst gegenüber nicht mehr halten. Sie drehte sich zu ihm um und packte sein Wams mit beiden Händen. »Geh nicht, Drystan, fahr nicht zu deiner anderen Yseult zurück. Es ist nicht notwendig.«

Es war ein Fehler, sie konnte fühlen, wie er sich vor ihr zurückzog, als sie diese Worte hervorstieß.

Er schüttelte den Kopf. »Ich habe ihr ein Versprechen gegeben, so fehlgeleitet es auch war. Ich muss hinfahren.«

Yseult schluckte, kämpfte ihre Widerworte nieder. »Ja, natürlich.«

Wieso war sie so dagegen? Wenn er diese Reise für seinen Seelenfrieden brauchte, so sei es. Sie hoffte, dass es nicht unsinnige Eifersucht war, die sie so reagieren ließ – das war unter ihrer Würde als Yseult die Schöne von den Tuatha Dé Danann.

Drystan nahm ihr Gesicht in die Hände und drückte ihr einen sanften Kuss auf die Stirn. »Ich komme zurück, bevor die Blätter an den Bäumen die Farbe wechseln, und dann haben wir den ganzen Winter für uns und alle Winter danach.«

Ach, vielleicht hätte er wirklich Barde werden sollen, ihr Krieger wider Willen. Seine schönen Worte ließen ihr die Tränen, die sie zurückgehalten hatte, in die Augen schießen, und ein schwerer Seufzer entrang sich ihr.

Sie schüttelte spielerisch das Leinen seines Wamses, das sie immer noch festhielt. »Dieses Versprechen werde ich einfordern, mein Liebster.«

35

Iseult von Britannien? – Doch wo weilt
Jene andere schöne Iseult?
Die stolze, erste Iseult, Cornwalls Königin? …
Zwei Iseults gab es, die beide geneigt,
Zu fordern ihre Stunde von Tristrams Zeit.
Doch eine besaß seinen Weg in die Nacht,
Die andere seiner Blütezeit Pracht.

Matthew Arnold, *Tristram und Iseult*

Yseult Weißhand starrte ihren Gemahl an, unfähig zu glauben, was sie gerade gehört hatte. Seit Monaten hatte sie jetzt gewusst, dass er noch am Leben war, hatte sich gefragt, wann er nach Leonis zurückkehren würde, falls er jemals zurückkehrte, hatte versucht, sich mit der demütigenden Rolle der verlassenen Ehefrau abzufinden, und jetzt dies: eine Annullierung. Sie kannte niemanden, dessen Ehe annulliert worden war. Man erzählte sich Geschichten von einer früheren Gemahlin des Marcus Cunomorus, von der er sich geschieden hatte; er hatte sie dazu gezwungen, um die vorteilhaftere Vermählung mit Drystans Mutter Argante vereinbaren zu können. Nachdem sie verstoßen worden war, hatte sich die Ärmste von den Klippen südlich von Kemper ins Meer gestürzt.

»Auf diese Weise wärst du frei, wieder zu heiraten«, sagte er jetzt.

Sie blieb stehen, um an einer lachsfarbenen Rose zu riechen, von einem der Rosensträucher, die sie nach Leonis hatte einführen lassen. Ygerna hatte einen wunderschönen Garten in Caer Brioc, und als Yseult als Drystans Verlobte hierhergekommen war, hatte sie angefangen, einen eigenen Garten anzulegen. Der gehörte ihr jetzt nicht mehr: Wenn Labiane und Caw auf Dauer hierher übersiedelten, würde sie fortmüssen, und sie konnte den Garten, den sie gerade erst begonnen hatte, wohl kaum mitnehmen.

Sie richtete sich wieder auf, sah ihn jedoch nicht an. »Wer sollte mich denn nehmen, die verschmähte Frau von Drystan, dem Sohn des Marcus Cunomorus?«

»Aber du bist jung, du bist schön, sogar unberührt, und ich würde dich großzügig abfinden können.« Er schwieg einen Moment und wartete auf eine Antwort. Als sie keine gab, fuhr er fort: »Durch die Abfindung sollte allen klar sein, dass ich mich deiner nicht einfach entledige.«

Sie konnte die hilflose Gereiztheit in seiner Stimme hören und warf ihm kopfschüttelnd über die Schulter hinweg einen Blick zu. Wie konnte er nur glauben, dass es so einfach sein würde? »Natürlich werden die Leute das denken. Das ist es doch, was du tust, oder?«

Wenigstens besaß er die Aufrichtigkeit und den Anstand, auf diese Worte hin den Blick abzuwenden. »Ich habe dir ein Unrecht angetan, als ich dich geheiratet habe. Aber ich habe versucht, es dir zu erklären, noch vor der Zeremonie. Ich habe dir Gelegenheit gegeben, das Ganze abzusagen.«

»Ja, nachdem die meisten Hochzeitsgäste bereits eingetroffen waren.« Sie sah, wie sich seine Schultern verspannten, und er drehte sich wieder zu ihr um, wieder mit diesem Blick gereizter Hilflosigkeit in den Augen.

»Und du glaubst, lebenslanges Unglück ist kein zu hoher Preis dafür, ein paar Hochzeitsgästen das zu geben, wofür sie gekommen sind?«

Sie ballte ihre feingliedrigen Hände zu Fäusten, die Hände, denen sie ihren Namen verdankte. So wie er es sagte, klang es so kleinlich, doch es war viel mehr als das, und das wusste er. Alle Könige der Umgegend waren eingeladen gewesen, die Hochzeit war sogar eine noch größere Feier gewesen als Riwallons Beerdigung. Blodewedd hatte ihre Ehe gutgeheißen, sie hatte ihn in ihrem Testament zum Regenten von Bro Leon gemacht, und er hätte vielleicht sogar König hier in Leonis werden können, wäre er nicht so töricht davongelaufen. Jetzt war es ihr nur dank der

Großzügigkeit Labianes gestattet zu bleiben, die im Frühjahr hier eingetroffen war, nach Drystans Verschwinden – und nachdem er wieder zu Verstand gekommen war und seiner Base eine Nachricht geschickt hatte, dass er aufs Neue mit Arthur in den Krieg ziehen werde.

Ihr hatte er nicht geschrieben.

»So unglücklich wären wir gar nicht geworden«, sagte sie bitter. »Das ist dein Werk.« Sie blieb neben einer kostbaren weißen Rose stehen, die Blüten voll und rein; es war eine ihrer Lieblingspflanzen. Er sah das alles völlig falsch – die Hochzeit abzusagen, das war es, was zu lebenslangem Unglück geführt hätte. Sie wäre mit Schimpf und Schande zum Sitz ihres Bruders in Karke zurückgeschickt worden. Genau wie er es jetzt von ihr verlangte.

Er schüttelte den Kopf; das Bronzegold seines im Nacken gebündelten Haares schimmerte im Sonnenlicht. Verschwunden war der lange Zopf, geopfert für Verstellung und Wahn.

»Du kannst glauben, was du willst, aber ich hätte dich niemals glücklich machen können«, sagte er.

Männer waren solche Narren. Nie begriffen sie, was im Leben wirklich wichtig war: ein Heim, Friede, eine Familie. »Welches Ehepaar ist schon auf die Weise ›glücklich‹, wie du es wohl meinst, kannst du mir das sagen? Du hättest mir wenigstens Kinder schenken können, wenn du es nur versucht hättest.«

Wieder schüttelte er den Kopf. »Du verstehst das nicht, Yseult. Du kannst das nicht verstehen.«

Er tat, als wäre der Altersunterschied von fast zehn Jahren zwischen ihnen doppelt so groß, als könne sie Liebe oder Schmerz nicht verstehen. Sie hatte den größten Teil des letzten Jahres mit gebrochenem Herzen gelebt. »Behandle mich nicht wie ein Kind. Ich habe vielleicht nicht deine Erfahrung, aber ich weiß genauso gut wie du, was Männer und Frauen bewegt, und ich weiß vielleicht besser als du, wie vergänglich das sein kann.«

Er schien zu einer Erwiderung ansetzen zu wollen, doch sie hob eine blasse Hand, um ihm Einhalt zu gebieten. »Nein, unterbrich mich nicht. Diese ›Liebe‹, die du für Yseult von Eriu empfindest, ist niemals auf die Probe gestellt worden, nicht auf die Art und Weise, die zählt: sich ein gemeinsames Leben aufbauen, die täglichen Ärgernisse ertragen. Alles, was du jemals gehabt hast, ist eine grandiose Leidenschaft, eine unmögliche Liebe, die von sich selbst zehrt, einfach deshalb, weil sie unmöglich ist.«

Er stieß einen gereizten Seufzer aus und verschränkte die Arme vor der Brust. »Aber das ist es ja, was ich will – eine Gelegenheit, das Alltägliche zu erleben. Du irrst dich, wenn du denkst, wir seien glücklich mit der Lage gewesen, die wir gezwungen waren zu ertragen.«

Sie spürte, wie ein bitteres Lachen zwischen ihren Lippen hervorperlte. »Das magst du glauben, aber ist es wahr? Jedes Paar, das ich jemals gesehen habe, hört irgendwann auf, sich zu lieben. Wenn sie Glück haben, finden sie einen behaglichen Ort, wo sie sich auch weiterhin als Gefährten aneinander erfreuen können. Wenn nicht, verabscheuen sie sich schließlich gegenseitig und machen vor der Welt schlicht gute Miene zum bösen Spiel.«

Seine Miene wurde störrisch, und sie wusste, dass sie nicht gewinnen würde, zumindest nicht diese Schlacht.

»Vielleicht hast du recht«, sagte er, »aber ich werde zu Yseult der Schönen zurückkehren, ob du in eine Annullierung einwilligst oder nicht. Yseult und ich haben jetzt zu viele Fehler gemacht, um weiter mit unseren Lügen zu leben.«

Und ihr würde lediglich ein Ort bleiben, der kein Heim war, und Drystans verbitterte Base und keinerlei Hoffnung, dass ihr Leben sich jemals zum Besseren wenden würde. »Auch wenn Yseult von Eriu die Scheidung von deinem Vater nicht bekommt?«

Drystan betrachtete sie eine Weile ernst, und der letzte Rest von Yseults Hoffnung starb. »Auch dann.«

Sie schaute weg, damit er die Tränen nicht sah, die ihr in die Augen stiegen, damit er die Schwäche nicht bemerkte, die ihm verhasst zu sein schien. Vergeblich suchte sie Trost in der Schönheit der Rosen um sie herum. »Weiß dein Vater davon?«, fragte sie und betastete eine halb geöffnete Knospe. Sie gab sich alle Mühe, ihre Stimme nicht zittern zu lassen.

»Yseult hat eine Nachricht nach Caer Haes geschickt und ihn um die Scheidung gebeten, aber als ich Dumnonia verlassen habe, hatte noch niemand von ihm gehört.«

»Er ist zurück. Das ist hier in Aremorica allgemein bekannt.«

Das war ihm offensichtlich neu. Er holte rasch Atem. »Es spielt keine Rolle, ob er in die Scheidung einwilligt. Es ist vorbei zwischen ihnen, Yseult.«

»Denkt er das auch?«

Er zuckte die Achseln. »Ich weiß nicht, was mein Vater denkt – ich bezweifle, dass ich es je gewusst habe. Aber Yseult wird nicht länger mit ihm zusammenleben.«

Der Name »Yseult« auf seinen Lippen, ihr Name, auf andere Art ausgesprochen, als sie es jemals vernommen hatte, liebevoll, fast ehrerbietig. Der Zorn, den sie beim Klang dieser Zärtlichkeit verspürte, schnürte ihr die Kehle zu und raubte ihr den Atem. »Es sind noch andere Menschen von deiner Entscheidung betroffen als du und Yseult, das weißt du.«

»Aber wir haben zu viel an diese anderen gedacht. Es wird Zeit, dass wir uns selbst die Möglichkeit geben, glücklich zu werden.«

Sie legte die Hand um eine gelbe Rose und beugte sich darüber, um den Duft einzuatmen. Marcus Cunomorus konnte mit all dem nicht einverstanden sein – vielleicht konnte er ihre Rettung sein. Bei der Hochzeit war er ihr vorgekommen wie ein tatkräftiger, entschlossener Mann, ein Mann, der durchaus imstande war zu bekommen, was er wollte. Wenn er hörte, dass sein Sohn vorhatte, ihm seine Gemahlin wegzunehmen, war er vielleicht schlau genug, sie rechtzeitig fortzuschaffen.

Eine dünne Ranke der Hoffnung erwachte wieder zum Leben. Sie würde Marcus Cunomorus schreiben.

Drystan wischte sich mit dem Handrücken den Schweiß von der Stirn. Die Augustsonne schien ihm heiß ins Gesicht, als er

Cwylli mit geübtem Blick dabei zusah, wie sie auf dem neuen Pony, das er für sie erstanden hatte, ihre Runden drehte. Ein Stallknecht hielt die Zügel und führte die beiden um den Pferch herum.

»Sie ist lieb, Drystan«, rief Cwylli. »Darf ich es allein versuchen?«

Drystan nickte und bedeutete dem Pferdeburschen, dem kleinen Mädchen die Kontrolle über das Pony zu überlassen. »Du kannst jetzt deine Arbeit weitermachen, ich habe ein Auge auf sie.«

Als der Stallknecht sich verbeugte und ging, trat Kurvenal zu ihm an den Pferch und stützte sich neben ihm auf die Umzäunung. »Drystan, ich weiß, du hast Spaß mit der Kleinen, aber du hast Yseult gesagt, wir würden nicht länger als zwei Wochen fort sein. Es wird Zeit, dass wir nach Dumnonia zurückkehren. Wir sind jetzt schon über eine Woche hier, und deine Gemahlin zeigt keinerlei Bereitschaft, in eine Annullierung einzuwilligen.«

Drystan sah zu, wie Cwylli ihr Pony stolz im Zickzack durch den Pferch lenkte. Bei jedem Richtungswechsel sah sie Anerkennung heischend zu ihm herüber; ein breites Lächeln lag auf ihrem Gesicht. Er seufzte. »Vielleicht hast du Recht. Aber ich wollte es endlich einmal richtig machen.«

Kurvenal gab ein Schnauben von sich. »Es ist ja wohl kaum richtig, ohne guten Grund eine junge Frau zu verlassen, die man geheiratet hat.«

Jenseits des Pferches lagen die Gärten, die von Yseult Weißhand angelegt worden waren, nachdem sie sich in Leonis niedergelassen hatte. Drystan betrachtete das flammende Blütenmeer, den Lavendel und die spät blühenden Lilien zwischen den Rosen, während er weiterhin mit einem Auge auf Cwylli achtete. So üppig, wie er war, konnte man nur schwer glauben, dass dies erst der zweite Sommer war, den dieser Garten hier erlebte. Die Yseult, die er geheiratet hatte, verstand sich gut auf Blumen, und der kunstvolle, prächtige Garten war Balsam für Auge und Seele. Die Yseult, die er liebte, war ebenfalls eine gute Gärtnerin, doch ihre Gärten waren voll nützlicher, heilsamer Pflanzen, eher Balsam für den Leib als für das Auge.

Er wandte sich an seinen Freund. »Ich bin mir sehr wohl darüber im Klaren, dass du meine Liebe zu Yseult von Eriu missbilligst«, sagte er leise. »Aber versuch doch einmal eine Sekunde lang, dir vorzustellen, wie dir zu Mute wäre, wenn Brangwyn gegen ihren Willen mit jemand anderem vermählt worden wäre, bevor ihr beide eine Möglichkeit gehabt hättet zu heiraten.«

Kurvenal ballte die Hände auf dem Zaun zu Fäusten und antwortete nicht.

Sie waren so sehr in ihren Beinahestreit vertieft, dass Cwylli die Erste war, die die Neuankömmlinge bemerkte. »Schau mal, Drystan!«, rief sie.

Zuerst dachte er, sie wolle ihm irgendetwas zeigen, das sie auf ihrem neuen Pony ausprobiert hatte, doch als er hinüberschaute, deutete sie auf die Stallungen. Sein Blick folgte ihrem Finger, und er sah Andred und seinen Vater von ihren Pferden steigen.

Nachdem er gegen Ende der Schlacht um Din Eidyn die Fesseln seines Vaters losgelassen hatte, hatte Drystan gehofft, den Mann, der ihn gezeugt hatte, niemals wiedersehen zu müssen.

»Was macht *der* denn hier?«, knurrte Kurvenal halblaut.

Drystan schüttelte den Kopf. »Ich habe keine Ahnung.« Er zweifelte ernsthaft daran, dass Marcus Cunomorus gekommen war, um ihm dafür zu danken, dass er ihn nicht getötet hatte, als es ihm möglich gewesen war.

Gemeinsam sahen sie zu, wie Marcus Andred die Zügel seines Pferdes reichte und der Soldat den Braunen und seinen eigenen Rappen in den Stall führte. Der ehemalige König von Dumnonia kam auf sie zu und streifte dabei seine Reithandschuhe ab.

»Wie, kein Wort der Begrüßung für deinen Vater?«

Drystan zwang sich zu einer Antwort. »Ich war zu überrascht, um Worte zu finden. Wieso bist du hier?«

»Das sollte doch wohl klar sein – um meinen Sohn zu besuchen.«

Nur mit Mühe unterdrückte er ein ungläubiges Schnauben.

»Selbst wenn ich gewusst hätte, wo du warst, hätte ich dir nicht mitgeteilt, dass ich nach Aremorica komme.«

»Nein, deine Gemahlin hat da bessere Manieren als du.«

Er fragte sich, was Yseult durch die Anwesenheit seines Vaters zu gewinnen hoffte; glaubte sie wirklich, dieser Verräter hätte noch Einfluss auf ihn?

Er wandte sich an Kurvenal. »Könntest du zur Halle vorgehen und Yseult und Labiane sagen, dass mein Vater gekommen ist? Man wird ein Gemach für ihn herrichten müssen.«

Ein störrischer Zug lag um Kurvenals Mund, und einen Augenblick rührte er sich nicht von der Stelle. Sie starrten einander kurz an, dann machte Kurvenal auf dem Absatz kehrt und schritt zur Halle hinüber.

Drystan winkte Cwylli zu, die noch immer auf ihrem Pony im Pferch herumritt, dann sah er seinen Vater an. »Jetzt sag mir, warum du gekommen bist.«

Marcus Cunomorus stand neben einer Eibe an der Ecke des Pferchs und klatschte noch immer die Reithandschuhe in die Handflächen, während er die Tochter betrachtete, die er nicht anerkennen konnte. »Ich habe gehört, du hast vor, dich bei meiner Gemahlin häuslich einzurichten.«

»Dann wirst du ihr also die Scheidung nicht gewähren?« Wenn das der Fall war, hatte es wirklich keinen Sinn, noch länger in Bro Leon zu bleiben, so sehr er sich auch wünschte, mit Yseult von Aremorica ins Reine zu kommen. Doch die Annullierung seiner eigenen Ehe war bedeutungslos, wenn Yseult von Eriu weiterhin verheiratet wäre.

»Ich sehe keinen Grund, sie dir zu überlassen.«

»Dir bleibt nichts anderes übrig.«

Die Reithandschuhe in der geballten Faust, fuhr Marcus zu ihm herum. »Und wieso sollte ich mich von ihr scheiden – um dir die Freiheit zu geben, sie zu vögeln?«

Drystan zuckte bei den Worten zusammen, gab jedoch nicht nach. »Vielleicht weil deine Ehe eine Posse ist? Vielleicht weil du ein Verräter bist und Yseult auf Arthurs Unterstützung bauen kann?«

»Es sollte einen nicht allzu sehr überraschen, dass ein Bastard Ehebruch unterstützt, nicht wahr? Aber was schert es mich, ob ein nicht anerkannter Herrscher will, dass ich mich von meiner untreuen Ehefrau scheide, damit er sie für seine politischen Zwecke nutzen kann?«

»Untreu? Und was ist mit Trephina?«

»Sprich ihren Namen ja nicht im selben Atemzug mit diesem erainnischen Weibsstück aus. Sie war mir treuer als deine Hure.«

Bei diesen Worten verlor Drystan die Beherrschung; er fuhr auf Marcus Cunomorus los, und seine Hände legten sich um den Hals seines Vaters. Im selben Augenblick fühlte er durch sein Wams hindurch die Spitze eines Dolches an den Rippen. Als er in die grünen Augen seines Vaters starrte, begriff er, dass dieser ihn bewusst bis zur Weißglut gereizt hatte. Dies war von Anfang an seine Absicht gewesen, seinen Sohn umzubringen, mit seinen eigenen Händen. Marcus hatte Drystan schon einmal töten lassen wollen, doch die Hinrichtung hatte nicht stattgefunden; diesmal würde er es selbst tun, um sicherzugehen.

Hinter ihnen war das Geräusch der dahintrottenden Ponyhufe verstummt, und er konnte Cwylli ängstlich wimmern hören.

»Sag mir eins«, verlangte Marcus, Drystans Hände um seinen Hals und sein eigener Dolch auf das Herz seines Sohnes gerichtet. »Ist Kustennin dein Sohn?«

Er konnte seinen Tod in den Augen seines Vaters sehen; auf keinen Fall würde er ihn so schnell erwürgen können, wie der Dolch die lebenswichtigen Organe in seinem Inneren treffen würde. Wenigstens konnte er Marcus Cunomorus noch etwas mitgeben, um seine Träume zu verdüstern und ihm das Herz schwer zu machen.

Drystan schloss die Finger fester um die Kehle, die sie gepackt hielten, während die Spitze des Dolches sich in seine Haut bohrte. »Was glaubst du denn, *Vater*? Dass eine Frau, die sich so gut mit Kräutern auskennt, es nicht verhindern könnte, von einem Mann schwanger zu werden, den zu heiraten man sie gezwungen hat? Dass sie nicht in der Lage wäre, sich den Vater ihres Kindes *auszusuchen,* selbst wenn sie sich ihren Ehemann nicht aussuchen konnte. Ja, Kustennin ist mein…«

Noch ehe er das letzte Wort aussprechen konnte, fuhr der Dolch zwischen seine Rippen und ließ sengende Schmerzen seine Seite hinunterschießen. Cwylli begann zu schreien, und Drystan ertappte sich dabei, wie er hoffte, das Pony möge zu träge sein, um durchzugehen.

Marcus riss den Dolch heraus. Drystan presste die Hand auf die Wunde, versuchte das Blut daran zu hindern, über seine Hände hinweg hervorzuströmen.

»Drystan!«

Er sah, wie der Kopf seines Vaters beim Klang von Kurvenals Stimme mit einem Ruck herumzuckte. Die Bewegung sah gar nicht schnell aus, obwohl er wusste, dass sie es war; sie wirkte behäbig, bedächtig, überlegt, und Kurvenals Stimme kam aus weiter Ferne. Er fiel vor der Eibe auf die Knie, während seine Hände noch immer die Wunde zuhielten; Cwyllis Schreie untermalten den pulsierenden Blutstrom zwischen seinen Fingern. Marcus warf den Dolch vor ihm zu Boden und rannte zu den Ställen hinüber; Drystans Bewegungen waren langsam, so langsam. Dann kniete Kurvenal neben ihm im Gras, während Cwyllis Geschrei immer ferner schien. Vor seinen Augen verschwamm alles, doch er sah, wie sein Vater aus dem Stall eilte, Andred dicht hinter ihm. Die beiden schwangen sich auf ihre Pferde und ritten davon; jede Bewegung, die er sah, war wie ein Gähnen oder wie ein Teil eines Traumes.

Kurvenal drückte ihn nieder, zwang ihn, sich hinzulegen. Mit einer blutigen Hand packte Drystan das Wams seines Freundes. »Hol Yseult. Yseult die Schöne.«

Kurvenal nickte. Es war schwer, sich auf sein Gesicht zu konzentrieren, doch ihm war, als wären seine Wangen nass.

Mehr, er hatte noch mehr zu sagen, ehe ihm die Sinne schwanden. »Sag ihr, ich bin gescheitert: Yseult wird der Annullierung nicht zustimmen. Aber ich bitte sie trotzdem zu kommen.«

»Drystan, du musst still…«

»Nein.« Es war wichtig, er musste es ihm sagen. Er wusste nicht, warum, doch er musste Klarheit haben, jetzt gleich. »Wenn sie zu mir kommt, setzt ein weißes Segel, wenn sie sich aber weigert, setzt ein schwarzes.«

»Aber Drystan, Yseult wird sich nicht weigern.«

Oh, wie konnte er das wissen? Sie hatte ihn wieder und wieder zurückgewiesen, sie konnte sich auch jetzt weigern. »Versprich es mir.«

»Ich verspreche es. Lieg jetzt still, Drystan. Wir müssen einen Heiler holen.«

Kurvenal hatte es versprochen. Gut. Er würde Bescheid wissen. Drystan ließ den Kopf auf das Gras neben dem Pferch zurücksinken. Andere Menschen scharten sich jetzt um ihn, und die kleine Cwylli warf sich auf seine Brust und gab merkwürdige Schluckaufgeräusche von sich. Er legte einen Arm um seine kleine Schwester und schaute lächelnd in die Äste der Eibe über seinem Kopf hinauf.

Jede Bewegung, die er machte, wurde von reißenden Schmerzen begleitet. Er bemühte sich, so reglos wie möglich dazuliegen, die Augen geschlossen. Wie lange er schon hier lag, wusste er nicht, doch er wusste, worauf er wartete. Yseult von Aremorica – seine Gemahlin – wischte ihm sanft die heiße Stirn mit einem feuchten Tuch ab. Er fieberte, doch er wusste, welche Yseult jetzt bei ihm war, und es war die falsche.

Wie hatte er sich einbilden können, er könnte eine Yseult durch die andere ersetzen? Wie hatte er nur so naiv sein können, sich Yseult von Aremorica zuzuwenden, Yseult mit den makellosen Händen, aus Sehnsucht nach Liebe ohne Widrigkeiten? Jetzt lag er im Sterben, und er wusste, dass es so etwas nicht gab.

Die Wunde, direkt unterhalb seines Herzens, pochte schmerzhaft. Wenn sie glaubten, er könne sie nicht hören, raunten die Wundärzte und Heiler, er müsse eigentlich längst tot sein. Doch er konnte noch nicht sterben. Er wartete auf sie.

Er öffnete die Augen, und Yseult beugte sich eifrig über ihn. »Das Schiff«, murmelte Drystan. »Kannst du es schon sehen?«

Der Eifer in ihren Augen verschwand. »Ich werde nachsehen.«

Er sah zu, wie sie langsam durch den Raum schritt, auf das Bogenfenster zu. Seine Ehefrau, ein hübscher Zierat. Yseult Weißhand hasste den Anblick von Blut, hasste Krankheit und Siechtum; sie konnte diese berühmten Hände doch nicht besudeln. Seine Geliebte, seine Yseult, war eine Weise und eine Kriegerin. Wäre sie hier gewesen, als sein Vater ihn niedergestochen hatte, so hätte sie ihn vielleicht retten können, wie sie ihn schon einmal gerettet hatte.

Jetzt aber war es zu spät. Alles, was er wollte, war, sie noch einmal zu sehen.

»Kommt sie?«, fragte er abermals.

Yseult schüttelte den Kopf, und Drystan drehte das Gesicht zur Wand. Vielleicht würde sie nicht kommen. Yseult hatte ihn angefleht, bei ihr zu bleiben, in Dumnonia, doch er hatte nicht auf sie gehört. So vieles hatte sie ihm im Laufe der Jahre verziehen: dass er ihren Oheim getötet, sie belogen, sie zu seinem Vater gebracht, dass er die Frau geheiratet hatte, die ihn jetzt umsorgte…

Cwylli kam ins Zimmer gestürmt, Labiane und der kleine Gildas folgten ihr gemesseneren Schrittes. »Vorsichtig, Cwylli«, mahnte Labiane.

Cwylli setzte sich auf den Rand seines Krankenbettes. Er versuchte, eine Hand zu heben, um ihre goldbraunen Locken zu zausen, doch sein Arm verweigerte ihm den Dienst.

»Geht es dir schon besser, Drystan?«, fragte sie.

»Beinahe.« Jetzt, wo Cwylli hier war, gab er sich Mühe, die Augen offenzuhalten, versuchte, sich mehr auf seine Umgebung zu konzentrieren. Labianes Umriss waberte und verschwamm, doch er glaubte, dass sie eine finstere Miene aufgesetzt hatte.

»Marcus Cunomorus ist noch nicht ausfindig gemacht worden«, berichtete sie.

Wollte sie, dass man ihn fand? Drystan wusste es nicht. In letzter Zeit gab es so wenig, was er wusste, während er hier lag, mehr schlafend als wachend. Träume waren zu seinem Leben geworden, von kurzen, undeutlichen Wirklichkeitsfetzen unterbrochen. Der Nebel in der Wirklichkeit war zu dicht, als dass er hätte sagen können, ob Labianes ehemaliger Geliebter ihr wichtiger war als ein simpler Vetter.

»Komm, Cwylli«, sagte Labiane. »Drystan muss schlafen.«

Und er schlief.

In dem Augenblick, als Drystan von Neuem die Augen aufschlug, wusste Yseult, wie seine ersten Worte lauten würden.

»Ist das Schiff schon angekommen?«

Sie schaute weg, betrachtete die undeutlichen Schemen der Wandgemälde, die durch die Tünche an den Wänden hindurch zu erkennen waren, wie Geister oder Gestalten hinter einem Gazevorhang. »Ich weiß es nicht.«

»Würdest du für mich nachsehen?«

Sie nickte und erhob sich, ging zum Bogenfenster, das auf Leonis und den Hafen unter ihnen hinausging.

Yseult fuhr zusammen. Dort, zwischen dem Hafen und dem Horizont, war ein Schiff. Hastig warf sie einen Blick auf ihren Gemahl. Seine Lider hatten sich wieder geschlossen; er hatte ihr Erschrecken nicht bemerkt.

Wieder wandte sie sich der Aussicht vor dem Fenster zu und blinzelte in die Helligkeit des in der Sonne glänzenden Wassers hinaus, starrte das Schiff an, das auf den Hafen zusteuerte.

»Kannst du es sehen?«, fragte Drystan vom Krankenlager her.

Sie schwieg einen Moment, wünschte, sie müsste ihm die gute Neuigkeit nicht verkünden. »Ja.«

Sie hörte, wie er nach Luft rang. »Das Segel«, fragte er, »welche Farbe hat das Segel?«

Yseult fuhr fort, aus dem Fenster auf das Schiff zu blicken, nach dem ihr Gemahl geschickt hatte; sie wollte seine Ungeduld und seinen Schmerz nicht sehen. Ungeduld, mit der er einer anderen Yseult harrte, jener Yseult, die er anstelle der Frau, die er geheiratet hatte, zu lieben glaubte.

Sie legte eine Hand auf das kalte Steinsims und beugte sich vor. »Ich glaube, es ist schwarz.«

»Schwarz? Bist du sicher?«

Sie zögerte nur kurz, ehe sie die Lüge wiederholte. »Ja, jetzt sehe ich es. Es ist schwarz.«

Schwarz.

Sie kam nicht. Er würde sie niemals wiedersehen, das wusste er jetzt. Das Gift seiner Wunde und seines Lebens wallte in ihm empor, und er begann zu husten, heftige, würgende Hustenlaute, mit denen Blut hervorquoll. Yseult – die falsche – rannte herbei und blieb ein Stück von dem Bett entfernt stehen, die Augen weit aufgerissen und voller Furcht. Drystan sah das Spiegelbild seines Todes in diesen Augen. Es waren die falschen Augen, doch sie waren das Letzte, was er jemals erblicken würde.

Yseult wünschte sich inbrünstig, sie könne über das Wasser laufen, dorthin, wo Erim auf dem Steg wartete. Noch ehe ihr Landungsboot am Kai anlegte, noch ehe sie die getrockneten Tränenspuren auf seinen Wangen erkennen konnte, wusste sie es – sie waren zu spät gekommen.

Die plötzliche Leere, die sie in Sichtweite von Leonis jäh empfunden hatte, war das gewesen, was sie insgeheim befürchtet hatte.

Es war, als hätte sich ein zentnerschweres Gewicht auf ihre Brust gesenkt, und sie rang keuchend nach Atem, umklammerte den rauen hölzernen Rand des kleinen Bootes. Das Wissen war so viel schrecklicher als die Angst. Sie hatte zu lange im Land der Bretain gelebt; sie glaubte nicht mehr vollständig an ihre eigenen Gaben, und sie hatte sich tatsächlich gestattet zu hoffen, dass das Gefühl nichts weiter wäre als Furcht. Die plötzliche Gewissheit, der sie sich nicht länger entziehen konnte, riss ein klaffendes Loch in ihre Seele.

Sie fühlte Kurvenals Blick mehr, als dass sie ihn sah. »Nein«, murmelte er vor sich hin. So leise er auch sprach, der Unterton der Panik war deutlich zu vernehmen.

Er stand auf, und das kleine Boot schaukelte gefährlich. »Nein!«, wiederholte er, lauter diesmal, warf Erim auf dem Steg einen raschen Blick zu.

Sie zog noch immer einen schmerzhaften Atemzug nach dem anderen in sich hinein, als Kurvenal sich hart neben Brangwyn auf die Ruderbank fallen ließ. »Nein«, sagte er mit brechender Stimme, und die Tränen strömten aus seinen Augenwinkeln und rannen ihm die Wangen hinunter.

Für sie gab es keine solche Erleichterung. Sie versuchte, die Luft einzusaugen, die sie brauchte, doch die Welt spielte ihr Streiche; irgendwie brauchte sie nach jedem gewaltigen Atemzug nur noch mehr. Sie konnte nicht denken, konnte nicht reagieren, kam nicht an der Hitze in ihrem Gesicht und der Leere in ihrer Seele vorbei. Sie klammerte sich an den Bootsrand, das Einzige, was sie aufrecht hielt.

Nein, nicht das Einzige. Brangwyn stand neben ihr, hatte den Arm um sie gelegt, murmelte leise, tröstende Sätze.

»Dein Mann«, würgte Yseult zwischen den schmerzenden Atemzügen hervor. Kurvenal hatte den Kopf in die Hände gelegt, und sein raues Schluchzen erfüllte die Luft.

»Du brauchst mich mehr«, erwiderte Brangwyn und streichelte ihre Hand.

Sie kamen am Steg längsseits, und starke Arme hoben sie aus dem Ruderboot. Noch immer atmete sie tief, jeder Atemzug machte Mühe, und ihr Kopf fühlte sich heiß und leicht an.

Sie wusste später nicht, wie sie den Hügel hinauf und zu der befestigten Villa gelangt war, die über der Bucht thronte. Drystans Base Labiane erwartete sie dort, die Frau, die Yseult so hasste – um Marcus' willen hasste, der seinen Sohn getötet hatte.

Marcus hatte seinen Sohn getötet.

Das war der Grund, weshalb ihnen Arthur Krieger mitgeschickt hatte, angeführt von Cador und Bedwyr: Sie sollten Marcus finden und ihn nach Britannien zurückbringen, damit er dort vor Gericht gestellt würde. Endlich ging Yseults Atem ein wenig leichter.

Sie würde mit ihnen reiten.

Man führte sie in den Raum, wo Drystans Leichnam lag, noch immer warm. Yseult Weißhand kniete schluchzend neben dem Bett. Wie im Traum trat Yseult vor; jedes Ausatmen fühlte sich an, als würde die Luft ihrem Körper mit Gewalt entrissen. Ihr Liebster, ihre große, unsterbliche Liebe, war bleich und schwach, und auf seinem Wams waren Blutflecken, doch nichts an ihm, wie er so dalag, die Augen wie im Schlaf geschlossen, sprach von Tod.

Oh, warum war es nur so schwer zu atmen?

Die Frau, die Drystan geheiratet hatte, warf ihr anklagende Blicke zu, doch Yseult achtete weder auf die Blicke noch auf sie. Er lag so friedlich da, feine Haarsträhnen waren dem Band in seinem Nacken entschlüpft. Mit der Rückseite der Finger wischte sie eine dieser Strähnen beiseite, und ihr war, als ersticke sie.

Wie konnte er nur tot sein?

»Yseult«, sagte Brangwyn und ergriff ihre freie Hand. »Denk an Kustennin.«

Yseult schloss die Augen und beschwor vor ihrem geistigen Auge das Bild ihres Sohns herauf, ihrer beider Sohns, den Wirbelwind von Dyn Tagell.

»Denkt an Marcus«, brummte Bedwyr halblaut irgendwo hinter ihr im Zimmer.

Sie holte tief Luft und öffnete die Augen wieder. Es stimmte, sie musste an beide denken, an Kustennin und an Marcus, an Drystans Sohn und an Drystans Vater, musste die Zukunft des einen bewahren und die des anderen beenden. Vorher würde Drystans Seele nicht weiterziehen können.

Doch, oh, warum musste sie dies hier erleben? Warum musste sie wissen, dass es ihre Schuld war?

Nur dass hier im Raum noch viel mehr Schuld war als nur die ihre. Dicht hinter ihr hasste Kurvenal sich zutiefst dafür, dass er Drystan nicht irgendwie davon abgehalten hatte, seinen Vater in Din Eidyn laufen zu lassen. Und neben ihr hoffte Yseult Weißhand inmitten ihrer Trauer inständig, niemand möge jemals erfahren, dass sie ihrem Gemahl gesagt hatte, das Segel sei schwarz.

So viele Fehler.

Sie berührte seine warmen Lippen mit den Fingerspitzen und küsste sie dann noch ein letztes Mal. »Leb wohl, mein Geliebter.«

Es war, als gäbe sein Atem, der noch auf seinen Lippen verweilte, ihr Kraft. Sie wandte sich an Yseult Weißhand. »Wir nehmen Drystans sterbliche Überreste mit nach Dumnonia, damit er dort bestattet wird. Bitte sorgt dafür, dass die Diener den Leichnam jeden Tag mit Öl und Wasser waschen.« Dann drehte sie sich zu den Kriegern hinter ihr um, von denen viele während der letzten sieben Jahre gemeinsam mit Drystan gekämpft hatten. Nur Bedwyrs Augen waren trocken.

»Aber zuerst finden wir seinen Mörder«, sagte sie.

Erim sah sie verblüfft an. »Ihr auch, Herrin?«

»Gewiss.« Sie warf Brangwyn einen Blick zu. »Begleitest du uns, Base? Vielleicht werden wir deiner Fertigkeiten bedürfen.«

Brangwyn nickte knapp.

Er war bei ihr, sie konnte ihn fühlen. Er sprach nicht zu ihr, aber er war noch da, war ein Teil von ihr auf dem Gewaltritt nach Süden, nach Caer Haes. Sie wusste Dinge, die er wusste. Er hatte hier in der Welt der Menschen noch etwas zu vollbringen, und er konnte nicht in die Anderswelt weiterreisen, ehe er es zu Ende gebracht hatte.

Mit ihrer Hilfe. Ohne zu sprechen, sagte er ihr, dass die Richtung, die sie einschlugen, die richtige war.

Am zweiten Tag kam Caer Haes in Sicht, nachdem sie eine kleine Bergkette überquert hatten. Den größten Teil des Weges waren sie einer Römerstraße landeinwärts gefolgt, und auch die Stadtmauern waren erkennbar von römischer Bauart.

Bedwyr zügelte neben ihr sein Pferd. »Ist Marcus dort?«

Sie nickte. Irgendwie schien keiner dieser Soldaten, die nach christlicher Art erzogen worden waren, ihre Gaben in Frage zu stellen. Magie war rar in Britannien, aber sie existierte, und diesen Männern waren Myrddin und Modrun wohlbekannt.

»Wie überwinden wir diese Mauern?«, wollte Erim wissen.

»Das ist Brangwyns Aufgabe«, entgegnete Yseult und wendete ihren Wallach, um einen Blick mit ihrer Base zu wechseln, die neben Kurvenal angehalten hatte.

Erim sah verwirrt aus, wagte jedoch nicht, der Königin von Dumnonia zu widersprechen. Yseult lächelte vor sich hin und fühlte, wie Drystan mit ihr lächelte: Anscheinend waren doch nicht alle Soldaten hier vertraut mit den Gaben der Feadh Ree.

»Warst du nicht dabei, als wir uns die Königin von den erainnischen Piraten zurückgeholt haben?«, fragte Kurvenal Erim.

Der andre nickte. »Doch.«

»Und erinnerst du dich an den Nebel, der uns verborgen hat, kurz bevor wir das feindliche Schiff geentert haben?«

Erim nickte abermals, warf Brangwyn einen raschen Blick zu und bekreuzigte sich.

Brangwyn beachtete die Geste nicht. »Ich besitze die Gabe der Täuschung. Obwohl ich glaube, dass es schwierig sein wird, so viele Männer auf einmal mit einem Bannzauber zu verhüllen, denke ich, ich werde die Illusion lange genug halten können, damit wir in die Stadt hineingelangen.«

Yseult betrachtete Marcus' Hauptstadt, sah sie mit Drystans Augen, den Augen eines Soldaten; sie lag auf einem Plateau in der Mitte des Zentralgebirges, an einem Fluss, und ihre Lage hatte wenige Vorteile zu bieten, wenn es ums Verteidigen ging. Trotzdem waren sie nicht genug, um die ganze Stadt einzunehmen.

Also Magie.

Es war gleichzeitig etwas Merkwürdiges und etwas Tröstliches daran, Drystan in ihrem Geist zu wissen. Obgleich sie Gedanken dachte, die nicht ihre eigenen waren, konnte sie sich kaum vorstellen, wie sie weitermachen sollte, wenn er nicht mehr bei ihr war.

»Wie stellen wir es an, dort hineinzukommen?«, fragte sie ihre Base.

Brangwyn ließ den Blick über die Stadt unter ihnen schweifen. »Wenn wir bis kurz vor Anbruch der Dunkelheit warten, hilft uns die Dämmerung dabei, die Illusion aufrechtzuerhalten.«

»Und was wird das sein?«, erkundigte sich Bedwyr. »Reisende Kaufleute? Fahrende Musikanten?«

»Fahrende Musikanten«, meldete sich Cador zu Wort. »Zum Andenken an Drystan.«

Einen Augenblick schwiegen sie alle, jeder gab sich seinen eigenen Erinnerungen an den Freund hin, der nicht länger unter ihnen weilte. Yseult spürte, wie ihr von Neuem die Kehle eng wurde, wie erneut jeder Atemzug in ihrer Brust zur Kraftanstrengung wurde.

Es wäre schön, wieder eine Harfe in den Händen zu halten.

Die Panik legte sich, und ihr Atem ging leichter. Er war da, bei ihr, war nicht fort.

Nein, er war nicht fort; sie würde ihm dabei helfen müssen fortzugehen.

»Ich kann Marcus das Verlangen nach Zerstreuung schicken, nach etwas Unerwartetem«, sagte Yseult. »Vielleicht heißt er uns sogar willkommen.«

»Aber wir sind zahlenmäßig doch viel mehr als eine Musikantentruppe«, wandte Erim ein.

»Ich werde mein Bestes tun, die Übrigen zu verbergen«, versprach Brangwyn.

Yseult nickte entschlossen. »Dann ist es entschieden.«

Cador lenkte seinen Rappen neben ihren Wallach. »Seid Ihr sicher, dass Ihr dieses Risiko eingehen wollt, Yseult?«

Sie dachte an Kustennin, der in Ginevras Obhut war, fern von Dumnonia. »Ich muss.«

Ohne Zwischenfall durchschritten sie die Tore der Stadt, immer fünf nebeneinander, doch nur einer aus jeder Reihe war sichtbar. Sobald sie sich innerhalb der Stadtmauern befanden, huschten die anderen in die Schatten davon; Brangwyn konnte eine so aufwendige Illusion nicht lange halten. Während sie durch die Straßen der Stadt gingen, begannen die »Musikanten« zu spielen, auf Instrumenten, die sie sich unterwegs beschafft hatten. Yseults Finger auf den Harfensaiten waren geschmeidiger und geschickter als jemals zuvor, und sie lächelte.

Sie führte sie dorthin, wohin Drystan sie leitete, auf das Forum und die Mitte der Stadt zu. Als sie sich einer großen Stadtvilla näherten, trat ein Diener aus dem Hoftor und winkte ihnen. »Mein Herr bittet um die Gunst einer persönlichen Audienz.«

Yseult wusste nicht, ob Marcus in seinem ganzen Leben schon einmal um etwas gebeten hatte. Und sie wusste auch nicht, ob dieser Gedanke von ihr stammte oder von Drystan.

Sie folgten dem Diener durch den Innenhof ins Atrium, alle außer Brangwyn und Kurvenal, die sich in der Nähe des Eingangs versteckten. Marcus rekelte sich auf einem Ruhebett, und eine Frau, die verblüffende Ähnlichkeit mit einer sehr viel jüngeren Labiane hatte, saß auf seinem Schoß. Yseult konnte nur hoffen, dass Brangwyns Kräfte ausreichten, ihre Illusion an zwei Orten gleichzeitig aufrechtzuerhalten – oder dass ihr eigener Mummenschanz und die Unwahrscheinlichkeit ihres Hierseins sie schützen würden.

Sie stimmte eine Ballade in aremorischer Sprache an, die sie noch nie in ihrem Leben gehört hatte; ihre Stimme klang klar und rein, schöner, als sie sie jemals gehört hatte. Beim Singen fühlte sie, wie Drystan in ihrem Inneren lächelte, wie er den großartigen Scherz genoss, dass seine Yseult ohne die rauen Ecken und Kanten ihrer eigenen Stimme sang. Fast kamen ihr bei dem Gedanken abermals die Tränen, doch ihr Wissen um die Bedeutung dieses Augenblicks hielt sie zurück.

»Ausgezeichnet«, lobte Marcus, als sie geendet hatten. »Noch so eins, und euch allen winkt eine kostenlose Mahlzeit in der Küche.«

Wo war der Rest ihrer Schar? Hoffentlich waren sie nicht entdeckt worden, bevor Brangwyn und Kurvenal sie in die Villa hatten einlassen können – und hoffentlich waren Brangwyn und Kurvenal nicht selbst entdeckt worden.

Und dann hob sie zu einer wunderbar vorgetragenen Darbietung der Mär von Ys an, der ertrunkenen Stadt von Aremorica, ein Lied, das Drystan vor so vielen, vielen Jahren in Eriu gespielt hatte, als sie beide noch jung gewesen waren und eine Zukunft vor ihnen lag.

Es war beinahe zu viel. Wieso hatte er ihr das angetan?

Nein, das war es nicht. Es war ein Lied, das er geliebt hatte, ein Lied auf dem Sprung in seine Zukunft. Welcher der Mann vor ihnen ein Ende gemacht hatte.

Und dann umringten Bedwyr und seine Männer sie plötzlich, und Marcus fuhr von seinem Ruhebett auf, stieß das Mädchen zur Seite, doch die Wirkung, die sie auf ihn gehabt hatte, war noch deutlich an der Vorderseite seines Gewandes zu sehen. Er rief nach seinem Schwert, doch weder Schwert noch Soldaten standen ihm zu Diensten.

Yseult ließ Harfe und Illusion fahren und zog ihr eigenes Schwert aus den Falten ihres Umhangs.

Marcus sah sie abermals an, mit Augen, die frei von den Schleiern der Magie waren. »Yseult.«

»Genau die.«

»Bist du hier, um mich zu ermorden?«

Cador trat vor. »Wir sind hier, um Euch nach Britannien zurückzubringen, auf dass Euch wegen des Mordes an Eurem Sohn Drystan der Prozess gemacht werde.«

Marcus lachte. »Meine Frau und mein Pflegesohn. Gibt es denn keine Treue mehr in diesem Land?«

Yseult konnte sehen, wie sich Cadors Muskeln spannten, konnte die Gewissensbisse fühlen, die Marcus' Worte auslösten. »Drystan ist tot«, sagte der junge Mann nach einem Augenblick des Zögerns. »Ein Gericht sollte sich damit befassen.«

»Aber warum soll ich dazu entführt und nach Britannien geschafft werden? Er war es doch, der mich bedroht hat, und sein Tod hat sich nicht auf britannischem Boden zugetragen.«

Das Mädchen, das auf Marcus' Schoß gethront hatte, saß mit weit aufgerissenen Augen zitternd auf dem Fußboden. Erim erbarmte sich ihrer und zerrte sie weg.

»Wenn du unschuldig bist, brauchst du kein Gericht zu fürchten«, sagte Yseult. »Hast du Zeugen für das, was du behauptest?«

»Andred.«

Sie lachte laut heraus. Da sprang Marcus plötzlich vor, unter ihrer Klinge hindurch, und schlug sie ihr fast mit dem Kurzschwert, das er irgendwo an seinem Körper verborgen gehabt hatte, aus der Hand. Sie verfluchte sich halblaut, während Drystan in ihrem Innern ebenfalls über sich selbst fluchte, und parierte den nächsten Hieb, der augenblicklich folgte. Bedwyrs Männer drängten vorwärts, doch der Tanz hatte begonnen, und eine falsche Bewegung konnte sie in Gefahr bringen.

»Er gehört mir!«, rief Yseult ihnen zu ihrer eigenen Überraschung zu. Doch natürlich war das Drystan gewesen.

Auf den Lärm des Kampfes hin erschienen noch mehr von Marcus' Soldaten in den Türen und Eingängen; Bedwyrs Männer hatten nicht alle unschädlich machen können. Die aremorischen Krieger gingen auf die Britannier los und versuchten, sich zu Marcus durchzukämpfen, um ihm zu helfen. Jetzt wurde in allen Ecken und Winkeln des Raums gekämpft, und die britannischen Soldaten hätten ihr ohnehin nicht beistehen können. Seit Jahren hatte sie keinen bewaffneten Zweikampf mehr ausgefochten, doch ihr Arm war sicher, als sie Marcus' Hiebe abwehrte und versuchte, ihn zu entwaffnen.

Ohne allerdings anzugreifen. Sie griff nicht an – oder zumindest tat Drystan es nicht. Selbst nachdem er durch Marcus' Hand den Tod erlitten hatte, widerstrebte es ihm, den Schwertstreich zu führen, der das Leben des Mannes beenden würde, der ihm sein eigenes Leben geschenkt hatte.

Sie umkreisten einander, schlugen zu und parierten und schlugen abermals zu, und Yseult merkte, wie ihr Schwertarm ermüdete. Drystan konnte ihre Stimme rein und melodisch klingen lassen, er konnte ihr im Duell die Erfahrung eines kampferprobten Soldaten verleihen, die Körperkraft all seiner Jahre des Übens jedoch konnte er nicht auf sie übertragen. Und Yseult hatte nur selten eine Waffe geführt, seit sie nach Britannien gekommen war.

Um sie herum hatten Bedwyrs Krieger die Oberhand gewonnen und entwaffneten die Besiegten, die ihrem König hatten zu Hilfe eilen wollen. Dann sah sie, dass Bedwyr und Kurvenal mit blanken Schwertern hinter Marcus getreten waren. Sie würden ihn überwältigen können, wenn es ihr gelang, Marcus davon abzuhalten, sich umzudrehen, wenn sie dafür sorgte, dass seine Aufmerksamkeit auch weiter auf diese Seite des Atriums gerichtet blieb. Sie begann rückwärts zu gehen, als weiche sie zurück; angesichts ihres erschöpften Schwertarms kam das der Wirklichkeit nahe genug.

Marcus setzte ihr nach und verdoppelte seine Anstrengungen. Hinter ihm hatte Bedwyr das Schwert hoch erhoben, er schickte sich an, es Marcus in den Rücken zu rammen. Doch der Rücken war nicht ehrenhaft.

Sie konnte Drystans »Nein!« fühlen, das aus ihrer Brust hervorzubrechen versuchte, doch sie kämpfte den Aufschrei nieder, machte noch einen Schritt rückwärts, während sie einen weiteren Angriff parierte. Und dann fuhr das Schwert herab; die Klinge blinkte im Kerzenlicht, ehe sie auf Fleisch und Knochen traf.

Marcus gab ein Ächzen von sich, seine Augen wurden groß, und das Schwert entglitt seiner Hand, um klirrend auf den Keramikfliesen zu landen. Er starrte Yseult an, als er in die Knie brach, und in seiner Miene malte sich vollkommenes Erstaunen. So schwankte er einen Augenblick und fiel dann mit dem Gesicht nach unten in die Mitte des Mosaiks, umgeben von stilisierten Ranken und geometrischen Formen, und sein Blut verunstaltete ein Rautenmuster.

Ihm gegenüber sank Yseult ebenfalls auf die Knie und ließ ihr eigenes Schwert aus den Fingern gleiten.

Es war vorbei.

Ja, es war vorbei.

Ein Gefühl der Zuneigung und der Dankbarkeit durchdrang sie, und dann wich er von ihr, machte sich dorthin auf, wohin sie ihm nicht folgen konnte, zumindest für sehr lange Zeit nicht. Sie wollte nach irgendetwas greifen, nach einem Ärmel, einem Mantelzipfel, um ihn hier festzuhalten, ihn in ihrem Geist zu behalten, damit er sie tröstete.

Eine sanftes Bedauern, dann war er fort.

Yseult legte sich auf den Fliesenboden des Atriums und weinte.

Yseult hielt Kustennins Hand, als der Leichnam neben dem Stein, den Arthur Drystan zu Ehren hatte aufstellen lassen, in die Erde gesenkt wurde. Sie betteten ihn vor den Toren Volibas zur Ruhe, mitten unter den Menschen, die ihn einst vor dem Tod durch die Hand seines Vaters bewahrt hatten. Yseult hatte eine Stelle auf einer Anhöhe ausgesucht, von wo aus man das Meer sehen konnte, einen Ort, an dem Drystan glücklich sein würde, falls er jemals auf Besuch aus der Anderswelt herüberkäme. Einen Ort, an dem sie glücklich sein würde, wenn sie kam, um ihn zu besuchen.

Nachdem sie alle eine Handvoll Erde auf den Leichnam geworfen und Arthurs Getreue das Grab zugeschaufelt hatten, kehrten sie schweigend zu ihren Pferden zurück. Yseult setzte Kustennin vor sich in den Sattel und schloss sich der Schar an, die zur Festung von Lansyen zurückritt, und zu dem Trauermahl, das sie erwartete. Die Sonne schickte sich an unterzugehen, und der Himmel über ihnen strahlte in leuchtenden Rot-, Orange- und Violetttönen.

Kustennin wand und drehte sich vor ihr, um sich umzuschauen, und auch Yseult wandte sich um und warf einen letzten Blick zurück. Der mächtige Grabstein, über eine Mannslänge hoch, fing die Strahlen der sinkenden Sonne ein und erglühte, als stünde er in Flammen. Yseult spürte, wie ihr bei dem Anblick Tränen in die Augen stiegen.

»Warum hast du mir gesagt, dass Drystan in Wirklichkeit mein Vater ist und nicht mein Bruder?«, fragte Kustennin. Es lag kein Unmut in dieser Frage, lediglich aufrichtige Neugierde. Mit fünfeinhalb Jahren verstand er die Welt gut genug, um zu wissen, dass die meisten Menschen solche Wahrheiten verheimlichen würden.

Sie küsste die blonden Locken auf seinem Scheitel. Vielleicht war es zu viel Wissen für einen so kleinen Knaben, doch Erwachsene unterschätzten Kinder oftmals. Kustennin hatte viel durchgemacht und würde noch mehr durchmachen müssen. »Du solltest einen Vater haben, auf den du stolz sein kannst, einen Vater, den du verdient hast«, antwortete sie.

Er nickte. »Ich bin froh, dass Marcus nicht mein Vater war. Drystan mochte ich lieber.«

Yseult lächelte. Drystan nicht länger in ihrem Leben zu haben hinterließ noch immer eine klaffende Wunde in ihrer Seele; sie wusste nicht, was sie ohne ihren Sohn getan hätte. Ein wenig war ihr Geliebter noch immer hier bei ihr, als sei Kustennin die Verkörperung dessen, was sie in Aremorica gewesen war, als Drystan ein Teil ihres Geistes war – er hatte etwas von ihnen beiden, das wunderbare Lachen seines Vaters und die Ungeduld seiner Mutter, Drystans grüne Augen und Yseults helle Haut. So schwer es auch war, sie würde jetzt ohne Drystan leben müssen.

Sie hatten niemals eine Chance gehabt, aber wenigstens hatten sie einen Sohn. Und Yseult würde ihr Bestes für ihn tun, für das, was von Drystan geblieben war.

DRUSTANUS HIC IACET
MARCI CUNOMORI FILIUS

Hier ruht Drustanus,
der Sohn des Marcus Cunomorus

*(Inschrift auf dem »Tristan-Stein«
nördlich von Fowey in Cornwall)*

Glossar

Begriffe

Aedes – Fahnenheiligtum im Stabsgebäude (Principia), in dem der Legionsadler aufbewahrt wurde

Aes Dana – Schicht der Gelehrten; Hierzu gehören Druiden, Barden und Richter

Alba – alter keltischer Name für die Insel Großbritannien

Alban Elued – Tagundnachtgleiche im Herbst

Alte Rasse – siehe Feadh Ree

Anderswelt – mysteriöses Reich der Götter und der Feadh Ree, eine paradiesische Welt der ewigen Jugend; wird oft mit den magischen Hügeln der Sidhe assoziiert

Anu – irische Göttin, die Muttergottheit

Apodyterium – Auskleidezimmer im römischen Bad

Ard Ri – irischer Hochkönig

Atrium – zentraler, nicht vollständig überdachter Raum in einem römischen Wohnhaus

Audacht Moraind – klassisches Werk der Erainn über die Ehre von Königen

Baen Sidhe – Frau der Sidhe, der magischen Rasse der Geisterwelt; die Baen Sidhe jammern und klagen, wenn in einem Haus ein Todesfall bevorsteht

Ban Drui – Druidin

Ban File – weise Frau, Priesterin

Beltane – keltisches Frühlings- und Fruchtbarkeitsfest (1. Mai)

Bituriger – keltischer Volksstamm in Gallien

Boruma – traditioneller Tribut, den die Stämme der Laigin an Midhe und Brega entrichten

Bothach – einfacher Arbeiter

Brandubh – altes irisches Brettspiel

Brehon – Bezeichnung für Druiden, die sich mit der Gesetzgebung und der Schiedsgerichtbarkeit befassen; kann auch die Gesamtheit der Gesetze des alten Irland bezeichnen

Brehonengesetz – Gesetze des alten Irland

Bretain – irische Bezeichnung für die Briten

Brigid – irische dreifaltige Gottheit, die Göttin der Schmiede, der Heilenden und der Dichter

Caldarium – heißes Bad

Catuvellauni – keltischer Stamm in Britannien
Civitas (Plural: Civitates) – Stadt mit Verwaltungszentrum
Contubernium (Plural: Contubernia) – »Zeltgemeinschaft«; mit acht Mann die kleinste Einheit der antiken römischen Armee
Cú Chulainn – legendärer Kämpfer in altirischen Erzählungen
Dagda – einer der Hauptgötter der Tuatha Dé Danann, »der gute Gott«
Danu – Hauptgöttin der Tuatha Dé Danann, Mutter von Dagda
Dian Cecht – keltische Gottheit der Heilung
Dobunni – keltischer Stamm in Britannien
Dolmen – aus großen Steinblöcken errichtetes vorzeitliches Bauwerk
Dux Bellorum – Anführer im Krieg
Ehrenpreis – siehe Log n'enech
Eriu – Irland
Erainn – irisch
Feadh Ree – Die Alte Rasse – Bevölkerung Irlands vor der Ankunft der Gaelen; viele Angehörige dieser Gruppe haben Kräfte, über die die Gaelen nicht verfügen, und genießen daher großen Respekt, obwohl die Gaelen die meiste politische Macht haben; viele Druiden und Barden stammen von den Feadh Ree ab
Feis – Festgelage oder Festival
Fianna – eine der mächtigsten Kriegerscharen im alten Irland
Fionn – legendärer irischer Krieger
Fidchell – altes irisches Brettspiel
Fili (Plural: filid) – Oberbegriff für die weisen Männer und Frauen in Irland; dazu gehören Druiden, Barden, Ollamh und Brehon
Frigidarium – Abkühlraum im klassisch-römischen Dampfbad
Gael – Rasse, die die Herrschaft in Irland (Eriu) von den Feadh Ree (der Alten Rasse) übernommen hat
Hibernia – lateinischer Name von Irland
Hypocaustum – römische Warmluftheizung
Imbolc – Fruchtbarkeitsfest zur Zeit der ersten Frühlingsboten (Anfang Februar)
Kohorte – Untergliederung einer römischen Legion; eine Kohorte besteht aus 480 Legionären, die in sechs Zenturien zu je 80 Männern unterteilt sind
Laigin – gaelische Stämme im Südosten Irlands, die traditionellen Feinde der Ulaid
Lia Fail – Schicksalsstein in Tara
Log n'enech – Ehrenpreis; der

Betrag, der den Verwandten nach dem Tod eines Menschen gezahlt werden muss (sofern ein Fremdverschulden vorlag); der Ehrenpreis basiert auf dem Vermögen des Verstorbenen und seinem Ansehen in der Gemeinschaft

Lugh – Sonnengott der Kelten und Anführer der Tuatha Dé Danann, als sie in den Untergrund getrieben werden

Lugnasad – Sommerfest, das dem Gott Lugh geweiht ist

Medb – legendäre irische Kriegerkönigin

Morrigu – keltische Göttin des Kriegs und des Tods

Oenach – eine von den Königen und Würdenträgern von Eriu abgehaltene Ratsversammlung; Versammlungen können regional begrenzt sein oder die Geschicke des ganzen Landes betreffen; von dem für das Gebiet verantwortlichen Oenach wird auch der König aus dem Kreis der Personen mit der entsprechenden Abstammung gewählt

Ogham – irisches Alphabet, das in Holzstäbe geschnitzt oder in die Kante von Steinen geritzt wird

Ollamh – höchster Rang der Druiden; zumeist der oberste Geschichtsschreiber eines Stammes

Patria – Vaterland

Principia – Stabsgebäude im römischen Militärlager

Protector – König, der für die Verteidigung einer ganzen Region zuständig ist

Rath – ein Königssitz; im Allgemeinen eine Hügelfestung mit Erdwällen

Rath na Riogh – Hauptsitz der Könige von Tara

Romanitas – der Geist oder die Ideale Roms im Alltag; die Merkmale eines zivilisierten, römisch geprägten Lebens

Samhain – keltisches Neujahrsfest zu Beginn der dunklen Jahreszeit, dessen Gebräuche teilweise in Halloween übergegangen sind

Sidhe – andere Bezeichung für die Feadh Ree, die sich von den Wohnorten der »Alten Rasse« in ihren und um ihre magischen Hügel herum ableitet

Sidhehügel – uralte unterirdische Wohnstätten, die oft als Tore zur Anderswelt gesehen werden

Tarbfeis – Ritual des Stiertraums, mit dem der Hochkönig bestätigt wird

Tepidarium – Warmbaderaum im römischen Badehaus

Triclinium – antiker Speisesaal einer römischen Villa

Torques – Halsreif

Tuath (Plural: Tuatha) – Stamm

Tuatha Dé Danann (Kurzform: Tuatha Dé) – Stämme der

Göttin Danu; die »politische« Organisation der verbliebenen Faedh Ree; obwohl sie nur über kleine, verstreute Herrschaftsbereiche zwischen den von den größeren gaelischen Stämmen beherrschten Gebieten verfügen, ist ihr politischer Einfluss aufgrund der mythischen Bedeutung, die sie für ihre gaelischen Eroberer haben, sehr groß

Ui Liathain – Stamm der Laigin; dieser Stamm eroberte Demetia in Britannien (das heutige Süd-Wales)

Ui Neill – Stamm, der seine Herkunft auf Lóegaires Vater, Niall der neun Geiseln, zurückführt

Ulaid – gaelische Stämme des Nordostens; der Hochkönig Lóegaire ist ein Ulaid, regiert aber im Gebiet von Midhe und Brega, dem traditionellen Zentrum Irlands

Vicus (Plural: vici) – römische Siedlung

Zenturie – im römischen Militär eine Abteilung von ursprünglich 100, später 80 Mann

Personen
Irland (Eriu)

Ailill Molt – König von Connachta

Coirpre – älterer Bruder von Hochkönig Lóegaire

Crimthann – Sohn von Enna Cennsalach

Dunlaing – König der südlichen Laigin

Enna Cennsalach – mächtigster König der Laigin mit Sitz in Dun Ailinne

Eogan – Lóegaires älterer Bruder, König von Airgialla

Lóegaire – Ard Ri (Hochkönig) von Irland mit Sitz in Tara, Sohn von Niall der neun Geiseln

Murchad – Bruder von Yseult der Weisen, Onkel von Yseult der Schönen und Vater von Brangwyn

Nemain – Ehefrau von Murchad und Mutter von Brangwyn

Palladius – erster Gesandter der römischen Kirche, der um 434 nach Irland geschickt wurde, um die Gläubigen zu betreuen

Patraic – der heilige Patrick, Schutzpatron von Irland

Personen
Britannien und Bretagne (Aremorica)

Aelle – einer der wichtigsten Könige der Sachsen in Brittanien, König der Insel Vectis

Aircol – Prinz von Demetia

Ambrosius Aurelianus – Hochkönig von Britannien

Cador – Sohn von Geraint, König im östlichen Dumnonia

Cerdic – Oberbefehlshaber der Sachsenküste

Ceredig – einer der Könige von Gwynedd

Coroticus – lateinischer Name Ceredigs

Hengist – einer der Sachsenkönige in Ceint

Honorius – König von Gower

Idres – einer der dumnonischen Könige, mit Marcus Cunomorus verwandt

Geraint – König im dumnonischen Dortig, Königssitz ist Dyn Draithou

Ginevra – dumnonische Prinzessin

Gurles – ein König in Dumnonia

Gwythyr – einer der sieben Könige in Dumnonia mit Sitz in Celliwig; Vater von Ginevra

Lot – König von Gododdin

Marcus Cunomorus – König von Dumnonia; den anderen dumnonischen Königen übergeordnet

Madoc – König von Ergyng mit Sitz in Corinium und älterer Halbbruder Arthurs; er ist ein ehelicher Sohn Uthers

Modrun – Tochter von Ambrosius Aurelianus, zweite Gemahlin von König Honorius von Gower

Morgawse – Base von Modrun, Frau von Lot und Mutter von Agravaine, Gawain, Gaheris und Gareth

Myrddin – Berater von Arthur

Oneon – Herrscher in Calleva, Vater von Natanleod

Owain – Sohn von Madoc

Uther – Bruder von Ambrosius Aurelianus und Vater von Arthur, der bei der Vergewaltigung von Ygerna gezeugt wurde

Ygerna – Mutter von Arthur

Orte
Irland (Eriu)

Die fünf Provinzen von Eriu:
Laigin im Südosten (entspricht etwa dem heutigen Leinster)
Mumu im Südwesten
Connachta im Westen
Ulaid im Norden, (entspricht

etwa dem heutigen Ulster)
Midhe im mittleren
Osten

Ard Ladrann – Courtown Harbour nahe Gorey

Bend Atair – Dublin

Brega – eine Teilprovinz von Midhe; liegt landeinwärts von der Mitte der irischen Ostküste

Bruig na Boyne – Newgrange

Cashel – Cashel

Cruachu – Königssitz in Connachta (Rathcroghan, Roscommon)

Dun Ailinne – Stadt in der Nähe von Kilcullen

Druim Dara – Kildare

Erainnsee – Irische See

Midhe – die Mitte Irlands, das Gebiet um das heutige Dublin

Rath Bile – Rathvilly

Rath Inber – Arklow

Rath na Riogh – der Hauptsitz der Könige in Tara

Sidhe ol Femuin – Sidhehügel östlich von Cashel (Slieveaman)

Slane – Slane

Tara – Tara

Orte
Britannien

Abona – Sea Mills an der Küste nahe Bristol

Aquae Sulis – Bath

Caer Baddon – Little Solsbury Hill nordöstlich von Bath

Caer Custoeint – Cadbury Camp westlich von Bristol

Caer Guinnet – Hügelfestung südlich von Winchester (Venta)

Caer Gwent – Hauptstadt von Gower, nahe Caer Leon (Caerwent)

Caer Leon – Caerleon

Calleva – Silchester

Cambodunum – Outlane, Huddersfield, West Yorkshire

Ceint – Kent

Celliwig – Castle Killibury, Cornwall (nordöstlich von Wadebridge)

Corinium – Cirencester

Cunetio – Mildenhall, Wiltshire

Demetia – Südwest-Wales

Din Eidyn – Edinburgh

Dortrig – Unterkönigreich von Dumnonia; entspricht etwa dem heutigen östlichen Devon und westlichen Somerset (Bewohner: Durotriger)

Dumnonia – entspricht dem heutigen Cornwall, Devon und Somerset

Dyn Draithou – South Cadbury

Dyn Tagell – Tintagel

Ergyng – Königreich östlich von Gower

Glevum – Gloucester

Gododdin – südöstlicher Teil Schottlands

Gower – südöstlicher Teil von Wales
Gwynedd – nordöstlicher Teil von Wales
Insel Vectis – Isle of Wight
Isca Dumnoniorum – Exeter
Lansyen – Hügelfestung nördlich von Fowey im heutigen Cornwall
Lindinis – Ilchester
Londinium – London
Moridunum – Carmarthen in Wales, Hauptstadt von Demetia
Noviomagus – Chichester
Portus Adurni – Portchester
Rheged – Königreich im Gebiet von Nordwest-England und Südwest-Schottland
Sabrina – Severn (Mündung und Fluss)
Venedotia – lateinisch für Gwynedd (Nordwest-Wales)
Venta / Venta Belgarum – Winchester
Verulamium – St. Albans
Voliba – Fowey
Ynys Witrin – Glastonbury

Orte
Bretagne (Aremorica)

Bro Leon – Provinz im nordwestlichen Teil Aremoricas
Caer Brioc – St. Brieuc (östlich von Leonis)
Caer Haes – Carhaix
Domnonia – Provinz im nordöstlichen Teil Aremoricas
Karke – Sitz von Kaedin, Bruder von Yseult Weißhand, südlich von Caer Brioc
Kemper – Quimper
Leonis – Sitz von Riwallon in Bro Leon (St. Pol de Leon)

Danksagung

Viele Menschen haben dazu beigetragen, dass dieses Buch entstehen konnte – so viele, dass ich kaum weiß, bei wem ich mich als Erstes bedanken soll. Dutzende von Autorenkollegen und -kolleginnen haben frühe Fassungen verschiedener Kapitel gelesen und mir wertvolle Anregungen gegeben, unter ihnen Michael Bateman, Dena Landon, Katherine Miller, John Schoffstall, Marsha Sisolak und Larry West. Besonders dankbar bin ich denjenigen meiner Freunde, die das vollständige Manuskript mit kritischem Blick gelesen haben: Elizabeth Bear, Jay Lake und Tamela Viglione. Ich bin unglaublich glücklich darüber, dass ich mit Britta und Alexander Mack Kinder habe, die manchmal mehr an mich geglaubt haben als ich selbst. Ein ganz besonderer Dank gilt auch meinem Lektor Urban Hofstetter, der diesen Roman nicht nur vor einem jahrelangen Dasein im Stapel unverlangt eingesandter Manuskripte gerettet hat, sondern in dieses Projekt auch mehr Enthusiasmus und Tatkraft gesteckt hat, als ich je zu träumen gewagt hätte. Und der eine weitere, äußerst wichtige Beteiligte mit an Bord geholt hat – meine Übersetzerin Marie-Luise Bezzenberger, deren Leidenschaft für Sprache im Allgemeinen und dieses Projekt im Besonderen der deutschen Ausgabe deutlich anzumerken ist. Zu guter Letzt: Genau wie viele andere Dinge in meinem Leben hätte auch dieses Buch sich ohne die Unterstützung meines Gefährten und Ehemannes Christian Schmidt nie verwirklichen lassen; er hat mir überhaupt erst ermöglicht, meinen Traum zu realisieren. Danke.

Ruth Nestvold

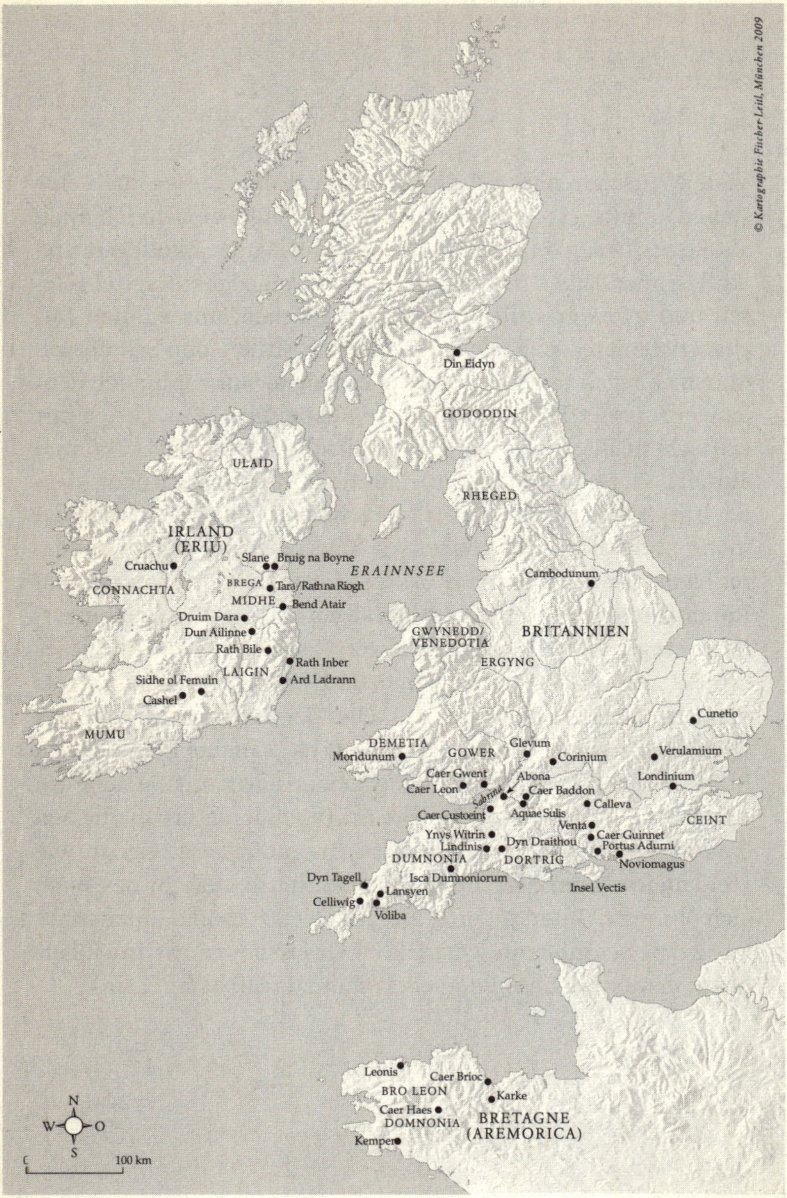

© Kartographie Fischer-Leitl, München 2009
Din Eidyn
GODODDIN
ULAID
RHEGED
IRLAND
(ERIU)
Cruachu
Slane
Bruig na Boyne
ERAINNSEE
BREGA
Tara/Rath na Riogh
CONNACHTA
MIDHE
Bend Atair
Cambodunum
Druim Dara
Dun Ailinne
GWYNEDD/
VENEDOTIA
BRITANNIEN
Rath Bile
Rath Inber
ERGYNG
LAIGIN
Sidhe ol Femuin
Ard Ladrann
Cashel
MUMU
Cunetio
DEMETIA
Glevum
Moridunum
GOWER
Corinium
Verulamium
Caer Gwent
Abona
Londinium
Caer Leon
Sabrina
Caer Baddon
Caer Custoeint
Aquae Sulis
Calleva
CEINT
Venta
Ynys Witrin
Caer Guinnet
Lindinis
Dyn Draithou
Portus Adurni
DUMNONIA
DORTRIG
Noviomagus
Dyn Tagell
Isca Dumnoniorum
Lansyen
Insel Vectis
Celliwig
Voliba
Leonis
Caer Brioc
BRO LEON
Karke
Caer Haes
BRETAGNE
DOMNONIA
(AREMORICA)
Kemper
N
W
O
S
100 km